WALTER ROTH

Der Dreisam-
Mörder

WALTER ROTH

Der Dreisam-Mörder

KRIMINALROMAN

GMEINER

Personen und Handlung sind frei erfunden.
Ähnlichkeiten mit lebenden oder toten Personen
sind rein zufällig und nicht beabsichtigt.

Bei Fragen zur Produktsicherheit gemäß der Verordnung über die allgemeine
Produktsicherheit (GPSR) wenden Sie sich bitte an den Verlag.

Immer informiert

Spannung pur – mit unserem Newsletter informieren wir Sie
regelmäßig über Wissenswertes aus unserer Bücherwelt.

Gefällt mir!

Facebook: @Gmeiner.Verlag
Instagram: @gmeinerverlag

Besuchen Sie uns im Internet:
www.gmeiner-verlag.de

© 2023 – Gmeiner-Verlag GmbH
Im Ehnried 5, 88605 Meßkirch
Telefon 07575 / 2095 - 0
info@gmeiner-verlag.de
Alle Rechte vorbehalten
3. Auflage 2025

Lektorat: Claudia Senghaas, Kirchardt
Satz: Mirjam Hecht
Umschlaggestaltung: U.O.R.G. Lutz Eberle, Stuttgart
unter Verwendung eines Fotos von: © Dominik Geiger / stock.adobe.com
Druck: CPI books GmbH, Leck
Printed in Germany
ISBN 978-3-8392-0335-4

Für Evi
Ideengeberin, Beraterin, Freundin, Kritikerin und Glücksfall
in meinem Leben

PROLOG

Langsam bewegte sich die am Boden schleifende Tür der öffentlichen Herrentoilette und fiel mit einem leisen Klicken ins Schloss. Es roch nach einer Mischung aus Urin und Duftstein. Draußen, auf dem autofreien Augustinerplatz im Herzen der Stadt, eilten Passanten an ihre Arbeitsplätze in den Geschäften. Andere waren schon auf dem frühen Weg zum Shoppen, manche promenierten einfach nur oder steuerten auf einen Cappuccino das beliebte *Eck-Café* an. Ein Reinigungsfahrzeug der städtischen Werke beseitigte im Schritttempo die Spuren nächtlichen Treibens.

Er sah sich um. Außer ihm war niemand in dem Toilettenhäuschen. Es gab drei Pissbecken und zwei Kabinen für größere Geschäfte. Deren Türen waren angelehnt. Die cremefarbenen Einweghandschuhe hatte er bis über beide Handknöchel gezogen. Seine dünne schwarze Stoffmütze reichte tief in die Stirn und über beide Ohren. Er trug blaue Jeans und eine dunkle Winterjacke, zugeknöpft bis hoch zum Kragen. Die braunen geschlossenen Schuhe glänzten an einigen Stellen. Am frühen Morgen hatte es leicht geregnet.

Mit ein paar angefeuchteten Papiertüchern aus der Handtuchbox wischte er zügig, aber in aller Sorgfalt, die Ränder der Pissoirs ab. Die Tücher behielt er in seiner Hand. Aus einem Rucksack fischte er ein Desinfektionsspray und verteilte es mit wenigen gezielten Hubstößen auf der glatten Oberfläche der Pissbecken. Die Spraydose steckte er zurück in den Rucksack. Die Einweghandschuhe behielt er an. Die Stoffmütze blieb auf dem Kopf.

Er schloss sich in einer der beiden Toilettenkabinen ein und spülte in zwei Schüben die Papiertücher hinunter. Dann klappte er den Deckel auf die Klobrille hinunter und setzte sich in voller Montur darauf.

Und wartete.

ERSTES KAPITEL:
ERNA KRETZDORN

1

Unfreundliche Kassiererinnen hinter modernen Supermarkt-kassen gab es nicht mehr viele. Wenn es nicht makaber klingen würde, hätte man sagen können, sie waren am Aussterben. Davon war auch Erna Kretzdorn bedroht. Die leicht untersetzte Anfang-Fünfzigerin saß an Kasse Zwei und hasste ihre Kundschaft. In ihren Augen waren es Diebe, Betrüger und Schwachköpfe. Die meisten jedenfalls. Aber sie kannte ihre Tricks. Die meisten jedenfalls. Diese skrupellosen Schwindler packten fünf Orangen in die Tüte und steckten nach dem Abwiegen noch eine dazu. Sie schmuggelten Zahnbürsten in der Getränkekiste unten im Einkaufswagen durch die Kasse und behaupteten, falls sie erwischt wurden, die Ware sei zwischen den Gitterstäben hindurchgerutscht. Sie tauschten die Preisetiketten von billigen und teuren Weinen. Sie tranken aus Whisky-Flaschen und stellten sie ins Regal zurück. Sie versteckten Parfüms in Kartoffelbrei-Verpackungen und Eierkartons oder steckten sie einfach frech in die Manteltasche.

Erna Kretzdorn hasste die kichernden Schüler mit ihren einzeln gekauften Kaugummis und Schokitüten. Sie hasste die schwerfälligen Rentner, die in Superzeitlupe ihre Gebisstabs aufs Förderband legten. Und sie hasste die alten Tanten, die umständlich nach Kleingeld in ihren Geldbörsen kramten, um den Betrag centgenau präsentieren zu können. Sie hasste die Emsigen, die dauernd ihre Waren auf dem Band zurechtrückten, die Aufdringlichen, die sie in ein Gespräch verwickeln wollten, die Kontrolleure, die im Kopf den Gesamtbetrag mitrechneten, und die Zerstreuten, die ständig vergaßen, ihr Obst abzuwiegen. Am meisten hasste sie diese versnobten Akademiker-Tussis, die herablassend arrogant, betont langsam mit ihr sprachen, als wäre sie ob ihrer niederen Tätigkeit an der Supermarktkasse geistig zurückgeblieben.

»Vielen Dank für Ihren Einkauf, beehren Sie uns bald wieder! Auf Wiedersehen.«

Erna Kretzdorn hasste sie alle.

Und der Mann in der Warteschlange, Mitte 40, leichter Bauchansatz, Geheimratsecken, streng nach hinten gekämmtes Resthaar, hasste Erna Kretzdorn.

Er war Stammkunde im Supermarkt an der Straßenbahn-Haltestelle Dorfbrunnen. Er wohnte in der Nähe. Blumenkohl musste nicht abgewogen werden. Zucchini schon. Letzte Woche hatte er es vergessen. Erna Kretzdorn hatte ihn vor den wartenden Kunden bloßgestellt. Ob er zu blöd sei, das Zeug abzuwiegen. Fluchend war sie mit den Zucchini zur Gemüseabteilung gestampft und hatte sie nach ihrer Rückkehr aufs Band gepfeffert und über den Scanner gezogen.

»Vielen Dank für Ihren Einkauf, beehren Sie uns bald wieder! Auf Wiedersehen.«

Was für ein Kotzbrocken, hatte er gedacht.

Vor zwei Tagen hatte er aus Unwissenheit drei *Fairtrade*-Bananen mit dem Wiegezettel von preisgünstigen normalen Bananen beklebt. Erna Kretzdorn hatte ihn vor allen Leuten als Betrüger hingestellt. Dabei hatte er noch nie etwas von *Fairtrade* gehört. Fairer Handel. Pah! Ihn hatte bisher niemand fair behandelt.

Nun stand er wieder am Nadelöhr vor Erna Kretzdorns Kasse. Er musste da hindurch. Die anderen Kassen waren nicht besetzt. Gleich würde sie wieder ihren fetten Hintern erheben und in seinen Einkaufswagen glotzen. Angeblich, um die Wagennummer zu notieren. Tatsächlich tat sie es nur deshalb – davon war er überzeugt – weil alle Kunden unter Diebstahls-Generalverdacht standen.

Eine Tube Zahnpasta, zwei Tiefkühl-Pizzen, fünf Dosen Katzenfutter und zwei Beutel Apfelsaft lagen auf dem Transportband. Und drei *Jonagold*-Äpfel in einem Plastikbeutel – fein säuberlich abgewogen und mit dem richtigen Wiegeaufkleber versehen. Erna Kretzdorn zog die Ware über den Scanner. Heute gibt es nichts zu meckern, dachte er.

»14 Euro und 21 Cent.«

Der Mann erschrak. Aber nicht wegen des Preises.

»14 Euro und 21 Cent«, wiederholte sie gereizt, »und wenn's geht, heute noch!«

Vor lauter Konzentration, nichts falsch zu machen, hatte der Mann seinen Geldbeutel noch nicht gezückt. Er griff in seine rechte Hosentasche. Da war er nicht. In der linken auch nicht. Die Kassiererin tippte nervös mit den Fingern aufs Band. Ein paar Schüler hinter ihm kicherten.

»So bescheuert!«, rief sie. »Wie unerwartet kam das jetzt, dass Sie an der Kasse Ihren verfluchten Geldbeutel brauchen?«

Er fand das Portemonnaie in einer Jackentasche. Ohne den Versuch, das Geld passend zu haben, legte er hastig einen Zwanzigeuroschein auf die Wechselschale.

»Na bravo«, sagte sie spöttisch, »und das noch rechtzeitig vor Ladenschluss!« Die Kasse klappte auf. »Penner«, flüsterte sie noch, aber doch so laut, dass er es hören konnte.

Sie ist wie Monika, ging es ihm durch den Kopf, sie kann einfach nicht aufhören.

Sie donnerte das Wechselgeld auf die Schale. Ja, er hasste diese Frau. Was gäbe er darum, sie jetzt einfach hinter ihrer Kasse hervorzerren zu können. Aber er war ja nicht alleine mit ihr. Vor lauter Aggression fielen ihm ein paar Münzen auf den Boden. Ein Schüler hob sie auf und hielt sie ihm entgegen. »Behalt's«, sagte er. Voller Zorn verließ er den Laden. »Idiot«, hörte er die Kassiererin noch murmeln. Dabei hätte sie seiner Wut entgehen können. Es wäre ein Leichtes gewesen. Es hätte sie nur ein kurzes Lächeln, eine winzige nette Geste oder wenigstens ein einziges freundliches Wort gekostet.

So aber kostete es ihr Leben.

2

Es gab ein Treppenhaus. Aber um in den elften Stock des mächtigen Hochhauses zu gelangen, nahm Fritz Gerster den meist übelriechenden Fahrstuhl in Kauf. Der Geruch konnte von Alexej stammen, dem schwergewichtigen Russen, der gern den Fahrstuhl benutzte und ungern Deosprays. Oder von der alten Frau Stöcklin, die ebenfalls im Elften wohnte und liebend gerne Knoblauch aß. Oder von anderen Leuten, die er nicht kannte und auch nicht kennen wollte. Die im Fahrstuhl rauchten oder nach billigem Parfüm rochen.

Der Russe und die alte Frau waren die Einzigen, bei denen Fritz Gerster den Gesichtern Namen zuordnen konnte. Vom Hausmeister abgesehen. Herrn Paschke kannten alle. Die Drei waren auch die Einzigen, die ihn grüßten. Frau Stöcklin tat ihm leid mit ihrer Gehbehinderung und ihren traurigen Augen. Sie war eine liebenswerte Person, die manchmal bei Gerster klingelte und ihm ihre gelesene Zeitung vor die Tür legte.

Vor Alexej hatte er Respekt, denn Hausmeister Paschke hatte ihm beim Einzug gesagt, dass der Zweimetermann früher Boxer gewesen sei.

Die restlichen knapp 400 Hochhausbewohner standen Gerster so nah wie die fremden Menschen, die ihm in Freiburgs Fußgängerzone begegneten. Es war völlig in Ordnung für ihn. Er hatte die Anonymität gesucht, nach dem ganzen Theater und der Trennung von Monika. Und der dummen Sache mit dieser anderen Frau. Das Hochhaus im Stadtteil Weingarten mit seinen über 20 Etagen schien ihm der geeignete Ort für Abstand und Ruhe zu sein. Niemand interessierte sich hier für ihn, weil alle ihren eigenen Sorgen nachhingen.

In seiner kleinen Zweizimmerwohnung angekommen, legte er die Waren auf die Ablage der Küchenzeile. Die Pizzen kamen ins Gefrierfach.

Er zog Schuhe und Jacke aus und setzte Kaffee auf. Es war Freitagabend. Das Wochenende stand vor der Tür. Er würde die zwei freien Tage genießen. Vielleicht im Innenstädtchen spazieren gehen, wenn es das Novemberwetter zuließ. Falls nicht, dann bliebe er zu Hause. Kein Problem.

»Hallo, Tom«, sagte er, »alles gut bei dir?« Er nahm eine große Tasse aus dem Küchenschrank. »Die Alte vom Laden hat mich wieder blöd angemacht. Vor allen Leuten, die dumme Schnalle.«

Beim Gedanken an die Kassiererin saugte Fritz Gerster die Innenseite seiner Wange zwischen die Zähne, was einen kurzen Schnalzton erzeugte. Seine Mutter hatte diesen Tick geliebt, als er noch klein war. Wenn Besuch kam, musste er auf Befehl schnalzen, und die Erwachsenen fanden es lustig. Später gefiel es seiner Mutter nicht mehr, aber er konnte es nicht kontrollieren. Sie befahl ihm, mit dem Grunzen aufzuhören. Es half nichts, auch nicht ihre Ohrfeigen. Die Mutter war dominant. Der Vater nur, wenn er keinen Alkohol intus hatte. Wenn sein Pegel stimmte, ruhte er in sich und ließ auch den kleinen Friedrich in Ruhe. Wenn der Pegel nicht stimmte, dann stimmte auch alles andere nicht mehr im Hause Gerster.

Daran wollte er jetzt aber nicht zurückdenken. »Die Alte vom Laden hat mich wieder blöd angemacht«, wiederholte er dieses Mal mehr zu sich selbst und spürte wieder die Wut aufsteigen. Ganz einfach hätte er den Supermarkt meiden können. Aber der Laden befand sich in günstiger Nähe. Mit wenigen Schritten konnte er über die Bahnüberführung zur Haltestelle und dort über die Straße. Schnell und bequem, wenn er dringend etwas brauchte. Zur Not auch in der Jogginghose. Karl Lagerfelds Spruch war ihm dabei egal – die Kontrolle über sein Leben konnte er nicht verlieren. Er hatte sie nie besessen.

Er nahm einen Apfel und schnitt ihn in Teile. Mit dem Kaffee schlenderte er hinüber zum Couchtisch. Dort lagen ein paar Taschenbücher, Krimis und Bücher von Martin Suter, auch von Charles Bukowski. Gerster las gerne dessen Geschichten über Kleinkriminelle, Alkoholiker, Obdachlose und Prostituierte. Dicke Schmöker mochte er nicht so. Er las auch mehrere Bücher gleichzeitig und sprang zwischen den Handlungen hin und her. Beim Lesen konnte er abschalten, sich wegdenken.

Er blätterte in der Fernsehzeitschrift und studierte das Programm. Aber er hatte weder Lust zu lesen noch fernzusehen.

»Vielleicht sollte ich doch den Laden wechseln, Tom. Oder kennst du eine bessere Lösung?«

Tom schien das Thema nicht sonderlich zu interessieren. Er streifte an Gersters Bein entlang, streckte sich und ließ sich einfach auf die Seite fallen.

Das tat er immer, der graue Britisch-Kurzhaar-Kater, wenn er gestreichelt werden wollte.

3

Am Samstag stand Gerster spät auf. Er hatte eine unruhige Nacht und war erst gegen Morgen richtig eingeschlafen. Ein blöder Traum ärgerte ihn:

Monika saß an der Kasse des Supermarktes. Er hatte drei Äpfel, gewissenhaft abgewogen, aufs Förderband gelegt. Seinen Geldbeutel hielt er zahlungsbereit in der Hand. Als er an der Reihe war, stand Monika kreischend auf, lachte laut und zeigte auf seine Ware. Dort lagen statt den drei Äpfeln drei riesige Schachteln Potenzmittel. Monika nahm eine Schachtel und rief so laut sie konnte: »Sonderangebot, Sonderangebot! Aber bei ihm ...«, sie zeigte mit irrem Blick auf Gerster, »... bei ihm würden auch zehn Packungen nichts nutzen!« Unter einer Mischung von schallendem Gelächter der Kunden und Toms klagendem Miauen wachte er auf.

Tom gehörte nicht zu dem Traum. Der Kater hatte Hunger.

Nach dem Frühstück rief sein Chef an. Blumengroßhändler Erwin Ritter junior bat ihn, am Montag etwas früher zu kommen, um eine dringende Tour zur *Gärtnerei Lembach* an die Schweizer Grenze zu übernehmen. Fritz Gerster mochte seinen Job. Als Auslieferungsfahrer war er viel unterwegs, fast wie früher, als er Fernfahrer mit Leib und Seele gewesen war. Eine langwierige Rückengeschichte hatte jedoch Schicksal gespielt. Sie hatte ihn um seinen Beruf und stattdessen Monika in sein Leben gebracht.

»Kein Problem, Herr Ritter. Wann soll ich starten?«

Zu Mittag kochte er Spaghetti und begann, in Martin Suters Allmen-Serie zu lesen. Er las laut, und Tom hörte neben ihm auf der Couch mit halb geöffneten Augen schnurrend zu.

Am frühen Abend machte er einen ausgedehnten Spaziergang. Es war Herbst. Ein feuchtkalter Samstag, ohne dass es richtig regnete. Er lief Richtung Stadtmitte, überquerte die Dreisam und gelangte über den Stühlinger Kirchplatz in die Fußgängerzone am Bertoldsbrunnen. Viele Leute waren unterwegs, die Geschäfte hatten lange offen. Vor dem Schaufenster eines Reisebüros blieb er stehen. Ein Plakat warb mit dem Zuckerhut und der Christusstatue für Brasilien. Ein anderes mit einem Foto des Tayrona Nationalparks für Kolumbien.

Gerster kaufte sich ein Fischbrötchen und ließ es sich einpacken.

Den Rückweg wählte er am Martinstor vorbei und an der Dreisam entlang. Er mochte diesen Weg und ging ihn öfters. In der Uferstraße kläffte ihn wieder diese mickrige Promenadenmischung hinter einem Gartenzaun an. Gerster hasste Hunde. Wie immer, wenn er hier vorbeikam, äffte er den kleinen Mischling nach und trat mit dem Fuß gegen den Zaun. Als er zurück in Weingarten ankam, war es längst dunkel geworden.

Er beschloss, das halbe Fischbrötchen in Ruhe auf einer Bank an der Haltestelle Dorfbrunnen zu essen. Bei der anderen Hälfte später zu Hause würde Tom ein gewichtiges Wort mitreden – genauer gesagt, ein gewichtiges Stück mitessen.

Bevor er sich hinsetzen konnte, sah er sie.

Sie stand an der Haltestelle und trug eine graue Mütze, einen gemusterten Schal und einen dunklen Mantel. Darunter, so vermutete er, die dunkelblaue Supermarktkleidung. Er erkannte sie sofort. Ganz sicher war es diese Kassiererin, denn eben schnauzte sie lautstark einen alten Mann an, der zittrig mit einem zerknüllten Fahrschein den Müllkorb verfehlt hatte.

4

Erna Kretzdorn hatte Feierabend.

Sie stand an der Straßenbahn-Haltestelle Dorfbrunnen und wartete auf die Fünfer, die sie ohne Umsteigen durch die Stadtmitte fast bis nach Hause in den Stadtteil Neuburg bringen würde.

Ein ungeschickter Rentner, der, aus der Gegenrichtung kommend, ausgestiegen war, wollte sein entwertetes Ticket in den Abfallbehälter werfen. Es landete auf dem Boden.

»Man muss nicht in der Senioren-Basketball-Auswahl spielen, um einen verdammten Fetzen Papier in den Korb zu treffen!«, polterte die stets genervte Erna Kretzdorn los. Der eingeschüchterte Rentner wollte sich bücken, aber ein netter Herr mit einem Fischbrötchen kam ihm zuvor und hob das Papierchen auf.

Die Fünfer in Richtung Europaplatz kam. Erna Kretzdorn stieg ein und setzte sich auf einen freien Platz. Zur Stadtmitte hin wurde die Straßenbahn voller. Am Stadttheater stiegen die meisten aus. Erna Kretzdorn fuhr eine Station weiter bis zum Fahnenbergplatz. Von hier ging es den Rest zu Fuß bis zu ihrem Reihenhäuschen.

Sie überquerte die Straße und steuerte auf das Institutsviertel Naturwissenschaften des Freiburger Universitätsklinikums zu. Dort erreichte sie den kleinen Park, der eine Abkürzung nach Hause bot. Normalerweise benutzte Erna Kretzdorn diesen Weg. An diesem Abend jedoch hatte sie ein komisches Gefühl. Ihr war, als würde ihr jemand folgen. Mehrfach drehte sie sich um, sah aber niemanden außer ein paar harmlos erscheinenden Passanten. Sie zögerte kurz. Dann wählte sie den leichten Umweg am Park vorbei. Zu Hause schloss sie die Haustür auf. Unter dem kleinen Vordach drehte sie sich noch einmal um. Stand da hinten nicht der Mann mit dem Fischbrötchen? Oder täuschte sie sich?

Er war ihr schon vorhin an der Haltestelle irgendwie bekannt vorgekommen.

5

Der Sonntag brachte kalten Dauerregen. Fritz Gerster beschloss, den Tag zusammen mit Tom auf dem Sofa und im Bett zu verbringen. Am Morgen las er seinem Kater vor, am Nachmittag verfolgte er das erste Biathlon-Weltcup-Rennen der Saison im Fernsehen. Gegen Abend wagte er sich an einen Fingerhut voll *Lagavulin*, einen torfig rauchigen *Single Malt*, den er von einem Gärtnereiinhaber geschenkt bekommen hatte. Üblicherweise trank er keinen Alkohol. Selten mal ein Bier, das ihm eigentlich nicht schmeckte, und noch seltener Wein. Für den schottischen Whisky musste er sich überwinden. Aber er hatte gelesen, dass das »Wasser des Lebens« ein angenehm warmes und anhaltend wohliges Gefühl vermitteln würde.

Den ersten Schluck empfand er als speckig, und er stellte sich vor, dass warme Asche, aufgelöst in Magenbitter, so schmecken könnte.

Das Allmen-Buch war unterhaltsam, und er las weiter.

Tom war ein guter Zuhörer. Der Kater nutzte die Stunden, in denen sein einziges Personal nicht bei Auslieferungsfahrten unterwegs war. Der Graue schmiegte sich an, genoss die monotone Stimme und die langen Streicheleinheiten. Bei der Auswahl des ihm Vorgetragenen war er nicht wählerisch. Er hörte auch zu, wenn Gerster ihm manchmal, anstelle des Vorlesens, Geschichten erzählte.

Meist handelten sie von der Vergangenheit.

*

Als Friedrich Anton Gerster vier Minuten alt war, bekam er seinen ersten und einzigen Kuss von seinem Vater. Nach vier Wochen den ersten und nicht letzten Klaps auf den Po. Im Alter von acht Wochen schüttelte ihn seine Mutter zum ersten Mal. Klein-Friedrichs Dauerschreien, das der Grund dafür war, wurde dadurch nicht besser. Beim Sprechen war er verzögert. Mit zwei konnte er nur wenige Wörter. Dafür fanden alle sein Schnalzen lustig. Mit seiner kleinen Schwester trat zusätzliches Ungemach in sein Leben. Obwohl sie zwei Jahre jünger war, hatte sie ihn unter Kontrolle, als er sechs war. Die Erziehungsmethoden ihrer Eltern hatte sie perfekt übernommen. Im Alter von sieben bekam er von ihr die erste schallende Ohrfeige. Und als er zurückschlagen wollte, gleich die zweite hinterher.

Sie wohnten in einem Mehrfamilienhaus im Stadtteil Haslach. Der Vater arbeitete bei der *Rhodia*, der Freiburger Niederlassung eines großen Chemiekonzerns, als Produktionshelfer. Zu Hause produzierte er eine Menge Ärger. Mit seiner herrschsüchtigen Frau und seinen beiden Kindern konnte er genauso wenig umgehen wie mit Alkohol.

Mit neun verliebte sich Friedrich in seine Lehrerin. Sie war nett, schrie ihn nie an, schlug ihn nicht und machte sich nicht über seine Zischlaute lustig. Die hatten ihm mittlerweile unter seinen erbarmungslosen Mitschülern den Spitznamen »Schnalzer« beschert. Er himmelte die Lehrerin an, achtete aber sehr darauf, dass sie seine Zuneigung nicht bemerkte. Die heimliche Liebe zu ihr endete abrupt, als sie ihn mit heruntergelassenen Hosen auf der Mädchentoilette ertappte. »Friedrich, ich bin sehr enttäuscht von dir.«
Immerzu musste er an diesen Satz denken.

Mit 14 ging er mit einem Mädchen an der Dreisam spazieren. Sie hatte Zöpfe, war einen halben Kopf größer und von kräftiger Gestalt. Sie fragte ihn, ob er es schon einmal mit einem Mädchen gemacht habe. Er wusste keine Antwort. Er hatte noch nie etwas mit einem Mädchen gemacht. Also sagte er lieber nichts, zog verlegen seine linke Wange nach unten und schnalzte. Das Mädchen lachte laut. »Ach, deshalb nennen sie dich so!«, rief sie. So, wie er den Satz seiner Lehrerin nicht vergaß, würde er die Ohrfeige, die ihm in diesem Moment entglitt, für alle Zeit bereuen. Dachte er damals.

Zwei Jahre später wusste er, was man mit Mädchen macht. Er stand am Anfang einer Schreinerlehre bei einem Holzbauern, der ein Schulkamerad seiner Mutter war. Die Hauptschule hatte er ohne Mühe bewältigt. Ohne schulische Mühe. Die menschliche Seite bereitete ihm Kummer. Seine Mutter hatte ihn wegen seines Ticks zu einem Kinderpsychologen geschleppt. »Er macht mich noch wahnsinnig mit seinem ewigen Geschnalze!«, hatte sie geklagt. Sie, die immer so stolz darauf gewesen war, als er noch klein war. Der Kinderexperte hatte nicht Friedrich die Schuld gegeben, sondern seiner Pubertät. Den Einwand, dass er schon geschnalzt habe, bevor er überhaupt sprechen konnte, hatte er mit überzeugter Feststellung vom Tisch gefegt. »Warten Sie es ab, Frau Gerster, die Pubertät macht einen neuen Menschen aus ihm.«

Der Holzbauer hatte eine Tochter. Astrid, zwei Jahre älter als Friedrich. Sie machte ihm schöne Augen.
Von Hendrik hatte er Aufregendes aus dessen Liebesleben erfahren. Hendrik war Mitschüler und – sofern man seinen ausschweifenden Schilderungen Glauben schenkte – der unwiderstehlichste und erfahrenste Casanova in der neunten Abschlussklasse. Friedrich merkte sich jedes Detail von seinen intimen Erzählungen. Ob Hendrik sie tatsächlich selbst erlebt hatte, war Friedrich egal. Jedenfalls würde ihm so etwas Peinliches wie die Sache mit der Ohrfeige mit seinem jetzigen Wissen nicht mehr passieren.

Eines Tages musste er als frischer Lehrling nach Feierabend, als alle anderen schon gegangen waren, noch die Werkstatt ausfegen. Plötzlich stand Astrid vor ihm. Tatsächlich stellte sie ihm die gleiche Frage wie damals das Mädchen mit den Zöpfen. Jetzt nicht schnalzen, dachte Friedrich. Aber seinen Tick konnte er nicht kontrollieren. »Klar doch«, sagte er und nahm all seinen Mut zusammen, »aber noch nie mit einem so hübschen Mädchen wie dir.« Der Schnalzer folgte auf dem Fuß. Aber es geschah etwas Unerwartetes. Im Verbund mit dem Super-Kompliment, das er eben verteilt hatte, bekam sein Zischlaut eine geradezu erotische Bedeutung. Astrid errötete und schaute ihn verführerisch an.

»Meine Eltern sind am Wochenende weg«, hauchte sie, »da könntest du hier noch ein bisschen fegen. Ich würde dir dabei helfen.«

Sie trafen sich an der Hobelbank. Astrid kam sofort zur Sache. Friedrich brauchte etwas länger, weil er an Hendriks Details denken musste. Sie nahm seine Hand und führte sie. Jetzt musste er nicht mehr an Hendrik denken. Die Lust stieg ihm in den Kopf. Aber leider nur dorthin. Astrid mühte sich nach Kräften. Friedrich schnalzte. Astrid nahm den Mund zur Hilfe, aber der Erfolg blieb aus. Und damit auch die geplante Zweckentfremdung der Hobelbank.

Sie streichelte seine Wange und brachte ihre Kleidung in Ordnung. »Es ist kein Problem, Friedrich, das kann passieren. Es ist nicht schlimm.«

Er rechnete ihr hoch an, dass sie ihn nicht auslachte. Aber er ging ihr künftig aus dem Weg. Er war untröstlich, weil ihm das Missgeschick ausgerechnet beim nettesten Mädchen passiert war, das er je gesehen hatte. Vielleicht würde sich ja eine neue Situation bieten, eine zweite Chance.

Sie bot sich drei Wochen später. An der Dreisam wurde eine große Jugend-Beach-Party veranstaltet. Astrid war auch dort.

Friedrich sah sie in einer Gruppe mit anderen Mädchen. Eine Weile schlich er in der Nähe herum. Bis sich ihre Blicke trafen. Astrid tuschelte den anderen etwas zu, worauf alle zu kichern begannen. Er ging auf die Gruppe zu, wollte etwas zu Astrid sagen. Aber eines der Mädchen kam ihm zuvor. »Du bist also der Schnalzer von der Hobelbank«, rief sie, und die ganze Gruppe brach in schallendes Gelächter aus. Auch Astrid.

6

Wieder stand er abends an der Straßenbahn-Haltestelle Dorfbrunnen. Dieses Mal ohne Fischbrötchen. Zwei Tage zuvor war es eher zufällig gewesen. Nun aber wartete er bewusst auf sie. Es war schon nach 20 Uhr, sie hatte Feierabend und würde jeden Moment erscheinen.

Er hatte in einem anderen Supermarkt eingekauft. Eine freundliche Kassiererin hatte ihm einen schönen Tag gewünscht. Jetzt hier bei Dunkelheit auf sie zu warten, verlieh ihm ein gutes Gefühl. Sie hatte keinerlei Einfluss darauf, dass er hier wartete. Sie konnte es ihm nicht verbieten. Sie würde es nicht einmal mitbekommen, wenn er vorsichtiger wäre als vor zwei Tagen. Wenn heute ein Rentner sein

Ticket auf den Boden schmeißen würde, müsste dieser es schon selbst aufheben.

Da kam sie. Fritz Gerster drehte sich weg und stellte sich seitlich neben das Wartehäuschen. Zwei Männer und eine Frau mit Hund warteten auf die Fünfer Richtung Stadtmitte, ein älteres Ehepaar auf die Bahn in Gegenrichtung. Wäre es nicht sogar gut, wenn sie ihn bemerken würde? Gerster fand Gefallen an dem Gedanken, blieb aber abgewandt neben dem Häuschen stehen. Gleich würde die Straßenbahn kommen. Mit der Vorstellung, alleine darüber entscheiden zu können, ob er der Frau nachgehen oder erst gar nicht einsteigen würde, empfand er Überlegenheit. Ein völlig neues Gefühl. Die Fünfer kam. Erna Kretzdorn stieg ein. Tief zufrieden sah er der Straßenbahn hinterher.

Am nächsten Abend wiederholte er die Szene. Dieses Mal wartete er nicht an der Haltestelle, sondern direkt am Supermarkt. Im Schutz eines großen Containers, der am Seiteneingang des Ladens aufgestellt war.

Erna Kretzdorn verließ den Supermarkt kurz nach 20 Uhr durch diesen Seiteneingang. Sie ging die wenigen Schritte zur Haltestelle und stieg ein paar Minuten später in die Fünfer ein. Fritz Gerster lächelte zufrieden.

Wiederum einen Tag später stand er hinter einem geparkten Lieferwagen und beobachtete die Kassiererin.

So ging es bis Samstag. Jedes Mal wählte er eine andere Position. Aber er achtete immer weniger darauf, von ihr nicht gesehen zu werden.

In der Woche darauf wartete er wieder direkt an der Straßenbahn-Haltestelle. Es war ein nasskalter, dunkler Montagabend. Erna Kretzdorn kam. Kurz nach ihr die Fünfer.

Dieses Mal stieg er ein.

7

Die alte Frau Stöcklin kannte die Frau nicht, die mit einer leeren Katzentransportbox am Eingang des Hochhauses stand. Sie musste fremd sein, denn offensichtlich suchte sie die unüberschaubare Zahl der Klingelschilder nach einem bestimmten Namen ab. Mit dem Zeigefinger fuhr sie von oben nach unten über die Leisten.

»Zu wem möchten Sie denn?«

Die Fremde unterbrach ihre Suche und drehte sich zu Frau Stöcklin um.

»Gerster. Fritz Gerster. Der soll hier wohnen.«

»Ja, der wohnt hier. Im Elften. Schauen Sie …« Frau Stöcklin deutete zielsicher auf ein Klingelschild in der Mitte. »Ich wohne auch im Elften.«

»Können Sie mich dann grad mit hineinnehmen?«, fragte die Frau.

»Das darf ich leider nicht. Aber klingeln Sie doch! Um diese Zeit ist er bestimmt zu Hause.« Frau Stöcklin drückte die Haustür auf, die sich hinter ihr wieder schloss.

Die fremde Frau drückte den Klingelknopf. Es tat sich nichts. Sie klingelte noch zweimal. Dann stellte sie die Transportbox ab, kramte aus ihrer Handtasche einen Zettel und einen Kugelschreiber und schrieb eine Notiz. Sie suchte den Briefkasten mit dem Namen Gerster und warf den Zettel ein.

Ruf mich an! Moni

8

Tom spürte sofort, dass an diesem Abend etwas anders war. Normalerweise beugte sich sein Versorger als Erstes zu ihm hinunter, wenn er nach Hause kam, und kraulte ihm zur Begrüßung den Hals.

Fritz Gerster beachtete den Kater jedoch nicht. Er eilte in die Küche, wusch sich die Hände und kramte unter der Spüle einen leeren Müllsack hervor. Dann zog er sich vollständig aus und stopfte seine Kleidung samt den Schuhen und der Wollmütze in den Müllsack. Er verschnürte ihn und stellte ihn in der kleinen Diele ab.

Die anschließende heiße Dusche tat gut. Sie dauerte viel länger als sonst. Sein rasender Puls wollte sich kaum beruhigen. Er hatte zuvor den Fahrstuhl gemieden und das Treppenhaus in den elften Stock benutzt. Aber das war nicht die alleinige Ursache dafür, dass ihm das Herz bis zum Halse schlug.

Er schnappte sich ein paar frische Kleider aus dem Schlafzimmer und zog sich an. Tom beobachtete ihn und entschied, dass ein zärtliches Vorbeistreifen am Hosenbein zwecklos wäre. Zu hektisch hastete der Mensch durch die Wohnung. Jetzt zog er ein paar andere Schuhe an und die dicke dunkelblaue Winterjacke.

Gerster sah sich um und überlegte. Noch immer hatte er keinen Blick für den Kater. Aus dem Flurschrank nahm er eine zusammengefaltete Plastiktragetasche heraus und klappte sie auf. Sie stammte von einem großen schwedischen Möbelhaus und war so groß, dass der Müllsack mit den Kleidern und den Schuhen darin Platz hatte. Er griff mit einer Hand nach den beiden kurzen Henkeln der Tasche, sodass ihr Inhalt nicht mehr sichtbar war.

Auf dem Weg nach unten nahm er wieder das Treppenhaus. Auf dem großen Vorplatz begegnete ihm Alexej.

»Ah! Gut viel eingekauft! Schöne Abend!«

Fritz Gerster grüßte zurück.

In einer Nebenstraße zwischen den anderen Hochhäusern hatte er sein Auto geparkt. Den alten roten Golf nutzte er nur noch selten. Er bewegte sich meist mit öffentlichen Verkehrsmitteln. Zu seiner Arbeitsstelle im Industriegebiet hätte er fast zu Fuß gehen können. Hinter dem Scheibenwischer klemmte ein Strafzettel. Schon wieder. Wie oft hatte er dieser Zicke von Politesse schon erklärt, dass er einen Anwohnerparkausweis besaß. Er hatte ihn ihr schon direkt vor ihre Gemeindevollzugsbeamten-Nase gehalten. Sie musste doch langsam das Auto kennen, auch wenn dieser verdammte Ausweis gerade mal nicht sichtbar platziert war.

Gerster zerriss das Knöllchen, warf es auf den Boden und schloss das Auto auf. Die Tragetasche warf er auf den Beifahrersitz. Dann holte er tief Luft und startete den Motor.

9

Der junge Mann joggte regelmäßig frühmorgens durch den kleinen Park, der über das öffentliche Gelände der Uni-Klinik führte.

Es war noch dunkel, aber die spärliche Laternenbeleuchtung am Rand des schmalen Weges bot genügend Licht. Seinen Morgensport trat er stets vor dem Frühstück an. Lediglich zwei Tassen Kaffee sollten ihn vorab munter machen. Die treibende Wirkung des Kaffees war auch der Grund, weshalb er seinen Lauf manchmal unterbrechen musste. So, wie an diesem Morgen. Der Jogger sah sich kurz um und verließ den Weg, um eine Hecke abseits anzusteuern. Der Rasen war mit Herbstlaub bedeckt. Ein leichter Nebel lag über dem Gelände.

Er nestelte an seiner Hose, als ein schwacher Lichtschein eines auf dem Weg vorbeifahrenden Fahrrades herüberfiel.

Auf den ersten Blick erkannte er, dass es sich um eine Frau handelte. Sie lag auf dem Rücken, direkt vor der Hainbuchenhecke. Beide Arme waren am Kopf entlang ausgestreckt. Wenn da nicht ihre Augen gewesen wären, hätte er spontan Erste Hilfe leisten wollen. Sie waren halb geöffnet und starrten leblos ins Leere. In Kombination mit dem eng um den Hals der Frau geschlungen Schal und der gewölbt hervorstehenden Zunge sah sich der junge Mann veranlasst, keine Rettungsversuche zu unternehmen und stattdessen die Polizei zu verständigen.

10

Die schlimme Nacht, die Fritz Gerster befürchtet hatte, war es überraschenderweise nicht geworden. Im Gegenteil. Um von seiner heftigen Unruhe herunterzukommen, hatte er nach seiner Rückkehr in die Wohnung drei tiefe Schluck *Lagavulin* aus der Flasche genommen. Tatsächlich hatte der torfige Whisky rasch Wirkung gezeigt. Gerster hatte traumlos durchgeschlafen.

Nun ließ er sich von Tom wecken, der nicht länger bereit war, ignoriert zu werden. Der Graue war auf das Bett gesprungen und verlangte mit stupsender Nase eine Streicheleinheit mit anschließend frisch gefülltem Futternapf.

Gerster sah auf die Uhr. Der Wecker hatte noch nicht geläutet. Es war genügend Zeit. An diesem Dienstag, so hatte er mit seinem Chef vereinbart, konnte er eine Stunde später zur Arbeit erscheinen, weil er am Vortag die frühe Tour zur *Gärtnerei Lembach* gefahren war.

Der Kater ließ sich kurz den Nacken kraulen, sprang dann aber mit hochstimmigem, aber forderndem Miauen in die Küche und schwänzelte um den leeren Napf.

»Tut mir leid, Tom Chester«, sagte Gerster, der ihm gefolgt war. Immer, wenn er dem Vierbeiner gegenüber etwas besonders betonen oder ihn schimpfen wollte, sprach er ihn mit dem vollen Stammbaumnamen an. »Tut mir leid wegen gestern. Aber heute geht es mir richtig gut!«

Er entschloss sich zu einer weiteren Dusche. Sein Puls war jetzt ganz ruhig. Er frühstückte drei Spiegeleier mit Toast, streichelte Tom den Rücken und richtete sich für die Arbeit.

Beim Verlassen des Hauses grüßte ihn Frau Stöcklin mit einem Lächeln.

Sein Hinweis »Keine Werbung« war wieder missachtet worden. Er würde den Briefkasten aber erst am Abend leeren. Gerster nahm den Fußweg der Bahnüberführung und stellte sich an die Haltestelle Dorfbrunnen. Er schaute hinüber zum Supermarkt. Das übliche Treiben. Kunden gingen hinein, Kunden kamen heraus. Es schien unverändert, wie immer. Aber er wusste, dass sich an Kasse Zwei zumindest personell etwas verändert hatte. Zufrieden stieg er in die Fünfer und fuhr Richtung Industriegebiet. Ohne im Detail an den gestrigen Abend zu denken, genoss er das neue Gefühl, das er bisher nicht gekannt hatte. Ein Gefühl von Stärke, Selbstbestimmung und Kontrolle. Ein Gefühl – er mochte es sich kaum eingestehen – ein Gefühl der Befriedigung. Dazu die Erkenntnis, auf Unangenehmes Einfluss nehmen zu können. Es zu verändern. Oder es zu beseitigen. So gut. Fritz Gerster fühlte sich richtig gut!

11

»Ich würde die Ausgangslage kurz zusammenfassen und Sie bitten, anschließend Ihre Ergänzungen vorzubringen.« Kriminaloberrätin Merlinde Trautmann saß am Kopfende des Besprechungstisches, an dem ein kleiner Kreis von Kollegen Platz genommen hatte. Sie waren vorgesehen, die leitenden Positionen innerhalb der zu gründenden Sonderkommission einzunehmen. Merle, wie sie schon als Kind genannt wurde, würde die Soko leiten. Im Alltagsbetrieb war die großgewachsene, stets etwas unterkühlt auftretende und immer gut gekleidete Beamtin seit zwei Jahren Leiterin der Kriminalinspektion für Kapitalverbrechen.

»Vorweg sollten wir noch klären, mit welcher Besetzung wir die Sache angehen.« Der Vorschlag kam von Diana Schulz. Die Kriminaloberkommissarin sollte der Soko-Führungsgruppe vorstehen und war somit auch zuständig fürs Personal.

Ihr Einwand hatte einen Hintergrund. Die personelle Situation in den Reihen der Freiburger Kripo war höchst angespannt. Es gab zum einen bereits eine Sonderkommission wegen eines unbekannten Serienbrandstifters. Zum anderen band eine aufsehenerregende Gruppenvergewaltigung, begangen von mehr als zehn Tatverdächtigen an zwei Mädchen im Teenageralter, zusätzlich viele Kollegen. Und die Erfahrung hatte gezeigt, dass es darüber hinaus dauernd irgendwelche Ermittlungsgruppen zu besetzen galt. Die Personalnot ging schon so weit, dass von der Polizeiführung in Erwägung gezogen wurde, sogenannte »Ermittlungs-Assistenzen« einzusetzen. Gemeint waren damit Interessierte aus dem Tarifpersonal der Angestellten sowie Polizeipensionäre, die man auf freiwilliger Basis reaktivieren könnte.

»Jaja, das Personal, eine berechtigte Anmerkung, Kollegin Schulz«, räumte Merle Trautmann ein. »Lassen Sie uns aber zunächst die Fakten klären. Dann können wir einschätzen, ob wir tatsächlich die üblichen 40 Köpfe für die Soko brauchen.« Sie nahm ihre Notizen und begann.

»Der Grundsachverhalt dürfte jedem bekannt sein. Ich möchte, dass wir uns dennoch alle auf den gleichen Kenntnisstand bringen. Ich würde mal beginnen:

Heute früh, um 6.35 Uhr, wurde auf dem Gelände der Uniklinik, im Institutsviertel der Naturwissenschaften, von einem

Jogger eine weibliche Leiche aufgefunden. Die Identität steht zwar noch nicht 100-prozentig fest, aber wir gehen ziemlich sicher davon aus, dass es sich um eine 51-jährige Frau handelt, die ganz in der Nähe der Fundstelle wohnte. Die Auffindesituation deutet zweifelsfrei auf ein Tötungsdelikt hin.« Sie nickte einem Kollegen am Tisch zu. »Herr Tränkle, könnten Sie uns bitte kurz berichten ...«

Klaus Tränkle war stellvertretender Leiter der Inspektion Kriminaltechnik. Man hatte ihn an die Fundstelle gerufen, nachdem von den ersten eingetroffenen Beamten eine vorläufige Einschätzung getroffen worden war. Der großgewachsene Kriminalhauptkommissar erhob sich, warf mit dem Decken-Beamer die Satellitenansicht einer Stadtteilkarte auf die Leinwand und erläuterte mit dem Laserpointer den Fundort.

»Es handelt sich um diesen kleinen Park hier zwischen der Vollzugsanstalt und der Gerichtsmedizin. Hier rechts befindet sich das Krankenhaus, und hier verläuft der Gewerbekanal.«

Tränkle zoomte den Ausschnitt größer. »Entlang des Kanals verläuft ein schmaler gepflasterter Fuß- und Radweg. Und an dieser Stelle«, er bewegte den Pointer vom Weg ab über eine grüne Fläche mit Rasen und Bäumen, »direkt vor diesem Gebüsch lag die Leiche.«

Ein paar Sekunden ließ er das Bild stehen, dann wechselte er zu den Aufnahmen, die er am frühen Morgen am Fundort gefertigt hatte. Die ersten Bilder zeigten den gepflasterten Weg, schwach beleuchtet durch die wenigen Parklaternen und gesäumt von zahlreichen Stahlbügeln zum Abstellen von Fahrrädern. »Üblicherweise sind hier viele Studenten unterwegs«, kommentierte Tränkle die Bildfolge, die nun in Großaufnahmen überging. Eine zeigte ein Rasenstück direkt an den Weg angrenzend und mit Herbstlaub bedeckt.

»An dieser Stelle dürfte der Erstkontakt zwischen Täter und Opfer stattgefunden haben. Die ansonsten flächige Verteilung der Blätter ist unterbrochen. Der feuchte Boden ist frisch aufgewühlt, das nasse Gras niedergedrückt beziehungsweise zertrampelt. Sehr wahrscheinlich kam es hier direkt neben dem Weg zu einer Auseinandersetzung und zur Handlungsunfähigkeit des Opfers. Von hier aus führt eine ziemlich gerade verlaufende Schleifspur über 23 Meter direkt zur Leiche und endet an den ausgestreckten Armen des Opfers. In Einklang mit der hochgerutschten Oberbekleidung kann als gegeben angesehen werden, dass die Frau an den Beinen in die Endlage geschleppt wurde.«

Die folgenden Aufnahmen zeigten die Leiche. Sie lag rücklings, und, wie von Tränkle beschrieben, vor einer Hecke am Boden. Die Nahaufnahmen ließen vermuten, was später die gerichtsmedizinische Untersuchung bestätigen sollte und was Kriminaltechniker Tränkle in eine knappe Feststellung fasste.

»Die Frau wurde mit ihrem Schal erdrosselt.«

Der Beamer wurde ausgeschaltet.

»Danke, Kollege Tränkle«, sagte Merle Trautmann. »Können Sie uns noch etwas zur Tatzeit sagen?«

»Nach den Leichenerscheinungen und der ersten Begutachtung durch den Gerichtsmediziner trat der Tod gestern Abend ein. Nach der Obduktion wissen wir mehr.«

»Spuren am Fundort?«

»Die Tatortgruppe des LKA arbeitet noch. Wir müssen abwarten.«

Merle Trautmann wandte sich an einen gut beleibten Kollegen mit listigen Augen hinter einer schwarzgeränderten Rundbrille.

»Kollege Jakob Allgeier wird den Einsatzabschnitt Ermittlungen übernehmen. Welche Ansatzpunkte haben wir bislang?«

Der in vielen Sokos erprobte Kriminalist blieb sitzen.

»Nicht viele. Jedenfalls keinen Tatverdacht. Befragungen von Anwohnern laufen bereits. Ebenso die Abklärungen des Opfers und dessen Umfeld. Wir brauchen einen Zeugenaufruf.«

»Passendes Stichwort, Herr Allgeier.« Die Soko-Leiterin schaute in die Runde. »Wir starten in voller Aufstellung«, entschied sie. »Gibt es Vorschläge für den Soko-Namen?«

Diana Schulz meldete sich zu Wort. »In voller Aufstellung heißt, dass wir Kollegen aus anderen Dienststellen anfordern müssen. Sonst können wir den Alltagsbetrieb nicht gewährleisten.«

»Darum kümmere ich mich«, antwortete Merle Trautmann. »Mir ist bewusst, dass wir personell derzeit auf dem Zahnfleisch gehen. Aber ein ungeklärter Frauenmord mitten in Freiburg ruft sämtliche Medien auf den Plan. Wir fahren das große Programm. Also, hat jemand eine Idee für die Soko-Bezeichnung? Dann kann die erste Pressemeldung vorbereitet werden.«

Es gab verschiedene Vorschläge.

»Soko Park.«

»Soko Neuburg.«

»Soko Schal.«

Jakob Allgeier schlug vor, die Soko nach dem Namen des Opfers zu benennen.

»Das hat man früher gemacht«, gab seine Vorgesetzte zu bedenken, »aber, wie Sie wissen, ist man aus Gründen des Opferschutzes davon abgekommen.«

»Ich würde es in diesem Fall dennoch so machen«, beharrte Allgeier auf seinem Standpunkt und begründete ihn. »Wir tappen noch völlig im Dunkeln. Der momentan einzige Ansatzpunkt ist das Opfer, und wir suchen Zeugen, die uns etwas über das Opfer sagen können. Genau deshalb hatten wir früher die Sokos auch nach den Opfern benannt. Das machte durchaus Sinn!«

Die Runde diskutierte kurz darüber. Dann entschied Merle Trautmann. »Den Namen des Opfers müssten wir in diesem Fall zwecks Zeugensuche ohnehin preisgeben. Und die Medien würden ihn sowieso herausfinden. Ich bin einverstanden.«

Die *Soko Kretzdorn* nahm ihre Arbeit auf.

12

Zu jeder vollen Stunde drehte Fritz Gerster auf seiner Auslieferungsfahrt das Autoradio lauter. Die Nachrichten verkündeten, dass China Tausende von Fabriken wegen Smogalarm geschlossen hatte und im laufenden Jahr fast eine Million Menschen nach Deutschland geflüchtet seien. Noch keine heiße Spur gäbe es vom Freiburger Serienbrandstifter, und im Fall der spektakulären Massenvergewaltigung sei ein zwölfter Tatverdächtiger ermittelt worden. Das Wetter bliebe auch in den nächsten Tagen nasskalt bei Temperaturen knapp über dem Gefrierpunkt.

Kein Wort von einem Vorfall in einem Park. Kein Sterbenswort. Gerster war tief besorgt. Die schlimme Befürchtung stieg in ihm auf, dass die Frau noch leben könnte. Dabei war er sich absolut sicher gewesen, lange genug den überkreuzten Schal zusammengezogen zu haben. Mit all seiner Kraft, über die er in jenen Minuten selbst überrascht war. Sie hatte sich heftig gewehrt. Die dumme Kuh, dachte er. Wäre sie doch einfach weitergegangen. Aber nein, sie musste sich umdrehen und ihn wieder blöd anmachen. Was bildete die sich eigentlich ein? Das war ein öffentlicher Park und nicht ihr Herrschaftsthron an der Supermarktkasse. Und was hatte sie überhaupt so herumzuschreien. Und ihn als »perverse Sau« zu beschimpfen. Nur weil er ihr gefolgt war, um zu sehen, wo sie wohnt. Den schlimmsten Fehler aber hatte sie gemacht, als sie ihm ins Gesicht sagte, dass sie ihn kenne und schon eine Weile mitbekommen habe, dass er ihr nachstellte. Er hatte das hysterische Geschrei beenden müssen. Die Alte war ja völlig von Sinnen.

Bis zu diesem Zeitpunkt hatte Fritz Gerster keine Vorstellung davon gehabt, wie lange man einen Menschen mit einem Gegenstand strangulieren musste, bis endlich Ruhe war. Es war ihm wie eine Ewigkeit vorgekommen. Wenigstens war sie still gewesen, als er den Schal richtig in die Hände bekommen hatte. Aber auch sie hatte unglaubliche Kräfte entwickelt. Noch lange, nachdem diese Kräfte nachgelassen hatten und die Frau sich nicht mehr rührte, hatte er den Zug um ihren Hals aufrechterhalten. Ein Hund hatte gebellt. Ganz in der Nähe. Und er hatte Stimmen gehört. Die halb geöffneten Augen und die Regungslosigkeit der Frau hatten ihm signalisiert, dass er aufhören konnte. Die Stimmen waren näher gekommen. Er hatte den leblosen Körper auf den Rücken gedreht und ihn fort vom Weg geschleift. Als das Pärchen mit dem Hund vorbeigekommen war, hatte er reglos hinter der Hainbuchenhecke gesessen. Der Mischling hatte ihn wie verrückt angeblafft. Gut, dass es Leinenzwang gibt und Hundehalter, die ihn befolgen, hatte er gedacht, als die beiden den wilden Kläffer schimpfend hinter sich her und aus Sichtweite gezogen hatten.

War es denkbar, dass man die Frau noch gar nicht gefunden hatte? Oder war sie womöglich wieder zu sich gekommen und hatte ihn bei der Polizei angezeigt? Fahndete man vielleicht schon nach ihm? Was konnte es noch für Gründe geben, dass nichts im Radio berichtet wurde?

Fritz Gerster war auf der Rückfahrt. Höchst beunruhigt schnalzte er vor sich hin und suchte nach Erklärungen.

Dann endlich!

Die 16-Uhr-Nachrichten begannen mit dem Aufmacher: »51-jährige Frau Opfer eines Gewaltverbrechens!«

Gerster atmete auf. Dennoch schlug sein Puls wieder hoch in den Bereich wie am Abend zuvor. Er fuhr rechts ran, drehte das Radio laut und verfolgte gespannt den Rest der Meldung:

»Am frühen Morgen wurde in einem kleinen Park im Freiburger Stadtteil Neuburg die Leiche einer 51-jährigen Frau aufgefunden. Nach den bisherigen Feststellungen der Kriminalpolizei wurde die in der Nähe des Parks wohnhafte Freiburgerin

Opfer einer Gewalttat. Einen Tatverdacht gibt es nach Mitteilung der Polizei bislang nicht. Ebenso herrscht noch Unklarheit über das Motiv für das Verbrechen. Die Kripo Freiburg hat eine Sonderkommission gegründet und bittet um Hinweise aus der Bevölkerung. Insbesondere ist von Interesse, wer am Montagabend, dem 30. November 2015, in dem zum Universitätsgelände gehörenden Park unterwegs war und verdächtige Beobachtungen gemacht. Mitteilungen bitte an ...«

Fritz Gerster drehte die Lautstärke zurück und fuhr weiter. »Einen Tatverdacht gibt es bislang nicht.« Mit Genugtuung dachte er an diesen Satz. Er musste dennoch alles gedanklich in Ruhe nochmals durchgehen. Hatte er etwas übersehen? Einen Fehler gemacht? Wie damals, bei der Sache mit dieser anderen Frau? Auch damals war alles nicht so geplant gewesen.

Zurück auf dem Gelände seines Arbeitgebers stellte er den weißen Transporter mit der Firmenaufschrift »Blumengroßhandel E. Ritter« ab und füllte im Büro den Tätigkeitsnachweis aus. »Hat alles geklappt?«, fragte der Juniorchef.

»Ja, alles bestens. Morgen die normale Tour?«

»Ja, morgen ist wieder alles normal.«

Das großzügige Areal E. Ritter hatte einst eine beachtlich imposante Spinnereifabrik beheimatet. Aber das gehörte längst der Vergangenheit an. Einige der in den 1920er-Jahren aus Bruchsteinen errichteten und während des Zweiten Weltkriegs in Ziegelbauweise aufgestockten Fabrikgebäude mit ihren markanten roten Fassaden dienten als Lager. Das Erdgeschoss im ehemaligen Haupthaus hatte man zum Bürotrakt umfunktioniert. Ein paar andere Gebäude hatten die Ritters, ebenfalls zu Lagerzwecken, an andere Firmen vermietet.

Das alte Kesselhaus mit seinem charaktervollen Loft-Charme stand leer. Erwin Ritter junior hatte vor, daraus eine Event-Location mit besonderem Ambiente zu machen. Sozusagen als zweites Standbein. Erwin Ritter senior zögerte noch. Einstweilen stand das Kesselhaus den Mitarbeitern als Aufenthaltsraum zur Verfügung. Neben der alten Stahltreppe, die hinauf zum Dampfkessel und zu einer zusätzlich eingezogenen Empore führte, stand ein großer Tisch mit Stühlen. An der Backsteinwand hing ein Regal mit Geschirr und Besteck, darunter stand ein kleiner Tisch mit Kaffeemaschine und Wasserkocher. Ein gläserner Aschenbecher, halb mit Kippen gefüllt, verriet, dass das allgemeine Rauchverbot hier noch nicht angekommen war – passend zum nostalgischen Flair des gesamten Areals.

Fritz Gerster betrat das alte Kesselhaus. Es war niemand da. Der Aufenthaltsraum wurde von den Beschäftigten nur spärlich genutzt. Der Einzige, der regelmäßig hier war, war Gerster. Er ging die Eisentreppe hoch. Von der Empore aus führte eine Tür in einen kleinen Raum, von dem aus man früher den Kesselturm kontrollieren konnte. Der Raum hatte seine Funktion genauso verloren wie der Turm selbst. Dieser hatte nicht nur seine Bestimmung verloren, sondern auch seine Spitze. Nach dem Niedergang der Spinnereifabrik hatte man sie aus baulichen Sicherheitsgründen einfach gekappt. Die Mitarbeiter nannten das einstige Wahrzeichen der Fabrik augenzwinkernd »Ritters hohler Zahn« – in Anlehnung an die Turmruine der berühmten Berliner Gedächtniskirche.

Die beiden Erwin Ritters hatten Fritz Gerster erlaubt, das kleine Turmzimmer, wie es genannt wurde, als Ruheraum zu nutzen, falls zwischen den Auslieferungsfahrten eine große Pause lag. Er hatte sich einen alten Sessel, eine wertlose Kommode und ein kleines Beistelltischchen hineingestellt, auf dem immer ein paar Bücher lagen. Vor der Trennung von Monika war er oft hier gewesen. Unmittelbar danach hatte er sogar hier übernachtet, bis ihm der junge Ritter die kleine Wohnung in Weingarten vermittelte.

An der Wand hing die alte Fabrikuhr mit den großen Zeigern. Sie funktionierte noch. Hinter dem kleinen Fenster lag direkt das Dach, das wiederum unmittelbar an den alten Turm anschloss.

Das morsche Fenster, an dem die vergilbte Farbe immer mehr abblätterte, knarrte beim Lüften. Genau wie der alte Holzboden. Es war kalt. Der Raum wurde nicht beheizt.

Obwohl Gerster für heute Feierabend hatte, setzte er sich in den Sessel und zog eine nicht mehr ganz salonfähige Wolldecke über die Beine. Auf dem Tischchen stand ein verstaubtes, aber noch funktionierendes Kassettenradio. Er schaltete es ein. Der Minutenzeiger der Fabrikuhr sprang schwerfällig auf die Zwölf. 17 Uhr.

Gerster wollte die Meldung noch einmal hören.

13

Am späten Abend versammelte Merle Trautmann alle zur Verfügung stehenden Ermittler im Soko-Raum. Zusammen mit Diana Schulz hatte sie es nicht geschafft, die grundsätzlich anzustrebende Struktur einer Sonderkommission mit dem vollständigen Personal zu besetzen. Immerhin standen statt der üblichen 40 Köpfe knapp 30 Beamte zur Verfügung.

»Leider sind wir noch nicht vollzählig«, begann sie ihre Ausführungen zum aktuellen Stand, »aber die Personalnot ist Ihnen allen ja bekannt. Wir arbeiten daran.«

Neben Trautmann saß ein schmächtiger Mann im grauen Anzug, der nicht allen im Raum bekannt war. »Besonders freue ich mich, dass ich Herrn Faber-Jung in unseren Reihen begrüßen darf. Er wird für uns, so hoffe ich, ein wichtiger Entscheidungsträger sein, wenn es um die Aufklärung der Tat geht. Wovon wir doch alle ausgehen. Herr Faber-Jung ist unser ermittelnder Staatsanwalt und unser kurzer Weg, wenn es um richterliche Beschlüsse geht. Einen Haftbefehl, zum Beispiel.«

Die Soko startete mit dem Optimismus, mit dem alle Sokos starten. Und sie begann mit dem Ergebnis der Obduktion, das Kriminaltechniker Klaus Tränkle vortrug. »Um es kurz zu machen: Der Tod trat durch Ersticken nach massiver Komprimierung von Venen, Arterien und Atemwegen ein. Das Opfer wurde erdrosselt. Die Strangmarken entsprechen ihrer Beschaffenheit nach dem Materialcharakter des um den Hals geschlungenen Schals. Professor Paschek geht davon aus, dass die Drosselung von hinten erfolgte. Allerdings weist das Opfer eine starke Rötung an der linken Wange und ein deutliches Hämatom am Wangenknochen auf. Zudem ist das Nasenbein angebrochen. Somit kann gemutmaßt werden, dass der ursprüngliche Angriff auf das Opfer von vorne erfolgte und der Drosselung körperliche Gewalt vorausging.« Klaus Tränkle machte eine kurze Pause und blätterte in seinen Notizen. »Paschek legt sich beim Todeszeitpunkt natürlich nicht exakt fest. 21 Uhr plus/minus grob eine bis maximal zwei Stunden sei aber wahrscheinlich.«

Die Soko-Chefin hakte ein. »Da kann vielleicht unser Kollege aus dem Bereich Ermittlungen etwas dazu ergänzen.«

Der schwergewichtige Jakob Allgeier zog es wieder vor, sitzen zu bleiben. »Ja, das kann ich.« Er rückte seine Nickelbrille zurecht. »Das Opfer war Kassiererin im *Supermarkt am Dorfbrunnen* in Weingarten. Der Markt schließt um 20 Uhr. Nach der Kassenabrechnung verließ sie nach Auskunft ihres Filialleiters das Gebäude so rechtzeitig, dass sie die Straßenbahn um

20.28 Uhr bekommen konnte. Das tat sie immer so. Üblicherweise fuhr sie direkt nach Hause – das heißt, sie dürfte auch gestern Abend am Fahnenbergplatz ausgestiegen sein. Die Fahrstrecke beträgt laut Plan zwölf Minuten. Zu Fuß sind es dann keine zehn Minuten durch den Park zu ihrem Haus. Zum Park selbst und somit zur Fundstelle maximal fünf Minuten.«

Das Fazit aus diesen Schilderungen zog Staatsanwalt Faber-Jung. »Das bedeutet, dass die Tat ziemlich genau um 20.45 Uhr begangen wurde.«

»Was zu den Feststellungen der Gerichtsmedizin passen würde«, ergänzte Merle Trautmann.

»Und zu den Aussagen eines Ehepaares, das sich vorhin, unmittelbar nach der ersten Pressemeldung, gemeldet hat«, nahm Jakob Allgeier sein Wort wieder auf. Er berichtete, dass der Hund des Ehepaares am Abend zuvor beim Spaziergang durch den Park heftig ins Dunkle gebellt habe. Man habe sich aber nichts weiter dabei gedacht. Das sei kurz nach 20.45 Uhr gewesen.

»Wie sieht es mit Spuren an Tatort und Opfer aus?«

»Die Tatortgruppe war bis vorhin im Park«, wusste Klaus Tränkle. »Ich schätze, dass wir morgen im Laufe des Tages erste Infos bekommen, ob etwas mit Fremd-DNA geht.«

»Was wissen wir über das Opfer?«, fragte Helge Michalek, ein Kollege mit modern zerrissenen Jeans und unmodern zurückgebliebenem Langhaar aus den 80er-Jahren, der für den Bereich Fahndung verantwortlich war.

»Alles unauffällig bisher«, antwortete Allgeier, »seit sieben Jahren geschieden, lebte alleine in einem Reihenhäuschen gegenüber der Vollzugsanstalt, hat eine erwachsene Tochter in Köln und arbeitet seit 15 Jahren in dem Supermarkt. Sie galt als sehr zuverlässig und war keinen einzigen Tag krank. Allerdings nicht sehr beliebt, weil sie wohl eine scharfe Zunge hatte – auch den Kunden gegenüber.«

In der Folge gaben die anderen Abschnittsleiter und die Spurenteams ihre noch wenig aussagekräftigen Berichte des ersten

Tages ab. Wesentliche Feststellung war, dass kein Motiv erkennbar war. Erna Kretzdorns Geldbeutel fanden die Kriminaltechniker in ihrem Mantel. Offenbar fehlte nichts aus ihrem Besitz.

Merle Trautmann entließ das Team, bat aber die Abschnittsleiter und den Staatsanwalt noch zu einer Analyse im engen Kreis.

»Ich würde gerne noch heute mögliche Tat-/Täterhypothesen diskutieren, damit wir morgen früh einen Fahrplan haben, was wir im Augenblick priorisieren.«

»Ich hab auch noch etwas.« Diana Schulz wandte sich direkt an die Soko-Leiterin. »Der Polizeipräsident lässt ausrichten, dass wir wegen der Personalknappheit an die Operativen Ermittlungs-Assistenzen denken sollen.«

»Ach ja?«, antwortete Merle Trautmann mit schnippischem Unterton, »an die denke ich Tag und Nacht. Aber im Moment denke ich allein an unsere Fallbewertung!«

Sie dauerte bis nach Mitternacht.

14

In dem kleinen Zimmer im Kesselhaus dämmerte Fritz Gerster in seinem Sessel vor sich hin. Die Nachrichten stellten ihn zufrieden. In jeder Meldung wurde verkündet, dass es keinen

Tatverdacht gäbe. Er selbst war alles noch einmal durchgegangen. Versuchte, sich an alles zu erinnern. Er wusste, was es bedeuten würde, wenn die Polizei DNA fände. Darin hatte er leidvolle Erfahrung. Dennoch war er ziemlich sicher, in dieser Hinsicht keinen Fehler gemacht zu haben. Auch wenn er alles nicht so geplant hatte, wie es dann gekommen war. Er hatte Handschuhe getragen, war dick eingekleidet gewesen – genau wie die Frau. Es hatte keinen direkten körperlichen Kontakt gegeben. Wieder musste er daran denken, wie lange er hatte zudrücken müssen, und wie unangenehm ihm das gewesen war. Aber über allem schwebte eine tiefe Zufriedenheit, die ihm ein gutes Befinden gab.

Seine Gedanken schweiften ab. Zurück in eine Zeit, in der er ein solches Gefühl nicht kannte. Oder doch? Ja, ein Mal, da hatte er ein ähnliches Gefühl. Aber die Ursache war eine ganz andere gewesen.

*

Die Schreinerlehre brach Friedrich Gerster ab, ehe er sie richtig begonnen hatte. Nicht wegen Astrid, sagte er sich. Auch nicht wegen der Arbeit. Es war die Zeit, die ihn störte. Die lange Zeit, die er in der Werkstatt verbringen musste. Er war lieber draußen im Freien, am besten unterwegs.

Zu Hause gab es einen Riesenärger. Aber nur von den Frauen. Vater war mit dem Einpegeln seiner flüssigen Nahrung schon jenseits von Gut und Böse. Bevor seine Mutter und seine Schwester handgreiflich werden konnten, flüchtete er.

Die erste Nacht kam er bei Hendrik unter. Er hatte einfach am Elternhaus seines ehemaligen Mitschülers geklingelt. Hendriks Eltern waren einverstanden. Sie kannten die Verhältnisse bei Gersters.

Die zweite Nacht verbrachte er bei Bruno. In der Schlafkabine von dessen Lastwagen. Bruno war Fernfahrer und stand mit seinem 40-Tonner auf dem großen Lkw-Parkplatz im Industriegebiet. Friedrich hatte es irgendwie dorthin gezogen. Er war zwischen den mächtigen Fahrzeugen umhergelaufen, deren Größe ihn faszinierte. Bruno beobachtete ihn und sprach ihn an. »Was hast du hier zu schnüffeln? Wenn du klauen willst, gibt's was auf die Ohren!« Friedrich schnalzte und erklärte, dass er von zu Hause abgehauen sei. Die Laster seien fantastisch, meinte er. Bruno musterte ihn und drückte ihm dann ein belegtes Käsebrot in die Hand. »Wenn du nicht schwul bist, kannst du heut Nacht bei mir pennen. Aber es wird nicht geschnarcht und nicht geschnalzt, verstanden?«

In der dritten Nacht wusste er nicht, wohin. Müde und hungrig schlich er nach Hause zurück. Dort gab es die Strafen, denen er zuvor noch entgangen war.

Am anderen Morgen packte er heimlich ein paar Sachen zusammen und verschwand erneut.

Dieses Mal für immer.

Er hatte Glück. Bruno bereitete sich gerade auf die Weiterfahrt mit seinem Sattelzug vor.

»Du weißt, dass das nicht in Ordnung ist, wenn ich dich mitnehme. Wie alt bist du eigentlich?«

»Fast 18.«

»Was heißt *fast*?«

»Dass noch etwas fehlt.«

»Wie viel?«

»Zwei.«

»Zwei? Zwei Tage, zwei Wochen ...?«

»Zwei Jahre.«

Bruno musterte ihn wieder. »Es geht nach Italien. Bergamo. Hast du einen Ausweis dabei?«

Friedrich kramte ihn aus seiner Hosentasche.

»Aha. Der junge Welteroberer hat an alles gedacht«, stichelte Bruno. »Steig ein! Und damit eines klar ist: Wenn wir zurück sind, will ich dich nicht mehr wiedersehen. Und wenn jemand fragt – ich kenne dich nicht, und du kennst mich nicht. Ist das klar? Ich will keinen Ärger.«

Über die drei Jahre, die Friedrich Gerster in Italien verbrachte, wusste man nicht viel. Viele Jahre später tauchte ein Fährticket von Gravedona am Comer See nach Bellano und zurück auf. Ausgestellt für »Adulti: due« – zwei Erwachsene. Das vergilbte und verfleckte Ticket steckte als Buchzeichen in einem Roman von Martin Suter. Der späte Fund deckte sich mit den früheren Aussagen eines gewissen Bruno Conti bei dessen damaliger polizeilicher Vernehmung. Der Fernfahrer war vorläufig festgenommen worden, nachdem der 16-jährige Friedrich Gerster von seiner Mutter als vermisst gemeldet worden war. Ein Zeuge hatte beobachtet, wie ein junger Mann, auf den die Beschreibung passte, auf dem Parkplatz im Industriegebiet in einen Lkw eingestiegen war. Wegen der Firmenaufschrift auf dem Auflieger des Sattelschleppers hatte man Conti als Fahrer des Lkws ermittelt. Nach der Rückkehr von seiner Tour in die Lombardei wurde er mit der Zeugenaussage konfrontiert.

»Ich hab gewusst, dass das Ärger gibt, ich Idiot! Aber ich sage Ihnen, ich hab nichts gemacht mit dem Jungen. Ich hab Frau und Kinder. Er wollte unbedingt mit. Ich hätte ihn so gesund zurückgebracht, wie er in meinen Truck eingestiegen ist. Aber der Bengel ist verschwunden, kaum dass wir bei Chiasso über der Grenze waren. An einer Tankstelle, bei Como. Er war einfach weg, als ich vom Bezahlen zurückkam. Wie vom Erdboden verschluckt.«

Die Vermisstenfahndung in Zusammenarbeit mit den italienischen Behörden blieb erfolglos. Mit Erreichen der Volljährigkeit von Friedrich Anton Gerster im Jahre 1988 wurde sie zu den Akten gelegt. Es gab keinerlei Hinweis auf ein Verbrechen. Die deutschen Ermittler gingen davon aus, dass der junge Mann den belastenden Familienverhältnissen entflohen war und für sich ein neues Leben begonnen hatte. Die Mutter besann sich angesichts des Ausbleibens jeglicher Lebenszeichen ihres Sohnes auf ihre ursprünglichen Muttergefühle und verfiel in Depressionen. Der Vater verlor zunächst den Kampf mit dem nie passenden Pegel und danach den Verstand. Die Schwester zog mit 17 aus und heiratete ein Jahr später einen Steuerberater.

Nach seiner Rückkehr nach Deutschland nannte Friedrich sich Fritz. Er mied den südbadischen Raum und die Nennung seines Familiennamens, wann immer dies möglich war. Er knüpfte Kontakte in einer Frankfurter Wärmestube, die ihm eine winzige Einzimmerbleibe am Stadtrand vermittelte. Er nahm verschiedene Gelegenheitsjobs an und landete bei einem privaten Zustelldienst als Mitfahrer. Er war gewissenhaft und pünktlich, packte bei den schwersten Paketen mit an und freute sich über das Geld, das er verdiente. Sein Chef war sehr zufrieden mit ihm. Eines Tages überraschte er Fritz Gerster auf dem Logistikgelände, wie er mit einem der großen Zuliefererfahrzeuge rangierte, obwohl er keinen Führerschein besaß. Der Chef beobachtete ihn eine Weile und erkannte sein Talent. Er förderte es, indem er Fritz Gerster die Möglichkeit bot, die erforderlichen Fahrerlaubnisse zu erwerben.

Fünf Jahre lang fuhr Gerster Pakete aus, dann wechselte er zu einem großen Logistikunternehmen. Er bildete sich weiter und erwarb schließlich die Lizenz, die größten Lastkraftwagen zu fahren.

Als er zum ersten Mal am Steuer eines 40-Tonners saß, war er so glücklich wie nie zuvor in seinem Leben.

*

Er war eingenickt und erschrak, als er auf die Wanduhr sah. Tom! In Windeseile verließ er das Kesselhaus und fuhr mit der Fünfer zum Dorfbrunnen.

Es war schon nach 22 Uhr, als er am Hochhaus ankam und seinen Briefkasten öffnete. Die Werbeprospekte steckte er kurzerhand in andere Postschlitze. Auf den kleinen handgeschriebenen Zettel warf er einen kurzen Blick.

Tom erwartete ihn mit einem überraschend lauten Miauen. Gerster legte Monikas Notiz auf den Esstisch und füllte die beiden Näpfe.

Auf keinen Fall würde er sie anrufen. Ganz sicher nicht!

15

In der Frühbesprechung am anderen Morgen stellte Merle Trautmann der gesamten Soko-Belegschaft die in der Nacht erarbeiteten Tat-/Täter-Hypothesen vor. »Eine konkrete Priorisierung haben wir bisher nicht vorgenommen«, erklärte sie eingangs, »da wir das Motiv der Tat nicht kennen. Die Reihenfolge, in der ich unsere Überlegungen vortrage, entsprechen unserer derzeitigen Einschätzung, welche Hypothese am wahrscheinlichsten zutreffen könnte.«

Ausgehend von der allgemeinen Statistik, dass über 90 Prozent aller Tötungsdelikte von einer Bezugsperson des Opfers begangen werden, stellte sie als erste These eine »Beziehungstat« in den Raum.

»Dazu haben wir allerdings im Moment genauso wenig Anhaltspunkte wie für die anderen denkbaren Varianten«, schränkte sie zugleich ein. »Die Abklärung des Opferumfeldes dauert noch an. Erna Kretzdorn lebte seit ihrer Scheidung vor sieben Jahren alleine in dem Reihenhäuschen. Über Beziehungen zu Männern ist bislang nichts bekannt. Ihr Ex-Mann starb vor zwei Jahren in Köln. Dort lebt auch ihre Tochter, mit der sie aber kein gutes Verhältnis hatte – wie zu vielen Menschen anscheinend. Der letzte Kontakt liegt wohl mehrere Wochen zurück. Die Tochter ist mit ihrem Mann von Köln hergekommen und kümmert sich um die Bestattung.«

»Beziehungstat ist völliger Unsinn!« Helge Michalek legte mit breiter Hand seine gesamte Haarpracht nach hinten. Er war für seine direkte und bisweilen schroffe Art bekannt – aber als pfiffiger und kritischer Kollege durchaus geschätzt. »Ich hab das gestern Abend schon gesagt: Die Frau wird in einem Park erdrosselt, wo Leute spazieren gehen. Das macht kein Beziehungstäter! Das war ein Fremder!«

»Es ist ja nur eine Möglichkeit«, ließ sich Merle Trautmann nicht beirren, »aber wir sollten die Hypothesen nicht schon verwerfen, bevor wir sie vernünftig diskutiert haben. Wir müssen so oder so mehrgleisig fahren.«

Michaleks Haare wanderten wieder nach vorne.

Die nächste Hypothese beschäftigte sich mit einem »fremden Zufallstäter«, der sein Opfer nicht kannte. Sie hatte eng mit der dritten These »Stadtstreicher« zu tun und fand in den Gesichtern der aufmerksam lauschenden Soko-Mitglieder erkennbar genauso viel Zustimmung wie die Variante »Sexualtäter«. Bei letzterer wäre das Motiv klar. Den Umstand, dass an dem vollständig bekleideten Opfer nichts auf eine Sexualstraftat hindeutete, konnte man damit erklären, dass der Täter gestört wurde – zum Beispiel durch den bellenden Hund und das herannahende Pärchen.

Als »eher abwegig, aber dennoch nicht auszuschließen« bezeichnete selbst Soko-Leiterin Trautmann die Hypothese »Supermarktkunde«. Es war zwar bekannt, dass die Kassiererin Erna Kretzdorn bei den Kunden alles andere als beliebt war. Aber ein Motiv für einen Mord konnte niemand daraus ableiten. Die Möglichkeit fiel somit in den allgemeinen Bereich »Abklärung des Opferumfeldes«. Dazu zählte die Veröffentlichung eines Fotos von Erna Kretzdorn zu Lebzeiten, um jede Möglichkeit der Zeugengewinnung auszuschöpfen.

»Was wir selbstverständlich unabhängig von möglichen Interpretationen der Tat und parallel zu den aktuellen Ermittlungen machen werden, ist die Abklärung bekannter Straftäter aus den Datenbanken. Kollege Haag wird uns aus dem Bereich der internen Auswertung alle Sexualstraftäter auflisten, die auf freiem Fuß sind, dazu alle mit dem Merker GEWA als gewalttätig registrierten Jungs und insbesondere diejenigen, mit der Tatbegehung ›Drosseln‹. Mit denen fangen wir an.«

16

Verärgert und verächtlich warf Fritz Gerster einen erneuten Blick auf Monikas Notiz. Kein Zweifel – sie hatte ihn ausfindig gemacht und nicht davor zurückgeschreckt, diesen Zettel bei ihm einzuwerfen. Womöglich hatte sie sogar bei ihm geklingelt und erst dann die Nachricht hinterlassen. Bei dem Gedanken daran schnürte es ihm den Hals zu. Wie immer, wenn er an sie denken musste.

Keinesfalls würde er sie anrufen, dachte er wieder. Was hatte sie nur hier verloren? Das Trennungsjahr war erst in drei Monaten abgelaufen. Was immer sie von ihm wollte – sie würde wieder anrücken. Keine Ruhe geben, nicht lockerlassen. Er kannte sie gut genug. Niemals hörte sie auf, in ihrer penetranten Art. Warum konnte sie ihn nicht einfach in Ruhe lassen?

Gersters Wut kreuzte sich mit Gedanken an die Kassiererin – die es jetzt nicht mehr gab. Manche Probleme brauchen keine Lösungen, dachte er, wenn man sie einfach beseitigt.

Tom verlangte sein Frühstück. Der Kater war in der Lage, Gerster auf andere Gedanken zu bringen. Die beruhigende Wirkung, die von dem geschmeidigen Freund ausging, zählte zu den wenigen Dingen, die Gersters Leben einen Sinn verliehen. Schon als Kind hatte er sich eine Katze gewünscht.

*

Monika hatte zunächst widerwillig zugestimmt, als er eines Tages mit dem Wollbündel nach Hause gekommen war. Allmählich war aber auch sie dem Charme des kleinen Katers erlegen. Fritz Gerster war stolz darauf, denn endlich war einmal eine Initiative von ihm ausgegangen.

Bei der lautstarken Trennung wusste Monika, wie sie ihn treffen konnte. Begleitet von einem Schwall an Vorwürfen hatte sie ihn mit einer Plastiktüte voller Unterwäsche vor die Tür gesetzt und ihm den verstörten Kater hinterhergeschmissen. »Und dieses verdammte Mistvieh kannst du gleich mitnehmen! Du hast es ja auch angeschleppt!«

Als sie sah, wie Gerster den Kater auf den Arm nahm und mit ihm davontrottete, hatte sie ihren Ausraster schon bereut – was den Kater betraf.

*

Fritz Gerster zerknüllte den Notizzettel und warf ihn in eine Ecke. Tom fand das wunderbar und jagte hinterher. Papierknäuel liebte er noch mehr als Vorlesen.

17

Immer mittwochs, mit wenigen Ausnahmen, trafen sich die beiden Pensionäre auf einen Krug kühlen Apfelmost mit herrlich durchwachsenem Vesperspeck und frisch gebackenem, duftendem Bauernbrot.

Fast immer geschah dies auf dem alten, aber bestens sanierten Bauernhof von Josef Werneth, der ihn von seinen verstorbenen Eltern geerbt hatte. Der Bauernhof befand sich auf der Gemarkung Biederbach, volksmündlich »Bidderbach« genannt, weit abseits der viel befahrenen Bundesstraße, die sich von Freiburg aus den Weg durch das idyllische Elztal in Richtung Norden bahnte.

Alfons Bücheler wohnte auf der anderen Seite der Bundesstraße, im nicht minder beschaulichen Elzacher Ortsteil Yach, das die Einheimischen liebevoll »die Eich« nannten.

Die beiden Ruheständler pflegten ihren Brauch seit zwei Jahren, nachdem sie fast zeitgleich die Altersgrenze erreicht hatten. Sie waren im selben Jahr geboren und hatten auch andere Dinge gemeinsam. Beide Ehefrauen waren noch berufstätig, und beide Männer waren in ihrer aktiven Berufszeit Polizisten gewesen. Kriminalbeamte, um es präziser auszudrücken.

»Und ... was machen die Gebrechen?«, flachste Josef Werneth bei der Begrüßung.

»Sie wachsen und gedeihen. Ich bin jetzt in dem Alter, in dem mehr die inneren Werte zählen – du weißt schon ... Blutwerte, Zucker, Leber. Und selbst?«

»Ich kann nicht klagen. Mein rechter Arm macht gerade dumm. Der Doc meint, altersbedingt.«

»Und was meinst du?«

»Dass es Quatsch ist. Der andere Arm ist okay, und der ist genauso alt.«

Schon zu Dienstzeiten hatten sich die beiden gut verstanden, obwohl sie nicht in der gleichen Inspektion eingesetzt waren. Werneth, der bodenständige gebürtige Bidderbacher, war von Haus aus Rauschgiftfahnder, und der aus der Stadt in die Eich zugezogene Bücheler leitete zuletzt die Kriminalinspektion für Kapitalverbrechen. Da sie nur wenige Kilometer voneinander entfernt wohnten, hatten sie sich schon früher privat gegenseitig ausgeholfen. Bücheler, handwerklich eher minderbegabt, hatte dennoch bei der Hof-Sanierung kräftig Hand angelegt. Im

Gegenzug hatte Werneth seinen »Städter-Kollegen« beim Bau des kleinen Eigenheims vor allem mit wertvollen Kontakten zu örtlichen Handwerkern unterstützt und ihm eigenhändig den kleinen Garten angelegt.

»Ich geh uns mal ein Tröpfchen holen«, sagte Werneth, und schnappte sich den senfgelben Mostkrug.

»Hast zu zugenommen?«, fragte ihm Bücheler hinterher.

»Absicht. Ich möchte meine Haut etwas straffen.«

Wenn das Wetter es einigermaßen zuließ, saßen die beiden Ex-Polizisten auf dem alten Rentnerbänkchen vor dem Haus. Auch an kälteren Tagen. An diesem Mittwochnachmittag im Dezember war es den beiden draußen aber deutlich zu ungemütlich. Sie hatten es sich in der holzgetäfelten alten Stube des Werneth-Hofes behaglich gemacht.

»Hast du mitgekriegt? Die Freiburger haben ein Tötungsdelikt«, sagte Bücheler, als Werneth mit dem gefüllten Krug aus dem Keller zurückkam.

»Ja klar, hab ich gehört.« Josef Werneth schenkte die Gläser voll. »*Soko Kretzdorn*. Ich dachte, man soll die Namen der Opfer nicht mehr verwenden?«

»Hab ich auch gedacht. Umkehr von der Umkehr. War früher wohl doch nicht alles so schlecht.«

Sie stießen an.

»Ich dachte, wegen Daten- und Opferschutz darf man das nicht mehr?« Werneth schnitt zwei Scheiben von einer stattlichen Seite Speck ab.

»Vielleicht versprechen sie sich mehr Infos zum Opfer, wenn sie den Namen nennen«, vermutete Bücheler. »Wie's aussieht, gibt's ja noch keinen Tatverdacht.«

Josef Werneth legte seinem Gegenüber eine Scheibe Speck auf das Holzbrett. »Ähm, was anderes, Alfons: Demnächst könnte ich noch eine helfende Hand gebrauchen. Meine rechte schwächelt ja. Der Sturm neulich hat mir ein paar Bäume im Wald abgeknickt – um die sollte ich mich kümmern.«

»Kein Problem. An wann hast du gedacht?«

»Noch vor Weihnachten wäre mir am liebsten.«

»Sag mir einfach Bescheid!«

Eine Weile aßen und tranken sie schweigend. Werneth war in Gedanken beim Holzmachen, Bücheler bei der Soko.

»Der hat das Opfer gekannt«, sagte er, ohne von seinem Vesper aufzublicken.

»Sehnsucht?« Josef Werneth grinste spitzbübisch.

»Unsinn. Ich denk nur so. Die kannten sich. Meine Meinung.«

»Ich finde es ganz okay, dass wir beide uns darüber keinen Kopf mehr machen müssen. Magst du ein paar Gürkchen?«

»Gürkchen gern. Das Holzofenbrot schmeckt übrigens genial! Selbst gebacken?«

»Selbst gekauft, heute Morgen. Extra für dich!«

18

Die Liste der Clochards auf Freiburgs Straßen war lang. Der hypothetisch in den Raum gestellte Grundverdacht gegen einen von ihnen basierte rein auf dem Umstand, dass die *Soko Kretzdorn* kaum andere Ansatzpunkte hatte.

Die Begründung der Beziehungstat-These zerbröckelte schon

in der Anfangsphase der Ermittlungen mangels Beziehungen des Opfers. Erna Kretzdorns Bekanntenkreis reduzierte sich auf ein Minimum an Personen, die auf der einen Seite kein Motiv, auf der anderen Seite jeweils ein einwandfreies Alibi hatten. Für die Variante »Fremder Zufallstäter« fehlten handfeste Anknüpfungen.

Die Überprüfungen bekannter Sexualtäter mit Bezug zu Freiburg waren im Gange. Ebenso die Sichtung einer Liste gewalttätiger Verbrecher mit der Tatbegehung »Würgen/Drosseln«. Die Erhebung einer Auflistung von Supermarktkunden gestaltete sich erwartungsgemäß als schwierig. Das Personal kannte zwar viele ihrer Stammkunden, konnte jedoch bei den wenigsten einen Namen zuordnen. Wegen der Gesamtumstände der Tat ging die Soko von einem Mann als Täter aus. Diese Annahme schränkte den potenziellen Personenkreis zwar ein, brachte die Ermittler aber kaum weiter. Es gab viele Männer, die im *Supermarkt am Dorfbrunnen* einkaufen gingen. Auch solche, die vom Personal als regelmäßige Kunden beschrieben wurden. Bei den Überlegungen der Soko-Leitung fehlten jedoch sowohl ein nachvollziehbares Motiv als auch Namen dieser Kundschaft. Um dies zu ändern, ließ Merle Trautmann eine Liste aller erfassten Ladendiebe erstellen, die in dem Supermarkt erwischt worden waren. Vielleicht ließe sich damit mit viel Fantasie ein Mordmotiv ableiten.

»Da braucht man wirklich sehr viel Fantasie«, kommentierte Helge Michalek diese Maßnahme, stellte aber aus seinem Einsatzabschnitt »Fahndung« Kollegen für entsprechende Überprüfungen zur Verfügung. Zu fahnden gab es ja aktuell nichts.

Die meisten der männlichen Freiburger Obdachlosen fand man an den üblichen Orten. Wer sich um diese Jahreszeit nicht in einer Wärmestube oder einem Männerwohnheim aufhielt, suchte Schutz in den Eingängen von Geschäftspassagen oder Kollegiengebäuden der Uni.

So auch Henry Dosch. Er war ein Einzelgänger unter den Wohnsitzlosen und mied die oft lautstarken Gruppentreffs auf dem zentral gelegenen Platz der Alten Synagoge. Er mochte die pöbelnden Rumlungerer mit ihren dünnen Hunden nicht. Nichts gaben sie von ihrem Fusel ab, und wenn sie mal was zu beißen übrig hatten, bekamen es die Köter. In der Nähe hielt er sich dennoch auf. Manchmal ließen sie ihre fast leeren Bierflaschen stehen. Da waren dann noch ordentlich Resttropfen drin. Meistens jedenfalls.

Ein Hausmeister der Uni-Bibliothek rief die Polizei, weil »ein Penner« am Hintereingang sitze und, anstatt sich zu verpissen, an die Wand gepisst habe.

Die Beamten des Innenstadtreviers wussten von den Überprüfungen im Stadtstreicher-Milieu und verständigten ihre Kollegen von der Soko.

Obwohl nach den bisherigen Auswertungen keine Fremd-DNA am Tatort oder am Opfer gefunden worden war, galt die Vorgabe, von allen Kontrollierten auf freiwilliger Basis Speichelproben und Fasern der Oberbekleidung zu erheben.

Henry Dosch machte nie Ärger, wenn er kontrolliert wurde. Auch dieses Mal nicht, obwohl er sich wunderte, dass die Kripo höchstpersönlich an der Bibliothek erschien, und die beiden uniformierten Polizisten, die er gut kannte, abseits stehen blieben. »Der Henry ist okay«, rief einer der beiden den Soko-Beamten zu. »Mach einfach, was die beiden von dir verlangen, Henry!«

Die Alibis vieler der kontrollierten Stadtstreicher blieben offen. Einige konnten sich nicht mehr daran erinnern, wo sie am vergangenen Montagabend waren. Andere hatten einfach niemanden, der ihren Aufenthalt bestätigen konnte.

Henry Dosch hatte auch niemanden. Aber er meinte sicher, dass er am Montag unter der Dreisam-Brücke geschlafen hatte. Das hatte er nämlich die ganzen letzten Tage schon. Unter einer löchrig zerfetzten Wolldecke. Im Männerwohnheim übernachtete er nur in äußersten Notfällen, bei richtig beißender Kälte. Er hasste es, sich dort aufzuhalten. Die Decke hatte er im Tausch mit einem geklauten Päckchen Zigaretten erworben. Der Kiosk-Pächter, der selbst einem guten, zur Not auch schlechten Tröpfchen nicht abgeneigt war, hatte mal wieder nicht aufgepasst. Sehr zum Leidwesen seiner energischen Frau, die der Nachlässigkeit ihres Mannes längst überdrüssig war. Die zwei Flachmänner, die Henry Dosch zudem hatte mitgehen lassen, hatte er getrunken, kurz bevor der Hausmeister ihn angesprochen hatte.

Die Polizisten baten ihn zum gleich in der Nähe liegenden Innenstadtrevier. Der billige Weinbrand wirkte. Dosch freute sich schwankend über die Fürsorge der beiden Kriminalbeamten. Mit Klebeband reinigten sie akribisch, Zentimeter für Zentimeter, seine speckige Jacke. Das war längst einmal fällig, dachte er. Sie wuschen seine Schuhe, und weil sie nun so schön sauber waren, machten sie Fotos von ihnen. Anschließend säuberten sie sorgsam mit einem Wattestäbchen seinen ganzen Mundraum. »Das wäre aber nicht nötig gewesen«, bedankte er sich höflich lallend, war aber davon überzeugt, dass es kein Fehler war. Er konnte sich nicht daran erinnern, wann er zum letzten Mal seine Zähne geputzt hatte. Jetzt fehlte nur noch, dass sie ihn in den Notarrest mit den warmen, nicht durchlöcherten Wolldecken einladen würden.

Aber soweit reichte die Fürsorge dann doch wieder nicht.

In der abendlichen Soko-Besprechung wurden die laufenden Überprüfungen der männlichen Obdachlosen nur am Rande erwähnt. »Bislang gibt es keinerlei Anhaltspunkte für diese Theorie«, lautete Helge Michaleks kurzes Fazit, natürlich mit spitzzüngigem Zusatz. »Ei, wer hätte das gedacht!«

Die meisten tendierten ohnehin zur Variante des »Zufallstäters«. Dafür sprach, dass der Mörder das Tatwerkzeug nicht selbst mitgeführt, sondern sich »zufällig« des Schals des Opfers bedient hatte. Beim Motiv freilich schieden sich auch hier die Geister.

Sehr ausschweifend berichtete ein Spurenteam von der Abklärung eines Mehrfach-Sexualstraftäters, der drei seiner Vergewaltigungsopfer in öffentlichen Parks überfallen und fast bis zur Bewusstlosigkeit gewürgt hatte. Die Spur hörte sich megaheiß an. Allerdings hatte sie einen Haken, der am Ende des Vortrages für Ernüchterung sorgte. Der Täter hatte ein ziemlich gutes Alibi. Er saß seit zwei Jahren zur Verbüßung seiner Haftstrafe im Gefängnis. Merle Trautmann nahm dies zum Anlass, mahnend darauf hinzuweisen, sich möglichst kurz zu fassen und vor allem nur bedeutende Sachverhalte vorzutragen.

Unter einem solchen »bedeutenden Sachverhalt« verstand die Soko-Leiterin zum Beispiel die Zeugenaussage, von der Ermittlungsleiter Jakob Allgeier berichtete. Im Sitzen, wie immer, und mit der typischen Geste des Zurechtrückens seiner Nickelbrille. »Ein älterer Herr, seit 15 Jahren Rentner, hat sich gemeldet. Er hat unseren Zeugenaufruf mit dem veröffentlichten Bild gesehen. Er ist sich ziemlich sicher, dass er vor ein paar Tagen eine Begegnung mit Erna Kretzdorn hatte.« Allgeier machte eine kleine Pause. »Und dabei hat der gute Mann, meiner Meinung nach, eine ziemlich interessante Beobachtung gemacht.«

Die Tür ging auf und unterbrach die weiteren Ausführungen.
»Sorry, dass ich zu spät bin!« Jochen Haag, ein junger, meist bleicher, schlanker Rollkragenpulli-Liebhaber platzte herein und steuerte auf den leeren Stuhl zu, der für den Auswerter reserviert war. »Ich wollte diese eine Spur noch anlegen und verschriften. Scheint mir ganz interessant zu sein.«
Das gefiel Merle Trautmann. Zweimal innerhalb weniger Sekunden war das Wort »interessant« gefallen.
»Was heißt diese eine Spur?«, fragte sie.
Jochen Haag schaute in die Runde. »Ich will mich nicht vordrängen. Bin ich denn schon dran?«

Merle Trautmann sah zu Allgeier.

»Gleich. Hören wir zunächst weiter, was Kollege Allgeier uns von der Begegnung des Rentners mit unserem Opfer zu berichten hat.«

19

Eigentlich hatte Monika Gerster vor, es wieder bei ihrem Noch-Ehemann an seiner Wohnung in Weingarten zu probieren. Seine Telefonnummer hatte sie nicht, lediglich seine Adresse.

Im Flur zog sie ihren Mantel an, hob die Katzentransportbox vom Boden auf und nahm den Autoschlüssel vom Haken. Sie war entschlossen, den eingesperrten Kater aus der vermutlich schmuddeligen, verwahrlosten und ungelüfteten Bude herauszuholen. Natürlich hatte er sie nicht angerufen. Das überraschte sie nicht. Unangenehmen Dingen ging er stets aus dem Weg oder ignorierte sie einfach. Das war nach ihrer Heirat vor drei Jahren die erste schlechte Eigenschaft, die ihr an ihm aufgefallen war. Im Lauf der Zeit waren kontinuierlich weitere hinzugekommen. Seine Trägheit. Seine Unentschlossenheit. Seine Bequemlichkeit. Sein Zwang, dauernd irgendein Buch lesen zu müssen. Sein Schweigen auf der einen Seite. Auf der anderen

Seite sein verdammtes Gequatsche mit diesem Kater, während er mit ihr kaum ein Wort sprach. Gewisse Dissonanzen beim Sex hatten alles nicht unbedingt besser gemacht. Vor allem dann nicht, wenn sie ihm im Streit seine dahingehende Schwäche nicht nur vorwarf, sondern sich darüber lustig machte. Wenn sie ihn besonders verletzen wollte, tat sie dies auch vor anderen Leuten. Es nervte sie einfach alles an ihm – und ihn alles an ihr. Mit der Zeit ging es in Hass über. Es war das Einzige, was die beiden noch gemeinsam hatten.

Monika Gerster schloss die Tür ihrer Wohnung und ging zu ihrem Wagen. Vor zwei Tagen, abends, war er nicht zu Hause gewesen. Oder hatte nicht geöffnet. Wenn sie es jetzt wieder versuchen würde, könnte das Gleiche passieren. Das war aber nicht der eigentliche Grund, weshalb sie zögerte und sich nicht ins Auto setzte, um die wenigen Kilometer von Hugstetten nach Freiburg zu fahren. Dort war aktuell ein unbekannter Frauenmörder unterwegs. Direkt an dem Hochhaus, wo ihr Bald-Ex wohnte, gab es keine Parkplätze. Sie würde wieder in einer Nebenstraße parken müssen. Und um ihn anzutreffen, müsste sie wieder bei Dunkelheit alleine zu Fuß unterwegs sein. Genau in den abendlichen Stunden, in denen vor zwei Tagen der Mord geschah.

Nein! Das könnte ihm so passen! Dass ein Mörder dafür sorgen würde, dass er den Kater behalten könnte! Das fehlte gerade noch!

Der kalte Wind, der schon seit ein paar Tagen übers Land wehte, wirbelte ein paar Blätter auf. Ein dunkel gekleideter Jogger huschte grußlos an ihrem Auto vorbei.

Monika Gerster hatte eine andere Idee. Sie machte kehrt und ging zurück ins Haus.

20

Ermittlungsleiter Jakob Allgeier berichtete von einem 80-jäh-rigen Rentner, der am Samstagabend vor einer Woche an der Haltestelle Dorfbrunnen von einer Frau beschimpft worden sei, weil er sein Ticket versehentlich auf den Boden geschmissen habe. Der rüstige Rentner sei sich sicher, dass es sich bei der Frau um genau jene auf dem Fahndungsbild gehandelt habe. Allgeier blätterte in seinen Notizen.

»Bis jetzt ist noch wenig daran interessant«, warf Helge Michalek ein, »sie ist dort ja jeden Abend eingestiegen.«

Ohne darauf einzugehen, sprach Allgeier weiter. »Bevor der Rentner das Papier wieder aufheben konnte, sei ihm ein Passant zuvorgekommen. Der Rentner habe sich bedankt. Die Frau sei in die Straßenbahn Richtung Stadtmitte eingestiegen. Der fremde Passant habe ihr kopfschüttelnd nachgesehen, aber zunächst keine Anstalten gemacht einzusteigen. Als die Tür der Bahn sich gerade schließen wollte, sei der Mann plötzlich, quasi in letzter Sekunde, doch noch hineingesprungen.«

»Interessant«, sagte jetzt Merle Trautmann.

»Sag ich doch.« Jakob Allgeier blätterte wieder in seinen Unterlagen. »Der Mann soll zwischen 40 und 50 Jahre alt gewesen sein, untersetzt und kräftig, etwa ein Meter 80 groß. Er habe ein belegtes Brötchen gegessen. Der Rentner meint, ein Fisch-brötchen.«

»Super Tatmotiv«, frotzelte Michalek, »Passant rächt Rentner und erdrosselt Frau wegen Beleidigung.«

»Wir haben bei allen Varianten bisher kein erkennbares Motiv«, entgegnete Trautmann.

»Kann man den Mann identifizieren?«, fragte Techniker Klaus Tränkle.

»Man könnte es versuchen, zum Beispiel mit einem Presseaufruf.«

»Ha! Und wenn er sich nicht meldet, dann war es tatsächlich der Mörder. Der Mörder mit dem Fischbrötchen!«

»Kollege Michalek! Es ist gut.« Merle Trautmann sprach in ruhigem Ton. Sie kannte den offenbar angeborenen Zynismus des ehemaligen MEK-Beamten und blieb souverän wie meistens. »Wir sollten uns lieber Jochen Haags interessanten Grund anhören, weswegen er zu spät zu uns gekommen ist«, leitete sie zu ihrem Abschnittsleiter der internen Auswertung über.

Jochen Haag räusperte sich, zupfte an seinem Rollkragen und begann.

»Wir haben ohne näheren Bezug zu unserer Tat verschiedene Listen mit unterschiedlichen Recherchevarianten von bisher in Erscheinung getretenen Straftätern erstellt. Auf einer dieser Listen haben wir den Merker GEWA für ›gewalttätig‹ gefiltert und auf das Tatbegehungsmerkmal ›Würgen/ Drosseln‹ reduziert. Das Ergebnis haben wir ausgehend von deutschlandweit bis auf den Ortsschlüssel für Freiburg heruntergebrochen und uns die ausgeworfenen Daten näher angeschaut.«

Jochen Haag galt als gewiefter Schlaukopf – manche bezeichneten ihn als Nerd – und war nicht dafür bekannt, bei seinen Analysen falsche Hoffnungen zu wecken. Daher lauschten alle gespannt weiter.

»Dabei fällt eine Person auf, die Ende Februar dieses Jahres in einer Terminwohnung hier in Freiburg eine Prostituierte geschlagen und gewürgt hat. Der Täter flüchtete zunächst, wurde aber aufgrund seiner Äußerungen der Frau gegenüber, was seine persönlichen Lebensumstände betraf, ermittelt und anhand seiner DNA überführt. Er wurde im Sommer wegen gefährlicher Körperverletzung zu einer Freiheitsstrafe auf Bewährung verurteilt. Der Mann ist verheiratet und wohnte damals in Hugstetten. Aktuell, und das erscheint mir das Interessante zu sein, wohnt er in einem der Hochhäuser in Weingarten, unweit der Haltestelle Dorfbrunnen.«

»Das klingt doch jetzt mal nach einem Ansatzpunkt«, konstatierte Klaus Tränkle.

»Lasst ihn uns in Prio eins nehmen!« Fahnder Michalek tauschte seinen Sarkasmus gegen Jagdfieber. »Meine Leute kassieren ihn gleich ein!«

»Immer langsam«, beschwichtigte Merle Trautmann, »wir sollten ihn erst gründlich abklären.«

»Haben wir schon«, sagte Jochen Haag, »ich hab alles hier.« Er hob ein ausgefülltes und ausgedrucktes Spurenblatt in die Höhe. »Spur Nummer 17. Wohnadresse, Arbeitsstelle, Fahrzeug. Brauchen wir nur noch sein Handy.«

»Und mit wem haben wir es zu tun?«

»Ein gewisser Gerster. Friedrich Anton Gerster.«

Hernach diskutierte die Soko-Spitze im kleinen Kreis die Dringlichkeit der Spur 17.

Staatsanwalt Faber-Jung wies darauf hin, dass gegen die Person bei der gegebenen Ausgangslage bestenfalls ein vager Anfangsverdacht begründet werden könne und er in dieser Phase der Ermittlungen als Zeuge zu behandeln sei.

Einige konnten sich schwach an den Namen »Gerster« und an den Vorfall mit der Prostituierten ein Dreivierteljahr zuvor erinnern. Es war allerdings ein aus Kripo-Sicht eher unspektakulärer Fall gewesen, der es nicht einmal in die Verbrechensstufe eines versuchten Tötungsdeliktes geschafft hatte.

»Was wissen wir über die Tat von damals?« Die Frage des Staatsanwaltes griff Jochen Haag auf. »Soll ich?«, fragte er und erhielt ein zustimmendes Nicken seiner Soko-Leiterin.

»Die Tat war am 26. Februar 2015. Gerster hatte mit einer 24-jährigen Bulgarin sexuelle Handlungen vereinbart und sich mit der Frau in einer Terminwohnung getroffen. Zu Beginn des Treffens hat er bezahlt, wie vereinbart. Am Anfang hat er von sich aus viel erzählt, aber die Frau hat davon nur wenig verstanden. Sie haben dann beide ihre Kleider ausgezogen. Im weiteren Verlauf kam es wohl zu der Situation, dass Gerster – sagen wir – gewisse Schwierigkeiten hatte, seinen Mann zu stehen ...«

»Seinen Mann zu stellen!« Michalek handelte sich ob dieser Bemerkung den nächsten missbilligenden Blick Merle Trautmanns ein. Haag fuhr fort. »Jedenfalls muss Gerster angenommen haben, die Frau mache sich über ihn lustig. Sie selbst sagte in ihrer Vernehmung aus, dass er sie wegen der Sprachprobleme missverstanden habe. Sie habe ihn nicht ausgelacht. Kurzum: Es kam zu einer zunächst verbalen Auseinandersetzung, die dann eskalierte. Laut forensischem Attest hatte die Frau Prellungen im Gesicht durch Schläge und diverse Würgemale am Hals. Als die Frau sich dank heftiger Gegenwehr befreien und laut schreien konnte, flüchtete er.«

»Und wurde wie ermittelt?«, wollte der Staatsanwalt wissen.

»Er hat der Frau tatsächlich erzählt, dass er Blumen ausfährt und in Hugstetten wohnt. Außerdem hatten wir die Nummer seines Handys, mit dem er den Termin ausgemacht hatte.«

»Ein richtiger Schlaumeier«, meinte Michalek.

»Ja, nicht besonders clever. Aber die Tat war ja nicht geplant. Wir haben ihn zwei Tage später zu Hause festgenommen.«

»Worauf ihn seine Alte rausgeschmissen hat«, folgerte Michalek.

Jochen Haag teilte noch mit, dass Gerster damals keine Angaben zur Sache machte. So gesprächig er gegenüber der Prostituierten gewesen sei, so schweigsam habe er sich bei der Polizei verhalten. Letztlich sei er über seine DNA, von der reichlich in der Tatwohnung gesichert worden war, zweifelsfrei überführt worden.

Jakob Allgeier machte den Vorschlag, dem Rentner von der Haltestelle ein Bild von Gerster vorzulegen. Das hielt selbst Helge Michalek für keine schlechte Idee.

Schließlich einigte man sich darauf, gleich am anderen Morgen die Spur anzugehen.

»Wo, hast du gesagt, arbeitet er?«

»*Blumengroßhandel Ritter.*«

»Blumengroßhandel ... fangen die früh an?«

»Nicht so früh wie wir.«

21

Wechselhafte Gefühlswelten und quälende Wachträume bescherten Fritz Gerster eine unruhige Nacht. Es war die dritte, seit er die Angelegenheit mit der Kassiererin erledigt hatte. Und die schlimmste bisher.

Die beiden Nächte zuvor hatte er gut geschlafen. Nun aber rieb er sich zwischen kreisenden Gedanken auf und fand keine Ruhe. Es ging ihm einfach nicht aus dem Kopf, wie lange und wie heftig er den Schal hatte zudrücken müssen und wie er dabei den fremden Körper der Frau gespürt und sogar gerochen hatte. Ekliger Schauer durchfuhr ihn bei der Erinnerung daran. Bis gestern Abend hatte er sich noch davon ablenken können, indem er dem anderen Gefühl Platz verschaffte – dem stimulierenden Gefühl der Befriedigung, nicht der sexuellen, sondern der geistigen. Dem Gefühl, Macht und Bestimmung über etwas Verhasstes zu besitzen. Jetzt jedoch mischte auch noch Monika mit und drängte sich mit ihrer lästigen Beharrlichkeit wieder in sein Leben. Er hasste sie wirklich. Jetzt schwirrte die auch noch in seinem Kopf herum. Und er wusste genau, dass sie wieder aufkreuzen würde.

Es läutete an der Tür.

Aber es war nicht die Klingel an der Haustür unten, sondern die mit dem etwas anderen Ton direkt an der Wohnungstür.

Sie hat die Unverfrorenheit besessen, sich unten hereinzuschleichen, dachte er, wie dreist und unverschämt ist das denn! Fritz Gerster warf einen Blick auf den Wecker. Punkt 6 Uhr. Es läutete wieder. Deutlich energischer. Wütend sprang er aus dem Bett.

Es war aber nicht Monika, die vor der Tür stand.

22

Mit einiger Überraschung, aber etwa mit der gleichen Pulszahl wie am Montagabend, nahm Fritz Gerster zur Kenntnis, dass nicht weniger als vier Beamte ihn als »Zeugen« zu Hause aufsuchten. Einer von ihnen hatte genau diese Bezeichnung benutzt und höflich gefragt, ob er bereit wäre, sie zur Dienststelle zu begleiten. »Eine Routine-Überprüfung« sei es. Und wann genau er beim Blumengroßhändler zur Arbeit erscheinen müsse, wollte man wissen, und man sei deshalb so früh gekommen, damit er keinen Ärger dort bekäme.

Alle Gedanken an Monika waren blitzartig verschwunden. Tom verkroch sich unter dem Bett. Besuch war er nicht gewohnt.

Sehr gut konnte sich Gerster an die Vernehmungen durch die Kripo damals erinnern. Er hatte keine Angaben gemacht, aber sie hatten dennoch auf ihn eingeredet. Auch sie hatten ihn nicht in Ruhe gelassen, obwohl er von seinem Aussageverweigerungsrecht Gebrauch gemacht hatte.

Dieses Mal war es anders. War der Hinweis, er sei lediglich ein Zeuge, eine Falle? Ein Trick, ihn aufs Glatteis zu führen? Auf der Fahrt zur Kripo arbeitete sein Kopf. Er durfte nicht einfach schweigen wie damals. Das würde ihn verdächtig machen. Es dämmerte ihm, dass sie wegen der Sache mit der Dirne zu ihm gekommen waren. Vielleicht war es tatsächlich eine Routine-Überprüfung. Er musste einfach die Nerven behalten. Dieses Mal mit ihnen sprechen. Sie konnten ihm nichts anhaben. Er hatte alles durchdacht in den letzten beiden Tagen. Er hatte keinen Fehler gemacht. Sie sollten einfach ihre Fragen stellen, und anschließend würde er zur Arbeit fahren. Er musste nur die Ruhe bewahren, die scheinbare Ruhe.

»Also, worum geht es?«, fragte er so locker, wie er konnte.

Ermittlungsleiter Jakob Allgeier ließ es sich nicht nehmen, zusammen mit einem Kollegen die Befragung persönlich durchzuführen. Auch er empfand die Konstellation mit der Bordell-Tat und der auffälligen Nähe der Gerster-Wohnung zur Arbeitsstelle des Opfers als beachtenswert. Entgegen seiner Gepflogenheit bei Besprechungen, blieb er bei Vernehmungen stets stehen, und weil ihm das bei seiner erkennbaren Übergewichtigkeit große Anstrengung bereitete, kam er immer rasch zur Sache.

»Als Erstes würde mich interessieren, wo Sie am vergange-
nen Montagabend, zwischen 20 und 22 Uhr waren.«
Gerster war auf diese Frage vorbereitet, zog es aber dennoch
vor, seine Rolle als Unschuldiger klarzustellen.
»Ich dachte, ich sei Zeuge.«
»Auch Zeugen brauchen Alibis«, Jakob Allgeier schob mit
dem Zeigefinger seine Rundbrille zurecht, »ansonsten sind sie
unter Umständen ruckzuck keine Zeugen mehr.«
»Ich war zu Hause.«
»Kann das jemand bestätigen?«
»Tom Chester.«
»Wer ist Tom Chester?«
»Mein Kater.«
Kriminalhauptkommissar Allgeier konnte manchmal durch-
aus humorvoll sein. Aber nur dann, wenn Humor angesagt war.
In dieser Situation war dies nicht der Fall.
»Sie haben Bewährung, weil Sie versucht haben, eine Frau
zu erwürgen?«
»Ich wollte sie nicht erwürgen.«
»Wozu drückt man sonst einen fremden Hals zusammen?«
»Ich habe nichts mit dem Mord im Park zu tun.«
»Niemand hat das behauptet. Sie sind nervös.«
»Ich bin nicht nervös.«
»Sie schnalzen so komisch mit dem Mund. Also – wo waren
Sie am Montagabend?«
Gerster rutschte auf dem Stuhl hin und her. »Ich war zu
Hause. Ich lebe allein.«
»Mit Tom Chester.«
»Meinem Kater.«
»Würden Sie uns freundlicherweise Ihr Handy zu Verfügung
stellen?«
»Das brauche ich für meine Touren. Ich sollte für meinen
Chef erreichbar sein.«
»Sie bekommen es wieder, wenn wir hier fertig sind.«

Er hatte keine Wahl. Etwas zögerlich händigte er sein Mobiltelefon an Allgeier aus. Er überschlug die Situation. Was konnten sie schon damit anfangen? Er hatte keine verfänglichen Gespräche geführt. Hatte er das Handy am Montagabend überhaupt bei sich? Vermutlich schon. Konnten sie feststellen, wo er sich aufgehalten hatte? Es half alles nichts, er musste bei seiner Aussage bleiben.

»Wann sind Sie am Montagabend nach Hause gekommen?«

»Daran kann ich mich nicht genau erinnern, ich denke, es war so gegen 19 Uhr. 19.30 Uhr vielleicht.«

»Kennen Sie den *Supermarkt am Dorfbrunnen*?«

»Ja klar. Da kaufe ich öfters ein.«

»Haben Sie auch am Montag dort eingekauft?«

»Am Montag? Ich glaube nicht.«

»Kennen Sie die Frau an der Kasse?«

»Welche? Es gibt ja mehrere.«

»Sie wissen, welche ich meine.«

Gerster überlegte einen Augenblick. »Die Unfreundliche? Ist es die, die umgebracht wurde?«

»Ihr Name stand in der Zeitung.«

»Ich achte nicht auf die Namen von Kassiererinnen, wenn ich einkaufe.«

»Was hatten Sie am Montag an?«

»Bitte?«

»Welche Kleidung haben Sie getragen?«

Diese Frage trieb Fritz Gersters Pulsschlag weiter in die Höhe. Gleichzeitig jedoch war er froh, diese lauernde Gefahr bedacht zu haben. »Die Kleider, die ich heute auch trage. Die Jacke jedenfalls und die Hose.«

»Sie würden uns – und sich selbst – sehr helfen, wenn wir uns die Sachen näher anschauen dürften.«

»Aber ich bin Zeuge, oder?«

»Sie sind eine Person, die wir überprüfen. Sie haben eine gewisse Vergangenheit und kein Alibi. Es ist ja auch in Ihrem Interesse, dass wir Dinge finden, die Sie entlasten.«

»Glauben Sie, der Mörder läuft mit den Kleidern umher, in denen er eine Frau umgebracht hat?« Jakob Allgeier nahm seine Brille ab und rieb die Gläser mit einem Tuch ab. »Ich glaube vor allem an die Beweiskraft von Spuren. Und ich glaube, Sie sollten sich weiter zur Verfügung halten. Wie machen wir es mit den Kleidern?«

Eine halbe Stunde später saß Fritz Gerster in der Straßenbahn und fuhr in Richtung Industriegebiet.

Sein Handy hatte man ihm wieder zurückgegeben, seine Oberbekleidung zur Sicherung von Mikrospuren abgeklebt und aus den Innenseiten kleine Stoffproben herausgeschnitten. Er hatte dazu sein Einverständnis gegeben, wohl wissend, dass ein Abgleich mit Tatspuren zu seinen Gunsten ausfallen würde. Von seinen Schuhen hatten sie Fotos gemacht und von der Sohle einen Abdruck gefertigt. Er konnte sich denken, weshalb.

Er hatte eine Tour in den Ortenaukreis und am Nachmittag eine Auslieferung an den nahen Kaiserstuhl.

Er beruhigte sich mit der Erklärung, dass es völlig normal sei, dass die Polizei bekannte Straftäter überprüfte. Und ein solcher sei er nun mal, nach der Sache mit der Hure.

Umso geschockter war er, als er am Abend am Eingang seines Hochhauses erneut von vier Kriminalbeamten empfangen wurde. Dieses Mal war ihr Ansinnen, ihn zur Dienststelle zu begleiten, keine höfliche Bitte.

»Herr Gerster, Sie sind vorläufig festgenommen. Sie stehen im Verdacht, am vergangenen Montag die Kassiererin des Supermarktes getötet zu haben!«

23

Das Ehepaar war nicht einer Meinung. Während er es für überflüssig hielt, in ihrem Schrebergartenhäuschen Nachtwache zu halten, bestand seine Frau darauf. Es sei die einzige Möglichkeit, nicht selbst Opfer eines Anschlags zu werden. Andere Parzellenbesitzer täten es auch.

Bereits drei Mal hatte der unbekannte Serienbrandstifter in der *Kleingartenanlage Obergrün* im Freiburger Westen zugeschlagen. Immer spätabends, wenn es dunkel war. Alle drei Gartenlauben waren vollständig abgebrannt. Die Kripo rechnete die Brände zu einer Serie, die seit dem Frühjahr andauerte. Fast immer konnte der gleiche Brandauslöser nachgewiesen werden. Paraffinhaltige Grillanzünder-Würfel in kleinen Plastikbehältern, die durch den trägen Schmelzvorgang zu einer vom Täter bewusst herbeigeführten Verzögerung des Brandausbruchs führten.

Die Taten waren bislang meist an Wochenenden und vor Mitternacht begangen worden. Bei den Brandobjekten handelte es sich anfangs um einzelne Rebhütten und Gartenhäuschen im nahen Umland Freiburgs, später um Lagerschuppen und Scheunen und, seit die Schrebergarten-Saison zu Ende war, um Lauben in Kleingartenanlagen. Außer zwei leicht verletzten Feuerwehrleuten war bei den Bränden bislang niemand körperlich zu Schaden gekommen. Dennoch waren Teile der Bevölkerung sehr beunruhigt und fürchteten die nächste Feuertat, die auch sie oder ihren Besitz treffen könnte.

Der Mann lenkte ein. Er bot an, die Wache an den Samstagen und Sonntagen bis Mitternacht zu übernehmen. Die Presse hatte berichtet, dass die meisten Taten am Wochenende begangen wurden. Seine Frau war einverstanden, gedachte jedoch, auch an den Werktagen auf ihr geliebtes Häuschen aufzupassen.

Das Kleinod mit dem Stückchen Rasen und dem gepflegten Gemüsebeet und den netten Nachbarn war ihr Ein und Alles. Ihre Insel, auf der sie abseits der engen Stadtwohnung und jenseits ihres beruflichen Alltags Luft, Kraft und Freude tanken konnte.

24

Würde es für einen Haftbefehl reichen? Zusammen mit Staatsanwalt Faber-Jung fasste die Soko-Leitung noch am Abend der vorläufigen Festnahme die Fakten zusammen.

Friedrich Gerster war im Raster der Ermittler hängen geblieben, weil er als gewalttätig registrierter Straftäter eine Frau geschlagen und gewürgt hatte. Auch Erna Kretzdorn war ins Gesicht geschlagen worden. Anschließend hatte der Täter sie erdrosselt.

Gerster wohnte unweit der Arbeitsstelle des Opfers und hatte kein Alibi.

Dies alles war bereits bekannt gewesen.

Im Laufe des Tages hatten die weiteren Ermittlungen zusätzliche, gravierende Neuigkeiten ergeben.

Tatsächlich hatte man dem Rentner im Rahmen einer Wahllichtbildvorlage zusammen mit Bildern anderer Personen ein Foto von Gerster gezeigt. Aus der Auswahl von insgesamt sieben ähnlich aussehenden, erkennungsdienstlich behandelten Männern hatte der 80-jährige Zeuge mit der Formulierung »Ich bin mir ziemlich sicher« Friedrich Gerster als den »Mann mit dem Fischbrötchen« identifiziert.

Zudem hatte die eilends veranlasste Auswertung des Mobiltelefons ergeben, dass das Handy von Gerster nicht nur an jenem Samstagabend, sondern auch am Tatabend in der Funkzelle des Tatortes eingeloggt war. Und zwar exakt in der Zeit zwischen 20.35 Uhr und 21.03 Uhr.

Zwei Dinge schmälerten allerdings diese erfreulichen Erkenntnisse. Der Rentner konnte keine Beschreibung der Bekleidung des Mannes abgeben, was für die Soko von großer Bedeutung gewesen wäre. Lediglich an das Gesicht konnte er sich erinnern.

Der für digitale Spuren zuständige Kollege relativierte die Feststellungen zum Aufenthaltsort des Mobiltelefons. »Das Handy bewegte sich zwar in der Funkzelle des Tatortes. Allerdings umfassen Funkzellen immer einen größeren Raum und verhalten sich dynamisch. Das heißt, sie verändern ihre Position. Die Funkzelle, in der sich der Park befindet, erstreckt sich nach Süden hin bis in die Stadtmitte. Eine nähere Standortbestimmung ist nicht möglich. Das bedeutet, dass sich das Handy beziehungsweise dessen Besitzer nicht zwingend im Park befunden haben müssen.«

»Immerhin hat er uns angelogen und behauptet, er sei zu Hause gewesen«, betonte Helge Michalek.

»Vergiss es!« Jakob Allgeier winkte ab. »Wir haben ihn natürlich damit konfrontiert. Daraufhin hat er sich entschuldigt, es tue ihm leid, er habe ganz vergessen, dass er am Montagabend noch im Städtchen etwas trinken gewesen sei.«

»Das wird uns leider nicht reichen«, befürchtete Staatsanwalt Faber-Jung. »Wir können ihn als Beschuldigten führen, aber für einen Haftbefehl brauchen wir einen dringenden Tatverdacht.

Den haben wir nicht. Spätestens morgen Abend muss er wieder auf freien Fuß. Was können wir noch tun zur Spur 17?«

»Nicht viel, schätze ich«, sagte Merle Trautmann, »wir haben definitiv keine Fremd-DNA und die Fremdfasern an der Opferkleidung passen nicht zu Gersters Klamotten.«

»Wenn er's war, hat er die Kleider eh nicht mehr«, vermutete Michalek. »Man sollte überlegen, wo er sie entsorgt haben könnte.«

»Das läuft bereits«, sagte Jakob Allgeier, »wir checken den gesamten Müll beim Hochhaus und alle Altkleider-Container in der Stadt.«

»Alle Container?« Der Staatsanwalt schaute ungläubig. »Wonach wollen Sie da denn suchen?«

»Wir gehen davon aus, dass der Täter kein nächtliches Feuerchen gemacht und alles verbrannt hat. Das wäre zu auffällig. Also suchen wir nach einem Kleiderpaket, in dem sich auch Schuhe befinden. Vielleicht haben wir Glück, und der Täter hat sich nicht die Mühe gemacht, Schuhe und Kleider zu trennen.«

»Wir sollten auch gleich einen Lottoschein abgeben«, schlug Michalek trocken vor.

»Sokos leben von den Strohhalmen, nach denen sie greifen.«

»Und von Stecknadeln in Heuhaufen.«

»Und von Kleiderspenden eines Mörders.«

25

Innerlich zerrissen schlich Fritz Gerster am anderen Spätnachmittag nach Hause. Er mied die Straßenbahn und ging die Strecke mit Umwegen zu Fuß. Es nieselte feuchtkalt, und es wurde schon langsam dunkel. Er zog den Kragen seiner Jacke enger. In der Uferstraße kläffte ihn wieder dieser Mischling an. Gerster trat gegen den Zaun und ging weiter.

Nach weiteren Vernehmungen, in denen sich inhaltlich die Fragen und Vorhalte ständig wiederholten, hatte man ihn endlich gehen lassen. Darüber war er ebenso verblüfft gewesen wie über seine Festnahme am Abend zuvor. Aber es bedeutete mit Sicherheit eines: Sie hatten ihn zwar am Wickel, aber sie konnten ihm nichts nachweisen. Das war zunächst einmal auf eine gewisse Weise beruhigend.

»Was sage ich jetzt meinem Chef, weshalb ich heute nicht zur Arbeit erschienen bin?«, hatte Gerster gefragt.

»Das bringen wir in Ordnung. Zu gegebener Zeit!«

Auf einen Anwalt hatte er verzichtet. Er traute niemandem. Dieser dicke Kommissar mit dem Tick, dauernd an der Brille herumzufummeln, war gefährlich. Seine Fragen hatten stets etwas Bedrohliches. Aber am beängstigendsten war es gewesen, wenn er ihn einfach nur angesehen hatte. Ohne Worte. Und ganz am Schluss, als Gerster schon die Jacke anhatte und in der Tür stand und niemand anders es mitbekam, hatte ihm der Dicke von der Seite zugeflüstert. »Gerster, der Tag wird kommen.«

Noch nie hatte er unentschuldigt bei Ritter gefehlt. Bestimmt hatte sein Fernbleiben dort Verwunderung, vielleicht auch

Sorge hervorgerufen. Er würde sich nachträglich krankmelden, nahm er sich vor, und sagen, dass er wegen hohen Fiebers den ganzen Tag verschlafen hätte.

Er kam an einem Textildiscounter vorbei. Da er seine alte Wollmütze aus dem Verkehr gezogen hatte, ging er hinein und kaufte sich eine billige dünne Stoffmütze, die er noch im Laden aufsetzte und über die kalten Ohren zog.

Jetzt erst kam ihm Tom in den Sinn. Gerster erhöhte sein Schritttempo. Er brauchte frisches Katzenfutter. Und für sich selbst auch irgendetwas zu beißen. Er hatte seit zwei Tagen nichts mehr gegessen.

Abgelenkt durch einen wilden Mix aus Bildern des dicken Kommissars, der schreienden Prostituierten, der geifernden Monika und der sterbenden Kassiererin stand er plötzlich vor dem *Supermarkt am Dorfbrunnen*. Einen Moment zögerte er, dann ließen ihn sein Hunger und die Sorge um Tom eintreten.

Während er durch die Gänge schlich und das Katzenfutter, Spaghetti, eine Dose passierte Tomaten und zwei Jonagold-Äpfel in den Einkaufskorb sammelte, schielte er immer wieder zu den Kassen hinüber. Die einzige, die besetzt war, war die Kasse Zwei. Die von Erna Kretzdorn.

Fritz Gerster legte seine Waren aufs Band und fingerte nach seinem Geldbeutel.

»Oh, haben wir vergessen abzuwiegen«, sagte eine freundliche Stimme. Die junge Kassiererin schnappte sich die beiden Äpfel und stand auf. »Das haben wir sofort, kein Problem.« Gleich darauf kam sie zurück. »Macht sieben Euro, zwölf Cent, bitte. Brauchen Sie eine Tüte?« Sie lächelte ihn an.

Gerster streckte ihr einen Zehneuroschein entgegen und hatte in diesem Augenblick zum ersten Mal das Gefühl, so etwas wie Kontrolle über sein Leben zu haben.

»Nein, danke«, antwortete er genauso freundlich. »Alles ist bestens!«

Toms Miauen klang dieses Mal richtig ärgerlich und hörte erst auf, als er sich gierig über den gefüllten Fressnapf hermachte. Es roch unangenehm in der Wohnung. Das Katzenklo war seit Tagen nicht gereinigt worden. In der Küche lagen ein zertrümmerter Teller, eine Tasse, der Salzstreuer und andere Dinge am Boden, die der Kater auf der Suche nach Fressbarem heruntergeworfen hatte.

Gerster aß einen Apfel, kochte sich währenddessen die Spaghetti und erhitzte die verflüssigten Tomaten zu einer Soße. Tom verschlang zwei Dosen Katzenfutter und setzte sich anschließend zum Putzen in eine Ecke. Er schien tatsächlich beleidigt zu sein über die Vernachlässigung seiner Bedürfnisse und lenkte erst ein, als Gerster sich zu ihm auf den Boden setzte und ihm den Nacken kraulte.

Die Geschichte, die ihm sein Herrchen in aller Ausführlichkeit erzählte, interessierte ihn eigentlich nicht. Dafür genoss er den Körperkontakt und die menschliche Stimme, auf die er die letzten Tage hatte verzichten müssen, und hörte nur halbherzig zu.

»Und deshalb, mein lieber Herr Chester, müssen wir uns etwas Gutes überlegen. Die glauben, dass ich es war. Obwohl sie keine Beweise haben. Und sie werden uns erst in Ruhe lassen, wenn sie das nicht mehr glauben. Wir müssen uns etwas einfallen lassen, damit sie das nicht mehr glauben, verstehst du? Die müssen glauben, dass es ein anderer war.« Gerster kraulte zwar den Kater, sein Blick und sein Hirn schweiften aber irgendwohin in eine noch diffuse Vision, die immer mehr Gestalt annahm, desto länger er sich dieser Vorstellung hingab. Eine ganze Weile dauerte es. Dann plötzlich nickte er und strahlte. »Ich war das nicht mit der Alten, verstehst du? Ich war es nicht! Und ich werde es ihnen beweisen. Ich werde es ihnen beweisen, ohne dass ich auch nur ein einziges Wort sage.«

Tom hörte auf zu schnurren. Gersters Augen funkelten seltsam, und er zischte mit Zähnen und Wange.

Auf dem Herd zischte es auch.

»Scheiße! Das Spaghetti-Wasser!«

26

Genau eine Woche nach dem Mord an Erna Kretzdorn spazierte Fritz Gerster durch Freiburgs Innenstadt. Es war Montagmorgen, und er hatte sich bei seinem Arbeitgeber noch einen weiteren Tag krankgemeldet. Nichts Ernstes sei es. Das Fieber sei gesunken. Ein harmloser Winterinfekt. Aber mit Schwindelgefühl, daher könne er keine Touren fahren. Das Wort »Schwindelgefühl« war ihm wegen der Doppeldeutigkeit sehr passend vorgekommen.

Nicht nur wegen seiner vorgetäuschten Krankmeldung bewegte er sich so unauffällig wie möglich und achtete sehr darauf, dass niemand ihm direkt ins Gesicht sehen konnte. Bei dem, was er vorhatte, musste ihn nicht unbedingt jemand beobachten – geschweige denn erkennen.

Gerster hatte ein klares Ziel und steuerte es an. Er sah sich kurz um, dann trat er ein. Langsam bewegte sich die am Boden schleifende Tür der öffentlichen Herrentoilette und fiel mit einem leisen Klicken ins Schloss. Es roch nach einer Mischung aus Urin und Duftstein. Draußen, auf dem autofreien Augustinerplatz im Herzen der Stadt, eilten Passanten an ihre Arbeitsplätze in den Geschäften. Andere waren schon auf dem frühen Weg zum Shoppen, manche promenierten einfach nur oder steuerten auf einen Cappuccino das beliebte *Eck-Café* an. Ein Reinigungsfahrzeug der städtischen Werke beseitigte im Schritttempo die Spuren nächtlichen Treibens.

Er sah sich um. Außer ihm war niemand in dem Toilettenhäuschen. Es gab drei Pissbecken und zwei Kabinen für größere Geschäfte. Deren Türen waren angelehnt.

Die cremefarbenen Einweghandschuhe hatte er bis über beide Handknöchel gezogen. Seine dünne, schwarze Stoffmütze reichte tief in die Stirn und über beide Ohren. Er trug blaue Jeans und eine dunkle Winterjacke, zugeknöpft bis hoch zum Kragen. Die braunen geschlossenen Schuhe glänzten an einigen Stellen. Am frühen Morgen hatte es leicht geregnet.

Mit ein paar angefeuchteten Papiertüchern aus der Handtuchbox wischte er zügig, aber in aller Sorgfalt, die Ränder der Pissoirs ab. Die Tücher behielt er in seiner Hand. Aus einem Rucksack fischte er ein Desinfektionsspray und verteilte es mit wenigen gezielten Hubstößen auf der glatten Oberfläche der Pissbecken. Die Spraydose steckte er zurück in den Rucksack. Die Einweghandschuhe behielt er an. Die Stoffmütze blieb auf dem Kopf.

Er schloss sich in einer der beiden Toilettenkabinen ein und spülte in zwei Schüben die Papiertücher hinunter. Dann klappte er den Deckel auf die Klobrille hinunter und setzte sich in voller Montur darauf.

Und wartete.

Es dauerte einige Zeit, bis er die Tür draußen hörte. Jemand kam herein und hüstelte hörbar vor sich hin. Gerster blieb mucksmäuschenstill auf dem Klodeckel sitzen und lauschte den plätschernden Lauten, die von einem der Pissbecken draußen kamen. Der unbekannte Pinkler pfiff leise den »Anton aus

Tirol«, immer mal wieder durch einen schwachen Huster unterbrochen.

Das Plätschern hörte auf. Gerster erwartete das Geräusch der Spülung und eines laufenden Wasserhahns. Stattdessen vernahm er wieder das schleifende Geräusch der Eingangstür, die alsbald ins Schloss klickte. Anton wusch sich die Hände wohl später. Oder gar nicht.

Gerster wartete ein paar Sekunden, dann entriegelte er seine Klotür und lugte hinaus. Niemand war da. Er trat an die Pissoirs und kontrollierte sie. Obwohl der Unbekannte nicht gespült hatte, fand Fritz Gerster nicht das, wonach er suchte. Er schüttelte den Kopf, spülte, besprühte das benutzte Becken erneut und schloss sich wieder in der Kabine ein.

Der nächste Toilettenbesucher spülte so gründlich, dass es wieder nur zu einem Kopfschütteln reichte.

Danach tat sich lange nichts. Gerster verharrte geduldig auf seinem Klodeckel.

Dann endlich. Ein leise bruddelnder Kunde hatte offensichtlich Schwierigkeiten, seine Hose zu öffnen. Es dauerte lange, bis es plätscherte. Begleitet von einem fluchenden »Das juckt wie Sau, Mann!« wollte es dann gar nicht mehr aufhören. Auch dieser Pisser hatte mit Waschen nichts am Hut. Kein Wunder, dass es juckte. Aber genau das spielte Fritz Gerster in die Karten.

Die Ausbeute war reichlich. Und von bester Qualität. Die drei dunklen Schamhaare, die er behutsam mit den Einweghandschuhen aus dem Urinal einsammelte, hatten durch das Herauskratzen aus der Haut ihre Wurzeln behalten. Optimal! Gerster angelte aus seiner Jackentasche eine winzige runde Perlendose mit Schraubdeckel. Darin deponierte er die Haare und verstaute sie in seinem Rucksack. Anschließend spülte er die Einweghandschuhe das Klo hinunter und wusch sich am Becken die Hände.

Der nächste Notdürftige betrat das Toilettenhäuschen und grüßte mit »Mahlzeit«. Gerster zog die Mütze tief ins Gesicht und trat ins Freie. Ein paar Tauben, die vom nahen Münsterplatz herübergeflogen waren, pickten Krümel aus den Fugen des Kopfsteinpflasters.

Jetzt pfiff auch Fritz Gerster gutgelaunt den »Anton aus Tirol«.

27

Von einer derart aufgeräumten Stimmungslage war die *Soko Kretzdorn* bei ihrer Momentaufnahme weit entfernt. Zwar galt die frühere kriminalistische Weisheit nicht mehr, wonach ein Mord nur schwer oder gar nicht aufzuklären sei, wenn der Täter nicht innerhalb der ersten drei Tage ermittelt würde. Aber grenzenloser Optimismus sah anders aus.

Bekümmert musste man festhalten, dass sich nach einer Woche intensiver Ermittlungen keine der angedachten Tathypothesen zwingend aufdrängte. Noch immer stach kein Tatmotiv ins Auge, und auch die Einschätzung eines unabhängigen Experten der Operativen Fallanalyse half kaum weiter. Immerhin war der Profiler sich ziemlich sicher, dass es sich um einen männlichen kräftigen Täter handelt, der in der Endphase der Tat gestört worden sein dürfte. Helge Michalek fand diese völlig neue und überraschende Erkenntnis geradezu umwerfend.

»Ach so? Ich bin bisher davon ausgegangen, der Mörder sei eine schmächtige, einseitig gelähmte Ordensschwester.«

Soko-Chefin Trautmann entschied sich, die Bemerkung einfach zu ignorieren. »Ich kann mich an keinen Mordfall mit derart dürftiger Spurenlage erinnern«, stellte sie stattdessen fest. »Fassen wir zusammen.«

Der Überschlag fiel ernüchternd aus.

Keine Täter-DNA – auch keine unvollständigen Teilsegmente. Kein Motiv, keine Fingerspuren, keine Fremdgegenstände. Wenigstens hatten die Kriminaltechniker winzige Mikrospuren an der Oberbekleidung des Opfers sichern können. Nach vorsichtiger Einschätzung könnten sie von einem dunkelbraunen Kleidungsstück stammen. Eine nähere Zuordnung war allerdings nicht möglich.

Im aufgeweichten Erdreich hatte man Fragmente eines Schuhsohlenabdrucks festgestellt. Das unauffällige Fischgräten-Muster des Profils würde allerdings bestenfalls bei einem konkreten Abgleich mit einem leibhaftigen Schuh weiterhelfen – wenn überhaupt.

Hinweise aus der Bevölkerung waren schleppend eingegangen. Neben dem Rentner und dem Ehepaar mit dem Hund hatte sich ein Vollzugsbeamter gemeldet, der am Tatabend nach Feierabend auf dem Weg zu seinem geparkten Auto einen lauten Disput vernommen hatte. Er war der Meinung, dass sich aufgrund der Stimmen ein Mann und eine Frau stritten. Um was es ging, hatte er aber wegen der großen Entfernung nicht mitbekommen. Er hatte die Streitenden auch nicht gesehen, sondern nur gehört.

An Erna Kretzdorns Arbeitsstelle kam man auch nicht weiter. Zwar meldeten sich einige Supermarktkunden, aber sie rundeten lediglich das schon bekannte Bild der meist schlecht gelaunten Kassiererin ab.

Mangels Alternativen bewegten sich viele Soko-Mitglieder tendenziell in Richtung der speziellen Gerster-These. Trotz all ihrer Schwachpunkte. Während der Staatsanwalt und die Soko-Leiterin wegen fehlender Beweise den Befürwortern eher mäßigend folgten, hielt Ermittlungsleiter Allgeier Gersters Täterschaft für »sehr wahrscheinlich«. Unterstützt in seinem Dafürhalten wurde er von Helge Michalek. »Wir sollten ihn observieren, das hätten wir schon gleich nach seiner Entlassung machen sollen«, war seine Meinung. Die meisten jedoch hielten nicht viel von einer Beobachtung durch das Mobile Einsatzkommando. Nutzen und Aufwand schienen in einem Missverhältnis zu stehen, zumal das MEK personell in verdeckte Überwachungsmaßnahmen hinsichtlich des unbekannten Serienbrandstifters eingebunden war. Man rang sich zu einem Kompromiss durch.

»Okay. Schauen wir mal ein paar Tage, was unser Herr Gerster so alles treibt«, sagte Merle Trautmann, »aber nur befristet! Es bleibt uns im Moment nur übrig, gewissenhaft jede noch so unbedeutend anmutende Spur abzuarbeiten.«

Das hieß nichts anderes als zähe, geduldige Soko-Arbeit, von der die Öffentlichkeit nie etwas mitbekam.

Bald jedoch sollte eine beängstigende Neuigkeit in den Alltag der Sonderermittler platzen.

ZWEITES KAPITEL:
MARGARETE ZIEBOLD

1

Das anstehende Weihnachtsgeschäft sorgte beim Blumengroßhändler *E. Ritter* für vermehrte Aufträge und bei Fritz Gerster für vermehrte Zufriedenheit. Mit einem Selbstwertgefühl, das neu und erhebend war, kostete er seine Auslieferungsfahrten aus. Sie führten ihn mit Kisten voller Rittersternen, Christrosen, Weihnachtssternen und anderen Winterblumen zu den unterschiedlichsten Gärtnereien im südbadischen Raum. Er liebte diese Touren in der vorweihnachtlichen Zeit, und in diesem Jahr war ihm irgendwie besonders feierlich zumute.

So, wie andere einen liebgewonnenen Glücksbringer bei sich trugen, führte er das kleine runde Perlendöschen mit dem schlüpfrig delikaten Inhalt bei jeder Fahrt mit sich. Er betrachtete es als eine Art Symbol seiner frisch errungenen Kraft und seiner neuen Entschlossenheit. Manchmal fuhr er auf einen Parkplatz und holte das durchsichtige teelichtgroße Plastikdöschen aus seinem Rucksack heraus. Wie ein kostbares Schmuckstück himmelte er die drei fremden Schamhaare an und verstaute sie erst wieder, wenn er sich beobachtet fühlte.

Seit die Kripo ihn wieder hatte gehen gelassen, glaubte er bisweilen wirklich, verfolgt zu werden. Hin und wieder fuhren Autos mit seltsamem Abstand hinter seinem Transporter her, obwohl sie ihn leicht überholen könnten. Dabei hatte er das Gefühl, dass die Autos sich abwechselten. Wenn er in Freiburg zu Fuß unterwegs war, hielten sich immer irgendwelche Pärchen und zwielichtige Passanten in seiner Nähe auf, und im Hof vor dem Hochhaus fummelten neuerdings blau gekleidete Elektriker am Verteilerkasten herum und wurden mit ihrer Arbeit einfach nicht fertig.

Da man ihn wegen eines Mordes in der Mangel hatte, konnte er sich ohne viel Fantasie ausmalen, dass man ihn beschattete und sein Telefon abhörte. Deshalb entschied er, die Sache mit den Haaren noch etwas aufzuschieben. Obwohl genau diese Sache ihn aus der Schusslinie bringen sollte. So sein Plan – noch etwas unausgereift, aber mit einer konkreten Vorstellung. Solang die Kripo ihm jedoch auf den Fersen war, musste er sich unverdächtig verhalten.

Was ihn aber nicht daran hinderte, sich ernste Gedanken über ein Problem zu machen, das unmittelbar mit der Perlendose zusammenhing.

Er würde es mit Tom besprechen. Oder mit sich selbst, in seiner kleinen Dependance im Kesselhaus. ·

Dort kamen ihm immer die besten Gedanken.

2

Man hätte das Schild auch so positionieren können, dass es nicht zu übersehen war.

NICHT ANKLOPFEN!

BITTE ERST EINTRETEN, WENN SIE GERUFEN WERDEN!

Sein Personalausweis war abgelaufen. Bei der Vernehmung hatten ihn die Polizisten darauf hingewiesen.

Ämter gehörten zweifelsohne auch zu den Dingen, die Fritz Gerster hasste. Er hatte zwar kürzlich irgendwo gelesen, dass die Kundenfreundlichkeit im amtlichen Publikumsverkehr gegenüber früheren Jahren gestiegen sei. Gespürt hatte er davon aber bisher nichts. Bei seiner negativ beschiedenen Vorsprache auf der Wohngeldstelle kürzlich war er ebenso herablassend behandelt worden wie bei seiner Beschwerde auf dem Landratsamt. Mit 50 Stundenkilometern hatten sie ihn in einer 30er-Zone geblitzt – im Stile früherer Wegelagerer mit einer heimtückisch am Fahrbahnrand als geparkten Anhänger getarnten Geschwindigkeitsfalle. Darüber ärgerte er sich mindestens genauso wie über die Fehleinschätzung, dass Autos, die im zweiten Gang mit 30 durch Wohngebiete schleichen, angeblich weniger Lärm und Abgase verursachen, als wenn sie 50 fuhren.

»Können Sie nicht lesen?«, pflaumte ihn die städtische Angestellte für das Pass- und Personalausweiswesen an, kaum dass er nach dreimalig vergeblichem Anklopfen die Tür geöffnet hatte.

»Was soll ich bitte lesen?«, fragte Gerster höflich und sah sich einer geschniegelten Sachbearbeiterin gegenüber, die nach seinem Befinden alle Klischees einer alternden Bürotusse erfüllte. Aufrechte Sitzhaltung, hochgesteckte Haare, strenge Brille mit wichtigtuerischer Brillenkordel und, dem Alter unangepasst, rotleuchtender Lippenstift bei völlig in Kontrast stehendem grauem Strickjäckchen.

»Da draußen steht ein Schild.« Sie schaute ihn nicht an und tippte weiter auf ihrer Tastatur. »Warten Sie draußen, bis Sie an der Reihe sind!«

Gerster hatte die Türklinke noch in der Hand. »Da ist niemand mehr draußen. Ich bin der Einzige.«

Jetzt sah sie von ihrem Computer auf und schien sehr ungehalten. »Sie können nicht nur nicht lesen – Sie hören wohl auch schlecht! Warten Sie draußen!«

Gerster kam sich vor wie beim vergessenen Zucchini-Abwiegen im Supermarkt und murmelte ein »Entschuldigung«.

Er ging wieder hinaus und schloss die Tür. Im Gang suchte er das Schild. Er entdeckte es neben einer Putzfrau, die es beiseitegestellt hatte, um den Boden zu fegen.

Eine knappe halbe Stunde später rief die Angestellte des Bürgerbüros Fritz Gerster herein. Er nahm auf einem nicht angebotenen Stuhl vor ihrem Schreibtisch Platz und wartete weitere zwei Minuten, bis sie sich unter einem hörbaren Seufzer endlich seinem Anliegen widmete. Was allerdings ab dem Augenblick erledigt war, als Gerster ihr sein Passfoto vorlegte. Kopfschüttelnd schnippte sie es mit dem Zeigefinger zurück, wodurch es über die Schreibtischkante zu Boden fiel.

»Das Bild geht nicht! Haben Sie schon einmal davon gehört, dass man für einen BPA ein aktuelles biometrisches Porträtfoto benötigt?«

BPA? Gerster bückte sich und hob das Passbild auf. Hatte er noch nie gehört, BPA. Er steckte das Bild ein. Könnte die Abkürzung für *Bornierte Pissgesichtige Arschbacke* sein, fiel ihm dazu nur ein. Und davon, dass ein Foto biologisch oder so ähnlich sein muss, hatte er auch noch nichts vernommen.

Beim Verlassen des Büros musste er an die Kassiererin denken.

Vielen Dank für Ihren Besuch, beehren Sie uns bald wieder! Auf Wiedersehen.

3

Im hinteren Elztal machten die beiden pensionierten Kriminalpolizisten Feierabend.

Alfons Bücheler war fix und fertig. Der ehemalige Mordermittler war körperliche Arbeit dieses Kalibers nicht gewohnt. Ex-Kollege und Waldbesitzer Josef Werneth schmunzelte, hatte aber durchaus Lob für seinen Helfer parat. »Den Most hast du dir heute redlich verdient. Und den Speck selbstverständlich auch.«

»Deine umgefallenen Bäume sind echte Knochenarbeit. Da schaffe ich doch lieber an einem ungeklärten Mordfall.«

Sie hatten ihre Schuhe ausgezogen und saßen wieder in der kuscheligen Stube des Biederbacher Bauernhofes.

»Denkst du immerzu an die alten Fälle?«, stichelte Werneth, »lass endlich los, Alfonso, du bist jetzt Privatier.« Er hatte beide Gläser mit Apfelmost vollgeschenkt, und beide kippten sie in einem Zug hinunter.

»Nicht an die alten, aber an diesen neuen.«

»Nicht mehr deine Baustelle, mein Lieber!«

»Ja, du hast ja recht. Aber als alter Grufti-Ermittler macht man sich über einen ungeklärten Frauenmord mitten in Freiburg schon Gedanken. Du etwa nicht?«

Josef Werneth verteilte den Speck und schnitt Scheiben von einem mächtigen Brotlaib ab, den er vor seinem Bauch in der Hand hielt. »Nicht so wie du«, antwortete er, »ich lese es in der Zeitung, und dann ist gut.«

»Ja, schon klar. Du hast deinen Hof und Ländereien und immer viel zu tun. Aber ich hab am Ende des Tages schon noch Zeit übrig.«

»Kannst mir gerne öfters helfen, wenn dir langweilig ist.«

»Danke für das Angebot! Aber ich werde mich die nächsten Tage um meinen Muskelkater kümmern müssen. Die Schinderei ist auf Dauer nichts für mich.«

Sie genossen ihr Feierabend-Vesper, und Werneths Frau stellte ihnen noch einen duftenden Gugelhupf als Dessert auf den Tisch.

»Kommst du zum Pensionärstreffen nächste Woche?«, wollte Bücheler wissen.

»Keine Zeit, vermutlich. Die sollen diese Treffen doch in den Abend legen und nicht auf den Nachmittag – als wär's ein Senioren-Pflege-Kaffeekränzchen. Gehst du hin?«

»Ich hab's vor.«

»Sag schöne Grüße von mir – auch an den Nikolaus! Die werden bestimmt wieder einen besonders witzigen Kollegen verkleiden.«

»Ja, das war peinlich letztes Jahr. Ist aber die einzige Gelegenheit, die alten Kollegen mal wieder zu treffen.«

»Na dann, viel Spaß!«

4

»Du willst also wirklich wissen, was das Problem ist?«, fragte Fritz Gerster eines Abends seinen Kater.

Tom sprang schnurrend auf den freien Stuhl neben seinem Herrchen, als hätte er tatsächlich Interesse daran.

Gerster war spät von einer Tour zurückgekommen und saß nun beim Abendbrot in seiner kleinen Küche. Draußen mischten sich ein paar erste mutige Schneeflocken unter den fisselnden Dezemberregen.

»Das Problem ist, dass ich nicht noch einmal so lange zudrücken kann. Das halt ich nicht ein zweites Mal aus. Es muss schneller gehen, verstehst du? Am besten ohne Körperkontakt. Oder mit ganz wenig.«

Tom hörte mal wieder nur mit einem Ohr zu. Er spekulierte auf ein Eckchen Fleischwurst und gab einen Piepser von sich, der entfernt etwas mit Miauen zu tun hatte.

»Was meinst du? Erschießen?« Gerster lachte. »Auch eine Katze sollte wissen, dass man dazu eine Schusswaffe braucht. Nein, mein Lieber, Erschießen fällt flach.«

Er warf Tom ein Stückchen Wurst auf den Boden, das dieser in Windeseile verschlang und ihn in der gleichen Sekunde zurück auf den Stuhl springen ließ. Sehnsüchtig gierte er auf einen Nachschlag und stieß als Signal einen eher kümmerlichen Maunzer aus.

»Du hast vielleicht Ideen! Erstechen macht viel zu viel Sauerei. Und bevor da Ruhe ist, gibt's bestimmt ein böses Geschrei, das alle hören. Das kommt auch nicht infrage.«

Der Kater disponierte um und fixierte jetzt den Hartkäse. »Miaauuuu!«

»Die Kehle durchbeißen?« Gerster lachte laut heraus. »Der Vorschlag konnte ja nur von dir kommen! Raubkatze!«

Das nächste Bröckelchen Wurst flog zu Boden. Auch recht. Tom flog hinterher. Flugs saß er wieder zurück auf seinem Stuhl.

»Ich sag dir, der Schal war gar nicht so übel. Man müsste ihn nur besser verknoten können. Aber ich sag dir auch: Die fuchteln, treten und schlagen um sich. Da kriegst du keinen ordentlichen Knoten hin.«

Gerster schnitt einen kleinen Würfel aus dem Hartkäse und warf ihn zu Boden. Er rollte unter den Küchenschrank. Tom hechtete hinterher. Vergnügt kauend sah ihm Gerster zu, wie er aufgeregt mit einer Pfote nach dem Leckerbissen stocherte. Es dauerte eine Weile, bis es ihm gelang, den Mini-Snack seitlich unter dem Schrank hervor zu bugsieren. Genau an der Stelle, an der am Boden entlang der Wand in einem zusammengebundenen Strang ein paar Stromkabel vorbeiliefen. Tom verspeiste den Käsewürfel und schien jetzt zufrieden. Er begann, sich zu lecken. Auch Fritz Gerster hörte auf zu kauen, obwohl er noch Essen im Mund hatte. Reglos stierte er auf die Kabel neben dem Schrank. Ein Gedanke vermischte sich für einen Augenblick mit längst verblassten Erinnerungen. Er formte sich zu Bildern und schließlich zu einer Idee. Eine Idee, die ihn so sehr begeisterte, als wären ihm die Lottozahlen des kommenden Wochenendes eingegeben worden. Er kaute weiter.

»Das ist es!«, rief er mit vollem Mund. »Ich wusste, dass ich mich auf dich verlassen kann, Tom Chester! Das ist die Lösung!«

5

Das *Blumenhaus Lembach* mit angeschlossener Gärtnerei in Weil am Rhein, unweit der Schweizer Grenze, zählte zu den Hauptkunden des Großhändlers *E. Ritter*. Über das ganze Jahr verteilt führten Liefertouren in den südwestlichsten Zipfel Deutschlands. Den schnellsten Weg über die A5 wählte Fritz Gerster nur dann, wenn Dringlichkeit geboten war. Ansonsten schöpfte er Genuss aus den entspannten Überlandfahrten, die ihn an seine Zeiten als Fernfahrer erinnerten. Aus den zarten Schneeflocken vom Vorabend war wieder Regen geworden. Der weiße Transporter hatte sich ohne Eile in den Verkehr der viel befahrenen Bundesstraße eingereiht, beladen mit 30 Kisten Amaryllis und Weihnachtssternen.

So sehr er die Tour an den Oberrhein liebte, desto weniger freute er sich auf das Zusammentreffen mit Gerda Lembach. Die resolute Firmenchefin reihte sich mit ihrem barschen Umgang mit ihrer Umwelt in Gersters gestörtes Frauenbild ein. Ähnlich wie an der Supermarktkasse versuchte er, sich beim Ausliefern der Ware auf den von Gerda Lembach vorgegebenen Ablauf besonders zu konzentrieren. Um keine Fehler zu machen, bereitete er sich gedanklich schon auf der Anfahrt vor: rückwärts, keinesfalls vorwärts, den schmalen Weg zur kleinen Abladerampe hinter der Gärtnerei fahren. Dabei auf die Beete rechts und links achten. Nicht mit dem Abladen beginnen, bevor man sich im *Blumenhaus* angemeldet hat. Beim Abladen nicht den Motor laufen lassen. Auf dem Gelände nicht rauchen. Die Mitarbeiter nicht mit unnötigen Gesprächen von der Arbeit abhalten. Den Lieferschein nicht von einem Azubi unterschreiben lassen. Ach ja, nicht zu vergessen – die Ankunft, wenn irgend möglich, 15 Minuten vorher per Handy-Anruf ankündigen.

Fast hätte Gerster wieder nicht daran gedacht. Er hielt an und drückte die gespeicherte Nummer. Eine gute Gelegenheit, nach seinen drei dünnen Talismännern zu sehen.

»*Blumenhaus Lembach*, guten Tag«, meldete sich eine freundliche Frauenstimme, während er verzückt das Perlendöschen in seiner Hand betrachtete.

»*Ritter*. Ich bin in ein paar Minuten da.«

Gekonnt und zügig parkte Gerster den Lieferwagen rückwärts an die Rampe, stellte den Motor ab und ging um die Ecke ins *Blumenhaus*. Seit Kurzem arbeitete dort eine neue Floristin. Sie war ihm schon bei seiner letzten Tour aufgefallen. Sie hatte hinter einer großen Blumentheke neben dem Kassenbereich Blumengestecke zusammengebunden und ihn aus der Entfernung freundlich angesehen.

Auch an diesem Tag schnitt sie Blumen für herrlich stimmige Gebinde zurecht. Die Kasse war nicht besetzt. Als sie ihn sah, legte sie ihre Arbeit nieder und kam zu ihm herüber. Ausnahmsweise erinnerte sie ihn nicht an Monika. Das war außergewöhnlich, denn in letzter Zeit hatte er das Gefühl, dass alle Frauen ihn an Monika erinnerten.

»Sie sind der Herr von *Ritter*, richtig?« Sie hatte die Stimme der Frau, der er kurz zuvor sein Kommen angekündigt hatte. Eine sehr schöne Stimme, wie er fand. Hatte sie ihn eben als »der Herr« angesprochen? Er fühlte sich geschmeichelt.

»Sie sind doch von der Firma *Ritter*? Mit den Amaryllis, den Rittersternen?« Sie lächelte charmant bei diesem Wortspiel.

»Und den Weihnachtssternen«, ergänzte Gerster und ärgerte sich über den verlegenen Schnalzer, der ihm dabei entglitt.

»Sehr schön«, sagte die Floristin, und Gerster bildete sich für einen Augenblick ein, sie hätte seinen Tick damit gemeint.

»Stehen Sie schon an der Rampe?«

»Ja.«

»Gut. Ich sage der Chefin Bescheid. Es wird gleich jemand zu Ihnen kommen. Vielen Dank.«

Gerster machte keine Anstalten zu gehen, sondern sah die nette Frau wortlos an.

»Ist noch etwas?«, fragte sie, ohne ihren freundlichen Ton zu verändern.

»Ähm, nein. Nein, Entschuldigung«, stammelte er und ging Richtung Ausgang. An der Tür drehte er sich noch einmal um. »Sie sind wunderschön«, sagte er leise, »wunderschön, diese Gestecke.«

Eine junge Azubi half ihm, die Kisten aus dem Transporter zu laden. Das war die Gelegenheit, nochmals zurück ins *Blumenhaus* zu gehen, um sich die Lieferung ordnungsgemäß quittieren zu lassen.

Entgegen seiner freudigen Erwartung empfing ihn dort aber Gerda Lembach. Von der Floristin war nichts zu sehen.

»Ist es zu viel verlangt, eine Viertelstunde vorher die Lieferung anzukündigen – so, wie wir das vereinbart haben?«, fuhr sie ihn an.

»Aber, ich hab doch …«

»Fünf Minuten waren das!«

Gerster verstand das Problem nicht.

Vielen Dank für Ihre Lieferung, beehren Sie uns bald wieder! Auf Wiedersehen.

Auf dem Rückweg steuerte er einen Baumarkt an. Ein silberfarbener Audi, der schon eine Weile hinter ihm hergefahren war, tat das Gleiche. Gerster stellte den Lieferwagen auf dem großen Parkplatz ab und beobachtete das verdächtige Auto im Seitenspiegel. Genau wie er blieben die Insassen sitzen. Zwei Personen. Alles klar, dachte er.

Er stieg aus und ging in den Baumarkt. In der Eingangsschleuse duckte er sich hinter zwei große als Sonderaktion angebote Brennholzspalter und täuschte Interesse vor. Ein älteres Ehepaar mit Einkaufswagen kam herein und unterhielt sich im Vorbeigehen über ein Waschbecken. Es folgte eine einzelne Frau ohne Einkaufswagen, in der Hand eine Deckenlampe, die sie vermutlich reklamieren wollte. Ein Opa erklärte seinem Enkel irgendetwas von Zylinderkopfschrauben.

Vorsichtig spähte Gerster hinaus auf den Parkplatz. Eine Person saß noch immer in dem Audi. Die andere, ein Mann, stand daneben und rauchte. Sie warteten also, bis er wieder herauskam. Ihn im Baumarkt zu beschatten, war ihnen wohl zu riskant. Gerster ging hinein und bewegte sich zwischen den Regalen. Seine Aufmerksamkeit galt den Kunden. Nichts war auffällig. Das ältere Ehepaar hatte im Sanitärbereich eine Meinungsverschiedenheit über Wasserhähne. Es war nicht viel los. Ohne die Leute aus den Augen zu lassen, widmete er sich allmählich dem Grund seines Aufenthaltes. In einem Gang der Lampen- und Elektroabteilung wurde er fündig. Er hielt verschiedene Produkte unterschiedlicher Stärke und Farbe in der Hand. Schließlich legte er alle zurück ins Regal, bis auf die in einer durchsichtigen Plastikfolie verpackten Artikel mit der größten Stärke. Er sah sich nach allen Seiten um und steckte das längliche Päckchen unter seine Jacke. Anschließend nahm er bei den Eisenwaren willkürlich eine Schachtel aus dem Regal, grüßte den Opa mit seinem Enkel und bezahlte an der Kasse.

Der silberne Audi folgte ihm nicht, als er vom Parkplatz losfuhr. Darüber war Gerster keineswegs überrascht, sondern amüsierte sich jetzt über den dunklen Daimler im Rückspiegel. Und über die Vorstellung, was sich gerade an der Kasse im Baumarkt abspielte.

»Guten Tag, Polizei! Der Mann eben, mit der dunkelblauen Jacke ... Was hat der gekauft?«

Die Kassiererin drückte ein paar Tasten auf ihrem Computer.

»Spax Universalschrauben, fünf mal 50 Millimeter, 75 Stück, für acht Euro 99.«

Zurück in Freiburg versorgte Gerster den Lieferwagen und erledigte im Büro seinen Auftragsnachweis.

Es zog ihn zum Kesselhaus. Er ging die Stahltreppe hoch zur Empore, betrat sein kleines Turmzimmer und schloss die Tür. Aus dem Rucksack nahm er die kleine Perlenbox und legte sie auf das Beistelltischchen. Dann zog er das verschweißte Kunststoffpäckchen aus der Jackeninnentasche, riss es an einem Ende auf und schüttete den Inhalt neben das Döschen.

Da lagen sie. 50 zugfeste, schwarze, aus Polyamid hergestellte, 30 Zentimeter lange Kabelbinder.

Fritz Gerster ließ sich zufrieden in den alten Sessel fallen. Nach einiger Zeit nahm er zwei von ihnen, verband sie durch eine der Ösen bis er das typisch rastende Geräusch vernahm und testete mit einem kräftigen Zug an beiden Enden die Selbsthemmung. Ein dritter eingefädelter Kabelbinder verlängerte das Werkzeug.

Gerster sah sich um. Als er nichts Geeignetes entdeckte, ging er hinaus zur Empore. Ein dicker senkrechter Stützbalken neben dem alten Dampfkessel schien ihm geeignet. Er schlang die drei aneinander gereihten Kabelbinder um den Holzbalken, fasste die beiden Enden und begann, die Schleife zuzuziehen. Schon nach kurzer Zeit rutschte er mit den Händen ab. Noch einmal schlang er die Binder um den Balken, griff mit aller Kraft zu und zog. Das erneute Abrutschen war jetzt verbunden mit einem blutenden Schnitt in die Handkante. Er band ein Taschentuch um die Wunde, holte seine Handschuhe aus dem Rucksack und wiederholte den Zug. Dieses Mal entglitt ihm das glatte Teil noch schneller. Beim nächsten Versuch verband er zwei andere Kabelbinder miteinander, legte sie um den Balken und verband sie zu einer Schlinge. Den Nachteil dieser Variante erkannte er sofort: Es gab nur noch eine Seite zum Greifen und Ziehen. Seine Hand rutschte ab, bevor auch nur der Ansatz des Druckes entstand, den er sich vorstellte.

Enttäuscht lümmelte er sich wieder in den Sessel und dachte nach. Die Luft war wirklich schlecht hier oben. Erst mit einem kräftigen Ruck ließ sich das verklemmte Fenster öffnen. Eine kühle Brise wehte herein und ließ den so typischen Geruch des alten Backsteingemäuers wieder zur Geltung kommen.

Auf der Rückseite eines alten Lieferscheins deutete er mit einem Stift skizzenhaft mehrere Kabelbinder in unterschiedlichen Kombinationsmöglichkeiten an, von denen keine die Funktion versprach, die er sich vorstellte. Nach einer Weile legte er den Stift beiseite und betrachtete seine erfolglosen Kritzeleien. Ihm wurde klar, dass seine Idee mit einfachen Kabelbindern nicht umsetzbar war.

Plötzlich kehrten die Erinnerungen wieder, die schon in Verbindung mit Toms Käsewürfel neben den Stromkabeln aufgekeimt waren. Es lag viele Jahre zurück, aber der Adrenalinschub, der ihn augenblicklich überkam, half ihm, einen Teil der Vergangenheit gegenwärtig zu machen. Italien. Matteo. Matteo und der alte Pritschenwagen! Die nicht mehr funktionsfähige Bauwinde mit dem Handseilzug auf der Ladefläche war abgeknickt, und der findige Matteo hatte sie damals mit einer speziellen Art von Kabelbindern auf Zug gebracht und fixiert! Gerster war völlig aufgeregt. Weshalb war er nicht gleich darauf gekommen? Matteo! Das könnte die Lösung sein!

Auf einer anderen Lieferscheinrückseite entwickelte er mit einer einfachen Skizze die Theorie dazu. Eine zweite Skizze verbesserte die Idee. Mit dem dritten Entwurf war er schließlich zufrieden.

Matteos lederne und bestens bestückte Werkzeugtasche hatte Gerster viele Jahre in hohen Ehren gehalten. Der freundliche Italiener hatte sie ihm damals geschenkt, als Gerster seine Dienste übernommen hatte. Die handliche Tasche gab es noch immer. Fritz Gerster wusste auch genau, wo sie war. Aus Respekt und zu Ehren von Matteo hatte er sie aufgehoben, ohne jedoch jemals etwas von deren Inhalt benutzt zu haben. Allerdings gab es ein kleines Problem. Die Tasche lag irgendwo auf einem Regal im Keller. In Monikas Keller.

6

Eine Woche vor Weihnachten stellte das MEK auf Anordnung der *Soko Kretzdorn* die Observation von Fritz Gerster ein. »Es ist unfassbar«, kommentierte Helge Michalek das Ende der Maßnahmen. »Der Typ tuckert mit seinem Transporter durch die Gegend, als wär's ein Wohnmobil auf Urlaubsfahrt. Der hat die Ruhe weg. So möchte ich auch mal mit meiner Arbeitszeit umgehen. Zu dieser Lembach-Gärtnerei fährt er auf der B3 und hält unterwegs auf drei Parkplätzen an. Der braucht drei Pausen für 60 Kilometer! Das ist doch nicht normal! Und nie steigt er aus. Was macht der da? Ich sag euch, ob der's war oder nicht, der Kerl hat bös einen an der Klatsche.«

Jakob Allgeier hatte sich ohnehin nicht viel von den MEK-Maßnahmen erhofft. »Den Versuch war's wert. Aber was hatten wir schon erwartet? Wir behalten ihn, wenn man so will, nicht mehr im Auge, aber weiterhin auf dem Schirm.«

»Auf Kosten seines Arbeitgebers scheint er alle seine Erledigungen zu machen«, berichtete Michalek weiter. »Fährt zu seiner Ex und schleicht dort ums Haus herum. Am helllichten Tag.«

»Du meinst, er spioniert ihr nach?«, fragte Allgeier und gab gleich selbst die Antwort. »Das halte ich für ausgeschlossen. Nach allem, was wir wissen, ist Gerster froh, dass sie ihn vor die Tür gesetzt hat.«

Michalek bestätigte diese Annahme. »Nein, der stellt ihr nicht nach. Es sah eher so aus, als hätte er bei seinem unfreiwilligen Auszug etwas vergessen. Als er nämlich zu seinem Transporter zurückkam, hatte er so eine braune Tasche unter den Arm geklemmt.«

»Er hat bei sich eingebrochen?«

»Was heißt bei sich? Er wohnt da ja nicht mehr.«

»Wahrscheinlich hat er noch einen Schlüssel«, vermutete Allgeier, hatte aber kein großes Interesse mehr an Michaleks Schilderungen und blätterte in einem Stapel Akten.

»Im Baumarkt war er übrigens auch während der Arbeitszeit.« Michalek war verärgert. »Als ich das vor drei Jahren
gemacht hab, haben sie mir ein Diszi angehängt.«

»Hat dich damals auch das MEK observiert?«, fragte Klaus
Tränkle belustigt.

»Schön wär's gewesen. Der Polizeivize war's. Latscht mir an
seinem freien Tag über den Weg, weil er nichts Besseres weiß, als
sich irgendwelche gottverdammten Schrauben, oder was weiß
ich für Zeugs, zu kaufen. So 'ne Scheiße!«

»Nehmen Sie's locker, Michalek«, tröstete ihn Soko-Leiterin
Trautmann, »Sie können ja umschulen auf Rosen-Kurier und es
unserem Herrn Gerster gleichtun.«

»Kannst mich mal«, entfuhr es Michalek lauter als gewollt,
und weil er es sofort bereute, ergänzte er rasch »… sollte man
zu seiner Vorgesetzten sagen dürfen.«

Merle Trautmann zog nur grinsend die Augenbrauen hoch.

Der Schein von Lockerheit und Zuversicht innerhalb der Soko
trog jedoch. Die Spurenlage war auch knapp drei Wochen nach der
Tat mehr als dürftig. Staatsanwalt Faber-Jung nahm nicht mehr an
den täglichen Besprechungen teil, sondern ließ sich telefonisch auf
den aktuellen Stand bringen, der von Tag zu Tag mehr stagnierte.
Die Medien machten gehörig Druck und berichteten von einer
Soko, die »erfolglos auf der Stelle tritt« und »nach Insiderinforma-
tionen nicht ausreichend mit qualifizierten Beamten besetzt« sei.

Dazu kam, dass die personelle Situation tatsächlich nicht besser wurde. Drei Kollegen hatten sich mit Wintergrippe krankgemeldet, und auch Klaus Tränkle klagte. »Hansjörg Schubert fällt
ebenfalls aus. Unser erfahrenster Kriminaltechniker. Ich musste
ihn heimschicken, weil er sich irgendwie einen Nerv in der Brust
eingeklemmt hat.«

Das war einmal mehr das Signal für Diana Schulz. »Ich darf

daran erinnern, dass wir kurzfristig auf die Operativen Ermittlungs-Assistenzen zugreifen können. Der Personalrat hat zugestimmt, und es gibt schon Interessenten aus dem Tarifpersonal.«

»Ich will niemanden aus der Verwaltung«, rutschte es Merle Trautmann eine Spur zu forsch heraus, wodurch sie sich einen bösen Blick von Frau Gürtler einfing, die seit 30 Jahren als zuverlässige Schreibkraft bei der Kripo angestellt war. Sogleich bemühte sie sich um Befriedung der Situation. »Wenn überhaupt, dann brauchen wir Verstärkung aus dem operativen Geschäft. Leute aus der Praxis. Mit Kenntnissen aus dem Ermittlungsgeschäft. Entschuldigen Sie bitte, Frau Gürtler! Sie sind für uns unersetzbar auf Ihrem Gebiet!«

Die gereifte Dame lächelte mit der Weisheit aus drei Jahrzehnten Erfahrung im Umgang mit bisweilen selbstherrlichen Beamten und widmete sich wieder ihrem Protokoll.

»Nächsten Dienstag ist Pensionärstreffen«, ließ Diana Schulz nicht locker. »Der Präsident wird die Gelegenheit nutzen, für die Möglichkeit einer Unterstützungs-Assistenz zu werben.«

»Die Rentner-Cops werden Wirklichkeit«, feixte Michalek.

»Die Idee ist doch gar nicht so schlecht«, fand Jakob Allgeier, »viele Politiker starten in dem Alter erst ihre Karriere.«

»Den Meisten wird das zu schäbig vorkommen«, empfand Jochen Haag. »Die waren früher vielleicht in gehobener Position, und jetzt sollen sie nur noch Handlanger sein.«

Er hielt auch die Bezeichnung des Jobs für daneben. »Welcher Pensionär mit 40 Jahren Polizeierfahrung will plötzlich ein *Assistent* sein?«

»Immerhin ein Operativer Ermittlungs-Assistent!«, verbesserte Helge Michalek. Dem unbändigen, polizeilichen Drang folgend, alles abzukürzen, hatte er dazu noch umgehend einen passenden Vorschlag zur Vereinfachung der Funktionsbezeichnung. »Operative Ermittlungs-Assistenzen, kurz genannt: die OPAs.« Und darüber hinaus wurde er noch poetisch. »Aus der Not folgt – logo – OPAs in die Soko!«

Er selbst lachte am meisten über seine dichterische Eingabe, die nicht alle gar so lustig fanden.

7

Sie liebte ihren kleinen Terrier-Mischling über alles, auch wenn sein übertriebenes Bellen selbst ihr bisweilen auf die Nerven ging. Der kleine Wuschel wiederum liebte es, vorbeigehende Passanten am Gartenzaun mit seinem durchdringenden Kläffen zu erschrecken. Dies gelang ihm durch die List, zunächst lautlos aus dem Nichts heranzupreschen, um dann erst kurz vor dem Zaun mit dem lautstarken Gekeife loszulegen.

Am Sonntagabend vor Weihnachten saß Martha Kuhnert zusammen mit ihrem Mann bei der *Tagesschau*. Jan Hofer berichtete von Ausschreitungen in der Türkei durch pro-kurdische Demonstranten, von Parlamentswahlen in Spanien, gescheiterten Friedensverhandlungen für den Jemen, einem Gutachten zur Obergrenze für Flüchtlinge und einem Anstieg der Zahl älterer Hartz-IV-Empfänger. Ihren Mann interessierte vor allem die Ankündigung, dass Pep Guardiola zum Saisonende den *FC Bayern* verlassen werde.

Nach dem Wetter fiel Martha Kuhnert auf, dass sie ihren Wuschel schon eine Weile nicht gesehen und vor allem nicht gehört hatte. Normalerweise machte er sich an der Haustür durch Winseln und Kratzen bemerkbar, wenn er sich von seinen tierisch verbalen Überfällen ausruhen wollte.

Während ihr Mann sich dem *Tatort* widmete, schlüpfte Martha Kuhnert in ihre Pantoffeln und ging zur Haustür. Kühle Dezemberluft, ein kalter Wind, kam ihr entgegen, aber kein Wuschel. Sie rief nach ihm. Ohne Erfolg. Sie tauschte die Pantoffeln gegen ihre Gartenschuhe und zog sich eine Jacke über. Es war ruhig in der Uferstraße, abgesehen von den üblichen Verkehrsgeräuschen, die von der naheliegenden B31a herüberdrangen. Straßenlaternen warfen diffuses Licht und lange Schatten in den Garten. Martha Kuhnert rief erneut nach ihrem Liebling und ließ den Blick über die großzügige Rasenfläche schweifen. Auf dem Gehweg ging ein junges Pärchen Arm in Arm dicht am Gartenzaun vorbei. Es blieb still. Das war kein gutes Zeichen. Niemals vernachlässigte der kleine Mischling sein geliebtes Hobby. Dann sah sie ihn. Direkt am Zaun lag reglos ein hell-dunkel geflecktes Bündel. Martha Kuhnert stieß einen kurzen Schrei aus.

Ihr Mann fand sie weinend neben dem Vierbeiner kniend. Um den Hals des Tieres war eine seltsame Kombination von Plastikschlingen gezogen. Er eilte ins Haus und kam mit einer Kneifzange zurück. Vorsichtig durchtrennte er das enganliegende Strangwerkzeug.

Aber es war zu spät.

8

Am anderen Tag konnte Fritz Gerster den Feierabend kaum erwarten. Nachdem er im Büro den Tagesabschluss gemacht hatte, fuhr er mit der Fünfer, ohne am Dorfbrunnen auszusteigen, bis zum Stadttheater. Von dort spazierte er in Richtung Weingarten den vertrauten Fußweg entlang der Dreisam, der ihn durch die Uferstraße führte.

Als er an dem fraglichen Grundstück vorbeikam, schlug sein Puls fast so hoch wie am Vorabend. Gleich müsste die kleine Nervensäge angeschossen kommen – wenn alles so wäre, wie an vielen Tagen zuvor. Es kam jedoch nichts. Im Garten blieb es ruhig.

Gerster ging weiter, ohne nach rechts oder links zu sehen. Nach gut 100 Metern blieb er stehen und drehte sich um. Niemand folgte ihm. Genau wie gestern. Er fühlte sich gut. Noch immer war kein Laut eines Köters zu hören. Die Methode funktioniert tatsächlich auch in der Praxis, dachte er. Das musste er sofort Tom erzählen. Der mochte auch keine Hunde.

Er nahm den Fahrstuhl und schloss die Wohnungstür auf. Sofort roch er es. Vertraut und gleichermaßen verhasst gab es keinen Zweifel. Es roch nach Monika. Was, verdammt noch mal, hatte sie hier zu suchen? An einer Rückholaktion von Matteos Werkzeugtasche konnte sie bestimmt kein Interesse haben. Und vor allem: Wie kam sie hier herein?

Aber wo war sie? Rasch hatte Gerster die kleine Wohnung abgesucht. Niemand war da. Hatte er sich getäuscht und sein Gehirn ihm einen Streich gespielt? Er schnupperte in die Luft wie ein Raubtier, das Witterung aufnimmt. Nein, er hatte sich nicht geirrt. Das war ihr Parfüm, und vor allem war es ihr Körpergeruch, ihre spezielle Ausdünstung, die er jetzt in der Nase hatte. Obwohl dieser Geruch nicht auf mangelnde Körperpflege zurückzuführen war, spürte Gerster den gleichen Würgereiz, der ihn auch am Ende ihrer Beziehung in Monikas Nähe befallen hatte. Er riss die Fenster auf.

Nun erst bemerkte er den vollen Fressnapf auf dem Küchenboden. Das war nicht normal. Tom erwartete ihn stets hungrig mit leerem Geschirr. Wo war er überhaupt? Gerster rief nach ihm, doch der Kater war nicht da. Ein schlimmer Verdacht befiel ihn.

Im Treppenhaus begegnete er Alexej, der Gersters Rufen gehört hatte.

»Wer sein Tom du rufen?«, fragte ihn der mächtige Russe.

»Tom ist mein Kater. Hast du ... haben Sie ihn vielleicht gesehen?«

»Ah, du haben Katze. Nix gewusst. Nix gesehen Katze in Haus und auch nix draußen.«

»Wenn Sie Tom sehen, dann klingeln Sie bitte bei mir! Er ist ein grauer Kater. Ziemlich groß.«

»Haben Katze nix gesehen. Aber gesehen Frau mit Hausmeister. Frau haben Kiste, wo man kann Hunde und Katzen sperren ein.«

Gersters Verdacht schien sich zu bestätigen.

»Wann war das? Wann haben Sie die Frau gesehen?«

»Oh, schon gewesen lange heute Mittag.«

»So ein Miststück!«

»Du nicht mögen Katze?«

»Doch, doch. Sehr.«

»Du fragen Hausmeister. Vielleicht wissen, wo Frau. Und wo Frau, vielleicht auch Katze.«

Fritz Gerster fand den Hauswart im Fahrradkeller. Herr Paschke war ein dicker, gemütlicher Mann, der immer einen grauen Overall, eine Franzosenmütze und einen Schnauzbart trug.

»Die Dame hat gesagt, sie sei Ihre Ehefrau, und hat mir

sogar einen Personalausweis gezeigt. Sie hat gesagt, es sei ein Notfall. Ihr Mann, also Sie, hätte sie angerufen und ihr gesagt, dass er kurzfristig eine mehrtägige Tour übernehmen müsse und ob sie sich solang um die Katze kümmern könnte, weil die sonst alleine ohne Futter in der Wohnung wäre. Da hab ich ihr natürlich aufgemacht. Müssen Sie die Tour jetzt doch nicht fahren?«

Gerster versuchte, sich zu beherrschen, und wies den Hausmeister in aller Deutlichkeit an, künftig niemandem mehr – egal unter welchen Umständen – die Wohnungstür aufzuschließen. Und weil ihm die Gelegenheit passend vorkam, fügte er noch hinzu: »Nicht einmal der Polizei! Verstanden?«

Herr Paschke entschuldigte sich mit erhobenen Händen und widmete sich wieder den Fahrrädern. »Wie man's macht, ist's nicht recht«, murmelte er noch.

Mit hochrotem Kopf und einer Mischung aus Wut auf den Hausmeister und Hass auf Monika raste Gerster durchs Treppenhaus in den elften Stock und schlug seine Wohnungstür zu. In der Küche nahm er den vollen Fressnapf und donnerte ihn gegen die Wand.

Dieses Mal war sie zu weit gegangen.

9

Das kalte Wetter war nicht der einzige Grund, weshalb der junge Mann seine Anorakkapuze von oben bis zu den Augen heruntergezogen hatte. Von unten übernahm der bis zum Anschlag geschlossene Reißverschluss unter Mithilfe eines über Mund und Nase geschlungenen Wollschals die Tarnung des Gesichts. Die Abenddämmerung hatte eingesetzt. Wie immer in den letzten Tagen war es feucht, und die Temperaturen fühlten sich niedriger an, als sie es ohnehin schon waren.

Er versuchte, sich unauffällig auf dem breiten Durchgangsweg der *Kleingartenanlage Obergrün* zu bewegen. Aber dazu hätte er einen zügigeren Schritt wählen sollen. So langsam, wie er zwischen den Parzellen herumschlich, musste er einfach auffallen. Zumal alle Schrebergarten-Besitzer aufs Höchste sensibilisiert waren und in nahezu jedem, der die öffentliche Anlage passierte, einen potenziellen Brandstifter sahen.

Der nur für Fußgänger und Radfahrer zugelassene Hauptweg war die kürzeste Verbindung zwischen dem südlichen Bereich des Stadtteils Stühlinger und der Berliner Allee und wurde rege benutzt – auch von Einheimischen, die dort kein gärtnerisches Kleinod pflegten. Von ihm gingen mehrere schmale Seitenwege ab, welche die Anlage in Rechtecke aufgliederten.

Vollends verdächtig machte sich der einsame Fußgänger, als er vom geteerten Weg auf einen der unbefestigten Seitenwege abbog.

Trotz dringendem Abraten durch die Polizei, die ihrerseits verdeckte Überwachungsmaßnahmen in Erwägung zog, hatte sich nach dem letzten Brandanschlag eine Art Bürgerwehr organisiert. Mutige Kerle, die ihren Frauen mit Strenge befahlen, zu Hause zu bleiben, da dies eine gefährliche Männermission sei.

Weil die Tatzeiten stets vor Mitternacht lagen, konzentrierte sich auch die private Wache auf die dunklen Abendstunden.

Mehrere Männer hatten sich an verschiedenen Stellen postiert, verteilt auf der gesamten großzügigen Anlage. Einige lauerten hinter den Fenstern ihrer Lauben, andere in kleinen Geräteschuppen. Einer hatte sich gar in einer leeren Regentonne auf Beobachtungsposten begeben.

Um Verwechslungen auszuschließen, hatte man vereinbart, dass während der Kontrollzeit niemand seinen Ausguck verlassen sollte. Somit konnte man gewährleisten, im Verdachtsfall keinen aus den eigenen Reihen flachzulegen.

Die Gestalt, die sich in geduckter Haltung abseits des Hauptweges bewegte, hatten gleich mehrere Posten bemerkt. Auf keinen Fall dürfte man zu früh zuschlagen. Auch das hatten die Kleingärtner vereinbart. »Auf frischer Tat ertappen«, hieß die Devise.

Fritz Gerster hatte andere Gründe, zwischen den Schrebergartenhütten entlang zu promenieren. Er hatte zwar von dem Serienbrandstifter gehört, wusste aber nicht, dass dieser jüngst in Kleingartenanlagen sein Unwesen trieb. Daher sah er sich arglos und auf seine eigenen Interessen bedacht nach einer geeigneten Situation um – von der er jedoch selbst nicht so recht wusste, wann sie tatsächlich geeignet wäre.

Seit Toms Entführung wucherten schlimme Gedanken in seinem Kopf. Seine Abscheu Monika gegenüber nahm neue Dimensionen an. Er dachte an die Sache im Park und stellte sich vor, es wäre nicht die Kassiererin gewesen. Wenn er die Vorstellung weiterspann, überkam ihn ein Zustand, der ihm selbst irr und gestört vorkam und ihn zurück in die Realität holte. Sollte er Monika etwas antun, stünde die Polizei binnen kürzester Zeit vor seiner Tür. Er durfte seinem Hass nicht freien Lauf lassen, sondern musste die Sache in Ruhe angehen. Vor allen Dingen musste er sich selbst aus dem Visier der Kripo bringen, die ihn noch immer im Verdacht hatte. Immerhin glaubte er fest, dass sie ihn nicht mehr beschatteten. Es fuhren keine langsamen Autos mehr hinter ihm her, und die angeblichen Elektriker vor dem Hochhaus hatten ihre vorgetäuschte Arbeit eingestellt.

An diesem Tag vor Heiligabend hatte Gerster frei. Am Nachmittag hatte er im Mooswald Ausschau gehalten. Die wetterbedingt düstere Stimmung, die einem schaurigen Krimi entsprungen sein könnte, war ihm geradezu als prädestiniert vorgekommen. Alles hatte er bei sich. Handschuhe, das Perlendöschen, die Kabelbinder. Und er trug die Schuhe. *Die* Schuhe. Trotz des trüben Wetters waren viele Leute unterwegs gewesen. Menschen mit Hunden. Frauen mit Männern. Jogger mit Pulsmessern. Radfahrer mit E-Motoren. Und Langläufer mit Stöcken, aber ohne Schnee und ohne Ski.

Eine dünne Frau war ihm begegnet. Sie war alleine. Mit Abstand, aber in Sichtweite, war ein Paar in die gleiche Richtung gelaufen. Die dünne Frau hatte stur geradeaus geschaut und ihn nicht beachtet. Kurz darauf war wieder eine einzelne Frau auf ihn zugekommen. Dieses Mal war niemand sonst in der Nähe gewesen. Sie hatte einen Rucksack getragen, genau wie er, und eine lustig bunte Mütze auf dem Kopf. Gut gelaunt und höflich hatte sie ihn gegrüßt. Gut gelaunt und höflich. So jemand kam nicht infrage.

Mit seinem regen Publikumsverkehr war ihm der Mooswald mit einem Mal als ungeeignet erschienen.

Zur gleichen Erkenntnis war er gelangt, als er anschließend das Geschehen rund um den idyllischen Flückigersee inspiziert hatte. Zu viele Leute mit zu viel Risiko.

Nun war die Kleingartenanlage entlang der Dreisam an der Reihe. Dass sie sich nur einen Steinwurf vom Polizeipräsidium entfernt befand, störte ihn nicht. Die genaue Uhrzeit wusste er nicht, da er sein Handy wohlweislich zu Hause gelassen hatte. Aber es dunkelte schon. Die Wahrscheinlichkeit, um diese Jahres- und Tageszeit hier eine einsame Frau anzutreffen, schätzte er als sehr gering ein. Die winzige Chance bestand jedoch, und falls die Situation tatsächlich eintreten würde, böte genau sie ihm die perfekten Rahmenbedingungen.

Gerster bog in den gleichen Seitenweg ein wie kurz zuvor der junge Mann.

Die Wachposten in ihren Verstecken waren so sehr auf die Annahme fixiert, dass es sich bei dem Brandstifter um einen Einzeltäter handelte, dass sie über das Auftauchen einer zweiten Person völlig irritiert waren. So ein Szenarium hatten sie nicht durchgespielt.

Da es sich um keine Polizisten, sondern um Hobbygärtner und unerfahrene Zivilisten handelte, musste zwangsläufig einer von ihnen die Nerven verlieren. Obwohl keiner der beiden von ihnen beobachteten Unbekannten eines der Laubengrundstücke betreten hatte, hallten plötzlich wilde Schreie durch den Abend.

»Bleib stehen, elender Brandstifter! Jetzt haben wir dich, du Sau!«

Instinktiv duckte sich Gerster hinter eine Hecke an den Zaun einer Parzelle.

Der junge Mann ergriff sofort die Flucht.

Erst jetzt wurde Gerster auf ihn aufmerksam. Er rannte über den Schotterweg und kam direkt auf ihn zu.

Im Hintergrund tauchten Gestalten auf, die von beiden Seiten des Weges aus den Gärten herausstürmten und hinter dem Mann mit dem Anorak herrannten. Alle mit irgendwelchen Schlagstöcken bewaffnet.

Direkt auf dem Grundstück, vor dem Gerster kauerte, kippte plötzlich eine riesige Regentonne um und mit ihr ein fluchender Mann, der noch eben versucht hatte, eilends aus der Tonne herauszuklettern. Das kleine Tor am Zaun stand offen.

Gerster ahnte, was da gerade vor sich ging. Instinktiv ergriff er Partei für den flüchtenden Mann, der in der nächsten Sekunde an ihm vorbei und direkt in die Arme des Regentonnen-Wächters zu rennen drohte. Dieser hatte sich aufgerappelt und erwartete den in seine Richtung Spurtenden hinter der umgekippten Tonne. Gerade als er zum Sprung auf den jungen Mann ansetzte, trat Gerster hinter der Hecke hervor und schlug zu. Der Anorak-Träger blieb für einen Augenblick verdutzt stehen. Neben dem niedersinkenden Kleingärtner traf sein Blick mit Gersters zusammen. Für eine Sekunde. Dann rannte er durch das offene Törchen, kletterte an der Rückseite der Parzelle über den Zaun und verschwand in der Dunkelheit.

Die Männer mit den Stöcken nahten von der einen Seite und jetzt auch von der anderen. Aus der Richtung, in die der Mann mit dem Anorak geflüchtet war, drangen ebenfalls Stimmen. Gerster saß in der Falle. Er würde erklären müssen, weshalb er den Mann niedergeschlagen und dem lange gesuchten Serienbrandstifter zur Flucht verholfen hatte.

Darauf hatte er keine Lust. Dafür aber eine spontane Idee.

10

An Weihnachten sollte eigentlich alles ruhen.

Soko-Leiterin Trautmann schickte einen Großteil ihrer Mannschaft über die Feiertage zu ihren Familien nach Hause. Eine Notbesetzung, zu der selbstverständlich auch sie gehörte, sollte sich um aktuelle, dringliche Spuren kümmern, von denen es jedoch keine gab.

Bevor auch Diana Schulz in die kurze Auszeit ging, berichtete sie noch vom Pensionärstreffen. Genauer gesagt erzählte sie ausschließlich von dem eindringlichen Appell des Polizeipräsidenten an die Veteranen, sich doch für eine Stelle als »Ermittlungsoperateur mit Handlungskompetenz« zur Verfügung zu stellen. Mit dieser cleveren Formulierung hatte er bewusst die Bezeichnung »Assistenz« ausgespart und beim einen oder anderen der Ruheständler für glänzende Augen gesorgt. Dass der Begriff »Handlungskompetenz« als sehr weit gefasst anzusehen war, hatte der Präsident wohlweislich nicht näher ausgeführt. Jedenfalls, so erzählte Diana Schulz, hätten sich bereits unmittelbar nach dem Treffen ein paar Pensionäre interessiert gezeigt.

Von einem »Weihnachturlaub«, wie er es bezeichnete, hielt Helge Michalek nichts. »Heidi Klum hat mich verlassen, ich bin alleinstehend«, sagte er trocken. »Und das mit Fischers Helen ist noch am Reifen.«

Lediglich am späten Heiligabend, so ordnete Merle Trautmann an, wolle sie niemanden mehr im Soko-Raum sehen. Den Vormittag nutzten sie, Jakob Allgeier und Jochen Haag zu einem zwanglosen Gedankenaustausch bei Kaffee, Plätzchen und vier brennenden Weihnachtskerzen, die Frau Gürtler bereitgestellt hatte.

Aus Allgeiers PC drang leise Weihnachtsmusik in den Raum. »Macht hoch die Tür, die Tor macht weit, es kommt der Herr der Herrlichkeit.«

Die Tür ging tatsächlich auf. Herein kam Helge Michalek.

Mit einer Neuigkeit aus einer Freiburger Schrebergartenanlage.

Weihnachten interessierte Tom nicht. Er war irritiert davon, dass er nach kurzer Autofahrt wieder dort war, wo er die ersten Jahre seines Lebens verbracht hatte.

Schnell dachte er allerdings an die Vorzüge der Hugstetter Erdgeschosswohnung, von denen die Katzenklappe hinaus zur Erdterrasse zu den wichtigsten zählte. Allerdings steckte an der Seite neuerdings so ein seltsamer Riegel, der verhinderte, dass sich die Klappe aufdrücken ließ.

Am zweiten Abend nach seiner Rückkehr saß er nach einem vergeblichen Öffnungsversuch hinter der Terrassentür und schaute sehnsüchtig nach draußen. Plötzlich stieß er einen seiner typisch hohen Fieptöne aus. Da hinten im Garten stand tatsächlich ein Mann, der seinem Herrchen zum Verwechseln ähnlichsah. Aber nur einen Moment, dann war er wieder verschwunden.

Zu den Nachteilen in seinem neuen alten Leben gehörte auch, dass Monika nicht mit ihm sprach. Zwar stellte sie ihm immer genügend Futter und frisches Wasser bereit und reinigte morgens und abends das Katzenklo. Aber außer seltenen kurzen Streichelpflichten fand so gut wie keine Kommunikation zwischen den beiden statt.

Tagsüber war Tom genauso auf sich alleine gestellt wie im Hochhaus. Monika Gerster arbeitete ganztags als Physiotherapeutin und kam erst spät nach Hause.

Abends war ständig ein fremder Mann da, der Monika überall streichelte und mit ihm dasselbe machen wollte. Das war dem Grauen aber so unangenehm, dass er sich entweder unter der Couch verkroch oder der unvertrauten Hand, wie zufällig, eine spitze Kralle in die Haut bohrte.

Das Viech sei aggressiv, beschwerte sich der Fremde. Das läge daran, dass es den ganzen Tag eingesperrt sei.

Daraufhin entfernte Monika den Sperrriegel.

Die Welt stand Tom wieder offen.

Bei Josef Werneth klingelte das Telefon. Alfons Bücheler wollte ihm frohe Festtage wünschen und ihm bei dieser Gelegenheit die Neuigkeit mitteilen.

»Ich hab mich beworben«, verkündete er stolz.

»Du hast dich beworben? Aber doch nicht etwa …«

»Doch.«

»Du bist verrückt.«

»Wieso? Es ist doch nur ein Zeitvertreib.«

»Mit dem du dir über 40 Jahre lang die Zeit vertrieben hast. Alfons, du tust mir echt leid.«

»Sagst du nicht immer, man müsse sich auch im Alter geistig fit halten?«

Werneth stöhnte hörbar ins Telefon. »Aber doch nicht mit dem, was einem vier Jahrzehnte lang die Nerven gekostet hat.«

»Ich war gerne Polizist.«

»Richtig, mein lieber Alfons: *war*! Du *warst* Polizist. Und jetzt willst du für die jungen Derricks den Harry spielen und ihnen die Büroklammern polieren? Das ist doch schäbig.«

»Josef, du übertreibst!«

»Ich übertreibe? Alfons«, sagte Werneth mit zynischer Betonung, »hol schon mal den Wagen!«

11

Das Licht in ihrem Schrebergartenhäuschen hatte sie ausgeschaltet, damit es unbewohnt aussah. Von der kleinen Eckbank hinter dem Fenster aus, mit einer Tasse und einer Thermoskanne Tee ausgestattet, verfolgte Margarete Ziebold das Geschehen: Anfangs, als es noch in den Abend hinein dämmerte, die Männer, die sich versammelten. Danach, wie sie sich verstohlen in ihre Verstecke zurückzogen. Dann den dick vermummten Mann mit dem Anorak, der plötzlich in der Nähe ihrer Laube auftauchte. Zuerst wollte sie rufen, um die anderen aufmerksam zu machen. Dann aber kam ein zweiter Mann den Seitenweg entlang. Direkt in Richtung ihres Häuschens. Die karge Laternenbeleuchtung der Gartenanlage ließ nur Schemenhaftes erkennen. Plötzlich hörte sie jemanden schreien.

»Bleib stehen, elender Brandstifter! Jetzt haben wir dich, du Sau!«

Von da an ging es sehr schnell. Der sowohl unsympathische als auch ungelenke Kaczmarek vom Nachbargrundstück fiel fluchend aus seiner umkippenden Regentonne. Der Mann mit dem Anorak kam im Höllentempo angerannt, blieb aber, wie von einem unsichtbaren Band gestoppt, plötzlich stehen. Kaczmarek, der nach seinem Sturz aus der Tonne gerade aufgestanden war, lag im nächsten Moment der Länge nach am Boden. Margarete Ziebold wusste jedoch nicht, weshalb.

Sie verharrte still hinter ihrem Fenster und nahm einen tiefen Schluck aus ihrer Tasse. Einem wilden Durcheinander von Männerstimmen folgte alsbald das herannahende Martinshorn eines Rettungswagens und kurz darauf das eines Polizeiautos.

Den benommenen Kaczmarek transportierte man ab. Die Polizisten ließen sich von den wild durcheinander sprechenden Kleingärtnern das Geschehen schildern und nahmen es mit tadelnden Blicken zur Kenntnis. Zwei seien es gewesen, vernahm Margarete Ziebold, und der eine hätte ihren Gartenfreund brutal niedergeschlagen. Aber jetzt seien beide längst über alle Berge.

Sie rang mit sich, ob sie sich zu erkennen geben sollte. Aber wozu, dachte sie. Sie würde nur eine satte Rüge bekommen, weil sie sich nicht an das Gebot der Männer gehalten hatte, sich als Frau vom Gelände fernzuhalten. Außerdem war die Situation ja bereinigt. Es gab keinen Grund mehr, sich unnötig Vorwürfe anhören zu müssen.

Margarete Ziebold wartete, bis auch der Letzte an diesem Abend die Kleingartenanlage verlassen hatte und Ruhe einkehrte. Erst dann traute sie sich, Licht in ihrer Laube zu machen. Sie stellte die Tasse in die Spüle, nahm die Thermoskanne und ihre Tasche und machte sich zu Fuß auf den Heimweg.

Nach wenigen Schritten fiel ihr an Kaczmareks Parzelle die Regentonne auf. Tatsächlich hatte jemand trotz des ganzen Trubels daran gedacht, sie wieder aufzustellen. Margarete Ziebold ging weiter. Aber ein Geräusch hinter ihr ließ sie sich umdrehen. Hatte sich da eben nicht der Deckel der Regentonne bewegt?

12

Die für die Soko an sich nebensächliche Nachricht, mit der Helge Michalek in Jakob Allgeiers dezentes Heiligabend-Nachmittags-Konzert hereinschneite, sollte wenige Augenblicke später durch eine zusätzliche, höchst beunruhigende Mitteilung übertroffen werden.

»Es gibt Neuigkeiten aus der Parallel-Soko«, berichtete Michalek. »Wie es aussieht, hat der Serienbrandstifter einen Komplizen.«

»Ach ja?« Merle Trautmann schob sich wenig beeindruckt ein sternförmiges Hildabrötchen in den Mund. Jochen Haag zupfte an seinem Rolli und schenkte sich gähnend einen Kaffee nach. Jakob Allgeier sah indessen keine Veranlassung, »… gelobet sei mein Gott, mein Schöpfer reich von Rat …« leiser zu stellen.

»Kaffee?«, fragte er.

Michalek nickte und nahm Platz. »Es sollen tatsächlich zwei sein«, erzählte er weiter. »Gestern Abend wurden fast beide auf fast frischer Tat fast festgenommen.«

»Fast, fast, fast?« Jochen Haag griff belustigt nach den Zimtsternen.

»Die zivile Bürgerpolizei der *Schrebergartenkolonie Obergrün* hat sie offenbar aufgespürt, das Ganze aber gleich wieder vermasselt.« Auch Michalek angelte sich ein Weihnachtsplätzchen.

»Bürgerpolizei? Und was heißt ›sie‹? Wie kommt man darauf, dass es zwei sind?«, wollte Allgeier wissen.

Helge Michalek beschrieb kauend den Sachverhalt, der ihm von seinem Fahndungskollegen der anderen Soko geschildert worden war. Als er fertig war, hatte er nun doch das Interesse von Merle Trautmann geweckt.

»Weshalb glaubt man, dass die beiden zusammengehören?«

»Man nimmt es stark an. Aus welchem Grund sollte ein Unbeteiligter einen Kleingärtner krankenhausreif schlagen, damit ein anderer flüchten kann?«

»Und woher will man wissen, dass es die Brandstifter waren? Wenn ich das richtig verstanden habe, kam es ja nicht mal zum Versuch, etwas anzuzünden.«

»Man hat an einem Zaun innerhalb der Anlage ein herrenloses Damenfahrrad gefunden.«

»Sind Damenfahrräder nicht immer herrenlos?«, konnte sich

Allgeier nicht verkneifen und grinste schelmisch hinter seiner Rundbrille hervor.

»Nicht, wenn Herren sie fahren«, erwiderte Michalek, »und in diesem Fall klemmte auf dem Gepäckträger eine Stofftasche, und ihr dürft genau ein Mal raten, was da drin war.«

»Eine Packung Grillanzünder und das Geständnis des Brandstifters mit Unterschrift, Adresse und Blankoscheck für die Schadensregulierung.«

Die anderen starrten überrascht auf Jakob Allgeier, dem man so viel Humor nicht zugetraut hatte.

»Bravo«, sagte Helge Michalek, »bis auf das Geständnis, die Adresse und den Scheck stimmt alles. Da drin waren tatsächlich Anzündwürfel und sogar ein Plastikschälchen, wie man es in ähnlicher Ausführung auch schon an Tatorten gefunden hat, an denen das Feuer rechtzeitig entdeckt worden war. Das Rad ist sichergestellt und wird kriminaltechnisch untersucht.«

»Feine Sache«, meinte Jochen Haag, »wenn man davon absieht, dass sie stiften konnten.«

»Japp, das haben die Herren Veilchenzüchter astrein verkackt. Maulwürfe jagen ist halt doch was anderes als Feuerteufel.«

»Sollten bei zwei Brandstiftern nicht auch zwei Fahrräder herumstehen?«, warf Jakob Allgeier kritisch in den Raum. Eine Antwort bekam er nicht, denn Merle Trautmanns Tischtelefon klingelte.

Alle sahen sich überrascht an. Es war Heiligabend, spätnachmittags, und eigentlich wollte man bald die Soko für ein paar Stunden ruhen lassen.

»Ich tippe auf eine Ehefrau«, frotzelte Merle Trautmann, angehaucht von der lockeren Stimmung.

»Wenn's Fischers Helen ist – sie soll bitte warten, ich bin schon unterwegs!«

Die Soko-Leiterin nahm ab.

Kaum dass sie sich gemeldet hatte, verfinsterte sich ihre Miene. Aus den Wortbrocken, die sie in Abständen von sich gab, war schnell klar, dass weder Helene Fischer noch eine unter dem Weihnachtsbaum wartende Ehefrau am anderen Ende der Leitung war.

»Verstehe. – Wie alt? – Seit wann? – Nein, oder? – Unglaublich. – In Ordnung. – Haltet uns auf dem Laufenden.« Mit hochgezogenen Augenbrauen und einem tiefen Seufzer legte sie den Hörer auf. Alle warteten gespannt, was hinter dem Anruf steckte.

»Das war der Kriminaldauerdienst.« Merle Trautmann schob die Schüssel mit den Plätzchen von sich. »Seit gestern Abend wird eine 52-jährige Frau vermisst. Sie wohnt im Stadtteil Betzenhausen. Dort hat ihr Mann sie zuletzt gesehen, als sie das Haus verließ.« Sie machte eine kurze Pause, so, als wollte sie sich selbst erst im Klaren darüber werden, was die Kollegen ihr soeben berichtet hatten.

»Unglaublich«, wiederholte sie einen ihrer Wortfetzen. »Ihr kommt nicht drauf, wohin die Frau gehen wollte oder tatsächlich gegangen ist.«

Sie machte wieder eine Pause, aber niemand wollte raten.

»Zur *Kleingartenanlage Obergrün*«, sagte Merle Trautmann.

Jetzt setzten auch bei den anderen Gedankenspiele ein, inwiefern die fehlende Frau etwas mit der Bürgerwehraktion zu tun haben könnte oder ob es purer Zufall war.

»Sie hat ein Schrebergärtchen direkt neben der Parzelle, auf der der Kleingärtner niedergeschlagen wurde.« Merle Trautmanns Information verwandelte die Gedankenspiele in eine Diskussion, an der sich alle beteiligten.

»Ist sie denn auf der Anlage angekommen?«

»Das weiß man nicht. Niemand hat sie gesehen.«

»Dann war sie auch nicht dort. Sie hätte den Trubel doch mitbekommen müssen.«

»Was wollte sie so spät noch auf dem Gelände?«

»Wache schieben. Sie wechselte sich mit ihrem Mann ab.«

»Vielleicht ist sie einem der Brandstifter begegnet.«

»Wann hat ihr Mann sie als vermisst gemeldet?«

»Wohl erst heute Morgen. Er ist vor Mitternacht schlafen gegangen. Solang wollte die Frau aufpassen. Am Morgen hat er dann bemerkt, dass sie gar nicht nach Hause gekommen war.«

»Was für ein fürsorglicher Ehemann.«

»Er hat als Erstes in der Laube nachgesehen. Er meint, dass sie dort war, weil ihre Tasse in der Spüle stand.«

»Man muss die ganze Anlage auf den Kopf stellen.«

»Das läuft bereits. Eine Suchaktion ist im Gange. Das Polizeirevier hat die Bereitschaftspolizei angerufen.«

»Und was machen wir?« Merle Trautmann sah in die Runde.

»Wir rufen unsere Frauen an.«

13

Am ersten Tag nach Weihnachten, am frühen Sonntagmorgen, klingelte es an Gersters Tür. Es war wieder die Klingel der Wohnungstür, nicht die von unten. Jemand stand direkt draußen, wie gut drei Wochen zuvor, als vier Kripobeamte ihn besucht hatten.

Wie seinerzeit begann sein Puls zu rasen. Um diese Uhrzeit an einem Sonntag konnte er sich niemand anderen vor der Tür vorstellen. Hatte er doch einen Fehler gemacht? Etwas übersehen, nicht bedacht? In den letzten Tagen hatte er die Ereignisse auf der Schrebergartenanlage immer wieder rekapituliert. Und war zu dem Schluss gekommen, keinen Fehler gemacht zu haben. Obwohl alles etwas schräg und nicht wie geplant gelaufen war. Aber letztlich hatte alles doch funktioniert. Wie also hätten sie auf ihn kommen können? Oder standen sie wieder wegen einer »Routine-Überprüfung« vor der Tür, wie sie damals ihr plötzliches Aufkreuzen bezeichnet hatten.

Wieder klingelte es.

Hatten sie ihn noch immer beschattet, und er hatte es nicht bemerkt? Beim Gedanken daran durchfuhr ihn ein heißer Schauer. Waren es womöglich als Kleingärtner getarnte Polizisten gewesen, die in der Gartenanlage zufällig auf den Brandstifter gestoßen waren, während sie eigentlich ihn, den verdächtigen Parkmörder, observierten?

Jetzt klingelte es drei Mal heftig, kurz hintereinander. Es hatte keinen Zweck. Nicht aufzumachen hätte zur Folge, dass sie die Tür einschlagen würden.

Gerster stand auf und öffnete.

Was er sah, ließ sein Herz noch weiter aufspringen, aber nicht mehr vor Panik vor der Polizei, sondern vor freudiger Überraschung.

Vor der Tür stand Alexej. Und er trug etwas Beglückendes auf dem Arm.

»Haben gefunden Katze was ist grau und machen wildes Miau vor die Haus.«

»Tom Chester!« Gerster stieß einen befreiten Schrei aus, der sowohl der unerwarteten Rückkehr des Katers galt als auch seiner Erleichterung darüber, dass es nicht die Polizei war. Und er ließ gleich einen zweiten Ausruf folgen. »Alexej!«

Der russische Hüne grinste und übergab Tom seinem Herrchen.

»Schlaue Katze haben gefunden zuruck?«

Gerster drückte den Grauen an seine Brust. »Ja«, sagte er und nahm Alexejs gebrochenes Deutsch an, »schlaue Katze wissen, wo gehört hin!«

Unterdessen fehlte der Kater bei Monika seit fast zwei Tagen. Es war ein großer Fehler gewesen, die Katzenklappe zu öffnen, dachte sie. Bestimmt hatte Fritz draußen nur auf die Gelegenheit gelauert und sich den Kater zurückgeholt. Er hatte ja auch offenbar nicht davor zurückgeschreckt, während ihrer Abwesenheit das Kellerschachtfenster aufzubrechen und diese lächerliche Ledertasche zu klauen. Jedenfalls ging sie davon aus, dass er es gewesen war, denn es fehlte nichts anderes. Und wer sonst sollte Interesse an dieser alten, speckigen Schrotttasche haben?

Monikas Lover war nicht sonderlich traurig darüber, dass der vierbeinige Störenfried fast so rasch wieder verschwunden war, wie er vor ein paar Tagen Einzug in sein Leben genommen hatte.

»Weißt du, es ist ja nur eine Katze, und ich mag eigentlich gar keine Katzen.«

Monika warf ihm einen strafenden Blick zu. »Darum geht es nicht, du Idiot«, sagte sie scharf, »darum geht es bei Gott nicht!«

Zwei Stunden lang kuschelte Tom sich in die kraulenden Hände von Fritz Gerster und genoss schnurrend dessen vertraute Stimme, die ihm irgendetwas von einer Kleingartenanlage und einem Versteck in einer Regentonne erzählte.

»Und dann wollte ich gerade rausklettern, da kommt diese Alte daher. Macht mich blöd an, was ich da zu suchen hätte. Geifert herum wie damals die andere Alte und hört nicht auf. Und da fällt mir ein, was ich tatsächlich da zu suchen hatte. Aber ich sag dir, ich wäre davongelaufen. Wirklich, ich wäre abgehauen, wenn sie mich nicht plötzlich so angestarrt hätte. Und da hab ich sie erkannt – und sie mich auch.«

Tom gähnte mit weit aufgerissenem Mund und zusammengekniffenen Augen. Gerster lachte und hörte auf zu erzählen.

Daher erfuhr Tom nicht, wer »die Alte« gewesen war. Es hätte ihn aber ohnehin nicht interessiert. Er interessierte sich nicht für Sachbearbeiterinnen für Pass- und Personalausweiswesen.

14

Man hatte Margarete Ziebolds Leiche noch in den Abendstunden des 24. Dezember im Rahmen der polizeilichen Suchaktion auf dem Gelände der *Kleingartenanlage Obergrün* gefunden. Ein vierbeiniger Mantrailer hatte sie aufgespürt. Sie lag in gekrümmter Haltung auf der Parzelle eines gewissen Kamil Kaczmarek, der seinerseits im Krankenhaus lag. Über die Leiche war eine 500 Liter fassende, auf den Kopf gestellte grüne Kunststoff-Regentonne so gestülpt, dass der Körper nicht sichtbar war. Unter der Tonne fanden sich auch eine Tasche und eine Thermoskanne aus dem Besitz des Opfers.

Laut vorläufiger gerichtsmedizinischer Einschätzung durch Professor Paschek trat der Tod durch Erdrosseln mittels Kabelbinder ein. Aufgrund der gegebenen Fundsituation konnte von einem Sexualverbrechen ausgegangen werden. Hose und Slip des Opfers waren bis zu den Kniekehlen heruntergezogen. Ein Hämatom an einer Wange wies auf mindestens einen stumpfen

Schlag gegen den Kopf hin. Der Tod dürfte in den Abendstunden des Vortags auf Heiligabend eingetreten sein.

»Eine schöne Bescherung«, war Helge Michaleks trockene Feststellung.

Der Heiligabend bestand für die Soko-Spitze zunächst darin, alle Kommissions-Mitglieder für den nächsten Morgen einzuberufen. Die schockierende Nachricht über einen weiteren Frauenmord veranlasste auch Staatsanwalt Faber-Jung, sein Kommen zuzusagen.

Am Ende des ersten Weihnachtstages fasste Soko-Leiterin Merle Trautmann die Fakten zusammen. »Die gute Nachricht vorweg, wenn man so will: Es wimmelt in Freiburg nicht von Frauenmördern. Wir müssen oder können davon ausgehen, dass der Mord im Park und der Mord in der Schrebergartenanlage von ein und demselben Täter begangen wurden. Wir suchen also *eine* Person.«

Im Folgenden begründete sie diese These. Am Fundort der Leiche von Margarete Ziebold waren an mehreren Stellen auf Kaczmareks Parzelle Schuhabdrücke festgestellt worden, die das gleiche Fischgrätenmuster wie im Mordfall Erna Kretzdorn aufwiesen.

»Es handelt sich zwar um ein sehr gängiges, unauffälliges Profilmuster. Aber es gibt individuelle Abnutzungsspuren, die in beiden Fällen übereinstimmen.« Trautmann ließ ein paar ausgedruckte Großaufnahmen herumgehen, auf denen die entsprechenden Stellen rot eingekreist waren. »Ein Gutachten zur forensischen Bewertung ist in Auftrag gegeben. Zudem hoffen wir auch wieder auf Faserspuren. Das müssen wir aber noch abwarten.«

Im nächsten Schritt ging sie auf die Verletzungen der Opfer ein. »Beide Frauen wurden erdrosselt. Zwar mit unterschiedlichen Tatmitteln, aber doch mit gewissen Übereinstimmungen. In beiden Fällen wurde das Opfer vor der Drosselung ins Gesicht geschlagen.«

Als weitere Überschneidung nannte Trautmann den Umstand, dass beide Opfer nach der finalen Tat umgelagert wurden, um deren Entdeckung zu erschweren. »Bei Frau Kretzdorn war es ein Gebüsch, bei Frau Ziebold eine Regentonne. Der Täter hat beide zu ihrem jeweiligen Ablageort geschleift.«

Die Nennung der beiden Opfernamen erlaubte am Rande die Bemerkung, dass man den Namen der Soko ändern müsse. »Und dringend das Personal aufstocken«, ergänzte Diana Schulz.

»Wir haben auch Übereinstimmungen bei den Opfertypen«, fuhr Trautmann fort. »Das kann Zufall sein. Beide sind fast gleich alt. Und auch Frau Ziebold wird als sehr resolut beschrieben, insbesondere auch der Kundschaft gegenüber.«

»Auch Kassiererin?«

»Nein, Angestellte bei der Stadt. Bürgerbüro. Ausweise, Pässe und so weiter.«

Die Soko-Chefin sammelte die Fotos mit den Schuhsohlenspuren wieder ein. »Höchst interessant ist im neuen Fall das Tatwerkzeug.« Ihr Blick wanderte über den Tisch. »Am besten erklärt uns der Fachmann diese Sache.«

Klaus Tränkle hatte ebenfalls ein paar Bilder vor sich liegen und begann. »Ja, äußerst interessant. So etwas hab ich in all meinen Jahren als Kriminaltechniker noch nicht gesehen.«

Die Bilder zeigten Nahaufnahmen des Kopf- und Halsbereichs und ließen mehrere schmale ineinander geschlungene Kunststoffstreifen erkennen, die teils so tief in den Hals eingeschnitten hatten, dass sie kaum noch sichtbar waren.

»Das Opfer wurde mit einer ausgeklügelten Verknüpfung von aneinandergereihten Nylon-Kabelbindern erdrosselt. Auf diesem Bild hier«, er hielt es hoch, sodass alle es sehen konnten, »sieht man zwei Schlaufen, in die man hineingreifen kann. Nachdem Professor Pollak die Konstruktion mit einem Seitenschneider abgezwickt und vom Opfer gelöst hatte, konnten wir feststellen, dass sich die beiden Schlaufen quasi als Zugschlaufen jeweils an den Enden der Kabelbinderreihe befinden. Diese Reihe besteht aus zwei längeren, hintereinander geknüpften Kabelbindern, die Schlaufen jeweils aus einem. Das Tatwerkzeug ist also aus insgesamt vier unterschiedlich langen Bindern zusammengesetzt.«

»Klingt kompliziert«, sagte Jochen Haag, dem digitale Daten vertrauter waren als mechanische Mordwerkzeuge.

»Funktioniert aber total einfach«, setzte Tränkle seine Beschreibung fort. »Die zwei langen Kabelbinder sind als Schlinge kreisförmig angeordnet.« Er hob ein Foto in die Höhe.

»Sieht aus wie ein Herz«, stellte Michalek fest.

»Genau wie die beiden Griffschlaufen«, bestätigte Tränkle. »Durch Zug mit den Schlaufen zieht sich die Schlinge zusammen. Die einseitige Verzahnung, in der die Sperrzunge einrastet, verhindert das Öffnen oder Lockern der Schlinge. Sie lässt sich nur noch durch Zerschneiden lösen. Das kennen wir von normalen Kabelbindern.«

»Ich hab's noch immer nicht kapiert.« Jochen Haag zuckte mit den Schultern.

»Und was soll der Sinn einer solchen nobelpreisverdächtigen Erfindung sein?«, fragte Helge Michalek. »Er hätte doch einfach wieder einen Schal nehmen können – wie beim ersten Mal.«

Klaus Tränkle schüttelte leicht den Kopf. »Ich weiß es nicht. Aber einen Vorteil hat die Methode gegenüber allen Strangulationswerkzeugen, die mir bisher untergekommen sind.«

»Und der wäre?«

»Der Täter zieht nur einmal mit einem einzigen kräftigen Ruck die Schlinge mit den beiden Zugschlaufen zusammen – und das Opfer kann sich nicht mehr befreien.«

Michalek überlegte kurz und verstand den Vorteil. »Das heißt, er muss nicht solang zudrücken, bis das Opfer tot ist, sondern zieht einmal kräftig an den Schlaufen und steht dann daneben und raucht in Ruhe eine Zigarette, während das Opfer sich praktisch selbst erdrosselt.«

»So in etwa«, bestätigte Tränkle, allerdings mit einem leicht missbilligenden Blick.

»Aber wie kriegt er die Schlinge um den Hals?«, überlegte Michalek. »Das Opfer wird nicht bereitwillig den Kopf hinhalten wie ein Olympiasieger bei der Medaillenvergabe.«

»Nein, sicher nicht. Vielleicht deshalb erst die Schläge ins Gesicht«, vermutete Tränkle.

»Aber das mit dem Tatwerkzeug geht doch rein technisch überhaupt nicht«, widersprach Jochen Haag. »Ich bin zwar kein Heimwerker, aber wie soll man vier Kabelbinder so verknüpfen, dass das so funktioniert wie beschrieben?«

Klaus Tränkle schien auf den Einwand gewartet zu haben. Er kramte in seinen Unterlagen nach speziellen Fotos und warf sie zur allgemeinen Begutachtung auf den Tisch.

Sie waren alle stark vergrößert und zeigten das Tatwerkzeug aus verschiedenen Positionen und in scharfen Detailaufnahmen.

Der Erste, der das Prinzip verstand, war Jakob Allgeier. Ausnahmsweise war der korpulente Ermittlungsleiter zur besseren Einsichtnahme der Fotos von seinem Stuhl aufgestanden. Nun rückte er seine Nickelbrille zurecht und hatte sogar den passenden Fachbegriff parat. »Doppelkopfkabelbinder.« Und als ihn die eher akademisch begabte Soko-Leiterin fragend ansah, fügte er hinzu: »Zwei Ösen am Kopfende, anstatt einer. Hier …«, er zeigte mit einem Stift auf eine entsprechende Stelle, »…zwei Öffnungen zum Durchfädeln. Das sind spezielle Kabelbinder. Fast schon genial.«

Schwer taten sich die Ermittler damit, einen plausiblen Zusammenhang zwischen dem Serienbrandstifter, dessen vermeintlichem Komplizen und dem Frauenmörder herzustellen.

Merle Trautmann begann mit der Hypothese, dass überhaupt kein Zusammenhang bestehen könnte. »Es ist durchaus möglich, dass es sich um drei Personen handelt, die sich nicht kennen: der Brandstifter, der Mörder und ein Spaziergänger …«

»... der mal eben einen Kleingärtner niederschlägt, einfach so. Das gibt doch keinen Sinn«, fand Jochen Haag.

»Ein Brandstifter-Duo, das eine Kleingärtnerin sexuell missbraucht und erdrosselt, gibt noch weniger Sinn.« Michalek schüttelte den Kopf.

»Auf dem Fahrradgepäckträger haben wir Grillanzünder gefunden«, versuchte Jakob Allgeier, Logik in die Sache zu bringen, »somit gehen wir davon aus, dass eine Brandlegung geplant war. Wer eine Brandstiftung plant, begeht im nächsten Augenblick keinen Mord.«

Es entstand wieder eine Diskussionsrunde.

»Es sei denn, er wurde bei der Tat oder der Vorbereitung überrascht.«

»Von Frau Ziebold.«

»An der er sich dann mal so nebenbei vergeht, weil sich grad die Gelegenheit dazu ergibt.« Michalek achtete stets darauf, dass Sarkasmus nicht zu kurz kam.

»Und die Bürgerwehr schaut dabei zu. Das gibt wirklich alles keinen Sinn.«

»Der Mord geschah auf jeden Fall nach der missglückten Aktion der Kleingärtner. Wir wissen, dass dieser Kaczmarek sich zuvor in der Tonne versteckt hat, unter der später die Frau gefunden wurde.«

»Der Brandstifter ist nicht der Mörder«, war Merle Trautmann überzeugt, »das passt kriminologisch nicht. Ich sage euch, wir übersehen irgendetwas.«

Ihr Telefon klingelte.

So, wie sich am Vorabend ihre Miene noch verfinstert hatte, hellte sie sich jetzt auf.

»Das ist doch einmal eine richtig gute Nachricht«, sagte sie in die Runde, nachdem sie aufgelegt hatte. »Das war ein Kollege der Tatortgruppe. Am Slip des Opfers wurde ein offenbar fremdes Schamhaar entdeckt. Die Analyse wurde veranlasst. Hoffen wir einfach, dass es nicht von ihrem Ehemann stammt.«

15

Sehr zur Freude von Vater und Sohn Ritter, und im wahrsten
Sinne des Wortes, florierte ihr Geschäft mit dem Blumenhan-
del. Selbst »zwischen den Jahren«, wie eine alte Redewendung
die Zeit zwischen Weihnachten und Neujahr bezeichnet, gab
es Aufträge und somit Arbeit für Fritz Gerster.
Einen blühenden Absatz schien auch die *Gärtnerei Lembach* zu verbuchen, denn erneut führte eine Lieferung an die
Schweizer Grenze.
Auf der Anfahrt rastete er auf dem Parkplatz eines Supermarktes und tastete nach dem Perlendöschen in seinem Rucksack. Nur noch zwei gekräuselte Haare befanden sich darin. In
den Nachrichten war keine Rede davon, dass man das fehlende
gefunden hatte. Auch von den Schuhabdrücken, die Gerster
bewusst im weichen Erdreich hinterlassen hatte, berichteten die
Medien nichts. Fritz Gerster war deswegen keinesfalls beunruhigt. Aus einer polizeilichen Pressemeldung wurde zitiert, dass
man Anhaltspunkte dafür habe, dass zwischen den beiden Freiburger Frauenmorden ein Tatzusammenhang bestünde. In einem
Radiointerview bedauerte ein Polizeisprecher, dass er aus kriminaltaktischen Gründen derzeit nichts zur Spurenlage sagen
könne – auch nicht, ob verwertbare DNA gesichert worden sei.
Es gäbe momentan keinen Tatverdacht. Gerster nahm es wohl-
wollend zur Kenntnis.
Als sie ihn nach dem Mord an der Kassiererin überprüften,
hatten sie sich sehr für seine Schuhe interessiert. Daher durfte
er davon ausgehen, dass sie wegen der identischen Schuhabdrücke den Zusammenhang vermuteten. Sein Plan ging auf. Das
fremde Haar aus der öffentlichen Toilette hatte er so platziert,
dass kein Spurensicherer es übersehen konnte. Sie würden es

ganz sicher mit seiner DNA vergleichen, und damit wäre er fein aus dem Schneider.

Hochzufrieden drückte er auf seinem Handy die gespeicherte Nummer des *Blumenhauses Lembach* und kündigte sein Kommen in einer Viertelstunde an.

Die neue Floristin hatte dieses Mal ihre Haare nach hinten zusammengebunden. Sie trug die einheitliche dunkelblaue *Lembach*-Kleidung und darüber eine grüne Schürze. »H. Bäumel« stand auf einem kleinen gestickten Namensschild neben ihrer Schulter.

»*Ritter*«, sagte Fritz Gerster, als sie auf ihn zukam.

»Ja, ich weiß.« Wieder lächelte sie ihn so an wie beim letzten Mal.

»Ich bringe die Tulpen und Hyazinthen.«

»Sehr nett, Herr Ritter, ich komme mit und helfe Ihnen.«

»Ähm. Ich bin nicht, also, ich heiße nicht Ritter.«

»Oh, Entschuldigung, ja, klar.«

»Ich heiße Fritz.« Das rutschte ihm einfach so heraus, und weil ihm das peinlich war, rutschte gleich noch ein Schnalzer hinterher.

»Das ist schön«, sagte sie erfreut, und wieder glaubte er für einen Augenblick, das Kompliment gelte seiner lästigen Macke.

»Ich heiße Heidi.«

Damit hatte er nicht gerechnet. Gerster wurde verlegen. War das jetzt ein Flirt? Wie damals mit Astrid? Oder mit …? Er musste nun doch an Monika denken. Hatte es nicht ähnlich begonnen mit ihr, vor langer Zeit?

*

Wann genau es mit den Rückenproblemen angefangen hatte, konnte Fritz Gerster dem Frankfurter Orthopäden nicht sagen. Lange bevor er den Spezialisten aufsuchte, hatte er sich mit den Schmerzen herumgeplagt. Mal waren sie stärker, mal schwächer.

Manchmal völlig weg und manchmal so stark, dass er sich bei seinem Arbeitgeber, einem großen Frankfurter Logistikunternehmen, krankmelden musste. Da sich dies häufte, beobachtete man seine Fehlzeiten mit Besorgnis und deutete ihm an, dass es so eigentlich nicht weitergehen könne.

Gerster liebte seinen Job als Fernfahrer über alles und schluckte Schmerzmittel, deren Dosis immer stärker wurden.

»Es handelt sich um eine Spondylolisthese, nach Meyerding dritten Grades, mit einer Verschiebung des vierten Lendenwirbels um etwa 70 Prozent. Das bedeutet, dass wir bereits an der Schwelle zum vierten Grad angekommen sind.« Die Diagnose des Orthopäden war eindeutig und deren Folgen auch. »In Anbetracht der neurologischen Ausfälle, der Taubheit im rechten Bein und wegen des zügigen Voranschreitens und der Ausprägung des Wirbelgleitens rate ich Ihnen zu einer Operation.«

Gerster überlegte nur kurz. Da dieser Eingriff mit einem voraussichtlich mehrmonatigen beruflichen Ausfall verbunden sein würde, folgte er dem Rat zunächst nicht.

Er erhöhte von sich aus die Dosis der Schmerzmedikamente und hielt sich strikt an die gesetzlich vorgeschriebenen Lenkpausen, in denen er sich in seiner Lkw-Kabine hinter den Sitzen auf den Rücken legte und die Beine unter einem Stapel Kissen anwinkelte. Immer öfter musste er Pausen einlegen, die nicht gesetzlich vorgeschrieben waren.

Eine von ihnen führte ihn unter heftigen Schmerzen in Höhe seiner Heimatstadt Freiburg herunter von der Autobahn. Aus einem Gefühl heraus steuerte er den großen Parkplatz im Industriegebiet an, auf dem er 20 Jahre zuvor in einen fremden Lkw eingestiegen war. Er konnte sich noch sehr gut an damals erinnern, denn in der Begegnung mit Fernfahrer Bruno lag der Ursprung für seine große Liebe zu den dicksten Brummis und der Freiheit auf Europas Straßen, die mit den bisweilen tagelangen Fahrten einhergingen.

Gerster stellte seinen 40-Tonner ab, krabbelte umständlich

in die Kabine und legte sich auf den Rücken. Die Kissen waren noch gestapelt von der Pause eine Stunde zuvor. Seine Gedanken kreisten um die unvermeidbare Operation. Vor ihr hatte er eigentlich keine Angst. Umso mehr jedoch vor dem Verlust seiner Arbeit. Der Orthopäde hatte ihm nicht nur zur Operation geraten, sondern ihm auch nahegelegt, auf einen Beruf umzuschulen, in dem man nicht die gesamte Arbeitszeit hinter einem Steuer sitzend verbringen müsse.

Nach zehn Minuten ließen die Schmerzen nach. Bevor er weiterfuhr, wollte er sich noch an einem Gebüsch erleichtern. Er stieg aus und entdeckte am Rand des Parkplatzes einen blauen WC-Container, den man offenbar aufgestellt hatte, um das Gebüsch zu schonen.

Gerster humpelte mit seinem tauben Bein hinüber und setzte sich auf die Klobrille. Das Toilettenpapier war alle, aber die rastenden Fernfahrer hatten sich mit alten Zeitungen beholfen, die am Boden in einer Bananenkiste Ersatz boten. Er nahm eine schon leicht vergilbte Doppelseite und riss sie in der Mitte auseinander. Flüchtig nahm er aus Überschriften zur Kenntnis, dass Stuttgart Deutscher Fußballmeister geworden war und die Vorbereitungen für den G8-Gipfel im Ostseebad Heiligendamm auf Hochtouren liefen. Gerade wollte er die beiden Nachrichten körperhygienisch zweckentfremden, als ihm auf der Rückseite ein Name ins Auge stach, der in einem kleinen schwarzen Rahmen unter anderen ebenfalls schwarz eingerahmten Bekanntmachungen abgedruckt war. Der Name stach ihm nicht nur ins Auge, sondern auch ins Herz. Erika Gerster. Es war die Todesanzeige seiner Mutter. Unter ihrem Namen stand ihr Geburtsdatum und direkt daneben, hinter einem winzigen schwarzen Kreuz, ein zweites Datum. Ihr Tod lag über zwei Monate zurück.

In stiller Trauer, so las er, hinterblieben Hermann Gerster und Martina mit Rolf Lohmann und Julian.

Sein Vater lebte also noch. Seine Schwester hatte offenbar geheiratet und einen Sohn.

Fritz Gerster trennte die Todesanzeige vorsichtig aus der Seite heraus und steckte sie in seine Jacke. Mit dem Rest erledigte er sein Geschäft und ging zurück zu seinem Lkw. Lange saß er hinter dem Steuer, ohne loszufahren. Die Schmerzen kamen wieder. Er stieg aus und verschloss den 40-Tonner. Nach wenigen Gehminuten hatte er die Haltestelle erreicht, von wo aus die Straßenbahn in Richtung Stadtmitte startete.

Gerster studierte den Fahrplan und stieg kurz darauf in den letzten Wagen der Dreier ein. Am Lindenwäldele stieg er um in die Fünfer und nach vier Stationen wieder aus.

Es war ein seltsames Gefühl, nach so langer Zeit wieder hier zu sein, wo er seine Kindheit verbracht hatte. Mit guten Erinnerungen war es nicht verbunden. Dennoch ging er zielstrebig auf das alte im sozialen Wohnungsbau sanierte Mehrfamilienhaus zu.

Ob er die noch immer vertraute Klingel, ganz links, die vierte von unten, wirklich drücken würde, wusste er nicht. Was sollte er reden mit seinem Vater, mit dem es schon damals nie etwas zu reden gab? Was versprach er sich davon? Sollte er diese Begegnung nicht lieber meiden?

Die Entscheidung wurde ihm abgenommen. Die vierte Klingel links war mit einem fremden Namen belegt. Vergeblich suchte er den Namen Gerster. Er war auch auf den anderen Klingelleisten nicht zu finden.

Ein paar Monate später saß Fritz Gerster auf einem Autobahn-Parkplatz der niederländischen A12, kurz vor Rotterdam, hinter seinem Steuer und konnte sich nicht mehr bewegen.

Ein Notarzt befreite ihn mit einer schmerzlösenden Kortison-Spritze aus seiner misslichen Lage. Sein Arbeitgeber musste einen Ersatzfahrer nach Holland schicken – zusätzlich einen Mitarbeiter, der das Kurierfahrzeug samt Fritz Gerster nach Frankfurt zurückbrachte.

Es war das Ende seiner geliebten Profession als Überland-Fernfahrer. Der Personalchef des Logistik-Unternehmens gab ihm freundlich zu verstehen, dass man ihn nicht länger beschäftigen könne – auch nicht, wenn er sich der längst fälligen Operation unterziehen würde, deren Resultat völlig offen und mit langwierigen Reha-Maßnahmen verbunden sei. Man würde ihn aber, als verdienten Mitarbeiter, selbstverständlich bei Umschulungsmaßnahmen unterstützen.

Es zog ihn zurück in seine alte Heimat.

Tatsächlich vermittelte ihn sein ehemaliger Personalchef über eine Agentur für Kraftfahrer an die Freiburger Firma E. *Ritter*, die dringend einen Aushilfsfahrer für regionale Touren suchte. Die vergleichsweise kurzen Touren bei großzügiger Zeit- und Pauseneinteilung ließen Gersters gleitenden Lendenwirbel vorübergehend verharren. Schmerztabletten gehörten zu seinen Grundnahrungsmitteln. Auf keinen Fall wollte er die beiden Ritters enttäuschen. Das gelang ihm. Man war sogar so zufrieden mit ihm, dass seine Aushilfsanstellung in eine unbefristete Feststelle umgewandelt wurde.

Für kleines Geld wohnte er unterm Dach einer kleinen Pension.

Eines Tages erschien er nicht an seiner Arbeitsstelle. Man fand ihn unter Mithilfe seiner Vermieterin zu Hause am Küchentisch sitzend – bewegungsunfähig wie seinerzeit in der Lkw-Fahrerkabine.

Der junge Erwin Ritter beschwor ihn sprichwörtlich, »Rückgrat zu zeigen« und sich der Operation zu stellen, und versicherte ihm, ihn auch hinterher weiter zu beschäftigen.

Vier Wochen später, nach einem dreieinhalbstündigen Eingriff, konnte Fritz Gerster tatsächlich wieder über ein Rückgrat verfügen. Es bestand aus sechs knöchern verschraubten Titanstangen, welche die Wirbelsäule versteiften und ihn fortan von allen Schmerzen befreiten.

In der Reha lernte er Monika kennen. Ihm imponierte die kompromisslose Physiotherapeutin, von der er glaubte, ihr irgendwann schon einmal begegnet zu sein. Dank ihrer Unnachgiebigkeit und ihrer dogmatischen Konsequenz bei der Durchführung der Reha-Übungen machte Fritz Gerster zügige Fortschritte zur Wiedereingliederung ins Berufsleben. Ihr strenges Therapieprogramm verfolgte sie hartnäckig, und Gerster tat bereitwillig alles, was sie ihm abverlangte. Er wollte so bald als möglich wieder hinter das Steuer von Ritters Lieferwagen. Und sie war genau die Richtige, diesen Wunsch rasch zu erfüllen. Er war ihr so dankbar für ihre Beharrlichkeit und ihre Strenge.

Monika wiederum fand den zurückhaltenden, ehrgeizigen und gehorsamen Patienten mit dem lustigen Schnalztick und dem kleinen Bauchansatz irgendwie süß.

Nach der fünften Therapieeinheit duzten sie sich.

Nach der achten gingen sie einen Kaffee trinken.

Nach der zehnten wären die Maßnahmen eigentlich beendet gewesen.

Gerster täuschte bei der ärztlichen Nachkontrolle noch gewisse Schmerzen vor, worauf fünf zusätzliche Anwendungen verordnet wurden.

Die letzten beiden fanden in Monikas Wohnung in Hugstetten statt. Ohne Sex. Auf den musste Gerster auf ärztlichen und therapeutischen Rat noch verzichten. Da hatte er aber überhaupt nichts dagegen.

Nach den offiziell verordneten Anwendungen gab es noch ein paar private. Dieses Mal mit Sex. Soweit man Monikas Bemühungen und Gersters Unbeholfenheit so bezeichnen konnte. Sie maß seiner mangelnden Standhaftigkeit zunächst keine besondere Bedeutung bei und tröstete sich und ihn damit, dass eine so schwere Operation im Zentrum des menschlichen Körpers auch Einfluss auf die Psyche nehmen konnte.

Als ihm bei einem seiner gescheiterten Liebesspielversuche ein lauter Schnalzer entglitt und sie eine Spur zu laut lachte, glaubte er sicher zu wissen, woher er sie kannte. Sie musste das kräftige Mädchen mit den Zöpfen von damals sein, das er vor vielen Jahren im Teenageralter an der Dreisam geohrfeigt hatte. Er fragte sich, ob auch sie ihn wiedererkannt hatte. Aber Monika fragte er nicht. Und von ihr kamen keinerlei Signale für die Bestätigung seines Verdachts.

Weshalb sie bald darauf heirateten, mussten beide irgendwann einmal gewusst haben. Kaum ein halbes Jahr später jedoch rätselte jeder für sich darüber. Bei Gerster dürfte seine Bequemlichkeit der Grund für die Heirat gewesen sein. Nach dem jahrelangen, ziemlich planfreien Dasein hatte er plötzlich jemanden, der sich um ihn kümmerte. Er wohnte jetzt bei Monika, und sie hatte ihrerseits bislang nur enttäuschende, stressbeladene Männerbekanntschaften gemacht und wähnte sich bei dem entschleunigten und nicht sexgesteuerten Gutmenschen endlich in einer ruhigen Beziehung. Allerdings in einer sehr ruhigen. Einer zu ruhigen.

Bald beschwerte sie sich bei ihm darüber. Nie habe er Lust, etwas zu unternehmen. Dauernd würde er Bücher lesen – langweilige darüber hinaus – und schweigend in einer Ecke sitzen. Zu faul und träge sei er, sie bei ihren regelmäßigen Joggingrunden am Sonntagmorgen zu begleiten – was ihm und seiner nachlassenden Figur durchaus nicht schaden würde. Um nichts würde er sich kümmern, sogar das Raustragen des Mülls müsse man ihm befehligen. Und im Übrigen wäre sein Rücken inzwischen so stabil, dass er gewisse Übungen im Schlafzimmer durchaus überstehen würde.

Die Rassekatze von Ritters durfte Junge bekommen. Fritz Gerster konnte sich vorstellen, dass ein Kätzchen die von Monika eingeforderte Abwechslung bringen könnte. Er entschied sich für einen kleinen Kater und nannte ihn nach dem mutigen Tom Sawyer, der neben dem frechen Kobold Pumuckl und dem sorglos bescheidenen Märchenhelden Hans im Glück zu seinen drei Vorbildern zählte.

Die Abwechslung bestand allerdings darin, dass die Stimmung in der Ehe Gerster rapide nach unten kippte.

Immer mehr hatte er den Eindruck, dass sein Versagen in Bezug auf die sogenannten ehelichen Pflichten zu einer unerträglichen Belastung führte.

Heimlich suchte er einen Urologen auf, der ihm eine »Erektile Dysfunktion« attestierte, die entweder auf Durchblutungsstörungen oder Testosteronmangel oder einen psychischen Auslöser oder gar auf alle drei Ursachen zusammen zurückzuführen sein könnte. Monatelang nahm er ovale Tabletten ein. Ohne Erfolg.

Wiederum heimlich zog er daraufhin einen Neurologen zurate, der zum gleichen Ergebnis kam. Monatelang nahm er ovale Tabletten plus runde blaue Pillen ein. Ohne Erfolg.

Anschließend konsultierte er heimlich einen Psychologen. Monatelang nahm er ovale Tabletten plus runde blaue Pillen plus einen Stuhl in einer psychotherapeutischen Selbsthilfegruppe ein. Ohne Erfolg.

Am Ende ging er, selbstredend wieder heimlich, zu einer Prostituierten, die nach ideenreichen, aber erfolglosen Anstrengungen den Befund aller Experten auch in der Praxis bestätigte.

Bevor die Analyse seines Makels in der Terminwohnung gewalttätig eskalierte, hielt sich Fritz Gerster vermehrt in Ritters kleinem Turmzimmer im Kesselhaus auf. Es wurde immer mehr zu seinem Rückzugsort. Selbst nach Feierabend. Längst zog es ihn nicht mehr zu Monika nach Hause – im Gegenteil. Anfangs hatte sie ihn noch, von Vorwürfen begleitet, danach gefragt, wo er zu so später Stunde herkam. Das fragte sie schon lange nicht mehr. Manchmal meinte sie nur verächtlich: »Fremdgegangen kannst du ja nicht sein.« Und einmal glaubte er, noch das leise Wort »Schlappschwanz« vernommen zu haben. Von da an bereute er auch die Ohrfeige in seiner Jugendzeit nicht mehr.

Zwei Tage nach dem Vorfall mit dem Callgirl stand frühmorgens die Kripo vor der Tür. Als die Beamten Monika den Grund ihrer Aufwartung nannten, hörte Gerster von ihr tatsächlich das Wort »Schlappschwanz«. Dieses Mal laut und deutlich.

*

»Geht es Ihnen gut?« Fritz Gerster vernahm die angenehme Stimme der netten Floristin. Er war mit seinen Gedanken abgeschweift und fand sich augenblicklich in der realen Situation wieder, nämlich im Verkaufsraum des *Blumenhauses Lembach*. Wie um wach zu werden, schüttelte er sich leicht.

»Heidi ist ein sehr schöner Name«, sagte er und entschuldigte sich sogleich. »Ja, alles in Ordnung, Entschuldigung. Ich musste nur gerade an etwas denken.«

Eine Kundin betrat den Laden. Heidi Bäumel rief die junge Azubi herbei. »Kannst du dich bitte um die Dame kümmern?«

Zusammen mit Gerster ging sie zur Laderampe und half ihm beim Ausladen der Blumenkisten. Beide sprachen zunächst nichts. Erst als alle Kisten aus dem Transporter ausgeladen waren und es ans Quittieren der Lieferung ging, stellte Gerster schüchtern die Frage, die ihm die ganze Zeit auf der Zunge lag. »Sind wir jetzt per Du?«

Sie lächelte, und er hatte das Gefühl, dass es ein verlegenes Lächeln war.

»Gerne …«, antwortete sie, und nach ein paar Sekunden fügte sie noch ein Wort hinzu, das er so oft in seinem Leben gehört hatte, aber noch nie zuvor in der bezaubernden Art, in der es in diesem Moment ausgesprochen wurde, »… Fritz.«

16

»Sie nehmen mich in die *Soko Schlinge*.«

Alfons Bücheler musste die Neuigkeit seinem ehemaligen polizeilichen Weggefährten unbedingt mitteilen.

Josef Werneth zog missbilligend die Augenbrauen hoch. »Komm erst mal rein, Kommissar Methusalem, ich setz uns einen Glühwein auf.« Er schüttelte den Kopf und ging voran in die Küche. »Du kannst es also nicht lassen!«

»Ich störe hoffentlich nicht.«

»Nein. Doris kauft ein für Silvester. Und ich bin im Ruhestand – im Gegensatz zu dir.« Seinen ironischen Unterton begleitete ein verschmitztes Grinsen.

»Lass mich doch. Mir macht das Spaß.«

»Mord ist kein Spaß. Das solltest du als ehemaliger Mordermittler am besten wissen.« Josef Werneth schüttete eine Flasche Rotwein in einen Kochtopf und schob Bücheler vier Orangen zu. »Zwei in Scheiben schneiden, die anderen zwei auspressen.« Er selbst warf ein paar Nelken, zwei Zimtstangen und einen Sternanis in den Topf und stellte Rum und Kandiszucker bereit.

»Was hast du gesagt? Soko – Soko wie?«

Bücheler hatte sich an den Tisch gesetzt und schnitt die Orangen. »Schlinge. Sie haben sie umbenannt in *Soko Schlinge*.«

»Oh. Da steckt aber sehr viel Täterwissen dahinter.«

»So, wie sie sich anfangs vom Namen des Opfers Hinweise versprochen haben, hoffen sie nun auf Hinweise zur Herkunft der Kabelbinder.«

»Ich sehe, du bist schon richtig im Fall drin.«

»Ich hab mit Frau Trautmann telefoniert.«

»Trautmann? Moment. Merlinde Trautmann, deiner Nachfolgerin?« Werneth holte zwei große Tassen aus der Küchenvitrine.

»Sie leitet die Soko.«

»Aha. Sie wird bestimmt begeistert davon sein, dass du ihr erklärst, wie so etwas geht.«

Bücheler stand auf und ließ die Orangenscheiben in den Topf gleiten. »Wir hatten eigentlich keine Probleme miteinander.«

»Zu gemeinsamen Berufszeiten vielleicht. Und was bedeutet ›eigentlich‹?«

»Sie war sehr offen bei dem Gespräch.«

»Und gab dir dabei einen Grund für dein ›eigentlich‹?«

»Nun, sie hat mir durchaus zu verstehen gegeben, dass sie mit diesen Operativen Ermittlungs-Assistenzen nicht sehr glücklich ist.«

»Siehst du.«

»Siehst du – was?«

»Du wirst Probleme kriegen. Wenn die Soko-Leitung schon Bedenken hat, wird dir das Team sicher nicht die Füße küssen.«

»Das wär wahrhaftig eine gruselige Vorstellung.«

»Willst du dir das alles nicht noch einmal überlegen, Alfons?«

»Gib's auf, Josef, du peitschst ein totes Pferd.«

Der Glühwein begann zu dampfen. Werneth vervollständigte ihn mit Kandiszucker und einem ordentlichen Schuss Rum und stellte die zwei großen Tassen bereit.

»Du solltest mich dafür loben, dass ich aktiv bleibe und nicht im Ruhestand versauere«, argumentierte Bücheler.

»Ruhestand bedeutet neuer Lebensabschnitt, mein Lieber. Das Leben besteht aus Abschnitten. Jeden sollte man sinnvoll gestalten. Du solltest immer auch das große Ganze sehen.«

»Machst du neuerdings einen Abendkurs in Philosophie?«

»Ach, vergiss es einfach!« Mit einem Kochlöffel rührte er leicht im Topf. »Was hat es denn auf sich, mit diesem Kabelbinder, von dem man sich so viel verspricht?«

»*Den* Kabelbindern«, verbesserte Bücheler. »Genaueres erfahre ich morgen. Meine erste Soko-Besprechung seit Jahren.«

»An Silvester?«

»Warum nicht?«

»Du bist verrückt!«

»Nein, ich bin heiß und brenne auf diesen Job.«

Werneth schüttelte erneut den Kopf und nahm einen Schöpfer aus der Schublade. »Der Glühwein ist auch heiß – verbrenn dich nicht!«

Sie schlürften geräuschvoll das wärmende Wintergetränk.

»Ein totes Pferd *reiten*«, sagte Werneth nach einer Weile. Bücheler sah ihn verständnislos an.

»Die Metapher heißt: ein totes Pferd reiten und nicht peitschen.«

»Ach ja?«, bemerkte Bücheler erstaunt. »Auch im Abendkurs gelernt? Bist manchmal schon ein kleiner Dipfeleschisser.«

»Manchmal kommt es auf Kleinigkeiten an.«

»Mag sein, lieber Josef, aber was hattest du mir eben empfohlen? Ich sehe das große Ganze.«

17

Seit der merkwürdigen Geschichte neulich in der Schrebergartenanlage war der junge Mann völlig verwirrt.

Über Weihnachten hatte er aus der Presse erfahren, dass exakt in dieser Gartenanlage eine Frau ermordet wurde. Und zwar genau an dem Abend, an dem auch er sich dort aufgehalten hatte. Für ihn stellte sich die Frage nicht, über die sich die Polizei den Kopf zerbrach. Ob es womöglich zwei Brandstifter gab, von denen einer gleichzeitig ein Mörder ist.

Er zweifelte nicht daran, dass er dem Mörder begegnet war und ihm sogar kurz in die Augen gesehen hatte.

Aber weshalb hatte der Unbekannte ihm geholfen? Hatte er zu diesem Zeitpunkt den Mord schon begangen? Oder hatte der andere, den er niedergeschlagen hatte, ihn bei der Tat überrascht? In der Zeitung stand, das Opfer habe unter einer umgedrehten Regentonne gelegen. War da eine Regentonne gewesen? Der junge Mann konnte sich an keine erinnern. Es war alles so schnell gegangen. Er war froh, dass die Polizei, die ihm aufgelauert hatte, ihn nicht erwischte. Es waren doch Polizisten? Oder doch nicht? Er hegte Zweifel. Würden Polizisten einen Flüchtenden mit »Sau« beschimpfen?

Es fiel ihm schwer, Zusammenhänge zu erkennen.

Bei seiner überstürzten Flucht hatte er das Fahrrad zurückgelassen. Er traute sich nicht, nach ihm zu sehen. Das war eindeutig zu riskant. Ihm war sehr wohl bewusst, dass die Polizei das Fahrrad mit dem Grillanzünder und dem Plastikschälchen auf dem Gepäckträger dem Brandstifter zuordnen würde. Aber es beunruhigte ihn nicht allzu sehr. Sollten sie doch ruhig seine Fingerabdrücke finden, dachte er. Er hatte sich bisher nichts zuschulden kommen lassen, daher würden ihnen die Abdrücke nichts nutzen. Und das Fahrrad hatte er kurz zuvor am Bahnhof mitgehen lassen.

Was ihn beschäftigte, war die Überlegung, ob er einen zweifachen Frauenmörder decken durfte. Ging da so etwas wie die »Ganovenehre« nicht zu weit? Der Mann hatte zwei unschuldige Frauen getötet. Musste man da der Polizei nicht wenigstens einen Tipp geben? Zumindest anonym? Wie jedoch sollte dieser Tipp aussehen? Er hatte den Unbekannten nur ganz kurz gesehen und würde ihn kaum beschreiben können. So ungefähr ein

Meter 80 groß, kräftig. Mit Mütze. Und einen Rucksack hatte er bei sich. Auf keinen Fall dürfte er sich selbst in Gefahr bringen. Das war es nicht wert – Mord hin oder her.

Schließlich reduzierte er seine Überlegungen auf die Redewendung »Eine Hand wäscht die andere«. Der Unbekannte hatte ihm geholfen, also half er nun ihm. Das war ja auch nicht schwierig. Er musste einfach nichts tun. Nichts tun und schweigen. Er schob die Gedanken darüber zur Seite.

Zumal gerade in diesem Moment der Alarmmelder auslöste und der junge Mann zu einem Feuerwehreinsatz gerufen wurde.

18

Hausmeister Paschke erkannte die Frau sofort wieder. Dieses Mal hatte sie anstelle einer Katzenbox einen großen schlanken Mann bei sich.

Die beiden standen im Hof vor dem Hochhaus, unterhielten sich und sahen hin und wieder an der Fassade entlang nach oben.

Paschke räumte einen großteils entschmückten Weihnachtsbaum zur Seite, den Hausbewohner einfach neben die Mülltonen gestellt hatten. Er riss zwei übersehene Weihnachtskugeln und einen einarmigen Strohengel ab und warf sie in eine der Tonnen.

Das Paar kam zu ihm herüber.

Bevor sie etwas zu ihm sagen konnten, wehrte er ab. »Oh, nein, tut mir leid! Ein zweites Mal geht das nicht! Ich hab ganz schön Ärger bekommen mit Ihrem Mann. Ich hätte Ihnen die Türe nicht aufmachen dürfen.«

Monika übernahm das Wort. »Sind Haustiere bei Ihnen überhaupt erlaubt?«, fragte sie scharfzüngig.

»Selbstverständlich«, antwortete Paschke, schränkte aber sofort ein, »das heißt, wenn der Vermieter es genehmigt.«

»Der Vermieter. Soso. Und wenn er es nicht genehmigt?«

»Das geht mich nichts an.«

Sie verfolgte gezielt eine Taktik. »Tierschutz geht Sie wohl auch nichts an?«

Paschke blieb ruhig. »Was wollen Sie von mir?«

Sie ging nicht auf die Frage ein. »Nehmen wir an, der Tierschutzverein würde von einer Katze erfahren, die tagelang ohne Betreuung, mit kaum Futter, unter schlimmen hygienischen Verhältnissen in einer winzigen Wohnung eingesperrt ist.«

»Was wäre dann?«

»Man würde die Polizei einschalten.«

»Was hab ich damit zu tun?« Hausmeister Paschke zuckte mit der Schulter und sah Monikas Begleiter an, aber der hatte offensichtlich den schweigenden Part übernommen. Paschkes fragenden Blick gab er wortlos direkt an Monika weiter.

»Eine Menge«, sagte sie vieldeutig.

»Ich wüsste nicht, weshalb.«

»Ganz einfach: Sie kennen die ganze Situation, wissen, wie diese Katze gehalten wird, und machen keinen Finger krumm, etwas daran zu ändern. Das würde nicht nur den Tierschutz interessieren.«

»Es ist nicht mein Job, mich um die Viecher der Bewohner zu kümmern. Ich bin kein Tierpfleger, ich bin Hausmeister.«

»Genau. Und als solcher haben Sie die Pflicht, grobe Verstöße zu melden, die Ihnen bekannt werden. Aber weshalb Sie das nicht getan haben und offenbar auch in Zukunft nicht tun wollen, können Sie ja dann in Ruhe der Polizei erklären.« Sie machte eine kurze Pause und beobachtete Paschke beim Grübeln. »Oder wir gehen jetzt alle nach oben, tun etwas Gutes und vergessen das Ganze. Wir haben die Box im Auto.«

Paschke war unschlüssig, hob seine Franzosenmütze und kratzte sich am Kopf. Er war ein rechtschaffener Mann und hatte noch nie etwas mit der Polizei zu tun gehabt.

Schon eine Weile stand Alexej in der Nähe, mit einem Karton Papiermüll, den er eigentlich entsorgen wollte. Zwangsläufig hatte er die Szene mitbekommen. Als ihn der Hauswart jetzt bemerkte, kam der Russe freudig strahlend auf ihn zu.

»Ah, Chef Meister von Haus ist gut zu treffen gerade hier«, begann er fröhlich, »möchten bedanken für schöne Katze, die ist grau und dir sagen meine Frau so glucklich, dass Mann aus elfte Stock uns gegeben weil du hast gesagt.«

Monika brauchte einen Moment. Alexej schien völlig beseelt. »Meine Frau haben immer gewünscht Hund oder Katze, weil sie nix anfangen mit Fische in Glas, was nur schwimmen und gucken blöd. Aber jetzt haben Katze von elfte Stock und jetzt schnurren ganze Zeit. Katze und Frau.«

Der große Schlanke sagte noch immer nichts. Auch Monika fiel nichts mehr ein. Feindselig starrte sie im Wechsel den grinsenden russischen Hünen und den verdutzten Hausmeister an.

Schließlich brachte sie ein kurzes, zorniges »Wir gehen!« hervor und verließ mit ihrem stummen Begleiter im Schlepptau wütenden Schrittes den Hof.

Als sie um die Ecke gebogen waren, wandte sich Hausmeister Paschke an den immer noch strahlenden Alexej.

»Aber, Herr Fedorow, Sie haben doch gar keine Frau.«

»Oh das machen nix.« Gut gelaunt warf er seinen Karton in die grüne Tonne. »Habe ja auch nix Katze.«

19

Bei der morgendlichen Silvester-Besprechung der *Soko Schlinge* war der Raum fast bis auf den letzten Platz gefüllt. Aus dem gesamten Team fehlten lediglich Fahndungsleiter Michalek und zwei seiner Kollegen. Sie unterstützten das Mobile Einsatzkommando beratend bei einem geplanten Zugriff, dessen Vollzugsmeldung man noch während der Besprechung erwartete. Soko-Leiterin Trautmann war bester Laune. Als sie sich zur Begrüßung erhob, kehrte augenblicklich Ruhe in den Reihen der Ermittler ein.

»Zunächst freue ich mich, dass wir uns nahezu vollständig am letzten Tag des Jahres hier zusammengefunden haben«, begann sie fast feierlich. »So, wie es im Moment aussieht, wird sich dieses Jahr mit einer guten Botschaft verabschieden und das Neue damit beginnen. Vorweg möchte ich es aber nicht versäumen, einen neuen und gleichzeitig altbekannten Kollegen in unserer Mitte zu begrüßen.« Mit einer Geste bat sie den »neuen Alten«, sich zu erheben. »Kriminalhauptkommissar a. D. Alfons Bücheler sollte uns im neuen Jahr eigentlich als Operativer Ermittlungs-Assistent in der Soko verstärken.«

Bücheler erhob sich kurz, wunderte sich aber über das Wort »eigentlich«. Merle Trautmann sah es ihm an und war um sofortige Aufklärung bemüht. »Es gibt eine aktuelle Entwicklung, die uns hoffen lässt, beide Mordfälle in Kürze aufzuklären.« Ein Raunen ging durch den Raum. »Sollte sich dies bestätigen, wären wir auf zusätzliches Personal nicht mehr angewiesen.« Rasch wandte sie sich direkt an Bücheler. »Lieber Herr Bücheler, das würde bedeuten, dass wir Ihre hochgeschätzte Unterstützung in andere Bereiche verlegen können – wo Sie aktuell dringender benötigt werden.«

Bücheler wusste nicht, ob er sich über die offenbar bevorstehende Aufklärung der beiden Frauenmorde freuen oder über die Konsequenz daraus enttäuscht sein sollte. Er entschied sich für Letzteres und versuchte, seine Präsenz in der Soko zu retten. »Ich kann auch sehr gerne bei der Aufbereitung der Soko-Akten und der Erledigung der Restspuren unterstützen.« Aus Erfahrung wusste er, dass Sonderkommissionen auch nach Aufklärung der Verbrechen noch eine Weile bestanden, um gerichtsverwertbar alles Erdenkliche auszuermitteln. Angestrengt überlegte er weitere Verwendungsmöglichkeiten, denn als bittere Alternative sah er sich schon vor einem Computer sitzen und mittels Eingabe von Datensätzen irgendwelche sinnfreien Statistiken befüttern. Josef Werneth würde sich im hinteren Elztal vor Schadenfreude nicht mehr einkriegen.

»Für die Akten und die noch offenen Spuren haben wir genügend Kollegen. Falls uns tatsächlich der Treffer gelungen ist, brauchen wir keine 40 Leute mehr.«

Voll Sorge sah Bücheler seine Felle davonschwimmen. Fieberhaft rang er nach einer Idee.

»Ich könnte auch eine abgleichende, forensisch verwertbare Plausibilitäts-Analyse erstellen«, sagte er plötzlich.

Nicht nur Merle Trautmann sah ihn überrascht an. Sie konnte mit dem Begriff nichts anfangen und genauso wenig wie die anderen Kollegen wissen, dass Alfons Bücheler die abgleichende, forensisch verwertbare Plausibilitäts-Analyse soeben erfunden hatte. Niemand äußerte sich zu Büchelers Angebot, und auch Merle Trautmann wollte sich nicht die Blöße geben, noch nie von einer forensisch verwertbaren Plausibilitäts-Analyse gehört zu haben – geschweige denn von einer abgleichenden. Sie wusste, dass Bücheler in seiner aktiven Zeit als versierter Ermittlungsexperte all seine Kollegen mit Fachwissen überstrahlt hatte.

»Keine schlechte Idee, Herr Bücheler«, sagte sie deshalb leicht verlegen, »lassen Sie uns später im kleinen Kreis darüber sprechen.«

Sogleich ging sie zur Verkündung der Nachricht über, die, nach Stand der Dinge, einen durchbrechenden Erfolg für die *Soko Schlinge*, ehemals *Soko Kretzdorn*, bringen sollte.

»In diesen Minuten ist das MEK unterwegs, um einen dringend tatverdächtigen Mann festzunehmen. Einige von uns kennen ihn.«

20

Fritz Gerster hatte zehn Kisten Schneeheide und zehn Kisten Winterjasmin in seinem weißen Transporter. Es war die letzte Auslieferung in diesem Jahr, und sie führte ihn wieder nach Süden. Zu seinem leichten Missfallen allerdings nicht zum *Blumenhaus Lembach*, sondern zu einer Gärtnerei in Lörrach.

Schneefall hatte eingesetzt, geradezu eine Seltenheit in den vergangenen Wintern. Es war die einzige Tour an diesem Silvester-Donnerstag. Ritter junior hatte ihm mit auf den Weg gegeben, dass er sich Zeit lassen könne. Daher zog er auch dieses Mal die Bundesstraße der Autobahn vor und schwamm gemütlich im dichten Altjahrstags-Verkehr mit.

Er hatte sich angewöhnt, das Geschehen im Rückspiegel besonders zu beobachten. Seiner Beurteilung nach gab es keine

Auffälligkeiten. Der BMW, der eine Zeit lang hinter ihm her-gefahren war, bog ab. Der Kleinlaster, den er jetzt hinter sich hatte, war sicher kein Polizeiauto.

Nicht nur der spezielle letzte Tag des Jahres, sondern auch die Ereignisse der vergangenen Wochen boten sich für eine Bilanz an. Das schleppende Tempo auf der langsam zuschneien-den Bundesstraße ließ es zu.

Ohne sich über die schreckliche Bedeutung des Begriffes im Klaren zu sein, war er wieder zum »Frauenmörder« gewor-den. Wenn er in den Medien davon hörte oder las, projizierte er den Begriff nicht auf sich selbst, sondern verdrängte ihn auf eine Fiktionsgestalt. Mit sich selbst verband er hingegen ein befriedigendes Gefühl, das sich aus Stolz, Macht und Über-legenheit zusammensetzte, und das noch intensiver gewor-den war, seit er vor gut einer Woche die Kleingartenanlage verlassen hatte.

Sein Selbstbewusstsein stieg mit seiner Einschätzung, keinen Fehler gemacht zu haben. Längst wären sie wieder an seiner Tür gestanden oder hätten zumindest die falschen Elektriker wieder an den Verteilerkasten gestellt. Um sich die Bestätigung dafür zu erhalten, ging er die heiklen Punkte immer wieder durch, mit jedem Mal zufriedener:

Er hatte Handschuhe, Mütze und durchgängig geschlossene Kleidung getragen – somit keine Fingerabdrücke oder eigene DNA hinterlassen.

Sein Handy hatte er in seiner Hochhauswohnung zurück-gelassen.

Damit er von sich als möglichem Tatverdächtigen ablenken konnte, hatte er ein beliebiges fremdes Haar so platziert, dass man es dem Täter zuordnen würde.

Zur Vortäuschung eines sexuellen Hintergrundes hatte er Hose und Slip der Frau nach unten gezogen – die Polizei, so nahm er an, musste wegen der Bordellgeschichte von damals wissen, dass er kein Sexualtäter war.

Um auch den noch immer im Raum stehenden Verdacht des ersten Mordes im Park auszuräumen, hatte er einen Tatzusammenhang zu dem Verbrechen in der Gartenanlage herstellen müssen. Dies hatte er durch die bewusst hinterlassenen Schuhabdrücke neben der Regentonne inszeniert.

Das Problem des erneut fehlenden Alibis spielte er gedanklich herunter. Er war ein Einzelgänger, sagte er sich, und Einzelgänger haben üblicherweise niemanden, der ihnen ein Alibi geben könnte.

Was ihn geradezu berauschend euphorisch stimmte, war die Perfektion seiner Methode. Mit dem Wissen, nicht mehr ewig lange zudrücken zu müssen, sondern das gewünschte Resultat mit einem einzigen kräftigen Zug zu erzielen, stellte auch der vorbereitende Faustschlag ins Gesicht keine nennenswerte Hürde mehr dar. Vor allem dann nicht, wenn es ihm geifernde Frauen und geifernde Hunde zusätzlich leicht machten. Er spürte sogar ein latentes Bedürfnis, es zu wiederholen. Gerster fühlte sich schlechthin erhaben und hochgestimmt.

Leichte Bedenken hegte er lediglich wegen des jungen Mannes, dem er einen winzigen Moment Auge in Auge gegenübergestanden hatte. Mit großer Wahrscheinlichkeit war das der Brandstifter gewesen, der seit Monaten sein Unwesen trieb. Konnte er genau deshalb darauf bauen, dass der Unbekannte sich nicht bei der Polizei melden würde? Gerster beruhigte sich damit, dass die Situation ohnehin zu schnell vorübergegangen war, um eine vernünftige Beschreibung abgeben zu können. Schließlich verwarf er in seiner ungewohnt optimistischen Lebensphase alle Zweifel, zumal er die Bundesstraße verlassen musste, um weiter über Land die Lörracher Gärtnerei anzufahren.

Die 20 Kisten waren rasch abgeladen. Fritz Gerster stieg in den Lieferwagen und fuhr über die Landstraße zurück zur B3. Nach Überquerung der Autobahn hätte er nach rechts abbiegen müssen, um zurück nach Freiburg zu fahren. Aus einem Grund, den er nicht kannte – oder doch? – bog der Lieferwagen jedoch nach links ab und steuerte in Richtung Schweizer Grenze.

Es gab keine Lieferung für die *Gärtnerei Lembach*. Zudem war Silvester, und das *Blumenhaus*, sofern es überhaupt noch geöffnet hatte, würde sicher bald schließen.

Dennoch lenkte Gerster den Transporter in das Gewerbegebiet. Er drehte eine gemächliche Runde und parkte am Straßenrand, um einen kurzen Blick auf sein Perlendöschen zu werfen.

Da kam sie. Zu Fuß in strammen Schritten auf dem schmalen Gehweg, direkt auf ihn zu. Eingehüllt in einen dicken Wintermantel, aber dennoch gleich erkennbar. Gerda Lembach fluchte schon von Weitem. Fritz Gerster belegte mit seinem Lieferwagen gut die Hälfte des zart mit Schnee bedeckten Gehweges. Was hatte sie bloß zu meckern, dachte er, da passt doch noch ein Nilpferd dazwischen! Er überlegte, ob er aussteigen sollte, zog es dann aber vor, sich auf den Beifahrersitz hinunter zu ducken. Schimpfend streifte die Blumenhausbesitzerin an Ritters Lieferwagen vorbei. Auf das Firmenlogo an der Fahrzeugseite achtete sie nicht. Sehr wohl aber darauf, mit dem Knopf an ihrem Ärmel einen kleinen Kratzer im Lack zu hinterlassen. Gerster hörte das Geräusch, blieb aber geduckt liegen und musterte die beiden verbliebenen Haare in der Perlenbox. Die Alte erfüllt alle Voraussetzungen, dachte er, sie spielt wirklich mit dem Feuer.

Jetzt schneite es ziemlich heftig. Er hatte Lust auf eine Tasse Kaffee, und er hatte Zeit. Eine kleine Pause, bis das Schneetreiben vorbei war, bot sich an.

In Weils Innenstädtchen fand er einen Parkplatz ohne Gehweg und ein Café. An der Verkaufstheke bestellte er sich ein Kännchen und eine Butterbrezel und setzte sich an einen freien Tisch.

Viel war nicht los. Die meisten Menschen, sofern sie nicht arbeiten mussten, bereiteten sich auf Silvester vor und hatten zu Beginn dieses Nachmittags keine Zeit für Café-Besuche. Manche allerdings doch. Wer da gerade im wahrsten Wortsinne hereinschneite und ihn sofort erkannte, ließ Gerster seine Butter-brezel zurück auf den Teller legen.

»Was für ein Zufall!«, rief die Frau und kam zu ihm an den Tisch.

»Ja«, brachte er nur halblaut hervor.

Sie wartete vergeblich, dass er ihr einen Platz anbot.

»Ist bei Ihnen noch frei?«, fragte sie deshalb.

Wieder war es nur ein dumpfes »Ja«, das ihm gelang.

Sie zog ihren Mantel aus und hängte ihn an den Stuhl. »Oder«, begann sie mit einem charmanten Lächeln, »waren wir nicht beim Du ... Fritz?«

Jetzt schaffte er es, seinem dritten »Ja ...« noch ein Wort hin-zuzufügen, »... Heidi«.

21

Auf verschiedene Stellen im Freiburger Stadtgebiet hatten sich Trupps des Mobilen Einsatzkommandos verteilt. Man war sich sehr sicher, die gesuchte Zielperson früher oder später an einem dieser Orte anzutreffen.

Im Führungsfahrzeug des MEK saß Helge Michalek und ver-sorgte den Einsatzleiter mit allen wichtigen Informationen. Sie standen auf einem Parkplatz in der Nähe des *Ufer-Cafés*, direkt neben der Dreisam.

MEK-Observationen erforderten bisweilen ein hohes Maß an Geduld und Beharrlichkeit. In diesem Fall dauerte es allerdings nicht lange, bis eines der Teams, ganz aus der Nähe des Führungsfahrzeuges, per Funk das Herannahen eines Mannes meldete, auf den die Beschreibung der Zielperson passte.

Da den MEK-Beamten nur erkennungsdienstliche Bilder des Mannes zur Verfügung standen, führten Michaleks Männer konspirativ einen personenkundigen Beamten des Innenstadtreviers an den betreffenden Ort. Sie standen unter einer Brücke, hinter einem Gebüsch neben dem unbefestigten Weg entlang der Dreisam.

Der Mann versuchte gerade umständlich, zwei Plastiktüten unter einer vor Kälte steifen, zerlöcherten und versifften Wolldecke zu verstauen, als ihn der Revierbeamte aus der Entfernung ansprach. »Hey! Ist das nicht viel zu kalt unter der Brücke?« Der Mann schwankte und brauchte einen Moment, um sich in die Richtung zu drehen, aus der die Stimme gekommen war. Als er es geschafft hatte, sah ihm der Revierpolizist ins Gesicht und nickte sogleich den Einsatzkräften zu. Im nächsten Augenblick lag der Mann der Länge nach auf dem Bauch, die Hände auf dem Rücken, das Gesicht an den gefrorenen Boden gedrückt, drei kniende Maskierte auf sich.

»Henry Dosch, Sie sind festgenommen wegen Verdacht des zweifachen Mordes!«

Die Nachricht über die Festnahme des mutmaßlich zweifachen Frauenmörders übermittelte Helge Michalek noch aus dem Führungsfahrzeug heraus direkt in den Soko-Raum.

»Das ging ja schneller, als gedacht«, freute sich Merle Trautmann über die Botschaft. Sie hatte ihren Mannen und Frauen freigestellt, frühzeitig in den Silvesterfeierabend zu gehen, aber selbstredend hatte niemand das Angebot angenommen. Alle hatten gespannt auf den Anruf gewartet.

In Kenntnis der Festnahme stellte Trautmann nun die Hintergründe dar, für die sich auch Alfons Bücheler brennend interessierte.

»Wir haben einen Treffer in der PRÜM!« Den Satz ließ sie einen Augenblick wirken. Die PRÜM war ein Verbund nationaler DNA-Analyse-Datenbanken von Mitgliedsstaaten der Europäischen Union.

»Zunächst hatte man festgestellt – die meisten von Ihnen wissen das schon – dass die genetischen Merkmale des Haares am Slip von Margarete Ziebold nicht mit der DNA Ihres Ehemannes übereinstimmen. Daher durften wir davon ausgehen, dass es vom Täter stammt. Heute Morgen kam vom LKA aus Stuttgart die Meldung, dass das Typisierungsmuster des Schamhaares identisch ist mit einer im Datenbestand erfassten männlichen Person. Ein bekannter Freiburger Stadtstreicher. Das MEK hat ihn eben festgenommen.«

Der ermittelnde Staatsanwalt Faber-Jung hatte sich ebenfalls eingefunden. Auf Basis der Spurenlage hatte er bei Gericht einen Haftbefehl beantragt, der auch erlassen wurde.

»Ich habe mit dem Haftrichter vereinbart, den Tatverdächtigen morgen Vormittag vorzuführen«, erklärte er gut gelaunt. »Ich denke, es gibt schlimmere Anlässe, ein neues Jahr zu beginnen.«

Merle Trautmann pflichtete ihm bei. »Sokos kennen ohnehin keine Feiertage.«

»Wir werden ihn heute noch vernehmen«, sagte Ermittlungsleiter Jakob Allgeier, »da bin ich sehr gespannt.« Seine Miene zeigte Bedenken. »Offen gestanden – die Stadtstreicher-Hypothese hatte bei mir die rote Laterne.«

Kriminaltechniker Tränkle war in dieser Hinsicht bei ihm. »Bei mir im Grunde genommen auch. Aber sein Schamhaar an der Unterwäsche des Opfers wird er uns erklären müssen.«

22

Einen derartigen Überschuss an Emotionen hatte Fritz Gerster bisher nicht erlebt. Er wusste nicht, wohin er zuerst hindenken sollte. Und er wusste nicht, dass ihn darüber hinaus in den nächsten Minuten eine Nachricht erreichen sollte, die seine Gefühlswelten zusätzlich in Wallung bringen würde.

Die Rückfahrt von Weil gestaltete er so entschleunigt, wie er die Tour begonnen hatte. Der Schneefall ließ nach. Der rege Verkehr verwandelte die dünne weiße Schicht in seifigen Matsch. Diese Floristin ist wirklich nett, dachte er. Kam einfach an seinen Tisch und war freundlich. Redete gerade so viel, dass keine peinlichen Pausen entstanden, aber so wenig, dass er nicht vollgetextet wurde – wie Monika das immer tat. Über ihre Arbeit hatte sie gesprochen, aber kein schlechtes Wort über Frau Lembach. Keine unangenehmen Fragen hatte sie gestellt, wie das alle anderen Menschen bei ihm immer taten. Keine Bemerkung über sein Schnalzen gemacht, auch keine Regung deswegen gezeigt. Wobei er sich gerade fragte, ob er im Café überhaupt geschnalzt hatte? Sie hatte es tatsächlich geschafft, dass er in ihrer Gegenwart nicht an die anderen Frauen gedacht hatte.

Nun aber, auf der ereignisarmen Fahrt über die B3, überlagerten sich plötzlich die Gedanken. Sie spielten geradezu verrückt. Sie heißt Heidi, sagte er sich, aber er musste mit einem Mal an Monika denken. An Monika mit den Zöpfen, an Monika mit der Katzenbox, an Monika an jenem Tag, als sie ihm den Kater hinterhergeworfen hatte. Die Verbindung an den Tag drängte ihm das Bild der Prostituierten in den Kopf, wie sie schrie und er sie, mit den Händen an ihrem Hals, beruhigen wollte.

Gerster schlug sich hinter seinem Steuer mit der flachen Hand gegen die Stirn, als könne er damit seine Sinne wieder ordnen.

Dadurch geriet der Lieferwagen kurz auf die Gegenfahrbahn. Er korrigierte ihn mit einem Reflex zurück. Das Auto hinter ihm hupte. Ja, schon gut! Gerster sah im Rückspiegel, wie der Fahrer mehrfach Lichthupe gab und gestikulierte. Um ihn loszuwerden, fuhr Gerster nach rechts über den Grünstreifen und hielt mitten auf dem parallel verlaufenden Radweg an. Mit beiden Händen rieb er sein Gesicht. Um sich abzulenken, schaltete er das Autoradio ein.

Die Eilmeldung, die soeben verkündet wurde, verstörte ihn vollends. Die Polizei hatte einen 48-jährigen Wohnsitzlosen als Täter für die beiden Freiburger Frauenmorde ermittelt und festgenommen. Für den Nachmittag des Neujahrstages wurde eine Pressekonferenz angekündigt, auf der Näheres bekanntgegeben werde.

Eigentlich hätte ihn die Nachricht beruhigen sollen. Ganz augenscheinlich war es ihm bestens gelungen, von sich als Täter abzulenken. Das war schließlich sein Ziel gewesen. Allerdings geschah dies offenkundig zu Lasten eines Unschuldigen. Und das wiederum war keinesfalls geplant. Wie nur konnten sie einen Täter präsentieren?

Ein dick vermummter Radfahrer mit einem Hund an der Leine kam ihm entgegen. Kopfschüttelnd schlängelte er sich murrend am Lieferwagen vorbei. »Das ist ein Radweg, Mann, kein Parkplatz.« Gerster sah ihm im Außenrückspiegel nach. Er versuchte, einen klaren Gedanken zu fassen. Die Polizei hatte den Täter für die beiden Morde ermittelt, die er begangen hatte. Konnte das etwas mit dem fremden Haar zu tun haben, überlegte er. Spontan griff er nach seinem Rucksack und holte das kleine Perlendöschen heraus. Eine Weile betrachtete er die beiden verbliebenen Haare darin. Dann stieg er aus dem Transporter aus und ging ein paar Schritte auf den leicht schneebedeckten Acker neben dem Radweg. Er warf die Perlenbox auf den Boden und zertrampelte sie mit den Füßen, solang, bis nur noch winzige Plastikscherben übrig blieben. Mit einiger Mühe schaffte er mit einem Schuhabsatz eine kleine Vertiefung im angefrorenen Erdreich, schob die Scherben mit der Schuhspitze hinein und scharrte sie mit Dreck zu.

Als er zum Lieferwagen zurückging, sah er, dass der Radfahrer mit dem Hund in einiger Entfernung stehen geblieben war und zu ihm hersah.

Der Schnee ging nun vollständig in leichten Regen über. Eine Krähe interessierte sich für die aufgewühlte Stelle auf dem Acker.

Aus der Ferne drangen verfrühte Silvesterböller herüber.

Manche konnten es einfach nicht abwarten.

DRITTES KAPITEL:
ROSWITHA ÖSTERLE

1

Seit vielen Jahren hatten sie nichts mehr von ihm gehört. Das letzte vage Lebenszeichen stammte aus dem Süden Deutschlands. Ein ehemaliger Mitschüler hatte ihn am Freiburger Hauptbahnhof gesehen. An einer Ecke auf Gleis 1 hatte er am Boden gesessen, angelehnt an die Wand, mit einer schäbigen Jacke, fettigen Haaren und einer Wurstbudenschale vor sich, in der ein paar Cents auf Gesellschaft warteten. Zunächst war sich der Schulkamerad nicht sicher gewesen, ob er es wirklich war. Zwei Beamte der Bundespolizei hatten den Bettler aufgefordert, das Bahnhofsgelände zu verlassen. Schimpfend hatte er sich geweigert, worauf die beiden Polizisten sich bei ihm untergehakt und ihn weggeführt hatten. Der einstige Schulfreund hatte ihm hinterhergerufen. »Henry?«

Und tatsächlich hatte er reagiert und sich kurz umgedreht.

»Ich kann es nicht glauben.« Hildegard Behnke schob den Rollstuhl ihres Vaters zurück in den Salon, von wo aus sie eben die beiden Polizisten hinaus zur Tür begleitet hatten. Die elegant gekleidete Dame drehte den Rollstuhl und rückte ihn an die mächtige Bücherwand, neben einen prachtvollen antiken Kirschbaum-Sekretär.

Der betagte Herr in feinem Anzug, korrekter Krawatte und streng nach hinten gekämmtem weißem Haar wirkte besorgt und müde. »Ich weiß nicht, wie viel Schande er noch über unsere Familie bringen will.« Sein Gesicht war bleich, die Wangen eingefallen. Die Adern schimmerten durch die pergamentene Haut seiner schmalen Hände. »Gut daran ist nur, dass deine Mutter das alles nicht mehr miterleben muss.«

Hildegard Behnke zog einen Louis XVI.-Stuhl heran und setzte sich an den Sekretär.

»Er hat uns allen viel Kummer bereitet«, sagte sie, »aber er bringt doch niemanden um. Wegen Alkohol allein wird doch niemand zum Mörder!«

»Die beiden Polizisten waren da soeben ganz anderer Meinung.«

»Es ist unfassbar!«

»Ich hatte immer gehofft, eines Tages steht er vor der Tür und erklärt, dass er sein Problem im Griff hat. Stattdessen steht die Polizei vor der Tür und erklärt, dass er ein Mörder ist.« Mit bedrückter Mine sah Reinhard Dosch zum Fenster hinaus, hinunter über die Elbchaussee, irgendwohin ins Leere.

»Wir müssen es Cora und Philipp mitteilen«, sagte seine Tochter.

»Wieso? Sie werden es auch von der Polizei erfahren so wie wir, oder über die Medien.«

»Das glaube ich nicht. Die Polizei war bei uns, weil wir die nächsten Angehörigen sind. Von Cora ist er längst geschieden. Und Philipp hat seinen Vater so lange nicht mehr gesehen, dass er ihn überhaupt nicht mehr kennt.«

»Gott sei Dank!«

»Wir müssen es ihnen sagen. Sie sollten es nicht aus der Presse erfahren. Das sind wir ihnen schuldig. Wir hatten nie ein schlechtes Verhältnis.«

Reinhard Dosch nickte. »Ja, wahrscheinlich hast du recht. Soll ich mitkommen?«

»Es ist zwar wahrhaftig nicht der beste Anlass, aber Philipp würde sich freuen, seinen Großvater mal wieder zu sehen.«

»Naja, er ist immerhin schon erwachsen.«

»Wohnt aber noch bei Cora, soviel ich weiß.«

»Es wird ihn hoffentlich nicht zu sehr treffen. Wenn er ihn auch nicht mehr kennt – Henry ist immerhin sein Vater.« Reinhard Dosch schnaufte tief durch. »Kündigst du uns an? Wir sollten mit einer derartigen Botschaft nicht einfach so ins Haus platzen.«

»Ja. Am besten rufe ich gleich an.« Hildegard Behnke griff nach ihrem Handy. Beide schüttelten erschüttert den Kopf.

Sie mussten davon ausgehen, einen Mörder als Sohn und Bruder zu haben.

2

Trotz des Feiertages waren der kurzfristigen Einladung der Ermittlungsbehörden zur Pressekonferenz eine stattliche Anzahl von Medienvertretern gefolgt. Der Presseraum des Polizeipräsidiums beherbergte Reporter, Fotografen und Fernsehteams aus dem ganzen Bundesgebiet und war angesichts des großen Interesses brechend voll.

In souverän vorbereiteten Statements berichteten Staatsanwalt Faber-Jung und Soko-Leiterin Merlinde Trautmann im Beisein des vor Stolz strahlenden Polizeipräsidenten über den »höchst erfreulichen und für die verunsicherte Bevölkerung immens beruhigenden Ermittlungserfolg« der *Soko Schlinge*. Im Blitzlichtgewitter der unzähligen Kameras und per Live-Stream-Übertragung ins Internet erfuhr die Öffentlichkeit von der Festnahme des dringend tatverdächtigen Henry D., einem 48-jährigen in Hamburg geborenen Obdachlosen, dessen DNA im Falle des Mordes in der Schrebergartenanlage an »tatbedeutender Stelle« nachgewiesen worden sei. Des Weiteren seien an beiden Tatorten identische Schuhsohlenabdrücke sowie gleichartige Faserspuren festgestellt worden, weshalb man »ohne jeglichen Zweifel« von einem Zusammenhang der beiden Frauenmorde ausgehen könne. Zudem habe der Tatverdächtige in der Vergangenheit schon mehrfach in Gartenhütten eingebrochen, um dort zu nächtigen oder kleinere Diebstähle zu begehen. In zwei Fällen waren es sogar Gartenhütten exakt in dieser Kleingartenanlage. Am Morgen sei er dem Haftrichter vorgeführt worden. Dieser habe einen Haftbefehl wegen des dringenden Verdachts des zweifachen Mordes erlassen und die Untersuchungshaft angeordnet.

Wegen der noch andauernden Ermittlungen ließen die Akteure auf dem Podium der Pressekonferenz »aus kriminaltaktischen Gründen und zur Untermauerung des Tatvorwurfes« keine Fragen von Journalisten zu.

»Es schien uns dringend geboten, die Öffentlichkeit unverzüglich über die Festnahme zu informieren«, erklärte Staatsanwalt Faber-Jung und begründete sogleich das Frageverbot. »Wir haben uns für die heutige Veranstaltung genauestens überlegt, was verkündet werden darf. Darüber hinaus gehende Informationen gibt es anlassbezogen zu einem späteren Zeitpunkt.«

So erfuhr die Öffentlichkeit nicht, dass die Schuhsohlenabdrücke und die Kleiderfasern bei beiden Morden zwar identisch waren, aber in beiden Fällen nicht von Henry Doschs getragener Kleidung stammten. Ebenso wenig verrieten die Ermittlungsbehörden Details der Tatbegehung und des Tatwerkzeuges. Es war lediglich bekannt, dass beide Opfer erdrosselt wurden und im zweiten Fall Kabelbinder eine Rolle spielten. Mit Bedacht hatte man die Soko entsprechend umbenannt, um in der Folge möglicherweise Hinweise über die Herkunft der Kabelbinder zu erlangen. Allerdings verzichtete man sehr bewusst auf die Erwähnung des Begriffs »Doppelkopfbinder« und vor allem auf eine Beschreibung der raffinierten Konstruktion des Tatmittels.

Man hatte Henry Dosch einen Pflichtanwalt zur Seite gestellt. Dieser riet seinem Mandanten, zunächst keine Angaben zur Sache zu machen. Dosch verstand diesen Ratschlag nicht.

Bei seiner ersten polizeilichen Anhörung unmittelbar nach der Festnahme hatte er inbrünstig seine Unschuld beteuert. Mit einer deutlichen Menge Alkohol im Blut tröstete ihn angesichts des niederschmetternden Tatvorwurfs auch der Umstand nicht, fortan nicht mehr unter der Brücke schlafen zu müssen. Zumal die Getränke, die in der Justizvollzugsanstalt angeboten wurden, ganz und gar nicht nach seinem Geschmack waren.

Nach Ende der Pressekonferenz packten die meisten Journalisten ihre Sachen und verließen das Präsidium. Einige wenige berichteten live aus dem Presseraum, erhielten jedoch aus den von Faber-Jung genannten Gründen Absagen zu gewünschten Einzelinterviews.

Merle Trautmann und der Staatsanwalt blieben noch auf dem Podium sitzen und unterhielten sich. Der Präsident hatte sich mit einem lobenden »Besten Dank, meine Herrschaften, gute Arbeit!« bereits verabschiedet.

Den Türrahmen füllte schwergewichtig Ermittlungsleiter Jakob Allgeier und hielt Ausschau nach der Soko-Chefin. Sie winkte ihn herbei.

»Was gibt's, Herr Allgeier?«, fragte sie gut gelaunt, »womöglich ein Geständnis?«

»Geständnis? Leider nein. Leider etwas ganz anderes.« Allgeier hatte einen Zeigefinger an seiner Nickelbrille und kratzte nachdenklich daran herum. »Eine Frau hat sich gemeldet. Zunächst telefonisch. Ich habe ein Team hingeschickt. Eben sind sie zurückgekommen.«

»Und?«

»Sie heißt Kuhnert, wohnt in der Uferstraße. Sie hat einen Hund – das heißt, sie hatte einen Hund. Einen Terrier-Mischling. Am Sonntag vor Weihnachten hat sie ihn an ihrem Gartenzaun gefunden. Erdrosselt. Erdrosselt mit Kabelbindern. Mit Kabelbindern, die zwei Durchzugsösen haben.«

»Nein«, entfuhr es Staatsanwalt Faber-Jung.

»Am Sonntag vor Weihnachten?«, fragte Merle Trautmann. »Wieso erfahren wir das erst heute?«

»Sie hat keine Anzeige erstattet«, sagte Allgeier. »Ihr Mann hat den Hund in einer Ecke des Gartens vergraben. Die Kuhnerts haben gedacht, dass es irgendwelche Jugendlichen waren, die man ohnehin nicht ermitteln würde. Oder Hundehasser, mit denen man sich nicht anlegen wollte. Daher haben sie geschwiegen …«

»… aber sich jetzt doch gemeldet?«

»Ja. Weil sie gehört hatten, dass das Opfer im Schrebergarten auch mit Kabelbindern getötet wurde.«

Merle Trautmann überlegte. »Soll das heißen, dass unser Freundchen Henry Dosch – wie soll ich es ausdrücken – an dem armen Hund geübt hat?«

»Das ergäbe Sinn«, bestätigte Faber-Jung. »Sonntag vor Weihnachten, das war drei Tage vor dem Ziebold-Mord. Er hat getestet, ob die Methode mit den doppelösigen Schlingen funktioniert. Krass!«

Jakob Allgeier schüttelte den Kopf, weil er der Folgerung des Staatsanwalts offenbar nicht zustimmen wollte. Trautmann und Faber-Jung sahen ihn etwas überrascht an.

»Klingt doch logisch, Herr Allgeier«, sagte Merle Trautmann, »oder was spricht dagegen?«

»Es spricht nichts dagegen, dass der Mörder sein Tatwerkzeug an dem Hund ausprobiert hat.«

»Aber?«

»Der Hund wurde am 20. Dezember, zwischen 18 und 20 Uhr, getötet.«

»Ja?«

»Für diese Zeit hat Henry Dosch ein Alibi.«

Trautmann sah Allgeier ungläubig an. »Ich dachte, Stadtstreicher haben keine Alibis.«

»In diesem Fall schon. Und zwar kein schlechtes. Dosch wurde am späten Nachmittag beim Klauen am *Dreisam-Kiosk* erwischt und zur Ausnüchterung zum Stadtrevier gebracht. Dort hat er die Nacht über seinen Rausch ausgeschlafen.«

»Oh!« Merle Trautmann kratzte sich am Ohr. »Zur Tatzeit im Gewahrsam der Polizei gewesen zu sein, ist ein ziemlich gutes Alibi.«

Allgeier nickte zustimmend. »Das kannst du nur noch toppen, indem du als Verdächtiger zur Tatzeit vor 80.000 Zuschauern das entscheidende eins zu null erzielst.«

Staatsanwalt Faber-Jung blieb angesichts der widersprüchlichen Nachricht auch nur Galgenhumor. »Und im Torjubel mit Daumen und Zeigefingern ein Herz in die Fernsehkamera formst.«

Merle Trautmann atmete tief durch. Der Staatsanwalt tat es ihr gleich, hatte aber sogleich einen Einwand. »Wieso müssen wir überhaupt davon ausgehen, dass der Hundemörder auch der Frauenmörder ist? Was ist mit den Kabelbindern?«

Allgeiers Brille wollte einfach nicht richtig sitzen. »Soweit mir von unserem Team berichtet wurde, hat Herr Kuhnert die Schlinge entfernt. Wohl abgezwickt mit einer Zange.«

»Aber bitte um Himmels willen nicht im Müll entsorgt?«, befürchtete die Soko-Leiterin.

»Er hat sie entsorgt«, sagte Allgeier trocken, »zusammen mit dem Hund im Gartengrab.«

Merle Trautmann sah den Staatsanwalt mit ernster Miene an. »Brauchen wir für die Exhumierung eines Terrier-Mischlingshundes einen richterlichen Beschluss?«

Faber-Jung zog die Augenbrauen nach oben und klopfte mit der Hand auf den vor ihm liegenden Aktenordner mit der Aufschrift *Soko Schlinge*. »Ganz bestimmt nicht! Bitte veranlassen Sie sofort alles Erforderliche!«

3

Eine große deutsche Tageszeitung machte auf ihrer Titelseite mit einer reißerischen Schlagzeile auf.

»OBDACHLOSER MILLIONÄRSSOHN IST DIE BESTIE VON FREIBURG!«

Die investigativen Journalisten hatten bestens recherchiert.

»Der Schlingenmörder, der seit gut einem Monat in Freiburg sein Unwesen treibt, ist gefasst! Der Mann hat auf bestialische Weise zwei Frauen erdrosselt. In mindestens einem Fall mit einem oder mehreren Kabelbindern.

In einer Pressekonferenz präsentierten die Ermittler den 48-jährigen Stadtstreicher Henry D. als Täter. Seine DNA an einem Tatort sowie identische Spuren aus beiden Fällen führten zur Festnahme. Nähere Details zu den grausamen Morden oder zur Person des Festgenommenen teilten die Behörden nicht mit. Nach eigenen Recherchen handelt es sich bei dem Mörder um den Sohn des Inhabers der Hamburger Reederei *Dosch-Transport*. Das Unternehmen hatte sich zu Beginn der globalen Schifffahrtskrise im Jahre 2008 durch den Verkauf der Hälfte seiner Flotte und den späteren günstigen Zukauf von sechs Mehrzweck-Frachtschiffen und drei Containerschiffen zu einer florierenden Hamburger Reederei entwickelt.

Der Reeder und Witwer Reinhard Dosch, früher im Aufsichtsrat beim *Hamburger SV*, bewohnt mit seiner geschäftsführenden Tochter eine stattliche Villa an der prunkvollen Elbchaussee. Weder er noch seine Tochter, Witwe des Reedersohnes Frank Behnke, waren für eine Stellungnahme erreichbar.

Aus dem Umfeld der Reederei war zu erfahren, dass der Festgenommene früher in Hamburg verheiratet war und einen erwachsenen Sohn hat. Nach vertraulichen Informationen soll zwischen der ganzen Familie und dem jetzt als Mörder entlarvten Obdachlosen seit vielen Jahren kein Kontakt mehr bestehen.«

4

Tom hörte aufmerksam zu, ob in der Geschichte, die ihm sein Herrchen erzählte, womöglich das Wort »Leckerli« vorkommen würde. Der Rest interessierte ihn wenig, zumal er das Gerede um »Das hab' ich nicht bedacht!« oder »Ein Stadtpenner, armes Schwein!« oder »Es muss eine neue Sache her!« ohnehin nicht kapierte.

Sie saßen in der Küche und hatten die Nachrichten im Radio verfolgt. Besser gesagt, Fritz Gerster hatte sie verfolgt. Auf dem Tisch lag die Ausgabe einer großen deutschen Tageszeitung mit der Erfolgsmeldung auf der Titelseite.

Bei Gersters Selbstgesprächen, die an Tom abglitten, handelte es sich um Überlegungen, die ihm ernsthaft zu schaffen machten. Wie war es der Polizei möglich, einen Täter zu präsentieren, wo doch er selbst der Mörder war? Es konnte nur mit diesem Schamhaar zusammenhängen. Eine andere Alternative fiel ihm nicht ein. Mit dem Haar hatte er von sich ablenken wollen. Aber niemand anderen belasten. Tatsächlich jedoch hatte er bei seinem Plan nicht berücksichtigt, dass das von ihm zufällig eingesammelte Haar die Polizei zu dessen leibhaftigem Besitzer führen könnte. Er hatte nicht einkalkuliert, dass dieser Besitzer bei der Polizei offenbar schon registriert war. Genau das wurde ihm jetzt klar. Die Medien berichteten auch, der Täter sei schon früher durch kleinere Einbrüche und Diebstähle aufgefallen.

Die Herkunft des Haares hatte Gerster völlig dem Zufall überlassen. Ein grober Fehler, dachte er, für den jetzt ein unschuldiger, vom Leben offenbar ohnehin gebeutelter Mensch für immer ins Gefängnis musste. Die Vorstellung darüber bereitete ihm Unbehagen.

»Mein lieber Tom«, sagte er schließlich, »das darf nicht passieren. Ich weiß zwar noch nicht wie, aber wir müssen den armen Schlucker da rausholen, verstehst du?« Tom verstand nicht und riss sein Maul zu einem ausgeprägten Gähner auf. »Na, du bist mir so einer. Magst du ein Leckerli?« Tom verstand doch.

5

»Lieber Josef, fürs neue Jahr 2016 wünsche ich dir und Doris alles Gute! Auf weiterhin erquickliche Mittwochs (was ist eigentlich die Mehrzahl von Mittwoch?) und noch viele schöne Jahre! Herzliche Grüße Alfons und Kathy«
Josef Werneth las die Kurznachricht und schrieb umgehend zurück.
»Kannst mir das Neue Jahr auch persönlich anwünschen. Hab frisches Brot im Haus :-)«
»Mittwoch ist aber erst übermorgen.«
»Da ist Drei-Königs-Feiertag. Kannst gerne kommen.«
»Bin schon unterwegs.«
»*Übrigens:* Mittwöcher. Es heißt Mittwöcher :-)«

Eine Viertelstunde später stand Alfons Bücheler mit je einer Dose Schwarzwurst und Leberwurst vor Werneths Tür.

»Von meinem Nachbarn«, verkündete er, »aus hausgemachter Herstellung.«

»Komm rein.«

Sie vesperten in der warmen Stube. Zur Büchsenwurst gab es Speck, Senf, Gürkchen und das duftende Bauernbrot. Ein Krug Apfelmost rundete das geliebte Ritual ab.

»Doris ist noch auf der Arbeit?«, fragte Bücheler.

»Ja. Wie deine Kathy, nehme ich an.«

»Junge Frauen eben.« Sie prosteten sich zu.

»Auf unsere Frauen!«, toasteten beide und ließen sich den Most munden. Nach einem tiefen Schluck erhob Josef Werneth erneut sein Glas. »Und auf dich, mein lieber Alfons!«

»Auf mich?«

»Verbunden mit meiner herzlichsten Gratulation!«

Bücheler war überrascht. »Hab ich meinen Geburtstag verpeilt?«

»Der ist im Sommer.«

»Wozu gratulierst du mir dann?«

Werneth hielt das Glas jetzt demonstrativ in die Höhe. Seine Worte klangen feierlich. »Ich gratuliere dir – zum Ermittlungserfolg! Ein Hoch auf Kriminalhauptkommissar a. D. Alfons Bücheler, der am allerersten Tag seines Wirkens als ...«, er unterbrach sich, »... wie nennen sie den Job gleich wieder?«

»Josef!«

»Egal. Auf jeden Fall ... der einen einzigen Tag in der Soko ermittelt und – schwuppdiwupp – die Morde sind geklärt! Wenn das mal nichts zum Gratulieren ist! So eine Effizienz! Chapeau, mein Lieber!«

»Du mich auch.«

»Hast ihnen gleich mal die Hammelbeine lang gezogen, den Dilettanten, und ihnen samt Madame Trautmann gezeigt, wie man Mörder fängt. Respekt!«

»Kannst du bitte ernst bleiben?«, sagte Bücheler, schaffte es aber grinsend selbst nicht.

Werneth leerte sein Glas. »Okay. Spaß beiseite. Es war ganz anders: Der Mörder hat erfahren, dass der alte Bücheler den Fall übernimmt, und da hat er gleich kapituliert und sich reumütig gestellt.«

»Was machst du neuerdings in den Most?«

Werneth lachte und schenkte nach.

»Und im Übrigen, Josef ... was tust du überhaupt an einem normalen Werktag zu Hause? Hast du keine Wälder zu roden?«

»Epykondylitis.«

»Das machst du in den Most?«

»Quatsch. Epykondylitis. Tennisarm.«

»Angeber. Du spielst doch gar kein Tennis.«

»Heißt halt so. Hatte ja gleich gesagt, dass das nicht altersbedingt ist. Ich krieg eine Stoßwellentherapie in Freiburg. Solang soll ich mich schonen.«

»Dann hättest du ja jetzt Zeit«, bemerkte Bücheler vielsagend.

»Als Ermittlungshilfsarbeiter? Die Morde sind doch geklärt.«

»Ich weiß nicht so recht.«

»Du zweifelst?«

Bücheler wurde ernst. »Da sind doch einige offene Fragen.«

»Ich dachte, man hat seine DNA am Opfer gefunden.«

»Ja, das stimmt schon. Ein Haar mit nahezu vollständigen Gen-Merkmalen.«

»Ah, ein Haar. Das hatten sie in den Nachrichten nicht so genau erwähnt.«

»Ein Schamhaar an der Unterhose.«

»Na bitte! Was willst du mehr?« Josef Werneth widmete sich der Schwarzwurstdose, während Bücheler laut zu grübeln begann. »An beiden Tatorten hat man gleichartige Fasern und Schuhabdrücke gefunden. Weder die Fasern noch die Abdrücke stammen von Doschs Kleidung.«

»Dosch heißt er also«, und als Bücheler ihn von der Seite

ansah, fügte er hinzu, »keine Sorge – alle Interna bleiben bei mir!«

»Ja klar. Ich hab' dich angeschaut, weil ich deine Meinung hören möchte.«

»Hm. Wenn ich so darüber nachdenke, würde ich bezweifeln, dass ein Stadtstreicher einen begehbaren Kleiderschrank besitzt.«

»Eben. Der müsste praktisch irgendwo ein Kleiderdepot haben, wo er sich für die Morde extra umzieht. Angeblich soll er nach Aussage eines anderen Stadtstreichers irgendwo einen geheimen Schlafplatz haben. Kann aber auch wichtigtuerisches Gerede sein. Auf alle Fälle passt das alles doch zu keinem alkoholkranken Obdachlosen.«

»Da geb' ich dir recht, Alfonso.«

»Und dann ist da noch die Tatmethode.«

»Die Tatmethode? Auch auf die Gefahr, dass ich mich wiederhole: Internes bleibt bei mir.«

»Das Vorgehen ist außergewöhnlich. Die Frau in den Schrebergärten wurde mit einer ausgebufften Zusammenschaltung von Kabelbindern erdrosselt.«

Bücheler erklärte, dass die Soko nun vor allem bestrebt sei, die Herkunft der Kabelbinder herauszufinden.

Nur wenig beeindruckt kaute Werneth an dem Bauernbrot. »Kabelbinder zu kombinieren, ist völlig normal. Was soll daran außergewöhnlich sein?«

»Wenn du normale Kabelbinder nimmst, kannst du sie bestenfalls hintereinander koppeln und dadurch verlängern. Aber niemals das Tatwerkzeug konstruieren, mit dem die Frau erdrosselt wurde.«

»Das heißt, es wurden keine normalen Kabelbinder verwendet?«

»Nein. Die zur Tat benutzten haben zwei Ösen statt nur einer, die direkt nebeneinander liegen, verstehst du? Das eröffnet unterschiedliche Kombinationsmöglichkeiten.«

»Interessant. Ich meine, schon mal solche Dinger gesehen zu haben. Klingt aber irgendwie nach Spezialanfertigung und gewieftem Vorgehen.«

»Richtig. Aber nicht nach Stadtstreicher, wenn du mich fragst.« Jetzt griff auch Bücheler zur Schwarzwurst.

»Aber das Schamhaar wird er dennoch erklären müssen«, sagte Werneth, der sich doch mehr in den Fall hineindachte, als er eigentlich wollte.

»Das sagen unsere Kollegen auch.«

»Ex-Kollegen.« Werneth schenkte die Gläser nach. »Und wie geht's weiter? Bei dir, meine ich, mit deinem Rentnerjob?«

»Die Soko wird reduziert, bleibt aber vorerst noch bestehen.«

»Aber ohne dich, nehme ich an?«

»Mit mir!« Etwas Stolz klang mit. »Sie wollen mich unbedingt. Wegen meiner abgleichenden, forensisch verwertbaren Plausibilitäts-Analyse.«

»Wegen bitte *was*?«

»Ach Josef, das verstehst du nicht. Holst du uns noch ein Krügchen?«

6

Der *Dreisam-Kiosk* hieß eigentlich nicht *Dreisam-Kiosk*. Genauso wenig wie das *Ufer-Café Ufer-Café* hieß. Ihre Kosenamen verdankten beide dem aus zwei Quellbächen im Schwarzwald entsprungenen Fluss, dem es gefiel, auf seinem Weg in die Oberrheinebene die Stadt Freiburg im Breisgau zu durchfließen und ihr dadurch zu ihrem Charme als beliebte »Bächle-Stadt« verhalf.

Während sich auf dem Freigelände des *Ufer-Cafés* an schönen Tagen überwiegend junge Menschen und Stadtbesucher einfanden, bot der unweit gelegene *Dreisam-Kiosk* eher ein Kontrastprogramm. Statt Studenten, die bei intellektuellen Gesprächen Cappuccino schlürften, sah man hier – und das auch an schlechten Tagen – biertrinkende Unrasierte in Grüppchen und verwahrlosten Kleidern beieinanderstehen. Es wurde über die Stadtpolitik, die Wohnungsnot und die Flüchtlingskrise diskutiert oder der Wiederaufstieg des Sportclubs in die Erste Bundesliga herbeigeredet. Und wenn die Argumente zu den Themen ausgingen, half der eine oder andere Flachmann darüber hinweg. Der Kiosk am Ufer der Dreisam war Treffpunkt für die Gescheiterten am Rande der Gesellschaft.

Anfang Januar hatte das Café geschlossen, am Kiosk hingegen war Betrieb. Beherrschendes Thema war die unglaubliche Nachricht über Henry. Rasch hatte sich herumgesprochen, dass er der ominöse Henry D. war, von dem alle Welt redete. Jeder kannte den etwas merkwürdigen Einzelgänger, der sich hin und wieder am Kiosk blicken ließ, aber meist abseitsstehend darauf wartete, dass einer vergaß, sein Bier leerzutrinken. Kioskbetreiber Hoddel hatte meist Mitleid mit ihm, sah ihn aber nicht gerne bei sich herumlungern. Schon ein paar Mal hatte er

Henry dabei erwischt, wie er etwas mitgehen ließ. Zuletzt am Sonntag vor Weihnachten. Bereits betrunken, hatte Henry versucht, sich ein Fläschchen Weinbrand zu angeln. Wie immer hatte Hoddel ihn einfach nur wegschicken wollen. Aber seine Frau hatte darauf bestanden, dieses Mal die Polizei zu verständigen. »Dieser elende Penner«, hatte sie geschimpft, »dieser dreckige, verdammte Tagedieb. Jetzt reicht's! Du rufst augenblicklich die Bullen!«

Die Meinungen am Kiosk über den Frauenmörder Henry gingen auseinander. Während einer lautstark behauptete, er habe das schon lange kommen sehen, wollten andere es nicht wahrhaben.

»Der Henry bringt doch niemanden um!«

»Der kann keiner Fliege was antun.«

»Geschweige denn einer Frau.«

»Hat er aber wohl doch getan. Man steckt in einem Menschen halt nicht drin.«

»Klar war er's! Die haben seine, seine Dings haben sie gefunden am Tatort.«

»DNA.«

»Das ist besser als Fingerabdrücke.«

»Dann war er's auch!«

»Ich kann das einfach nicht glauben.«

»Der ist doch einer von uns!«

»Spinnst du? Der war nie einer von uns!«

»Hat sich immer nur in der Nähe rumgedrückt.«

»Ein seltsamer Vogel. Hat nicht viel geschwätzt.«

»Und immer besoffen!«, lallte einer.

»Aber kein Arschloch.«

»Nein, kein Arschloch.«

»Aber eine arme Sau.«

Das Schiebefenster am Kiosk, das nur einen Spaltbreit geöffnet war, wurde plötzlich mit einem kräftigen Ruck bis zum Anschlag aufgerissen.

»Haltet endlich eure dummen Klappen!«, dröhnte es aus dem Inneren heraus. »Ich bin froh, dass er weg ist, dieser Dreckskerl!« Hoddels Frau bugsierte ihren Mann beiseite und erschien in dem dichten Rahmen aus Illustrierten, Taschenbüchern und Zeitungen am Ausgabefenster. »Kein Arschloch? Eine arme Sau? Seid ihr noch bei Verstand? Der Kerl hat zwei Frauen abgemurkst, ihr Idioten!«

Im Nu war die Diskussion beendet und wich einem bedröppelten Schweigen, dem das heftige Zuschlagen des Schiebefensters folgte. Hoddel lugte mit einem Schulterzucken hinter der Scheibe hervor.

Der Grund, weshalb sich Arbeitslose, Obdachlose und Perspektivlose beständig am *Dreisam-Kiosk* trafen, war beileibe nicht Hoddels Frau. Zum Glück war sie nicht immer da, sondern kontrollierte das Geschäft und ihren Mann nur sporadisch. Wenn sie da war, wie an diesem Tag, trank Hoddel nichts. Wenn er den Kiosk alleine betreute, genehmigte er sich im Kreise seiner Kundschaft gerne ein flaches Fläschchen und erfüllte hin und wieder die Erwartungen auf eine kostenlose Runde aufs Haus – in diesem Fall auf den Kiosk. Hoddel war eine gute Seele. Im verständnisvollen Umgang mit den regelmäßig vorbeischauenden Gästen profitierte er von seiner Vergangenheit als gesellig freigiebiger Kneipenwirt, der bei allen beliebt war. Außer bei seiner Frau. Sie warf ihm nicht nur den Niedergang der Kneipe vor, sondern auch schallende Schimpfkanonaden an den Kopf. Diese trafen wenig taktvoll auch die Kiosk-Kunden, die ihrer Meinung nach allesamt aus gescheiterten Nichtsnutzen bestanden und denen sie seit einiger Zeit das Anschreiben ihrer Zeche verweigerte. Dessen konsequente Umsetzung Hoddel wiederum nicht übers Herz, ihm dafür aber eine Menge Ärger einbrachte.

Es gab einen Wochentag, an dem Hoddels Frau ab dem späten Nachmittag den Kiosk alleine schmiss. Immer dienstags besuchte er auf Befehl seiner Gattin eine Selbsthilfegruppe für Alkoholabhängige. Jedenfalls dachte sie das. Anfangs hatte er die

Termine tatsächlich auch wahrgenommen. Allerdings konnte er sich schon bald mit dem Ratschlag des Gruppenleiters, gänzlich auf Alkohol zu verzichten, wenig anfreunden. Zumal er für diesen Rat keinen Stuhlkreis brauchte – seine Frau hatte ihm diese Empfehlung schon 100-fach gegeben. Also blieb er den weiteren Terminen fern und hatte somit dienstags einen halben freien Tag, an dem er sich mit seinem Berufskollegen am Bahnhofskiosk bei einem Bierchen austauschen konnte. Wie es die Umstände wollten, traf er dort auch seine Stammkunden, die den an diesen Tagen ungastlichen *Dreisam-Kiosk* mieden.

Die wenigen Besucher, die sich dennoch dienstags bei Hoddel eine Zeitschrift, Zigaretten oder eine Süßigkeit besorgen wollten, sahen sich einer missmutigen, patzigen Kioskbetreiberin ausgesetzt. Den meisten war es egal, und sie kümmerten sich nicht weiter um den barschen Umgang. Nicht alle aber konnten so einen Ton vertragen. Bei manchem löste er Unmut aus, bei manchem Ärger und Wut. Bei einem Kunden, der nicht einmal Stammgast war, sogar Hass. Dabei wäre es ein Leichtes gewesen, dem auszuweichen. Es hätte sie nur ein kurzes Lächeln, eine winzige nette Geste oder wenigstens ein einziges freundliches Wort gekostet.

7

Die Stelle befand sich an der zur Straße abgewandten Seite des Gartens. Horst Kuhnert zeigte auf das schlichte Holzkreuz, das er aus zwei Dachlattenstücken zusammengeschraubt und in den Boden gesteckt hatte. Drei Männer, zwei davon in weißen Spurensicherungsanzügen, standen um das Hundegrab herum.

»Was passiert mit ihm?«, wollte Horst Kuhnert wissen.

»Wir sollten ihn mitnehmen«, antwortete einer der Kriminaltechniker. »Ich weiß, das ist nicht einfach für Sie. Aber er ist quasi ein potenzieller Spurenträger in einem Mordfall.«

»Ein toter Zeuge«, sagte Kuhnert und schaute traurig auf das Kreuz.

»Wir müssen ihn untersuchen. Möglicherweise wurde er von dem Mann getötet, der auch die Frauen umgebracht hat.«

»Dem Obdachlosen?«

»Das soll die Untersuchung ergeben. Ihre Frau hat uns gesagt, dass Sie die Schlinge zusammen mit dem Hund vergraben haben?«

»Ja. Die Reste liegen auch da drin. Das waren mehrere Kabelbinder.«

»Die Reste?«

»Ich hab alles zerschnitten. Mit der Zange. In kleine Teile.«

»In Teile zerschnitten?«

»Damit man so was nicht noch mal machen kann.«

»Sollen wir dann anfangen?«, fragte einer der Beamten, der einen Spaten in der Hand hielt.

»Brauchen Sie mich noch? Ich würde gerne zu meiner Frau ins Haus gehen.«

»Kein Problem. Ein Kollege begleitet Sie. Wir bräuchten von Ihnen eine kurze Zeugenaussage. Ob Ihnen an dem Sonntag etwas aufgefallen ist, oder an den Tagen zuvor, und so weiter.«

»Uns ist nichts aufgefallen. Bringen Sie ihn später wieder zurück? Meine Frau hat sehr an ihm gehangen.«

»Das machen wir.«

Eine halbe Stunde später lag der kleine Kadaver neben dem Loch, das die Kriminaltechniker freigelegt hatten. In einer speziellen Papiertüte sammelten sie viele kleine schwarze Plastikteile zusammen, die in dem Loch verstreut herumlagen. Zur Ausstattung ihres bestens ausgerüsteten Technikfahrzeuges gehörte auch eine Art Gartensieb, mit dem sie auch die restlichen Kabelteile aus dem losen Erdreich herausfilterten.

Mit einer Plane deckten sie das Loch ab und beschwerten sie mit ein paar Steinen.

Der Beamte, der im Haus die Befragung durchgeführt hatte, kam zurück zu seinen Kollegen.

Als die drei kurz darauf mit der gefüllten Papiertüte und einem blauen Plastiksack das Grundstück verließen, sahen ihnen Kuhnerts vom Fenster aus nach.

Auf den Mann, der in diesem Moment an ihrem Gartenzaun vorbeiging, achteten sie nicht. Diesem wiederum fielen sehr wohl die drei Männer auf, von denen zwei diese auffälligen und typischen Anzüge trugen.

Ohne sich etwas anmerken zu lassen, den Kopf zur Seite weggedreht, wechselte Fritz Gerster die Straßenseite und schlenderte in sicherem Abstand an dem weißen Kastenwagen vorbei, hinter dem die beiden Weißgekleideten gerade aus ihren Hüllen schlüpften.

8

Geräuschvoll öffnete sich die schwere Zellentür, und ein schlüsselbehangener Vollzugsbeamter trat ein.

»Aufwachen«, rief er, »Sie haben Besuch!«

Zusammengerollt, mit einer dicken Wolldecke über den Kopf gezogen, lag Henry Dosch auf der Gefängnispritsche seiner Einzelzelle. Erst das heftige Schütteln des Beamten machte ihn wach.

»Was ist?«, fragte er schlaftrunken. »Mir ist kalt.«

»Besuch ist da. Möchten Sie sich kurz zurecht machen?«

Nach Erlass des Haftbefehls und der Einlieferung in die Freiburger Vollzugsanstalt hatte man dem Untersuchungshäftling frische Kleider gegeben. Seine alten landeten bei der Kriminaltechnischen Untersuchungsstelle. Die heiße Dusche, Seife auf der Haut und Shampoo in den Haaren hatten ihm zwar gutgetan. Allerdings quälte er sich seither mit schlimmen Entzugserscheinungen, die ihm fast noch mehr Angst bereiteten als der niederschmetternde Vorwurf, zwei Frauen getötet zu haben. Er fror und schwitzte im Wechsel, übergab sich, zitterte, hatte Durchfall, Magenkrämpfe und schreckliche Albträume. Ein Amtsarzt hatte ihn dennoch für haftfähig erklärt. »Ein paar Tage Entzug wird ihm nicht schaden«, hatte er zum Abschluss der Untersuchung gesagt. »Er hat ja zweimal bewiesen, wozu er körperlich fähig ist.«

Vergeblich hatte Henry Dosch in den vergangenen Tagen versucht, sich an irgendetwas zu erinnern. Einzelne Momente waren aufgeblitzt. Die Polizeikontrolle vor ein paar Wochen, als man ihn aufs Stadtrevier verbrachte. Der Streit am Kiosk, nachdem ihn der Hoddel beim Klauen erwischt hatte. Eine Nacht im Ausnüchterungsarrest und irgendwann darauf eine halbe Nacht in der Wärmestube, die zwar warm war, ihn aber wegen des Geruchs und der dauernden Streitereien in den frühen Morgenstunden zu seiner Brücke flüchten ließ. Der Münsterplatz. Eine fremde alte Frau hatte ihm an einem der Wurststände eine lange Rote mit Senf und eine Dose Bier spendiert. Obwohl er nicht gebettelt hatte.

Nichts jedoch, auch nicht ansatzweise, erinnerte ihn an Frauen, denen er etwas angetan haben sollte. Seine Ängste betrafen auch die Vorstellung, dass er die Morde, die man ihm anlastete, tatsächlich begangen hatte, ohne sich im Nachhinein daran erinnern zu können.

»Haben Sie mich verstanden, Herr Dosch? Jemand wartet im Besucherraum auf Sie.«

Henry Dosch machte keine Anstalten aufzustehen. »Ich soll nicht ohne den Anwalt mit ihnen sprechen«, sagte er.

»Mit wem? Mit der Polizei?«

»Ja.«

»Es ist nicht die Polizei, die Sie besuchen möchte.«

Das überraschte ihn. »Wer dann?«

»Es ist eine Frau.«

»Eine Frau?«

»Eine ziemlich vornehme Frau. Eine Dame, könnte man sagen. Eine vornehme, gepflegte Dame, würde ich meinen. Kommen Sie jetzt?«

Der Vollzugsbeamte hatte nicht übertrieben. Als Henry Dosch, flüchtig gekämmt, nach zwei Handvoll Wasser im Gesicht, in den Besucherraum geführt wurde, blieb die elegant gekleidete Dame hinter dem schlichten Holztisch sitzen und sah ihm entgegen. Der Beamte zeigte auf den freien Stuhl auf der anderen Seite des Tisches. Henry Dosch trat zögernd heran, blieb aber stehen. Beide sahen sich lange an.

»Sie haben eine Viertelstunde«, sagte der Beamte, und an die Frau gewandt ergänzte er, »ich muss leider daneben stehen bleiben.«

Sie nickte, ließ ihren Blick aber nicht von Henry Dosch ab.
»Hildegard?«, war das Einzige, das er hervorbrachte.

Sie fixierte ihn von oben nach unten. Eine ganze Weile. »Willst du dich nicht setzen?«

Erst jetzt bemerkte er den Stuhl und nahm beschämt Platz. Weitere Minuten vergingen schweigend. Der Beamte kannte solche Situationen und verharrte neutral.

»Ich kann dir leider keine schönen Grüße aus Hamburg ausrichten«, sagte Hildegard Behnke nach einiger Zeit. »Aber, es geht allen so weit gut. Falls dich das überhaupt interessiert.«

Henry Dosch rutschte auf seinem Stuhl hin und her. Ihm war kalt, die Kopfhaut juckte, und seine Hände begannen zu zittern. Er wollte sprechen, wusste aber nicht, was er sagen sollte. Zudem blockierte ein Kloß seinen Hals. Seine Schwester ließ ihn keine Sekunde aus den Augen. »Papa hat MS.« Doschs fragendem Blick ließ sie die Erklärung folgen. »Multiple Sklerose. Er sitzt im Rollstuhl.«

Der Kloß war hartnäckig. Eine Gefängnisuhr an der Wand tickte hörbar vor sich hin.

»Du siehst katastrophal aus«, bemerkte sie ohne jegliche Emotion.

Er hüstelte, seine Kehle war trocken und wie zugeschnürt. Von irgendwoher hörte man jemanden schreien. Dann war Ruhe, dann wieder Schreie – dieses Mal von mehreren Personen.

Schweigend verrannen die Minuten. Henry Dosch kratzte sich heftig am Kopf. Den Blick seiner Schwester hielt er nicht aus und starrte vor sich auf den leeren Tisch.

»Na dann«, sagte sie nach einer Weile, erntete aber wieder nur Schweigen. Hildegard Behnke sah auf ihre Uhr und stand abrupt auf. Mit einem Zeigefinger wischte sie sich etwas aus dem Auge. »Ich kann nicht behaupten, dass es schön war, dich noch einmal gesehen zu haben.« Sie wandte sich ab, Richtung Ausgang.

Der Kloß schien noch größer zu werden. Plötzlich erhob sich Henry Dosch ebenso abrupt, wodurch sein Stuhl nach hinten kippte. Erschrocken drehte sich seine Schwester um. Mehrmals hustete er heftig in seine beiden Hände, was die Stimme endlich freigab. Es waren aber nur wenige Worte, die er mit einiger Mühe hervorstammelte, während der Vollzugsbeamte den Stuhl aufhob.

»Ich war es nicht.« Und weil er sich einmal geschworen hatte, seine Schwester nie wieder anzulügen, fügte er hinzu: »Glaube ich.«

Dann übernahm der Kloß wieder die Kontrolle.

9

Nachdem er einigen Abstand zu dem Polizei-Kastenwagen gewonnen hatte, wagte Fritz Gerster, sich vorsichtig umzudrehen. Die beiden Männer packten ihre weißen Overalls in den Stauraum des Autos, wo schon der blaue Plastiksack lag. Sie machten nicht den Anschein, sich für ihn zu interessieren.

Einigermaßen beruhigt ging er weiter, beschloss aber, künftig einen anderen Weg in die Stadtmitte zu nehmen.

An diesem Tag vor Dreikönig hatte er lediglich eine Tour am Morgen gehabt und wollte den Rest des Tages dazu nutzen, gewisse Vorbereitungen zu seinem neuen Plan zu treffen. Mit

Tom hatte er am Vorabend alles besprochen. Der Kater hatte keine Einwände.

Gelegentlich schon hatte er an dem Kiosk etwas gekauft. Eine Dose Limonade, ein Taschenbuch oder eine Kleinigkeit zu essen. Im Vorbeigehen, wenn er – was hin und wieder vorkam – an der Dreisam spazieren ging. Dieses Mal steuerte er den Kiosk ganz bewusst an. Meist standen dort ein paar Penner herum, die mit Bierflaschen in der Hand laut diskutierten, aber harmlos waren. An diesem Dienstag aber war niemand dort, obwohl nach vielen Tagen schlechten Wetters endlich einmal wieder die Sonne zwischen den Wolken hindurchblinzelte.

Gerster trat an das geschlossene Verkaufsfenster heran, um zu sehen, ob der Kiosk überhaupt geöffnet hatte. Normalerweise saß dort ein freundlicher Mann, oder er stand draußen bei den Biertrinkern und eilte sofort herbei, wenn neue Kundschaft kam. Ein draußen aufgestellter Drehständer, mit Postkarten gefüllt, ließ erahnen, dass nicht geschlossen war. Einen Moment wartete Gerster, dann klopfte er mit einem Finger gegen die Scheibe. Ein Frauengesicht tauchte dahinter auf. Im nächsten Augenblick wurde das Schiebefenster mit einem Ruck zur Seite geschoben und eine harsche Stimme blökte ihn an. »Geht's nicht schnell genug, oder was? Muss man da gleich fast die Scheibe einschlagen?«

Abgesehen davon, dass Gerster eigentlich den netten Kioskbetreiber erwartet hatte, wunderte er sich keineswegs über die Situation. Irgendwie schien es zur Gewohnheit geworden zu sein, dass er von Frauen angeschnauzt wurde.

»Arbeiten Sie hier?«, fragte er in ruhigem Ton.

»Nein, ich mache Urlaub. Idiot.«

»Normalerweise sitzt hier immer ...« Er konnte den Satz nicht zu Ende bringen.

»Was ist schon normal«, fuhr die Frau ihn schroff an. »Normal, normal, normal! Dienstags bin *ich* hier. Das ist normal!«

Gerster blieb gelassen. »Ich hätte gerne eine Zeitung«, sagte er freundlich.

»Aha, eine Zeitung. Und welche, bitteschön?« Ihr Ton blieb kundenfeindlich, und Gerster zögerte kurz, ob er das abweisende Verhalten durch einen Kauf überhaupt unterstützen sollte.

»Eine Tageszeitung hätte ich gern.«

»Soso. Eine Tageszeitung. Wir haben grob geschätzt zehn Tageszeitungen. Geht's denn auch genauer?«

Gerster überlegte. »Welche hat denn die meisten Todesanzeigen?«

»Bitte was?«

»Todesanzeigen. In welcher Zeitung stehen die meisten Todesanzeigen?«

Jetzt hielt die Kioskfrau inne und musterte den Kunden, der sich eben ein Exemplar der größten Regionalzeitung aus dem Auslageständer nahm. Sie war zwar gewohnt, dass an ihrem Kiosk schräge Typen verkehrten, aber diese Situation irritierte sie doch etwas.

»Manche, die hier vorbeikommen, sammeln das Leergut aus dem Abfall«, sagte sie, »und andere die Reste aus den Bierflaschen. Todesanzeigen hat bisher noch keiner gesammelt.«

Gerster hielt ihr fragend die Zeitung entgegen.

»In der?« Sie zuckte mit den Schultern, »In der steht, wer aus der Gegend hier gestorben ist. Aber ich sage Ihnen eins: Ich weiß nicht, ob in der *WELT* steht, wer alles in der Welt gestorben ist.« Sie fand ihren Ton wieder. »Sind Sie beknackt? Was gehen mich die Todesanzeigen an. Die Leute kaufen Zeitungen, weil sie wissen wollen, wie das jetzt weitergehen soll mit den Horden von Flüchtlingen. Kein Mensch liest Todesanzeigen.«

Gerster blätterte in der Regionalzeitung und fand die Seite mit den schwarzumrahmten Texten und Kreuzen.

»Die nehme ich«, sagte er entschlossen und sah sich nach den anderen Zeitungen um. »Ich nehme alle, in denen Todesanzeigen stehen.«

»Sie sind wohl taub? Ich weiß nicht, in welchen solche Anzeigen stehen!«

Er ließ sich nicht beirren. Auch nicht von dieser Frau. Zu sehr sah er der Umsetzung seines Plans entgegen.

»Ich nehme alle. Haben Sie eine Tüte?«

»Soweit kommt's noch. Bin ich ein Supermarkt?« Immerhin erkannte sie, dass sie gerade eine ordentliche Anzahl von Zeitungen verkaufen konnte. »Vielleicht hab ich hinten eine«, murrte sie.

Als sie nach kurzer Zeit zurückkkam, hatte Fritz Gerster einen ansehnlichen Stapel zusammengestellt, den er der Kioskfrau ins Fenster streckte. Sie zählte die Zeitungen durch, nannte den Preis und steckte sie in eine Plastiktüte. Mit tippelnden Fingern wartete sie auf ihr Geld.

Umständlich kramte er nach seinem Portemonnaie. Ihr Fingertippeln wurde immer ungeduldiger. Was hat sie sich nur so, dachte Gerster, muss sie dringend zum Zug oder hat sie einen Friseurtermin? Ihr gestisches Drängen machte ihn nervös. Damit es schneller ging, zog er rasch seine wollenen Winterhandschuhe aus und legte sie flüchtig auf die Ablage der Durchreiche. Unbemerkt rutschten sie von dort auf den Boden. Während Gerster unter argwöhnischer Beobachtung den passenden Betrag zusammenstellte, musste er wieder an die Kassiererin im Supermarkt denken.

Vielen Dank für Ihren Einkauf, beehren Sie uns bald wieder! Auf Wiedersehen.

In der Nähe setzte er sich am Dreisamufer auf eine Bank und holte von den Zeitungen eine nach der anderen heraus. Er blätterte jeweils von hinten bis zu den Seiten, die ihn interessierten. Diese nahm er heraus und schmiss den Rest in den Abfallbehälter neben der Bank. Tatsächlich war es so, dass nicht alle Ausgaben Todesmeldungen enthielten. Bei den überregionalen Blättern war die Ausbeute sehr gering. Am Ende seiner Grobdurchsicht war der stählerne Müllkorb randvoll, aber Gerster hatte gerade mal zwei brauchbare Seiten, die er zusammenfaltete und mit der leeren Plastiktüte in die Jacke steckte.

Er ging weiter Richtung Stadtmitte. Vom Kiosk am Hauptbahnhof versprach er sich mehr Ertrag.

Dort hatte es auch deutlich mehr Menschen. Eine größere biertrinkende Männergesellschaft mit dürren Hunden und lautem Gesprächsbedarf hatte sich rund um den Kiosk versammelt. Gerster schnappte unüberhörbare Wortfetzen auf, bei denen es um den erhofften Wiederaufstieg der Freiburger in die Fußball-Bundesliga und natürlich um die beiden Frauenmorde ging. Ein ausgemergelter Rotköpfiger mit fettigen Haaren vertrat vollmundig die Ansicht, dass »das arme Schwein Henry nie und nimmer der Mörder« sein könne. Die meisten anderen widersprachen. Er sei ohne Zweifel der Mörder, überführt durch Spuren, und einer glaubte gar, gehört zu haben, der ermittelte Penner habe die Morde inzwischen gestanden.

Gerster ging an der Gruppe vorbei zum Verkaufsfenster. Eine Weile lang studierte er das Angebot an Tageszeitungen, das um einiges reichhaltiger war als die Auswahl am *Dreisam-Kiosk*. Er griff ein paar Exemplare heraus, die im dortigen Sortiment nicht vorhanden gewesen waren, und reichte sie zur Abrechnung ans Fenster. In Anbetracht möglicher Zuhörer und angesichts des diskutierten Themas vermied er dieses Mal die Erwähnung der Todesanzeigen.

Er bezahlte, klemmte die Zeitungen unter den Arm und wollte gerade weggehen, als er inmitten der Ansammlung den freundlichen Mann vom *Dreisam-Kiosk* erkannte. Mit einer Bierflasche in der Hand stimmte er der überwiegenden Mehrheit der Umherstehenden zu. »Sie haben seine DNA. Das beweist alles. Auch wenn man es nicht glauben kann. Einem Mörder sieht man nicht an, dass er ein Mörder ist.« Während er das sagte, lächelte er Fritz Gerster zu, als würde er ihn von dessen gelegentlichen Kioskbesuchen her kennen.

Gerster lächelte gequält zurück und drängte sich mit Unbehagen durch die Gruppe hindurch. Eine gefleckte Promenadenmischung kläffte ihm schrill hinterher. Gerster antwortete mit einem Schnalzer. Im neuen Jahr war es der Erste, der ihm entglitten war.

Im Buch- und Zeitschriften-Shop im Bahnhofsgebäude sah er sich nach weiteren Zeitungen um.

»Suchen Sie etwas Bestimmtes?«, fragte ihn der Verkäufer.

Gerster scheute sich wieder, den Grund seines Stöberns zu nennen. »Sind das alle Zeitungen, die Sie haben?«, wollte er stattdessen wissen.

»Genügt Ihnen die Auswahl nicht? Ich hab auch noch einen ganzen Karton voll mit Zeitungen von gestern.« Ein Augenzwinkern unterstrich die humorvoll gedachte Bemerkung, aber bei Gerster weckte sie ernstes Interesse.

»Von gestern?« Er dachte kurz nach. »Was sollen die kosten?«

»Wer braucht Zeitungen von gestern? Nichts kosten die! Können Sie alle mitnehmen!«

»Sind die auch nicht älter als von gestern?«

»Höchstens noch von vorgestern. Die ganz alten landen im Papier-Container.«

»Gut. Wo haben Sie den Karton?«

10

Das Ergebnis der vorläufigen vergleichenden Materialuntersuchung lag bereits am Tag nach der tierischen Exhumierung vor. Die insgesamt 23 im Hundegrab sichergestellten schwarzen Plastikteile waren aus dem gleichen Werkstoff wie das Mordwerkzeug aus dem Schrebergarten. Im Abstand von wenigen Zentimetern hatte Horst Kuhnert alle Kabelbinder der ursprünglichen Konstruktion mit seiner Zange zerteilt. Die Zweier-Ösen waren unbeschädigt und in Form, Farbe und Beschaffenheit identisch mit den Doppelköpfen im Mordfall Ziebold. Was sich nicht sagen ließ, war auch in diesem Fall die Herkunft der Kabelbinder. Es gab keine Fabrikationshinweise auf dem Material. Auch die Aussage, ob die zerschnittenen Teile aus der gleichen Produktionskette stammten wie die vollständig erhaltene Schlingenformation, war nicht möglich.

Im Labor lief derweil der Versuch, DNA-Material an den Nylonresten nachzuweisen. Denkbare Spurenverursacher im Erfolgsfalle wären der Hund selbst, sein Herrchen Horst Kuhnert oder idealerweise der unter dringendem Mordverdacht stehende Henry Dosch. Ein Resultat war allerdings erst am anderen Tag zu erwarten.

Alfons Bücheler, seines Zeichens nun offizieller Operativer Ermittlungs-Assistent innerhalb der reduzierten *Soko Schlinge*, hatte es sich nicht nehmen lassen, an der Besprechung am frühen Dreikönigstag teilzunehmen. Soko-Leiterin Merlinde Trautmann hatte die verbliebenen knapp 20 Kolleginnen und Kollegen auf den aktuellen Sachstand gebracht und mit optimistischen Worten in den restlichen Feiertag nach Hause geschickt. »Unterm Strich haben wir mit dem Schamhaar täterbezogene DNA von Henry Dosch am Opfer gefunden. Das ist Fakt und somit auch Beweis. Für die Sache mit dem Hund gibt es sicher eine plausible Erklärung.«

Bis auf zwei Personen hatten alle den Soko-Raum verlassen. Alfons Bücheler war aufgestanden und interessierte sich an der großen Wandtafel für die erstellten Bewegungsbilder und Kontakte der beiden Opfer sowie den daneben skizzierten Lebenslauf von Henry Dosch – soweit er bekannt war.

Merle Trautmann trat neben ihn und betrachtete ebenfalls die mit Namen, Pfeilen und Verbindungslinien gespickten Übersichten.

»Apropos plausibel«, begann sie, »diese Analyse, von der Sie neulich gesprochen haben, was wollen Sie da miteinander vergleichen?«

Ohne von der Tafel wegzusehen, antwortete Bücheler und ließ sich nicht anmerken, dass die angebliche Analyse seiner spontanen Fantasie entsprungen war. »Die Plausibilität. Die Schlüssigkeit. Objektive Spuren sind das eine. In diesem Fall das Schamhaar. Auf der anderen Seite muss man sich genauso objektiv die Frage stellen, ob es, unabhängig von dieser Spur, überhaupt möglich sein kann, dass dieser Obdachlose die Morde begangen hat.«

»Und daran zweifeln Sie?«

»Es hat früher zu meinem Job gehört, an Dingen zu zweifeln.«

Beide fixierten die Wandtafel.

»Sprechen Sie mir diese Fähigkeit ab?« Sie sah ihn von der Seite an.

»Das steht mir nicht zu.«

»Und wenn es Ihnen zustünde?«

Bücheler spürte, dass er diplomatisch bleiben musste. »Dann würde ich sagen, dass Sie eine hervorragende Kriminalistin sind, die – wie wir immer so schön den Reportern in die Mikrofone diktieren – in alle Richtungen ermittelt.«

Jetzt drehte sich Merle Trautmann direkt zu ihrem Vorgänger. »Das würden Sie sagen – aber was würden Sie denken?«

»Ich bin nur Assistent.«

»Herr Bücheler, hören Sie bitte auf. Wenigstens wir beide können uns das ersparen.«

»Wie meinen Sie?«

»Sie sind zwar schon eine Weile aus dem Geschäft. Aber Ihr Gespür haben Sie sicher nicht mit der Dienstmarke abgegeben.« Bücheler fühlte sich geschmeichelt. Sie tippte mit einem Finger auf die Stelle der Tafel, an der mit einem roten Stift »Tötung Hund Uferstraße« und das dazugehörige Datum eingekreist waren. »Offen gestanden ist mir bei der Sache auch nicht ganz wohl zumute.«

Bücheler war über dieses offene Eingeständnis überrascht und wartete gespannt, ob sie ihre Bemerkung näher erläutern würde. Als dies nicht passierte, wagte er sich weiter. »Ihr habt ziemlich Druck von den Medien, nicht wahr?«

»Jede Soko steht unter Druck, das dürfte Ihnen nichts Neues sein.«

»Ja. Und zwar solang, bis sie einen Täter präsentieren kann.«

Merle Trautmann kniff die Augen zusammen, nahm den Rotstift und umkreiste damit den Namen des Tatverdächtigen. »Wir haben seine DNA am Slip.«

»Dosch hat ein Alibi für den Hundemord.«

»Ja, leider.«

»Sie sagten eben, Ihnen sei nicht wohl dabei.«

Sie biss sich auf die Unterlippe. »Der Widerspruch zwischen Alibi und dem Haar macht mir zu schaffen.«

»Vielleicht lässt er sich irgendwie erklären.«

»Darüber haben wir uns natürlich Gedanken gemacht. Tatsächlich lässt er sich sogar ganz einfach erklären.«

Auch diese Äußerung überraschte Bücheler. »Erklären Sie ihn mir?«

Merle Trautmann trug die These vor. »Ein Alibi bezieht sich bekanntlich immer auf einen bestimmten Zeitraum. Nehmen wir einmal an, Kuhnerts haben sich bei den Zeiten geirrt. Sie sagen, sie hätten ihren Hund zuletzt ungefähr um 18 Uhr am Zaun bellen gehört. Vielleicht haben sie sich getäuscht und das Bellen war schon viel früher. Oder aber es war gar nicht ihr Hund, sondern irgendein anderer, und ihrer war zu dieser Zeit längst tot.«

»Dann wäre Doschs Alibi im Eimer?«

»Theoretisch, ja. Er wurde kurz nach 17 Uhr am *Dreisam-Kiosk* festgenommen.«

»Das hieße, er müsste den Hund kurz vorher erdrosselt haben, um dann, voll besoffen, am Kiosk klauen zu gehen.«

»Sehen Sie! Das ist doch Schwachsinn. Und der Grund, weshalb ich bei der Sache Bauchweh habe.« Mit einer Geste bot sie Bücheler Platz auf einem der Stühle an. »Daher bin ich doch sehr an Ihrer abgleichenden Dingsbums-Analyse interessiert.«

Sehr zögerlich rückte er sich einen Stuhl zurecht.

»Lassen Sie doch mal hören! Ich bin sehr gespannt!«

Alfons Bücheler sah sich in der Sackgasse. Es war der Zeitpunkt gekommen, ein kleines Geständnis abzulegen. Leicht nervös nahm er Platz und rutschte unruhig auf dem Stuhl hin und her. »Kollegin Trautmann – ich darf Sie doch Kollegin nennen? – Also ... ich ... ähm ... ich glaube ...«, stammelte er, »ich muss Ihnen da etwas erklären ...«

Die Tür ging auf, und Jakob Allgeier kam herein, mit sorgenvoller Miene.

»Was ist los mit Ihnen«, frage die Soko-Chefin, »schlechte Nachrichten?«

Der Ermittlungsleiter nahm seine Nickelbrille ab und rieb sich die Nasenwurzel. »Das kann man so sagen. Sehr schlechte sogar.«

»Das Schamhaar stammt doch nicht von Dosch?«, spekulierte Merle Trautmann.

»Nein, was ganz anderes. Es hat nichts mit den Fällen zu tun.« Allgeier rückte die Brille zurück auf ihren Platz und drückte mit dem Zeigefinger dagegen. »Hansjörg ist tot.«

11

Aufregende Momente hatte es in der jüngsten Vergangenheit für Fritz Gerster zur Genüge gegeben. Der Grund für seine Anspannung an diesem Feiertag, die dem Erlebten der letzten Wochen in nichts nachstand, war allerdings von ganz anderer Qualität. Gerster hatte ein Date.

Früh schon war er aufgestanden, weil er nicht mehr schlafen konnte. Den ganzen Morgen war er nervös in der kleinen Hochhauswohnung herumgetigert und hatte – aus Toms Sicht – irgendwelches wirres Zeug gefaselt. Gerede von einer Blumenfrau, die ganz anders sei als all die anderen Schwertfische. Der Kater, der ohnehin nur begrenztes Interesse an Gersters Erzählungen zeigte, verstand den plötzlichen Sinneswandel nicht. Bisher hatte sein Futtergeber immer diesen feindseligen, bisweilen hasserfüllten Zug um die Augen gehabt, wenn er über Frauen sprach. Nun aber säuselte er mit verklärtem Blick Worte in den Raum, die so gar nicht zu dem Menschen passten, der sonst immer von Tussen, Alten und Suppenhühnern sprach. »Weißt du, Tom Chester, ich glaube, sie ist was ganz Besonderes.«

Tom konnte es recht sein. Denn das Säuseln wurde begleitet von einem ungewohnten Überangebot an Leckerlis und wohltuenden Streicheleinheiten.

Nach dem Mittagessen in Gestalt einer Tiefkühlpizza und dem bereits dritten Duschgang an diesem Tag wurde es ernst. Mit Toms miauendem Ratschlag ging es an die Garderobe. Bei der Wahl des passenden Hemdes zu einer herbstlich ockerfarbenen Stoffhose im winterlichen Januar lagen sie in trauter Übereinstimmung daneben: Das gelb-grün gemusterte Sommerhemd war Lagerfeld-technisch genauso deplatziert wie die dazu ausgewählten schwarzen Lackschuhe. Eine gute Entscheidung hingegen war, die blau karierte Krawatte wieder beiseitezulegen. Sie kam nur deshalb nicht zum Zuge, weil Gerster keinen zufriedenstellenden Krawattenknoten hinbrachte und Tom das Teil für einen Katzenwedel hielt.

Seine verbliebenen Haare kämmte Gerster rigoros nach hinten und fixierte sie mit einem Gel, mit dem man auch schwere Brückenteile hätte zusammenkleben können. Die beiden Jack-Nicholson-Geheimratsecken präsentierten sich dadurch in voller Pracht. Die dunkelblaue Winterjacke vervollständigte sein Outfit.

Mit einem letzten Blick in den Spiegel schnappte sich Gerster seinen Rucksack, den Karton und den schmalen Strauß Tulpen, den er am Abend zuvor noch als verbilligte Absatzware im *Dorfbrunnen-Supermarkt* gekauft hatte – freundlich abkassiert an Kasse 2. Im Internet hatte er gelesen, dass man zum ersten Date auf keinen Fall mit 50 roten Rosen aufkreuzen sollte.

Im Fahrstuhl überlagerte er den Schweiß- und Zigarettengeruch spielend mit seinem ebenfalls im Supermarkt erworbenen Sonderaktions-Deospray in Kombination mit dem sehr präsenten und dick aufgetragenen Männerparfüm, das ihm Monika vor Jahren geschenkt hatte und das seither achtlos sein Dasein in einem Waschbeutel fristete.

Als er im Erdgeschoss ausstieg, schlug die stattliche Duftfahne der alten Frau Stöcklin, die eben den Fahrstuhl betreten wollte, erbarmungslos entgegen.

»Oh, Herr Gerster«, sagte sie mit zusammengekniffenen Augen und einer schützenden Hand an der Nase, »Sie haben sich aber fein gemacht!«

Im Hof begegnete er Alexej, der nicht minder beeindruckt war. »Ah! Bei meine Mamuschka! Haben wie sagen Franzosen Randewu? Randewu mit scheenes Devoschka was kann sein glucklich.« Der Riese strahlte, hob den Daumen und zwinkerte ihm vielsagend zu.

Geschmeichelt und beflügelt spazierte Fritz Gerster mit dem Rucksack auf dem Rücken und dem Blumensträußchen in der

Hand zu seinem alten Golf, der wie immer in einer Seitenstraße geparkt war.

Dort erwartete ihn ein jäher Dämpfer in Person der städtischen Politesse und deren gezücktem Strafzettelblock. Gerster kannte sie schon. Seine Meinung über sie war, gelinde ausgedrückt, nicht die beste. Sie trug wieder diese lächerliche dunkelblaue Schirmmütze mit dem Stadtwappen, unter die sie ihre fettigen Haare gestopft hatte. Dunkelblaue Hose, dunkelblaues Oberteil, eine schwarze Umhängetasche über der Schulter – aber alles zusammen doch ein Irrwitz von einer ernstzunehmenden Uniform. Was hatte sie nur schon wieder auf ihrem dämlichen Block herumzukritzeln?

Auch sie erkannte ihn, als er sich seinem Auto näherte.

»Ich lasse mich nicht bestechen«, sagte sie kühl mit Blick auf die Tulpen, die nicht nur wegen der weiblichen Obrigkeit schon langsam die Köpfe senkten.

»Die sind nicht für Sie.« Angesichts seines freudigen Gemütszustandes blieb er ruhig.

»Dafür habe *ich* etwas für *Sie*«, bemerkte sie schnippisch, »hier dürfen nur Anwohner parken!«

»Ich bin Anwohner. Das wissen Sie ganz genau.«

»Anwohner ist, wer einen Anwohnerberechtigungsausweis hat.«

»Den habe ich.«

»Anwohner ist, wer einen Anwohnerberechtigungsausweis hat *und* ihn sichtbar im Fahrzeug hinterlegt. Andere schaffen das ja auch.«

Jetzt wurde es schwieriger mit der Ruhe. Gerster schloss das Auto auf und stellte den Karton auf den Rücksitz.

»Hatten wir das alles nicht schon?«, fragte er im Hinblick auf ähnlich verlaufene Kontroversen in zurückliegender Zeit, die allesamt in ärgerlichen Strafzetteln geendet hatten.

»Wie schwer muss es sein, den Anwohnerberechtigungsausweis einfach hinter die Scheibe zu legen?«

»Aha. Sie wissen also, dass ich so ein Ding habe.«

»Man muss es sehen!« Sie riss das oberste Blatt von ihrem Block und klemmte es hinter den Scheibenwischer. »Bei Ihrer Uneinsichtigkeit kann man auch über das Abschleppen des Fahrzeuges nachdenken.«

Ich denke über etwas ganz anderes nach, sagte sich Gerster, und ein unüberhörbarer Schnalzer begleitete seine Gedanken. »Unverschämtheit!«, kommentierte sie das aus ihrer Sicht anzügliche Geräusch. »Die alte Kiste müsste man ohnehin mal auf ihre Verkehrstauglichkeit überprüfen. Und dessen Fahrer auf die charakterliche Eignung zum Führen eines Kraftfahrzeuges.«

»Heute ist Feiertag«, sagte er, »haben Sie nichts Besseres zu tun?«

»Widerrechtlich geparkte Rostbeulen ohne Anwohnerberechtigungsausweis sind auch an Feiertagen ein grober Verstoß im ruhenden Verkehr.«

»Wie heißen Sie eigentlich?«, fragte er.

»Mein Name steht auf der schriftlichen Verwarnung. Sie können sich gerne beschweren.«

Gerster nahm den Zettel von der Scheibe und warf einen Blick darauf. Dann zerknüllte er ihn und ließ ihn zu Boden fallen.

»Das nennt man einen Verstoß gegen die Umweltschutzvorschriften und wird als Ordnungswidrigkeit wegen illegaler Müllentsorgung mit einem Bußgeld belegt.«

»Sie sagen also selbst, dass Ihr Knöllchen Müll ist?«

»Morgen komme ich wieder vorbei«, drohte die Politesse unbeeindruckt, »die Reifen scheinen mir auch ziemlich abgefahren zu sein.« Mit einem »Wir sehen uns« ging sie weiter und widmete sich den anderen geparkten Autos.

Gerster bemerkte, dass sich die aufkeimende Wut beim Zerknüllen des Papieres auch auf seine andere Hand ausgewirkt hatte. Unbewusst hatte er die Stiele der Tulpen zerdrückt, und nun passten sie fast schon zu den hängenden Köpfen. Aber sie erinnerten ihn auch daran, dass es viel wichtigere Dinge gab als verbohrte Parksheriffs in Frauengestalt. Er gab dem Knäuel am Boden einen kräftigen Fußtritt und stieg in seinen Golf.

12

Das feudale, mit edlem Kirschbaumholz getäfelte Bücherzimmer der Hamburger Villa trug seinen Namen zu Recht. Seine literarische Bestückung überragte die große Bücherwand des Salons um ein Vielfaches. Der heimelig warme Raum mit der hohen Decke und den kostbaren Stuckarbeiten zählte zu Reinhard Doschs Lieblingsplätzen. Der wie stets korrekt gekleidete, aber gesundheitlich schwer angeschlagene Reedereibesitzer war ziemlich überrascht, als ihm seine Tochter mitteilte, wo sie am Tag zuvor gewesen war.

»Was hast du dir, ums Himmels willen, davon versprochen?«, wollte er wissen und steuerte seinen Rollstuhl auf die imposante antike Weltkugel zu, die in ihrem Inneren einen wahren Schatz an ausgesucht Hochprozentigem und noblen Likören beherbergte. Er kippte die Nordhalbkugel nach hinten und griff nach einem exquisiten französischen Cognac. »Willst du auch?«

Hildegard Behnke schüttelte den Kopf. »Ich wollte ihn einfach sehen«, sagte sie stattdessen. »Jetzt, wo man endlich weiß, wo er abgeblieben ist.«

Ihr Vater schenkte sich großzügig in einen bauchigen Weinbrandschwenker ein, umschloss ihn mit einer Hand und verfolgte mit müden Augen die kreisenden Bewegungen des goldbraunen Tropfens. »Wie sieht er aus?«, fragte er, ohne von seinem Glas aufzusehen.

»Miserabel«, antwortete sie ohne Zögern. »Erbärmlich und jenseits jeglicher Würde. Ich hätte ihn auf der Straße nicht wiedererkannt.« Sie stellte sich neben den Rollstuhl.

Reinhard Dosch steckte seine Nase ins Cognacglas, inhalierte das feine Bouquet und nahm einen tiefen Schluck. »Der Gedanke, dass mein Sohn zwei Frauen umgebracht hat, ist unerträglich.« Ohne Genuss stürzte er den Rest des Glases hinunter. »Was habt ihr gesprochen?«

»Nichts. Wir haben nichts geredet. Das heißt, er hat nichts geredet. Fast nichts.«

»Was soll er auch sagen.« Dosch schenkte sich nach.

»Kannst du dich an früher erinnern«, fragte sie, »an Henry, meine ich?«

»Wie, an Henry und früher?«

»An ganz früher, als er noch – sagen wir – noch normal war.«

»Du meinst, an die Zeit vor dem Alkohol?«

»Als wir noch eine Familie waren.«

»Das ist ewig her.« Er schwenkte wieder das Glas.

»Henry war schon als Kind ein schlechter Lügner«, sagte sie, »erinnerst du dich?«

»Wie kommst du jetzt da drauf? Heute ist er ein Mörder.«

»Wenn er geschwindelt hat, dann hat man ihm das sprichwörtlich an der Nasenspitze angesehen.«

»Ich verstehe nicht?« Reinhard Dosch nippte am Cognac.

»Im Gefängnis hat er kaum gesprochen. Aber bevor ich gegangen bin, hat er gesagt, dass er es nicht war.«

»Das sagen die meisten Straftäter.«

Mit einer flinken Geste entführte Hildegard Behnke das Cognacglas aus der Hand ihres verdutzten Vaters und benetzte ihrerseits die Lippen mit dem französischen Edelgetränk.

»Ich weiß, wann mein Bruder die Wahrheit spricht.«

»Er ist nicht mehr der, der er einmal war.«

»Geht uns das nicht allen so?« Sie reichte ihrem Vater das Glas zurück. »Henry hat die Morde nicht begangen. Ich bin mir sehr sicher.«

13

»Hansjörg ist tot? Hansjörg Schubert?« Merle Trautmann war schockiert.

»Ja. Es war doch kein eingeklemmter Nerv.« Jakob Allgeier, der eben die schlechte Nachricht in den fast leeren Soko-Raum gebracht hatte, sah Alfons Büchelers fragenden Blick. »Wir haben ihn vor Weihnachten heimgeschickt«, erklärte Allgeier, »er hat über Schmerzen im Brustkorb geklagt, weil er in der Nacht irgendwie falsch gelegen sei. Aber ein Nerv war's wohl nicht. Es war das Herz.«

Bücheler kannte Hansjörg Schubert noch sehr gut aus seiner aktiven Berufszeit. »Ist er nicht zum Arzt?«, fragte er.

Allgeier schüttelte den Kopf. »Geht ihr wegen eines eingeklemmten Nervs gleich zum Arzt? Nach Weihnachten hatte er Skiurlaub gebucht. Schladming. Den wollte er natürlich nicht sausen lassen. Vor zwei Tagen kam er wohl mit Karin zurück. Sie tut mir so leid!«

Die drei schwiegen betreten.

»Und wann ...«, setzte Trautmann an.

»Heute Nacht«, sagte Allgeier. »Das Problem vor Weihnachten war wohl die Vorhut. Heute Nacht ist er an einem Infarkt gestorben.«

»Unfassbar«, sagte Merle Trautmann, »er war einer der besten Kriminaltechniker, die ich kenne.«

»Und einer der angenehmsten Kollegen«, ergänzte Allgeier, »immer ausgeglichen, ruhig, sachlich. Ein feiner Kerl.«

»Wie alt war er?«, wollte Bücheler wissen.

»58.«

14

Der rote Golf bewegte sich auf der gleichen Strecke in Richtung Schweizer Grenze, die üblicherweise der Transporter der Firma *Ritter* befuhr, wenn eine Lieferung an das *Blumenhaus Lembach* anstand. Fritz Gerster hatte genügend Zeit eingeplant, um ja nicht zu spät zum vereinbarten Treffen zu erscheinen. Den Disput mit der übereifrigen Politesse hatte er hinter sich gelassen und seinen Ärger in die kribbelnde Erwartung vor dem anstehenden Rendezvous eingetauscht.

Während der gemütlichen Fahrt auf der wegen des Feiertages schwach frequentierten Bundesstraße fiel sein Blick auf den Beifahrersitz. Dort lag das bemitleidenswerte Tulpensträußchen neben dem Rucksack, den Gerster immer mit sich führte. Im Wechsel schaute er auf den Verkehr und auf den Sitz neben sich. Es gefiel ihm nicht, was er dort sah. Irgendwie passten die beiden Dinge nicht zusammen, die Blumen und der Rucksack. Es störte ihn sogar, dass sie so dicht nebeneinanderlagen, wo sie doch symbolisch so weit voneinander entfernt waren. Während die gelb leuchtenden Tulpen trotz ihres Zustandes eine Form von Lieblichkeit versprachen, verkörperte der schwarze Rucksack mit seinem zuletzt düsteren Inhalt die dunkle Seite seines Lebens. Nachdem sein neuer Plan gereift war, hatte er sich in einem Geschäft für Bastel- und Künstlerbedarf drei neue teelichtgroße Perlendöschen besorgt. Sie schlummerten in einem Innenfach und warteten auf ihre Bestückung.

Gerster nahm den Rucksack und warf ihn hinter sich auf den Rücksitz, neben den Karton mit den Zeitungen. Zufrieden betrachtete er das verbliebene Tulpensträußchen. Vielleicht hätte er es über Nacht ins Wasser stellen sollen, dachte er. Ein Auto vor ihm bremste. Gerade noch rechtzeitig tat er das Glei-

che. Den Rest der Fahrt konzentrierte er sich auf den Straßen-
verkehr.

Sie hatten sich in dem Café verabredet, in dem sie sich eine
Woche zuvor zufällig getroffen hatten. Gerster war eine Stunde
zu früh. Er setzte sich an denselben Tisch und bestellte ein Kännchen Kaffee. Die Bedienung brachte ihm das Kännchen und –
mit Blick auf die durstenden Tulpen, die er neben sich auf den
Tisch gelegt hatte – eine kleine gefüllte Vase. Er bedankte sich
und ließ die Blumen behutsam in die schmale Öffnung gleiten.
Eine halbe Stunde vor dem vereinbarten Termin verlangte er
nach einem weiteren Kännchen und einem Glas Mineralwasser.
Eine Viertelstunde vor der ausgemachten Uhrzeit kamen eine
butterlose Brezel und eine zusätzliche Tasse Kaffee hinzu.

Als die Zeit reif war, schob er Teller, Glas und Tasse zur Seite
und rückte vorsichtig jede einzelne Tulpe in der Vase so zurecht,
als hätte jede ihren ganz bestimmten zugewiesenen Platz. Dann
setzte er sich aufrecht auf seinen Stuhl, fuhr sich zur Kontrolle über
die vor Gel glänzenden Haare und beobachtete die Eingangstür.

15 Minuten nach der Zeit bestellte er sich einen Cappuccino
und noch ein Mineralwasser.

Eine weitere halbe Stunde später brachte ihm die Bedienung
eine weitere Brezel, diesmal auf Wunsch mit Butter, und – auf
Kosten des Hauses – sein drittes Kännchen Kaffee, garniert mit
zwei schokobraunen Pralinen in Kaffeebohnenform.

Heidi kam eine Stunde zu spät. Als sie vor Eile nervös und
aufgeregt in der Tür des Cafés auftauchte, war es Gerster, als
würden die Tulpen ihre hängenden Köpfe erheben.

Sie war untröstlich, gleichzeitig aber sichtlich erleichtert, dass
er auf sie gewartet hatte. »Es tut mir so leid! Es ging nicht früher! Ich musste Tine suchen!«

Wie schon beim ersten Mal versäumte es Gerster, ihr einen
Platz anzubieten. Heidi zappelte, setzte sich auf den freien Stuhl,
stand aber gleich wieder auf, um ihre Jacke auszuziehen. Sie

sah sich nach der Garderobe um, entdeckte sie neben der Tür zur Toilette und hängte die Jacke dort an einen Haken. Gerster beobachtete sie dabei. Sie zieht ein Bein nach, dachte er, als sie zurück zum Tisch kam.

»Du hast auf mich gewartet«, sagte sie und machte eine kleine Pause, in der sie mehrmals tief durchatmete, wodurch ihre Stimme ruhig wurde. »Das ist lieb von dir.«

Heidi bestellte sich ein Kännchen Kaffee, und Gerster hätte es als unhöflich erachtet, wenn er es ihr nicht gleichgetan hätte.

»Sind die für mich?«, fragte Heidi und berührte eine der sich verbeugenden Tulpen sanft mit der Hand.

»Ja.« Eigentlich hatte er sich vorgenommen, nicht so wortkarg wie beim letzten Mal zu sein. Aber gleichzeitig wollte er auch nichts Falsches sagen. Stattdessen wunderte er sich, dass er ihr leichtes Lispeln bei ihren bisherigen Begegnungen nicht bemerkt hatte.

»Sie sind sehr schön«, sagte Heidi, und die Bedienung, die soeben die beiden Kännchen servierte, warf ihr und den Blumen ein verstohlenes Lächeln zu.

»Bist du sauer, weil ich so spät gekommen bin?«

»Nein«, schoss es aus Gerster heraus, »nein, nein!«

Wortlos schlürften sie an ihren Tassen. Gerster bediente sich vor Verlegenheit des Zuckerstreuers, obwohl er seinen Kaffee stets schwarz und ungesüßt trank. Ich muss jetzt etwas sagen, dachte er, das ist ein Date! Da muss der Mann etwas sagen!

»Hast du Tine gefunden?« Etwas anderes fiel ihm nicht ein, aber es schien nicht verkehrt gewesen zu sein, denn die Frage brachte die Unterhaltung in Gang.

»Ja, Gott sei Dank! Im Keller beim Nachbar eingesperrt!«

»Ist Tine deine Tochter?«

Heidi musste lachen. »Tine ist meine Katze.«

»Ach. Wieso sperrt der Nachbar sie in den Keller?«

»Ohne Absicht. Sie muss sich da reingeschlichen haben, ohne dass er es bemerkt hat.«

Die Gelegenheit schien Gerster günstig zu sein. Bisher wusste er nicht viel über die Floristin Heidi Bäumel. »Hast du denn eine Tochter?«, wagte er zu fragen.

Sie freute sich darüber, zeigte es doch gewisses Interesse. Den zurückhaltenden, netten Auslieferungsfahrer der Firma *Ritter* konnte sie noch nicht so recht einschätzen. »Hab ich nicht.« Ihr Lächeln gefiel ihm, und er wartete, ob sie noch mehr von sich herausließ. Nur zu gerne hätte er gewusst, ob sie einen Freund oder so etwas Ähnliches hatte oder gar verheiratet war.

Mit einer Geste, die ihm Hitze durch die Adern schießen ließ, streifte sie mit beiden Händen ihre offenen Haare nach hinten. Ihm fiel auf, dass sie nur einen Ohrring trug.

»Was machst du denn so, wenn du keine Blumen durch die Gegend kutschierst?«, fragte sie, obwohl sie spürte, dass er eigentlich mehr über ihre Familienverhältnissen erfahren wollte.

Gerster überlegte. »Nicht viel. Lesen, spazieren gehen.«

»Und wo? Ich meine, wo liest du und wo gehst du spazieren?«

»In Freiburg. Ich wohne in Freiburg.«

»Wohnst du alleine?«

»Tom wohnt noch bei mir.«

Sie schenkte Kaffee nach und sah ihn dabei aus den Augenwinkeln an. »Ist Tom – dein Sohn?«

Jetzt musste Gerster lachen. »Tom ist mein Kater.«

»Ach«, sagte sie im gleichen Tonfall wie er kurz zuvor, und drehte augenblicklich den Spieß um. »Hast du denn einen Sohn?«

Nun war er es, der sich über die Frage freute. »Nein, hab ich nicht.« Und weil ihm der plötzliche Rollentausch gelegen kam, legte er auch gleich seine Lebenssituation auf den Tisch. Freilich ohne Erwähnung seiner noch bestehenden Ehe. »Ich habe eine kleine Wohnung, keine Freundin, aber Tom, und fühle mich ganz gut dabei.«

»Das freut mich«, sagte sie, und er überlegte, auf welche Äußerung es sich wohl bezog.

»Dürfen es noch zwei Kaffee sein«, erkundigte sich die Bedienung. Bevor Gerster ablehnen konnte, kam ihm Heidi zuvor.

»Gerne, vielen Dank!« Und mit einem Strahlen an ihn gerichtet: »Du nimmst doch auch noch ein Kännchen, Fritz?«

Er sah sie lange an. Sie lispelt, ging es ihm durch den Kopf, zieht ein Bein nach und kommt mit nur einem Ohrring eine Stunde zu spät, weil sie ihre Katze gesucht hat.

Sie ist perfekt!

Gerster fuhr nicht direkt nach Hause, sondern zum Firmensitz seines Arbeitgebers. Er hatte sich vorgenommen, in aller Ruhe die Kiosk-Zeitungen zu durchforsten. Zu Hause würde Tom in diesem Fall stören, denn der Kater liebte Versteckspiele unter knisterndem Zeitungspapier.

Das Areal des *Blumengroßhandels E. Ritter* war umzäunt, aber Fritz Gerster hatte einen Schlüssel. Er parkte seinen Golf beim ehemaligen Kesselhaus. Es war niemand auf dem Gelände, auch Ritters nicht. Er nahm den Karton vom Rücksitz, betrat das Gebäude und trug ihn über die Eisentreppe am stillgelegten Dampfkessel vorbei nach oben ins Turmzimmer.

Der kleine Raum war kalt wie immer, die Luft roch übel. Gerster öffnete das schmale Fenster. Es knarrte und quietschte. Er nahm sich vor, beim nächsten Mal etwas Schmieröl mitzubringen. Das marode Fenster sollte auch künftig unbedingt funktionsfähig bleiben.

Es bereitete ihm gewisse Mühe, von seinen freudvollen Gedanken an die elektrisierende Anfangsromanze mit Heidi umzuschalten auf eher infernalische Planspiele. Sein Entschluss stand jedoch fest. Er musste etwas unternehmen, um diesen armen Teufel aus dem Knast zu holen.

Er schloss das Fenster wieder und stellte den Karton auf das Beistelltischchen. Auf dem Sessel warf er sich die alte Wolldecke über die Schultern.

Die Zeitungen nahm er sich ohne strenges System einfach von oben herab vor. So, wie der Betreiber des Bahnhofskiosks sie in den Karton gelegt hatte. Die beiden Freiburger Frauenmorde waren auf den meisten Titelseiten von anderen aktuellen Themen verdrängt worden. Ein Blatt jedoch kündigte in einer Seitenspalte eine doppelseitige Reportage in seiner aktuellen Ausgabe an: »Ein verpfuschtes Leben – wie Henry D. zum Frauenmörder wurde.« Gerster blätterte zu dem Artikel, der sich mit Details aus Henry Doschs Vergangenheit befasste, von denen er die meisten schon aus anderen Berichterstattungen kannte. Sohn einer reichen Hamburger Reeder-Familie, Schule, Abitur, Studium Betriebswirtschaft, Heirat, Kind, Alkoholprobleme, Zerwürfnis mit dem Vater und der Schwester, Eheprobleme, Alkoholexzesse, Absturz, Scheidung und schließlich völliges Abtauchen von der Bildfläche.

Gerster blätterte weiter zu den Todesanzeigen und nahm die Seite heraus. Bei den anderen Zeitungen galt sein erster Blick dem Datum. Anschließend blätterte er sie von hinten durch, bis er an die Seiten mit den Todesmeldungen kam. Ohne sie näher anzusehen, riss er sie heraus und legte sie neben sich übereinander auf den Boden. Ein zweiter Stapel, mit den für ihn uninteressanten Seiten und deutlich dicker, türmte sich als endgültiges Altpapier daneben auf.

Als er alle Zeitungen durchgegangen war, warf er den großen Stapel mit den unbrauchbaren Teilen zurück in den Karton. Dann holte er die zwei Seiten vom *Dreisam-Kiosk* aus seiner Jacke und begann mit der eigentlichen Arbeit, der Sichtung.

Fritz Gerster legte ganz bestimmte Kriterien zugrunde. Todesanzeigen, die verstorbene Frauen betrafen, fielen durch sein Raster. Ebenso Kinder, Jugendliche und junge Männer. Ihn interessierten vor allem Männer in mittleren Lebensjahren und solche im angehenden Rentenalter. Äußerst wichtig waren ihm dabei deren ehemalige Berufe, die zwar selten in der Familienanzeige vermerkt waren, aber fast immer bei den Nachrufen der jeweiligen Arbeitgeber. Seriöse Berufe sollten es zwingend gewesen sein. Für seinen Plan musste der Dahingeschiedene unbedingt einen tadellosen Lebenswandel und einen guten Leumund gehabt haben. Ein Indiz dafür war für ihn der Beruf. In Gersters Augen waren ehrbare Menschen zum Beispiel Lehrer, Ärzte, Altenpfleger, Pfarrer, Müllmänner oder Fernfahrer. So ein Lapsus wie mit dem bedauernswerten Penner in der öffentlichen Toilette durfte ihm kein zweites Mal passieren.

Das allerwichtigste Kriterium, das eine Todesanzeige erfüllen musste, war das Datum der Beisetzung. Der Verstorbene durfte auf keinen Fall schon unter der Erde – geschweige denn in Schutt und Asche liegen.

In einer überregionalen Ausgabe entdeckte Gerster einen vor drei Tagen »nach langer, schwerer und geduldig ertragener Krankheit« verstorbenen Hochschulprofessor. Nicht nur eine stattliche Anzahl von Familienmitgliedern trauerte um den hochdekorierten Akademiker, sondern auf einer halben Zeitungsseite dessen Kollegen, amtstragende Weggefährten, die Hochschule, eine Stiftung, der Golfklub und zwei kirchliche Einrichtungen. Mit den Rahmenbedingungen wäre Gerster zufrieden gewesen. Es war leicht sich auszumalen, dass dieser ehrwürdige Mann mit hoher Wahrscheinlichkeit noch nie etwas mit der Polizei zu tun gehabt hatte. Allerdings gab es einen Haken, und der hieß Karlsruhe. Das passte nicht. Ihm war maßgebend, dass der Ort nicht allzu weit weg von Freiburg sein sollte. Für den Fall, dass er kurzfristig umdisponieren musste.

Somit sonderte er in der Folge die überregionalen Anzeigen aus. Das beschleunigte zwar seine Durchschau, reduzierte aber die Auswahl. Letztlich blieb nur ein »stets fürsorglicher Ehemann, Vater und Opa«, der in seinem letzten Jahr als »immer zuverlässiger Berufslokführer plötzlich und unerwartet von uns gegangen ist«.

Aber Gerster zögerte, weil er von seinem Bauchgefühl aus mit der Formulierung »von uns gegangen« polizeiliches Tätigwerden verband. Und polizeiliches Tätigwerden ließ sich nicht mit Unbescholtenheit vereinbaren. Nach kurzer Überlegung warf er die Seite zum anderen Altpapier in den Karton. Er wollte gerade den Schachteldeckel schließen, als ihm ein schwarzumrandeter Nachruf neben der Todesanzeige des Lokführers ins Auge fiel und ihm augenblicklich den Puls in die Höhe schnellen ließ. Auf Verstorbene männlichen Geschlechts konzentriert, hatte er weibliche Vornamen nur oberflächlich als Ausscheidungsmerkmal wahrgenommen. Diesen Namen jedoch, der ihm in diesem Moment geradezu ins Auge sprang, kannte er aus zahlreichen Berichterstattungen über ein Ereignis, an dem er nicht ganz unbeteiligt war.

»Für alle unfassbar wurde durch ein grausames und sinnloses Verbrechen unsere stets zuverlässige, gewissenhafte und im gesamten Kollegenkreis beliebte und hoch geschätzte Mitarbeiterin Margarete Ziebold gewaltsam aus dem Leben gerissen. Wir werden ihr stets ein ehrendes Andenken bewahren. Stadtverwaltung Freiburg, Amt für Pass- und Ausweiswesen, der Personalrat, der Oberbürgermeister. Januar 2016.«

Die Unruhe, die Gerster überfiel, ließ ihn die Wolldecke in eine Ecke schmeißen und zum Fenster gehen. Sinnierend sah er über das fast flache Dach hinüber zum kopflosen Kesselturm. Weshalb wühlte ihn dieser Nachruf so auf? Es lief doch alles gut – abgesehen von der Sache mit dem Stadtstreicher. Und die würde er ja bald korrigieren.

Margarete Z. war also Margarete Ziebold. Den vollständigen Familiennamen hatten die Medien in diesem Fall nicht genannt. Ja, Ziebold, dachte Gerster. Der Name stand auch an der Bürotür im Passamt. Noch einmal ging er gedanklich die Begegnungen mit ihr durch. So beliebt und hoch geschätzt, wie sie in der Zeitung beschrieben wurde, war sie ihm beileibe nicht vorgekommen. Dafür aber arrogant, hochnäsig, herablassend und bärbeißig. Und als sie ihn an jenem denkwürdigen Abend in der Regentonne entdeckte, hatte sie es ihm mit ihrem geifernden Geseier geradezu leicht gemacht. Vor allem dann, als sie ihn offenbar erkannt und provozierend beleidigt hatte.

Kurz überlegte Gerster, ob er im Internet nach der Anzeige recherchieren sollte, die von den Angehörigen geschaltet worden war. Daraus hätte er etwas über ihre Familienverhältnisse erfahren können. Ob sie verheiratet war oder Kinder hatte. Aber wozu, sagte er sich. Wozu sich damit belasten? Er schloss das Fenster, klemmte sich den vollen Karton, der ihm nicht das gewünschte Ergebnis gebracht hatte, unter den Arm und fuhr nach Hause.

Am Hochhaus warf er ihn in den Altpapiercontainer und versuchte, seine Gedanken wieder zurück auf den Nachmittag zu lenken. Auf Heidi, auf ihr nettes Wesen, ihre freundliche Art, auf ihre kleine Ansammlung von Makeln, die sie noch bezaubernder machte. Sie ist perfekt, dachte er wieder. Weil sie nicht perfekt ist.

Seine innere Unruhe wich trotzdem nicht. Er musste an die toten Frauen, den toten Hund und an Monika denken. Und an die Schiffsfähre von damals.

Im Bad stellte er sich mitsamt den Kleidern unter die kalte Dusche und wartete solang, bis er die Gedanken verschwunden glaubte. Dann zog er sich aus, duschte heiß und setzte sich eine halbe Stunde auf die geschlossene Klobrille. Im Bademantel ging er in die Küche.

Als er Toms leeren Napf füllte, zitterten beide Hände. Der Kater sah verstört zu ihm auf und stieß einen kaum vernehmbaren Laut aus.

»Alles in Ordnung, Tom, alles ist gut. Das ist nur der Kaffee. Ich hab heute zu viel Kaffee getrunken.«

15

In der Nacht konnte er keine Minute schlafen. Hin- und hergerissen zwischen amourösen Gefühlen für Heidi und den aufdringlichen Erinnerungen an den Park, den Schrebergarten und die Fähre fand er keine Ruhe. Immerfort wollten die Bilder vor seinem geistigen Auge auftauchen. Zunächst versuchte Fritz Gerster es mit Verdrängen. Als dies nicht gelang, probierte er das Gegenteil. Bewusst stellte er sich den Szenarien, die nicht aus seinem Kopf weichen wollten. Er dachte, wenn er nur oft genug jede Szene noch einmal durchspielte, würde es seinem Gehirn irgendwann überdrüssig sein. Wenn man sich zwingt, tausendmal an etwas zu denken, so glaubte er, wird es irgendwann so langweilig, dass man es vergisst oder zumindest nicht mehr als lästig empfindet.

Er brauchte einige Zeit. Aber es funktionierte einigermaßen. Als sich die Gedanken um die toten Frauen tatsächlich so wiederholten, dass sie merklich an Bedeutung verloren, widmete er sich der Schiffsfähre – einer Vergangenheit, von der er geglaubt hatte, dass sie längst vergangen und vergessen sei. Auch wenn es schmerzte.

*

Die Führerkabine des 40-Tonners war leer, als Bruno Conti vom Bezahlen aus dem italienischen Rasthof-Shop zurückkam. Kurz zuvor war er mit dem 16-jährigen Ausreißer bei Chiasso über die Grenze gefahren und hatte zum Tanken angehalten. Sein Ziel hieß Bergamo. Das Ziel des Jungen, der sich Friedrich nannte, kannte er nicht. Aber auf alle Fälle wollte er ihn nach Erledigung seiner Tour wieder zurück nach Deutschland bringen und

dort absetzen, wo er ihn aufgegabelt hatte. Der Knabe war wortkarg und wenig unterhaltsam. Wenn er während der bis dahin
gut fünfstündigen Fahrt überhaupt etwas gesagt hatte, waren
es Fragen zu dem mächtigen Sattelzug gewesen. Das schien das
Einzige zu sein, was ihn interessierte.

Es war sommerlich heiß. In der Lombardei hatte es seit
Wochen nicht mehr geregnet. Bruno nahm einen tiefen Schluck
aus einer Flasche Mineralwasser, die er aus dem Shop mitgebracht hatte, und sah sich um. Vielleicht ist er pinkeln, dachte
er, und kletterte ins Führerhaus. Als der junge Fahrgast nach
fünf Minuten noch nicht aufgetaucht war, machte der Fernfahrer die Zapfsäule einem hinter ihm hupenden Kollegen frei und
fuhr nebenan auf den fast voll besetzten Lkw-Parkplatz. Nur
in einer der hinteren Reihen war ein freier Abstellplatz. Da er
von dort nur eingeschränkte Sicht auf das Rasthof-Gebäude
hatte, stieg er wieder aus und ging nach vorne zu den Toiletten.
Er wartete weitere fünf Minuten draußen und sah dann drinnen nach. Er klopfte gegen zwei verschlossene WC-Türen, was
ihm tiefbrummiges, empörtes Fluchen einbrachte. »Non puoi
aspettare, Stronzo?«

Nein, ich kann nicht warten, dachte Bruno Conti, ich muss
pünktlich in Bergamo sein – und jetzt muss ich mich wegen
diesem fremden Passagier auch noch als Arschloch beschimpfen lassen.

Noch einmal ging er zurück in die Autohof-Gaststätte und
schaute sich überall um. Anschließend suchte er den ganzen
Lkw-Parkplatz ab und danach den für die Pkws. Der Junge
blieb spurlos verschwunden.

Eine halbe Stunde wartete er noch in seinem Führerhaus,
unterbrochen von kurzen Patrouillen über das Gelände und
vergeblichen Kontrollblicken in den Raststätten-Shop. Dann
gab er kopfschüttelnd auf. Er hatte seine Tour zu fahren und
wollte sich nicht dafür rechtfertigen müssen, weshalb sein Fahr-
tenschreiber keine 100 Kilometer vor dem Ziel eine fast einstün-

dige Lenkpause auswies. Er hatte ein schlechtes Gefühl und ein ebensolches Gewissen und beschloss, auf dem Rückweg den Rasthof noch einmal anzufahren.

Als er gemächlich vom Gelände in Richtung Autobahn wegfuhr, hätte es einen letzten Blick in den Außenspiegel bedurft. Spät hatte Friedrich endlich den schweren Lkw wiedererkannt, der nach seiner Rückkehr von der Toilette nicht mehr an der Zapfstation gestanden hatte. Mit beiden Armen winkend und laut rufend rannte Friedrich dem davonfahrenden 40-Tonner hinterher. Dieser hatte aber bereits so viel Fahrt aufgenommen, dass es ein zweckloser Versuch war. Der Laster fuhr bereits auf dem Beschleunigungsstreifen. Jetzt erst schaute Bruno Conti in den Rückspiegel. Dort sah er nur den fließenden Verkehr. In Gedanken an den Ausreißer schüttelte er noch einmal den Kopf und fädelte sich Richtung Mailand ein.

Friedrich Anton Gerster sah dem Sattelzug nach, bis dieser in der Ferne vom nachfolgenden Verkehr verschluckt wurde. Mit hängendem Kopf trottete er zurück zum großen Lkw-Parkplatz. Sie hatten sich verpasst.

An einer Laterne entdeckte er seine Leinentasche, in die er bei seiner Flucht von zu Hause etwas Unterwäsche, seine Zahnbürste, zwei Paar Socken, ein T-Shirt, ein Buch und drei Scheiben trockenes Brot gesteckt hatte. Bruno hatte sie in Augenhöhe an die Laterne gebunden und einen Zettel sichtbar daran geklemmt.

»Per Friedrich! Für Friedrich! Per favore lascialo appeso! Bitte hängen lassen!

Ich habe dich überall gesucht. Falls du diese Nachricht findest, ruf sofort aus dem Rasthof diese Nummer an! Sie gehört der Firma, zu der ich fahre. Bruno«

Darunter hatte er eine Nummer notiert und dick unterstrichen.

Friedrich nahm die Tasche von der Laterne und holte eine Scheibe Brot heraus. Dabei entdeckte er einen 10.000-Lire-Schein, den Bruno ihm oben auf die Sachen gelegt hatte.

Kauend schlich er zum Rasthof-Trakt und setzte sich davor auf den Bordstein. Während er überlegte, wie und wo er telefonieren könnte, näherte sich ein roter Sportwagen mit italienischem Autokennzeichen. Zunächst nahm Friedrich keine Notiz von dem flotten Flitzer. Als er wendete und ein zweites Mal im Schritttempo an ihm vorbeifuhr, fiel Friedrich die Frau hinterm Steuer auf, die mit einem seltsamen weißen Gegenstand am Ohr so tat, als würde sie telefonieren. Er sah dem Wagen nach, der nach einigen Metern anhielt. Er hatte davon gehört, dass es neuerdings Telefone gab, die keine Kabel hatten und die man sogar im Freien benutzen konnte. Die Bremslichter blieben erleuchtet. Wäre das die unverhofft schnelle Gelegenheit, an ein Telefon zu kommen? Er könnte die Frau einfach fragen, ob sie für ihn diese Nummer von Bruno anrufen würde. Auch wenn er kein Wort Italienisch sprach, könnte er ihr das doch irgendwie verständlich machen.

Bevor er sich entscheiden konnte, fuhr der Sportwagen weiter. Aber am Ende des Parkplatzes wendete er erneut, kam zurück und hielt direkt vor Friedrich an.

Die Frau, die ausstieg, war sehr elegant. Sie hatte aufgehört zu telefonieren, ging um ihr Auto herum und blieb vor Friedrich stehen.

»Brauchst du Hilfe, mein Süßer?«, fragte sie mit erstaunlich tiefer Stimme, perfektem Hochdeutsch und einem Augenaufschlag, der Friedrich an Astrid erinnerte.

Die fremde Frau hatte kurz geschnittene dunkle Haare, war geschminkt wie ein Model und trug ein enges Sommerkleid. Dazu hochhackige Schuhe, zu denen Friedrich sich fragte, wie man damit überhaupt Auto fahren konnte.

»Ähm, ja schon«, stammelte er mit einem Bissen Brot im Mund, noch immer auf dem niederen Bordstein sitzend.

»Okay. Und in welcher Form?« Jedes ihrer Worte sprach sie in einer Betonung aus, die Friedrich eine gewisse Zweideutigkeit suggerierte.

»Ich sollte jemanden anrufen«, sagte er und sah verlegen von unten zu ihr hinauf, wobei ihm ein gut vernehmbarer Schnalzton entfuhr.

»Wie alt bist du denn?«

Friedrich rappelte sich auf. »18«, schwindelte er.

»Soso. Und wen willst du anrufen? Deine Mami?« Ihr Ton war jetzt frech, und sie schwang aufreizend ihr dickes Mobiltelefon vor seiner Nase hin und her.

»Es hat auch noch Zeit bis später«, meinte Friedrich und machte Anstalten wegzugehen. Den Rest der Brotscheibe warf er zu Boden.

»Immer langsam, mein Süßer«, hakte sie ein, »nicht gleich beleidigt sein. Ich hab's ja nicht so gemeint.«

Er blieb stehen und hörte sie hinter sich fragen. »Wo willst du denn hin?«

Das war eine Frage, die er beim besten Willen nicht beantworten konnte. Er hatte sich darüber schlicht und einfach noch keine Gedanken gemacht. Nur weg – das war klar. Aber wohin? Wenn er Brunos Nummer anrufen würde, überlegte er jetzt, wäre er am Ende dieses Trips exakt wieder an der Stelle, an der sein neues Leben begonnen hatte. Auf dem Freiburger Lkw-Parkplatz. Aber wollte er das?

»Hier, mein Knochen. Ruf an, wen du willst. Ich höre weg.« Sie hielt ihm das Mobiltelefon entgegen. Friedrich drehte sich um. »Danke. Der Anruf hat sich erledigt. Ich muss doch nicht telefonieren.« Wieder entglitt ihm ein Laut.

»Ah, du schmatzt nicht nur beim Essen. Hast du Lust, ein Stück mitzufahren?«

Friedrich glaubte, eine Ahnung zu haben, worauf es hinauslaufen sollte. »Ich hab nur diesen Geldschein. Den brauch ich aber für etwas anderes«, sagte er.

Ihr Lachen war laut und exzessiv. »Ach, wie süß! Du glaubst, ich sei eine … Köstlich! Nein, mein lieber Junge! Da liegst du falsch. Wenn ich es mache, dann nehme ich dafür kein Geld.

Du bist vielleicht goldig!« Sie stolzierte zur Fahrertür. »Also, was ist?«

Friedrich Gerster überschlug seine Lage. Mangels Optionen hatte er eigentlich keine andere Wahl. So sehr er noch vor wenigen Minuten über das Verschwinden von Bruno bestürzt gewesen war, desto weniger wollte er ihm hier auf dem Rasthof doch noch begegnen. »Wohin geht es?«, fragte er und hob seine Leinentasche vom Boden auf.

»Lass dich überraschen, il mio dolce ragazzo«, säuselte sie, stieg ein und stieß ihm von innen die Beifahrertür auf. »Ich heiße Rosanna. Und du?«

Die Fahrt führte an die der Schweiz zugewandten Südspitze des nahegelegenen Comer Sees und von dort an dessen Westseite entlang bis hinauf nach Gravedona, einem der schönsten Urlaubszentren des Lago di Como.

Unterwegs wurde nicht viel geredet. Die Frau sprach fast die ganze Zeit in ihr klobiges Schnurlostelefon und steuerte den Sportwagen einhändig. Friedrich verstand nur die Hälfte, denn der Rest bestand aus wilden Salven kryptisch anmutender Wortlaute, von denen er vermutete, dass es Italienisch war.

Damals ahnte er nicht, dass er eines Tages jedes einzelne dieser Worte verstehen und sogar selbst sprechen würde.

Dem deutsch-italienischen Kauderwelsch konnte er wenigstens entnehmen, dass es um irgendwelche Häuser, Objekte und viel Geld ging. Jedenfalls nicht um Geschäfte der Art, wie Friedrich zunächst vermutet hatte.

In Gravedona ging die Fahrt zunächst über die herrliche Uferpromenade, vorbei am alten Fischerhafen, hinauf zu einer spätgotischen Kirche mit traumhaftem Blick auf den See. Das Sträßchen wurde schmaler, die Häuser weniger – dafür prunkvoller, je höher es hinaufging.

An einem schweren, zweiflügeligen schmiedeeisernen Tor hielt der Sportwagen an. Die Frau, die sich als Rosanna vorgestellt hatte, drückte einen Knopf auf einer Fernbedienung, worauf sich das Tor öffnete und über einen zypressengesäumten Zufahrtsweg den Blick auf eine prächtige Villa freigab. Friedrich staunte. So etwas hatte er bisher nicht gesehen. Das zarte Ockergelb des im Jugendstil erbauten Hauses mit seinen moosgrünen Fensterläden neben eleganten Sprossenfenstern bettete sich harmonisch in das gärtnerisch gepflegte Grün seiner Umgebung und den stimmig beige schimmernden Quarzkies des Zufahrtsweges ein. Zwei breite Steintreppen von links und rechts trafen sich vor dem erhöht liegenden Villeneingang, einer schweren, aber durch ihren hellen Anstrich einladend wirkenden Flügeltür. Ein weißes Säulenpaar stützte einen Balkon, der direkt über dem Eingang lag und die gleichen weißen Brüstungselemente aufwies wie die Treppe darunter. Eine mächtige Gaube mit einem stilgleichen Rundbogenfenster verriet, dass auch das Dachgeschoss Wohnraum im Überfluss bot.

Rosanna registrierte Friedrichs Staunen aus dem Augenwinkel heraus. »Es gibt auch einen Pool. Hinterm Haus.« Sie fuhr auf das Grundstück und parkte vor der repräsentativen Doppeltreppe, neben einer schwarz glänzenden Limousine. »Ein kühles Bad könnte uns beiden bestimmt nicht schaden.«

Wenige Minuten später stand er mit einem duftend weichen Badetuch am Rand des verlockend blauen Swimmingpools, der im rückwärtigen Teil des luxuriösen Areals zum Schwimmen einlud. Wie selbstverständlich hatte ihm die fremde Frau im geräumigen Empfangsflur das Tuch in die Hand gedrückt, dazu eine kühle Limo, und ihm den Weg gewiesen. »Geradeaus durch, an der Treppe vorbei und hinten durch den Wintergarten. Bitte duschen, bevor du in den Pool hüpfst! Ach ja, eines noch: Es herrscht keine Badehosenpflicht.«

Gleichermaßen unschlüssig wie verschämt zögerte er. Sie hatte von »uns« gesprochen, als es um das kühle Bad ging. Vermutlich würde sie jeden Moment mit wippenden Hüften im Evakostüm herangleiten und ihm beim Auskleiden zusehen.

214

Womöglich dabei helfen. Soweit durfte es auf keinen Fall kommen! Der beste Platz, um im wahrsten Sinne des Wortes unterzutauchen, war der Pool.

Hastig zog er seine Kleider aus und ließ sie auf die hellen Natursteinplatten fallen. Aus der Dusche am Beckenrand kam eiskaltes Wasser. Er stellte sich darunter und rieb sich eilig mit beiden Händen durch Gesicht und Haare. Danach sprang er kopfüber in den Pool und tauchte so lang, bis er den Atem nicht mehr anhalten konnte. An der Wasseroberfläche holte er kurz Luft und tauchte erneut unter. Das Ganze wiederholte er mehrere Mal, bis er völlig außer Atem war.

Er schwamm an die Poolseite, legte beide Ellenbogen auf den Beckenrand und wartete. Als sich Waschhaut bildete und er trotz der Hitze in der Luft zu frösteln begann, kletterte er hinaus, trocknete sich rasch mit dem Badetuch ab und zog sich schnell wieder an. In der Villa tat sich nichts. Friedrich legte sich rücklings auf einen der Liegestühle und schaute in den tiefblauen Himmel der Lombardei. Nach einer Weile schloss er die Augen. Kurz darauf schlief er ein.

Es war dunkel, als er aufwachte. Der Pool war indirekt beleuchtet, genau wie das Haus, und im Garten verteilt warfen kunstvolle Laternen dezentes Licht über den Boden. Noch immer war nichts von der geheimnisvollen Frau zu sehen. Aber auf der Ablage neben der Liege stand eine Karaffe mit Wasser, darunter klemmte ein handgeschriebener Zettel.

»Kannst du bitte die nächsten Tage auf das Haus aufpassen? Essen und Trinken sind in der Küche, Geld auf der Theke, falls du was brauchst. Du kannst oben schlafen. Bin in drei Tagen wieder da. Rosanna

P.S. Finger weg vom Alfa!«

In der schweren Haustür steckte der Schlüssel von innen. Tatsächlich war die schwarze Limousine verschwunden. Eine Stunde lang sah sich Friedrich in der Villa um. Es fehlte an nichts. Auf der Küchentheke lagen vier 50.000-Lire-Scheine. Daneben ein Zettel, auf dem mit einem Lachmännchen ergänzt der Hinweis stand, dass es »nur 200 Mark« seien. An einer Wand hingen Fotos. Friedrich erkannte darauf die Frau. Alle Bilder stammten aus früheren Jahren. Meist war ein Mann an ihrer Seite zu sehen. Es gab eine Art Bücherzimmer. Das gefiel Friedrich besonders. Es war gut bestückt. Sogar ein paar Jugendbücher waren darunter. Er stöberte ein wenig in ihnen herum, hatte aber keine Lust zu lesen. Dafür war ihm die ganze Situation zu surreal. Außerdem verspürte er etwas Angst, so alleine in einem fremden Land, einem fremden Haus, einem fremden Leben. Noch einmal ging er alle Zimmer der Villa durch und schaltete alle Lichter ein, die er finden konnte. Jetzt fühlte er sich wohler. Im Kühlschrank fand er Eier und schlug sich ein paar in eine Pfanne.

Weit nach Mitternacht legte er sich im Erdgeschoss auf eine riesige Couch, lauschte den unbekannten Geräuschen, die von draußen kamen, und schlief irgendwann gegen Morgen erschöpft ein.

Drei Tage später hatte sich Friedrich Gerster an die Vorzüge seines überraschenden Luxuslebens fast schon gewöhnt. Sein Job, auf das Haus aufzupassen, bestand aus seiner bloßen Anwesenheit. Die Zeit verbrachte er mit ausgedehnten Schwimmeinlagen, Lesen, Faulenzen in der Sonne und Essen. Sowohl der Kühlschrank als auch die Gefriertruhe zeigten sich bestens sortiert.

Dennoch wagte er sich am dritten Tag hinunter in den malerischen Ort, wo er im regen Urlaubstreiben an der Seepromenade nicht auffiel. In einem kleinen Supermarkt kaufte er frisches Brot, Käse und Schokolade, setzte sich am alten Hafen auf eine Bank und sah einem Einheimischen beim Angeln zu. Es war Lorenzo, ein alter, gemütlicher vollbärtiger Lombarde, der einen noch älteren Fischkutter besaß. Er bemerkte den fremden Jungen und winkte ihn zu sich her. Er sprach Worte, die Friedrich nicht verstand, aber sie klangen freundlich und passten zu den fröhlichen Augen des alten Mannes.

Auf dem Rückweg kam er an einem Schaufenster vorbei, dessen Inhalt er nicht beachtet hätte, wenn ihm nicht ein Name mehrfach ins Auge gesprungen wäre. »Rosanna-Immobilien« stand über allen Exposés, die in einem großen Aushangrahmen Häuser, Eigentumswohnungen und Grundstücke anboten. Das konnte kein Zufall sein – nach dem, was er während der Autofahrt nach Gravedona aufgeschnappt hatte.

Als er gegen Abend zur Villa zurückkam, stand die schwarze Limousine wieder neben dem roten Sportwagen.

»Ach, du bist doch noch hier?« Rosanna wollte es belanglos klingen lassen, aber ein freudiges Lächeln huschte für einen Moment über ihr Gesicht. Sie trug eine strahlend weiße Bluse, enge Jeans und rote Slippers. »Oder hast du etwas vergessen?«

Sie hatte ein paar Schreibordner auf dem Wohnzimmertisch ausgelegt und machte sich Notizen auf einem Block. Ihre Haare waren noch kürzer als vor drei Tagen. Friedrich gefiel der freche Schnitt.

»Ich war unten. Hab den Fischern zugeschaut.«

Sie sah ihn an. »Du hast eingekauft?« Das Brot klemmte unter seinem Arm.

»Nur das. Ich wollte mal raus.«

»Gefällt es dir hier nicht?«

Er war um eine rasche Antwort bemüht. »Doch. Doch, gut.«

Rosanna deutete mit einem Nicken auf drei Papiereinkaufstaschen, die im Eck standen. »Für dich. Schau mal, ob es passt. Ich wusste ja deine Größe nicht.«

Friedrich sah sie fragend an.

»Oder willst du für immer in diesen Klamotten rumlaufen?« Ihr geringschätziger Blick traf seine abgetragenen Jeans und sein verschwitztes T-Shirt. Aber nachgiebig lächelte sie.

Er ging zu den Einkaufstaschen und hob sie auf. »Danke«, sagte er leise und bewegte sich Richtung Flur.

»Willst du für mich arbeiten?«, fragte sie ihm hinterher. Er blieb stehen, drehte sich aber nicht um. Rosanna wartete auf eine weitere Reaktion. Als keine kam, schob sie noch eine Frage nach. »Oder wovon gedenkst du, deinen Lebensunterhalt zu verdienen?« Wieder antwortete er nicht. Sie hatte aber inzwischen erkannt, dass der junge Mann ziemlich ohne Plan unterwegs und wenig entscheidungsfreudig war. »Es gibt einfache Jobs. An der frischen Luft. Rasen mähen, Hecken schneiden, Poole reinigen. Ich hab einige Objekte hier in der Gegend, die leer stehen und bei denen man nach dem Rechten sehen muss.« Da hatte er die endgültige Bestätigung.

»Sie verkaufen Häuser?« Er drehte sich um. Sein Interesse schien geweckt.

»Häuser, Wohnungen, Villen, Schlösser, Grundstücke. Was das Herz begehrt!«

»Ich weiß nicht, ob ich das kann«, gab er zu bedenken.

»Um Rasen zu mähen, braucht man keinen Hauptschulabschluss. Alles andere lernst du. Einen Pool instand zu halten, ist kein Hexenwerk. Überleg es dir.«

Sie nahm einen Ordner und holte ein paar Blätter heraus. Darauf waren Fotos von Immobilien unterschiedlichster Bauweise und Größe mit den dazugehörigen Beschreibungen. Friedrich sah ihr eine Weile zu, wie sie sich Notizen zu den Exposés machte. Dann wendete er sich ab. »Ich habe einen Hauptschulabschluss«, sagte er im Hinausgehen in gekränktem Unterton.

Rosanna schaute auf. »Scheiße«, brummte sie zu sich selbst, und Friedrich rief sie hinterher: »Tut mir leid, mein Süßer! Scusi, dolce ragazzo!«

Die Einweisungen nahm Matteo vor. Der lombardische Rentner mit den riesigen Händen und den breiten Schultern war seit vielen Jahren Rosannas »Mädchen für alles«. Er hatte für alle Probleme stets eine Lösung, aber seit einiger Zeit gesundheitliche Probleme und bereits mehrfach signalisiert, dass er kürzertreten müsse. Er sprach passabel Deutsch, weil er in jungen Jahren eine Zeit lang als Gastarbeiter in München gearbeitet hatte.

Er nahm Friedrich auf Geheiß der Chefin überallhin mit und zeigte ihm die wichtigsten Handgriffe und Arbeiten. Matteo fuhr einen alten pinkroten Framo-Pritschenwagen, der überall Aufsehen erregte, wenn er vorbeiknatterte. Obwohl damals schon oldtimerverdächtig, führte der Transporter-Veteran mit der nostalgischen Seilwinde hinter der Fahrerkabine modernste Garten- und Instandhaltungsgerätschaften auf seiner Ladefläche mit.

Bis zu seinem Eintritt in den Ruhestand hatte Matteo bei einem italienischen Verpackungshersteller gearbeitet. Er war ein geduldiger Lehrmeister, dem es sein Schüler nicht schwer machte. Friedrich zeigte Interesse und fand rasch Gefallen an der abwechslungsreichen Tätigkeit, die ihn in eine bis dahin unbekannte Welt voller Prunk, Reichtum, Überfluss und Dekadenz führte. *Rosanna-Immobilien* hatte sich neben den üblichen Verkaufsobjekten auf Traumvillen und Luxus-Liegenschaften spezialisiert. Von Matteo erfuhr er in Gesprächen, die viel mit Händen und Gesten geführt wurden, dass bereits der Vater von »Signora Rosanna« viel Geld mit dem An- und Verkauf von Häusern verdient hatte.

Schon damals hatte er das Immobiliengeschäft nach seiner geliebten Tochter benannt – in der Hoffnung, dass sie es eines Tages übernehmen werde. Die Mutter war nach einer kurzen, aber unheilbaren Krankheit früh gestorben. Geschwister gab es keine. Nach seinem überraschenden Tod ging seine Hoffnung in Erfüllung. Zusammen mit Gregor, ihrem Mann, den Rosanna bei einer Finanz- und Maklermesse kennengelernt hatte, übernahm sie nicht nur die Geschäfte, sondern baute das Vermächtnis ihres Vaters zu einem führenden Unternehmen der Branche aus.

Zu Matteos Einweisungen zählte auch ein Hinweis auf Rosannas Gatten. »Signor Gregore ist – wie sagt man in Deutsch? – bisschen schwierig?« Er wippte mit dem Kopf. »Sagt man so?«

.»Kommt darauf an, was du mit *schwierig* meinst?«, fragte Friedrich zurück. Rosanna hatte beiden befohlen, sich zu duzen. »Ist manchmal nicht gut zu Leuten – auch nicht gut zu Signora.«

»Was heißt *nicht gut*?«

»Oft schreien laut. Und bei Signora manchmal nicht nur schreien.«

Friedrich schaute ungläubig. »Du meinst, er schlägt sie?«

»Oh, Matteo nicht sehen direkt. Aber glauben schon. Signora viel weinen, bevor Signor Gregore zurück nach Deutschland.«

Friedrich hatte Mühe, sich die selbstbewusste und stets aufgeräumte Dame weinend vorzustellen. »Er ist zurück nach Deutschland?«

»Haben, glaube ich, getrennt. Aber manchmal kommen her. Dann immer Streit. Und wieder laut.«

»Worüber streiten sie denn?«

»Oh, ora basta! Schluss mit die viele Frage! Matteo halten raus, weil geht nichts an und machen gut Arbeit. Du das auch tun sollen und nicht fragen mehr. Basta, Frederico!«

Vorsorglich hatte Rosanna den Rat gegeben, dass sich Friedrich einen anderen Namen zulegen sollte. Obwohl sie nie nach seiner Vergangenheit fragte, hielt sie es für sehr wahrscheinlich, dass man nach dem Jungen suchte.

»Ich möchte nicht, dass du dich außerhalb deiner Aufgaben im Ort zeigst«, hatte sie ihm eindringlich nahegelegt. »Du hast hier alles, was du für deine Freizeit brauchst. Andere würden sich glücklich schätzen, in so einem kleinen Palazzo zu wohnen! Hast du mich verstanden, Frederico?«

Zwei Monate später steuerte Friedrich den pinkroten Pritschenwagen selbst. Rosanna hatte es ihm erlaubt. Obwohl er keinen Führerschein besaß und auch keinen hätte erwerben können. Nach seinem Alter fragte sie nicht mehr.

Matteo hatte große Schwierigkeiten mit seiner Lunge. Er

atmete schwer, und auch seine Hüfte schmerzte. Daher hatte er seiner Chefin den Vorschlag gemacht, dass Frederico seinen Job allmählich komplett übernehmen könnte.

Soziale Kontakte, mit Ausnahme von Rosanna und Matteo, gab es nur zu Maria. Sie war eine tüchtige, kaum deutschsprechende Hauskraft, die in puncto Sauberkeit keine Kompromisse machte und zweimal in der Woche für Ordnung sorgte, Einkäufe tätigte und manchmal ein schönes Essen auf den Tisch zauberte.

Die Objekte, die Friedrich betreute, standen entweder leer zum Verkauf an, oder die Noch-Eigentümer, in deren Auftrag *Rosanna-Immobilien* tätig war, hielten sich nicht darin auf.

»Tedesco ricco«, war oft Matteos Antwort auf Friedrichs fragenden Blick, wenn er mal wieder über ein pompöses Anwesen staunte. Reicher Deutscher.

Noch eine Weile begleitete Matteo seinen Zögling, dann zog Friedrich alleine los. Er hatte große Freude an seinem Job, der ihm freie Unterkunft und Verpflegung und dazu ein ordentliches Taschengeld bot. Matteo überließ ihm den markanten Pritschenwagen mit dem Hinweis, dass er ohnehin von der Signora bezahlt worden sei. Dazu schenkte er ihm seine geliebte lederne Werkzeugtasche, was Friedrich als eine besondere Geste der Verbundenheit empfand, da Matteo sie immer wie einen Schatz mit sich geführt hatte.

Friedrich wohnte im Obergeschoss der Villa. Dorthin kam Maria nicht. Rosanna, die tagsüber oft in ihrem Büro in Gravedona oder anderweitig unterwegs war, hatte ihm aufgetragen, seinen Wohnbereich selbst sauber zu halten. Von hier oben hatte er einen herrlichen Blick hinunter auf den beschaulichen Ort und den See. Die Autos entlang der Uferpromenade erschienen wie Spielzeuge, die Boote wie Papierschiffchen und die Menschen winzig, weit entfernt und unerreichbar.

Oft wog Friedrich die Vor- und Nachteile seines Lebens im goldenen Käfig ab. Es hätte ihn schlechter treffen können nach seiner überstürzten Flucht von zu Hause. Er lebte in einem

Traumhaus über dem See, in Frieden, ohne Streit und ohne Hänseleien, die sein bisheriges Leben begleitet hatten.

Alles hätte so bleiben können und wäre wohl auch so geblieben. Wenn nicht Friedrich eines Tages dem schleichend aufkommenden Drang nachgegeben hätte, nach langer Zeit doch einmal wieder unter Leute zu kommen.

Als er zurückkam, stellte Rosanna ihn zur Rede.

»Ich war nur am Hafen und hab den Anglern zugeschaut«, versuchte er, sich zu rechtfertigen.

»Wir haben eine Vereinbarung.« Rosannas Ton war kühl und klar. Sie hatte ihn bereits im Flur abgepasst. Es war ein Sonntag. Ein Tag der freien Gestaltung für Friedrich – solang die Gestaltung auf das Areal der Villa begrenzt blieb.

»Mich kennt hier doch niemand. Man weiß ja nicht einmal, dass ich in Italien bin.«

»Hast du eine Ahnung«, erwiderte sie verärgert, »du fehlst in Deutschland. Und wenn in Deutschland ein Kind fehlt, dann sucht man es überall.«

»Ich bin kein Kind mehr«, sagte er pikiert.

»So? Was bist du denn?«

So wütend hatte er sie noch nie erlebt. »Los, sag, was bist du? Ich will hören, was du bist!« Er sah beschämt zur Seite. »Siehst du! Du weißt es gar nicht!«

Friedrich musste einen Moment an seine Mutter denken, der er niemals straflos widersprochen hatte. Er nahm allen Mut zusammen. »Jedenfalls bin ich jemand, der auch mal alleine zu den Anglern gehen kann. Was ist schon dabei?«

»Wir hatten vereinbart, dass du ohne Auftrag nicht alleine weggehst!« Rosanna sprach laut. Friedrich wartete, dass eine Strafe auf seinen Widerspruch folgen würde, wie das bisher in seinem Leben gewesen war. Aber Rosanna sagte nichts mehr. Das ermunterte ihn.

»Dann sollte man das vielleicht neu vereinbaren«, sagte er

leise. Über seinen mutigen Trotz war er mindestens genauso überrascht wie Rosanna.

»Ach so?« Ihr Ton schlug augenblicklich um. »Neu vereinbaren? Möchte hier gerade jemand erwachsen werden?« Sie begann, in langsamen Schritten um ihn herumzugehen. Dabei sah sie ihn ununterbrochen an. »Da gehört allerdings mehr dazu, mio dolce ragazzo.« Fast ging sie in einen geschmeidigen Tanz über, als sie beide Hände hob und ihn mit betörend schwingender Hüfte im Zeitlupentempo umkreiste. Eben noch hatte sie ihn barsch angefahren, nun becircte sie ihn mit grazilen Gesten. Wenn sie vor seinem Gesicht auftauchte, blickte er in halb geöffnete Augen und spürte ihren warmen Atem. Ihre lasziven Bewegungen machten ihn nervös. Sie hatte wieder die Ausstrahlung wie damals auf dem Rasthof, als er sie für eine Käufliche gehalten hatte. Im Vorbeigehen ließ sie einen Arm sinken und streifte wie zufällig mit einer Hand seinen Oberschenkel. Weiter schlängelte sie sich verführerisch um ihn herum, und obwohl er sich nicht bewegte, glaubte auch er, sich im Kreis zu drehen. Ihr zweiter Arm folgte dem anderen und berührte ihn dort, wo er bis zu diesem Tage Probleme vermutet hatte. Nun aber tat sich da etwas. Rosanna spürte es und verengte ihre Kreise. Sie blieb direkt vor ihm stehen, nahm seine beiden Hände und fing an, sie an ihrem Körper entlang zu führen. Beginnend an den Beinen, über zahlreiche Umwege hinauf zu ihrem kurz geschnittenen Haar und am Rücken hinunter. So lange, bis Friedrichs Hände sich eigenständig ihren Weg bahnten und Rosanna ihre Arme erneut in die Luft hob, ihren Kopf zurückwarf und alles Weitere ihrem jungen Liebhaber überließ.

»Du musst dir keine Gedanken darüber machen, dass es mit dem Finale nicht geklappt hat«, sagte sie später, als sie ihre Kleider vom Flurboden aufsammelte. »Gerade deshalb hat es mir gefallen, mein süßer Frederico! Ich bin durchaus auf meine Kosten gekommen.«

Mit seinen Klamotten auf dem Schoß saß er zusammengekauert an der Wand.

»Wenn man so Hände hat wie du, braucht es das andere nicht.«
Verwundert sah er Rosanna an.

»*Ich* brauche es jedenfalls nicht«, ergänzte sie und fuhr ihm
zärtlich über den Kopf, »die Männer sind mir da viel zu heftig.
Es ist gut, wie du bist!«

In der Art, wie sie es sagte, nahm ihr Friedrich das außergewöhnliche und unerwartete Kompliment ab. Sie begannen, sich
wieder anzuziehen.

»Das mit der neuen Vereinbarung machen wir«, sagte sie,
während sie in ihre engen Jeans schlüpfte und sie rüttelnd über
die Hüften zog. Erfreut sah er sie an.

»Die neue Vereinbarung lautet: Es bleibt alles beim Alten –
mit einer kleinen Änderung.«

Gespannt wartete er auf deren Verkündung.

Rosanna knöpfte sich die Bluse zu. »Für jedes Mal, wenn wir
das von eben wiederholen, bekommst du einen halben Tag frei.«
Er überlegte, wollte etwas sagen, aber sie kam ihm zuvor. »Ich
frage dich nicht nach deinem Einverständnis. Es gibt keinen
Verhandlungsspielraum. Es ist ... sagen wir ... eine Art Anordnung.« Mit ihrem Zeigefinger hob sie sanft sein Kinn und küsste
ihn auf die Nase. »Haben wir uns verstanden, dolce Frederico?«

Zaghaft, noch immer leicht verwirrt, aber sich seiner Situation bewusst, quittierte er die neue Vereinbarung mit seinen
ersten italienisch gesprochenen Worten. »Naturalmente, Signora Rosanna. Si.«

*

Der Wecker riss Gerster aus seinen Erinnerungen zurück in
die Gegenwart. Für Tom war es das Signal, mit einer Reihe von
Piepsern auf seinen zu füllenden Frühstücksnapf aufmerksam
zu machen und seinem Herrchen voraus in die Küche zu eilen.

Eine Stunde später betrat Fritz Gerster das Büro seines Arbeitgebers, um die Aufträge der anstehenden Touren entgegenzunehmen. Dort erwartete ihn Erwin Ritter junior, dessen Vater und ein korpulenter Mann mit einer schwarzen Rundbrille, den er nur zu gut kannte.

16

Es waren Höllenqualen für Henry Dosch, und er hätte sie in jeder Minute gegen die Erfrierungsschmerzen bitterkalter Winternächte unter der feuchten Dreisam-Brücke eingetauscht. Seit langer Zeit war er körperlich am Tiefpunkt und benötigte keine großen Mengen Alkohol mehr für seinen täglichen Pegel. Nach einer Woche war das Schlimmste vorbei. Was die körperliche Entgiftung betraf. Der Kopf allerdings war die Klarheit nicht mehr gewohnt, die ihn ohne die permanente Betäubung aus seiner Dumpfheit riss und ihm die beklemmende Realität im Spiegel vorhielt.

Was ihm der ungewohnte Klarblick und die plötzliche Überaktivierung seines Gehirns allerdings nicht verschaffen konnte, war die Erkenntnis, ob er die beiden Morde, die man ihm zur Last legte, nicht tatsächlich begangen hatte. Sein Pflichtverteidiger riet ihm in Anbetracht der Beweislage zu einem Geständnis, auf dessen Grundlage man wegen seiner ausgeprägten Suchtkrankheit auf verminderte Schuldfähigkeit plädieren könnte.

Als ihn wieder einmal zwei Kriminalbeamte in der Untersuchungshaft aufsuchten, waren sie überrascht, als ihnen Henry Dosch ein Schuldbekenntnis ankündigte. Unverzüglich verständigten sie Jakob Allgeier, der gleichsam verwundert in die Vollzugsanstalt eilte.

Mit wenig Überzeugung lauschte er dem Geständnis des von psychischen Entzugserscheinungen geplagten Häftlings, das auf eine einzige Aussage reduziert war.

»Ich habe die Frauen umgebracht.«

Damit konnte Allgeier sich freilich nicht zufriedengeben.

»Schildern Sie mir bitte, wie und wo Sie die Frau im Park getroffen haben.«

»Ich habe sie umgebracht.«

Mit so einem Geständnis konnte Allgeier wenig anfangen, da es keinerlei Beweiskraft hatte.

»Der Hund hat Sie ganz schön genervt, nicht wahr?«

Mit der Frage konnte Henry Dosch offenbar nichts anfangen.

»Was für ein Hund?«

»Woher haben Sie die Kabelbinder?«

»Ich habe beide umgebracht.«

»Welche Farbe hatte die Regentonne?«

»Welche Regentonne?«

»Welche Farbe hatten die Kabelbinder?«

Schweigen.

»Sind Sie schwul?«

»Bitte?«

»Hatten Sie vor dem zweiten Mord Sex mit einem Mann?«

»Pfui, nein!«

»Aber mit der Frau?«

Dosch zögerte. Schweiß rann ihm die Schläfen hinunter, aber er fror, und seine Hände zitterten. »Ich möchte nicht darüber sprechen.«

»Ich dachte, Sie wollen ein Geständnis ablegen.«

»Das habe ich doch.«

»Gut. Wie Sie meinen.«

Mit Spannung erwartete eine Stunde später Soko-Leiterin Merlinde Trautmann ihren Kollegen. Jakob Allgeier zupfte wieder an seiner Nickelbrille und atmete tief durch.

»Er hat die Morde zugegeben?«, fragte Trautmann erwartungsvoll.

»Er hat ein Geständnis gemacht«, antwortete Allgeier, aber sein Tonfall passte nicht zu der eigentlich guten Nachricht.

»Aber?« Der Soko-Leiterin schwante, dass es eine Einschränkung gab.

»Sagen wir es so: Wir haben zwar ein Geständnis. Aber zugegeben hat er im Grunde, dass er es *nicht* war.«

»Wie darf ich das verstehen?«

»Dosch ist nicht in der Lage, auch nur unwesentlichste Dinge aus den Taten zu schildern. Er sagt nur, dass er es war, und fertig.«

»Der Mann ist hochgradiger Alkoholiker«, versuchte Merle Trautmann, eine Erklärung zu geben, »der wird uns keine Doktorarbeit über seine Verbrechen schreiben.«

»Es fehlt an jeglichem Täterwissen.«

»Vermutlich kann er sich wegen seines Deliriums nicht an Einzelheiten erinnern.«

»Ich kann nicht glauben, dass er es war. Sie haben doch auch schon gezweifelt, oder nicht? Denken Sie doch nur an das Alibi beim Hund.«

»Da hatten wir erwogen, dass Kuhnerts sich in der Uhrzeit täuschen.«

»Eine ziemlich hingeschliffene Erwägung«, konstatierte Allgeier.

»Und was ist mit seinem Schamhaar am Opfer?«

»Ich weiß nicht. Vielleicht ist er schwul oder bi und hat es beim heißen Liebesspiel dem wahren Mörder übertragen.«

Merle Trautmann verzog das Gesicht.»In Pennerkreisen? Ich möchte mir das nicht wirklich vorstellen!«

»Wär doch denkbar. Wer weiß?«

»Auch eine ziemlich hingeschliffene Erwägung«, griff Trautmann die Formulierung ihres Kollegen auf,»um nicht zu sagen: eine sehr abwegige Theorie.«

»Sind Morde nicht immer abwegig?« Allgeier führte weitere Bedenken an.»Und was ist mit der Tatkleidung? Bei beiden Morden haben wir identische Faserspuren und gleiche Schuhabdrücke. Wo sollte Dosch die Klamotten versteckt haben? Unter seiner Brücke war jedenfalls nichts dabei.«

Dieser Frage hielt Trautmann eine Zeugenaussage aus dem Obdachlosenmilieu entgegen, die Allgeier zwar kannte, ihr aber wenig Bedeutung beimaß.

»Dosch soll doch einen Unterschlupf haben«, sagte Merle Trautmann,»den er angeblich vor allen geheim hält. Irgendwo am Lorettoberg oder am Schönberg.«

»Jaja. Eine konspirative Höhle. Und dort lagert er auch seine seltenen Kabelbinder und tüftelt Erdrosselungsmethoden an ihnen aus.« Allgeiers Sarkasmus war offensichtlich.»Wie sieht es übrigens mit Spuren aus dem Hundegrab aus? Gibt es schon ein Ergebnis?«

Trautmann nickte, gab es aber mit kleinlauter Stimme heraus.»Ja. Brauchbares DNA-Material. Stammt allerdings alles von Horst Kuhnert. Nichts von Dosch.«

Dennoch hatte die Soko-Leiterin kein Interesse daran, hausgemachten Druck zu produzieren.»Hören Sie mal gut zu, Kollege Allgeier! Ich will es jetzt der Reihe nach zusammenfassen: Wir haben zwei Morde im öffentlichen Raum. Die Leute sind beunruhigt, die Frauen haben Angst. Die Medien sitzen uns im Nacken. Wir ermitteln den Täter. Wir haben seine DNA an einer Leiche. Und jetzt legt er darüber hinaus ein Geständnis ab. Warum sollten wir uns ohne Not unseren Erfolg selbst kaputtmachen?«

»Sie würden einen Unschuldigen dafür opfern?«

»Nicht, wenn ich sicher wüsste, dass er unschuldig ist. Aber vage Gefühle werden von beweiserheblichen Fakten überstochen.«

Jakob Allgeier war davon wenig überzeugt. »Beweiserhebliche Fakten? Ich sage Ihnen: Da ist etwas faul mit diesem Haar.«

17

Noch sehr genau konnte sich Fritz Gerster an den letzten Satz des dicken Kommissars erinnern, als er ein paar Wochen zuvor mangels Beweisen auf freien Fuß gesetzt worden war.

»Gerster, der Tag wird kommen«, hatte er ihm beim Verlassen des Polizeigebäudes drohend zugeflüstert.

War dies jetzt der Tag? Nicht nur der Polizist mit seiner nie richtig sitzenden Rundbrille grinste Gerster entgegen, als er das Büro der Firma *E. Ritter* betrat, sondern auch die beiden Firmenchefs senior und junior. Sie saßen an einem runden Besprechungstisch und hatten offenbar auf ihn gewartet. Was hatte das zu bedeuten? Weshalb kam dieser Kommissar an seine Arbeitsstelle? Und weshalb kam er alleine? Bisher waren sie immer zu viert aufgekreuzt.

»Guten Morgen, Fritz«, begrüßte ihn Erwin Ritter junior freundlich und erhob sich. Auch die anderen standen auf. »Das ist Herr Allgeier von der Kripo. Aber ich muss euch ja nicht vorstellen. Herr Allgeier sagt, ihr kennt euch schon?« Gerster sagte nichts, doch der Beamte übernahm sogleich das Gespräch. »Ja, wir kennen uns. Nicht wahr, Herr Gerster?«

»Herr Allgeier war so freundlich, uns vorab den Grund seines Besuches zu verraten«, erklärte Ritter senior, »es kommt ja zum Glück nicht so oft vor, dass wir Polizei im Haus haben.«

Auf den Grund dieses Besuches war Fritz Gerster ebenfalls gespannt, versuchte aber, sich nichts anmerken zu lassen.

»Sie müssen nicht nervös sein«, meinte Kriminalhauptkommissar Allgeier mit einem Unterton, der Gerster überhaupt nicht gefiel.

»Ich bin nicht nervös!« In seinen Worte schwangen ein Hauch von Empörung und ein Sturm von Angst mit.

»Oh, Verzeihung«, sagte der Polizist mit einer übertriebenen Hände-in-die-Höhe-Geste, »ich dachte nur … weil Sie wieder so mit dem Mund geschnalzt haben.«

Ritter junior, der natürlich Gersters Schwäche kannte, bemühte sich, den peinlichen Moment wegzuwischen. »Herr Gerster ist bei uns seit Jahren ein zuverlässiger Mitarbeiter und sehr geschätzt. Wenn Sie uns im Dezember schon kontaktiert hätten, wäre Ihnen Arbeit erspart geblieben. Ich hätte damals schon meine Hand für ihn ins Feuer gelegt.«

»Wir wollten Herrn Gerster keine zusätzlichen Unannehmlichkeiten bereiten, indem wir seinen Arbeitgeber informieren.«

Genau das taten sie aber gerade, dachte Gerster.

»Inzwischen wissen wir ja«, fuhr Allgeier an Ritters gerichtet fort, »dass dieser Wohnsitzlose die Taten begangen hat. Und ich hatte Herrn Gerster seinerzeit versprochen, sein unentschuldigtes Fehlen an seinem Arbeitsplatz klarzustellen. Deshalb bin ich heute hier. Wir bekamen damals Hinweise, die wir überprüfen mussten. Aber die Umstände sind ja jetzt geklärt. Wir haben den Täter.« Er wandte sich an Fritz Gerster. »Bei einem unbescholtenen Bürger sollte nicht das Geringste hängenbleiben.« Gerster registrierte das Zucken hinter Allgeiers Brille.

»Daher, meine verehrten Herren Ritter, war es mir wichtig, Ihnen persönlich Herrn Gersters Fehlen zu erklären, um eventuellen Gerüchten vorzubeugen.«

Was treibt er für ein falsches Spiel, ging es Gerster durch den Kopf.

»Dafür sind wir Ihnen sehr dankbar«, sagte Erwin Ritter junior, während Jakob Allgeier in Richtung Tür aufbrach.

»Der Dank ist ganz auf meiner Seite, meine Herren!« Ritters gingen voraus, um den Kriminalbeamten hinauszubegleiten. Im Stil des Fernseh-Inspektors Columbo verharrte Allgeier jedoch und rieb sich am Kinn. »Ach ja, fast hätte ich es vergessen«, sagte er, an die Firmenchefs gerichtet, »bei unseren Ermittlungen haben wir erfahren, dass Herr Gerster über ein Zimmer auf Ihrem Areal verfügt?«

»*Zimmer* ist leicht übertrieben«, meinte Ritter junior, »es ist eher eine kleine Kammer, von der aus früher der Kesselturm kontrolliert wurde. Herr Gerster nutzt ihn als Ruheraum zwischen den Fahrten.«

»Darf man sich den Raum einmal ansehen?«, fragte Allgeier und war sogleich um eine Klarstellung bemüht. »Verstehen Sie mich aber bitte nicht falsch! Keine offizielle Durchsuchung. Es sollte nur alles seine Richtigkeit haben?«

Die Beteuerung, dass es sich um »keine offizielle Durchsuchung« handeln würde, erwies sich ein paar Minuten später als scheinheiliger Vorwand. Im Beisein von Fritz Gerster und den beiden Ritters drehte Jakob Allgeier wortlos jeden Gegenstand um, durchsuchte die alte Kommode und machte eine Menge Fotos mit seinem dienstlichen Handy. Sogar die Bücher auf dem Beistelltischchen schienen ihm interessant zu sein.

Als er mit seiner gründlichen Nachschau fertig war, schlüpfte er zurück in seine Rolle des überhöflichen Vertreters von Gesetz und Ordnung und entschuldigte sich doppelzüngig. »Es tut mir wirklich leid, dass ich Ihre Zeit so sehr in Anspruch nehmen musste. Aber es ist ja alles in bester Ordnung.«

»Keine Ursache«, sagte Ritter senior verständnisvoll, »Sie tun nur Ihre Pflicht, Herr Kommissar.«

»Darf ich auch noch das Kesselhaus fotografieren? Rein privat, meine ich. Ich finde es faszinierend.«

»Gerne doch«, antwortete Ritter junior, der sich über das Interesse an seiner für die Zukunft geplanten Event-Location freute.

Er ging voran, die Eisentreppe hinunter, sein Vater folgte ihm. Für einen Moment versperrte Allgeier Fritz Gerster den Weg und trat so nahe an ihn heran, dass dieser seinen Atem spüren konnte. »Und er wird kommen, der Tag«, raunte er ihm zu, drückte seine Brille mit einem provokanten Augenzwinkern hoch auf die Nasenwurzel und stieg die Treppe hinunter.

18

Die Todesanzeige war nicht nur in den örtlichen Blättern veröffentlicht. Fritz Gerster entdeckte sie auch in überregionalen Zeitungen, und nahezu überall befanden sich neben der privaten

Verkündung der Angehörigen Nachrufe von Stellen, in denen der Verstorbene in irgendeiner Weise tätig gewesen war. Allen voran würdigte das Polizeipräsidium, flankiert vom Personalrat, der Polizeigewerkschaft und allen Bediensteten den »hochgeschätzten Kollegen und Freund, für den seine stets gewissenhafte Tätigkeit mehr war als nur ein Beruf«.

Wegen seiner verschiedenen Erfahrungen, stets unangenehmer Art, hatte Gerster den Job des Polizeibeamten bisher nicht als ehrbar angesehen und somit für seine Zwecke als ungeeignet erachtet. Wenn er aber jetzt die Sache unter Berücksichtigung der vorbildlichen Eigenschaften des Dahingeschiedenen aus einem neuen Blickwinkel betrachtete, konnte es genau die Konstellation sein, nach der er suchte.

Der verheiratete Familienvater Hansjörg Schubert hinterließ eine Frau, zwei erwachsene Kinder und einen Enkel, als er »plötzlich und für alle unfassbar« aus der Mitte seiner Liebsten gerissen wurde. Liebevoll, empathisch, humorvoll, selbstlos, pflichtbewusst, verlässlich und gerechtigkeitsliebend sei er gewesen. Obwohl Gerster auch in diesem Fall ahnte, dass der Verstorbene – so er denn alles noch mitbekommen hätte – selbst überrascht darüber gewesen wäre, was für ein untadeliger Mensch er gewesen war, erfüllte diese Anzeige alle Kriterien. Zumal der Hinweis, wonach die Urnenbestattung getrennt von der Trauerfeier zu einem späteren Zeitpunkt im kleinen Kreis der Familie erfolgen werde, Gersters Plan grundlegend zugutekam. Der Tod eines über jeden Zweifel erhabenen Staatsdieners, der sich nie etwas hatte zuschulden kommen lassen, und dessen sterbliche Hülle in den Flammen des Krematoriums, einschließlich eventueller Beweise, für immer verschwinden würde, kam exakt zur rechten Zeit.

Zur Bewertung der Todesmeldungen hatte sich Gerster wieder in seine Kemenate im alten Kesselhauses zurückgezogen. Alle Anzeigen, die sich auf den Polizeibeamten Hansjörg Schubert bezogen, schnitt er mit einer Schere aus und legte sie nebeneinander. Das Bild des redlichen, makellosen, rechtschaffenden Mannes gewann fast schon engelhafte Züge – je mehr Fritz Gerster von dessen fleckenreinen Charakterbeschreibungen las. Darüber hinaus war der heimgegangene Polizist in seiner Freizeit engagiert bei der *Essenstafel*, Jugendbetreuer in einem Sportverein, Ehrenmitglied im *Kinderschutzbund* und vielfach geehrter Blutspender gewesen.

»Alles passt«, sagte sich Gerster nach dem Studium aller Nachrufe. »Wie für mich gemacht!«

Laut Ankündigung würde die Trauerfeier in vier Tagen auf dem Hauptfriedhof stattfinden. Dort könne man von dem Verstorbenen Abschied nehmen. Von Beileidsbekundungen gegenüber den Angehörigen möge man bitte absehen. Kein Problem, dachte Gerster, und schmunzelte bei dem Gedanken.

Zufrieden öffnete er das Fenster mit Blick zum *Hohlen Zahn*, dem kopflosen Kesselturm. Aus seinem Rucksack holte er ein Fläschchen Schmieröl und tröpfelte es über die Beschläge. Dann schwang er den Fensterflügel mehrfach hin und her, bis das Quietschen leiser wurde und letztlich völlig verschwand.

Den lästigen Kommissar hatte er inzwischen aus seinen Gedanken verdrängt. Es war Zeit, den beklagenswerten Stadtstreicher aus dem Gefängnis zu holen und ihm seine Freiheit zurückzugeben.

19

Viele Menschen strömten bei leichtem Januarregen zur alt-
ehrwürdigen Freiburger Einsegnungshalle und spiegelten die
offensichtliche Beliebtheit des verstorbenen Polizisten wider.
Fritz Gerster hatte sich anstelle seiner dunkelblauen Jacke die
waldgrüne Arbeitsjacke der Firma *E. Ritter* übergezogen, die
er normalerweise nie trug. Er versprach sich durch das gärt-
nerische Outfit zusätzliche Unauffälligkeit auf dem riesigen
Gelände des Hauptfriedhofs. Tatsächlich hatte niemand unter
den zahlreichen Regenschirmträgern Interesse an einem Fried-
hofsgärtner. Da es auch einige Menschen gab, die nicht wegen
der anstehenden Trauerfeier für Hansjörg Schubert hier waren,
sondern die Grabstätten ihrer Angehörigen besuchten oder
einfach über das Areal spazierten, fiel Fritz Gerster überhaupt
nicht auf.

Zunächst drückte er sich in der Nähe des imposanten,
triumphbogenartigen Eingangsportals auf. Als der Zulauf dort
immer reger wurde, verzog er sich in den Bereich der Friedhofs-
kapelle, von wo aus er in sicherer Entfernung die Trauergäste
beobachtete. Nach und nach trafen sie ein. Die meisten trugen
Schwarz. Sie kamen als Einzelpersonen, als Paare, in kleinen
Gruppen und als uniformierte Polizisten. Einige gingen sofort
in die Einsegnungshalle, andere unterhielten sich noch vor dem
Eingang oder warteten auf jemanden.

Seinen dunklen Rucksack hatte er nicht mitgenommen. Alles,
was er brauchte, trug er in den Innentaschen seiner Arbeitsjacke.

Von der mächtigen Ulme, unter der er vor dem Regen Schutz
gefunden hatte, tropfte es jetzt herunter.

Er sah auf seine Uhr. Die Trauerfeier würde gleich beginnen.
Im Internet hatte er sich über die üblichen Abläufe informiert.

Demnach musste der jetzt in der Einsegnungshalle aufgebahrte Sarg nach der öffentlichen Zeremonie in das abseits gelegene Krematorium verbracht und dort bis zur Einäscherung aufbewahrt werden. Somit war es nicht notwendig, die Einsegnungshalle dauernd im Blick zu behalten.

Nur noch ganz vereinzelt eilten Spätankömmlinge raschen Schrittes heran. Darunter ein beleibter Mann im schwarzen Mantel unter einem dunklen Schirm, auf dem der Polizeistern zu erkennen war. Gerster sah das Gesicht des Mannes nicht, aber er wäre jede Wette eingegangen, dass der Typ unter seinem Gewerkschaftsschirm eine Nickelbrille trug.

Vermutlich sind heute alle hier versammelt, mit denen ich es schon einmal zu tun hatte, dachte er, und zog es nun vor, sich aus dem möglichen Blickfeld zu bringen. Er schlenderte über verschlungene Kieswege, vorbei an einem Teich, hinüber zum von mächtigen Säulen gestützten Krematorium. Das markante Gebäude erinnerte Gerster auf den ersten Blick an einen antiken Tempel, dessen breite Treppe hinauf zum Eingang zunächst einladend wirkte, der ihm aber wegen seines makabren Innenlebens einen gewissen Respekt einflößte.

Der Anblick zweier lässig rauchender Angestellter eines Bestattungsunternehmens veranlasste ihn, sich ein paar Schritte zu entfernen.

Zunächst unbewusst flanierte er an Grabsteinen, Holzkreuzen und deren Inschriften vorbei. Bald dämmerte ihm, dass es keine gute Idee war. Nicht nur konnte er an den letzten Ruhestätten der beiden toten Frauen vorbeikommen, worauf er keine Lust verspürte. Es war auch nicht auszuschließen, dass sich auf dem Hauptfriedhof das Grab seiner Mutter befand. Womöglich auch das seines Vaters, von dem er nicht wusste, ob er noch lebte. Schließlich hatten beide zeit ihres Lebens in Freiburg gewohnt. Fortan achtete er nicht mehr auf die Namen der Grabstätten, ging einen weiten Bogen um die Einsegnungshalle und kehrte zum Krematorium zurück.

Die beiden Bestatter waren weg, warteten nun jedoch in diskretem Abstand in der Nähe der Einsegnungshalle auf ihren Job. Dort verließen die ersten Besucher die Gedenkfeier. Gerster wartete. Immer mehr Menschen kamen aus der Halle heraus. Sie entschwanden in Richtung Friedhofsausgang, manche erst nach einer Plauderei, manche suchten noch Gräber von Bekannten oder Verwandten auf. Den korpulenten Mann mit dem Polizeiregenschirm konnte Gerster nicht ausmachen.

Die Trauerfeier war beendet. Nach einer längeren Pause verließ eine schluchzende, in Schwarz gekleidete Frau die Halle. Rechts und links wurde sie von einem Mann und einer Frau gestützt, gefolgt von einer kleinen Gruppe naher Angehöriger. Sie unterhielten sich längere Zeit vor der Halle miteinander, kurz auch mit einem der Bestatter. Dann brach auch diese letzte kleine Trauergesellschaft in Richtung Ausgang auf.

Zwei Friedhofsmitarbeiter gesellten sich zu den beiden Bestattern. Kurz darauf kamen alle vier Männer aus der Halle und schoben einen hölzernen Sarg auf einer fahrbaren, stählernen Transportbahre heraus. Sie kamen über den Kieswerk direkt auf Gerster zu. Es war an der Zeit, sich für eine Weile zurückzuziehen. Er hatte jetzt die Gewissheit, wo sich der Sarg des Polizisten in Kürze befinden würde.

Er verließ das Areal, spazierte zum neuen Messegelände, dann zum Flugplatz und sah von dort hinüber zum Wolfswinkel, wo bald das neue Stadion des *SC Freiburg* entstehen sollte. Nach zwei Stunden kehrte er zurück zum Friedhof. Die Dunkelheit hatte eingesetzt. Im Bereich des Krematoriums war niemand mehr unterwegs.

Fritz Gerster begab sich auf die Rückseite des Gebäudes, dorthin, wo die Särge durch die Bestattungsunternehmen angeliefert wurden.

Die Transportbahre stand leer neben einer kleinen Treppe, die auf wenigen Stufen hinunter zum Hintereingang des Krematoriums führte.

Für Gerster nicht unerwartet war die schwere doppelflügelige Holztür verschlossen. Aus seiner Jackeninnentasche holte er ein Paar Einweghandschuhe und ein kurzes Stemmeisen. Nach wenigen Hebelversuchen sprang die Tür auf. Er lehnte sie hinter sich an. Der Raum hatte keine Fenster. Gut. Gerster tastete nach dem Lichtschalter.

Auf die verschlossene Tür war er vorbereitet gewesen, nicht jedoch auf den Anblick, der sich ihm bot. Weshalb er nur einen einzigen Sarg in dem Aufbahrungsraum erwartet hatte, fragte er sich in diesem Moment. Mehrere Holzsärge waren auf dem Boden nebeneinander aufgereiht und warteten auf den nächsten Einäscherungstermin. Sie sahen alle nahezu gleich aus, da es spezielle Anfertigungen für eine Feuerbestattung waren – mit leichten Abweichungen in Farbe und Struktur. Gerster ärgerte sich, dass er nicht näher hingesehen hatte, als die vier Männer mit der Bahre auf Rädern herangefahren waren.

Die Qual der vor ihm liegenden, unerwarteten Wahl ließ ihn wenigstens die düstere Atmosphäre dieser Stätte soweit verdrängen, dass er bereit war, seinen Plan fortzuführen.

Mit dröhnendem Puls beugte er sich hinunter und öffnete die beiden von Hand drehbaren Schrauben am Kopf- und Fußende des ersten Sarges. Vorsichtig hob er den schweren Sargdeckel an und schob ihn zur Seite. Unangenehmer Geruch stieg ihm entgegen, und auch das, was er sah, ließ ihn rasch den Deckel zurück auf den Sarg gleiten. Zweifelsfrei war es die Leiche einer älteren Frau, die für ihn nicht von Interesse war. Er zog ein paar Papiertaschentücher hervor und tupfte sich aufkommenden Schweiß von der Stirn.

Ohne die beiden Schrauben wieder anzubringen, machte er sich an den zweiten Sarg. Der Geruch war derselbe, das Ergebnis auch. Dieses Mal war es zwar eine männliche Leiche, aber deutlich erkennbar die eines Mannes in offensichtlich hohem Alter. Auch hier schob er den Deckel zurück und ließ die Schrauben neben dem Sarg liegen.

Beim dritten Versuch fing er auf der anderen Seite der Sargreihe an. Wieder löste er die beiden Schrauben und öffnete den Sarg.

Sein Blick verharrte einige Zeit auf dem Gesicht des Toten. Er versuchte, sich den Mann zu Lebzeiten vorzustellen, und kam rasch zu der Überzeugung, dass es sich ohne Zweifel um die Person handelte, deren Foto in mehreren Nachrufanzeigen für Hansjörg Schubert abgebildet war.

Er schob den Deckel noch mehr zur Seite und kniete sich auf den Boden. Der Tote trug ein weißes Leichenhemd. Seine Hände hatte man auf dem Bauch übereinandergelegt. Die Augen waren geschlossen. Gut, dachte Gerster, der bei seiner Aktion nicht beobachtet sein wollte.

Aus seiner Jacke fischte er eines seiner Perlendöschen, drehte das Deckelchen herunter und legte beides neben sich auf den Boden. Mit einer Pinzette riss er dem Toten mehrere Kopfhaare aus und sicherte sie in der kleinen Box. Nachdem er sie verschlossen hatte, holte er drei weitere Döschen aus der Jackentasche und legte sie bereit. Zunächst schob er das Leichenhemd nach oben und zupfte zwei Schamhaare aus dem Genitalbereich, die er in einer Perlenbox separierte. Für die beiden übrigen Plastikdöschen hatte er eine besondere Verwendung. Er streifte das Totenhemd wieder nach unten und legte die Döschen darauf zurecht, die Deckel daneben. Aus seiner Jacke holte er ein Taschenmesser und klappte es auf. Vor Scheu zögerte Gerster eine ganze Weile, um sich dann jedoch zu überwinden und eine Hand des Toten anzuheben und auf den Handrücken zu drehen. Vorsichtig kratzte er mit dem Messer über alle Fingerkuppen und ließ dadurch winzige Hautschuppen in ein darunter bereitgestelltes Perlendöschen rieseln. Die Beute war kaum sichtbar, dafür aber Gersters Zufriedenheit. Seine anfängliche Scheu wich einem diabolischen Grienen. Zusammen mit weiteren Schweißtropfen wischte er mit einem der Taschentücher letzte Skrupel beiseite.

Er wiederholte die Kratzaktion mit der anderen Hand des Toten und ließ dessen Hautteile in das verbliebene Döschen rieseln.

Zusammen mit dem Klappmesser wanderten die vier kleinen Behältnisse zurück in seine Jackentasche. Gerster überlegte die weiteren Schritte. Er nahm die Schrauben der beiden ersten Särge und drehte sie wieder in ihre Gewinde. Da sich die Holzkisten plus Inhalt vermutlich schon am anderen Tag bei 850 Grad Celsius in Asche auflösen würden, schien ihm dieser Umstand als bestens geeignet, von ihm verursachte Spuren gleich mit zu zerstören. Er schob Schuberts Sargdeckel gerade so weit zu, dass eine schmale Öffnung blieb. Dann streifte er die Einweghandschuhe ab und warf sie zusammen mit den Papiertaschentüchern in den Sarg. Eines behielt er zurück, schob damit den Kistendeckel vollständig zurück und verschraubte ihn.

Mit einem letzten Kontrollblick knipste er das Licht aus und zog die aufgebrochene Tür hinter sich soweit zu, dass der Einbruch auf den ersten Blick nicht erkennbar war.

Draußen war es kalt, aber Schweiß stand ihm noch immer auf der Stirn. Mit dem letzten Taschentuch wischte er ihn ab, schnäuzte hinein und warf es auf dem Heimweg in die Dreisam.

Die Entscheidung, für wen der Inhalt seiner Perlendöschen bestimmt war, hatte Fritz Gerster längst getroffen.

20

Bald hatte sie Feierabend. Das Wochenende stand vor der Tür. Routinemäßig würde sie ihre Fußstreife zur Überwachung des ruhenden Verkehrs im Stadtteil Weingarten beenden. Mit einer gewissen Genugtuung – das gab sie sich selbst gegenüber zu. Aber wenn jemand sie bewusst schikanieren und provozieren wollte, indem er es wiederholt auf Konfrontation ankommen ließ, dann musste Roswitha Österle ihm zeigen, dass sie am längeren Hebel saß. Außer diesem fiesen Jack-Nicholson-Typ mit seinem klapprigen Golf gab es noch zwei ähnliche Querulanten in der Gegend. Also lohnte sich der Abstecher allemal – das Amt für öffentliche Ordnung mit Sitz im Rathaus im Stühlinger war nicht allzu weit entfernt, und unterwegs gab es immer den einen oder anderen Falschparker, den man noch abkassieren konnte.

Vorübergehend hatte es von der Spitze der Stadtverwaltung die Anordnung gegeben, dass die weiblichen Gemeindevollzugsbeamten ihre Streifen nicht mehr alleine durchführen durften. Immerhin war eines der Opfer eine Stadtbedienstete gewesen. Nachdem der Frauenmörder allerdings ermittelt und festgenommen worden war, hatte man diese Vorsichtsmaßnahme wieder zurückgenommen.

Die Abenddämmerung hatte eingesetzt, als Roswitha Österle auf ihrer Patrouille den Bezirk mit den markanten Hochhäusern erreichte. Von Weitem schon sah sie den roten Golf, der wie üblich innerhalb der gekennzeichneten Anwohnerzone geparkt war. Nachdem sie zwei Gehweg-Parker durch Hinterlassen von Strafzetteln an den Windschutzscheiben beanstandet hatte, galt ihr Interesse dem mutmaßlich erneut fehlenden Anwohnerberechtigungsausweis ihres Dauerkandidaten, der ihre letzte schriftliche Verwarnung einfach zerknüllt und weggeschmissen hatte. Beim Gedanken daran schmunzelte Roswitha Österle, denn selbstverständlich hatte ihn die provokative Geste nicht vor der Zustellung eines schriftlichen Bußgeldbescheides, einschließlich zusätzlicher Gebühren, geschützt.

Zu ihrer Überraschung saß der Unbelehrbare am Steuer des roten Golfs. Wenn er jetzt gleich wegfahren würde, dachte sie, hätte er gerade noch einmal Glück gehabt. Wenn er aber gerade erst angekommen wäre, war sie gespannt darauf, ob er nach dem Aussteigen den Anwohnerausweis sichtbar platzieren würde.

Sie wartete in einiger Entfernung, aber der Mann machte keinerlei Anstalten, aus seinem Fahrzeug auszusteigen. Während sie einem entgegen der Fahrtrichtung geparkten Auto mit auswärtigem Kennzeichen ein Knöllchen hinter den Scheibenwischer klemmte, beobachtete sie den roten Golf. Vielleicht spielt er an seinem Handy herum, dachte sie, oder er hört noch ein Lied im Radio zu Ende. Als sich nach einer Weile nichts tat, trat sie heran.

Der Typ saß einfach so hinter dem Lenkrad und schien über ihr Auftauchen überhaupt nicht überrascht zu sein. Im Gegenteil. Als er sie durch das Seitenfenster seiner Fahrertür wahrnahm, grinste er und grüßte freundlich mit einem übertriebenen Kopfnicken. Dabei tippte er mit seinem Zeigefinger mehrfach vor sich auf die Ablage vor der Frontscheibe. Dort lag tatsächlich dieser fundamental wichtige Anwohnerberechtigungsausweis, über dessen Anblick Roswitha Österle doch sehr verwundert war. Da es dieses Mal nichts zu beanstanden gab, nickte sie nur knapp zurück und ging weiter. Es soll gut sein für heute, dachte sie. Feierabend, Wochenende.

Nach ein paar Schritten hörte sie hinter sich eine Autotür. Sie achtete nicht weiter darauf. Kurz überlegte sie, ob sie für den Rückweg zum Amt die Straßenbahn nehmen sollte. Sie verwarf es und steuerte auf die Fußgängerbrücke über die Dreisam zu. Dort angekommen, hatte sie zum ersten Mal das Gefühl, dass ihr jemand folgte.

21

Schon wieder Besuch. In gewissen Momenten wünschte er sich sein altes Leben zurück. Da hatte er als Dach über dem Kopf zwar nur die zugige Dreisam-Brücke, aber dafür seine Ruhe. Das permanente Auftauchen irgendwelcher Leute – Polizisten, der Anwalt, der Gefängnisarzt, ein Betreuer, der ihn dauernd fragte, ob er etwas für ihn tun könnte – empfand Henry Dosch als lästig.

Über sein Geständnis, zu dem ihm sein Pflichtverteidiger geraten hatte, dachte er nicht mehr nach. Dessen mögliche Auswirkungen lagen für ihn in einer fernen Zukunft, in die er sich in seinem Zustand nicht hineindenken konnte. Vielmehr hatte er es mit der Gegenwart zu tun. Und die bestand aus nicht definierbaren Ängsten, Schlaflosigkeit bei völliger Übermüdung, depressiven Überlegungen bis hin zu Selbstmordgedanken und einer inneren Gereiztheit, obwohl ihm im Grunde genommen alles egal war.

»Ich hab allen alles gesagt«, flehte er den Vollzugsbeamten an, der ihn in seiner Zelle abholen wollte, »ich will nicht mehr!«

»Da wär ich mir an Ihrer Stelle nicht so sicher«, grinste der Gefängniswärter. »Packen Sie mal Ihre Sachen zusammen!«

Widerwillig und behäbig erhob sich Henry Dosch von seiner Pritsche, schlüpfte in seine Pantoletten, nahm seinen Notizblock, den ihm der Anwalt ans Herz gelegt hatte, und latschte in Richtung Zellentür.

»*Alle* Ihre Sachen«, betonte der Beamte, »wir checken heute aus!«

Wenige Minuten später sah sich Henry Dosch einer eigenartig freundlich gestimmten Gesellschaft gegenüber. Der Wärter hatte ihn seltsamerweise nicht in den Besucherraum geführt, sondern in ein Büro. Die Leute saßen um einen runden Tisch und standen sofort auf, als er den Raum betrat. Ein Herr in Anzug und Krawatte stellte sich als Leiter der Justizvollzugsanstalt vor und bot Henry Dosch einen Stuhl an. All jene, die ihn bisher alleine besucht hatten, waren versammelt. Der Anwalt, der Doktor, der Betreuer, der dicke Polizist mit der Brille und eine Frau, bei deren Anblick er verschämt zu Boden blickte. Bevor Hildegard Behnke etwas sagen konnte, ergriff eine großgewachsene, schlanke Frau das Wort.

»Guten Tag, Herr Dosch. Nehmen wir Platz?« Da Henry darauf nicht reagierte, blieben alle stehen.

»Mein Name ist Merlinde Trautmann, ich leite die Sonderkommission der Kripo. Herr Dosch, warum wir hier sind ...«, eine große Portion Missbehagen war unverkennbar, »... nun, es ist so, dass wieder eine Frau überfallen wurde. Gestern. Auf die gleiche Weise wie beim letzten Mal.«

Ohne an den ursprünglichen Rat seines Anwaltes hinsichtlich eines Geständnisses zu denken, reagierte Henry spontan und vehement. »Ich war das nicht!« Und als ihn alle verdutzt ansahen, wiederholte er seine Beteuerung, aber dieses Mal mit einem Anflug von Resignation. »Ich war das wirklich nicht!«

Der Gefängnisdirektor schmunzelte, und auch die anderen verkniffen sich ein Grinsen. Lediglich Merle Trautmann blieb ernst, was mitunter auch daran lag, dass ihre Soko wieder am Nullpunkt oder nach den neuesten Ereignissen gar darunter angelangt war.

»Natürlich waren Sie das nicht, Herr Dosch. Genauso wenig wie bei den anderen beiden Taten. Wir sind hier, um Ihnen mitzuteilen, dass Sie ab sofort wieder ein freier Mann sind.«

Ungläubig sah Henry die fremde Frau an. Alle warteten auf eine Reaktion von ihm. Als keine kam, versuchte der Gefängnisleiter, ihn aufzumuntern. »Freuen Sie sich nicht, Herr Dosch? Das ist doch eine gute Nachricht!«

»Nach dem, was mein Bruder in den letzten Jahren erlebt haben dürfte, hat er vermutlich verlernt, sich über irgendetwas zu freuen.« Hildegard Behnke machte einen Schritt auf Henry zu, und er glaubte, ein mildes Lächeln in ihrem Gesicht zu erkennen. »Kommst du zurück?«, fragte sie ihn und hielt ihm ihre Hand entgegen. Er verstand es nicht, daher formulierte sie ihre Frage präziser. »Kommst du zurück nach Hause?«

Der Sozialbetreuer hatte Einwände. Er kannte in etwa die traurige Familienvergangenheit. »Wir sollten jetzt nichts überstürzen und sehr behutsam mit ihm umgehen. Ich fände es wichtig, Herrn Dosch zunächst in ein Entzugsprogramm zu bringen. Ich habe alles vorbereitet.«

Nicht im Geringsten konnte Henry sich daran erinnern, wann zuletzt jemand mit ihm »behutsam« umgehen wollte. Der Arzt stimmte dem Vorschlag des Sozialarbeiters zu. Der Pflichtverteidiger, dessen letzte Amtshandlung die bloße Anwesenheit bei diesem Termin war, hob kurz den Daumen. Da auch die beiden Polizisten und der Anstaltsleiter befürwortend nickten, war auch Hildegard Behnke einverstanden.

»In Ordnung«, sagte sie, »wir kommen für alle entstehenden Kosten auf. Wie geht es jetzt weiter?«

Der Betreuer zog ein paar Visitenkarten aus seinen Unterlagen und verteilte sie an die Polizisten und an Frau Behnke. »Wir würden ihn zunächst in dieser Sozialeinrichtung unterbringen. Ein Haus mit bestem Ruf. Man wird sich sorgsam um ihn kümmern.«

Hildegard Behnke warf einen Blick auf die Karte. »Ein Männerwohnheim?« Missbilligend zog sie eine Augenbraue hoch.

»Nur vorübergehend«, beeilte sich der Betreuer, aufkommende Skepsis im Keim zu ersticken. »Wir verwenden auch nicht gerne den Begriff *Männerwohnheim*. Diese Einrichtung ist für viele eine Art Sprungbrett, quasi die Basis. Von dort aus wird so schnell wie möglich ein Therapieplatz organisiert. Leider geht das nicht von heute auf morgen.«

»Was ist mit einem Hotel? Ich hatte erwähnt, dass wir für sämtliche Kosten aufkommen.«

Der Arzt sprang dem Sozialbetreuer zur Seite. »Das wäre viel zu riskant. Bei allem Respekt«, er sah von der Seite zu dem eher teilnahmslosen Henry Dosch, »man sollte ihn in der momentanen Verfassung keinesfalls unbeaufsichtigt lassen.«

»Ich halte es auch für das Beste«, sagte Jakob Allgeier, der sich bis dahin zurückgehalten hatte, »insbesondere, weil sich Ihr Bruder weiter für uns zur Verfügung halten sollte.« Als er Hildegard Behnkes fragende Miene sah, schob er umgehend eine Erklärung nach: »Ungeachtet seiner Unschuld, haben wir noch immer seine DNA-Spuren an einem der Opfer. Nur zu gerne wüssten wir natürlich, wie die da hinkamen. Vielleicht hilft uns die Klärung dieser Frage, den wahren Täter zu finden.«

Sie signalisierte Zustimmung. »Eine Frage habe ich noch: Die dritte Frau, die es jetzt getroffen hat … diese arme Frau … Wer war sie? Sie hatte doch bestimmt auch eine Familie, Kinder …«

Die Frage interessierte auch die anderen, nur Henry schien mit seinen Gedanken weit weg zu sein.

Die beiden Polizisten sahen sich kurz an, hatten aber keine Bedenken, sie zu beantworten.

»Einen Mann, keine Kinder«, sagte Merle Trautmann, »Roswitha Österle. Knapp über 40. Ebenfalls bei der Stadtverwaltung angestellt wie das zweite Opfer.«

Dem Gefängnisleiter entfuhr ein »Oha!«

»Allerdings im Außendienst«, fuhr Trautmann fort, »Angestellte des kommunalen Ordnungsdienstes. Eine Politesse, könnte man auch sagen.«

Hildegard Behnke schüttelte den Kopf. »Schlimm. Man möchte gar nicht daran denken. Da bringt jemand drei Frauen um. Ich wusste gleich, dass Henry es nicht war.«

Merle Trautmann war leicht überrascht. »Ähm, wer sagt, dass die Frau getötet wurde? Sie ist nicht tot. Sie hat es überlebt.«

VIERTES KAPITEL:
HANNA SCHMIDT

1

Es kostete den aufgebrachten Polizeipräsidenten eine Menge Mühe, seinen Unmut zurückzuhalten. Der stets auf ein makelloses Ansehen seines Präsidiums bedachte Dienststellenleiter hatte im zweigleisigen System der Polizei seine berufliche Karriere auf der Schiene der Schutzpolizei vorangebracht. Vermutlich lag darin der Grund, weshalb er gegenüber Kriminalbeamten seit jeher eine deutlich kritischere Haltung einnahm als im Umgang mit den uniformierten Kollegen. Als gewissenhafter Präsidiumschef war er allerdings um Neutralität bemüht und hatte sich in der Öffentlichkeit auch dann schützend vor seine Kriminalpolizei gestellt, als die Soko in den Wochen nach dem ersten Frauenmord keinen Täter hatte präsentieren können. Außerdem zählte er zu jener offen eingestellten Fraktion, die sich in der vermehrt aufkommenden Gender-Diskussion für Frauen in polizeilichen Führungspositionen stark machten.

Auf die jüngste Wende bei der *Soko Schlinge* reagierte er allerdings einigermaßen verschnupft und mit sichtbar pochender Halsschlagader. »Frau Trautmann, Herr Allgeier – bei allem Respekt: Ich wünsche eine Erklärung!«

Der im medialen Interesse stehende Polizeipräsident hatte die Soko-Leiterin und den Ermittlungsleiter in sein Büro zitiert.

Anstatt Kaffee und Mineralwasser, wie sonst üblich, gab es eine versteckte, aber nicht zu ignorierende Ansage. »Ich wünsche insbesondere eine *schlüssige* Erklärung! Im Anschluss an dieses Gespräch habe ich ein vermutlich unangenehmes Telefonat mit dem Innenminister, dem ich mich erklären muss. Es liegt mir fern, auf eventuelle Forderungen nach personellen Konsequenzen eingehen zu müssen.« Mit einer knappen Geste bot er den beiden unfreiwilligen Besuchern Platz an und lehnte sich seinerseits erwartungsvoll und mit verschränkten Armen auf seinem Stuhl zurück. »Also, ich höre.«

Die Soko-Leiterin hatte die Verantwortung und begann. »Es gab eine neue Entwicklung ...«

»Eine neue Entwicklung!«, unterbrach sie der Präsident sogleich, »verzeihen Sie, Frau Trautmann: Ein weiteres Opfer und einen entlassenen Mörder nennen Sie einfach so ›eine neue Entwicklung‹?« Er stand abrupt auf, ging ein paar Schritte hin und her und setzte sich wieder. »Damit wir uns verstehen: Ich möchte eine Erklärung, weshalb zum einen *ich* nicht informiert wurde und zum anderen *Sie* die Freilassung dieses Stadtstreichers veranlasst haben!«

»Weil er unschuldig ist«, sagte Merle Trautmann mit leichter Verwunderung.

»Unschuldig?« Der Präsident spielte den Überraschten. »Unschuldig? Meine Herrschaften, Sie verstehen nicht! Das spielt in diesem Fall und vor allem zu diesem Zeitpunkt überhaupt keine Rolle!« Auf das zweite Argument legte er eine deutliche Betonung.

Allgeier und Trautmann sahen sich leicht konsterniert an.

»Wieso spielt das keine Rolle?«, fragte Jakob Allgeier, den Zeigefinger am Nasensteg seiner Brille und gewillt, seiner Chefin zur Seite zu springen. »Erwiesenermaßen Unschuldige dürfen nicht länger festgehalten werden.«

Der Präsident atmete schwer. »Was heißt schon erwiesenermaßen? Wie können Sie das gerade mal einen Tag nach der Tat behaupten? Ist Ihnen im Entferntesten bewusst, was die Medien mit uns veranstalten werden? Die Meldung hätte nie und nimmer jetzt schon an die Öffentlichkeit gelangen dürfen!«

»Eine Frau wurde überfallen und lebensgefährlich verletzt«, rechtfertigte sich Merle Trautmann. »So etwas muss der Bevölkerung mitgeteilt werden.«

»Haben nicht gerade Sie, meine Herrschaften, mir immer wieder etwas von kriminaltaktischen Hinderungsgründen erzählt, wenn es darum ging, keine Details an die Medien zu geben?«

»Ein versuchter Mord ist kein Detail«, hielt Allgeier entgegen.

»Aber er ist offenbar Teil einer Verbrechensserie. Ich hätte erwartet, dass Sie mich informieren!«, betonte der Präsident. »Wir hätten mit einer geschickteren Taktik vermeiden können, dass uns sämtliche Medien auf den Füßen stehen.«

»Was für eine geschicktere Taktik?«, wollte Merle Trautmann wissen.

»Man hätte den Stadtstreicher wenigstens solang in Untersuchungshaft belassen können, bis alle Fakten stichhaltig sind. Dem Obdachlosen hätte das bestimmt nichts ausgemacht, er hätte noch eine Weile ein Dach über dem Kopf gehabt, und wir hätten Zeit gewonnen. Zeit, in der wir den wahren Tatverdächtigen hätten finden können. Ohne Druck. Aber jetzt? Wie stehen wir jetzt da? Mit leeren Händen, aber voller Gespött!«

»Die Fakten sind bereits stichhaltig«, widersprach Merle Trautmann, sehr um ihre Souveränität bemüht. »Wir haben zum Beispiel neues DNA-Material. Es wird gerade mit höchster Priorität ausgewertet.«

»Hatten wir das nicht bei Dosch auch? Diese Spuren interessieren mich erst, wenn Sie mir den dazugehörigen Täter liefern. Was mich im Moment interessiert, ist, wie ich dem Minister und der Öffentlichkeit erklären soll, dass wir den Falschen verhaftet haben und der Richtige nach wie vor munter und frei herumläuft und vermutlich seinen nächsten Mord plant.«

»Jemand treibt womöglich ein böses Spiel mit uns«, war Trautmanns wenig befriedigende Antwort, die den Präsidenten um Beherrschung ringen ließ. »Ja, vielen Dank! Das werde ich locker erklären können! Lieber Herr Minister, es ist so, dass ein Unbekannter reihenweise Frauen überfällt, aber weil er uns verarscht, können wir leider nichts machen. Ach, und übrigens, Herr Minister: Der Brandstifter verarscht uns auch!« Während seiner sarkastischen Reaktion auf Trautmanns hilflos klingende Feststellung war der Präsident wieder aufgestanden und zur Tür gegangen. Er öffnete sie und beendete mit unmissverständlicher Geste das Gespräch. »Ich erwarte, ab sofort über jeden einzelnen Schritt von Ihnen persönlich informiert zu werden.« Er wies zur Tür.

Merlinde Trautmann und Jakob Allgeier erhoben sich. Im Vorbeigehen erhielten sie ein klar formuliertes Ultimatum. Der Präsident sprach jetzt in völlig ruhigem Ton. »Sie haben neue DNA, sagten Sie? Gut. Ich erwarte, dass die *Soko Schlinge* innerhalb einer Woche den Täter präsentiert. Den Richtigen!«

2

Nach dem unerfreulichen Rapport beim Präsidenten führte ihr Weg die beiden Kriminalbeamten direkt ins Freiburger Universitätsklinikum.

Dort trafen sie sich am Eingang zur Intensivabteilung mit dem diensthabenden Stationsarzt, mit dem sie einen Termin vereinbart hatten.

»Ihr Zustand ist unverändert«, erklärte der Mann in Weiß, der mit seiner stattlichen Größe sogar die hochgewachsene Soko-Leiterin überragte. »Durch die Anämie ihres Gehirns ist sie in ein komatöses Stadium gefallen. Es besteht akute Lebensgefahr, aber wir versuchen, sie zu stabilisieren.«

»Wie Sie wissen, würden wir Frau Österles Verletzungen gerne einem Gerichtsmediziner zeigen«, sagte Merle Trautmann.

»Ja, natürlich, kein Problem. Eine Befragung der Patientin ist in der augenblicklichen Verfassung allerdings gänzlich ausgeschlossen«, stellte der Arzt klar.

»Selbstverständlich, Herr Doktor«, stimmte Trautmann zu. »Können Sie uns vorweg etwas mehr über das Verletzungsmuster sagen?«

»Eigentlich nicht. Sie verstehen, ärztliche Schweigepflicht und so weiter.« Der Mediziner vermittelte einen äußerst korrekten Eindruck.

»*Eigentlich* ist immer auch eine Einschränkung mit Hintertür«, wagte Jakob Allgeier dennoch den Versuch, eine rasche ärztliche Bestätigung der bislang bekannten Umstände zu erlangen.

Der Arzt war nach knapper Überlegung nicht abgeneigt. »Wir alle wissen ja, dass die Patientin stranguliert wurde. Bis das Drosselwerkzeug entfernt war, muss man davon ausgehen, dass ihr Gehirn zumindest teilweise nicht mit Sauerstoff versorgt wurde.«

»Das bedeutet?«

»Nun, das kann alles Mögliche bedeuten. Unter Umständen werden Sie für immer auf eine Zeugenaussage warten müssen. Auch wenn die Patientin es überlebt.«

»Verstehe. Wie hoch sind die Chancen?«

»Erwarten Sie bitte keine Wettquoten von mir. Bei allem

Optimismus: Sie wird auch bei günstigem Heilungsverlauf mit hoher Wahrscheinlichkeit nicht mehr die Person sein, die sie einmal war.«

Merle Trautmann nickte wenig zuversichtlich. »Und ansonsten? Die anderen Verletzungen?«

»In Anbetracht des lebensbedrohenden Angriffs auf ihren Hals könnte man die gebrochene Nase als eher geringwertige Verletzung einstufen.«

»Sie hat eine gebrochene Nase?«

»Eine offene Doppelfraktur, um es korrekt auszudrücken.«

»Wodurch verursacht? Durch Schläge?«

»Das wiederum müssten Sie Ihren Gerichtsmediziner fragen.« Eine Krankenschwester kam hinzu. »Herr Doktor?«, sagte sie nur. Mit einer höflich angedeuteten Verbeugung beendete der Arzt das Gespräch. »Die Dame, der Herr, Sie entschuldigen mich? Ich werde gebraucht!«

Niemand hatte auch nur im Ansatz eine Vorstellung darüber, was in Roswitha Österles Gehirn vor sich ging. Sie lag auf dem Rücken, angeschlossen an eine ganze Reihe medizinischer Geräte. Die Augen waren geschlossen. Blutunterlaufene Ringe und eine dick geschwollene Nase mit einer fetten, dunkelroten Kruste auf dem Nasenrücken zeugten von einer massiven Gewaltanwendung gegen das Gesicht. Um den Hals, der frei lag, führte eine ebenfalls tiefrot unterlaufene, etwa vier Millimeter breite Strangulationsfurche, neben der an der linken Halsseite eine oberflächliche Schnittverletzung mit zwei Stichen vernäht war. An dieser Stelle hatte Roswitha Österles zufällig vorbeikommender Lebensretter mit einer spontanen Reaktion die in die Haut einschneidenden Kabelbinder auf Kosten einer harmlosen Ritzwunde durchtrennt.

Eine Intensivschwester überwachte die Instrumente und behielt die Patientin gewissenhaft im Auge. Was sie sah, war ein still darniederliegender Körper, der nur erahnen ließ, dass

sein Geist das real Geschehene in grausamen Komaträumen
noch einmal durchlebte.

*

Nach der Fußgängerbrücke über die Dreisam wurde das Gefühl,
dass ihr jemand folgte, immer stärker. Zur Gewissheit wurde
es, als Roswitha Österle kurz darauf einen Spielplatz passierte
und nach einem scharfen Rechtsknick ihres Weges nach hinten
sah. Ob es der Mann aus dem Golf war, konnte sie im Dunkeln nicht erkennen. Jedenfalls duckte er sich rasch hinter ein
Gebüsch, als sie zurückschaute. Roswitha Österle forcierte ihr
Tempo, was aber den Abstand zu ihrem Verfolger nicht ver-
größerte. Vielmehr kam der Mann immer näher, und auf dem
Schotterweg der Kastanienallee am Zugang zum Eschholzpark
hörte sie hinter sich seine Schritte. Zum Amt waren es keine
200 Meter mehr. Durch den menschenleeren Park, vorbei am
Rondell und dem überdimensionalen Kunstwerk in Gestalt
eines Gartenschlauchs wäre sie in weniger als einer Minute in
Sicherheit. Der Mann war aber schon zu nahe bei ihr. Sie drehte
sich zu ihm um und griff nach ihrem Funkgerät.

Der Schlag kam so unvermittelt und war so heftig, dass für
sie die ohnehin spärlichen Lichter des Eschholzparks vollends
erloschen. Ihre blaue Dienstmütze flog zu Boden. Instinktiv
riss sie ihr rechtes Knie ruckartig nach oben – wie sie es im
Selbstverteidigungskurs gelernt hatte – und traf den Angrei-
fer mit voller Wucht dort, wo es Männern besonders weh tut.
Den zweiten Faustschlag, obwohl genauso brutal ausgeführt
wie der erste, spürte sie kaum noch. Dafür aber die plötzliche, luftabschnürende Umklammerung ihres Halses, die ihr
alle Sinne raubte. Reflexartig hatte sie zwar einen Finger zwischen ihre Haut und die tief einschneidende Drosselschlinge
gebracht, aber gegen den unnachgiebigen Zug konnte sie nichts
mehr ausrichten.

In diesem Augenblick verließ Roswitha Österle ihren Körper und stieg auf. Ohne Emotionen sah sie aus der Höhe, wie der Mann aus dem roten Golf sein Opfer von der Kastanienallee wenige Meter hinter ein Gebüsch neben einer Parklaterne zerrte. Dort beugte er sich darüber und fummelte irgendetwas aus seiner Jackentasche hervor. Etwas Genaues sah Roswitha Österle nicht, zumal das Szenario langsam immer kleiner wurde. Sanft glitt sie in einem Zustand grenzenloser Zufriedenheit davon, kehrte aber plötzlich in Windeseile wieder zurück und schwebte nun ganz nahe über der grausigen Szene, die sie jedoch überhaupt nicht als grausig empfand. Sie empfand nämlich rein gar nichts, sondern hatte die passive Rolle einer stillen und neutralen Beobachterin, über alles Irdische erhaben.

Roswitha Österles Finger hatte sich aus der Klemme zwischen Hals und Schlinge befreit und für eine minimale Lockerung des Zuges und dadurch zu einer Prise Sauerstoff und ihrer Rückkehr an den Ort des Geschehens gesorgt. Der Mann trug Nylonhandschuhe, schraubte den Deckel eines kleinen Behälters ab und ließ winzige, kaum sichtbare Flöckchen auf das abgerissene Stück eines transparenten Einweghandschuhs rieseln. Das Teil legte er neben dem Kopf ins Gras. Anschließend klopfte er die Reste aus dem runden Behälter auf die Innenflächen seiner Handschuhe, rieb sie gegeneinander und versuchte, mit beiden Händen die Hose des leblosen Körpers am Bund nach unten zu ziehen.

Da es längst keine Gegenwehr mehr gab, wäre ihm das auch gelungen. Was ihn daran hinderte, war der Fußgänger, der zufällig vorbeikam und sich über die Uniformmütze wunderte, die am Wegrand lag. Als er bei der näheren Nachschau die Silhouette eines Mannes und zwei Füße entdeckte, die am Boden hinter einem Gebüsch hervorragten, erfasste er die Situation. Sein lauter Schrei veranlasste den Unbekannten, von seinem Opfer abzulassen und fluchtartig das Weite zu suchen. Der Passant ließ ihn laufen, um sich um die Frau zu kümmern. Im fahlen Licht der Parklaterne erkannte er die lebensbedrohliche Drosselung.

Am Boden kniend versuchte er vergeblich, unter der Schlinge hindurchzugreifen, um sie zu lockern oder abzureißen. Schnell war ihm klar, dass das nicht funktionierte. Er stand auf. Fieberhaft sah er sich um. Aus einem stählernen Abfallkorb in der Nähe ragte eine leere Bierflasche heraus. Geistesgegenwärtig schlug er die Flasche an einer Kante des Müllbehälters in Trümmer und schnappte sich eine Glasscherbe. So behutsam es in dieser Situation überhaupt möglich war, durchschnitt er mit zitternden Händen einen der Kabelbinder und löste vorsichtig die gesamte Konstruktion vom Hals.

Es war der Moment, in dem Roswitha Österle in ihren Körper zurückkehrte.

3

Sie hatte ihre beiden erwachsenen Kinder zur Tür begleitet und ihnen versichert, dass es in Ordnung sei, wenn sie ihre Mutter jetzt alleine ließen. Sowohl ihr Sohn, als Polizeibeamter auf den Spuren seines verstorbenen Vaters wandelnd, als auch ihre verheiratete Tochter hatten Karin Schubert angeboten, noch ein weiteres Mal bei ihr zu übernachten. Wie schon die Tage zuvor. Aber sie hatte dankend abgelehnt. Sie müsse damit beginnen, ihr

Leben alleine in den Griff zu bekommen, hatte sie ihren Kindern gesagt. Sie werde das schaffen, und man würde als Familie weiter fest zusammenhalten – auch wenn Papa das künftig nur von einer unbekannten, weiten Ferne aus beobachten könne.

Die überwältigende Anteilnahme zahlreicher Menschen an der Trauerfeier hatte Karin Schubert sehr beeindruckt und auch stolz gemacht. Gemeinsam hatte man in den vergangenen Tagen die schriftlichen Beileidsbekundungen gelesen und Dankeskarten vorbereitet.

Nun standen noch der Einäscherungstermin und die anschließende Urnenbeisetzung im engsten Familienkreis an.

Schuberts hatten eine harmonische, krisenfreie Ehe geführt. Der plötzliche Tod ihres Mannes hatte Karin Schubert den Boden unter den Füßen weggezogen. In den ersten drei Tagen hatte sie weder essen noch schlafen noch denken können. Ihre beiden Kinder waren ihr eine große Stütze, obwohl sie nicht minder bestürzt über das unerwartete Ableben ihres Vaters waren. Medikamente, die man Karin Schubert zur Beruhigung anbot, hatte sie abgelehnt. Sie wolle sich den schlimmen Tatsachen in vollem Bewusstsein stellen, hatte sie gesagt, und nicht unter zusätzlicher Trance, in der sie sich ohnehin fühlte.

Ab dem vierten Trauertag sah sie nach vorne. Sie beteiligte sich an den Vorbereitungen zur Trauerfeier und unterstützte ihre Kinder, die sich um die anfallenden Formalitäten kümmerten.

Hansjörg Schubert hatte sich im ersten Stock des kleinen Einfamilienhauses am Freiburger Stadtrand aus einem ehemaligen Kinderzimmer ein eigenes Arbeitszimmer eingerichtet. Bisweilen hatte er von der Dienststelle Arbeit mit nach Hause genommen – eine eher unübliche Gepflogenheit bei der Polizei, aber angesichts des hohen Arbeitsanfalls bei permanenter Personalknappheit eine als »Homeoffice« geduldete Möglichkeit, nicht den Überblick zu verlieren.

Am Tag nach der Trauerfeier betrat Karin Schubert Hansjörgs Zimmer zum ersten Mal seit seinem Tod. Es war sauber aufgeräumt, wie immer. An der Wand hingen ein paar durchaus gelungene Versuche seiner Hobbymalerei. Auf dem Schreibtisch stand ein gemeinsames Familienfoto mit ihren Kindern, deren Ehepartnern und dem geliebten Enkelchen. Davor lagen zwei Aktenordner und Hansjörgs Skizzenblock, auf dem er Ideen für seine Malerei festhielt. Auf der oberen Seite waren verschiedene Zeichnungen, die mehrere ineinanderlaufende Schlaufen darstellten, mit Notizen versehen. Karin Schubert las Begriffe wie »Zugschlinge Nr. 1«, »Drosselschlinge«, »Zugschlinge Nr. 2« und »Doppelöse«. Sie wusste um die Bedeutung dieser Skizzen, denn ihr Mann hatte ihr über die Morde etwas mehr erzählt als das, was in den Zeitungen stand. Offenbar hatte er sich als bestens ausgebildeter Kriminaltechniker intensive Gedanken über das Tatwerkzeug und dessen Funktion gemacht.

Neben dem Skizzenblock lag Hansjörgs Tischkalender. Es war die Woche seines Todes aufgeschlagen. In der Montagsspalte war handschriftlich »Rückkehr Schladming« vermerkt. Unter Dienstag fand Karin Schubert den Vermerk »letzter U-Tag« und darunter »Doktor Schöllmann anrufen«. Der Mittwoch war ohne Eintrag. Es war der Dreikönigs-Feiertag, den er nicht mehr erlebt hatte. In der folgenden Spalte für den Donnerstag stand dick eingerahmt »Schöllmann 17.45 Uhr«. Die letzte Kalendernotiz am Freitag trieb ihr erneut die Tränen ins Gesicht und ließ sie laut aufschluchzen. »Karin Blumen!«

Doktor Schöllmann war ihr Hausarzt. Noch während ihres Skiurlaubs hatte sich Hansjörg darüber gewundert, dass die Schmerzen wegen des eingeklemmten Nervs nicht permanent auftraten, sondern seltsamerweise dann besonders stark waren, wenn er ruhte. Obwohl er beim ersten Auftreten der Schmerzen der Sache keine große Bedeutung beigemessen hatte, war er inzwischen doch soweit in Sorge, dass er auf Karins Rat einen Arzttermin vereinbart hatte. Wäre er nur früher hingegangen, dachte Karin Schubert und klappte den Tischkalender zu. Dadurch kam ein weißer Umschlag zum Vorschein, der darunter lag. »Für Karin. Wichtig!« Die drei Worte auf der Vorderseite waren mit einem Lineal sauber unterstrichen.

Karin Schubert klappte den nicht zugeklebten Umschlag auf und zog ein liniertes handbeschriebenes Stück Papier heraus. Hastig überflog sie den Text, hielt sich danach konsterniert eine Hand vor den Mund und las die Nachricht ihres Mannes ein zweites Mal. Sie endete mit »Freiburg, 5. Januar 2016«.

Mit dem Papier in der Hand stürzte sie aus Hansjörgs Arbeitszimmer, rannte die Treppe hinunter ins Erdgeschoss und griff zum Telefon. Eile war angesagt.

4

»Du würdest mir einen großen Gefallen tun, wenn du jetzt einfach gar nichts sagst.« Alfons Bücheler hatte sich für das Mittwochs-Treffen mit seinem Pensionärskollegen ausnahmsweise in Freiburg verabredet. Es bot sich geradezu an, denn die Soko saß ja in Freiburg, und Josef Werneth hatte von seinem Hausarzt wegen des schmerzenden Arms eine Überweisung zu einem Orthopäden erhalten, der seine Praxis ebenfalls in Freiburg hatte. Den Termin hatte Werneth eben wahrgenommen. Nun trat er in der geräumigen Markthalle freudestrahlend an den Stehtisch heran, an dem Bücheler, auf einem Hocker sitzend, auf ihn gewartet hatte.

»Herrlich, wieder einmal im *Fressgässle* zu flanieren und zu speisen«, ignorierte Werneth den nicht ganz ernst gemeinten Wunsch seines Freundes und schob sich einen freien Barhocker zurecht. »Ist es gestattet?«

Das *Fressgässle* als das Eldorado kulinarischer Köstlichkeiten inmitten der Stadt hieß offiziell *Freiburger Markthalle*. Allerdings hatte sich bei den meisten Einheimischen und den eingefleischten Kennern des kultverdächtigen Treffpunktes der liebevoll gemeinte Kosename durchgesetzt. Beide Begriffe trafen gleichermaßen den Charakter der Lokalität, denn ein beidseitig von internationalen Ständen gesäumtes Marktgässchen innerhalb des stattlichen ehemaligen Druckerei-Gebäudes führte zu einem zentralen Platz, wo Stehtische, Sitzgelegenheiten, eine rechteckige Weintheke, eine Sektbar und weitere Essensstände mit Spezialangeboten zum Verzehr von Speisen und Getränken einluden. Wie meistens, war auch an diesem Spätnachmittag reichlich Betrieb in der Markthalle.

»Was macht dein Tennisarm«, erkundigte sich Alfons Bücheler und schielte nebenbei hinüber zum China-Pavillon.

»Du würdest mir einen großen Gefallen tun, wenn du jetzt einfach nicht weiter danach fragst«, imitierte Josef Werneth die Wortwahl Büchelers, dessen Vorliebe für die knusprigen Entenbrustscheiben nebst Gemüse auf Reis und superscharfer Asia-Soße er kannte und dem dessen sehnsüchtiger Blick zum China-Stand nicht entgangen war. »Du nimmst wieder die Ente?«

»Ich stehe auf Altbewährtes.«

»Ich weiß«, sagte Werneth vieldeutig, und während auch er ein Auge auf die einladenden Marktstände warf, legte er eine Bemerkung nach. »Aber bisweilen sollte man die alten Zöpfe abschneiden.«

»Fängst du jetzt wieder davon an?«

»Du hörst ja nicht damit auf.«

»Lass mir doch meine Freude!« Bücheler erhob sich von seinem Hocker und kramte seinen Geldbeutel aus der Hosentasche.

»Das nennst du Freude?« Werneth zuckte mit den Schultern. »Unschuldige Obdachlose einsperren? Wenn du meinst, dass das eine sinnvolle Ruhestandsbeschäftigung ist ...«

»Ich hol mir jetzt die Ente. Ende!« Im Weggehen drehte sich Bücheler um. »Fasswein Rosé?«, und mit Betonung, »wie immer? Oder möchtest du diesen Zopf auch lieber abschneiden?«

Josef Werneth schmunzelte. »Rosé, wie immer!«

»Geht doch!«, meinte Bücheler trocken. »Ich bring alles. Halt solang die Stellung!«

»Hast du denn schon Feierabend?«, rief Werneth ihm hinterher und erhielt die Antwort in Gestalt eines erhobenen Daumens, der umgehend von einem ausgestreckten Mittelfinger abgelöst wurde.

Eine Viertelstunde später saßen die beiden an ihrem Hochtisch und genossen das Essen und den regionalen, typisch herben Fasswein. Josef Werneth hatte sich zwischenzeitlich für einen Moqueca-Eintopf entschieden, eine brasilianische Spezialität, bestehend aus Fisch, Tomaten, Paprika, Koreander in Palmöl und Kokosmilch.

»Wenn ich dir verspreche, mich nicht abfällig über das ... nennen wir es Versehen der Soko zu äußern, und dich wegen deines Hilfsjobs nicht mehr zu hänseln – bringst du mich dann auf den neuesten Stand?«

Bücheler antwortete mit vollem Mund. »Dein Problem fängt schon mit deiner Bezeichnung meines Jobs an. Wenn das mit den Infos was werden soll, dann möchte ich jetzt von dir die korrekte Bezeichnung hören.«

Werneth überlegte kurz. »Ermittlungsgehilfe?«

»Falsch.«

»Unterstützender Ermittlungshilfsbeamter a.D.?«

»Siehst du! Du hast keinerlei Respekt vor dem Job!«

»Hatte ich nicht angedeutet, mich zu bessern?«

»Mit Andeutungen ist es nicht getan.«

»Nun mal Flachs beiseite, Alfons: Was ist da schiefgelaufen mit diesem Dosch?«

»So ziemlich alles«, antwortete Bücheler jetzt ernst und bedeckte mit seinem Messer einen schmalen Entenbruststreifen mit der scharfen Soße. »Wenn ich mich recht erinnere, hattest du meine Zweifel auch geteilt.«

»Ja, schon. Nach dem, was du mir erzählt hast, hing alles allein an einem dünnen Haar«, bestätigte Werneth.

»Das diesem Dosch gehört und wer-weiß-wie-auch-immer an die Unterwäsche des Opfers kam.«

»Auf alle Fälle hat der Mann für den jüngsten Fall schon wieder ein astreines Alibi. Beim Hundemord saß er im Notarrest und dieses Mal in Untersuchungshaft. Da soll mal einer behaupten, wohnsitzlose Einzelgänger hätten keine Alibis.«

In der Markthalle trafen weitere Gäste auf ein Feierabend-Gläschen an der großen Weintheke ein. Sie gesellten sich zu ein paar älteren Stammkunden, die man jeden Tag dort antreffen konnte. An einem Stehtisch neben den beiden Pensionären prosteten sich drei Frauen mit Sekt zu. Zwei Herren in Mänteln, offenbar Geschäftsleute, ließen sich von einem dritten Anzugträger das Angebot der Stände erklären. Ein junger Mann stand am *Mai Wok* und wartete auf seine Sushi. Ein Mann mittleren Alters balancierte zwei Teller Spaghetti Aglio e Olio am Stehtisch der beiden Pensionäre vorbei.

Alfons Bücheler hatte seinen Teller geleert und nahm einen genussvollen Schluck aus dem leicht bauchigen Roséglas. »Der neueste Sachstand ist der, dass es auch bei der überfallenen Politesse fremde DNA-Spuren gibt.« Kennerhaft kaute er den Fasswein im Mund, als sei er ein besonders edler Tropfen.

Erstaunt legte Josef Werneth sein Besteck zur Seite. »DNA? Lass mich raten. Die Spuren sind schon wieder von Dosch. Hab ich recht? Nein, halt, andersherum: Sie sind *nicht* von Dosch. Oder vielleicht doch?«

Bücheler antwortete leise. »Dieses Mal stammen sie vom Täter. Zwar kein vollständiges Erbgutmuster, aber doch tatbedeutende Spuren eines Fremden.«

»Das wäre ja echt mal etwas Neues: Täter-DNA, die tatsächlich vom Täter stammt!«

»Josef, wolltest du nicht …«

»Ja, ich hör schon auf. Was macht dich so sicher, dass die Spuren dieses Mal vom wahren Täter stammen?«

Die drei Sektfrauen redeten und lachten laut. Offenbar amüsierten sie sich bestens und hatten kein Interesse am Gespräch der beiden Männer nebenan. Dennoch sah sich Alfons Bücheler nach allen Seiten um, als er im Flüsterton antwortete. »Man hat winzige Hautschuppen gesichert. Vermutlich Abriebspuren einer Hand. Definitiv tatrelevant. Ein fast vollständiges DNA-Muster am Hosenbund des Opfers.«

»Tatsächlich? Das ist für mich schwer vorstellbar. Es würde ja bedeuten, dass der Täter keine Handschuhe trug.«

»Doch. Die trug er. Und man weiß sogar genau, was für welche es waren.«

»Erzähl!«

Bücheler tat es in gedämpftem Ton. »Handelsübliche Einmalhandschuhe. Offenbar durch die Gegenwehr der Frau ist mindestens einer davon zerrissen. Wahrscheinlich beim Versuch, die Hose herunterzuziehen.«

»Keine Haare dieses Mal?«

»Keine Haare. Und selbstverständlich sind die Spuren *nicht* von Dosch!«

»Und auch von niemandem aus der DNA-Datei, nehme ich an?«

»Nicht nur deshalb hoffen wir sehnsüchtig darauf, dass die Frau im Vollbesitz ihrer geistigen Kräfte aus dem Koma zurückkehrt.«

Werneth leerte sein Glas. »Und wie stehen die Chancen dafür?«

»Nicht besonders gut«, antwortete Bücheler.

»Das bedeutet: Der gesamte Soko-Apparat fährt wieder hoch?«

»Und beginnt bei null. Plus einem verärgerten Polizeipräsidenten, plus einer gestressten Soko-Leiterin, plus bohrenden Medienfragen und einer erneut verunsicherten Bevölkerung.«

»Aber plus einem erfahrenen Ermittlungsoperateur mit Handlungskompetenz.«

»Sieh mal einer an«, staunte Bücheler, »so gefällt mir das! Nehmen wir noch ein Gläschen?«

»Das geht aber auf mich«, antwortete Werneth, schnappte sich die beiden Gläser und schlängelte sich zwischen den Sektfrauen und den Geschäftsleuten hindurch in Richtung Weinstand.

Während die freundliche Bedienung hinter der Theke die beiden Gläser füllte, streifte der junge Mann mit seinem leeren Sushi-Teller an der Weintheke vorbei und stellte sich an der Geschirr-Rückgabe an. Vor ihm kippte der Mann mittleren Alters Spaghetti-Reste von zwei Tellern in den Müllbehälter und schob sie sodann samt Besteck über die Thekenablage. Als er sich umdrehte, sahen sich die beiden Männer für eine Sekunde in die Augen.

Der Brandstifter, dachte der Mörder.

Der Mörder, dachte der Brandstifter.

5

Ziemlich verwirrt kehrte Fritz Gerster an den Stehtisch zurück, an dem Heidi Bäumel vor einem Glas Apfelschorle auf ihrem Barhocker saß und fasziniert das Treiben in der Markthalle verfolgte. Gerster hatte sie nach Freiburg zum Essen eingeladen, ohne die Lokalität konkret zu nennen. Als Treffpunkt hatte man das unweit der Altstadt gelegene Martinstor im Zentrum Freiburgs vereinbart. Für das Rendezvous hatte Heidi ein schickes Abendkleid unter einem neuen Wintermantel gewählt. Sorgenvoll hatte sie befürchtet, steif in einem vornehmen Lokal vor glitschigen Austern sitzen zu müssen – unter lückenloser Beobachtung eines überaufmerksamen Oberkellners. Als Fritz Gerster sie jedoch in die rustikale, zwanglose Markthalle geführt hatte, war sie sehr erleichtert und grämte sich nur noch über ihre unpassende Kleidung, da sie sich definitiv als overdressed ansah. Lediglich die drei vornehmen Anzugträger, die kulinarisch noch immer unschlüssig waren, hätten garderobentechnisch zu ihr gepasst.

Alles andere war in ihrem Sinne. Spaghetti anstelle von Rinderfilet, Apfelschorle statt schwerem, teurem Wein, und Selbstbedienung im Gegensatz zu kellnerischer Observation. Heidi liebte das Schlichte. Daher liebte sie auch Gersters zurückhaltende, bescheidene, ja geradezu schüchterne Art. Männer seines genügsamen Formates, dachte sie, gibt es heutzutage nur noch selten. Die meisten prahlten mit ihren zweifelhaften Errungenschaften – seien es Autos, Jobs, Häuser oder Frauen, wobei sie Letztere im Gegensatz zu Ersteren meist noch schlecht behandelten.

Zunächst hatte man sich leger unterhalten. Es gab ein gemeinsames Thema, auf das man immer dann zurückkam, wenn die

Konversation zu stocken drohte. Sie hatten festgestellt, dass ihre beiden Katzen von derselben Rasse waren. Tom war ein grauer Britisch-Kurzhaar-Kater, Tine eine cremefarbene BKH-Dame. Beide mit den faszinierend orangegelb leuchtenden Augen ausgestattet, die man aus dem Musical *Cats* kannte. Der Austausch über die besonderen Eigenheiten der beiden Vierbeiner hielt das Gespräch im Gang.

»Pferde mag ich auch«, sagte Heidi. »Ein Pferd hätte ich immer gerne gehabt. Aber Tine ist auch ganz okay.« Gerster lächelte.

Als er allerdings von der Geschirrabgabe zurückkam, war er plötzlich sonderbar abwesend. Besorgt überlegte Heidi, ob sie etwas Falsches gesagt hatte. Sie versuchte es mit der bis dahin bewährten Methode. »Wenn meine Tine Aufmerksamkeit will, tippt sie mit einer Pfote an meinem Bein und schmeißt sich dann der Länge nach auf den Rücken. Macht dein Tom das auch?«

Seit der erneuten und unerwarteten Begegnung mit dem Brandstifter waren es jetzt gar drei Dinge, die Gerster beschäftigten, und die ihn in der Summe auch überforderten. Ob eine Katze sich der Länge nach auf den Boden wirft, gehörte definitiv nicht dazu.

Über seinem glänzenden Erfolg, nämlich der Entlassung des unschuldigen Stadtstreichers, hing durch die niederschmetternde Nachricht, dass die Politesse noch am Leben war, ein tiefdunkler Schatten. Einziger Hoffnungsschimmer war die Tatsache, dass auch fünf Tage nach dem Überfall noch keine Polizei bei ihm aufgetaucht war. Das sprach dafür, dass die Frau bislang keine Aussage gemacht hatte. In den Nachrichten hatte er gehört, dass das Opfer derzeit nicht ansprechbar sei. Gerster war sich darin sicher, dass die Politesse ihn erkannt hatte. Wenn sie aufwachen und sich an ihn erinnern würde, wäre alles aus. Bei jeder Radiomeldung über den aktuellen Stand der Ermittlungen schoss sein Puls in die Höhe.

Zu dieser quälenden Unsicherheit gesellte sich die Nervosität bei der Verabredung mit Heidi. Keinesfalls durfte er das Treffen vermasseln, denn diese Frau war für ihn etwas ganz Besonderes. Die Markthalle hatte er als einen unverfänglichen Ort angesehen und sich fest vorgenommen, nichts Falsches zu tun oder zu sagen. Als wahren Glücksfall bescherte ihm das Schicksal Heidis Katze, wodurch es immer etwas zu reden gab. Einmal hatte sie angefangen, über die »grauenvollen Frauenmorde« zu sprechen. Eilig hatte er umgeschwenkt und sich ausschweifend über die Vorteile von Katzentrockenfutter ausgelassen. Heidi hatte verwundert, aber erfreut zur Kenntnis genommen, zu welch ausgiebigem Monolog ihr Angebeteter fähig war.

In dem Zwiespalt zwischen Hoffen auf den Tod der Politesse und Zuneigungsgefühlen für die nette Floristin tauchte nun auch noch dieser Brandstifter auf. Eigentlich hatte Gerster ihn aus seinen Gedanken verdrängt. Das erste unfreiwillige Zusammentreffen mit ihm, damals in der dunklen Schrebergartenanlage, war so kurz gewesen, dass er alle Bedenken zur Seite gewischt hatte. Nun aber hatte der erschrockene Blick des jungen Mannes deutlich verraten, dass er genau wusste, wen er vor sich hatte. Zwar nicht namentlich, aber in der hell erleuchteten Markthalle hatten sich ihre Blicke doch so lange gekreuzt, dass der junge Feuerteufel ihm gefährlich werden konnte – falls es ihm die Sache wert war, seine eigenen Verbrechen preiszugeben und sich der Polizei auszuliefern.

Es war der falsche Zeitpunkt, sich darüber tiefgreifende Gedanken zu machen, beschloss Gerster. Und mittlerweile war das *Fressgässle* auch definitiv der falsche Ort. Der falsche Ort für Problemlösungen und der falsche Ort, seine zarte Romanze mit Heidi voranzubringen. Zumal sich nebenan an einem der Stehtische zwei ältere Männer bei Fasswein tuschelnd, aber für Gerster doch unüberhörbar, über die Freiburger Morde unterhielten.

Heidi gefiel die Atmosphäre in der Markthalle zwar ausgesprochen gut, aber ein Ortswechsel in Anbetracht des eigenartigen Stimmungswechsels kam ihr nicht ungelegen.

Die Frage, ob Kater Tom sich zwecks Einforderung von Streicheleinheiten ebenfalls der Länge nach auf den Boden schmiss, blieb unbeantwortet. Dafür sprach Fritz Gerster schnalzend und unruhig umherzappelnd eine Einladung aus. »Kino?« Heidi war über den plötzlichen Vorschlag überrascht, aber nicht abgeneigt. »Ja, Kino ist eine gute Idee. Falls die mich in den Klamotten überhaupt reinlassen.« Sie hatte wieder leicht gelispelt. Jetzt strahlte sie und erhob sich vom Hocker. Als beide die Markthalle verließen, hakte sie sich bei ihm ein, wodurch Gerster ihren leichten Gehfehler bei jedem Schritt körperlich spürte. Sie ist einfach perfekt, dachte er wieder, und vergaß den Brandstifter.

Eines der Stadtkinos war fußläufig in wenigen Minuten erreichbar. Fritz Gerster erwies sich als wahrer Romantiker. Der Film, in den er Heidi einlud, war *Star Wars – Das Erwachen der Macht*. Sie saßen in einer der letzten Reihen. Auf der Leinwand ging es heftig zur Sache. Dennoch fand Heidis wandernde Hand während der fieberhaften Suche nach einem gewissen Luke Skywalker die seine, und nun entschwand auch Fritz Gersters bedrohliche Vorstellung von der erwachenden Politesse. Als Heidi ihren Kopf an seine Schulter legte, entschwand sie sogar so weit, dass er das Geschehene schon fast nicht mehr für wahr hielt.

»Alles ist wahr«, hielt Harrison Ford melodramatisch von der Kino-Leinwand herunter entgegen – unter dem epischen Soundtrack der dritten *Star-Wars*-Trilogie. »Es ist einfach alles wahr.«

6

Den zentralen Treffpunkt im Männerwohnheim *Inselglück*
nannten sie verniedlichend *Die Stube*. Dahinter verbarg sich
allerdings kein kuschelig gemütliches Zimmer mit Sofa, Teppichboden und Ohrensessel, sondern ein großer, eher steriler
gefliester Aufenthaltsraum mit vielen Holzstühlen, die um mehrere Tische verteilt Sitzgelegenheiten in kleinen Gruppen boten.
Hoch oben an der Wand hing ein Fernsehgerät, dessen Programm von den Betreuern bestimmt wurde. An einer anderen
Wand stand ein altes Bücherregal mit noch älteren Büchern, die
niemand mehr las. Eine Kommode beherbergte Brettspiele, die
niemand spielte. Lediglich die abgegriffenen Spielkarten, die
von Händen gemischt wurden, denen man ein leidvolles Leben
ansah, dienten manchen Hausinsassen bisweilen als Zeitvertreib.
Meist aber nur so lang, bis sie durch einen wütenden Wurf in
einer Ecke landeten.

Die Bezeichnung »Männerwohnheim« wurde auch, so gut es
ging, vermieden. Der Leiter der Einrichtung sprach meist vom
»Eiland für gestrandete Glücksritter«.

Der raue Umgang untereinander war neben dem nicht jeder
Nase erträglichen Geruch der Grund dafür, weshalb Henry
Dosch in der Vergangenheit nur in bitterkalten Winternächten
den Schutz des Heims in Anspruch genommen hatte, wobei er
in diesen wenigen Fällen meist schon in den frühen Morgenstunden wieder verschwunden war. Wie man auf die paradoxe
Idee gekommen war, diese triste Stätte auch noch *Inselglück* zu
nennen, war ihm ohnehin schleierhaft.

Unter der persönlichen Obhut des redseligen, schwergewichtigen und immer schwitzenden Heimleiters, der aus dem Hause
Behnke als wegweisenden Vorschuss eine mehr als großzügige

Überweisung auf das Konto der Einrichtung erhalten hatte, galt für Henry Dosch nun jedoch eine Art Anwesenheitspflicht. Er erfüllte sie notgedrungen, denn sein Sozialbetreuer ließ ihn ebenfalls nicht aus den Augen, stellte ihm aber durch die anstehende Entzugstherapie ein Leben ohne Alkohol in Aussicht. Ein Leben ohne Not, ein Leben in der Hoffnung, wieder auf die Beine zu kommen. Eine Chance, seinen Sohn wiedersehen zu dürfen, den er nur als kleinen Buben in Erinnerung hatte. Und vielleicht könnte er sich bei Cora entschuldigen.

Eine Woche war seit seiner Haftentlassung und der gleichzeitigen Kasernierung im *Inselglück* vergangen. Man hatte ihm ein Zweier-Zimmer zugewiesen, zusammen mit einem älteren Mann, dem die Zähne fehlten und der schon sehr lange im wahrsten Sinne des Wortes heimisch war. Ein Einzelzimmer in Doschs doch noch sehr labilem Zustand schienen dem Heimleiter und dem Betreuer zu riskant. Zudem hatte man ihm nahegelegt, sich am Gemeinschaftsleben in der Stube zu beteiligen und seine bisherige Rolle als Einzelgänger abzulegen. Das fördere den Erfolg der Therapie. Im Vergleich zum Aufenthalt in der ungeliebten engen Zweier-WG zusammen mit dem zahnlosen, übelriechenden und ununterbrochen dahinmurmelnden Zimmergenossen war die große Stube das geringere Übel.

Bisweilen hielten sich dort über 20 Männer gleichzeitig auf. Es war immer laut, wobei der Ton nur von ein paar wenigen bestimmt wurde. Henry Dosch zählte zweifellos zu den ruhigen Bewohnern. Meist saß er alleine auf einem Stuhl neben dem alten Regal und stöberte in den verstaubten Büchern.

Außer dem täglichen Besuch durch seinen Betreuer tauchte zweimal am Tag eine strenge, kräftig gebaute Therapeutin bei ihm auf, die den Übergang für das anstehende, mehrmonatige Entwöhnungsprogramm in einer Fachklinik gewährleisten sollte. Jedes Mal schwor sie ihn eindringlich auf die künftigen Regeln ein. »Die Maßnahmen sehen eine Kombination aus ambulanter und stationärer Therapie vor. Tagsüber, außer sonntags, sind

Sie in der Klinik. Abends kehren Sie auf direktem Wege hierher zurück. Es gibt keine Ausnahmen. *Inselglück* ist ab sofort Ihr fester Wohnsitz. Haben Sie mich verstanden?«

7

Nach dem Kinobesuch hatte Fritz Gerster die nette Floristin zu ihrem Auto begleitet und ihr eine angenehme Heimfahrt gewünscht. Bevor Heidi eingestiegen war, hatte sie sich mit einem Strahlen und einem bezaubernden Lispeln für den netten Abend bedankt und ihm einen flüchtigen Kuss auf die Wange gedrückt. Als sie winkend davongefahren war, hatte er ihr glückselig nachgesehen. Doch kaum war sie verschwunden, hatten der Brandstifter, der Stadtstreicher und die Politesse wieder gnadenlosen Einzug in Gersters verworrene Gedankenwelt gehalten.

Die Vorstellung, dass die Frau noch am Leben war, nagte dermaßen an seinem Befinden, dass er in den folgenden Nächten kaum noch schlafen konnte.

Immerzu dachte er an die Tat. Alles war gut gelaufen, bis dieser laute Schrei ihn aufgeschreckt und zur eiligen Flucht aus dem Park genötigt hatte. Zweifellos war der überraschend hinzugekommene Fußgänger dafür verantwortlich, dass er seit einigen

Tagen zwischen Hoffen und Bangen schwebte, weil die Politesse ihrerseits in Lebensgefahr schwebte – anstatt irgendwo im fernen Jenseits.

Er dachte auch darüber nach, ob er an der bedrückenden und ungewissen Situation etwas ändern konnte. Seine diesbezüglichen Erörterungen mit Tom waren jedoch wenig zielführend. Der Kater zeigte einmal mehr nur geringe Anteilnahme an Gersters Problemen. Vielmehr fühlte sich der Vierbeiner durch die Ansprachen seines Herrchens zu allen möglichen Unzeiten zunehmend in seiner Nachtruhe gestört und verdrückte sich neuerdings zum Schlafen unter die Spüle hinter den Abfalleimer. Gerster war derweil völlig durch den Wind.

Eines Nachts erinnerte er sich an die beruhigende Wirkung, die vom *Wasser des Lebens* ausgehen sollte. Er schenkte sich ein halbes Glas ein und kippte es in einem Zug hinunter. Als nach einer Weile die angeblich angenehmen Wirkungen des torfigen Whiskys nicht eintraten, zog er sich an, steckte die Flasche in seinen Rucksack und fuhr mit dem Golf zum Kesselhaus. Niemand war da. Es war die Nacht auf Sonntag.

Im Turmzimmer ging er aufgedreht auf und ab, nahm hin und wieder einen Schluck aus der Pulle, was ihn aber nicht beruhigte, sondern betrunken machte. Trotz Übelkeit und Kopfschmerzen schlief er irgendwann auf dem Boden ein.

Als er wieder zu sich kam, lag er frierend unter dem alten Fenster. Die Whiskyflasche lag leer daneben. Er rappelte sich auf und riss das Fenster auf. Tief atmete er die Luft ein, die draußen um einiges kälter war. Er warf sich die alte Decke über und sah hinüber zum *Hohlen Zahn*. Lange betrachtete er den enthaupteten Kesselturm. Die nächtliche Stille wurde von den ersten Tagesgeräuschen abgelöst. Es war Wochenende. Eine Uhr in der Ferne schlug sechsmal. Als sie siebenmal schlug, hatte Gerster einen Entschluss gefasst.

Im Morgengrauen verließ er das Areal der Firma *Ritter* und fuhr zurück. Den Golf parkte er in einer Seitenstraße in der

Nähe des Hochhauses. Den Anwohnerberechtigungsausweis vergaß er dieses Mal nicht, weil seine ganze Konzentration auf der Person ruhte, die ihm gegenüber eine ganz besondere Vorliebe für solche Ausweise kundgetan hatte. Grinsend holte er ihn aus dem Handschuhfach, deponierte dort sein Handy und legte den Ausweis gut sichtbar auf die Armaturenablage. Er schloss das Auto.

Sein Weg führte ihn zu Fuß zum Uniklinikum.

8

Mit der bitteren Erkenntnis, dass der Freiburger Frauen- und Hundemörder nach wie vor auf freiem Fuß war, musste die *Soko Schlinge* trotz personeller Knappheit zahlenmäßig wieder hochgefahren werden. Diana Schulz verkündete in der frühsonntäglichen Krisenbesprechung im engen Leitungskreis, dass seitens des Präsidenten die Zustimmung und in Anbetracht des medialen Drucks auch die dringende Empfehlung vorliege, weitere Ermittlungs-Assistenzen in die Soko zu integrieren.

»Das entscheiden wir zu gegebener Zeit«, wiegelte Merle Trautmann diese Option ab. »Wir haben ja bereits den Kollegen Bücheler in unseren Reihen.« Welche Wertung hinter dieser Äußerung verborgen war, konnten die anderen leicht erahnen, da sie aus ihrer grundsätzlich ablehnenden Haltung nie ein Hehl gemacht hatte.

Hinzu kam, dass der Ermittlungs-Assistent Bücheler mit seiner »abgleichenden, forensisch verwertbaren Plausibilitäts-Analyse«, die es in Wahrheit überhaupt nicht gab, recht gehabt hatte. Zu einer fachlichen Darstellung dieser angeblichen Analyse war es zwar nie gekommen, aber Alfons Bücheler hatte in diesem Kontext nicht nur gegenüber der Soko-Chefin Zweifel an der Täterschaft des Stadtstreichers geäußert, sondern auch offiziell in einer großen Soko-Besprechung. Ohne es zugeben zu wollen, nagte dieser Umstand doch sehr an Merle Trautmanns Ehre – als Kriminalistin, vor allem aber in ihrer Funktion als Leiterin der Mordkommission. Manche innerhalb der Soko sahen es als eine Art Retourkutsche an, dass Bücheler nun mit routinemäßigen, unspektakulären Auswertungsarbeiten beauftragt wurde. In einem fensterlosen Nebenraum, neben einem Regal mit rustikal-nostalgischen Bürogegenständen, stöberte er ziemlich missmutig in den Akten. Als Helge Michalek einmal den Kopf durch die angelehnte Tür hereinstreckte, musste der eigentliche Ruheständler dessen respektarme, aber insgesamt treffende Feststellung erdulden: »Na, Opa, da hat dich die Alte mal locker von der Bildfläche geschossen. Die mag keine pensionierten Assis.« Bevor ihm Bücheler einen längst ausgedienten badischen Aktenlocher an den Kopf werfen konnte, mühte sich Michalek um Beschwichtigung. »Sorry, Alfons, den Opa nehm ich zurück. Ist ja nur 'ne Abkürzung. Aber der Rest stimmt schon!«

»Assi?«

»Assistenten meine ich.«

Durch die Verbannung ins Aktensichtungslager war Bücheler auch von der zusammenfassenden Momentaufnahme abgeschnitten, zu der Merle Trautmann die Führungsspitze der Soko, samt Staatsanwalt Faber-Jung, eine Woche nach Doschs Entlassung und somit mit Ablauf des vom Präsidenten gestellten Ultimatums an einen Tisch gerufen hatte.

»Wo stehen wir und wo gehen wir hin?« Unter diesen beiden Fragen sollte die prekäre Situation erörtert werden. »Ich beginne damit, wo wir stehen: Wir haben aktuell vier zusammenhängende Taten innerhalb der *Soko Schlinge*. Den Mord an der Kassiererin Ende November, dann kurz vor Weihnachten die Tötung des Hundes und den Mord in der Gartenanlage, und vor gut einer Woche den Überfall auf die Gemeindevollzugsbeamtin. Wir haben ein Spurenaufkommen, bezogen auf Hinweise und Abklärungen, im Bereich von ... knapp 1.000?«

Trautmanns Blick wanderte fragend zu Diana Schulz.

»972«, präzisierte sie nach einem kurzen Blick auf ihre Unterlagen. »Dabei nicht mitgerechnet sind die klassischen objektiven Spuren der Kriminaltechnik.«

»Zu denen uns Kollege Tränkle gleich mehr sagen wird«, nahm Merle Trautmann den Faden wieder auf. »Die meisten Hinweise und Personenabklärungen sind abschließend bearbeitet. Was soll ich sagen? Wir haben aktuell keinen Tatverdächtigen und stehen unterm Strich«, sie machte eine hilflos wirkende Pause, »ja, unterm Strich stehen wir bei null und mit fast leeren Händen da.«

»Die Betonung liegt auf *fast*«, brachte sich Staatsanwalt Faber-Jung rasch ein, dem der resignierende Unterton offensichtlich missfiel. »Mich interessieren die aktuellen Spuren. Was hat es mit dieser neuen DNA auf sich, die am Tatort im Eschholzpark gesichert wurde?«

Merle Trautmann schaute über den Tisch zu ihrem Kollegen von der Kriminaltechnik. Klaus Tränkle sah von seinen Unterlagen auf, in die er zuvor vertieft gewesen war. »Offen gestanden«, begann er mit einem unüberhörbaren Seufzer, »haben wir ein Gesamtspurenbild, das aus meiner Sicht nur diffuse Rückschlüsse auf all das Geschehene zulässt.«

Offenbar gefiel Faber-Jung auch dieser nur bedingt optimistisch anmutende Einstieg nicht besonders. »Ich hatte nicht nach dem Gesamtspurenbild gefragt. Mich interessiert das fremde Genmuster, das man bei Frau Österle gefunden hat.«

Tränkle ließ sich nicht beirren, zumal er Faber-Jung als besonnenen und weitsichtigen Staatsanwalt kannte. »Ich werde gleich etwas dazu sagen. Wir sollten aber keinesfalls das komplexe Spurenbild aller Taten außer Acht lassen. Immerhin sind wir wegen einer einzelnen DNA-Spur schon einmal auf die Nase gefallen.«

Nach einer zustimmenden Geste des Staatsanwaltes fasste Tränkle mit Blick auf seine Unterlagen die Spurenlage zusammen. »Fangen wir bei den Schuhabdrücken an. Wir haben im ersten Fall mit der Kassiererin Erna Kretzdorn und dem Schrebergartenmord an Margarete Ziebold identische Sohlenfragmente, eine Art Fischgrätenmuster, welche an den gleichen Stellen übereinstimmende individuelle Abnutzungsmuster aufweisen. Übereinstimmung haben wir in beiden Fällen auch bei korrespondierenden Faserspuren aus Baumwolle, die nach Einschätzung der Mikrobiologen von einem braunen Kleidungstück stammen.« Tränkle blätterte in seinem Ordner und nahm ein paar Fotos und eine Klarsichtfolie heraus. »Kommen wir zu den Tatwerkzeugen. Wie allen bekannt, wurde Frau Kretzdorn mit ihrem eigenen Schal erdrosselt. Fremdspuren am Schal haben wir nicht gefunden. Frau Ziebold wurde mit einem selbst gebastelten Drosselwerkzeug getötet, bestehend aus einer bewusst für diesen Zweck zusammengeknüpften Kombination mehrerer doppelköpfiger Kabelbinder.« Er ließ ein paar Bilder herumgehen. »Mit einem gleichartigen Tatwerkzeug, das wir aus einzelnen Teilen rekonstruiert haben, wurde der Hund in der Uferstraße erdrosselt. Nach Auskunft des Kriminaltechnischen Instituts sind die Kabelbinder aus beiden Fällen material- und fabrikationsgleich. Passend zu diesen beiden Fällen haben wir das exakt in gleicher Weise hergestellte Drosselwerkzeug im Fall Österle.«

Tränkle wartete, bis die Bilder ihre Runde gemacht hatten. Es ging schnell, denn die meisten kannten sie schon.

»Was weiß man über die Herkunft der Kabelbinder?«, schob Faber-Jung eine Frage ein, die seit Auftauchen des Tatwerkzeuges die Soko besonders beschäftigte.

Da deren Beantwortung in den Ermittlungsbereich von Jakob Allgeier fiel, sah Tränkle zu ihm hinüber. Eine Hand des fülligen Kollegen wanderte augenblicklich in Richtung Nase und begann mit der üblichen und meist vergeblichen Suche nach der richtigen Position seiner Brille.

»Über die Herkunft wissen wir nichts«, erklärte Allgeier nüchtern. »Es gibt keine Fabrikationshinweise, Markenkennzeichnungen, Stanznummern oder dergleichen. Das deutet im Grunde auf Massenware hin. Allerdings sind doppelköpfige Kabelbinder keinesfalls überall erhältlich. Jedenfalls nicht in normalen Baumärkten.« Er ließ sich von Tränkle eine verschließbare Folientasche geben und hob sie in die Höhe. In der Klarsichthülle war das sichergestellte Tatwerkzeug des letzten Falles asserviert. »Unsere Spezialisten sind der Ansicht, dass die Kabelbinder schon älter sein könnten. Eine Vermutung aufgrund der Materialbeschaffenheit. Das würde zu unserer Einschätzung passen. Wir haben auf dem freien Markt nämlich bisher keine Ware ausfindig machen können, die exakt diesen Bindern entspricht.«

Faber-Jung überlegte kurz. »Das bedeutet, dass es zwar sehr schwierig ist, den Hersteller herauszufinden. Auf der anderen Seite jedoch steigen unsere Chancen auf die Täterermittlung ganz enorm, wenn wir die Herkunft der Binder klären können.«

Diese Feststellung war für Merle Trautmann nichts Neues, aber sie unterstrich in ihrer Einfachheit den Druck, unter dem die Soko stand, und der nun offenbar auch vom Staatsanwalt durch eine weitere Anmerkung verschärft wurde. »Und dann haben wir ja diese neuen Täterspuren am Opfer Österle. Könnten Sie da jetzt bitte darauf eingehen?«

Der Ball war an Klaus Tränkle zurückgespielt, der zu resümieren begann. »Ja, schauen wir uns die Genspuren an. Im Fall der ermordeten Kassiererin – Fehlanzeige. Bei der Tötung des Hundes haben wir zwar umfangreiches DNA-Material an den Kabelbinderresten gesichert, allerdings stammt alles ausnahmslos vom Hundebesitzer. Bei der Toten unter der umgestülpten Regentonne haben wir bekanntlich dieses Schamhaar, das ohne jeden Zweifel von Henry Dosch stammt. Eine schlüssige Erklärung, wie es dort hingelangt ist, können uns weder Dosch selbst noch unsere Fallanalytiker liefern.« Tränkle legte eine bewusste Pause ein und sprach dann mit Augenkontakt zu Staatsanwalt Faber-Jung weiter. »Im jüngsten Fall, dem Überfall auf die städtische Vollzugsangestellte, haben wir zwar kein vollständiges DNA-Muster, aber sehr brauchbare Spurenbeimengungen einer unbekannten männlichen Person in Form von Hautschuppen am Hosenbund und an einem abgerissenen Stück eines Einweghandschuhs.«

»Was verstehen Sie unter ›sehr brauchbar‹?«, wollte Faber-Jung wissen.

»Zunächst bedeutet es, dass das Material so gut ist, dass wir es mit der DNA einer Verdachtsperson abgleichen können. Wir wissen auch definitiv, dass es von einer männlichen Person stammt.«

»Und zwar dieses Mal vom Täter«, warf Merle Trautmann ungefragt ein.

»Was macht uns da so sicher?« Der Staatsanwalt, der sich seinerseits wegen der Dosch-Pleite unangenehme Vorwürfe seines Behördenleiters anhören musste, zeigte sich kritischer als gewohnt.

»Es gibt einen maßgeblichen Unterschied zu den ersten Fällen«, konstatierte Klaus Tränkle, »und zwar bei der Spurenbewertung.«

»Ich bin ganz Ohr!«

»Doschs Schamhaar haben wir bisher immer nur als eine DNA-Spur betrachtet, weil sie bekanntermaßen die Erbinformationen eines Menschen trägt. Allerdings ist das Haar im

Grunde genommen auch eine Materialspur. Eine Sache, ein Gegenstand. Etwas, das auf für uns unbekannte Weise an den Tatort gelangt ist – gerade so, wie jeder andere Gegenstand an einen Tatort gelangen könnte. Diese Materialspur muss mit der eigentlichen Tathandlung nicht zwingend etwas zu tun haben.« Alle lauschten aufmerksam. Besonders Faber-Jung schien gespannt, wohin Tränkles verbale Reise gehen würde. »Bei den DNA-Fragment-Spuren im Fall Österle verhält es sich anders. Bei ihnen handelt es sich in diesem Sinne nicht um Materialspuren, sondern um Spuren, die unmittelbar durch die Tat entstanden sind. Nämlich durch das Reißen eines Handschuhs und den Abrieb der Handflächen am Hosenbund.«

Die Erklärung leuchtete ein und ließ einen Schluss zu, den Staatsanwalt Faber-Jung noch zögerlich in eine Frage packte. »Sie entstanden also direkt bei der Tatbegehung und können daher nur vom Täter stammen?«

Tränkle klappte seine Unterlagen zusammen. »Korrekt. Beschaffenheit und Lage der Spuren sprechen in diesem Fall eine deutliche Sprache. Wir haben verwertbare und vergleichbare DNA des noch unbekannten Mörders!«

Die überzeugende Darstellung des Kriminaltechnikers machte seiner Soko-Leiterin neue Hoffnung, denn die geschilderte Auslegung der Spurensituation hatte sie so bisher nicht in Betracht gezogen.

»Das klingt doch gar nicht so schlecht«, kommentierte sie Tränkles Vortrag mit deutlich optimistischerem Beiklang als zu Beginn der Besprechung und öffnete die Runde für weitere Wortmeldungen.

Jakob Allgeier nutzte die Gelegenheit zu einem mahnenden Appell. »Die Erfahrung – in diesem Fall die schlechte – hat uns gelehrt, dass wir alle anderen Spuren nicht vernachlässigen dürfen.« Zustimmendes Murmeln der kleinen Runde bekundete, dass seine Warnung Anklang fand.

»Wie weit würden Sie in Bezug auf Ihre Anmerkung gehen?«, hakte Trautmann ein.

»So weit, dass wir bei der Bearbeitung aller anderen Spuren, aller Sachverhalte und Hinweise so tun, als würde es diese Österle-Täterspur überhaupt nicht geben.« Fahndungsleiter Helge Michalek raffte mit beiden Händen seine wallende Mähne zusammen und bändigte sie umständlich mit einem Haargummi. »Das würde aber bedeuten, dass wir alle Fuzzis, die wir irgendwo und irgendwann auf dem Schirm hatten, neu überprüfen müssen.«

»So arbeiten gewissenhafte Sokos.«

»Er hat völlig recht«, pflichtete Merle Trautmann ihrem Ermittlungsleiter bei. »Eine Überprüfung der Personen, die wir vor Dosch im Auge hatten, kann nicht schaden.«

»Wobei die DNA-Teilspur vom Eschholzpark keinem der uns bekannten Straftäter zugeordnet werden kann«, ließ Klaus Tränkle anmerken. »Aber nach dem Dilemma mit Dosch dürfen wir uns keine weitere Panne mehr leisten und sollten unbedingt mehrgleisig fahren. Da bin ich voll und ganz bei Jakob.«

Man war sich einig. In der Folge ging man den potenziellen Personenkreis durch. Erfasste Straftäter, die in Vergangenheit durch Gewaltverbrechen oder heftige Übergriffe gegenüber Frauen aufgetreten und auf freiem Fuß waren. Sie wurden priorisiert nach jeweiliger Tatbegehungsart beziehungsweise Modus Operandi. Rasch fiel in der sorgfältigen Erörterung auch der Name Fritz Gerster.

»Ich verwette mein Briefmarkenalbum, dass der Typ wieder kein Alibi hat«, war Helge Michaleks saloppe Überzeugung.

»Du sammelst Briefmarken?«, wunderte sich der junge Jochen Haag, der in den vergangenen Wochen verantwortlich für das Zusammentragen aller Daten zur internen Auswertung war.

»Ja klar«, antwortete Michalek, »alle mit Frauenköpfen. Fanny Hensel, Käthe Kollwitz, Marlene Dietrich, Charlotte von Stein, Angela Merkel.«

»Du hast echt einen an der Waffel, Michalek!«

»Helene Fischer hat man auch ein Angebot gemacht. Sie sollte auf eine Zehncentmarke. Aber sie hat gesagt, unter 55 Cent macht sie's nicht.«

»Gerster ist zweifellos ein interessanter Kandidat«, griff Jakob Allgeier die ursprüngliche Bemerkung Michaleks auf. Es hatte in den zurückliegenden Wochen nicht nur eine Phase gegeben, in welcher der erfahrene Ermittler den verstockten Einzelgänger, der nie ein Alibi hatte, für den Mörder gehalten hatte. Unter der Ausgangslage, bei allen Ermittlungen so zu tun, als gäbe es die Spur aus dem Eschholzpark nicht, bekam Spur Nummer 17 wieder Bedeutung. »Über einen Besuch von uns würde er sich bestimmt freuen. Er hat ja schließlich nichts zu verbergen.«

9

Der Weg zum Freiburger Universitätsklinikum führte Fritz Gerster durch den Eschholzpark. Zuletzt war er vor gut einer Woche hier gewesen. Es war ein höchst bedrückendes Gefühl, als er jetzt die Kastanienallee entlang ging und hinüber zu jenem Gebüsch blickte, wo ihn der Fußgänger überrascht und den

Grund dafür geliefert hatte, dass er nun erneut im Park unterwegs war. Nichts deutete darauf hin, was sich hier vor ein paar Tagen abgespielt hatte. Kein Absperrband, keine Markierungen, keine Menschen. Lediglich das weithin niedergedrückte Gras, das zu dieser Jahreszeit Mühe hatte, sich von dem Getrampel zu erholen, verriet beim aufmerksamen Hinsehen, dass hier viele Füße unterwegs gewesen waren.

Gerster beschleunigte seinen Schritt. Erst als er an der monumentalen Gartenschlauch-Statue vorbei war, wurde er wieder ruhiger. Er atmete tief und langsam ein und aus. Sein Puls normalisierte sich. Er stieg allerdings wieder, als er sich vorbei am markanten Gebäude des Rathauses im Stühlinger Meter um Meter dem Klinikgelände näherte. Wie klein doch Freiburg ist, dachte er, denn unmittelbar hinter dem Areal befand sich der weitläufige Hauptfriedhof, zu dessen Krematorium Gersters Gedanken jetzt enteilten. Mit der flachen Hand verpasste er sich eine klatschende Ohrfeige.

Trotz Wochenendes und früher Stunde waren einige Leute unterwegs. Die meisten von ihnen verortete Gerster beim Klinikpersonal oder hielt sie für Mitarbeiter von Zulieferdiensten. Er hatte keinen blassen Schimmer, wo sich das Gebäude des Neurozentrums befinden könnte, auf dessen Intensivstation er die Politesse vermutete. Einfach jemanden danach zu fragen, kam ihm riskant vor. Er würde den Befragten unweigerlich zu einem später wichtigen Zeugen machen.

Während er im morgendlichen Halbdunkel auf den verschlungenen Wegen des Klinikareals vergeblich nach dem passenden Hinweisschild suchte, näherten sich zwei uniformierte Polizisten vom Parkplatz her. Gleich einem angeborenen Reflex duckte sich Fritz Gerster zur Seite und wechselte die Gehrichtung. Verstohlen blickte er hinter einer Laterne zu den beiden Beamten, die sich locker unterhielten und ohne jegliches Interesse an ihm auf eines der mächtigen Klinikgebäude zugingen. Obwohl Fritz Gerster bei der richtigen Einschätzung von Situationen bisweilen seine Mühe hatte und er auch in diesem Fall falsch lag, waren seine Überlegungen hinsichtlich der Polizisten nicht ganz abwegig. Ob ihrer Gleichgültigkeit ihm gegenüber vermutete er nämlich, dass die beiden auf dem Weg zu einem Unfallopfer sein könnten, um entweder eine Befragung durchzuführen oder sich nach dessen Zustand zu erkundigen. Somit lag für Gerster die Wahrscheinlichkeit nahe, dass sie ihn unbewusst direkt zur Intensivstation führen könnten.

In gebotenem Abstand folgte er ihnen. Tatsächlich passierten die Beamten kurz darauf eine blaue Anzeigetafel, die den Weg zum Neurozentrum wies. Sie betraten das Gebäude. Gerster blieb hinter dem riesigen, schwarz-gelben Metallring zurück, der von einem japanischen Künstler als hoffnungsvolles Symbol für Ganzheit und Gleichgewicht geschaffen worden war.

Von Ganzheit und Gleichgewicht war Fritz Gerster derweil weit entfernt. Zerrieben von Zweifeln, Ungewissheit und Angst wollte er auf alle Fälle warten, bis die beiden Polizisten das Gebäude wieder verlassen hatten.

Viel schneller als erwartet sah er wieder zwei Personen in dunkelblauen Uniformen. Sie kamen aus dem Neurozentrum heraus und bewegten sich Richtung Parkplatz. Gerster war irritiert. Es waren doch zwei Männer gewesen, dachte er, die vor weniger als fünf Minuten in der Klinik verschwunden waren. Zwei relativ schlanke Polizisten, ohne Bärte. Nun aber waren es zwar auch zwei Uniformierte, aber einer hatten einen Bauch und einen Vollbart, und der andere war zweifellos eine Frau. Für einen Moment verwarf er angesichts der bedrohlichen Polizeipräsenz sein Vorhaben. Im nächsten Augenblick jedoch wurde er der Alternative gewahr, falls er unverrichteter Dinge wieder abrücken würde.

Fast eine Stunde wartete er draußen auf dem Klinikareal. Manche Krankenschwestern oder Pfleger kamen in dieser Zeit zum zweiten oder dritten Mal vorbei. Um nicht aufzufallen, drehte Gerster eine große Schleife. Dadurch wusste er bei seiner

Rückkehr nicht, ob noch Polizisten im Neurozentrum waren. Nach einer weiteren halben Stunde fasste er sich ein Herz. Im Inneren herrschte emsiges Treiben. Menschen in weißen Kleidern und weißen Schuhen, junge Frauen in blauer Schwesternkleidung, Reinigungspersonal und einige Leute in Zivil belebten die Gänge und den großen Aufenthaltsraum hinter dem Eingang. Eine unübersehbare Tafel wies darauf hin, dass sich die Intensivstation im ersten Obergeschoss befand. Gerster wählte die Treppe. Sein Puls erhöhte sich. Er schlenderte den Gang entlang und versuchte erfolglos, eine harmlose Figur abzugeben.

»Kann ich Ihnen helfen?«, fragte ihn plötzlich eine junge Schwesternschülerin, die er gar nicht bemerkt hatte.

»Ich suche, ähm, die Station, also, ich meine die Intensivstation.« Im gleichen Augenblick, da er die stammelnde Antwort gegeben hatte, bereute er sie. Umso überraschter war er, als ihm die junge Frau freundlich und ohne jedes Misstrauen den Weg wies. »Die haben Sie fast schon gefunden. Nur noch einmal da vorne um die Ecke.« Bevor er sich bedanken konnte, war sie schon enteilt. Hatte sie sich sein Gesicht gemerkt? Würde sie sich später überhaupt an diese marginale Begebenheit erinnern? Gerster schlenderte zum Ende des Flures. Seine Zweifel waren gerade im Begriff, über seine ursprüngliche Entschlossenheit zu siegen. Mit bewusst herbeigeführten Gedanken an die aufwachende Politesse, die dem Bullen mit der Nickelbrille ihre grausame Geschichte in allen Details erzählen würde, kämpfte er dagegen an. Was wäre schon dabei, redete er sich ein. Minimaler Aufwand bei höchstem Ertrag. Dieses Mal müsste er einfach ein paar mit Kabelbindern zusammengehaltene Schläuche aus ihren Anschlüssen ziehen. Fertig. Er brauchte nicht mal seine eigenen!

Als er um die Ecke bog und den langen Flur hinunter zum Eingang der Intensivstation schaute, nahm ihm der Anblick dessen, was er sah, jegliche Entscheidung ab. Die beiden Polizisten, die er draußen als Erste gesehen hatte, saßen nun auf zwei Stühlen, links und rechts der automatischen Milchglas-Schiebetür, die nur Berechtigten den Zutritt gewährte. An ihren Gürteln hingen griffbereit Holster für Pistole, Pfefferspray und Handschließe. Das Bild war eindeutig. Sie bewachten den Zugang und hatten ihre beiden Kollegen abgelöst. Es gab keinen Zweifel: Die mit dem Tod ringende Politesse stand unter strengem Polizeischutz.

Fritz Gerster erkannte, dass er die Angelegenheit nicht zu Ende bringen konnte. Er gab auf und ging zurück um die Ecke in Richtung Treppe.

Dort lief er direkt in die Arme von Jakob Allgeier.

10

All ihr Fluchen und Hadern nützte nichts. Genauso wenig wie die erfolglosen Aufforderungen an ihren Mann, den Kiosk sauber zu halten oder wenigstens ab und zu den Dreck dieses pöbelnden Stammgesindels wegzuräumen. Dienstags betreute sie den *Dreisam-Kiosk* selbst, während sie ihren Hoddel irrigerweise in der Alkohol-Selbsthilfegruppe wähnte. An manchen Wochenenden legte sie zur Schaffung von Ordnung selbst

Hand an, weil ihre dahingehenden Befehle meist nur mit einem lustlosen »Was willst du denn? Es ist doch alles sauber und in Ordnung« abgetan wurden. Die Bequemlichkeit ihres Mannes, der offiziell der Betreiber des Kiosks war, derweil sie drei verschiedene Putzstellen als Reinigungskraft betreute, trieb sie zur Rage und an manchen Samstagen oder Sonntagen eben auch zum kleinen Verkaufshäuschen an der Dreisam.

Das Bier, das am Kiosk verkauft wurde, war billige Massenware, kostete aber natürlich mehr als im Supermarkt. Manche brachten heimlich ihre Flaschen mit und gesellten sich frech zu den anderen. Freilich entging ihr das nicht, denn bei ihren Aufräumarbeiten fand sie stets Leergut, das nicht aus ihrem Angebot stammte. Jede fremde Flasche, ob ordnungsgemäß im Abfallkorb entsorgt oder achtlos ins Gebüsch geworfen, wurde beim Einsammeln mit einem Fluch belegt und anschließend in einen großen Müllsack gebrettert. Da sie nur dienstags Kioskdienst versah und an diesen Tagen die Stammkundschaft verlässlich ausblieb, erwischte sie nie einen dieser »verwahrlosten, versoffenen Betrüger, die dem lieben Herrgott die Zeit stehlen und den ganzen Tag nichts als hirnverbrannten Schwachsinn von sich geben«.

Mit einer Greifzange sammelte sie Papier, Scherben und anderen Müll ein und stopfte alles zu den Flaschen in den Sack. An der Lieblingsflaschenentsorgungshecke, gleich hinter dem Kiosk, meldete sich auch dieses Mal der Würgereiz, obwohl sie durch ihre Putzjobs einiges gewohnt war. Die penetrante Duftmischung aus menschlichem und tierischem Urin der Hunde, gepaart mit handfesten Endprodukten säugetierischer Verdauung erforderten ein gewisses Maß an Selbstbeherrschung.

Mit angehaltenem Atem brachte sie die Problemzone hinter sich und widmete sich dem engeren Kioskbereich. Manche dieser saufenden Proleten waren so dreist, dass sie ihre Zigarettenkippen, Getränkedosen und Rotztücher direkt unter die Ablage der Durchreiche warfen. Kopfschüttelnd sammelte sie auch diesen Unrat ein. Da hatte einer sogar seine schmierigen Handschuhe hingeschmissen. Unglaublich. Dabei stand der Abfallbehälter genau daneben. Sie pickte die von Nässe durchtränkten Handschuhe mit der Greifzange auf. Gehörten die nicht diesem Idioten, dachte sie, der neulich alle Zeitungen mit Todesanzeigen gekauft hatte und zu blöd gewesen war, seinen Geldbeutel aus der Hose zu ziehen? Verächtlich stopfte sie die Handschuhe zu dem Abfall in den vollen Müllsack und band ihn mit einem Klebeband zusammen. Gleich Anfang der Woche war Müllabfuhr. Sie lehnte den Sack an die Rückseite des Häuschens. Aus der Entfernung wurde sie von zwei Gestalten beobachtet, die auf die Öffnung des Kiosks spekulierten, der sonntags üblicherweise geschlossen war.

Hanna Schmidt nahm einen Besen und fegte den kleinen Innenraum aus. Sie wetterte über die zusätzliche, unliebsame Arbeit, die eigentlich ihrem Mann zugewiesen war.

Unterdessen ahnte sie nicht, dass sie den Job schon bald nicht mehr würde verrichten müssen.

11

Ermittler Allgeier hatte Fritz Gerster gebeten, ihn zur Dienststelle zu begleiten, und in Anbetracht der Umstände hatte er diese Bitte nicht abschlagen können.

Sie saßen im gleichen Vernehmungszimmer wie bei den früheren Befragungen. Auch die Ausgangslage schien für Gerster die gleiche zu sein: Im Zusammenhang mit den Frauenmorden wurde er überprüft. Während der wortlosen Autofahrt in Allgeiers Dienstwagen hatte es in Gersters Gehirn ordentlich gearbeitet. Weshalb hatte man ihn erneut im Visier? Das konnte doch gar nicht möglich sein. Waren die angeblichen Spezialisten der Kriminaltechnik so blind, dass sie die von ihm gelegten Trugspuren aus dem Krematorium nicht gefunden hatten? Wenn das tatsächlich der Fall war, hatte er mit seiner Befreiungsaktion für den unschuldigen Stadtstreicher ein klassisches Eigentor und sich damit selbst zurück in den Fokus der Polizei geschossen. Wurde er bereits wieder beschattet? Es konnte doch kein Zufall sein, dass dieser dicke Nickelbrillenpolizist ihn vor der Intensivstation abgepasst hatte. Nicht auszudenken, wenn ihn die beiden Wachposten durch ihre bloße Anwesenheit nicht von seinem tödlichen Vorhaben abgehalten hätten.

Was Fritz Gerster nicht wissen konnte, war, dass Jakob Allgeier sich eigentlich nur nach dem aktuellen Gesundheitszustand von Roswitha Österle erkundigen wollte und einen Besuch bei Gerster erst für später vorgesehen hatte. Umso verdutzter war der Ermittlungsleiter gewesen, als er unvermittelt mit dem zwielichtigen Auslieferungsfahrer, den er ohnehin auf dem Kieker hatte, im Neurozentrum zusammengetroffen war. Die Gunst der Stunde hatte er genutzt, zumal er vom diensthabenden Stationsarzt die Auskunft erhalten hatte, dass die komatöse Patientin noch immer nicht ansprechbar war.

»Sie haben sicher eine Erklärung, weshalb Sie am Sonntagmorgen auf dem Flur vor der Intensivstation herumschleichen?«

Gerster hatte sich während der Fahrt gedanklich auf viele unangenehme Fragen vorbereitet. Die Frage, die er sich selbst stellte, lautete: Wie könnte ich erneut in Tatverdacht geraten sein? Allgeiers Frage beantwortete er nicht. Im Schweigen war er erprobt.

Der Ermittler genoss sichtlich die Situation, was sich durch den perfekten Sitz seiner Rundbrille kundtat. Entgegen seiner Gewohnheit, beim Grübeln oder Wälzen von Problemen permanent an ihr herumzufummeln, hatte er beide Hände lässig in den Hosentaschen. Genauso lässig umkreiste er mit betont langsamen Schritten den Stuhl, auf dem Gerster in sich zusammengekauert auf den nächsten Pfeil wartete. Der schoss in Gestalt einer Wiederholung auf ihn zu. »Was hatten Sie heute im Klinikum zu suchen, *Herr* Gerster?« Allgeier betonte die Anrede mit einem zynischen Zungenschlag und blieb direkt vor seinem Gegenüber stehen. Sekunden vergingen.

»Ist es verboten, sich dort aufzuhalten?«, versuchte Gerster ratlos auszuweichen. Außer der Wahrheit fiel ihm kein plausibler Grund ein, den er dem lästigen Polizisten offerieren könnte.

»Üblicherweise hält man sich auf dem Flur einer Klinik auf, um jemanden zu besuchen – es sei denn, man ist krank und selbst ein Patient, oder man arbeitet dort.«

»Ich bin nicht krank.«

»Und da Sie dort auch nicht arbeiten, haben Sie jemanden besucht. Oder wollten jemanden besuchen?«

Gerster hatte keine Antwort. »Bin ich verdächtig?«

»Verdächtig?« Allgeier setzte seine Umkreisung fort. »Hätte ich denn einen Grund, Sie zu verdächtigen?«

»Sie hatten anscheinend einen Grund, mich hierher zu bringen.«

»Sie wissen, wer auf der Intensivstation liegt?«

Gersters Gedanken fuhren Achterbahn mit Doppelloopings. Ohne Vorwarnung traf Gerster die nächste Frage, auf die er ebenfalls keine Antwort hatte.

»Wo waren Sie am Freitagabend vor einer Woche?« Dem obligatorischen Schweigen ließ der Ermittler selbst die Antwort folgen, obwohl er sehr wohl wusste, dass die tatrelevanten Hautschuppen am Tatort nicht von Fritz Gerster stammten. »Ich weiß, wo Sie waren: Sie waren im Eschholzpark.«

Gerster sagte nichts, aber ein plötzliches Gefühl verriet ihm, dass irgendetwas nicht stimmte. Wenn man tatsächlich wusste, dass er zur Tatzeit im Park war, hätte man ihn längst einkassiert! Damals, nach dem Mord an der Kassiererin, hatten ihn gleich vier Polizisten wegen einer läppischen Zeugenaussage abgeholt. Und heute war er allein von diesem Dicken in der Klinik angesprochen worden, wobei dies die beiden Wachposten vor der Intensivstation überhaupt nicht interessiert hatte. Da musste etwas faul sein. Dieser Aasgeier, oder wie er hieß, versuchte, ihn aufs Kreuz zu legen. Zu verlieren gab es für Gerster ohnehin nichts. Egal, was für ein Spiel gerade mit ihm getrieben wurde, er musste es mitspielen. Nächste Frage.

»Was hatten Sie im Eschholzpark zu suchen?« Allgeier blieb wieder vor Gerster stehen und beugte sich zu ihm hinunter.

»Welcher Park ist der Eschholzpark?«

»Sie wohnen in Freiburg und kennen den Eschholzpark nicht?«

»Vielleicht kenne ich ihn. Wo soll der denn sein?«

Jakob Allgeier stellte sich wieder gerade hin, ließ Gerster aber nicht aus den Augen. »Beim neuen Rathaus im Stühlinger.«

Gerster fand Gefallen daran, die Fragen mit Gegenfragen zu beantworten. »Der Park mit dem großen Gartenschlauch?«

»Was haben Sie dort gemacht, an jenem Freitagabend?«

»Nichts. Ich war nicht dort. Wer sagt, dass ich dort war?«

»Was, wenn jemand Sie gesehen hat?«

»Mich kann niemand gesehen haben. Dort bin ich bestimmt seit Wochen nicht mehr vorbeigekommen. Außerdem war ich zu Hause.«

»Ach ja, zu Hause. Und bestätigen kann das wieder dieser Tom Dingsbums-Hutzlibutz.«

»Tom Chester.«

»Die Katze.«

»Tom ist ein Kater.«

»Gut. Dann brauche ich Sie ja auch nicht danach zu fragen, welche Kleidung Sie an jenem Tag getragen haben.«

Abrupt und für Fritz Gerster völlig überraschend beendete Allgeier seine Stuhlumkreisungen und ging zur Tür. »Das war's dann, *Herr* Gerster. Ich habe kein weiteren Fragen mehr.« Gehört das zu diesem Spiel, fragte sich Gerster und sah ungläubig dem Ermittler hinterher, der sich an der Tür zu ihm umdrehte. »Ja, Sie können gehen!«

Voller Wachsamkeit stand Gerster auf. Er musste an Allgeier vorbei, der sich neben der Tür aufgebaut hatte und schelmisch grinste, obgleich keine seiner Fragen beantwortet worden war. Oder gerade deshalb? Gerster hatte eine starke Vermutung, was der Dicke jetzt gleich wieder sagen würde. Aber der Tag, den der undurchschaubare Polizist bei jeder ihrer Verabschiedungen zu prophezeien pflegte, war bislang nicht gekommen. Tatsächlich begann Allgeier zu sprechen, als Gerster dicht an ihm vorbei nach draußen gehen wollte. »Ach, und eines noch ...«

Jaja, ich weiß, dachte Gerster. Aber Allgeier hielt ihm die offene Hand entgegen. »Fast hätte ich es vergessen. Ihr Handy. Es war bestimmt an dem Freitag auch bei Ihnen und Herrn Chester zu Hause.« Die Hand wartete auf eine Übergabe. »Sie sind doch sicher einverstanden, dass wir das – in Ihrem Interesse, versteht sich – überprüfen.« Bevor Gerster etwas entgegenhalten konnte, ergänzte Allgeier jovial: »Bestimmt müssen Sie am Sonntag für die Herren Ritter nicht erreichbar sein. Wir bringen Ihnen das Teil heute Abend zurück.«

Nur wenige Männer schafften es, Fritz Gerster auf die Palme zu bringen. Bestimmte Frauen hatten es da bedeutend leichter.

Draußen auf der Straße versuchte er, hinter die Gründe für die seltsame Befragung durch den nervtötenden Aasgeier zu gelangen. Weshalb hatte er nicht weitergebohrt mit der Frage nach dem Anlass für seinen Aufenthalt im Neurozentrum? Warum hatte man ihn nicht sofort auf den Boden flachgelegt, nachdem er den Flur zur Intensivstation betreten hatte? Weshalb stellten sie seine Wohnung nicht auf den Kopf, wie sie das bisher immer getan hatten? Was hatte die Anspielung auf seine Kleidung zu bedeuten?

Zweifellos hatten sie ihn wieder im Verdacht. So viel stand für ihn fest. Hatten diese Dilettanten der Spurensicherung tatsächlich sein so aufwendig organisiertes Material nicht gefunden? Und den Stadtstreicher hatte man nicht wegen der neuen DNA, sondern allein deshalb freigelassen, weil er zur Tatzeit im Knast saß? Wenigstens hatte Gerster dieses Ziel erreicht. Allerdings war keinesfalls eingeplant, dass er selbst wieder als Tatverdächtiger auf den Plan trat.

Musste er schon wieder etwas korrigieren? Die Korrektur der Korrektur? Er war nicht in der Lage, in der jetzigen Verfassung einen klaren Gedanken zu fassen. Zu viel schwirrte in seinem strapazierten Kopf herum. Außerdem wäre eh alles vorbei, wenn die Politesse auspacken würde. In dieser Sache konnte er im Augenblick jedoch nichts korrigieren. Es blieb ihm nur die Hoffnung, dass sie weiter im Koma liegen würde, wie manche Medien berichteten, und falls sie aufwachen würde, dass sie sich an nichts würde erinnern können.

Der Polizist hatte eine Frage nach seiner Kleidung angedeutet, sie aber nicht gestellt. Offenbar hatte man Spuren, die mit seinen Kleidern zusammenhingen. Aber er hatte vorgesorgt. Die waren an einem sicheren Ort, und die Nylonhandschuhe, die er getragen hatte, längst entsorgt. Einziger Schwachpunkt in der Kleiderfrage waren seine Wollhandschuhe. Seit einigen Tagen schon vermisste er sie. Es hätte ihm kein Kopfzerbrechen bereitet, wenn er sie nicht bei allen Taten zuvor getragen hätte. Ihr Verbleib hatte ihn bislang auch nur wenig interessiert, denn wenn er sie verloren hatte, würde niemand den Bezug zu ihm herstellen. Es waren ganz einfache, unauffällige Wollhandschuhe. Und zu Hause und im Kesselhaus hatte er schon alles nach ihnen abgesucht. Je mehr er nun jedoch darüber nachdachte, bereitete ihm ihr Verschwinden doch Sorge.

Um festzustellen, ob man ihn wieder observierte, spazierte

Gerster kreuz und quer durch Freiburgs Straßen und wechselte hin und wieder unversehens die Gehrichtung. Niemand folgte ihm. Im Hauptbahnhof trank er an einem Bäckereistand einen Kaffee-to-go und aß dazu eine Brezel. Am Kiosk hielten ihn drei miteinander streitende Frühbiertrinker und zwei kläffende Hunde davon ab, sich eine Sonntagszeitung zu kaufen. Er musste aber aktuell darüber informiert bleiben, ob es zum Überfall auf die Politesse Neuigkeiten gab. Auf Umwegen gelangte er durch die Altstadt in Richtung Dreisam.

Normalerweise hatte der Kiosk dort sonntags geschlossen. Jemand machte sich putzend an den Scheiben zu schaffen, und die Tür an der Hinterseite stand offen. Als er sich näherte, erkannte Fritz Gerster die Kioskfrau, die ihm vor gut zwei Wochen die Zeitungen verkauft hatte. Fragen kostet ja nichts, dachte er.

»Ich hätte gerne eine Sonntagszeitung, wäre das möglich?«

Hanna Schmidt ließ vom Abwischen der Scheiben ab und drehte sich um. Schon ihr feindseliger Blick verriet, dass es nicht möglich war. »Da wir sonntags nicht geöffnet haben, verkaufen wir sonntags auch keine Sonntagszeitungen«, stellte sie in einem ungewollten Wortspiel schroff klar.

»Können Sie keine Ausnahme machen?«

»Der Kiosk ist zu, Mann!«

»Ich hab das Geld auch passend.«

Sie sah ihn verächtlich an. »Sind Sie nicht der Todesanzeigenaufkäufer?«

»Ich brauche nur eine Sonntagszeitung. Von mir aus ohne Todesanzeigen.«

Hanna Schmidt wrang ihr feuchtes Fenstertuch direkt vor Gersters Füßen aus. »Mit Logik haben Sie es wohl nicht so?« Mit einer Sprache, wie man mit Kindern oder nichtdeutschsprachigen Menschen spricht, fuhr sie fort, indem sie jedes Wort einzeln betonte. »Sonntag – ja? Sonntag – Kiosk – zu. Verstehen? Sonntagszeitung – kapieren? SONNTAGSZEITUNG!« Und zurück in ihrer normalen Redeweise: »Ein Kiosk, der am

Sonntag geschlossen hat, führt zum verflixten Kuckuck nochmal keine Sonntagszeitungen!«

»Ist ja gut.« Gerster hob entschuldigend die Hände und wollte weitergehen.

»Und wenn Sie das nächste Mal Ihre versifften Handschuhe entsorgen wollen, dann schmeißen Sie die gefälligst nicht einfach bei uns in den Dreck!«

Gerster drehte sich schlagartig um. »Meine Handschuhe? Sie haben meine Handschuhe?«

»Tun Sie doch nicht so! Wenigstens in den Müllkorb hätten Sie die Dinger werfen können. Was glauben Sie, wofür der dort steht?«

»Wo sind sie jetzt? Die Handschuhe, meine ich.«

»Wo sie hingehören, im Abfall.«

Gerster sah hinüber zum Müllkorb.

»Den hab ich eben geleert«, murrte sie grimmig. »Wieso schmeißen Sie Ihr Zeugs erst weg und wollen es dann wiederhaben?« Hanna Schmidt dachte an die Todesanzeigen. »Stimmt bei Ihnen nicht mehr alles da oben drin?« Mit dem Zeigefinger tippte sie sich auf die Stirn.

»Ich habe sie verloren«, sagte Gerster, »wo haben Sie die Handschuhe hin?«

»In den Müllsack. Morgen kommt die Müllabfuhr. Die Dinger sind tagelang im Dreck und Regen gelegen.«

Kurz überlegte Fritz Gerster, ob er es nicht dabei belassen könnte. Eine Entsorgung, um die er sich nicht weiter kümmern musste. Allerdings wollte er auf der einen Seite die Gewissheit haben, ob es tatsächlich seine Handschuhe waren, auf der anderen Seite die Vernichtung möglicher Spuren schon gerne selbst übernehmen.

»Der da hinten?« Hinter dem Kiosk war ein Teil des Müllsacks sichtbar. Gerster bewegte sich darauf zu.

»Unterstehen Sie sich!«, herrschte Hanna Schmidt ihn an. »Der Sack bleibt, wo er ist! Und er bleibt zu!«

»Ich möchte nur meine Handschuhe wiederhaben.«
»Der Sack ist zugeklebt. Und bleibt es auch! Ich räum den Mist nicht zweimal ein! Sie sind doch verrückt!« Gerster wollte gerade nach dem Müllbehältnis greifen, als eine Drohung ihn zurückhielt. »Finger weg, oder ich rufe augenblicklich die Polizei!«

Die konnte er nun wahrlich überhaupt nicht gebrauchen. Von der Seite kamen die zwei Gestalten heran, die seit einiger Zeit den Kiosk beobachtet hatten. Durch die Bewegung dort vermuteten sie erwartungsvoll, dass er geöffnet wurde. Noch bevor sie irgendetwas sagen konnte, erstickte Hanna Schmidt ihre Hoffnungen im Keim und in aller Deutlichkeit. »Und ihr zwei Strolche verpisst euch! Und den da«, sie nickte Gerster abfällig zu, »den könnt ihr gleich mitnehmen!«

Bei einem Déjà-vu-Erlebnis spricht man von einer Erinnerungstäuschung, bei der jemand glaubt, er hätte eine gegenwärtige Situation früher schon einmal erlebt. Bei Gerster war es in diesem Moment keine Täuschung. Er wusste, dass er in der Vergangenheit Gleiches schon erlebt hatte. Sogar mehr als einmal.

Vielen Dank für Ihren Besuch, beehren Sie uns bald wieder! Die beiden Möchte-gern-Kiosk-Besucher schlichen brüskiert von dannen. Gerster ihnen hinterher. Aber in gebührendem Abstand zum Kiosk blieb er hinter einem Baum stehen und wartete.

Auch darin war er erprobt.

Den Mann im orangefarbenen Overall kümmerte es am anderen Tag wenig, dass der Müllsack an der Straße, die parallel zur Dreisam am Kiosk vorbeiführte, an der Oberseite aufgeschlitzt war. Mit beiden Händen packte er ihn genau an der aufgetrennten Stelle und warf ihn mit geübtem Schwung in den breiten Schlund des Müllwagens.

12

Wenn Soko-Leiterin Merle Trautmann das Ultimatum ihres Präsidenten für bare Münze nahm, hatte sie eigentlich keine Zeit
mehr. Mehr als eine Woche war bereits seit dem Überfall auf
Roswitha Österle und der Freilassung von Henry Dosch vergangen. Es bestand kein Zweifel daran, dass die vom Polizeipräsidenten in den Raum gestellte Drohung mit personellen
Konsequenzen verbunden war. Auf den später nicht mehr zu
korrigierenden Makel, als erfolglose Soko-Leiterin von ihren
Aufgaben entbunden worden zu sein, war Merle Trautmann
nicht scharf. Immerhin war sie so geschickt gewesen, ihrem
obersten Vorgesetzten gegenüber den Wert der Hautschuppen-
Spur so hoch zu hängen, dass er seiner leitenden Mitarbeiterin offenbar noch Spielraum gewährte. Obwohl er bei ihrem
jüngsten Rapport nicht explizit auf das verstrichene Ultimatum einging, spürte Merle Trautmann den enormen Erfolgs-
druck fast körperlich.

Genügend Zeit hingegen hatte Ermittlungsassistent Alfons
Bücheler, der sie für ein ausgiebiges Aktenstudium nutzte. Die
Soko-Chefin hatte ihn wenig elegant aus der Führungsspitze
in den Bereich der Auswertungstätigkeiten verbannt.

Der triste Aktenraum hatte zusätzliche Regalständer erhalten, in denen parallel zur digitalen Aktenführung fein säuberlich alles Verschriftete in zahlreichen Büroordnern abgelegt wurde.

Bücheler stöberte zunächst ohne System und las quer durch
die nummerierten Ordner mit der Aufschrift »Ermittlungen«.
Er erfuhr, dass die überaus aufwendige Suche nach einem verdächtigen Kleiderpaket in Freiburgs Altkleider-Containern
zwar zu mehreren Materialuntersuchungen und Substanzver-

gleichen geführt hatte, in keinem Fall jedoch Fasern, Kleidungsstücke oder Schuhe den an den Tatorten gesicherten Spuren zugeordnet werden konnten.

Auf einer Übersicht, in der die strafprozessualen Maßnahmen aufgelistet waren, entdeckte er die Namen aller bislang überprüften Personen. Hinter den Namen war jeweils mit einem Schlagwort der Anlass der Überprüfung vermerkt. Sehr oft fand sich das Stichwort »Hinweis«, was bedeutete, dass jemand die Person bei der Polizei als möglichen Tatverdächtigen angezeigt hatte. Viele Namen waren mit dem Kürzel GEWA für gewalttätig gekennzeichnet und zusammen mit den als SEXA markierten Sexualstraftätern als Resultat polizeiinterner Recherchen auf der Liste gelandet.

Bücheler ging die Namen durch. Die meisten waren ihm unbekannt. An einige konnte er sich aus seiner aktiven Zeit erinnern – bei manchen bekam er noch deren Gesicht und Taten vor Augen. Ein Serienvergewaltiger. Ein im Rotlichtmilieu gefürchteter Zuhälter. Ein unverbesserlicher Exhibitionist. Ein Bankräuber, der bei der Tat von der Polizei angeschossen wurde. Ein wegen Totschlags Verurteilter und inzwischen Entlassener, der seine Frau mit einem einzigen Messerstich in den Rücken getötet hatte.

Bei einem Namen, der mit GEWA versehen war, hielt Bücheler inne. Friedrich Anton Gerster. Der Name sagte ihm etwas, obwohl er ihm zunächst weder ein Gesicht noch ein Ereignis zuordnen konnte. Die Person war mit der Spur Nummer 17 verknüpft. Alfons Bücheler wechselte vom Aktenregal zum Computer. Er wollte sich in den digitalen Soko-Ordner einloggen, stellte aber ernüchtert fest, dass man ihm die Zugangsberechtigung entzogen hatte.

»Mist aber auch!«, entfuhr es ihm, was Helge Michalek zufällig mitkriegte, der hin und wieder vorbeikam, als sei Bücheler ein unter Hausarrest stehender Lausebengel, nach dem man ab und zu schauen musste.

»Ja, ja, die Alte lässt nicht mit sich spaßen! Den Gong mit deiner Vergleichsanalyse vor allen Leuten hat sie nicht verdaut.«

»Sie hat mir den Zugang zu den Akten gesperrt.«

»Hast ja noch das ganze Papier in den Ordnern«, meinte Michalek.

»Ja, schon. Aber das ist alles Ablage. Was aktuell läuft, bekomme ich nicht mit.«

»Was interessiert dich denn?«

»Nichts Bestimmtes«, antwortete Bücheler und fuhr den PC herunter.

»Und das Nicht-Bestimmte heißt ›Mist-aber-auch‹?«

»Ich wollte nur eine Spur nachlesen.«

»Okay, Alter. Welche?«

Bücheler sah auf. Helge Michalek konnte zwar bisweilen ein ziemlich ungehobelter Klotz sein, aber er trug sein Herz auf der Zunge, und Bücheler war in der Vergangenheit ganz gut mit dieser direkten Art zurechtgekommen.

»17. Spur Nummer 17.«

»17?« Michalek lachte und fuhr sich durchs Haar. »Da muss selbst ich nicht näher nachsehen. 17 ist Gerster. Unser lieber Freund Fritz Gerster.« Er rückte das Haargummi zurecht und schüttelte seinen Zopf. »Was wolltest du denn nachlesen bei dem gestörten Typ?«

»Ich weiß nicht. Der Name kam mir irgendwie bekannt vor.«

»Für Gerster brauchst du keinen Zugang in den PC. Über den kannst du alles von mir erfahren.«

Mit großem Interesse lauschte Alfons Bücheler der detaillierten Beschreibung von Spur 17. In den Besprechungen, an denen Bücheler teilgenommen hatte, war sie nie erwähnt worden. Als Michalek zum Ende kam, drängte sich Bücheler die Frage auf: »Und aktuell? Wie wird Gerster aktuell eingestuft?«

Michalek zuckte mit den Schultern. »Er ist raus. Die Hautschuppen stammen eindeutig vom Täter. Und gehören nicht Gerster.«

»Und das Haar des Obdachlosen?«

»Eine Trugspur. Offenbar steht sie nicht im Zusammenhang mit der Tat. Der Penner hat ja oft in den Schrebergärten übernachtet. Wahrscheinlich auch auf der Parzelle von Ziebolds. Irgendwie muss das Haar den Weg zu der Frau gefunden haben, und zwar nicht auf dem Wege, wie das in unserer Vorstellung üblicherweise passiert.«

»Sondern?«

»Was weiß ich? Zum Beispiel beim Benutzen der Camping-Toilette. Ziebolds haben so ein Ding in ihrem kleinen Geräteschuppen.«

»Gerster ist also draußen?«

»Definitiv. Obwohl der Typ hochgradig suspekt ist.«

Wäre Gerster nicht einer der Tatverdächtigen in den Mordfällen gewesen, hätte sich Alfons Bücheler keine tiefgreifenden Gedanken mehr darüber gemacht, woher ihm der Name bekannt vorkam. Er schloss die Augen und strengte sein Gehirn an. Gedanken schweiften in die Vergangenheit. Er musste weit zurückgehen, bis hin in die Anfangsjahre seiner Polizeikarriere. Dann, mit einem Mal, kam er darauf. »Jetzt weiß ich wieder, woher ich ihn kenne.«

13

Die Gemeindevollzugsbeamtin Roswitha Österle starb, ohne das Bewusstsein wiedererlangt zu haben. Fritz Gerster erfuhr es auf der Couch seiner kleinen Hochhauswohnung aus dem Radio. Wenn er alleine gewesen wäre, hätte ihn die Nachricht mit einiger Sicherheit zu einem Jubelschrei veranlasst. Wäre Kater Tom seine alleinige abendliche Gesellschaft gewesen, hätte ihn dessen Anwesenheit nicht davon abgehalten. Aber Gerster hatte an diesem Abend Besuch. Äußerst reizenden Besuch, wie er fand, und auch Tom schnupperte höchst interessiert an dem fremden Gast, dessen Kleidung den bezaubernden Duft einer unbekannten Katzendame ausströmte.

Im krassen Gegensatz zu Fritz Gerster empfand Heidi Bäumel die Meldung über den Tod und damit den dritten Freiburger Frauenmord innerhalb von zwei Monaten als schockierend.

»Wie grausam! Jetzt ist diese arme Frau auch tot. Ich hatte so gehofft, dass sie es überlebt und wieder gesund wird! Mein Gott, Fritz, ist das nicht schrecklich?«

Gerster hatte Heidi eine Woche nach ihrem Kinobesuch wieder nach Freiburg eingeladen. Dieses Mal hatte er es gewagt, sie im Anschluss an ein Spaghetti-Essen in einer Pizzeria zu sich nach Hause zu bitten. Errötend hatte sie zugestimmt. Schweigend, aber mit pochenden Herzen, waren sie in Heidis Auto von der Stadtmitte zu den Hochhäusern nach Weingarten gefahren und hatten direkt hinter Gersters rotem Golf geparkt. Beim Aussteigen hatte er an den fehlenden Anwohnerberechtigungsausweis in Heidis Auto gedacht. Aber seit die überemsige Politesse von der Bildfläche verschwunden war, hatte er niemanden mehr gesehen, der im Viertel kontrollierte.

»Ja, das ist schrecklich«, mühte er sich um gespielte Betroffenheit, »sehr schrecklich ist das.«

Sie saßen nebeneinander auf der Couch. Gerster hatte Heidi einen Tee angeboten und eine Packung Zitronenkekse bereitgelegt, die er nach Feierabend noch rasch im *Dorfbrunnen-Supermarkt* gekauft hatte. Er hoffte sehr, dass Heidi ihm keine Fragen stellen würde, auf die er notgedrungen die Unwahrheit sagen müsste. Denn in einem Buch über erfolgreiche Partnerschaft hatte er gelesen, dass man um keinen Preis eine Beziehung auf Lügen aufbauen darf.

Das Radio hatte er eigentlich wegen der Musik eingeschaltet. Die 20-Uhr-Nachrichten dämpften nun allerdings die zuvor prickelnde Stimmung.

»Ich hoffe so sehr, dass man diese abscheuliche Bestie fasst, bevor sie weiter mordet!« Heidi schien sich ernste Sorgen zu machen, ihr Lispeln war stärker als üblich. »Man kann sich als Frau ja nicht mehr frei bewegen.«

Gerne hätte Fritz Gerster das Thema gewechselt. Aber er spürte, dass die Morde Heidi sehr beschäftigten, und er wollte keinesfalls kalt und uninteressiert wirken. Der Zwiespalt zwischen den zarten Gefühlen für die nette Floristin und seinem martialischen Kopfkino hinsichtlich seiner begangenen Taten unterstützte ihn dabei.

»Ist dir heiß?«, fragte Heidi, als sie seine schweißnasse Stirn bemerkte. Er erschrak und griff sich an den Kopf.

»Nein, nein! Ja ... doch ... nein ...«, stammelte er und befürchtete für einen Augenblick, dass Heidi ihm seine abgrundtief schaurigen Geheimnisse am Gesicht ablesen könnte. Sie wiederum fühlte sich geschmeichelt, weil sie seine offenkundig schweißtreibende Verlegenheit auf ihre Anwesenheit zurückführte.

»Du bist süß«, säuselte sie zu seiner großen Überraschung und tupfte ihm mit den Fingern gegen die feuchte Stirn.

Kater Tom unterbrach die Szene mit einem piepsenden Maunzer, der Heidi zum Lachen brachte. Sie beugte sich zu ihm und fuhr durch sein graues weiches Fell. »Ja, du bist auch ein Süßer«, sagte sie, »auch wenn deine Stimme nicht ganz zu so einem mächtigen Brummer passt.«

Gerster stand auf. »Er hat Hunger. Bin gleich wieder da.« In der Küche wischte er sich mit einem Tuch ab, füllte Toms Fressnapf und kehrte durch zwei Selbstohrfeigen gereinigt in den Wohnraum zurück. Heidi saß noch immer auf dem Sofa, und auch das unangenehme Thema war noch da. »Wenigstens haben sie herausgefunden, dass der obdachlose Mann unschuldig ist«, sagte sie. »Wie hatte man nur annehmen können, dass er der Mörder war?«

Gerster wusste es nur zu genau, aber freilich schwieg er.

»Leid tut er mir trotzdem«, fuhr Heidi fort. »Ich habe gelesen, dass man ihn zwar aus dem Gefängnis entlassen hat. Aber jetzt sperrt man ihn in einem Männerwohnheim ein, damit er mit dem Trinken aufhört.« Je länger sie sprach, desto weniger lispelte sie. »Ich versteh das nicht – der Mann hat eine superreiche Familie oben in Hamburg. Die könnten ihn doch zu sich holen und dort alles für ihn tun. Stattdessen stecken sie ihn hier in ein Heim, wo er doch so viel hat durchmachen müssen, der arme Kerl. Zumindest hätten sie jemanden runterschicken können aus der Familie, der sich um ihn kümmert. Der tut mir wirklich leid!«

Bei Heidis Worten erinnerte sich Fritz Gerster daran, dass er Ähnliches gedacht hatte, als der Obdachlose unschuldig verhaftet worden war. Dabei hatte an Gerster so etwas wie ein schlechtes Gewissen genagt, weil er allein verantwortlich für die Festnahme gewesen war. Ein Anflug von Mitleid und eine für Roswitha Österle folgenschwere Entscheidung hatte daraufhin dem arglosen Stadtstreicher seine Freiheit zurückgegeben. Der Umstand, dass das Schicksal des fremden Obdachlosen offenbar auch Heidi beschäftigte, weckte in Gerster Überlegungen, mit denen er ihr vielleicht imponieren könnte.

»In welchem Heim haben sie ihn denn untergebracht?«, fragte er.

»Das war irgendwo auch erwähnt. Aber ich hab nicht so darauf geachtet. Ein Männerwohnheim in Freiburg jedenfalls. Gibt es da viele?«

»Keine Ahnung. Das kann man bestimmt herausfinden.«

Heidi nahm freudig überrascht einen Schluck von dem inzwischen halb warmen Tee. »Du willst herausfinden, wo der Mann ist?« Gerster angelte sich einen Keks und schob ihn in ganzer Größe in den Mund. »Weiß nicht«, mampfte er und verlor dabei ein paar Bröckchen, die auf dem abgewetzten Teppichboden landeten. »Vielleicht sollte wirklich mal jemand nach ihm sehen.« Verstohlen schielte er zu Heidi hinüber. »An den Namen des Heims kannst du dich nicht erinnern?«

»Nein«, antwortete Heidi, verblüfft über die unerwartet empathische Seite ihres Gastgebers, »ich weiß nur noch, dass er mir irgendwie völlig unpassend vorkam.«

Eine Stunde später war Heidi gegangen. Wiederum war Tom es gewesen, der vom Gespräch über die Morde abgelenkt hatte. Sein akribisches und gleichsam tollpatschiges Kratzen und Suchen nach den winzigen Kekskrümeln im Teppichboden hatte Heidi so belustigt, dass Gerster die Unterhaltung in eine andere Richtung hatte lenken können. Heidi hatte voller Zuneigung von ihrer Katzendame Tine geschwärmt und Gerster ihr mit nicht geringerer Zuneigung zugehört. Händchenhaltend, am Ende schweigend wie zwei frisch verliebte Teenager, hatten sie noch eine Weile auf der Couch gesessen, bis sie sich mit einer Einladung zum Gegenbesuch mit einem dieses Mal mehr als flüchtigen Wangenkuss von Fritz Gerster verabschiedete.

So sehr er sich gewünscht hatte, sie möge noch etwas bleiben, so sehr konnte er jetzt ohne Maskerade seiner tiefen Erleichterung über den Tod der Politesse nachgeben. Den Jubelschrei, den er zuvor noch hatte unterdrücken müssen, ließ er jetzt in dreifacher Ausführung durch die Wohnung schallen. Tom erschrak dermaßen, dass er flüchtete und sich unterm Bett verkroch. Obwohl Gerster seit Tagen sehnsüchtig auf diese Nachricht gewartet hatte, versuchte er erst jetzt, die neue Situation gedanklich durchzuspielen.

Ob sie die von ihm gelegten fremden Hautschuppenspuren gefunden hatten, wusste er nicht. In keiner öffentlichen Berichterstattung war davon die Rede. Zweifellos war das polizeiliche Taktik. Sie gaben nichts preis und versuchten, den Täter im Ungewissen zu lassen. Der dicke Aasgeier hatte ihn noch immer im Visier. Davon war Gerster überzeugt. Weshalb sonst tauchte der nervige Polizist immer noch auf? Wäre er von seiner Unschuld überzeugt, würde er ihn in Ruhe lassen. Das sprach eindeutig dafür, dass sie die fingierten DNA-Spuren tatsächlich übersehen hatten. Oder zählte es bei ungeklärten Verbrechen grundsätzlich zur Taktik, mögliche Tatverdächtige vorsorglich zu verunsichern? Gerster konnte sich keinen Reim darauf machen. Aber eines stand fest: Bei all seinen Vorbereitungen, in denen er versucht hatte, keinen Fehler zu begehen, hatte er wieder einen wichtigen Punkt außer Acht gelassen. Sein Alibi. Das hatte er schon bei den ersten Taten vernachlässigt, und der Dicke hatte ihn nun wieder damit konfrontiert. Er würde es weiter tun. Scheinbar war ein Alibi mindestens genauso wertvoll wie eine DNA-Spur. Das hatte er bisher unterschätzt. Der Geier würde ihn wieder besuchen. Zu Hause, bei Ritters oder sonst irgendwo. Und Heidi würde es irgendwann mitbekommen.

Gerster grübelte bis tief in die Nacht. Er überlegte krampfhaft, wie er im Nachhinein ein unantastbares Alibi zusammenbauen könnte. Wie immer, wenn er nicht schlafen konnte, fuhr er zum Kesselhaus. Im Turmzimmer war es kalt wie immer. Er ging auf und ab, setzte sich in den alten Sessel und zog die alte Wolldecke über sich. Die alte Fabrikuhr tickte leise an der Wand. Ohne Inspiration kehrte Gerster ins Hochhaus zurück und legte sich zu Tom auf die Couch.

Die Idee kam im Halbschlaf in den frühen Morgenstunden. Sie beruhte auf der Erkenntnis, wonach ein nachträglich gebautes Alibi immer Schwachstellen hatte. Hingegen bei einem Alibi, das im Vorfeld konstruiert wird, konnten alle wichtigen Umstände bereits vor der Tat berücksichtigt und eingeplant, ja sogar manipuliert werden. *Vor* der Tat, wohlgemerkt. Das war der entscheidende Unterschied. *Vor* der Tat.

Was das zu bedeuten hatte, ahnte nur Tom. Tiere haben einen untrüglichen Instinkt dafür, wenn Unheil in der Luft liegt. Der Kater schreckte aus dem Schlaf auf, fauchte und witterte mit Blick auf sein im Dämmerschlaf lächelndes Herrchen drohendes Ungemach.

14

Im Gegensatz zu Fritz Gerster hatte das Ableben von Roswitha Österle für Soko-Leiterin Merlinde Trautmann keine positiven Konsequenzen. Korrekterweise müsste man sie sogar als negativ bezeichnen, und sie spiegelten sich zwei Wochen nach Verstreichen des präsidialen Ultimatums in einer Vorladung beim Polizeiboss wider.

Als sie mit unguten Gefühlen von der Vorzimmerdame in das geräumige Chefbüro geführt wurde, saßen bereits der Kripo-Leiter als ihr direkter Vorgesetzter, der Polizeipräsident sowie ein aus früheren Zeiten wohlbekannter Kollege in geschniegeltem Anzug und nach hinten gestriegeltem Glanzhaar am Besprechungstisch.

Zur Begrüßung reichte es den drei Herren lediglich zu einem angedeuteten Erheben von den Plätzen und einem Blick auf einen freien Stuhl. Kaffee war Fehlanzeige, auch machte niemand Anstalten, in das leere Glas vor ihr aus der halb vollen Mineralwasserflasche einzuschenken.

Auf zähen Umwegen, die sich mit den »schwierigen Ermittlungen«, dem »öffentlichen Druck«, der »großen Verunsicherung in der Bevölkerung« und der »enormen Belastung einer Soko-Leiterin« beschäftigten, kam der Präsident zur Sache. »Daher habe ich in Absprache mit Ihrem Kripo-Chef entschieden, dass wir Ihnen einen Teil Ihrer Verantwortung abnehmen möchten.« Was verbal wie eine nette, hilfsbereite Geste klang, trieb Merle Trautmann innerlich zur Rage.

Unvermittelt suchte sie den Blickkontakt zu den stahlblauen Augen des geleckten Kollegen, dessen Gesichtsausdruck und Körperhaltung nichts anderes als pure Arroganz ausstrahlten. Nicht ausgerechnet der, dachte sie.

Wie sich herausstellte, war der beim Landeskriminalamt Stuttgart auf die Koordinierung von Sonderkommissionen spezialisierte Kriminaloberrat Gisbert Wäscher auf höchstpersönliches Geheiß des Innenministers zur *Soko Schlinge* abgeordnet worden. Obwohl beide sich kannten, ließen sie sich nichts anmerken. Gisbert Wäscher hatte im gleichen Ausbildungsjahrgang gemeinsam mit Merle Trautmann an der *Deutschen Hochschule der Polizei* in Hiltrup den Einstieg in die höchste Polizistenlaufbahn vollzogen. Seinerzeit hatte man den beiden im Kollegenkreis eine Affäre nachgesagt. Aber beide wussten es besser. Gisbert Wäscher, der sich selbst – braun gebrannt, sportlich und gut aussehend – für unwiderstehlich hielt, war bei Merle Trautmann abgeblitzt. Was damals seinen testosterongesteuerten Sinnen entgangen war: Sie hatte kein Interesse an ihm. Sie war bereits liiert. Ihre bessere Hälfte arbeitete als Führungskraft bei einem Wirtschaftsunternehmen, war ebenfalls gut aussehend – und hieß Marianne. Seinem verletzten Stolz und seiner gekränkten Eitelkeit tat dies dennoch keinen Abbruch.

»Kollege Wäscher wird ab sofort die Soko mit seiner Erfahrung verstärken«, verkündete der Präsident. »Selbstverständlich werden Sie, liebe Frau Trautmann, als seine Stellvertreterin weiterhin in maßgeblicher Funktion agieren.«

Genauso hatte Merle Trautmann sich das vorgestellt. Sie biss sich auf die Unterlippe und ließ die Degradierung kommentarlos über sich ergehen. Immerhin, sagte sie sich, hatte man sie nicht komplett abgeschossen. Dieser Trost war zwar nur schwach, ersparte ihr aber die Schmach, vollends von ihren Aufgaben entbunden worden zu sein.

Nebenbei erfuhr sie, dass der neue Soko-Leiter auch gleich ein zweiköpfiges Sonderermittlungsteam der Operativen Fallanalyse aus Stuttgart mitgebracht hatte, das die gesamte bisherige Ermittlungsarbeit auf den Prüfstand stellen sollte. Bestimmt zwei weitere eingebildete Schnösel, vermutete sie, die sich allein deshalb für etwas Besseres hielten, weil sie vom LKA kamen.

An Gisbert Wäscher gewandt, aber als mahnender Appell für Merle Trautmann gedacht, beendete der Polizeipräsident den formellen Führungswechsel der *Soko Schlinge*. »Unsere Kollegin wird Ihnen natürlich sämtliche Informationen über die Taten, über alle getroffenen Maßnahmen und selbstverständlich die gesamte Soko-Mannschaft lückenlos zur Verfügung stellen. Nicht wahr, Frau Trautmann?«

Die Unterlippe drohte, ernsthaft verletzt zu werden. »Gewiss doch«, antwortete sie gezwungenermaßen, »alles, was er haben möchte.«

15

Mit Erstaunen nahm Fritz Gerster zur Kenntnis, dass man über seinen Besuch im Männerwohnheim *Inselglück* keinesfalls überrascht war. Fast hatte er den Eindruck, man habe ihn erwartet.

»Das ist wirklich eine Freude, Herr Gerster«, begrüßte ihn der korpulente, schwitzende Heimleiter, als er bei der Anmeldung seinen Namen nannte. Noch bevor Gerster den Grund seiner Aufwartung nennen konnte, wurde ihm zuvorkommend der Weg gewiesen. »Er wird sich bestimmt sehr über Ihr Kommen freuen. Sie finden ihn da vorne in unserer Stube. Das ist unser großer Aufenthaltsraum.«

Mithilfe von Heidis Bemerkung, wonach ihr der Name des Männerwohnheims völlig unpassend erschienen war, hatte Gerster ohne Mühe herausgefunden, wo sich Henry Dosch aufhielt. Der unerwartet nette Empfang kam ihm sehr gelegen, denn er hatte sich den Kopf darüber zerbrochen, wie er seinen Besuch bei einem völlig fremden Heiminsassen einigermaßen plausibel begründen konnte. Nun aber interessierte sich offenbar niemand dafür, was ihm doch etwas sonderbar vorkam.

Die Stube war gut besucht. Der Winter hatte das Land noch fest im Griff, und viele Obdachlose zogen den Schutz des Heimes den bisweilen klirrend kalten Tagen und Nächten unter Brücken, in Tiefgaragen, am Bahnhof oder in Ladeneingängen vor.

Gerster betrat den Raum. Aus den Berichterstattungen in den Medien kannte er zwar den Namen des unschuldigen Clochards, wusste aber nicht, wie er aussah.

Niemand nahm Notiz von ihm. Vermutlich hielt man ihn für einen von ihnen, denn Gerster hatte sich für seinen Besuch bewusst nicht feingemacht. Im Fernseher oben an der Wand lief die 987. Folge einer Nachmittags-Soap, in der sich eine Familie heftig stritt. Für wen das TV-Gerät lief, war nicht auszumachen. Niemand schaute hoch. Unter dem Fernseher wurde auch gestritten, aber dort ging es in einer Vierergruppe um einen Beschiss beim Kartenspiel, in dessen Folge der kleine Holztisch umgestoßen und der Bescheißer mit wütenden Beschimpfungen bedacht wurde. Ein unmotiviert anmutender Aufsichtsbetreuer mahnte halbherzig zur Ruhe, was kaum jemanden interessierte. An einem anderen Tisch diskutierte eine kleine Gruppe über das miese Wetter. Ein älterer Mann war auf seinem Stuhl in einer Ecke eingeschlafen und schnarchte laut. Neben dem alten Bücherregal saß einer und las in einem dicken Schmöker.

Fritz Gerster sah sich um. Beim besten Willen sah man keiner der vom Leben gezeichneten Gestalten an, ob sie ein unschuldig verhafteter Stadtstreicher war. Der lustlose Betreuer nahm Notiz von ihm. »Falls du etwas Bestimmtes suchst – Alk gib's hier keinen.«

Der Hinweis kam Gerster nicht unpassend. »Nein, kein Problem.« Er versuchte sich an einem belanglosen Gesichtsausdruck. »Ich suche Henry ... also ... ich möchte gerne Henry besuchen.«

Kaugummikauend sah ihn die Stubenaufsicht an. »Und warum tust du es nicht? Henry sitzt da drüben und lernt die Hauptstädte aller Länder auswendig.«

Das also ist Henry Dosch, dachte Gerster, und zögerte, den in das dicke Buch vertieften Mann bei seiner Lektüre zu stören. *Alle Länder dieser Welt* stand auf dem Buchrücken.

Gerster nahm sich einen freien Stuhl, rückte ihn in die Nähe von Dosch und nahm sich ebenfalls ein Buch aus dem Regal. Dosch bemerkte ihn und wandte sich zur Seite ab. Eine ganze Weile saßen sie da und blätterten in ihren Büchern.

»Ich kannte mal einen, der wusste von allen 200 Ländern der Erde die Hauptstädte«, sagte Gerster, ohne von seinem Buch aufzublicken. Dosch drehte sich noch etwas weiter weg.

»Von sämtlichen 200 Ländern«, wiederholte Gerster, »das muss man sich einmal vorstellen.«

»Es sind 195«, verbesserte Dosch.

»Ach ja?« Gerster tat erstaunt. »Trotzdem. Also ich kenne vielleicht zehn, wenn's hochkommt 20.«

Dosch zog ein Taschentuch aus der Hose und putzte sich die Nase. »Brasilien.«

»Brasilien?« Gerster musste nicht überlegen. »Rio, natürlich.«

»Falsch«, antwortete Dosch und drehte seinen Stuhl wieder ein Stück zurück. »Alle sagen Rio. Aber es ist Brasilia.«

»Brasilia. Ist ja eigentlich ganz einfach.« Gerster setzte das Spiel fort. »Kolumbien.« Seit er einmal zufällig eine Reportage über dieses Land verfolgt hatte, träumte er manchmal davon, nach Kolumbien auszuwandern. Es galt als das schönste Land Südamerikas.

»Bogotá«, ließ Dosch kundig verlauten und stellte sogleich das nächste Land in den Raum. »Ecuador.«

»Oh! Auch Südamerika. Aber die Hauptstadt ...«

»Quito.«

»Quito? Nie gehört.« Gerster ließ sein Buch sinken, in dem er ohnehin nur geblättert und nicht gelesen hatte. »Italien«, sagte er und sah Dosch an. Auch der schaute von seinem Schmöker auf. »Willst du mich verarschen?«

»Warst du schon einmal in Italien?«

»Vermutlich öfter als du.«

»Ich war nur einmal dort.«

»Siehst du.«

»Aber drei Jahre am Stück.«

Sie musterten sich schweigend. Der Streit im Fernseher eskalierte. Der darunter hatte sich geschlichtet. Die Karten lagen noch immer auf dem Boden, aber der Tisch stand wieder aufrecht. Der Bescheißer musste die stattliche Summe von drei Euro seines zuvor auf der Straße erbettelten Geldes in die Mitte legen. Man würfelte darum. Nur wenn der Betrüger dreimal nacheinander eine Sechs würfelte, würde er das Geld behalten dürfen. Beschissregel.

Dem schnarchenden Alten in der Ecke war der Unterkiefer nach unten geklappt. Sein Mund stand weit offen. Dadurch war das Sägen noch lauter. Gerster sah, dass ihm die Zähne fehlten.

»Mein Zimmerpartner«, sagte Dosch. »Das ist noch gar nichts. Wenn der nachts loslegt, machst du kein Auge mehr zu.« »Ich heiße Fritz.« Spontan streckte Gerster dem verwunderten Dosch die Hand entgegen.

»Rom«, antwortete dieser nun doch und schaute auf die ausgestreckte Hand. »Henry.« Ihr Händedruck war schwach und unsicher. Beide Männer waren Bekanntschaften dieser Art nicht gewohnt. Sie schwiegen wieder.

Der Bescheißer hatte seine drei Euro natürlich an die anderen verloren, was für Frieden an ihrem Tisch sorgte. Die Streithähne in der Telenovela hatten sich beruhigt und weinten alle lautlos. Da auch an dem Tisch mit der Wetterdiskussion Ruhe eingekehrt war, herrschte mit Ausnahme des Schnarchens fast Stille in der Stube.

Sie wurde durch einen lauten Ruf unterbrochen. »Herr Gerster! Es ist Zeit!« Eine junge Frau kam herein. Sie trug ein Shirt mit der Aufschrift »Inselglück«. Gerster war irritiert. Von einer begrenzten Besuchszeit hatte der Heimleiter nichts erwähnt. Er wollte aufstehen, aber die Heimangestellte ging schnurstracks an ihm vorbei, ohne ihn zu beachten. In der Hand hatte sie eine kleine Medikamentenbox.

»Er rafft es nicht«, sagte Henry mit Blick auf den Zahnlosen, »kriegt nichts mehr auf die Reihe. Wenn sie ihm die Tabletten nicht hinterhertragen, vergisst er, sie zu nehmen.« Die junge Frau war bei dem älteren Mann in der Ecke angelangt. Durch den Ruf war er aufgewacht und begann sofort, Unverständliches vor sich hinzumurmeln.

Jetzt stand Fritz Gerster doch auf und machte zwei Schritte auf den Alten zu, von dem er vorher nur am Rande Notiz genommen hatte. Es gab keinen Zweifel. Er erkannte ihn auch ohne dessen Zähne, mit eingefallenem Gesicht, blasser Haut und tief liegenden, kleinen Augen. Nach all den Jahren.

Sein Vater lebte tatsächlich noch.

16

»Ich habe mit Cora gesprochen.« Hildegard Behnke saß zusammen mit ihrem Vater zu Tisch im großzügigen Speiseraum der Hamburger Villa. Eine Hausangestellte hatte den Hauptgang serviert, entfernte sich mit einer angedeuteten Verbeugung und schloss die schwere Schiebetür.

Reinhard Dosch saß mit korrektem Anzug in seinem Rollstuhl an einem Ende der langen Tafel. Seine Tochter nahm den Platz neben ihm ein. Früher hatte es hier Empfänge und Festessen mit bis zu 50 vornehmen Gästen der Hamburger High Society gegeben. Der betagte Reedereibesitzer zählte zwar noch immer zu den reichsten Männern der Hansestadt, aber der Tod seiner Frau nach langer Krankheit und seine angeschlagene Gesundheit ließen schon seit Jahren keine feudalen Feste mehr zu.

Er nippte an einem Glas edlen Chardonnays und tupfte sich mit einer Serviette den Mund ab. »Und? Was spricht sie? Ich denke, Cora wird erleichtert darüber sein, dass der Vater ihres Sohnes zu allem Elend nicht auch noch ein Mörder ist.«

»Ich habe ihr gesagt, dass Henry eine Therapie macht.«

»Mal wieder. Kennen wir das nicht schon?« In Reinhard Doschs Stimme schwang wenig hoffnungsvolle Erfahrung mit. Seine Tochter schien optimistischer. »Ich glaube, dass es diesmal anders ist.«

»Was soll daran anders sein? Er hat meines Wissens in all den Jahren jede Therapie abgebrochen oder gar nicht erst angetreten.«

Hildegard Behnke stocherte mit wenig Appetit in ihrem Teller herum. »Es ist ein Gefühl. Als wir ihn aus dem Gefängnis holten, hatte ich den Eindruck, dass er endlich reif ist.«

»Deine Zuversicht in Ehren. Ich wünschte, du behältst recht!«

»Cora hat gesagt, Philipp würde gerne seinen Vater wiedersehen.«

Fast hätte Reinhard Dosch sich verschluckt. »Im Ernst? Hat sie ihm alles erzählt?«

»Das dürfte kaum notwendig gewesen sein. Die Lebensgeschichte des Reedereisohnes Henry Dosch steht in allen Boulevardblättern.«

»Und Cora ist einverstanden?«

»Könnte sie ihrem Sohn den Wunsch verbieten?«

»Wohl kaum.«

Hildegard Behnke schob ihren fast vollen Teller zurück. »Ich bin davon überzeugt, dass die Erfolgschancen der Therapie enorm steigen, wenn man Henry in Aussicht stellt, seinen Sohn wiedersehen zu dürfen.«

»Das mag wohl so sein.« Auch Reinhard Dosch beendete die Mahlzeit und betätigte ein kleines Tischglöckchen. Die Hausdame erschien und räumte die Teller vom Tisch. Nachdem sie den Raum wieder verlassen hatte, setzten Vater und Tochter ihre Unterhaltung fort.

»Die ganze Aktion hat sehr viel mit Verzeihen und Vergessen zu tun«, stellte Vater Dosch fest.

»Cora hat nicht das geringste Interesse mehr an Henry. Ihr geht es allein um Philipp. Ein Treffen der beiden soll dazu dienen, ein paar jahrelang offene Fragen zu klären und letztlich einen endgültigen Schlussstrich unter alles zu ziehen.«

»Das ist Philipps Wunsch?«

»Dein Enkel ist inzwischen 20, lieber Papa.«

»Und wie sieht euer verwegener Plan aus?«

»Henry muss zuerst so stabil werden, dass man ein Zusammentreffen verantworten kann. Das braucht Zeit. Aber er hätte einen Anreiz, es dieses Mal zu packen.«

»Eine clevere Therapie-Strategie: Entweder du lässt endgültig die Finger vom Alkohol, oder du wirst deinen Sohn nie mehr zu Gesicht bekommen. Schade, dass man da nicht früher draufgekommen ist.«

»Henry war jahrelang verschwunden.«

Reinhard Dosch drehte seinen Rollstuhl und sah zum Fenster hinaus über die Elbchaussee – wie er es immer tat, wenn er über etwas nachdachte. »Ja, das war er. Aber ich weiß noch nicht, ob ich es gut finden soll, dass er wieder aufgetaucht ist.«

17

Die Einheimischen nannten sie einfach nur »die Kajo«. Fast einen Kilometer lang befriedigte die im Herzen Freiburgs gelegene historische Kaiser-Joseph-Straße autofrei, und nur von der Straßenbahn befahren, nahezu alle Einkaufsbedürfnisse. Wegen ihrer außergewöhnlichen Breite wurde sie ganz früher als »Große Gass« bezeichnet und erfreute seit jeher Einheimische und Stadttouristen mit ihren für Freiburg typischen, in Kopfsteinpflaster eingebetteten Bächle, den vielen zum Bummeln einladenden Geschäften und dem Blick zwischen die Gassen zum nur einen Steinwurf entfernten Münsterturm. Einst war der historische Wochenmarkt von der Großen Gass hinüber auf den heimeligen Münsterplatz gewandert. Der anziehenden Atmosphäre in der Kajo tat dies keinen Abbruch, und besonders an Samstagen herrschte hier reges Treiben.

Unter den shoppenden oder einfach nur promenierenden Menschen befand sich auch Monika Gerster. Sie hatte bereits mehrere Besorgungen gemacht und schleppte zwei gefüllte Einkaufstaschen Richtung Martinstor. Sie überlegte, ob sie sich im *Fressgässle* noch etwas Kulinarisches gönnen sollte, und stellte ihre Taschen ab. Gegen eine traditionelle *Lange Rote* an einem der weithin bekannten Wurststände auf dem Münsterplatz sprach das Wetter. Ein kalter Wind trieb leichten Winterregen vor sich her.

Dann sah sie ihn.

Er kam aus dem Seitengang, der zur Markthalle führte. Noch immer trug er diese alte dunkelblaue Jacke, die sie schon früher an ihm genervt hatte. Die Jeans waren vermutlich auch noch dieselben. Er trug keine Mütze, was außergewöhnlich war. Er lachte, was ebenfalls außergewöhnlich war. Das Außergewöhnlichste allerdings, das Monikas Kinnlade weit nach unten klappen ließ, befand sich neben ihm. Eine Frau. Eine ihr fremde Frau. Sie lachte gleichfalls und zog beim Gehen ein Bein nach. Monika traute ihren Augen kaum. Die Fremde hatte sich bei ihm eingehakt und schien bester Laune. Sie plapperte fröhlich daher. Wegen der Entfernung konnte Monika jedoch nichts verstehen. Jetzt lachte er wieder, und für Monika klang es so laut, dass sie innerlich spottete, die Gläubigen im nahen Münster könnten bei ihrer Andacht gestört werden. Die beiden schienen keine Augen für ihre Umwelt zu haben.

Sie traten hinaus auf die Kajo und schlenderten offenbar bester Laune auf den Bertoldsbrunnen zu, den zentralen Punkt der Stadt. Monika nahm ihre beiden Tragetaschen und folgte ihnen.

Vor einer Chocolaterie blieben sie stehen, noch immer eingehakt, und betrachteten die Leckereien in der Schaufensterauslage.

Danach gingen sie in eine Buchhandlung und kamen kurz darauf mit einem Buch wieder heraus, das die Frau in ihrer Hand behielt.

Sodann betraten sie einen kleinen Laden für Tierbedarf. Mit einer Tragepackung Katzenstreu in seiner Hand setzten sie ihren Weg fort. Katzenstreu! Man hatte sie gelinkt! Das Mistvieh war noch immer bei ihm!

Die Auslage eines Juweliergeschäftes ließ die beiden für eine Minute davor verharren und bei Monika ihre blanke Wut noch weiter steigern. Wie hatte er das gehasst, dachte sie entrüstet, und sich vor jedem, auch noch so kurzen Stadtbummel gedrückt. Und nun flanierte er fröhlich mit dieser humpelnden Tusse über die Kajo und schien nichts lieber tun zu wollen als genau das. Ihn jetzt auch noch vor dem Schaufenster eines Schmuckladens mit einer anderen Frau zu sehen, überstieg ihre Fähigkeit, sich zu beherrschen.

Als die zwei weitergingen, überholte Monika sie mit schnellen Schritten in einem so weiten Bogen, dass die beiden sie erst bemerkten, als sie plötzlich vor ihnen stand.

»Na, das ist ja eine Überraschung«, flötete Monika mit übersteigerter Freundlichkeit und machte sich mit ihren Einkaufstaschen so breit, dass es den beiden den Weg versperrte. »Friedrich Anton Gerster. Was für eine Freude, dich zu treffen!« Sie zwinkerte der Frau an seiner Seite zu. »Und dazu noch bei seiner Lieblingsbeschäftigung: shoppen in der Stadt. Ach, wie haben wir beide das geliebt, nicht wahr, Friedrich Anton Gerster?« Monika wusste, dass er es hasste, mit vollem Namen angesprochen zu werden. Während ihrer Ehe hatte sie immer dann Gebrauch davon gemacht, wenn Unfrieden und Streit zwischen ihnen herrschte. »Fritz« hatte sie ihn nur ganz am Anfang genannt.

Gersters eben noch offenkundige Fröhlichkeit wich mit Monikas plötzlichem Auftauchen einem hilflosen Gesichtsausdruck, mit dem ein nervöses Augenzucken einherging.

»Willst du mir die junge Dame nicht vorstellen?« Ihr zynischer Unterton bekam zusätzliche Bedeutung durch die Tatsache, dass Heidi Bäumel keinesfalls jünger als Monika Gerster war. Eine Straßenbahn bimmelte sich ihren Weg durch die zahlreichen Passanten frei. Monika nahm keine Notiz von ihr. Erst als das schrille Warnsignal wenige Meter hinter ihr ertönte, trat sie zwei Schritte zur Seite, ohne dabei jedoch den Blick von Gersters weiblicher Begleitung abzuwenden.

Mit Unbehagen versuchte Heidi, die Situation einzuschätzen, denn die greifbare Unruhe, die Fritz Gerster beim Zusammentreffen mit dieser Frau überkommen hatte, war ihr nicht entgangen und verhieß nichts Gutes.

»Willst du mir die junge Dame nicht vorstellen?« Wie ein schauderhaftes Echo klang die Aufforderung in Gersters Kopf nach. Nein, dachte er in aufkeimender Wut, das ist fürwahr das Allerletzte, was ich will!

»Ich bin Monika.« Sie sagte es gespielt feierlich, nahm die beiden Einkaufstaschen in eine Hand und hielt Heidi die andere entgegen. »Er hat Ihnen bestimmt schon viel von mir erzählt.«

Kein einziges Wort hatte Fritz Gerster bis zu diesem Tag über Monika verloren. Heidi wusste nicht einmal, dass es sie gab. Um seinen liebgewonnen Kontakt zu der sympathischen Floristin nicht zu gefährden, hatte er grundsätzlich nie über seine Vergangenheit, geschweige denn über frühere Beziehungen gesprochen. Und in diesem Augenblick, bei windigem Nieselregen auf der Kajo, inmitten vieler Leute, von Angesicht zu Angesicht mit seiner offensichtlich rachsüchtigen Noch-Ehefrau, hatte er nicht vor, ausgerechnet jetzt von diesem Grundsatz abzuweichen.

Noch bevor Heidi auf Monikas ausgestreckte Hand reagieren konnte, versuchte er, der peinlichen Szene ein Ende zu bereiten. »War nett, dich getroffen zu haben«, sagte er kurz angebunden, »wir haben es ziemlich eilig.« Sie schafften jedoch nur einen Schritt zur Seite, denn Monika reagierte sofort und blockierte ihren Weg.

»Falls der Herr nichts *von mir* erzählt hat«, begann sie vieldeutig, »dann hat er doch bestimmt einiges *von sich* erzählt.« Die Einkaufstasche wanderte zurück in ihre freie Hand. »Obwohl … wenn ich es mir so überlege … er ist ja eher der schweigsame Genießer, nicht wahr, Friedrich Anton Gerster? Vermutlich hat er Ihnen doch nicht alles aus seinem Leben erzählt. Besser so. Über manches sollte man auch lieber schweigen. Ich kann Ihnen sagen, da sind ja Dinge dabei, die eine so zarte Frau wie Sie nur schockieren würden.«

»Monika!«

Sie ließ sich nicht beirren. »Keine Sorge, ihr zwei Hübschen! Hauptsache ist doch, dass die Liebe stimmt, nicht wahr? Das ist doch das Wichtigste!« Sie setzte einen aufreizenden Blick auf und zwinkerte Heidi zu. »Und in der Liebe, da macht ihm keiner was vor, unserem standhaften Gigolo.« Monika sah sich verstohlen nach allen Seiten um, so, als sollte niemand ihre nächste Frage mitbekommen. Aber anstelle eines zu dieser Geste passenden Flüsterns rief sie Heidi laut über die Kajo zu. »Klappt das jetzt endlich im Bett mit ihm oder muss er immer noch Nachhilfe in gewissen Etablissements nehmen?« Und damit auch jeder verstehen sollte, wovon sie sprach, nannte sie es auch beim Namen. »Im Puff, meine ich!«

Die Passanten in unmittelbarer Nähe wurden zwangsläufig aufmerksam. Manchen war es peinlich, sie gingen rasch weiter. Einige blieben kurz stehen und schmunzelten. Zwei weibliche Teenager kicherten hinter vorgehaltenen Händen.

Gerster wollte etwas sagen, aber es wurde nur ein Schnalzer daraus.

»Aha«, frohlockte Monika »das Grunzen klappt jedenfalls noch bestens!«

Heidi suchte ein Loch im Boden, um darin zu versinken. Gerster löste sich abrupt von ihrem eingehakten Arm und baute sich drohend, vor Hass bebend, mit funkelnden Augen und geballten Fäusten vor Monika auf. Sie reagierte keinesfalls verängstigt, sondern sah ihm mit gleichgültiger Miene herablassend in die Augen und spuckte neben sich auf den Boden. »Schlag nur zu«, sagte sie in ruhigem Ton, »ich wäre ja nicht die erste Frau, die du schlägst. Wer weiß das besser als die Polizei.«

Eine weitere bimmelnde Straßenbahn bewahrte Fritz Gerster davor, die Nerven zu verlieren. Ungewöhnlich grob packte er Heidi am Arm und zog sie mit sich zurück in Richtung Bertoldsbrunnen. »Komm!« Im Gehen drehte er sich noch einmal um. Monika grinste ihnen hinterher. Dazu ein paar Passanten und die kichernden Teenager. Er stieß mit einem Mann zusammen. »Verzeihung«, stammelte Gerster.

»Kein Problem«, sagte der Mann und ging weiter. Er war dick und trug eine dunkle Nickelbrille.

»Komm doch!« wiederholte Gerster und erhöhte das Tempo.

»Du tust mir weh«, sagte Heidi und versuchte humpelnd, Schritt zu halten. Dabei verlor sie das Buch in ihrer Hand. Aber sie wagte nicht, Fritz Gerster darauf aufmerksam zu machen. Durchs Martinstor eilten sie aus der Stadtmitte hinaus in Richtung Dreisam.

Ein junger Mann fand das Buch und hob es auf.

Kolumbien – Land, Leute, Leben.

18

Die erste unheimliche Begegnung in der Schrebergartenanlage kurz vor Weihnachten hatte dem jungen Brandstifter schon einen gehörigen und anhaltenden Schrecken versetzt. Nachdem er dem Frauenmörder vier Wochen später in der Markthalle offenbar ein zweites Mal begegnet war, hatten seine pyromanischen Bedürfnisse einen weiteren nachhaltigen Dämpfer bekommen. Der von Minderwertigkeitskomplexen geplagte, von seiner Freundin verlassene und in seinem Stolz tief gekränkte Mann steckte zweifellos in einer Lebenskrise. Dennoch war er psychisch und in seinem Einschätzungsvermögen so stabil, dass für ihn weitere Aktionen wegen des erhöhten Risikos in absehbarer Zeit außer Frage standen. Er war davon überzeugt, dass mittlerweile alle Kleingartenanlagen, Hütten und Scheunen von Polizisten und Privatleuten bewacht wurden. Es war an der Zeit, eine ausgiebige Auszeit zu nehmen, bis alles sich wieder beruhigt hatte.

Den ständigen Zoff mit seiner Familie, der ihn seit der Pubertät begleitete, hatte er aus dem Elternhaus hinausverlagert und durch den Umzug in eine kleine Einliegerwohnung am Stadtrand auf ein erträgliches Maß reduziert. Die Vorwürfe wegen seiner abgebrochenen Ausbildung zum Metallbauer und seinen in der Folge wechselnden Gelegenheitsjobs hatten dadurch ihre tägliche Präsenz verloren.

An diesem Samstag erwartete er einen Kameraden der Freiwilligen Feuerwehr. Am Vortag hatte man sich nach einem Übungsabend zum Computer-Spielen verabredet.

Es klingelte an der Tür. Er öffnete. Die zwei Beamten in Zivil waren sehr freundlich. Sie entschuldigten sich für die Störung und versicherten, seine Zeit nicht lange in Anspruch zu nehmen. Es handle sich lediglich um eine routinemäßige Überprüfung. Sie fragten ihn, ob es richtig wäre, dass er Mitglied bei der *Freiwilligen Feuerwehr* sei. Er bestätigte es. Dann habe er selbstverständlich Kenntnis von der ungeklärten Brandserie und bestimmt auch Verständnis dafür, dass man alle Möglichkeiten zur Aufklärung der Brandstiftungen ausschöpfen wolle. Auch das bestätigte er. Sicherlich sei er deshalb auch einverstanden, eine freiwillige Speichelprobe abzugeben. Reine Routine, wie erwähnt, und es würde ja auch all jene entlasten, die mit den Feuerlegungen nichts zu tun hätten. Bisher seien alle seine Kameraden mit der Maßnahme einverstanden gewesen. Auch die Kollegen der Berufsfeuerwehr. Man habe das Teströhrchen dabei und könne die Probe sofort und ohne großen Aufwand erheben.

Sein Puls schlug bis zum Hals. Gab es einen vernünftigen Grund, die Speichelprobe zu verweigern, ohne tatsächlich in Verdacht zu geraten? Es fiel ihm keiner ein. Er klammerte sich an die Hoffnung, dass es tatsächlich bloß eine vorbeugende Maßnahme oder gar eine Täuschung oder Falle war, und sie in Wirklichkeit überhaupt keine DNA gesichert hatten.

Er stimmte zu. Im Nu war der Mundhöhlenabstrich genommen. Ein Formular wurde ausgefüllt, das er unterschreiben musste. Die beiden Beamten entschuldigten sich nochmals für die Störung, bedankten sich für die Kooperation und wünschten ein schönes Wochenende.

Sein Feuerwehrkamerad kam eine halbe Stunde zu spät. Auch er entschuldigte sich. Zwei Polizisten hätten ihn besucht und um eine Speichelprobe gebeten. Er verstehe die Maßnahme voll und ganz, halte es aber für eine völlig absurde Theorie, wonach der Brandstifter einer von ihnen, also ein Feuerwehrmann, sein könnte.

19

Der Vorfall auf der Kajo war nicht ohne Wirkung auf die samtige Beziehung zwischen Fritz Gerster und Heidi Bäumel. Er hatte zur Folge, dass sie in den nächsten Tagen keine Verabredungen trafen. Bei einer Auslieferung für das *Blumenhaus Lembach* war Heidi freundlich wie immer und erwähnte die peinliche Szene mit keiner Silbe. Gerster blieb reserviert und erledigte die Formalitäten höflich, aber unpersönlich. Er fand keinen Einstieg, Heidi zu erklären, weshalb er ihr gegenüber seine noch bestehende Ehe verschwiegen und was es mit den vieldeutigen Anspielungen von Monika auf sich hatte. Mit einem schlechten Gewissen, Selbstzweifeln und kranken Schmetterlingen im Bauch ließ er die verunsicherte Heidi zurück.

Der Hass auf seine Frau war größer als je zuvor. Die öffentliche Bloßstellung vor fremden Leuten und vor allem vor Heidi betrachtete er als Gipfel all ihrer bisherigen Bosheiten. Zusätzlich nagte seine Unfähigkeit an ihm, mit Heidi über seine Vergangenheit und seine körperlichen Schwächen zu sprechen.

Anstelle der Treffen mit ihr pflegte er den Kontakt zu Henry Dosch. Die beiden verstanden sich bestens, und Henry genoss nach unendlich langer Zeit wieder so etwas wie eine Freundschaft. Da Gerster wusste, dass seine Fürsorge für den kasernierten Alkoholiker Heidi imponierte, vermittelte es ihm in seiner verkorksten Situation ein wenig Trost und Ersatz für die fehlende Zweisamkeit mit ihr.

Er besuchte Henry abends im *Inselglück*, denn tagsüber standen umfangreiche Therapieeinheiten in der Entzugsklinik auf dem Programm.

Dem transpirierenden Heimleiter hatte Gerster das Versprechen abgenommen, Henrys zahnlosem Zimmergenossen nichts von seiner wahren Identität zu sagen. Als Grund dafür hatte er ihm einen kurzen Abriss über seine unerfreuliche Kindheit gegeben.

Dennoch war Fritz Gerster ein gern gesehener Besucher im Männerwohnheim, denn seine Anwesenheit schien sich positiv auf den Therapieverlauf von Henry Dosch auszuwirken. Seit er ihn besuchte, saß der sonstige Eigenbrötler nicht mehr stundenlang schweigend und alleine in einer Ecke. Manchmal blitzte sogar ein kleines Lächeln in seinen Mundwinkeln auf.

Henry kannte Fritz Gersters Nachnamen nicht. Da ihn weder der Heimleiter noch das Personal noch Gerster selbst darüber aufklärten, wusste er nicht, dass sein nerviger Zimmerpartner Fritz Gersters Vater war.

»Meine Schwester lässt mir ausrichten, dass ich vielleicht meinen Sohn wiedersehen darf«, sagte Henry eines Tages. Sie saßen alleine in der Stube. Es war schon spät, aber die Heimleitung duldete es.

»Du hast einen Sohn?«, fragte Gerster überrascht.

»Er ist schon erwachsen. 20 müsste er jetzt sein. Oder knapp davor. Oder knapp darüber.«

Gerster stieß einen anerkennenden Pfiff aus.

»Stell dir vor, ich hab sein Geburtsdatum vergessen.«

»Wie lange hast du ihn denn nicht gesehen?«

Henry versuchte, sich zu erinnern. »Ich weiß es nicht. 15 Jahre vielleicht?«

»Wohnt er in Hamburg?«

»Ja. Offenbar noch immer bei Cora. Cora ist meine ... ähm, Cora ist seine Mutter.«

»Wird er dich besuchen?«, wollte Gerster wissen.

»Nein. Jedenfalls nicht hier. Ich soll erst meine Therapie zu Ende bringen.«

»Na, da hast du ja noch viel Zeit. Sagtest du nicht, dass es Monate dauern wird mit der Klinik?«

Henry zuckte mit den Schultern. »Ja, leider. Ich hätte ihn schon gerne vorher gesehen. Wer weiß, ob er es sich nicht wieder anders überlegt.«

20

Tom fühlte sich zunehmend vernachlässigt. An die berufsbedingten Fehlzeiten seines Herrchens tagsüber war er zwar gewöhnt. Seit einiger Zeit jedoch fehlte Fritz Gerster zusätzlich, entweder wegen Heidi oder wegen Henry oder neuerdings wegen unzähliger Grübelstunden im Kesselhaus der Firma *Ritter*. Den Schlaf raubten Gerster zwei Dinge, die eigentlich nichts miteinander zu tun hatten, sich aber in seinem schäumenden Kopf in wildem Tanz kreuzten, als könnten beide einem reißenden Strudel nicht entrinnen.

Das eine war Monika.

Das andere die Sache mit dem Alibi.

Der dicke Aasgeier mit der runden Brille war kürzlich schon wieder an seiner Arbeitsstelle bei Ritters aufgetaucht. Scheinheilig freundlich war er wieder gewesen. Angeblich habe Gerster auf einem Empfangsformular für die Handy-Rückgabe an der falschen Stelle unterschrieben. Das sei ja kein Problem, hatte der Polizist gemeint, nur eine Formalität, damit alles seinen rechten Weg gehe. Aber er hatte Gerster hinter Ritters Rücken wieder so seltsam provozierend angeschaut und ihn bei der Verabschiedung mit einem völlig unpassenden »Man sieht sich!« erneut darüber im Unklaren gelassen, was er tatsächlich im Schilde führte.

Die Ungewissheit darüber brachte Gerster fast zum Verzweifeln. Wie konnte er diesen lästigen Parasiten nur loswerden? Warum ließ er ihn nicht in Ruhe? Was hatte er gegen ihn in der Hand? Und falls er etwas gegen ihn in der Hand hatte – weshalb nahm man ihn nicht fest, sondern quälte ihn mit dieser Salami-Taktik?

Alles Übel, das stand für Gerster fest, hatte mit seinem fehlenden Alibi zu tun. Er brauchte ein Alibi. Und da er es für die zurückliegenden Taten nicht nachträglich bauen konnte, griff er seine Idee auf, die ihm vor Tagen im Halbschlaf gekommen war.

Fritz Gerster fasste einen schwerwiegenden Entschluss, der in einem ausgeklügelten Plan enden sollte. Ein Plan, der ihn von allen Sorgen befreien würde. Das Einzige, das ihn dabei störte, war Monika. Es durfte auf keinen Fall Monika sein. So sehr er sie gerne in seinen Plan eingebaut hätte. Monika durfte es nicht sein. Beim besten Alibi – man würde sofort auf ihn kommen.

Lange musste er nicht überlegen, wer noch infrage kommen könnte.

21

Fritz Gerster hatte eine Vermutung, die sich mit einem simplen Kontrollanruf bestätigte. Der Dame an der Empfangszentrale der Entzugsklinik gegenüber gab er sich als therapeutischer Gastreferent zum Thema »Alkohol und falsche Freunde« aus und behauptete, den Therapieplan für die Fastnachtstage verlegt zu haben.

»Kein Problem«, sagte die freundliche Stimme am Telefon, »bis einschließlich Aschermittwoch findet ohnehin nichts statt. Es geht erst am Donnerstag wieder weiter.«

Dachte ich mir's doch, ging es Gerster durch den Kopf, Therapeuten feiern auch Fastnacht.

Bei seinem nächsten Besuch im Männerwohnheim *Inselglück* sprach er direkt beim Heimleiter vor. Der zeigte sich erfreut über die häufigen Besuche bei Henry Dosch und zwinkerte Fritz Gerster verschwörerisch zu. »Wir haben Ihrem Vater nichts gesagt. Zum Glück ist das auch nicht schwer. Er interessiert sich seit Langem für nichts mehr.«

Sie nahmen am Besprechungstisch Platz. Gerster erwiderte die verschwörerische Miene seinerseits mit einer vertraulichen Geste, indem er sich kumpelhaft dem Heimleiter entgegenbeugte. Dadurch strömte ihm dessen Schweißgeruch direkt in die Nase.

»Ich hätte eine kleine Bitte, was Herrn Dosch betrifft«, raunte Gerster und zupfte vor den Augen des Heimleiters wie zufällig an seinem Geldbeutel herum.

»Eine kleine Bitte? Worum geht es denn?«, fragte der Schwergewichtige.

»Um Urlaub«, erwiderte Gerster ohne Umschweife.

Die hochgezogenen Augenbrauen des Heimleiters ließen ihn seine Aussage rasch relativieren. »›Urlaub‹ ist vielleicht etwas übertrieben formuliert. Nennen wir es einfach ›Genehmigung eines kurzen Ausgangs‹.«

Der Heimleiter starrte auf Gersters Portemonnaie, aus dem zwei Finger gerade einen Fünfzigeuroschein fischten.

»Ausgänge sind für Herrn Dosch nicht vorgesehen«, sagte er und wischte sich mit einem wenig schicklichen Taschentuch über die feuchte Stirn. Permanent knapp bei Kasse, weil seine Gattin zu Hause die sparsame Finanzministerin war, spekulierte er auf eine unerwartete Schwarzgeldquelle. »Wohin soll es denn gehen?«, erkundigte er sich, nachdem der Geldschein den Weg auf den Tisch gefunden hatte.

»Ach, nicht weit weg. Henry hat einfach nur den Wunsch,

sich mal wieder ohne Aufsicht zu bewegen.« Gerster schob den Fünfziger in Richtung Heimleiter.»Ich würde auf ihn aufpassen. Er vertraut mir. Und ich würde ihn selbstverständlich wohlbehalten wieder zurückbringen.«

»Aber Sie wären dann doch ebenfalls so etwas wie eine Aufsicht.«

»Aber keine offizielle. Mich betrachtet er als Privatperson, als eine Art Freund.«

Ein schweißiger Zeigefinger klebte sich an den Geldschein und zog ihn behutsam weiter von Gerster weg.

»Wie lange soll der Ausflug denn dauern?«

Der heikle Punkt, an dem das Gespräch angekommen war, veranlasste Gerster, einen weiteren Fünfzigeuroschein ins Spiel, genauer gesagt auf den Tisch zu bringen.

»Zwei Tage«, sagte er und ließ als weitere Option seine Geldbörse aufgeklappt.

»Zwei Tage? Das ist unmöglich! Das wäre ja über Nacht. Die Verantwortung kann ich nicht übernehmen.«

Die Verantwortung wollte er nicht übernehmen – den zweiten Fünfziger hingegen schon. Mit zwei Sekunden Verzögerung folgte die Frage.»Wo würde er denn übernachten?«

»Bei mir natürlich.« Gerster schob Schein 2 über die Tischmitte.»Es wäre über Fastnacht. Da läuft eh alles auf Sparflamme. Therapie ist keine. Hier säße er doch nur einsam herum. Ich hole ihn am Dienstagfrüh ab und bringe ihn am Aschermittwochabend zurück. Versprochen!«

Woher der Heimleiter seinen vielen Schweiß nahm, war unergründlich. Ein zweites Taschentuch musste herhalten.

»Es ist gegen die Vorschrift und gegen die Vereinbarung mit Frau Behnke.« Entgegen dieser Feststellung, die eigentlich Ablehnung signalisierte, schnappte sich der klebrige Zeigefinger seine zweite Beute.

»Niemand erfährt davon«, sagte Gerster, der spürte, dass es nicht mehr viel Überzeugungsarbeit brauchte.»Wir müssen nicht davon ausgehen, dass Henry ausgerechnet an Fastnacht Besuch aus Hamburg bekommt, oder?« Der Heimleiter stierte auf Gersters aufgeklappten Geldbeutel.»Nein. Sie warten den Verlauf der Therapie ab. Besuche sind vorerst nicht vorgesehen.« Sein Plan war Gerster viel wert. Wenn er aufging, waren 150 Euro eine geradezu lächerliche Investition. Er stand auf. Den dritten Fünfziger faltete er zusammen und drückte ihn seinem Gegenüber direkt in die Hand.»Also. Sind wir uns einig?« Der Heimleiter atmete schwer, aber die Abwägung zwischen Risiko und Ertrag fiel wegen Gersters großzügigen Argumenten letztlich deutlich aus.»Zu niemandem ein Wort! Sie haben die persönliche Verantwortung für ihn. Sie dürfen ihn nicht aus den Augen lassen! Er hat ja nicht mal ein Handy, mit dem man ihn an der langen Leine halten könnte.« Ein drittes Taschentuch wäre angebracht gewesen.»Aschermittwoch, 18 Uhr. Keine Minute später!«

»Ich danke Ihnen. Dieses Haus trägt seinen Namen zu Recht. Sie sind ein guter Mensch!«

Behäbig stand jetzt auch der beleibte Heimleiter auf. Den letzten Fünfzigeuroschein faltete er wieder auseinander und gab ihn Gerster zurück.»Sie würden 150 Euro zahlen – vermutlich noch mehr – für zwei freie Tage für diesen armen Schlucker. Der gute Mensch sind Sie!«

Vom Büro des Heimleiters aus begab sich Fritz Gerster direkt in die Stube. Erwartungsgemäß traf er Henry lesend an der Sitzgruppe neben dem Bücherregal an. Ein kurzer Rundumblick verriet ihm, dass sein zahnloser Vater nicht da war. Obwohl er nach all den vielen Jahren keinerlei Gefühle mehr für ihn empfand, war er ganz froh darüber.

Ein Privatsender berichtete von der Wand herunter über die zweifelhaft hochinteressanten Privatprobleme eines C-Promis, den man wegen seines Bekanntheitsgrades durchaus auch als

Q-Promi bezeichnen konnte. Drei müde Heimbewohner hielt dies dennoch nicht davon ab, sich von dessen Coming-Out berieseln zu lassen. Die Kartenspieler interessierte es nicht. Sie spielten allerdings nur zu zweit. Der Bescheißer durfte nur zusehen.

Gerster nahm sich einen freien Stuhl und zog ihn zu Henry, der das Buch auf seinen Knien ablegte, als er den Besuch bemerkte.

»Fritz, schön, dich zu sehen, setz dich!«

Gerster kam sofort zur Sache. »Ich hab gute Neuigkeiten!« Er berichtete von seinem Gespräch mit dem Heimleiter, wobei er die entscheidungsfördernde Zugabe nicht erwähnte. Über Geld spricht man bekanntlich nicht.

»Die lassen mich zwei Tage hier raus?« Henry konnte es nicht glauben. »Wie hast du denn *das* angestellt?«

Es blieb Gersters Geheimnis. Stattdessen machte er Henry einen schier unglaublichen Vorschlag, den er mit einer Frage einleitete. »Wann bist du zuletzt in einem Auto gesessen?«

Henry verstand die Frage nicht. »Wie meinst du?«

»Am Steuer. Wann hast du zuletzt ein Auto gefahren.«

Daran konnte sich Henry nicht erinnern. »Das ist ewig her. Warum fragst du?«

»Du hast doch neulich erzählt, dass du deinen Sohn gerne wiedersehen würdest.«

»Was hat das damit zu tun?«

»Würde dein Sohn dich auch gerne wiedersehen?«

»Meine Schwester hat wohl so etwas angedeutet.«

»Du hattest die Befürchtung, dass er es sich anders überlegen könnte.«

»Ja. Die Therapie dauert Monate. Wer weiß, ob es dann noch möchte.«

»Wenn du mich fragst«, sagte Gerster, »solltest du nicht so lange warten.«

Henry sah ihn sehr aufmerksam an. Der jahrelange Alkoholkonsum hatte seine Kombinationsgabe zwar geschwächt, aber er erkannte den Zusammenhang mit Gersters Fragen.»Wie meinst du das mit dem Autofahren?«

Gerster kramte in seiner Hosentasche und zog einen Autoschlüssel hervor.»Der gehört zu einem alten Golf. Der steht meist bei mir am Hochhaus herum. Fährt bestenfalls kurze Strecken. Das ist nicht gut für einen Motor. Eine ausgiebige Überlandfahrt würde ihm bestimmt guttun.«

Henry betrachtete den Schlüssel und stellte sich vor, wie sein Sohn inzwischen aussehen könnte.»Ich hab keinen Führerschein mehr«, sagte er nach einer Weile.»Lappen weg, du verstehst?«

»Ein gewisses Restrisiko ist immer dabei«, meinte Gerster.

Henry begann, sich mit dem Gedanken anzufreunden.»Das ganze Leben ist ab der Geburt ein Restrisiko.«

»Wohl wahr. Traust du dir die Fahrt zu?«

»Ich kann mir nicht vorstellen, dass die Heimleitung mir die Fahrt zutraut.«

Gerster kam zum Punkt.»Die wissen nichts.«

Das überraschte Henry wieder.»Du sagtest doch ...«

»Zwei Tage Ausgang, hab ich gesagt. Mehr nicht. Die glauben, du bist bei mir.« Und mit Nachdruck fügte er hinzu:»Und das sollten sie auch hinterher noch glauben!«

»Eine völlig illegale Aktion also«, stellte Henry nüchtern fest.

»Die dich mit deinem Sohn zusammenbringt. Erzähl mir nicht, dass du in den vergangenen Jahren nur legale Aktionen gemacht hast! Übrigens, du solltest dein Kommen nicht unbedingt vorher ankündigen. Sonst würde man es mit Sicherheit der Heimleitung melden. Am allerbesten wäre es, wenn deine Schwester überhaupt nichts davon mitbekommt.«

»Dann müsste ich Philipp heimlich abpassen.«

»Wenn er dich sehen will, wird er auf deiner Seite sein.«

Nun war es an Henry, Risiko und Ertrag gegeneinander abzuwägen. Was habe ich zu verlieren, dachte er, ich kann ja nur gewinnen – im besten Fall meinen Sohn zurück.

»Wann?«, fragte er nur.

»Fastnachtsdienstag. Ich hol dich am Morgen hier ab. Dann fährst du nach Hamburg und kommst am anderen Tag zurück.«

»Das ist ja schon nächste Woche.«

»Je eher, desto besser.« Gerster hatte bei diesem Satz seine Gedanken ganz woanders, kam aber gleich wieder zurück. »Du kriegst Kleider von mir. Wir haben so ziemlich die gleiche Größe. Mit dem Zeug, das du da trägst, kannst du da oben nicht antanzen.«

»Du hast keine Lust, mich zu begleiten?«

»Geht leider nicht. An dem Tag habe ich einen dringenden Termin.«

»Warum tust du das für mich?«

Fritz Gerster dachte an seinen Plan. Aber auch an Heidi. »Du bist ein feiner Mensch, Henry, und ich weiß, wie es ist, wenn es einem dreckig geht.«

Sie sahen sich wortlos an.

»In Ordnung«, sagte Henry dann, »ich mach es. Aber ...«

»Aber?«

»Wo soll ich übernachten?«

Gersters Lachanfall hielt die Q-Promi-Gucker und die Kartenspieler für einen Moment von ihren Zeitvertreiben ab.

»Das ist jetzt nicht dein Ernst, Henry Dosch!«, prustete Gerster. »Das fragst ausgerechnet du?«

Die nächste Investition umfasste ein billiges Prepaid-Handy. Gerster besorgte es sich samt Telefonkarte in der Großfiliale einer Supermarktkette. Zuvor hatte er herausgefunden, dass man dort beim Kauf seine Identität nicht nachweisen musste. Danach kontrollierte er den Benzinstand in seinem Golf. Die Nadel zeigte eine knappe Viertel Tankfüllung an. Er fuhr an eine Tankstelle, ließ aber nur so viel Sprit ein, dass der Tank halb voll war. Er optimierte den Reifendruck, öffnete die Motorhaube und goss einen halben Liter Öl nach. Anschließend fuhr er zu den Hochhäusern und stellte das Auto in einer Seitenstraße ab. Aus dem Handschuhfach nahm er den Anwohnerberechtigungsausweis heraus und legte ihn sichtbar auf die Ablage. Sein Blick streifte den Innenspiegel, in dem ihm ein teuflisches Grinsen begegnete.

Um sich davon zu überzeugen, dass ein wichtiger Rahmenpunkt seines Planes zutreffend war, ging er zu Fuß zur Dreisam und spazierte am Ufer entlang in Richtung Stadtmitte. Zufrieden nahm Fritz Gerster zur Kenntnis, dass alles passte.

Er ging nach Hause, grüßte im Hof freundlich den Hausmeister Paschke, an der Tür den Russen Alexej und im Fahrstuhl die alte Frau Stöcklin.

Tom bekam eine doppelte Portion Nassfutter. Dann kochte Gerster sich Spaghetti ohne Soße, gab Olivenöl und getrocknete Kräuter dazu und aß mit großem Appetit.

Die nächsten Tage verbrachte er mit so belanglosen Nebensächlichkeiten wie dem Ausliefern von Ritters Blumenpaletten, dem Erstellen der Zulieferungspläne für die Tage nach Fastnacht, dem Beobachten des Narrentreibens oder des Endspielsiegs der *Denver Broncos* im US-amerikanischen *Super Bowl*.

In seinen Gedanken jedoch war er einzig und allein bei der einen Sache. Denn eigentlich wartete er nur, bis es wieder Dienstag wurde.

22

Die närrischen Tage verbrachte jeder auf seine Weise.

Hausmeister Paschke trug während seiner Tätigkeiten über seinem Winterarbeitsoverall ein blau-weißes Ringelhemd, um den Hals ein knallrotes Tuch und anstelle der Franzosenmütze eine gestreifte Fastnachtskappe.

Alexej trug als Kopfbedeckung eine russische Uschanka mit einer Indianerfeder, betrank sich mit Gleichgesinnten am Schmutzige Dunschdig mit Wodka und hatte nicht die Absicht, vor Aschermittwoch wieder nüchtern zu werden.

Frau Stöcklin trug keine Kopfbedeckung. Sie hatte mit Fastnacht nichts am Hut.

Damit war sie nicht alleine. Kaum minder als die Polizistenwitwe Karin Schubert oder die Angehörigen der ermordeten Frauen trauerten Martha und Horst Kuhnert um ihren kleinen Hundemischling, den das gleiche Schicksal ereilt hatte. Fastnacht fand für sie alle nicht statt.

Ebenso wenig für die Reederstochter Hildegard Behnke und ihren an den Rollstuhl gefesselten Vater, wobei die Hansestadt im Norden ohnehin nicht gerade als Faschingshochburg bekannt war.

Heidi Bäumel sah sich unverkleidet und halbherzig einen Fastnachtsumzug an der Schweizer Grenze an, fand keinen Gefallen an den bonbonwerfenden Narrengestalten und dem ausgelassen jubelnden Publikum und fragte sich traurig, ob derjenige, in den sie wirklich vernarrt war, sich jemals wieder melden würde.

Monika Gerster hingegen tigerte als kostümierte Raubkatze mit einer befreundeten Physiotherapeutin durchs närrische Geschehen, schwor aber hinterher angesichts eines hartnäckigen und grauenvollen Katers, dass ihr irgendein fremdes Arschloch K.-o.-Tropfen ins Getränk geschüttet hätte.

Der Brandstifter warf sich im Häftlingskostüm zusammen mit seinem Feuerwehrkameraden ins karnevalistische Getümmel, sah sich jedoch mehrfach mit der Rüge seines Begleiters konfrontiert, der ihm Lustlosigkeit und geistige Abwesenheit vorwarf und dauernd wissen wollte, worüber er denn die ganze Zeit grübeln müsse.

Für die *Soko Schlinge* gab es keine närrischen Tage. Jedenfalls nicht in dem Sinne, unter dem man sie üblicherweise als solche versteht. Narrisch machte da schon eher der neue Soko-Leiter seine Mannschaft. Den Antrag von zwei als Hardcore-Jecken bekannten Soko-Mitgliedern auf vorübergehende Freistellung lehnte Gisbert Wäscher mit der Begründung ab, es liefen schon viel zu viele Narren auf Freiburgs Straßen umher. Seit der unnahbare und als aalglatt wahrgenommene Trautmann-Nachfolger das Kommando übernommen hatte, passte sich die Stimmung innerhalb der Soko dem kühlen Februarwetter an. Obwohl der Spezialist aus dem übergeordneten LKA und sein Sonderanalyseteam in den vergangenen Tagen jede einzelne Spur nochmals auf den Kopf gestellt hatten, war die Soko keinen Schritt weitergekommen – was Merle Trautmann mit einem heimlichen Hauch von Genugtuung erfüllte.

Hätte Alfons Bücheler allerdings um eine fastnachtliche Freistellung ersucht, wäre sie ihm von Gisbert Wäscher mit hoher Wahrscheinlichkeit gewährt worden, denn der neue Soko-Chef hielt von reaktivierten operativen Ermittlungspensionären ungefähr so viel wie von Frauen in polizeilichen Führungspositionen.

Bücheler machte sich jedoch nichts aus der fünften Jahreszeit. Ganz im Gegensatz zu seinem Kompagnon Josef Werneth, der als gebürtiger Elztäler mit der Tradition der alemannischen Fasnet aufgewachsen und daher in diesen Tagen des närrischen Ausnahmezustandes für Bücheler nicht erreichbar war.

Notgedrungen verbrachte er viel seiner freiwillig gewählten dienstlichen Ruhestandszeit im Aktenraum und studierte die abgelegten Spurenberichte. Aus einem inneren Gefühl heraus ließ ihn eine Spur nicht los. Helge Michalek hatte ihm neben seinen ausführlichen Schilderungen nicht ganz offiziell den von Jakob Allgeier verfassten aktuellen Sachstandsvermerk über die Spur 17 zugespielt. Daraus ging hervor, dass Friedrich Anton Gerster zwar für keine der Tatzeiten ein Alibi hatte, wegen der fehlenden Übereinstimmung seiner DNA mit den am Tatort Eschholzpark gesicherten Hautschuppen aber nicht mehr als Tatverdächtiger anzusehen sei. Allerdings machten Bücheler zwei Worte stutzig, die am Ende des Berichts mit Fettdruck vermerkt waren. »Italien abklären!« Die Worte waren mit einem Stift dünn durchgestrichen, und darunter fand sich, von Jakob Allgeier offensichtlich per Hand nachträglich vermerkt, der Zusatz »Hat sich erledigt«.

Der Vermisstenfall des 16-ährigen Friedrich Gerster lag 30 Jahre zurück. Dennoch konnte sich Alfons Bücheler noch daran erinnern, denn es war damals sein allererster Fall auf dem Kriminaldezernat für Kapitalverbrechen und Vermisstenangelegenheiten gewesen, wohin er auf eigenen Wunsch gewechselt hatte. Der junge Mann war seinerzeit nicht wieder aufgetaucht, wobei es keine Hinweise auf eine strafbare Handlung gegeben hatte. Seinen letzten Aufenthaltsort hatte man mithilfe der Aussage des Fernfahrers Bruno Conti auf einer Raststätte kurz nach der Grenze bei Chiasso ermittelt. Danach hatte sich jede Spur verloren. Mit Erreichen der Volljährigkeit des Abgängigen hatte man den Fall zu den Akten gelegt.

Von Helge Michalek erfuhr Bücheler, was es mit dem Vermerk hinsichtlich Italien auf sich hatte. Bei einer nicht ganz offiziellen Durchsuchung eines von Fritz Gerster benutzten Zimmers auf dem Gelände seines Arbeitgebers hatte Jakob Allgeier Fotos gemacht. Unter anderem auch von einem uralten Fährticket vom Comer See, das als Lesezeichen in einem Buch steckte.

»Der Gerster hat's dir mächtig angetan, was?«, bemerkte Michalek. »Kann ich gut verstehen. Der Typ hat meiner Ansicht nach durchaus das Zeug zum Frauenmörder.«

Bücheler war schon etwas verwundert darüber, dass innerhalb der *Soko Schlinge*, trotz der eindeutigen Hautschuppenspuren, noch immer Tendenzen gegen Fritz Gerster vertreten waren. Besonders Jakob Allgeier und Helge Michalek taten sich dabei hervor. Seltsamerweise konnte er es nach dem eingehenden Studium der Spur 17 nachempfinden, und auf irgendeine Art beeinflusst durch den drei Jahrzehnte zurückliegenden Vermisstenfall weckte es in ihm die Neugier. »Wie komme ich an die Bilder?«

Offenbar hatte Michalek damit gerechnet, denn ohne zu zögern schob er Bücheler zur Seite und beugte sich über die Tastatur des Computers. »Das haben wir gleich. Lass mich da mal kurz einloggen.«

23

Frisch geduscht verließ Henry Dosch am Dienstagmorgen das Wohnheim und setzte sich auf den Beifahrersitz des roten Golf.

Er trug die Kleider, die ihm Gerster am Vortag vorbeigebracht hatte.

»Setz dir auch die Mütze auf«, wies Gerster ihn an, »es ist kalt.« Henry gehorchte. Bevor sie vom kleinen Vorplatz des *Inselglücks* wegfuhren, warf der in der Tür stehende Heimleiter dem Fahrer einen letzten mahnenden Blick zu. Gerster quittierte ihn mit einem erhobenen Daumen.

Sie fuhren in die Nähe des Weingartener Hochhauses und hielten am Straßenrand an.

»Fahrerwechsel«, sagte Fritz Gerster, »ab hier bist du auf dich alleine gestellt.«

Beide stiegen aus. Henry kam ums Fahrzeug herum und setzte sich ans Steuer. »Mal sehen, ob das noch klappt«, sagte er mit freudiger Erwartung auf seine erste Autofahrt nach vielen Jahren.

»Fahr einfach gemütlich«, empfahl Gerster, »die alte Kiste verträgt sowieso nicht mehr als 120.«

Er nahm sein Handy und drückte es Henry in die Hand. »Hier. Damit können wir Kontakt halten.« Henry schaute ihn fragend an.

»Nimm nur«, sagte Gerster, »es beißt nicht.«

»Und du?«

Gerster zog das Prepaid-Handy aus der Jacke. »Die Nummer ist in deinem gespeichert. Er erklärte die Kurzwahltaste und ein paar wenige Funktionen. »Falls es bei dir klingelt, bin ich das. Dann fährst du sofort auf den nächsten Parkplatz und rufst zurück. Verstanden?«

»Ja.«

»Du rufst mich an, wenn du in Frankfurt bist!«

»In Frankfurt?« Henry legte das Handy auf den Beifahrersitz und kontrollierte Autositz und Spiegel. Er musste kaum etwas verstellen, da die beiden Männer etwa die gleiche Größe hatten.

»Ja, Frankfurt. Genau gesagt, kurz vor Frankfurt«, sagte Gerster so beiläufig wie möglich, »du musst ja irgendwann tanken.« Der Hinweis klang so selbstverständlich wie harmlos, aber er gehörte als fundamentales Element zu seinem ausgefeilten Plan.

»Der Tank ist gut halb voll.« Gerster hielt die geöffnete Fahrertür in der Hand. »Hör zu! Du fährst Frankfurt-Flughafen runter und tankst dort an der Raststätte, verstanden? Das reicht dann bis hoch nach Hamburg.«

»Ja, mach ich.«

Gerster griff zum Portemonnaie, aber Henry wehrte ab.

»Lass stecken, Fritz! Meine Schwester hat mir Geld geschickt. Es reicht schon, dass du mir dein Auto leihst. Ich weiß gar nicht, wie ich dir danken soll.«

»Indem du genau das tust, was ich dir sage. Und indem du mir noch einen Gefallen machst.«

»Jeden, den du willst.«

Gerster beugte sich zu Henry hinunter.

»Im Kofferraum liegt ein Paket mit seltenen Pflanzensamen. Sündhaft teuer und zu riskant für die Post. Wenn du das Paket abgibst, ersparst du mir eine Tagestour.«

Henry war erfreut darüber, eine Gegenleistung erbringen zu können. »Na, wenn das nicht passt. Liegt ja auf meinem Weg. Sehr gerne mach ich das!«

»Ja, das passt, denn den Zwischenstopp kannst du gleich mit dem Tanken verbinden.«

»Und wo soll der gute Samen hin?«

»Die Adresse steht auf dem Paket. Der Laden für den Saatguthandel befindet sich direkt neben dem Flughafen. Nicht zu verfehlen.«

»Kannst dich auf mich verlassen, Fritz!«

»Ah ja, noch eine Kleinigkeit: die Tankbelege. Bewahre sie bitte für mich auf! Die brauche ich. Für die Steuer, weißt du.«

»Klar.« Henry machte sich darüber genauso wenig Gedanken wie über den angeblich seltenen und teuren Samen.

»Und setz die Mütze auf an der Tanke, und posier nicht vor

der Überwachungskamera«, mahnte Gerster, »die Mission darf nicht dadurch auffliegen, dass man dich später erkennt!«

Wieder ein »Klar«, wobei Henry sich dieses Mal ein wenig darüber wunderte, über welche Kleinigkeiten sich sein Freund den Kopf zerbrach.

»Nicht vergessen: Von der Tanke aus rufst du mich an. Dann kann ich dir auch den Weg zum Samengeschäft beschreiben.«

»Klar.«

»Los jetzt!«, befahl Gerster.

Henry startete den Motor.

»Gute Fahrt!«, sagte Gerster, und ihm rutschte noch ein unpassender Zusatz heraus, den Henry Dosch überhörte und daher auch nicht stutzig machte. »Bis nachher!«

»Ja, bis morgen Abend. Danke!«

Gerster drückte die Autotür zu.

Langsam, mit leichtem Ruckeln und schleifender Kupplung, setzte sich der Golf in Bewegung. Gerster sah ihm nach und dann auf seine Uhr.

Es war ziemlich genau 8 Uhr.

Ein paar Minuten später freute sich Kater Tom über sein bereits zweites Frühstück an diesem Morgen und über die ungewohnte Freigiebigkeit seines Versorgers. Er konnte nicht wissen, dass sein Herrchen sich damit von seiner ungeheuren inneren Spannung ablenken wollte, und es fiel ihm auch nicht auf, dass der Mensch nahezu ununterbrochen im Wechsel auf die Wanduhr und das neue Handy sah. Die Uhr tickte. Das Handy blieb stumm. Ein gutes Zeichen.

Als eine Stunde um war, prüfte Fritz Gerster zum dritten und letzten Male den Inhalt seines Rucksacks. Er legte alles fein säuberlich auf dem Couchtisch aus und steckte es in einer bewussten Reihenfolge zurück. Die Perlendöschen kamen in ein inneres Seitenfach.

Zuletzt zog er sich um und wartete eine weitere Stunde ab.

Mit dem Rucksack über einer Schulter, dem Karten-Telefon griffbereit in der Jacke und dem festen Entschluss, sich für alle Zeiten Ruhe zu verschaffen, verließ er das Hochhaus.

Zu Fuß führte ihn sein Weg zunächst in Richtung Stadtmitte. An einem Gebüsch blieb er stehen und sah sich nach allen Seiten um. Der Blick auf die Uhr sagte ihm, dass Henry jetzt weit hinter Karlsruhe sein müsste. Als er sich unbeobachtet fühlte, zog er aus dem Rucksack eine Fastnachts-Vollmaske hervor und stülpte sie sich über den Kopf.

Barack Obama ging weiter bis zur Dreisam, überquerte sie und setzte seinen Gang gemächlich auf der anderen Uferseite fort. Es begegneten ihm scheinbar gleichgesinnte Fastnachtsnarren – entweder bereits auf frühen Beinen oder, als Überbleibsel vom Rosenmontag, auf sehr späten. Ein paar normale Leute waren auch dabei.

In einem erneut unbeobachteten Moment griff er wieder zum Rucksack, tauschte die Ganzkopfmaske und wurde zu Elvis Presley.

Er ging ein Stück weiter. An einer Bank hielt er an. Es war Zeit für einen Anruf. Gerster wählte mit dem Prepaid die Nummer seines Handys und ließ es dreimal klingeln.

Es dauerte keine fünf Minuten, bis der Rückruf kam.

»Wo bist du?«, fragte Elvis.

»Bitte? Ich versteh dich so schlecht. Du klingst so verdumpft.«

Gerster schob die Maske so weit nach oben, dass er sein Prepaid an den Mund halten konnte und wiederholte seine Frage.

»An Darmstadt vorbei. Auf einem Parkplatz.«

»Alles in Ordnung?«

»Ja. Dein Golf läuft wie 'ne Eins.«

»Gut. Fahr weiter! Wenn du in Frankfurt tankst, ruf mich an! Wie ausgemacht.«

»Klar.«

Bis zur nächsten Bank begegnete dem hüftsteifen Elvis eine Schar von Ringelhemdträgern, die in bester Stimmung unterwegs zu einem Männerfrühschoppen waren.

»Hey, du da, mit dem Rucksack«, grölte einer, »nach Memphis geht's in die andere Richtung!« Der Verkehrshinweis und eine zusätzliche Bemerkung löste schallendes Gelächter bei der Gruppe aus. »Er lebt tatsächlich! Elvis lebt!«

Ein paar weibliche Fastnachtspinguine waren trotz lausiger Temperaturen ebenfalls schon unterwegs. Frauenfrühschoppen als feministische Antwort auf männliches Machogehabe.

Bald war er in der Nähe des *Dreisam-Kiosks* angekommen. Eine öffentliche Toilette bot die günstige Gelegenheit eines erneuten Figurenwechsels. Elvis ging hinein, Angela Merkel kam heraus.

»Hey, Angie«, lallte ein von der Nacht übrig gebliebener betrunkener Pirat mit Augenklappe, »das hier ist das Männerklo, meine Süße!«

Eine Bank gab es an dieser Stelle nicht, aber oberhalb des Uferweges einen vollbesetzten Parkplatz. Zwischen den Autos hindurch hatte Angela Merkel freien Blick hinüber zum Kiosk. Die Sicht war gut. Was sie sah, hingegen nicht.

Nichts regte sich dort. Keine Kundschaft wäre für einen Dienstag noch nicht verwunderlich gewesen. Aber dass der Außenständer fehlte und der Innenvorhang am Ausgabefenster zugezogen war, ließ befürchten, dass der Kiosk, konträr zu Gersters Plan, geschlossen hatte.

Tief enttäuscht, zugleich übernervös, zog er sich die Maske vom Kopf und trabte Richtung Kiosk, um sich von der unerwarteten Situation zu vergewissern. Vermutlich war wegen Fastnacht ausnahmsweise nicht geöffnet. Damit hatte er nicht gerechnet. Tatsächlich war weit und breit niemand zu sehen. Er sah auf die Uhr. Bald würde Henry anrufen. Aber das Unternehmen musste abgeblasen werden.

Verärgert stiefelte er zurück zum Uferweg, um sich auf den Heimweg zu machen.

Sie kam ihm auf dem Fahrrad entgegen. Erst als sie auf seiner Höhe war und achtlos an ihm vorbeifuhr, erkannte er sie. Gerster sah ihr nach. Als sie auf Höhe des *Dreisam-Kiosks* angelangt war, hielt sie an, stieg ab und schob das Fahrrad den kleinen Trampelpfad hinauf. Hastig verwandelte er sich wieder in Angela Merkel, kürzte den Weg hinauf über die Böschung ab und nahm den Beobachtungsposten auf dem Parkplatz wieder ein.

Sie stellte ihr Fahrrad neben dem Kiosk ab und begab sich zur Tür an der Rückseite. Kurz darauf wurde der Innenvorhang aufgeschoben. Bald danach platzierte sie den fahrbaren Außenständer mit den Magazinen und Zeitungen an der Vorderseite und verschwand wieder in dem kleinen Verkaufshäuschen.

Eine Viertelstunde später klingelte Gersters Prepaid-Handy. Er rückte die Maske hoch und duckte sich hinter einen mächtigen SUV.

»Ich hab gerade getankt«, sagte Henry.

»Bist du in Frankfurt?«

»Ja, bin Flughafen raus, wie du gesagt hast.«

»Hast du den Tankbeleg?«

Das muss ihm ungeheuer wichtig sein, das mit der Steuer, dachte Henry. »Ja, im Handschuhfach.«

»Du musst das Paket noch abgeben.«

»Das liegt schon bei mir auf dem Beifahrersitz. Die Adresse hab ich gesehen.«

»Es ist ganz einfach«, gab Gerster vor, »du fährst am Flughafen vorbei Richtung Hattersheim. Dahinter kommt ein Gewerbegebiet. Dort ist die Firma.«

»Ich werd's finden. Notfalls frag ich jemanden.«

»Das tust du nicht!«

»Aber …«

»Kein unnötiger Kontakt mit anderen! Denk daran: Du bist illegal unterwegs. Wenn du Probleme hast, dann ruf mich an!«

Henry wollte noch etwas sagen, aber Gerster hatte es mit einem Mal sehr eilig. »Schluss jetzt!«, herrschte er Henry an, um sogleich unbewusst, aber passend, in Anlehnung an Angela Merkels berühmtes Flüchtlingszitat zweckoptimistisch zu bleiben. »Du schaffst das!«

Bevor Gerster das Gespräch wegdrückte, vernahm Henry noch den Grund für dessen Eile.

»Ich muss zu einem dringenden Termin!«

Von jetzt an lief die Zeit. Gersters ganze Konzentration galt dem nächsten Schritt. Eine unheimliche Wandlung ging vor sich. Während er innerlich zum skrupellosen Raubtier mutierte, das den tödlichen Angriff auf seine Beute vorbereitete, nahm er äußerlich durch das Hinunterziehen der Faschingsmaske wieder die Gestalt der leutseligen Pfarrerstochter Angela Merkel an und wirkte im krassen Gegensatz zu seinem Innenleben völlig harmlos.

Der SUV-Fahrer kam zu seinem geparkten Fahrzeug. Gerster bemerkte ihn spät und grüßte mit einem höflichen Nicken zurück. Der Mann schmunzelte, machte sich aber keine Gedanken darüber, weshalb die Regierungschefin Einweghandschuhe und einen Rucksack trug. Fastnachtskostümierungen waren alle irgendwie schräg.

Der bullige Geländewagen fuhr vom Parkplatz. Ein anderes Auto nahm unverzüglich dessen Platz ein. Gerster vermied dieses Mal den Blickkontakt und versteckte sich zwischen den anderen Fahrzeugen. Er wartete, bis der Fahrer in Richtung Stadtmitte verschwunden war.

Aus dem Rucksack nahm Gerster seine vorbereitete Konstruktion, die sich bisher so gut bewährt hatte. Eine Hand umfasste eine der beiden kleinen Schlaufen und verschwand in der Jackentasche. Er sah hinüber zum Kiosk. Niemand war zu sehen. Außer ihr. Schemenhaft erkannte er ihre Bewegungen hinter dem geschlossenen Verkaufsfenster. Es begann zu regnen. Kein schlechter Umstand, urteilte er, und machte sich auf den Weg.

Hanna Schmidt sah die Gestalt auf ihren Kiosk zukommen. Angela Merkel. Wie lächerlich, dachte sie, diese idiotischen Narren schrecken vor nichts zurück! Anstatt das Ausgabefenster für den nahenden Kunden – oder die nahende Kundin – zu öffnen, trat sie aus dem Häuschen heraus und schob den Zeitungsständer ins Trockene unter das schmale Vordach. Danach spannte sie einen Regenschirm auf und rückte in aller Ruhe die verschiedenen Zeitschriften zurecht.

Wortlos trat die Gestalt an ihre Seite. Hanna Schmidt bemerkte es aus dem Augenwinkel und erkannte auch an den breiten Straßenschuhen und den gleichfalls breiten Schultern, dass Angela Merkel offensichtlich von männlichem Geschlecht war.

»Welch große Ehre«, spottete Hanna Schmidt unter ihrem Schirm hervor, »die Bundeskanzlerin höchstpersönlich!« Sie sortierte weiter die Magazine und machte keine Anstalten, den hohen Besuch zu bedienen. Stattdessen schnauzte sie ihn schroff von der Seite an. »Damit eines klar ist: Um diese Zeit gibt es keinen Alkohol! Sieh lieber zu, dass du nach Hause kommst, zu Frau und Kindern!«

Die maskierte Gestalt schwieg scheinbar unbeeindruckt und blieb reglos stehen. Hanna Schmidt machte sich weiter an den Magazinen zu schaffen, schielte aber mit steigendem Unbehagen zu dem sonderlichen Typen hin. Da stand er einfach. Eine Hand in der Jackentasche, die andere umfasste den Riemen eines Rucksacks. Trug er tatsächlich Gummihandschuhe? Bald konnte sie das provozierende Nichtstun des Maskierten nicht mehr ertragen. »Verschwinde, Frau Merkel«, fauchte sie, »oder gib endlich deine Bestellung auf!« Sie drehte sich zu der Fastnachtsfigur hin und schaute gereizt in die Maske. Hinter den beiden runden Sehöffnungen des staatsfraulichen Silikongesichts flackerten zwei leibhaftige Augen. Sie wirkten furchterregend, so als lebende Fremdkörper in einer toten Maske. Die Gummihand ließ den Rucksackriemen los, ballte sich aber sofort wieder zur Faust. Die andere Hand glitt aus der Jackentasche und hielt etwas Schwarzes. Hanna Schmidt lief es plötzlich eiskalt den Rücken hinunter. Sie klappte den Schirm zusammen und ging zur Rückseite des Kiosks. Ohne sich umzudrehen spürte sie, dass Angela Merkel ihr folgte. Sie erreichte die Kiosktüre, schaffte es auch einzutreten. Aber es gelang ihr nicht mehr, die Türe rechtzeitig zu schließen. Ein dazwischen gestellter Fuß verhinderte es. Mit den Fäusten umfasste Gerster die beiden Zugschlaufen. Die Kioskfrau war starr vor Angst. Er war überrascht, denn er hatte noch keinen Finger gerührt. Die Frau schien vor Grauen wie gelähmt. Nicht in der Lage, sich zu wehren. Handlungsunfähig vor Panik. Dieses Mal würde er ohne vorbereitenden Schlag auskommen.

Plötzlich spürte er einen donnernden Stoß auf seiner Stirn. Er taumelte. Für Bruchteile von Sekunden war er benommen. Jedoch nur so kurz, dass er den zweiten Schlag kommen sah und ihn abwehren konnte. Die Bierflasche ging dabei zu Bruch. Die Frau durch einen Schlag zu Boden. Einen Moment hatte er nicht aufgepasst, sich zu sicher gefühlt.

Die unerwartete Gegenwehr löste bei ihm die letzten Hemmungen. Mit einem Sprung war er bei ihr. Als hätte er es vorher hundertfach geübt, fand die große Schlaufe mit dem ersten Schwung den Weg über Hanna Schmidts Kopf und um ihren Hals. Der Schrei, den Gerster in diesem Augenblick von ihr erwartete, kam von ihm selbst. Mit einem bestialischen Ausruf und einem einzigen kraftvollen Ruck zog er die Schlinge zusammen.

Das typische Surren, wenn Kabelbinder in die Verzahnung einrasten, ließ Gerster die Schlaufen unverzüglich loslassen. Mehr war hier in den nächsten zwei, drei Minuten nicht zu tun.

Er erhob sich und sah sich um. Als Erstes zog er den Vorhang des Verkaufsfensters zu und schloss die Kiosktür. Eine schwache Funzel an der Decke sorgte wenigstens für so viel Licht, dass er sich orientieren konnte. Ein altes Transistorradio bot die Gelegenheit, das Röcheln am Boden zu übertönen. Gerster drehte es nur soweit auf, dass man es draußen nicht hören konnte.

Die tickende Wanduhr nahm er herunter, öffnete das kleine Fach an der Rückseite, nahm die Batterie heraus und warf sie zusammen mit der Uhr auf den Boden – neben die inzwischen regungslose Kioskfrau. Es hatte weniger als zwei Minuten gedauert, bis Ruhe war. Das Japsen und Zucken hatte aufgehört. Mit aufgerissenen Augen lag sie auf dem Rücken. Gerster nahm ein paar Zeitschriften. Eine schlug er auf und bedeckte damit ihr Gesicht. Die anderen warf er zu der Uhr und den Flaschenscherben auf den Boden.

Er schnallte den Rucksack ab und zog die Maske vom Kopf, um besser sehen zu können. Er spürte einen metallischen Geschmack auf der Zunge. Blut rann in einer dünnen Spur von seiner Stirn zu den Lippen. Er fand ein Geschirrtuch, das er sich um den Kopf über die Wunde band. Dann kniete er sich auf den Boden.

Aus dem ersten Perlendöschen entnahm er ein einzelnes graues glattes Haar und ließ es neben die Leiche fallen.

Mit dem Inhalt der zweiten Perlenbox wollte er dieses Mal auf Nummer sicher gehen. Noch immer konnte er kaum glauben, dass die Polizei die fremden Hautpartikel bei der Politesse womöglich übersehen hatte. Anders als beim letzten Mal ließ er sich die winzigen Hautschuppen nicht in seine Handschuhe rieseln, um sie von dort zu verteilen, sondern er wählte den direkten Weg. Nachdem er den Deckel abgeschraubt hatte, positionierte er das runde Behältnis direkt neben eine Hand der Toten. Mit deutlich weniger Überwindung als zuletzt ergriff er die Hand, klemmte drei leblose Finger so zusammen, dass sich ihre Fingerkuppen berührten und tauchte sie in das Döschen. Mehrfach rieb er mit ihnen den Boden der Box aus. So lang, bis er das Gefühl hatte, dass genügend Hautpartikel aufgenommen waren. Sodann widmete er sich jeder einzelnen der drei Fingerkuppen und rieb die fremden Hautteile vorsichtig unter die Fingernägel der Toten. In einem Artikel über ungeklärte Mordfälle hatte er jüngst gelesen, dass die Entnahme des Fingernagelschmutzes beim Opfer zu den Standards der Spurensicherung zählte. Insbesondere dann, wenn das Opfer sich gewehrt hatte.

Um schließlich zuverlässig sein Ziel zu erreichen, wollte er mit dem Inhalt der dritten Perlenbox der Polizei den perfekten Tatort präsentieren. Er öffnete die Hose der Frau und zog sie zusammen mit dem Slip bis zu den Knien nach unten. Genau wie damals im Schrebergarten. Bei der Politesse war er nicht so weit gekommen, weil ihn der schreiende Fußgänger gestört hatte.

Er betrachtete das Perlendöschen. Nach kurzer Überlegung kam er zu dem Entschluss, dass ein einzelnes Schamhaar genügte. Zu offensichtlich durfte es nicht aussehen. Er legte es im Schambereich ab und beließ das zweite gekräuselte Haar in seinem Behältnis. Zumal er dafür eine künftige Verwendung nicht ausschließen konnte.

Er stand auf. Mit einem letzten Blick vergewisserte er sich, ob alles in seinem Sinne war. Mit einem Fuß schob er die Zeitschrift vom Gesicht und kickte sie zur Seite. Kurz zögerte er. Dann kniete er neben der Toten nieder, nahm ihr die silbernen Ohrringe ab und verstaute sie in einem der Perlendöschen, das mit den anderen zurück in den Rucksack wanderte. Er zog das Geschirrtuch über seiner Stirn enger, stülpte sich die Merkel-Maske über und schaltete Radio und Licht aus. Er spähte in die Umgebung und trat hinaus in den Regen. Mit dem im Schloss steckenden Schlüssel verriegelte er die Tür.

Zeugen berichteten später von einer Fahrrad fahrenden Bundeskanzlerin auf dem Uferweg ganz in der Nähe des Kiosks.

Andere wiederum glaubten, Elvis Presley in einiger Entfernung zum Kiosk radeln gesehen zu haben.

Und ganz sicher war sich ein Zeuge, der gut einen Kilometer vom Kiosk entfernt beobachtet hatte, wie Barack Obama ein Fahrrad in die Dreisam warf.

Alle drei Promis, so schworen die Zeugen, hätten einen Rucksack und beigefarbene Gummihandschuhe getragen.

FÜNFTES KAPITEL:
MONIKA GERSTER

1

Der Flughafen war nicht zu übersehen. Das war nicht das Problem. Die Stadt Hattersheim auch nicht. Auch das Gewerbegebiet, von dem Fritz gesprochen hatte, glaubte Henry gefunden zu haben. Sorgen bereitete ihm die Adresse, die auf dem Paket mit dem wertvollen Samen vermerkt war. Seit fast einer halben Stunde suchte er vergeblich nach der Straße, in der sich die Empfängerfirma befinden sollte. Mehrmals schon war er dabei an den gleichen Stellen vorbeigefahren. Auch an einer kleinen Gruppe von Straßenarbeitern, und jedes Mal hatte er den Impuls verspürt, einfach nach dem Weg zu fragen. Aber er dachte an die mahnenden Worte seines Freundes, den er nicht enttäuschen wollte.

Genau aus diesem Grund drückte er erneut die Kurzwahltaste von Gersters Mobiltelefon. Zweimal schon hatte er es zuvor versucht, aber eine freundliche Frauenstimme hatte ihm erklärt, dass er mit der Mailbox der Nummer Soundso verbunden sei und es zu einem späteren Zeitpunkt erneut versuchen solle oder eine Nachricht hinterlassen könne. Da Gerster ihm befohlen hatte, keinen Kontakt zu anderen Menschen aufzunehmen, hatte Henry beide Male geistesgegenwärtig aufgelegt.

Nun jedoch sah er keinen anderen Ausweg mehr, als die Anweisung zu ignorieren und mit der freundlichen Frau zu sprechen. Wie sonst sollte er seinen wichtigen Auftrag erfüllen, ohne noch weitere Zeit zu verlieren?

Die Telefonfrau hatte ihren Text offenbar gewissenhaft auswendig gelernt, denn sie klang exakt gleich wie bei den ersten beiden Anrufen. Gerade als Henry ihr ausrichten wollte, dass der Fritz sich unbedingt bei ihm melden solle, hörte er plötzlich dessen Stimme. »Henry? Du hast versucht, mich anzurufen?«

»Fritz, bist du das?«

»Wer sonst? Also? Du hast mich angerufen?«

»Ja. Aber da war immer diese Frau dran.«

»Mailbox. Ich hatte die Mailbox geschaltet.«

»Bitte?«

»Die Mobilbox. AB, wenn dir das besser gefällt.«

»AB?«

»Anrufbeantworter. Meine Güte, wie lange warst du unter der Brücke?«

»Ich finde die Adresse nicht.«

»Das macht nichts«, sagte Gerster, der wusste, dass es die Adresse überhaupt nicht gab und dass in dem Paket nichts anderes war als wertloses Zeitungspapier. »Vergiss das Paket. Wir haben ein ganz anderes Problem. Du musst auf der Stelle umdrehen und zurückkommen!«

»Zurückkommen?« Henrys Enttäuschung war greifbar. »Und was ist mit Hamburg – und meinem Sohn?«

»Der Heimleiter hat Wind davon bekommen«, log Gerster. »Wir müssen die Sache verschieben.«

»Oh! Hab ich etwas falsch gemacht?«

»Nein. Aber du musst so bald wie möglich im Heim aufkreuzen. Dann wird er sehen, dass er sich getäuscht hat.«

»Und dein Paket?«

»Ist nicht so wichtig. Du musst zurück, sonst sperren sie dich künftig vollkommen weg. Dein Tank ist voll. Ich warte am Hochhaus auf dich. Du fährst sofort los?«

Henrys Lieblingswort klang in diesem Fall sehr betrübt.
»Klar«, sagte er. »Bin schon unterwegs.«

2

Am Aschermittwoch ist alles vorbei. Die Redewendung, die es aus einem ursprünglich alten Karnevalslied in den allgemeinen Sprachgebrauch geschafft hatte, bekam in vielerlei Hinsicht Bedeutung.

Vorbei war es mit der Kiosk-Pächterin Hanna Schmidt. Ihr Mann Hoddel fand sie am späten Dienstagabend, nachdem sie nicht nach Hause gekommen war.

Vorbei war es damit auch mit dem Optimismus der meisten Soko-Mitglieder, denen ohnehin der herablassende Führungsstil des die Obrigkeit verkörpernden und voller Arroganz auftretenden Gisbert Wäscher Motivationsprobleme bereitete.

Vorbei war die Geduld des Polizeipräsidenten, der den Medien anstatt der erhofften Aufklärung der Mordserie nun eine weitere ungeklärte, grauenvolle Tat verkünden musste. Vergleich-

bar mit dem überstürzten Aktionismus, dem erfolglose Fuß-
balltrainer zum Opfer fallen, wollte er den als Hoffnungsträger
gestarteten Wäscher mit sofortiger Wirkung austauschen, was
vom Innenminister – verbunden mit einer harschen Rüge an den
Präsidenten – hierarchisch niedergeschmettert wurde.

Vorbei war mithin Alfons Büchelers Engagement als Operativer Ermittlungsassistent. Mit der sofortigen Wirkung, die beim
Polizeipräsidenten nicht funktioniert hatte, entband Soko-Leiter Gisbert Wäscher den eigentlichen Pensionär von seinen Aufgaben, die zuletzt allerdings ohnehin eher niederwertig gewesen waren. Als Begründung gab er vordergründig jovial an, dass
man in der gegenwärtigen Drucksituation nur 100-prozentig
einsetzbare Volldienstbeamte brauchen könne und aus fürsor-
gerischen Gründen hochbetagte Ex-Kollegen schonen müsse.

Vorbei war es überdies für den Brandstifter. Am Damenfahrrad, das er am Bahnhof geklaut und infolge seiner Flucht in
der Kleingartenanlage zurückgelassen hatte, waren tatsächlich
DNA-Spuren gefunden worden. Ein Abgleich mit seiner Speichelprobe im Rahmen der Erfassung aller Feuerwehrbedienst-
teten erbrachte Übereinstimmung. Seine Festnahme erfolgte in
den frühen Morgenstunden des Aschermittwochs.

Vorbei war es auch mit Henry Doschs Nerven. Nach seiner
Rückkehr ins *Inselglück* wurde er am anderen Morgen ins Büro
des schwitzenden Heimleiters zitiert. Da Fritz schon angedeutet hatte, dass der Wohnheim-Chef »Wind bekommen« habe,
konnte er sich leicht ausmalen, was die unfreiwillige Audienz zu
bedeuten hatte. Am besten wird es sein, dachte sich Dosch beim
Betreten des Büros, wenn ich ohne Umschweife alles zugebe.
    Er kam allerdings nicht dazu. Bevor er reuevoll seinen geplan-
ten, aber abgebrochenen Trip nach Hamburg beichten konnte,
überbrachte ihm der Heimleiter »eine leider sehr, sehr traurige

Nachricht«, wie er sich mit ernsten Worten ausdrückte. »Henry, Ihr Vater ist in der vergangenen Nacht verstorben.« Der millionenschwere Reeder Reinhard Dosch hatte die Folgen einer schweren Lungenentzündung, von der er sich wegen seiner MS-Erkrankung nicht mehr erholen konnte, nicht überlebt. Hildegard Behnke hatte darum gebeten, Henry zu informieren. Paradoxerweise bot nun der Heimleiter dem in dieser Situation völlig verwirrten Henry Dosch eine Fahrt nach Hamburg an. Seine Schwester, so der Heimleiter, käme für die Bahnfahrt auf und wünsche sich Henrys Anwesenheit bei der anstehenden Trauerfeier. Kein Wort verlor der Chef des *Inselglücks* über Henrys Ausflug und dessen verfrühte Rückkehr. Stattdessen sprach er sein »herzlichstes Beileid« und »tiefstes Mitgefühl« aus. Daher entschied Henry, es ihm gleichzutun und ebenfalls nicht über die Sache zu sprechen. Zumal es nun offenbar die legale Möglichkeit gab, mit seinem Sohn Philipp in Kontakt zu treten. Ob der Anlass für ihn tatsächlich »sehr, sehr traurig« war, vermochte Henry nicht zu sagen. Zu sehr hatte er sich mit seinem stets strengen Vater vor vielen Jahren überworfen und ihn seither nicht mehr gesehen, geschweige denn mit ihm gesprochen.

Und vorbei war schließlich auch die Funkstille zwischen Fritz Gerster und Heidi Bäumel. In einem Anfall von Liebeskummer stand sie am späten Aschermittwochnachmittag unangemeldet vor den unzähligen Klingelleisten des Hochhauses und drückte mit pochendem Herzen die Taste mit dem Namen »Gerster«.

3

Das Dunkel, in dem die *Soko Schlinge* nach dem jüngsten Frauenmord tappte, konnte man genau genommen als tiefe Finsternis bezeichnen. Sowohl in den Akten als auch in den Köpfen. Ermittlungsleiter Jakob Allgeier fasste auf Geheiß von Gisbert Wäscher die neue Lage zusammen. »Vergangene Nacht, kurz nach Mitternacht ...«

»Würden Sie bitte aufstehen, wenn Sie zu uns sprechen!«, unterbrach ihn der Soko-Leiter. Der vollschlanke Allgeier erhob sich schwerfällig und benötigte mehrere Versuche, seine Brille in eine zufriedenstellende Position zu bringen. Die ins zweite Glied verbannte Merle Trautmann, Auswerter Jochen Haag und die von Gisbert Wäscher wegen ihrer permanent kundgetanen Personalsorgen mundtot gemachte Diana Schulz hörten mit erkennbar distanzierter Körpersprache zu. Kriminaltechniker Klaus Tränkle blätterte in seinen Notizen. Fahnder Helge Michalek spielte kaugummikauend an seinem Haarband herum. Die beiden von den Freiburger Soko-Mitgliedern als Wäschers Bodyguards angesehenen Sonderermittler flankierten süffisant kaffeeschlürfend ihren Chef. Staatsanwalt Faber-Jung hatte sich entschuldigen lassen.

»Also, kurz nach Mitternacht hat der Kioskpächter Holger Schmidt seine Frau tot im Kiosk an der Dreisam aufgefunden. Sie wurde offenbar mit Kabelbindern erdrosselt, ähnlich wie das Opfer in der Kleingartenanlage und wie die Gemeindevollzugsbeamtin im Eschholzpark.«

»Und wie der Hund«, ergänzte Klaus Tränkle, ohne von seinen Notizen aufzusehen.

»Sie sind später dran«, rügte ihn Gisbert Wäscher mit scharfem Ton und forderte mit einem kurzen Blickkontakt Allgeier auf fortzufahren.

»Im Gegensatz zu den bisherigen Fällen fehlen dieses Mal Gegenstände aus dem Besitz des Opfers.«

»Die da wären?«

»Ihre Ohrringe.«

»Ohrringe.« Wäscher schien wenig begeistert.

»Wir haben Fotos von ihnen und könnten einen Zeugenaufruf in der Presse veranlassen.«

»Um Ratschläge hatte ich nicht gebeten. Weiter!«

»Zuletzt gesehen wurde sie von ihrem Mann. Das war am Dienstagmorgen, kurz vor 11 Uhr. Da fuhr sie mit ihrem Fahrrad los zum Kiosk. Es gibt verschiedene Zeugen, die in der Nähe des Kiosks maskierte Personen gesehen haben.«

»An Fastnacht nichts Ungewöhnliches.« Helge Michalek erntete für seine Bemerkung den gleichen missbilligenden Blick des Soko-Leiters wie seine Kollegen zuvor.

Allgeier setzte seinen Bericht fort. »Die Maskierten wurden zur tatrelevanten Zeit gesehen. Wir wissen ziemlich sicher, wann der Mord geschah. Eine Wanduhr ging zu Bruch und blieb um 11.28 Uhr stehen. Das deckt sich in etwa mit dem Todeszeitpunkt, den Professor Paschek aufgrund der Leichenerscheinungen annimmt.«

Jakob Allgeier unterbrach, um sich seiner Brille zu widmen. Noch unter Merle Trautmanns Regie hätte man die Pause zu einer offenen Erörterung genutzt. Die unterkühlte bis frostige Stimmung unter Gisbert Wäscher jedoch sorgte eher für verbale Enthaltsamkeit.

»Wenn Sie dann irgendwann mal damit fertig werden«, mahnte Wäscher ungehalten mit verächtlichem Blick auf Allgeiers störrische Sehhilfe, »dann würden uns die Zeugenaussagen interessieren.« Allgeier nahm die ungehorsame Brille ab und legte sie auf den Tisch. »Die Zeugen sprechen von Barack Obama, Elvis Presley und Angela Merkel.«

»Drei Tatverdächtige?«, fragte Wäscher ungläubig.

»Man hat die drei nicht zusammen gesehen. Jeden nur einzeln. Auffällig ist, dass nach Aussagen der Zeugen alle einen Rucksack getragen haben. Und Handschuhe. Aber keine für den Winter, sondern helle Gummihandschuhe. Vermutlich Einweghandschuhe.«

»Das ist in der Tat auffällig«, bestätigte Wäscher. »Weiter!«

»Elvis Presley – also, ich meine die Person mit seiner Maske – wurde ungefähr um 11.15 Uhr auf dem Uferweg gehend in Richtung Kiosk gesehen. Angela Merkel wohl kurz danach auf dem Parkplatz, einen Steinwurf entfernt vom Kiosk. Und von Barack Obama wissen wir, dass er das Fahrrad von Frau Schmidt in der Dreisam entsorgt hat.«

»Können wir davon ausgehen, dass dieser Obama mit dem Rad vom Tatort geflüchtet ist?«, fragte Gisbert Wäscher.

»Yes, we can«, entschlüpfte es Michalek unter Verwendung des berühmten Präsidentenzitats.

»Es ist naheliegend, dass unter allen drei Masken die gleiche Person gesteckt hat«, folgerte Wäscher, ohne die Bemerkung zu rügen.

»Der Mörder.« Auch diese trockene Feststellung Michaleks blieb ungetadelt.

»*Vielleicht* der Mörder.« Klaus Tränkles einschränkende Bemerkung leitete zur Darstellung der Tatortspuren über. »Vielleicht der Mörder«, wiederholte er. »Das Fahrrad und alle anderen Spuren müssen erst sorgfältig untersucht werden.«

Wäscher war an den objektiven Fakten interessiert. »Wir hören«, war seine knappe Aufforderung. »Was haben wir für Spuren?«

Allgeier setzte sich zu seiner Brille, Tränkle erhob sich mit seinen Notizen.

»Wir haben Spuren im Außenbereich und im Kiosk. Das Rad lag im Wasser. Da muss man sehen, ob es Brauchbares hergibt. Für den Moment das absolut Wesentliche sind aber zwei fremde und allem Anschein nach tatbezogene Haare. Eines lag neben der Leiche, das andere haben wir im Schambereich gefunden.

Beide werden aktuell mit höchster Dringlichkeit untersucht. Ein Ergebnis steht noch aus. Wir wissen noch nicht, ob beide Haare von derselben Person stammen, und auch nicht, ob die Genmerkmale, sofern wir solche finden, mit den Spuren aus den anderen Fällen übereinstimmen.« Kaum jemand am Tisch zweifelte an einem Tatzusammenhang – auch ohne das Ergebnis der Untersuchungen. Tränkle berichtete weiter. »Jedenfalls ist die Kabelbinderkonstruktion ähnlich wie im Fall Österle. Und wie im Fall Ziebold.«

»Und wie beim Hund, nehme ich an«, ergänzte Helge Michalek. Klaus Tränkle bestätigte es mit einer Einschränkung. »Dort hatten wir ja nur die Kabelbinderreste. Aber es stimmt schon. Das Material scheint dasselbe zu sein.«

»Ist das nicht seltsam?« Merle Trautmann hatte bis dahin kein Wort gesprochen. Ihre in den Raum gestellte Frage rief allgemeines Interesse hervor, und alle sahen sie an, um zu erfahren, was ihr merkwürdig vorkam.

»Schon wieder ein Haar. Wie unter der Regentonne im Fall Ziebold. Diesmal sogar gleich zwei. Serviert auf dem Präsentierteller. Unter der Tonne war es das Haar des Stadtstreichers. Der definitiv nicht unser Mann ist, wie wir inzwischen wissen. Ich finde das alles sehr seltsam.«

Gisbert Wäscher schien an einer sachgerechten Diskussion allerdings nicht interessiert zu sein. »Wir spekulieren nicht«, schnitt er Merle Trautmanns Bedenken kurzerhand ab. »Wann werden die Untersuchungsergebnisse da sein?«, fragte er, an Klaus Tränkle gerichtet.

»Unterschiedlich. Manches kann sehr schnell gehen. Anderes dauert bekanntlich eine Weile. In den nächsten Tagen werden wir aber alles zusammenhaben, denke ich.«

»Na gut«, sagte Wäscher, »bis dahin erwarte ich, dass wir weiter in alle Richtungen ermitteln.«

Wäschers Floskel, die das Ende der Besprechung signalisierte, veranlasste Jakob Allgeier zu einem stummen Nicken und zum

Griff nach der Brille. Zurück auf der Nase saß sie ohne Korrektur in perfekter Position. In alle Richtungen zu ermitteln, war seine Lieblingsbeschäftigung. Aber in diesem Falle hatte er nur eine Richtung im Kopf.

Es wird mal wieder Zeit für einen Besuch bei alten Freunden, dachte er, stand auf und machte sich auf den Weg.

4

Die Stimmung, in der sich Fritz Gerster befand, hatte er so noch nie zuvor erlebt. Genährt wurde sie durch eine Anhäufung von mannigfaltigen Empfindungen, die in der Mehrheit euphorisch berauschend seinen Kopf durchkreisten. Sein Plan war aufgegangen.

Hochzufrieden saß er in seiner Hochhausküche und sah Kater Tom zu, der in einer Ecke ein Insekt aufgespürt hatte.

Die kurze, für ihn schmerzhafte Gegenwehr der Frau war lediglich ein unbedeutender Schönheitsfehler. Die Platzwunde über der Stirn, entschied er, musste nicht genäht werden. Weil ihm dort schon vor Jahren die Haare abhandengekommen waren, hatte er einfach ein dickes Pflaster darüber geklebt. Und es immer wieder ausgetauscht, wenn es nach einiger Zeit vollgetränkt war und das Blut ihm in warmer Spur zu den Augenbrauen rann. Er war gespannt darauf, wie lange es dauern würde, bis der Aasgeier und seine Artgenossen einfliegen würden. Er war bestens darauf vorbereitet. Am Morgen hatte er an seiner Arbeitsstelle bei Ritters einen kleinen Unfall vorgetäuscht. Er hatte unbeobachtet etwas Blut an den Türrahmen des Lieferwagens geschmiert und sodann im Büro seinen beiden Chefs erklärt, dass er sich beim Beladen heftig den Kopf gestoßen habe. Daraufhin hatte Erwin Ritter junior ihn sofort zum Arzt geschickt. Seither wartete er zu Hause auf Besuch. Die Nachrichten kannten kein anderes Thema. Die Polizei, so war zu vernehmen, ermittle fieberhaft, habe noch immer keinen Tatverdacht und suche dringend Zeugen, die am Dienstagvormittag in der Nähe des *Dreisam-Kiosks* verdächtige Wahrnehmungen gemacht hatten. Insbesondere sei von höchster Bedeutung, ob jemand während der Fastnachtstage kostümierten Personen begegnet sei, die sich als Barack Obama, Elvis Presley oder Angela Merkel verkleidet hatten.

Gerster genoss die Meldungen über den bestialischen Frauenmörder, der zum vierten Mal brutal zugeschlagen hatte. Es war so einfach gewesen. Einfacher als bisher. Vielleicht, so dachte er, hatte er bereits eine gewisse Routine entwickelt. Es hatte ihm deutlich weniger ausgemacht als bei den Taten zuvor.

Und überhaupt. Wieso regte sich die ganze Welt so auf? Sollte man nicht froh darüber sein, dass er sie von einigem Übel befreit hatte? Oder wer brauchte schon eine unausstehliche Supermarkt-Kassiererin? Oder eine niederträchtig arrogante Amtstusse? Eine oberdienstgeile Schikanen-Politesse? Oder eine boshaft-fiese Kioskkratzbürste? Eigentlich, so befand er, hatte er der Welt doch einen guten Dienst erwiesen.

Das Wichtigste war aber, dass ihn diese Aktion für alle Zeiten aus der polizeilichen Schusslinie bringen würde. Parallel zu den absichtlich hinterlassenen Spuren des eingeäscherten Polizisten, die vermutlich erst nach Tagen ausgewertet sein würden, galt es, dem lästigen Aasgeier das vorbereitete, perfekte Alibi zu liefern. Zweifelsohne würde der Brillen-Fuzzi in Kürze wieder aufkreuzen und seine hinterhältigen Fragen stellen. Aber dieses Mal würde es Antworten geben.

Toms Interesse an einem braunen Stinkekäfer, der offenbar kein Winterquartier gefunden hatte, ließ nach. Der Graue kam zum Tisch und streifte seinem Herrchen ums Bein.

Es klingelte. Endlich. Es war die Klingel von unten. Gerster war etwas überrascht. Er hatte damit gerechnet, dass die Polizei direkt vor seiner Wohnung im elften Stock stehen würde. In der schmalen Diele drückte er den Türöffner, lehnte die Wohnungstür an und erwartete den Besuch, mit Tom zwischen den Beinen, in der Küche.

»Es wird Zeit!«, rief er zur Tür, als er hörte, wie sie aufgeschoben wurde. »Ich bin schon gespannt, was es für Vorwürfe gegen mich gibt!«

Niemand kam herein. Stattdessen hörte er Schritte im Treppenhaus, die sich wegbewegten. Er trat hinaus in den Etagenflur und schaute die Treppe hinunter. Es war unschwer zu erkennen, wer dort mit hinkendem Schritt nach unten unterwegs war.

»Heidi!«, schrie er laut, aber sie setzte ihren Weg unbeirrt fort. Gerster sprang ihr hinterher, indem er immer zwei Stufen auf einmal nahm. »Heidi!«, rief er wieder, obwohl er sie bereits eingeholt hatte. Erst als er sie an der Schulter berührte, blieb sie stehen und drehte sich zu ihm um. Zu Gersters wirrem Gefühlskarussell gesellten sich wild um sich schlagende Schmetterlinge im Bauch. Heidis Kajal-Strich, den sie extra für ihn gezogen hatte, war verschmiert. Sie weinte. Etwas unbeholfen nahm Gerster sie in den Arm. Alexej kam vorbei, in den Händen eine Kiste mit lauter leeren Wodkaflaschen.

»Ah das sein bestimmt scheene Devoschka von Randewu!« Anerkennend zwinkerte er Gerster zu und schleppte weiter seine

Kiste – und eine ordentliche Fahne hinter sich her. »Mussen weiter und wollen nicht stören hibsche Turtel-die-Täubchen.« Wortlos und sanft führte Gerster Heidi nach oben in den Elften. Als wollte auch Tom sie trösten, streifte er zur Begrüßung auf Tuchfühlung zwischen ihren Beinen umher. Immerhin schaffte der Kater es, ihr ein Lächeln zu entlocken. Sie kniete sich zu ihm hinunter und fuhr durch sein dichtes Fell. Aus dieser Position sah sie zu Fritz hinauf.

»Ich würde dir niemals Vorwürfe wegen etwas machen«, beteuerte sie und nahm den Kater auf den Arm, der es schnurrend zuließ. Gerster war verblüfft, da Tom als typischer Vertreter der Britisch-Kurzhaar-Rasse vom Boden abgehobenen körperlichen Zuneigungshandlungen eher ablehnend gegenüberstand.

»Ich wusste nicht, dass du es bist«, sagte Gerster.

»Erwartest du jemand anderen?« Ihre Frage hatte einen bangen Beiklang.

Er versuchte auszuweichen. »Wollen wir uns ins Wohnzimmer setzen?«

»Ich möchte dich nicht stören. Wenn du anderen Besuch erwartest …«

»Nicht, was du meinst«, mühte er sich rasch, ein Missverständnis im Kern auszuräumen. »Keine andere Frau, meine ich.«

Er ging voran ins Wohnzimmer. »Kommst du bitte?« Für seinen nächsten Satz brauchte er erstaunlich wenig Überwindung. »Ich freue mich, dass du gekommen bist. Magst du einen Tee?«

Jetzt lächelte sie auch ihm zu und folgte ihm ins Wohnzimmer – Kater Tom noch immer entspannt auf ihrem Arm.

5

»Wie siehst denn du aus?«, fragte Josef Werneth seinen Ruhestandskollegen, der nach kurz zuvor erfolgter telefonischer Vereinbarung von der »Eich« herüber nach »Bidderbach« auf den alten Bauernhof gekommen war.

»Das fragt genau der Richtige«, konterte Alfons Bücheler, in der Tür stehend, »schau mal in den Spiegel, dann siehst du, wie gesundheitsschädlich Fastnacht sein kann.«

»Bin halt nicht mehr der Jüngste. Aber an der Fasnet gilt für mich das Motto von Udo Bölts: Quäl dich, du Sau!«

Werneth ging voraus in die warme Vesperstube, wo seltsame Getränke bereitstanden.

»Oha«, bemerkte Bücheler mit Blick auf eine Kanne Kamillentee und eine Flasche Mineralwasser, »so schlimm?«

»Du kannst gerne ein Glas Most haben«, bot Werneth an, »ich mach mir nichts aus Alkohol.«

»Klar, das sieht man. Ich heute auch nicht. Kamillentee ist voll okay.«

Josef Werneth schenkte tatsächlich zwei nostalgische Hahn-und-Henne-Tassen voll und schielte dabei leicht besorgt zu seinem Kumpel. »Tippe ich richtig, dass dein Aschermittwochskater nichts mit der Fasnet zu tun hat?«

Nach einem geräuschvollen Schlürfer antwortete Alfons Bücheler: »Der Neue hat mich abserviert. Ich darf ab jetzt die schwarz-gelben Schnürchen der badisch gelochten Altakten fürs Kriminalmuseum zählen.«

»Sie haben dich aus der Soko geschmissen?«

»Sozusagen. Der versnobte Schönling steht nicht auf so alte Säcke wie mich.«

»Hab dir ja von Anfang an gesagt, dass das ein Rohrkrepierer wird.«

»Du wiederholst dich.«

»Wer weiß, wozu es gut ist. Jedenfalls hast du jetzt wieder Zeit, mir im Wald zur Hand zu gehen. Da liegen noch immer ein paar umgeknickte Bäume.« Josef Werneth nahm ebenfalls einen Schluck aus seiner Tasse und verzog das Gesicht. »Köstlich. Einfach köstlich!«

Eine Weile lauschten sie der tickenden Stubenuhr.

»Aber im Ernst«, sagte Werneth dann nachdenklich, »die Sache wird langsam richtig beängstigend. Doris will nicht mehr alleine weg. Seit der Sache mit der Politesse fahre ich sie zur Arbeit und hole sie wieder ab. Und jetzt auch noch diese Kioskfrau.«

»Obwohl alle Morde in Freiburg waren?«

»Sie ist im gleichen Alter wie die Opfer. In etwa. Wer sagt, dass der Irre in Freiburg bleibt? Wie denkt deine Kathy? Hat sie keine Angst?«

»Wir sprechen nicht so viel darüber. Sie verdrängt es eher.«

»Das kann man von Doris nicht behaupten. Sie liest jeden Artikel und hofft mit jeder Nachrichtensendung, dass der Mörder gefasst ist.«

»Wer tut das nicht.«

»Sie fand es übrigens richtig gut, dass du dich in der Soko engagiert hast.«

Das überraschte Bücheler sehr. »Hört, hört! Aber ihr werter Gatte hat dafür kein Verständnis?«

»Jetzt wiederholst *du* dich.«

»Was hätte Doris zu einem Ermittlungsassistenten Josef Werneth gesagt?«

»Das stand nie zur Diskussion.«

»In diesem Augenblick tut es das!«

Nun war es an Werneth, überrascht zu sein. »Wie meinst du das?«

»Wie ich es gesagt habe. Zur Debatte steht der Ermittlungs-
assistent Josef Werneth.«

»Bekommt dir der Kamillentee nicht? Sagtest du nicht eben,
dass der Soko-Leiter nicht auf alte Säcke steht?«

Bücheler zuckte mit den Schultern. »Wer redet vom Soko-
Leiter?«

»Ich weiß im Moment nicht, wovon du sprichst.«

»Ich rede von Ermittlungen zu den Morden an vier Frauen.«

»Und was hab ich damit zu tun?«

»Im Gegensatz zu diesem Soko-Fatzke könnte *ich* einen
Ermittlungsassistenten sehr gut gebrauchen.«

»Was hast du vor, um Himmels willen?«

»Eine kleine Reise.«

»Verstehe. In die Vergangenheit«, spöttelte Werneth. »Kriminalhauptkommissar Alfons Bücheler reist zur Bewältigung
seiner Vergangenheit zurück in die Tage seines erfolgreichen
Ermittlerlebens.«

Bücheler ging darauf nicht ein. »Würdest du mich nach Italien begleiten?«

»Du bist doch verrückt.«

»Würdest du mich nach Italien begleiten, wenn ich dich ganz
lieb darum bitte?«

»Warum sollte ich das tun, *Schatz*?«

»Um mit mir zusammen eine Spur zu verfolgen.«

»An der Soko vorbei?«

»Sie sehen die Spur als erledigt an.«

»Na, dann ist doch gut.«

»Sie sehen sie als erledigt an, obwohl sie nie verfolgt wurde.«

»Das wird seine Gründe haben.«

»Mag sein. Aber es verstößt gegen eine wichtige Soko-Regel.«

»Die da lautet?« Es war eigentlich keine Frage, denn auch
Josef Werneth kannte sie. Bücheler antwortete trotzdem. »Jede
Spur wird bis zu Ende verfolgt.«

»Ich kenne noch eine andere Regel.«

»Die kann ich mir in etwa denken.«

Werneth gab sie trotzdem zum Besten. »Pensionierte Gruftis sollten sich aus dem aktiven Geschäft raushalten.«

»Wenn du nicht mitkommst, fahr ich eben alleine.«

»Das ist Erpressung.«

»Nenn es, wie du willst.«

»Du bist betrunken oder übergeschnappt. Oder beides!«Josef Werneth riss seinem Freund die zart ockergrüne Hahn-und-Henne-Tasse mit dem schwarzen Federvieh aus der Hand. »Du trinkst keinen Tropfen Kamillentee mehr! Anscheinend verträgst du das Zeug nicht!«

6

Heidi Bäumel vertrug den Tee. Vor allem vertrug sie die Nähe von Fritz Gerster und das Gefühl, dass ihre zarte Liaison weitergehen würde. Sie saßen auf der Couch, und Fritz erklärte ihr die Situation mit seiner Noch-Ehefrau Monika und dass ihm der Vorfall auf der Kajo unendlich peinlich war. Heidi hingegen war völlig erleichtert, sagte ihm, dass er ihr das schon viel früher hätte erzählen können, und blies sanft gegen seine mit einem Heftpflaster geschmückte Stirn, als hätte ihr Atem heilende Wirkung.

»Warst du auf der Fasnet?« Schelmisch zeigte sie auf die not-
dürftig versorgte Wundstelle.

»Ich mach mir nichts aus Fasching. Ich hab mir den Kopf am
Türholmen angestoßen. Beim Beladen unseres Lieferwagens.«

»Wir haben anscheinend einen gefährlichen Beruf – im
Umgang mit den Pflanzen.«

»Wir?«

Sie erzählte ihm, dass sie sich vor Jahren bei einem Sturz
von der Laderampe ihres damaligen Arbeitgebers mehrfach
die Hüfte gebrochen hatte. Danach hatte es Komplikationen
und mehrere Operationen gegeben. Seither – so drückte Heidi
sich aus – liefe es bei ihr etwas »unrund«.

Gerster nahm gerührt ihre Hand und überlegte, ob er es ihr
gleichtun und ihre Hüfte etwas anpusten sollte.

Das Türklingeln kam dazwischen. Dieses Mal war es eindeutig die Wohnungstür. Gerster schnellte hoch, blieb aber
stehen.

»Dein Besuch?«, fragte Heidi vorsichtig.

»Ich muss nicht aufmachen.«

»Ich wollte eh bald gehen.« Sie stand ebenfalls auf.

»Du musst noch nicht gehen«, sagte Gerster, hin- und hergerissen zwischen der Freude über Heidis unerwartetes Auftauchen und der vor der Tür stehenden Aussicht auf ein künftig unbescholtenes Leben.

Heidi erinnerte sich an Gersters Zuruf, als sie die Wohnungstür aufgeschoben hatte. »Sie darf dir keine Vorwürfe machen.
Lass dir das nicht gefallen. Du lebst in Scheidung.«

»Sie? Meinst du Monika? Ach so, Monika. Ich glaube nicht,
dass sie es ist, die da draußen steht.«

»Willst du nicht aufmachen? Dann erfährst du es.«

Gerster strich sich über die Stirn und hätte dabei fast das Pflaster abgerissen. »Ja, okay.« Und um sicherzugehen, dass Heidi der
bevorstehenden Unterredung nicht beiwohnen würde, fragte er
noch: »Und du wolltest wirklich gerade gehen?«

Sie hatte zwar »bald« gesagt, aber sie bestätigte es dennoch.
»Ja. Ruf mich bitte an!«

Jakob Allgeier grüßte freundlich, entschuldigte sich gewohnheitsmäßig für die Störung und lugte an Gerster vorbei ins Innere
der Wohnung, wo er die Frau mit den nach hinten gebundenen Haaren sah.

»Sie haben Besuch?« Eine an sich unnötige Frage.

»Ich bin gerade im Gehen«, sagte Heidi und kam mit ihrer
Jacke unter dem Arm in die Diele.

»Darf ich?«, machte Allgeier Anstalten, ihr in die Jacke zu
helfen, aber Heidi zog sie bereits über. Im Vorbeigehen überlegte sie, wer dieser höfliche, korpulente Nickelbrillenträger
wohl sein könnte. Und was es mit den »Vorwürfen« auf sich
haben könnte, die Fritz offenkundig auf sich zukommen sah.
Aber weder der fremde Mann noch Fritz klärte sie darüber auf.

Gerster war heilfroh darüber, dass sie es plötzlich eilig hatte.
Nach der Beichte über seine noch bestehende Ehe wäre ihm
die Nachricht darüber, dass er unter vierfachem Frauenmord-
verdacht stand, für seine Beziehung zu Heidi wenig förderlich
erschienen.

»Ich melde mich«, rief er Heidi hinterher, die in Richtung
Treppenhaus davonhumpelte. »Nimm doch den Aufzug, mit
deiner Hüfte!«

Ohne sich umzudrehen winkte sie mit einer Hand in die Luft
und überging seinen Ratschlag.

»Sehr sympathisch«, heuchelte Jakob Allgeier, noch immer in
der Tür stehend, »sehr nettes Fräulein. Ihre Freundin?«

»Ich wüsste nicht, was Sie das angeht.« Gerster war selbst
überrascht über seine dreiste Antwort, fühlte sich aber von der
ersten Sekunde des Gespräches an in einer gewissen Überlegenheit, wohl ahnend, wohin es in den nächsten Minuten gehen
würde. Das unterschied die Unterhaltung von allen früheren
Begegnungen mit dem leidigen Polizisten.

»Darf ich eintreten?«, fragte Allgeier.

»Was wäre, wenn ich es ablehnen würde?«, erwiderte Gerster und nahm sich vor, bewusst die Rolle eines unschuldig in die Ecke gedrängten Mordverdächtigen einzunehmen.

»Dann würde ich einfach wieder gehen«, sagte Allgeier und deutete eine Verbeugung an.

»Um morgen wieder vor der Tür zu stehen. Kommen Sie herein! Ich habe diese Kioskfrau nicht umgebracht, das sage ich Ihnen gleich! Genauso wenig wie die anderen Frauen!«

»Hat das irgendjemand jemals behauptet?« Allgeier betrat die Diele und ging ungefragt voraus ins Wohnzimmer.

»Der Tee ist leider alle«, sagte Gerster mit Blick auf die leeren Tassen, »ich könnte Ihnen Leitungswasser anbieten. Gestern Abend frisch aus dem Hahn gelassen.«

»Bitte keine Umstände«, überging Allgeier das boshaft verpackte Angebot, »ich habe nur ein, zwei Fragen.«

»Wer hätte das gedacht.«

»Sollen wir uns setzen?«

»Von mir aus. Und wie lautet die zweite Frage?« Gerster gefiel sich in seiner ungewohnt frechen Rolle.

Jakob Allgeier war leicht verwundert. So schlagfertig kannte er Fritz Gerster nicht. Aber als erfahrener Ermittler war er so leicht nicht zu irritieren. »Sie sind verletzt, wie man sieht. Eigentlich müsste ich Sie jetzt fragen, woher Sie die Kopfwunde haben.«

»Und warum tun Sie es nicht?«

»Weil ich keine Frage vergeuden will«, griff er Gersters Wortspiel auf. »Und weil ich es schon weiß.« Wieder ungefragt setzte er sich auf die Couch und schob die beiden Tassen zur Tischmitte.

»Sie wissen es?« Gerster tat überrascht. »Dann muss ich Ihnen ja nicht gestehen, dass sich die Frau gewehrt und mir eins übergebraten hat, bevor ich sie töten konnte.«

»Falsch«, widersprach Allgeier. »Ich komme direkt von Ihrer Arbeitsstelle. Herr Ritter sagte mir, dass er Sie nach dem Malheur beim Beladen des Autos nach Hause geschickt hat.«

Es läuft wie geschmiert, dachte sich Gerster. »Also gut. Dann eben nicht. Wie lautet nun Ihre zweite Frage?«

Sie kam wie erwartet. »Wo waren Sie gestern Vormittag, spätvormittags, zwischen 11 und 12 Uhr?«

»Da muss ich nicht lange überlegen«, antwortete Gerster, »aber vermutlich habe ich wieder ein Problem.«

»Ein Problem?«

»Das Übliche, würde ich sagen. Leider kann es niemand bestätigen.«

»Wo waren Sie denn?«

»In Frankfurt.«

»In Frankfurt? Was machen Sie in Frankfurt?«

»Ich bin öfters dort. Sie sollten eigentlich wissen, dass ich eine Zeit lang in Frankfurt gewohnt und gearbeitet habe.«

Jakob Allgeiers Brillenzupfspiel begann. »Und daher noch Kontakte haben?«

»Nicht unbedingt. Aber manchmal habe ich einfach Lust, da noch mal vorbeizuschauen. An freien Tagen habe ich viel Zeit.«

»Aha.«

»Manchmal treffe ich auch alte Bekannte. Im Café neben meiner ehemaligen Firma oder so. Arbeitskollegen von früher.«

»Gestern aber nicht?«

»Leider nein.«

»Also kann niemand bestätigen, dass Sie gestern in Frankfurt waren?«

»Ich wüsste nicht wer. Das meinte ich mit meinem Problem. Vermutlich kann es niemand bestätigen. Leider.« Das Wort »leider« gefiel Gerster bei seiner Taktik besonders.

Allgeier nahm die Brille ab und suchte mit seinem verbliebenen Sehvermögen nach irgendwelchen Störfaktoren auf dem Brillenglas. »Ich wüsste jemanden«, sagte er ohne aufzusehen und tupfte mit einer Fingerspitze einen imaginären Fussel ab. Fritz Gersters innere Euphorie erlitt einen Dämpfer. Was sollte diese Bemerkung, dachte er. Er wartete, bis der dicke Polizist ihn darüber aufklärte.

»Ich«, sagte Allgeier und sah Gerster in die Augen. »Ich kann
es bestätigen!«

Ohne Brille hatte er einen Silberblick, fiel Gerster auf. Ein
ungewollter Schnalzer entwischte ihm. Allgeier nahm ihn zur
Kenntnis, offenbarte aber mit erhobenen Händen entschuldigend eine Neuigkeit. »Jetzt muss *ich* etwas gestehen.« Die Brille
wanderte zur Nase. »Es dürfte Ihnen nichts Neues sein, dass
wir Sie begleitet haben. Oder nennen wir es doch beim richtigen Namen, dass wir Sie beschattet haben.«

Gersters Puls raste binnen Bruchteilen von Sekunden nach
oben.

»Dazu zählt«, fuhr Allgeier fort, »dass wir natürlich Ihr Fahrzeug verwanzt haben. Peilsender, meine ich. Ihren alten Golf.
Ein sehr schönes Auto!«

Noch während Gersters Hirn verzweifelt versuchte, diese
Mitteilung einzuordnen, beteuerte der Polizist ein Versehen.
»Wir wollten natürlich wissen, wo Sie überall unterwegs sind.«
Nun benutzte Allgeier das Bedauernswort. »Leider haben
wir es versäumt, diese Maßnahme zu der rechtlich gebotenen
Frist aufzuheben. Leider. Aber halt! Warum sage ich *leider*?
Dadurch wissen wir, dass Sie gestern tatsächlich in Frankfurt
waren.«

War das jetzt eine gute Nachricht?, überlegte Gerster. Der
Aasgeier hatte ihn in Vergangenheit schon öfters auf undurch-
sichtige Art und Weise in Verlegenheit gebracht. Er zog es vor,
weiter nur zuzuhören.

»Streng genommen«, resümierte Allgeier, »wissen wir eigentlich nur, dass Ihr Auto in Frankfurt war. Aber ich nehme an,
dass niemand außer Ihnen mit dem alten Golf unterwegs ist?«

Gerster beschloss in diesem Moment, dass es wirklich eine
gute Nachricht war. »Den fahre nur ich! Wer sollte sonst mit
ihm fahren?«

»Das nette Fräulein vielleicht?«

»Blödsinn. Sie hat ihr eigenes Auto.«

»In Ordnung. Aber Sie werden sicher verstehen, dass wir alles überprüfen müssen, was mit Ihrem Alibi zu tun hat. Es ist ja auch in Ihrem Interesse.«

Stell endlich die Frage, dachte Gerster, und Jakob Allgeier tat ihm den Gefallen. »Könnten Sie uns freundlicherweise Ihr Handy zur Abklärung für kurze Zeit überlassen?« Der Plan war wieder in der Spur.

»Muss das sein?«, täuschte Gerster Missfallen vor, wohl wissend, dass er einen weiteren Trumpf im Ärmel hatte, dessen Einsatz jetzt gekommen war. »Genügt es nicht auch so? Ich müsste im Auto noch einen Tankbeleg von gestern haben.«

»Einen Tankbeleg?«

»Ja, aus Frankfurt. Irgendwo in der Nähe des Flughafens hab ich getankt. Steht da nicht immer das Datum?«

»Und die Uhrzeit«, bestätigte Jakob Allgeier, der kurz davor war, seine bislang fast unerschütterliche These vom Frauenmörder Friedrich Anton Gerster ad acta zu legen. »Sie haben tatsächlich einen Tankbeleg?« Er dachte an die Videokamera der Tankstelle, überlegte kurz, um dann auf seiner als Bitte verpackten Forderung zu bestehen. »Gut. Aber alles muss seine Ordnung haben: unsere Wanze, Ihr Tankbeleg *und* das Handy!«

Mit aufgesetztem Widerwillen und gespielt verzögert fummelte Gerster sein Handy aus der Tasche und schob es zwischen die leeren Tassen zu Allgeier hin. Innerlich jubelte er.

Mit der Polizei hatte der Brandstifter noch nie etwas zu tun gehabt. Bei seiner einzigen Straftat in ganz jungen Jahren war er zwar erwischt worden, aber das Vergehen blieb folgenlos. Es handelte sich damals um einen dreisten Millionenraub. Eine Million Dollar hatte er in einem günstigen Augenblick mitgehen lassen. Eine Million Dollar in Scheinen, aufbewahrt in einer alten Schminkbox. Das Vermögen gehörte einem Klassenkameraden, der in mühsamer Kleinarbeit mit einer Schere 100 Rechtecke aus dem Rest einer Rolle Raufasertapeten herausgeschnitten und jeweils mit »10.000 Dollar« beschriftet hatte – in großer Schrift in der Mitte und schräg klein an allen vier Ecken. Der Coup war aufgeflogen, weil der künftige Brandstifter als Einziger zitternd rot angelaufen war, als die Lehrerin vor versammelter Klasse den zu diesem Zeitpunkt noch unbekannten Dieb unter Androhung polizeilicher Maßnahmen zum Bekennen der Tat und zur sofortigen Herausgabe der Beute aufgefordert hatte. Sofort hatte er kapituliert.

Nicht nur wegen seiner Unerfahrenheit im Umgang mit gewieften Vernehmungsbeamten hatten die Ermittler der Brandserien-Soko auch nun keine Mühe, den jungen Mann zu einem umfassenden Geständnis zu bewegen. Zumal sie ihm in aller Ausführlichkeit die Tragweite seiner Taten vor Augen hielten, die sich ebenfalls in einer siebenstelligen Zahl widerspiegelte. Allerdings handelte es sich dieses Mal nicht um eine wertlose Million Dollar aus Tapetenresten, sondern um den echten Millionenschaden der in Brand gesetzten Scheunen, Lagerschuppen, Weinberghütten und Gartenlauben, für den er für den Rest seines Lebens würde aufkommen müssen.

Unter dem Druck der DNA-Übereinstimmung, einer zweifelhaft in Aussicht gestellten Strafmilderung bei Vollgeständnis und der angeblich damit verbundenen Haftverschonung gab er alle Taten zu. Mangels Überblick auch den vollständigen Niederbrand einer ungeliebten alten Scheune, den er gar nicht gelegt hatte, und deren Eigentümer die Brandserie als einmalige Chance für einen heißen Abriss und damit zu einem astreinen Versicherungsbetrug nutzte.

Er solle alles erzählen, rieten ihm die Brandermittler, dann könne er sein Gewissen entlasten. Und für das bevorstehende Verfahren wegen schwerer Brandstiftung in 19 Fällen sei es auch von bedeutendem Vorteil.

Er überlegte, ob sein Wissen über den unbekannten Frauenmörder nicht auch von *bedeutendem* Vorteil sein könnte. Immerhin war er ihm zweimal begegnet, und nach dem letzten zufälligen Zusammentreffen im *Fressgässle* konnte er ihn auch ziemlich gut beschreiben. Er konnte sich durchaus vorstellen, anstelle einer Belohnung einen erheblichen Strafnachlass zu bekommen. Vielleicht sogar zusätzlich finanzielle Zuwendungen, mit denen er wenigstens zum Teil auf die zu erwartenden Schadensersatzforderungen würde reagieren können.

Ein Problem gab es allerdings bei diesen Überlegungen. Ein ziemlich großes sogar. Wäre er nämlich spätestens nach seiner Begegnung mit dem Mörder in der Markthalle mit seinen Beobachtungen zur Polizei gegangen, wäre die Kioskfrau noch am Leben. An ihrem Tod, so mutmaßte er, könnte man ihm daher zumindest eine moralische Mitschuld geben. Den Einwand, dass er sich dadurch als Brandstifter entlarvt und sich selbst ans Messer geliefert hätte, würde man bei Abwägung der Rechtsgüter nicht akzeptieren.

Über seine Abwägung, ob er zugunsten eigener Interessen sein Wissen beichten oder aus denselben Gründen weiter einen Mörder decken sollte, wollte er noch eine Nacht schlafen.

In der Zelle der Untersuchungshaft wachte er gegen Morgen schweißgebadet auf. Ein Albtraum quälte ihn. Der Frauenmörder mit den Geheimratsecken, der diesem amerikanischen *Shining*-Schauspieler so ähnelte, hatte vor seinen Augen wieder eine Frau getötet. Die nette Thekenfrau aus dem *Fressgässle*. Obwohl viele Gäste da waren, hatte niemand davon Notiz genommen. Der Mörder hatte einfach einen Fasswein bestellt, und als sie ihn servierte, hatte er über den Tresen gegriffen und sie erwürgt. Als sie tot zusammenbrach, hatten plötzlich alle Gäste auf ihn gezeigt und zusammen mit dem Mörder lauthals im Chor geschrien. »Der Brandstifter! Da, die elende Sau! Er hat sie umgebracht! Haltet ihn fest!«

Er entschied, seine Entscheidung zu vertagen und mindestens eine weitere Nacht darüber zu schlafen.

8

Monika Gerster hingegen hatte ihre Entscheidung bereits getroffen. Die Tatsache, dass sich ihr Noch-Ehemann innerhalb des Zeitraums ihrer Noch-Ehe ungeniert mit einer anderen Frau händchenhaltend in der Öffentlichkeit zeigte, machte sie rasend. Freilich nicht aus Eifersucht, sondern aus purer Feindseligkeit. Wenigstens hatte sie ihn direkt bloßstellen und damit ihre innere Ehre retten und einen kleinen Triumph erzielen können. Weshalb sie diesen Mann einst geliebt hatte, war ihr schleierhaft. Sie fragte sich, ob sie ihn überhaupt jemals geliebt hatte und fand schnell eine vernichtende Antwort darauf. Seine Schwerfälligkeit, seine Schweigsamkeit, seine Unselbstständigkeit waren ihr schon bald nach der Heirat aufgefallen. Zunächst nur aufgefallen. Später hatte es sie gestört, dann geärgert und schließlich hatte sie es an ihm gehasst. Er war wie ein großes, unerziehbares Kind. Und sie hatte im Laufe der Zeit die Rolle einer missmutigen Stiefmutter eingenommen, die mit dem lästigen Zögling im Grunde nichts verband. Dann war die widerliche Sache mit der Prostituierten dazugekommen. Wenn sie jetzt an ihn dachte, spielten nur noch Abneigung, Reue, Wut und Ekel eine Rolle.

Ihre Entscheidung stand fest. Sie brauchte es für ihre Genugtuung. So einfach sollte er ihr nicht davonkommen.

Sie brachte zwei Geschütze in Stellung.

Die Strafanzeige gegen Fritz Gerster wegen des Einbruchs in ihren Keller erstattete sie über ihren Rechtsanwalt. Das hatte mehr Wirkung und Nachdruck. Zusätzliches Gewicht legte sie in die Anzeige, indem sie behauptete, ihr Mann hätte nicht nur den Keller, sondern die ganze Wohnung durchsucht und neben der Ledertasche auch Schmuck und Bargeld gestohlen.

Ihr zweiter Vorstoß sollte Ermittlungen durch den örtlichen Tierschutzverein in Gang bringen. Dazu wählte sie einen zweigleisigen Weg. Zunächst rief sie anonym an, gab sich lediglich als Bewohnerin des Weingartener Hochhauses aus und berichtete von einer misshandelten Katze im elften Stock. Da sie davon ausging, dass dieser Anruf alleine für ein Tätigwerden nicht ausreichen würde, schrieb sie zusätzlich unter einem falschen Namen, aber für etwaige Rückfragen mit ihrer echten Telefonnummer, einen ausführlichen Brief. Darin beschrieb sie, dass die arme Katze tagelang alleine, ohne ausreichend Futter und Wasser, stundenlang laut miauend auf engstem Raum eingesperrt sei.

Ob ihre Denunziation tatsächlich rechtliche Folgen für Fritz Gerster haben würde, war ihr egal. Hauptsache, er bekam Besuch wegen der beiden Anzeigen. Allein darüber würde er sich grün und blau ärgern und sich vor Zorn die kümmerlich verbliebenen fettigen Haare raufen.

Zwischen zwei Massage-Terminen saß sie bei einer Tasse Kaffee im Pausenraum der Reha-Klinik. Nachdem sie den Brief an den Tierschutzverein weggeschickt und auch von ihrem Anwalt eine Eingangsbestätigung der Polizei hinsichtlich des Einbruchs erhalten hatte, stellte sie sich genüsslich vor, wie er vor Wut kochen würde.

In ihrer Ehe hatte es vor allem zum Ende hin öfters Situationen gegeben, in denen er kurz davor war, die Beherrschung zu verlieren. Da Monika ihrem »kleinen Feigling«, wie sie ihn in diesen Momenten kränkend nannte, nicht zutraute, ihr gegenüber handgreiflich zu werden, hatte sie es manchmal bis zur Spitze getrieben, ihn im Streit zu provozieren.

Beim Gedanken an die beiden Anzeigen sah sie im Geiste seinen hochroten Kopf vor sich, die zornblitzenden Augen, das Zucken seiner Mundwinkel, die geballten Fäuste, und hörte dazu sein klägliches Schnalzen. Wieder musste sie an den Vorfall mit der Prostituierten denken, bei dem ihm offenbar doch seine Kontrolle abhandengekommen war. Die Frau war nicht unerheblich verletzt worden. Er hatte sie sogar gewürgt. Sie versuchte, sich die Szene vorzustellen. Ein Geistesblitz schoss ihr durch den Kopf. Aber er war sofort wieder verschwunden. So schnell, dass nur der Hauch einer müden Feststellung übrig blieb und sogleich zusammen mit dem aufsteigenden Kaffeedampf im Raum entschwand. Nein, völlig ausgeschlossen! Der Frauenmörder konnte er nicht sein. Dazu wäre der kleine Feigling niemals in der Lage.

9

Das Phänomen war nicht nur im Sommer zu beobachten. Man fuhr bei trübem Wetter bei Göschenen im schweizerischen Kanton Uri in den Gotthard-Tunnel und kam nach 17 Kilometern Dunkelheit auf der anderen Seite beim Tessiner Dörfchen Airolo bei herrlichem Sonnenschein heraus.

Diesen wunderlichen Wetterwandel genossen Alfons Bücheler und Josef Werneth eine Woche nach Fastnacht.

»Immer wieder faszinierend«, kommentierte Bücheler am Steuer seines Wagens den auch in dieser Jahreszeit spürbaren Temperaturwechsel am Ende des Tunnels.

»Du tust so, als würdest du jede Woche nach Italien pilgern.« Werneth hatte sich tatsächlich breitschlagen lassen und lümmelte mit gekippter Rückenlehne handynavigierend auf dem Beifahrersitz.

Vergeblich hatte er auf ein Veto seiner Doris gehofft, als er ihr von Büchelers fixer Idee erzählte. Seinem warnenden Hinweis, dass sie drei Tage alleine auf dem Bauernhof sein würde, war sie mit einem Killerargument begegnet. »Das passt prima«, hatte sie verkündet, »wie du weißt, wollte ich schon lange mal wieder meine Schwester besuchen. Ich fahre in der Zeit ins Bayerische!«

Kurz vor dem Grenzübergang bei Chiasso bestand Josef Werneth darauf, Einzelheiten über den Grund und das genaue Ziel ihrer Exkursion zu erfahren. Bücheler hatte ihm zuvor nur erzählt, dass eine interessante Spur an den Comer See führte, sich ansonsten jedoch ausweichend und geheimnisvoll bedeckt gehalten.

»Darf ich jetzt endlich mal erfahren, weshalb wir zwei Opas wie in einem schlechten Roadmovie durch die Lande tuckern, und wohin es eigentlich geht?«

»Warte noch bis nach der Grenze«, zögerte Bücheler seine Erklärung hinaus, »dort machen wir einen Halt.«

Kaum auf italienischem Gebiet, fuhren sie auf eine Raststätte und hielten direkt bei den Lkw-Stellplätzen an.

»Pinkelpause«, ordnete Bücheler an, machte aber keine Anstalten, das WC aufzusuchen. Als Werneth aus dem Rasthofgebäude zurückkkam, fand er ihn in Gedanken zwischen den Lastern flanieren.

»Geht's dir gut, Alfons?«, erkundigte er sich leicht besorgt.

»Hier wurde er zuletzt gesehen«, sagte Bücheler, ohne auf die Frage einzugehen, »damals. Sagen wir, vor 30 Jahren.«

»Von wem redest du?«

»Friedrich Gerster. Damals mein erster Fall. Vergisst man nicht, wie die erste Liebe. Ein vermisster Jugendlicher. Seine Spur verlor sich in Italien. Die Sache ist im Sand verlaufen, weil es keine Hinweise auf eine Straftat gab und der Bengel irgendwann volljährig war und es niemanden mehr interessierte.«

»Deswegen sind wir aber nicht hier, hoffe ich?«

»Doch. Genau deswegen.«

»Ich hatte es geahnt. Kriminalhauptkommissar Bücheler verkraftet seine Pensionierung nicht und ist vor Kummer übergeschnappt.«

»Keine Sorge, mein Lieber. Es geht um die Frauenmorde. Dieser Friedrich Gerster, oder Fritz Gerster, ist einer der Tatverdächtigen. Aber sie kriegen ihn nicht an den Wickel. Es haut mit der DNA nicht hin. Ich glaube, sie haben ihn mittlerweile ganz abgeschrieben.«

»Du aber nicht?«

»Ich weiß es nicht. Keine Ahnung.«

»Keine gute Voraussetzung für einen erfolgreichen Ermittler.«

Sie machten einem ausfahrenden Lkw Platz. Werneth knöpfte seine Jacke zu. Trotz strahlendem Sonnenschein war es kühl.

»Darf ich nun auch erfahren, was genau wir hier zu suchen haben?«

378

»Wir fahren nach Gravedona.« Zur Erklärung zog er einen Computerausdruck aus seiner Tasche, auf dem Jakob Allgeiers Foto des alten Fährtickets abgebildet war. Während Werneth es studierte, klärte Bücheler ihn auf. »Das Ticket haben wir bei Gerster gefunden. Er hat es als Buchzeichen aufgehoben. Über all die Jahre. Es muss ihm etwas bedeutet haben.«

»Du weißt schon, dass du da im Trüben fischst. Um nicht zu sagen, im Finstern.«

»Damals wäre das Ticket eine heiße Spur in dem Vermisstenfall gewesen.«

»Damals. Es gibt den Fall aber nicht mehr.«

»Ich weiß. Mich interessiert die Geschichte dennoch. Ich hab damals jahrelang darüber gegrübelt, was mit dem Jungen geschehen sein konnte. So einfach verschwindet doch kein 16-Jähriger. Und jetzt kann ich vielleicht etwas darüber erfahren. Zudem ist er ganz nebenbei vielleicht ein Frauenmörder.«

»Sehe ich das richtig: Außer diesem Ticket hast du rein gar nichts auf der Hand?«

»Immerhin etwas. Die Soko hätte es verfolgen müssen.«

»Jetzt weiß ich auch, weshalb du mir die Einzelheiten nicht vorher verraten hast.«

»Ich hatte die Befürchtung, du würdest mich allein wegen eines 30 Jahre alten Fährtickets nicht begleiten.«

Werneth ging zum Auto. »Stimmt genau. Die Befürchtung wäre berechtigt gewesen.« Er stieg auf der Beifahrerseite ein und hielt sein Handy bereit. »Aber nun, da wir schon mal da sind. Also ... wie heißt das Nest gleich wieder, das ich ins Navi eingeben soll?«

»Gravedona.« Bücheler schmunzelte und setzte sich wieder ans Steuer. Aus seiner Hemdtasche zog er einen Notizzettel. »Gravedona, Via Molo Vecchio, 52. Das ist die Polizeistation.«

Der Carabiniere am Anzeigenempfang verstand kein Wort Deutsch. Bücheler und Werneth wiederum kein Italienisch. In englischen Wortfetzen erfuhren sie zumindest so viel, dass es offenbar eine deutschsprechende Polizistin gab, die allerdings gerade auf Streife war. Rückkehrzeit unbekannt. »Wie will kamm bäck in etwa wonn auer«, erklärte Josef Werneth in perfektem Elztal-Englisch, und der nickende Carabinieri hatte es offenbar verstanden.

Das gab ihnen die Gelegenheit, nach einer Unterkunft für die nächsten zwei Tage zu suchen. So viel hatte Bücheler ins Blaue hinein veranschlagt, ohne einschätzen zu können, ob sie nicht schon nach fünf Minuten – in diesem Falle mit ihrem Latein – am Ende sein würden.

Am alten Fischerhafen gingen sie in ein Café und tranken zwei Cappuccini. Mit Händen, Füßen und Werneths eingerostetem Schulenglisch machten sie dem Kellner klar, dass sie nach einer Bleibe suchten. Der nahm eine Serviette und kritzelte ein paar Striche darauf, die Straßen sein sollten, machte irgendwo ein Kreuz und schrieb daneben »Casa Enrico Giardino«. Dazu presste er Daumen und Zeigefinger aneinander, küsste sie und feuerte eine italienische Salve ab, die nichts anderes bedeuten konnte, als dass das *Casa Enrico Giardino* die mit Abstand beste Unterkunft ganz Gravedonas sein musste. Selbstverständlich war Enrico Giardino der Bruder des Kellners. Oder sein Schwager. Oder sein Onkel. Völlig egal. Bücheler und Werneth bezahlten mit einem »Senk ju werri matsch, Herr Ober« und machten sich mit der Serviette auf den Weg.

An der Uferpromenade kamen sie an der Anlegestelle der Seefähre vorbei. Alfons Bücheler zögerte einen Moment. Werneth registrierte es. »Wie alt ist das Ticket?« Seine zynische Frage ließ beide weitergehen. »So unwichtig war meine Frage gar nicht«, sagte er nach ein paar Schritten. »Das Datum brauchen wir schon, wenn wir etwas herausfinden wollen.«

»Das freut mich, Josef!«

»Was freut dich?«

»Du hast ›wir‹ gesagt. Willkommen im Team!«

»Da ist doch ein Datum auf dem alten Ticket?«

»Ja«, bestätigte Alfons Bücheler, der es auswendig kannte. »12. August 1989. Laut altem Kalender war das ein Samstag.«

Eine Schwester von Enrico quartierte die beiden in der kleinen Pension abseits der Uferpromenade ein. Vielleicht war es auch seine Frau. Oder seine Schwägerin. Oder seine Tante. Sie wollte keine Ausweise sehen, dafür aber das Geld im Voraus.

Als Werneth und Bücheler zur Polizeistation zurückkamen, war die italienische Carabiniere von ihrer Streife zurück. Sie war eine junge, zierliche, kaum ein Meter 60 große Polizistin mit blondem Pferdeschwanz, gekleidet in perfekt sitzender dunkler Uniform. Der Grund, weshalb sie ein zwar akzentreiches, aber erstaunlich gutes Deutsch sprach, lag ein Vierteljahrhundert zurück und war die Folge eines Single-Italienurlaubs ihrer deutschen Mutter, der nie endete, weil sie dem unwiderstehlichen Charme von Sofias Vater erlegen war.

Sie bat die beiden Deutschen, die sich flüchtig mit ihren entstempelten Dienstausweisen als Polizisten vorgestellt hatten, in einen kleinen Büroraum.

»Mein Papa war auch bei den Carabinieri«, erklärte Sofia, »aber er ist pensionato, Sie verstehen?«

Genau wie wir, dachte Alfons Bücheler, hielt sich aber mit einer Bemerkung zurück, weil er es vorteilhafter fand, wenn man sie für echte Ermittler und nicht für greise Pensionatos hielt.

»Sie ermitteln in einem alten Fall?«, erkundigte sich Sofia.

»Ja. In gewisser Weise«, sagte Bücheler, »ein Vermisstenfall, der sehr lange zurück liegt. Seit Neuestem gibt es eine Spur hierher nach Gravedona.« Bewusst ging er nicht näher darauf ein, dass diese Spur allein aus einem verblassten Fährticket bestand.

»Wie lange liegt der Fall zurück?«

»30 Jahre.« Diesmal hatte Josef Werneth geantwortet.

Sofia setzte eine bedauernde Miene auf. »Leider war ich da noch nicht auf der Welt und kann Ihnen nicht weiterhelfen.«

»Gibt es niemanden mehr, der damals auf Ihrer Polizeistation tätig war?«

Sie schien belustigt. »In Italia darf kein Polizist 30 Jahre auf dem gleichen Stuhl sitzen. Sie verstehen? Da wird man getauscht. Damit die Kontakte nicht zu gut werden. Sie verstehen?«

»Mafia«, rutschte es Werneth heraus, und der männliche Carabiniere am Anzeigetresen, der bisher uninteressiert an einem Espresso geschlürft hatte, sah mit ernstem Blick herüber durch die offene Bürotür.

»Vielleicht kann ich Ihnen doch helfen«, meinte Sofia überraschend und nannte einen Namen. »Renato. Renato Mancini.«

Sofia erwähnte das Polizeiarchiv, über das auch die *Carabinieri-Comando-Stazione Gravedona ed Uniti* verfügte. Allerdings verlangten auch hier die Bestimmungen des Datenschutzes eine Vernichtung der alten Akten nach Ablauf bestimmter Löschungsfristen.

»Renato ist ein alter Carabinieri-Kollege meines Vaters. Längst schon pensionato. Sie treffen sich oft am See und plaudern über ihre alten Fälle.«

Bücheler und Werneth sahen sich verstohlen an.

»Renato weiß fast alles. Er war zu Dienstzeiten verantwortlich für das Archiv. Als er seine Altersgrenze erreicht hatte, gab er alles an einen jüngeren Kollegen ab. Aber wir wissen, dass Renato zwei Archive geführt hat.«

»Zwei Archive?«, fragte Werneth.

»Mancini ist ein alter Sammler. Er sammelt Polizeimützen, Dienstabzeichen, Patronenhülsen, Schulterklappen und natürlich auch alte Fälle. Sein Keller ist ein kleines Museum. Manchmal lädt er uns ein, und wir trinken Limoncello und Wein zu seinen Geschichten. Er hat Regale voller alter Akten. Nicht ganz legal. Aber er tut damit ja keinem weh und hat seine Freude damit, der gute Renato.«

»Sie sagten, Sie können uns vielleicht helfen«, hakte Bücheler nach, als Sofia nicht weitersprach.

»Ja. Einen Versuch wäre es sicher wert. Ich werde mit Papa reden. Er soll den Kontakt herstellen. Ich kann mir kaum vorstellen, dass Renato Ermittlungen zu einem alten Fall nicht unterstützen wird. Aber – ich warne Sie!« Sie hob drohend, aber mit einem Augenzwinkern den Zeigefinger. »Passen Sie auf Ihre abgelaufenen Dienstausweise auf! Beim Sammeln kennt Renato keine Gnade!«

Am anderen Nachmittag bestaunten Josef Werneth und Alfons Bücheler den geräumigen Keller, den Sofia als »kleines Museum« bezeichnet hatte. Die Wände waren dekoriert mit Dienstmützen aller Art, zusammengesammelt aus der ganzen Welt. Eine illustre Parade von internationalen Dienstgradabzeichen bildete eindrucksvoll die ganze Welt polizeilicher Hierarchieebenen ab. Drei riesige Glasvitrinen beherbergten eine schier unüberschaubare Anzahl von leeren Patronenhülsen, angefangen von der kleinsten kommerziell hergestellten *Kolibri*-Patrone bis hin zu einem zerlegten Geschoss eines Elefantentöters. Auf mehreren Regalen lagerten, für das fremde Auge ungeordnet, Unmengen teils vergilbter Akten, die meisten mit Schnüren zusammengebunden, manche lose gestapelt. Ein großer Teil davon war halbwegs behütet in zerfledderten Ordnern abgelegt, deren Aufschriften durch Streichungen mehrfach verändert waren. In einer Ecke unterhielten sich drei lebensgroße Schaufensterpuppen. Eine war bekleidet mit der Uniform eines deutschen Polizeiinspekteurs der 70er-Jahre, die zweite verkörperte einen französischen Gendarmen der 60er, und die dritte Figur schien Renato Mancini selbst darzustellen – mit dickem Schnauzbart und moderner Carabinieri-Kluft.

Renato bot ihnen Platz an einem uralten Besprechungstisch an, der einst zur Polizeistation gehörte. Seine Frau hatte Espresso serviert und sich zurückgezogen. Sofia dolmetschte. Ihr Vater verstand einiges, hielt sich bei dem Gespräch aber im Hintergrund. Nur hin und wieder flüsterte er Renato auf Italienisch etwas zu und lehnte sich dann wieder zurück.

Alfons Bücheler legte das Foto mit dem alten Fährticket auf den Tisch, um es reihum gehen zu lassen. Es kam aber nur bis zum Sammler Renato. Er zog mit einem lauten, anerkennenden Pfiff die Augenbrauen nach oben und begutachtete das abgebildete Ticket mit geschultem Auge und behutsamen Fingern, als sei es die *Blaue Mauritius* wahrhaftig. Bücheler hatte die Hoffnung, dass Renatos offensichtliche Begeisterung etwas mit dem Fall zu tun haben könnte, befürchtete aber eher, dass sie seine Sammelleidenschaft betraf.

»Renato fragt, ob es das Ticket auch in echt gibt?«, übersetzte Sofia, was Büchelers Befürchtung stärkte.

»Ja, schon. Aber es ist Teil der polizeilichen Akten. Das Original haben wir nicht.«

»Che peccato!«

Sofia hätte Renatos sichtbares Bedauern nicht übersetzen müssen. »Wie schade!«

Dennoch gab der pensionierte Carabiniere das Foto nicht weiter. Das Datum des Tickets – verblasst, aber noch gut lesbar – schien ihn zu beschäftigen. »Un momento, per favore!«, sagte er und begab sich zu den Aktenregalen.

Es stellte sich heraus, dass sein scheinbares Chaos bei der Aktenhaltung ein funktionierendes System beinhaltete. Eine gezückte Lesebrille beschleunigte den Suchvorgang. Nach kurzer Zeit kehrte Renato mit einem Stoß alter Akten an den Tisch zurück. Er öffnete die Kordeln und gab Staub aus drei Jahrzehnten frei. »Un momento«, wiederholte er und schob alle Espressotassen beiseite. »La data e importante.« Er breitete die vergilbten und mit alter Schreibmaschine beschrifteten Blätter auf dem ehemaligen Polizeitisch aus.

»Er hat alles fein geordnet«, beruhigte Sofia die zweifelnden Blicke der beiden Deutschen. »Das Datum ist sehr hilfreich – falls es dazu ein Ereignis geben sollte.«

Es dauerte nicht lange. Denn es gab tatsächlich ein Ereignis. Renato schilderte es mit ruhigen Worten. Bücheler und Werneth verstanden nichts. Je länger er aber sprach, desto mehr erkannten sie, dass auch Sofias Vater mit dem Ereignis etwas anfangen konnte. Zunehmend pflichtete er Renato gestenreich bei, warf selbst hie und da einen Blick in die bereitgelegten Akten, schien sich zu erinnern und machte eine Bemerkung, die selbst die sprachlich untalentierten Rentner-Tedescos verstanden.»Un caso non risolto.« Ein ungeklärter Fall.

Sofia hatte sich Notizen gemacht und fasste zusammen. Bei dem Fall, von dem Renato berichtete, handelte es sich ebenfalls um eine Vermisstensache. Sie wurde nie aufgeklärt.

Auf unbekannte Weise verschwand im August 1989 der verheiratete Immobilienmakler Gregor Wegscheidt, dessen Frau Rosanna ein florierendes Luxus-Immobilien-Unternehmen führte. Es gab seinerzeit einen regen Austausch mit den deutschen Behörden in München, wo sich der Hauptwohnsitz des Ehepaares Wegscheidt befand. Die Hauptermittlungen lagen in der Verantwortung der italienischen Behörden, weil Gregor Wegscheidts letzter Aufenthalt in Italien vermutet wurde. Aus dem Umfeld wurde bekannt, dass die kinderlose Beziehung als Vernunftehe galt. Rosanna lebte und arbeitete in Italien, ihr Mann in Deutschland.

Am 15. August 1989 hatte sie ihn als vermisst gemeldet. Die Ermittlungen ergaben, dass Wegscheidt drei Tage zuvor von München losgefahren war, um in Gravedona mit seiner Frau verschiedene Projekte zu besprechen. Laut Auskunft von Rosanna Wegscheidt kam er nie dort an. Bestätigt wurde dies damals von der Hausangestellten Maria Facetti und Rosannas »Mann für alle Fälle«, Matteo di Stefano. Wegscheidts Auto wurde einen Tag nach der Vermisstenanzeige auf einer italienischen Raststätte in der Nähe des Grenzübergangs Chiasso aufgefunden. Es war unauffällig zwischen anderen Autos geparkt und ordnungsgemäß verschlossen. Niemand konnte sagen, wie lange es dort schon gestanden hatte. Auf dem Rücksitz lagen schriftliche Unterlagen, Exposés von Objekten am Comer See, aus denen man schließen konnte, dass er tatsächlich unterwegs zu seiner Frau war. Von Gregor Wegscheidt aber fehlte jede Spur. Suchkräfte durchkämmten mehrere Tage das Gebiet rund um die Raststätte. Der Vermisste blieb jedoch verschwunden.

Alfons Bücheler unterbrach Sofias Bericht. »Drei Tage vor der Vermisstenanzeige? Das war der 12. August 1989. Der Tag, an dem das Fährticket gelöst wurde. Von Gravedona nach Bellano und zurück. Für zwei Erwachsene.«

»Nichts spricht dafür, dass dieses Ticket mit dem damaligen Vermisstenfall in Verbindung steht«, stellte Josef Werneth nüchtern klar. »Nicht einmal, ob es überhaupt etwas mit den Wegscheidts zu tun hat.«

»Vielleicht doch.« Sofias Bemerkung ließ die beiden aufhorchen. Sie hielt eine Hand in die Höhe, um Ruhe zu gebieten, denn Renato ergänzte offenbar seinen Bericht. Sofias Vater nickte weiter zustimmend, als müsste er Renatos Ausführungen bestätigen. Nach einer Weile war Sofia wieder an der Reihe.

Es gab damals, so erfuhren die zwei Deutschen aus ihrer Übersetzung, Gerüchte um einen »jungen Tedesco«, der seit etwa drei Jahren bei ihr in der Villa wohnte und die Arbeiten des alternden Matteo di Stefano übernommen hatte. Den jungen Mann, kaum 20 Jahre alt, sah man nur selten. Er arbeitete den ganzen Tag auf umzäunten, meist leerstehenden Villengrundstücken, die von *Rosanna-Immobilien* betreut wurden. Manchmal saß er unten am See und unterhielt sich mit dem Fischer Lorenzo. Zu anderen Bewohnern hatte er keinen Kontakt. In der Vermisstensache Gregor Wegscheidt sollte auch dieser junge Mann als Zeuge befragt werden. Man wusste aber nur seinen angeblichen Vornamen. Frederico. Seltsam für einen Deutschen. Seltsam auch, dass man ihn trotz mehrerer Versuche in der Villa nicht antreffen konnte. Rosanna erklärte den Carabinieri, dass er ebenfalls verschwunden sei. Er habe gekündigt. Wohin er gehen wollte, wüsste sie nicht. Auch Maria Facetti und Matteo di Stefano wussten es nicht.

Seine Spur, so berichtete Sofia weiter, verlor sich am Westufer des Comer Sees, Luftlinie knapp 20 Kilometer südlich von Gravedona. Dort, im Hafen von Cadenabbia, hatte der alte Fischer Lorenzo den jungen Deutschen auf dessen Wunsch mit seinem Fischkutter abgesetzt. Am 15. August 1989, dem Tag von Rosanna Wegscheidts Vermisstenanzeige. Lorenzo sagte damals aus, der Junge habe beim Aussteigen vom Boot geweint und »Addio, amico mio! Lebe wohl!« gesagt.

Die Aufregung bei Alfons Bücheler war so groß, dass er Sofia erneut unterbrach.

»Frederico«, platzte es aus ihm heraus, an seinen Freund gewandt. »Frederico! Verstehst du? Friedrich! Das Alter kommt auch hin! Und drei Jahre hat er bei dieser Frau gearbeitet! Das passt haargenau zum Verschwinden des jungen Gerster!«

Werneth zeigte erstmals echtes Interesse an dem Fall. »Du hast recht«, bestätigte er sichtlich beeindruckt, »das ist zumindest höchst bemerkenswert.«

Ihre Anspannung sollte in den nächsten Minuten noch gesteigert werden. Renato Mancini hatte in den alten Akten einen Verweis gefunden, der ihn zu einer Reihe von verstaubten Fotoalben führte, die auf einem der Regale, nach Jahreszahlen und Aktennummern sortiert, aneinander lehnten.

»Un momento.« Nach tre momenti kam er mit einem der Alben an den Tisch zurück. Er setzte sich und blätterte in dem dicken Sammelbuch, bis er die passenden Seiten gefunden hatte. Sofia übersetzte seine Erläuterungen dazu. »Renato hat die Bilder zu den alten Fällen, auch Zeitungsberichte und so weiter, separat in Fotoalben gesammelt. Zum Vermisstenfall Wegscheidt gibt es auch ein paar Bilder.«

Renato schob das aufgeschlagene Album über den Tisch zu Alfons Bücheler. Werneth rückte seinen Stuhl heran. »*Denuncia di persona scomparsa – Gregor Wegscheidt*« war als Überschrift vermerkt. Nicht zu jedem Foto der Vermisstenanzeige gab es einen Kommentar. Aber die Bilder sprachen für sich.

Zweifellos handelte es sich bei dem gut aussehenden Mann, der mit einem Weinglas an einem Swimmingpool posierte, um den vermissten Immobilienmakler.

Auf einem anderen Foto sah man einen weißen BMW E28 mit Münchner Kennzeichen, aufgenommen vermutlich an der Fundstelle auf der italienischen Raststätte.

Es gab auch ein paar Bilder der Wegscheidt-Villa oberhalb von Gravedona. Auch auf diesen waren Fahrzeuge zu sehen. Ein roter Sportwagen mit italienischem Kennzeichen, eine schwarze Luxuslimousine, und auf einem Bild ein auffallend pinkroter Pritschenwagen.

Der weiße BMW und der gut aussehende Mann waren auch auf Zeitungsausschnitten zu erkennen, deren italienische Texte um Hinweise auf den Verbleib des deutschen Geschäftsmannes baten.

Viel gaben die Bilder auf den ersten Blick nicht her. Als alte Berufskrankheit pflegte Alfons Bücheler jedoch immer, zwei Blicke auf die Dinge zu werfen. Werneth wollte das Album gerade zu Renato zurückschieben, als sein Freund ihn stoppte.

»Warte mal, Josef. Lass mich noch mal das eine Bild ansehen. Das mit dem Pritschenwagen.« Er ärgerte sich in diesem Moment darüber, dass er dem Rat seiner Kathy noch nicht gefolgt war, die ihm schon seit einiger Zeit die Anschaffung einer Brille nahegelegt hatte. Renato bemerkte Büchelers zusammengekniffene Augen und schob ihm eine dicke Sherlock-Holmes-Lupe zu, die im Inventar eines leidenschaftlichen Sammlers nicht fehlen durfte. Bücheler beugte sich mit der Lupe über das Foto und konzentrierte sich auf eine bestimmte Stelle.

»Was schaust du denn da?«, fragte Werneth, »gibt es was Besonderes auf dem Bild?«

»Ich weiß nicht recht. Schau du mal! Da, die Bauwinde auf der Ladefläche.« Er übergab die Lupe.

»Was ist damit?«, wollte Werneth wissen, der nichts Auffälliges erkennen konnte.

»Die Winde wurde repariert. Sie ist mit Bändern fixiert. Schau doch. Diese schwarzen Bänder da. Sind das nicht Kabelbinder?«
Renato wunderte sich über die beiden, die offenkundig nur noch das Foto mit dem alten Pritschenwagen interessierte. Er sagte etwas zu Sofia.

»Haben Sie Interesse an dem Auto?«, fragte sie daraufhin. Bücheler sah vom Album auf. Interesse an dem Auto? Was für eine Frage!

»Renato sammelt nicht nur alte Fälle und Polizeiklamotten«, erklärte sie. »Er sammelt eigentlich alles, was ihm unter die Finger kommt. Auch Autos.«

Zum Erstaunen der beiden Deutschen stellte sich heraus, dass der uralte, pinkrote Framo-Pritschenwagen noch existierte.

Zusammen mit drei anderen vierrädrigen Veteranen, fünf Oldtimer-Motorrädern und einer riesigen Zahl von alten Werkmaschinen aller Art stand er in Renatos mächtigem Schuppen hinter dem Haus.

Alfons Bücheler war völlig aufgeregt, als sie alle zusammen das Lager betraten. Ohne zu zögern, steuerte er auf den Pritschenwagen zu und kletterte auf die Ladefläche. Dort beugte er sich zu der Stelle hinunter, an der die einst abgeknickte Bauwinde mit einem Geflecht aus Kabelbindern provisorisch, nicht mehr funktionsfähig, aber in stabil aufrechter Stellung, zusammengehalten wurde.

»Mein Gott, Josef!«, rief er in völliger Aufwallung unter den verwunderten Blicken von Renato, Sofia und deren Vater. »Das ist unfassbar! Wir müssen sofort in Freiburg anrufen!«

10

Soko-Chef Gisbert Wäscher lud Kriminaltechniker Klaus
Tränkle zu einem Vieraugengespräch in sein Büro ein, um sich
die Ergebnisse der Spurenauswertungen vortragen zu lassen. Es
wurde allerdings ein Achtaugengespräch, denn als Tränkle das
Büro betrat, umrahmten die beiden stets grinsenden Sonderermittler ihren Boss, als seien sie dessen Leibwächter.

»Sollten wir die anderen nicht auch dazunehmen«, machte
Tränkle den vorsichtigen Versuch, den Grundsatz der gegenseitigen Transparenz zu wahren.

»Später«, fegte Wäscher den Vorschlag patzig vom Tisch, »ich
brauche jetzt keine klugscheißerischen Ratschläge in geselliger
Runde. Vor allem Kollege Allgeier geht mir mächtig auf den
Sender mit seinen Macken.«

»Macken?« Tränkle war irritiert über Wäschers abfällige
Äußerungen über seinen Kollegen.

»Mindestens zwei.« Wäscher ging sogar ins Detail. »Sein ewi-
ges Gefummel an seiner nie sitzenden *Louis-Dega*-Brille macht
einen wahnsinnig. Und dann die Macke mit diesem Gerster. Der
soll den Typ doch in Ruhe lassen. Der Mann, den wir suchen,
ist nicht polizeibekannt, er ist unbescholten und ganz offensichtlich in keiner Straftäterdatei erfasst. Setzen wir uns. Mich
interessieren die Fakten. Also?«

Tränkle setzte sich auf den ihm angebotenen Platz. Drei fast
drohend wirkende Augenpaare ihm gegenüber erwarteten seinen Report.

»Sie dürften recht haben«, begann er, »die gesicherten DNA-
Spuren im Kiosk stimmen auch dieses Mal mit keinem Erbma-
terial aus der Täterdatei überein.«

Gisbert Wäscher hatte nichts anderes erwartet. »Meine Rede.«

Tränkle fuhr fort. »Im Fingernagelschmutz von Hanna Schmidt wurden fremde Hautpartikel aufgefunden und ein DNA-Muster erstellt. Es ist identisch mit dem Genmaterial am Hosenbund der Politesse und an dem abgerissenen Fetzen des Einweghandschuhs. Zudem stimmt es mit den DNA-Merkmalen der beiden fremden Haare überein, die wir im Kiosk gefunden haben.«

Wäscher sprach die für ihn logische Folgerung kopfnickend aus. »Spätestens jetzt haben wir die Gewissheit, dass diese DNA dem Serienmörder gehört.«

»Es muss zu einer Auseinandersetzung zwischen ihm und der Kioskfrau gekommen sein«, kombinierte Klaus Tränkle. »Das erklärt auch die Glasscherben, die herumliegenden Zeitschriften und die stehen gebliebene Wanduhr am Boden. Die Frau hat sich gewehrt, ihm womöglich die Maske vom Gesicht gerissen und ihn gekratzt. Vielleicht ist er durch die Abwehrhandlungen verletzt worden. Das könnte ein reizvoller Ansatz sein.«

»Der uns aber nur hilft, wenn es tatsächlich so war. Und wenn wir einen Tatverdächtigen haben, den wir überprüfen können.«

»Den haben wir leider nicht.«

»Immerhin können wir alle bisher in Erscheinung getretenen Gewalt- und Sexualtäter ausschließen. Vor allem diejenigen, die wir bisher im Fokus hatten.«

Es klopfte an der Tür.

»Was ist denn?«, rief Gisbert Wäscher gereizt, der angewiesen hatte, nicht gestört zu werden.

Diana Schulz streckte den Kopf herein. »Ich habe Herrn Bücheler am Telefon«, sagte die Kriminaloberkommissarin in untergebenem Ton.

»Wen?«

»Herrn Bücheler. Alfons Bücheler. Er möchte Sie sprechen.«

»Wer, um alles in der Welt, ist Alfons Bücheler?«

»Ein Kollege. Ich meine, unser Kollege. Also ... unser Ex-Kollege, um es genauer zu sagen ... Ein pensionierter Kollege.«

»Was stottern Sie da herum? Sagte ich nicht, dass wir nicht gestört werden wollen?«

»Er sagt, es sei dringend.«

»Da könnte ja jeder kommen.«

»Alfons Bücheler ist einer der Ermittlungsassistenten.«

»Ach der?« Wäscher schien sich zu erinnern. »Hatten wir den nicht zu den Akten getan?« Er schmunzelte über seine doppeldeutige Bemerkung.

»Darf ich durchstellen?«

»Wo denken Sie hin? Wir sind mitten in einer wichtigen Besprechung!«

»Er sagt, er ruft aus Italien an, und es sei sehr dringend.«

»Meinetwegen kann er aus Honolulu anrufen. Würden Sie uns jetzt bitte alleine lassen und die Tür wieder schließen!«

»Was soll ich ihm denn sagen?«

Wäschers ohnehin karge Geduld war aufgebraucht. »Von mir aus einen schönen Gruß und weiterhin viel Spaß im Urlaub! Und jetzt: raus!« Eine schwungvolle Armbewegung Richtung Tür mit ausgestrecktem Zeigefinger unterstrich seinen Befehl und demonstrierte Diana Schulz unmissverständlich das Ende des Gesprächs.

11

Auch an Fritz Gersters Tür klopfte es. Er kam gerade aus der Dusche und wunderte sich darüber. Zum einen, weil eigentlich Klingelknöpfe dazu dienten, Besuche anzukündigen. Zum anderen, weil er es nicht gewohnt war, Schlag auf Schlag jemanden in seiner kleinen Hochhauswohnung zu empfangen. Erst am Abend zuvor war der Aasgeier wieder bei ihm gelandet. Aber in völlig neuer Rolle. Er war vor Gerster förmlich zu Kreuze gekrochen. Mehrfach hatte er sich für seine – wie sich jetzt herausgestellt habe – falschen Verdächtigungen entschuldigt. Man wisse jetzt, dass er mit den Morden nichts zu tun habe.

Wenn Gerster nicht gewusst hätte, dass er sich mit seinem getürkten Alibi von allen Anschuldigungen befreit hatte, wären ihm Jakob Allgeiers Beteuerungen heimtückisch und heuchlerisch vorgekommen. So aber hatte er geradezu genüsslich in Allgeiers unterwürfigem Auftreten gebadet. Der ansonsten undurchschaubare Ermittler hatte Gerster sogar unaufgefordert den Gefallen getan, die Details seiner Alibi-Überprüfung kundzutun.

Demnach war Gersters Handy zur Tatzeit des Kiosk-Mordes in der Funkzelle des Frankfurter Flughafens eingeloggt. Dies deckte sich mit dem Bewegungsbild des alten Golfs, an dessen Unterseite ein Peilsender angebracht war. Datum und Uhrzeit des Tankbeleges, den Gerster der Polizei zur Verfügung gestellt hatte, passten ebenfalls. Zusätzlich waren zum Zeitpunkt des Tankvorgangs auf der Überwachungskamera der Raststätte der rote Golf und das Autokennzeichen erkennbar. Die Aufnahmen – zwar nicht von bester Qualität, aber dennoch brauchbar – zeigten überdies Fritz Gerster beim Tanken. So jedenfalls hatte Allgeier die Szene mit der männlichen Person bewertet, die sich von der Statur, der Kleidung und der für Gerster typischen Mütze in das Gesamtbild der Alibi-Überprüfung fügte.

»Ist heute der Tag gekommen?«, hatte Gerster mit hämischem Einschlag gefragt.

»Heute ist der Tag gekommen, an dem wir beide uns Lebewohl sagen«, hatte Allgeier geantwortet und sich mit einer finalen Entschuldigung verabschiedet.

Wieder klopfte es an der Tür. Fast gleichzeitig ertönte jetzt auch die Wohnungsklingel. Fritz Gerster warf sich den Bademantel über. War es doch wieder der Aasgeier, dachte er, der in zerstreuter *Inspektor-Columbo*-Manier noch etwas vergessen hatte? Oder war es vielleicht Alexej, der eine Zwiebel brauchte? Oder Frau Stöcklin, die ihm ihre gelesene Zeitung vorbeibringen wollte? Oder vielleicht sogar Heidi?

Fritz Gerster öffnete. Zu seiner Verblüffung war es ein in nagelneues Outfit verpackter und mit schickem Haarschnitt ausgestatteter Mann, der ihm irgendwie bekannt vorkam. »Das ist ja nicht zu fassen«, staunte Gerster. »Wie siehst du denn aus? Komm herein, du alter Stadtstreicher!«

Ganz wohl schien sich Henry Dosch in seiner Haut, respektive seinen Kleidern, nicht zu fühlen. Etwas verlegen zupfte er an seiner *Armani*-Hose herum, trat ein und legte umständlich seinen eleganten Trenchcoat ab.

»Mach dich nur lustig«, meinte er, »aber ich kann nichts dafür. Meine Schwester hat mich eingekleidet. Ich hatte keine Chance.«

»Du siehst fabelhaft aus, mein Alter. Aber in der Aufmachung werden sie dich in hohem Bogen aus dem *Inselglück* rausschmeißen!« Gerster lachte laut.

»Das wird nicht nötig sein. Ich soll die Therapie in Hamburg fortsetzen.« Henry nahm den angebotenen Platz im Wohnzimmer an. »Ich bin hier, um mich von dir zu verabschieden.«

»Moment. Ich zieh mir was an.«

Kurz darauf ließ sich Gerster von Henrys legalem Ausflug nach Hamburg berichten.

»Die Trauerfeier war riesig. Lauter fremde Menschen. Überall. Ich neben meiner Schwester. Da haben die Leute natürlich gleich gewusst, dass das der Säufer ist, der seine Familie im Stich gelassen hat.«

»Und dein Sohn? Hast du ihn getroffen? Hast du mit ihm gesprochen?« Gerster zeigte ehrliches Interesse.

»Ein feiner Kerl. Und richtig erwachsen. Es war überhaupt nicht schlimm. Er hat mit mir geredet, als sei nichts gewesen, und mich gefragt, wie es mir geht.« Seit sie sich kannten, war es das erste Mal, dass Gerster Henry Dosch lächeln sah. »Sogar seine Mutter hat mir zugenickt.«

»Was wirst du tun?«

Henrys Miene wurde wieder ernst. »Ich werde trocken. Als ich meinen Sohn wiedergesehen habe, habe ich mir fest vorgenommen, dass ich es schaffe.«

»Das wünsche ich dir von ganzem Herzen!« Fritz Gerster war verblüfft über seine eigenen Worte. Insgeheim musste er in diesem Augenblick liebevoll an Heidi denken, die ihm den Weg zu Henry und zu dieser empathischen Empfindung gewiesen hatte.

»Du bist ein wahrer Freund, Fritz. Fritz *Gerster*.« Henry betonte den Nachnamen und sah in ein erschrockenes Gesicht. »Du hättest mir ruhig sagen können, dass der zahnlose Alte dein Vater ist. Der Heimleiter hat sich verplappert.«

»Es war mir irgendwie peinlich«, rechtfertigte sich Gerster.

»Das muss es nicht, unter Freunden.«

Noch nie hatte jemand Gerster als Freund bezeichnet. Es tat ihm gut, irritierte ihn aber auch, da diese Freundschaft auf einem dunklen Geheimnis aufgebaut war.

Henry sammelte sich und wurde fast feierlich. »Und Freunde darf man bekanntlich um einen Gefallen bitten.«

»Einen Gefallen? Klar doch. Worum geht es?«

»Hast du ein Stück Papier und einen Stift?«

Gerster ging zur Küche, kam mit Schreibblock und Kugelschreiber zurück und legte beides vor Henry auf den Tisch. Der aber schob Block und Stift zu Gerster hin, verbunden mit einer Anweisung. »Schreib mir deine Kontonummer auf!«

»Wozu brauchst du meine Kontonummer?«

»Schreib sie einfach auf!«

»Damit eines klar ist«, betonte Gerster, »du bist mir nichts schuldig. Ich will kein Geld.«

»Das ist *mein* Satz«, verbesserte ihn Henry. »*Ich* will kein Geld!«

»Du sprichst in Rätseln.«

»Mach dir darüber keine Gedanken. Ich hatte dich bloß um einen Gefallen gebeten. Mehr nicht. Also?«

Henry Dosch schien die Sache sehr ernst zu sein.

»Na gut«, gab Fritz Gerster nach, »wie du meinst.« Ahnungslos notierte er seine Bankverbindung, riss das Blatt vom Block und übergab es Henry.

Als dieser später das Hochhaus verließ, begegnete ihm im Hof eine alte Frau. Henry stutzte. War das nicht die Frau, die ihm auf dem Münsterplatz eine Wurst und eine Dose Bier spendiert hatte?

»Guten Tag«, grüßte Frau Stöcklin freundlich den ihr fremden Mann und humpelte ins Hochhaus.

12

In umgekehrter Richtung bescherte der Gotthard-Tunnel auch das umgekehrte Wetter-Phänomen. Als Josef Werneth und Alfons Bücheler bei ihrer Rückfahrt die lange Röhre verließen, erwartete sie nach Sonnenschein in Italien das gleiche Trübsal-Wetter wie zwei Tage zuvor, als sie ihren Trip gestartet hatten.

Nach der Abfuhr, die ihnen von Diana Schulz am Telefon »mit Bedauern« übermittelt worden war, hatten die beiden Pensionäre beschlossen, die Sache selbst in die Hand zu nehmen. Der unmissverständliche Hinweis, dass die Soko-Leitung wegen »dringender Aufgaben derzeit für Außenstehende nicht erreichbar« sei, konnte klarer nicht sein.

Ihren beiden Frauen hatten sie mitgeteilt, dass sie vermutlich einen Tag länger brauchen würden.

Der Grund dafür waren die Informationen, die ihnen Renato Mancini, von Sofia übersetzt, mit auf den Weg gegeben hatte.

Demzufolge hatte Rosanna Wegscheidt relativ bald nach dem Verschwinden ihres Mannes die private Prunkvilla oberhalb von Gravedona überraschend aufgegeben. In den vergangenen 30 Jahren hatten laut Renato mehrere Besitzerwechsel stattgefunden. Aktuell gehörte sie einem deutschen Ehepaar, das seinen Wohnsitz nach dem Verkauf seiner Firma nach Italien verlegt hatte.

Rosanna, die laut Renatos Akten inzwischen über 70 Jahre alt sein müsste, habe auch ihr Immobilien-Imperium schon vor längerer Zeit verkauft und sei in die Schweiz gezogen. Angeblich sollte sie sich eine nicht minder prunkvolle Residenz am Zürichsee gekauft haben und alleine von ihrem Vermögen leben.

Die drei Personen, die damals im Vermisstenfall Wegscheidt für die Polizei weitere wichtige Auskunftszeugen gewesen waren, lebten nicht mehr. Die Hausangestellte Maria Facetti war vor etwa zehn Jahren gestorben, und bei Matteo di Stefano und dem alten Fischer Lorenzo war es gar schon zwei Jahrzehnte her.

Daher blieb für das betagte Ermittler-Duo nur noch der Weg an den berühmten See, um den sich die kostspieligsten Luxusstandorte der Immobilienbranche drängten.

In einem Papiertaschentuch hatten sie wertvolle Fracht mit an Bord gebracht. Renato hatte ihnen zugestanden, sich von der provisorischen Kabelbinderhalterung an der Winde des alten Pritschenwagens ein paar Stücke abzuzwicken. Sein Einverständnis dazu hatte er allerdings erst gegeben, nachdem Bücheler ihm offenbart hatte, dass sie eigentlich nicht wegen eines Vermisstenfalles ermittelten, sondern den Mörder von vier Frauen suchten.

»Madonna mia! Per volere del cielo! Per volere di dio!« Renato war um Himmels, um Gottes und um der Madonna willen entsetzt gewesen.

Der ehemalige Carabiniere sammelte wirklich alles. In seinen Privatakten über den Vermisstenfall klemmte, nachträglich angeheftet, ein handgeschriebener Zettel mit Rosannas Namen und einer Adresse im schweizerischen Rapperswil. Bücheler hatte sich die Anschrift notiert.

»Rapperswil liegt meines Wissens am Zürichsee«, hatte er freudig kundgetan. »Das ist ja fast auf dem Heimweg.«

Sie hatten die Adresse ins Navi eingegeben. Als sie die ersten Ausläufer des Sees sahen, begann es selbst bei Josef Werneth zu kribbeln. »Ob es die Frau überhaupt noch gibt? Ob die Adresse stimmt? Ob sie uns wohl empfängt?«

»Ob sie uns empfängt? Sie wird im Gegensatz zu Sofia wohl eher nicht auf das Verfallsdatum unserer Dienstausweise schauen«, hoffte Bücheler.

Die ortskundige Frauenstimme des Navigationssystems dirigierte die beiden zielsicher in Richtung Rapperswil. Bald fuhren sie direkt am See entlang. Die Straße wurde schmäler und stieg leicht an. Auf einer Anhöhe war von Weitem ein prachtvolles Anwesen erkennbar, von dem aus man einen traumhaften Blick auf den Zürichsee hatte.

»Sie haben in 100 Metern Ihr Ziel erreicht«, verkündete Frau Navis elektronische Stimme.

Alfons Bücheler tippte angespannt mit den Fingern auf das Lenkrad. Die letzten Meter fuhr er im Schritttempo an die Villa heran. »Mich würde brennend interessieren, was damals passiert ist.«

*

Die neue Vereinbarung zwischen Rosanna und dem jungen Friedrich funktionierte. Als Gegenleistung für gewisse selbstlose Dienste zugunsten Rosannas Wohlbefinden verdiente er sich jeweils einen halben freien Tag, an dem er unbeaufsichtigten Ausgang hinunter nach Gravedona genoss.

Freilich hatte sie ihm untersagt, seine erworbenen Freiheitsstunden anzusammeln, um dadurch länger als nur einen halben Tag unterwegs sein zu können. Dadurch hielt sie ihn an der langen Leine, denn ein gelegentliches Überziehen der festgelegten Rückkehrzeit, auch wenn es nur Minuten waren, bestrafte sie unnachgiebig durch Streichung von drei halben Tagen. Einmal fragte er sie, ob man die Vereinbarung nicht lockern könnte und was sie überhaupt für einen Sinn habe. Ihre Reaktion bestand nur aus einem knappen Satz, den sie mit einem Schulterzucken und ohne erkennbare Emotion dahinsagte. »Ich möchte dich nicht verlieren.«

Die beiden harmonierten. Friedrichs Schwäche war plötzlich keine Schwäche mehr, sondern offenbar ein Vorteil. Zumindest aus Rosannas Sicht. Nach und nach verspürte er keinerlei Druck mehr. Seine Versagensängste waren bei ihr völlig verschwunden, weil sie bei ihren erotischen Zusammenkünften auf sich allein fixiert war. Mit Friedrichs sanfter handgreiflicher Hilfe, die mit jedem Mal ortskundiger und feinfühliger wurde, lebte sie ihre besondere Sinnlichkeit aus.

Sie machten es nie mehr im Flur. Auch Rosannas Schlafzimmer blieb für Friedrich Tabuzone. Dafür trafen sie sich im Lesezimmer, in allen Räumen von Friedrichs drittem Stock, in Rosannas Bad, in ihrem Wohnzimmer, im Salon, im Fitnessraum, im blauen Zimmer, im Esszimmer, im gelben Zimmer, am Pool, im Pool und auf der von Zypressen und Palmen umstandenen Terrasse mit der missbräuchlich verwendeten Hollywoodschaukel. Wie zufällig legte Rosanna mit der Zeit bei ihren Dates gewisse Spielzeuge aus, deren Anwendung sie Friedrichs Fantasie überließ.

Sein Italienisch wurde von Tag zu Tag besser. Seine Lehrmeister waren Matteo, der sich trotz seines Rückzuges regelmäßig blicken ließ, dazu die bodenständige Hausangestellte Maria und natürlich Rosanna, die sich die Landessprache nahezu perfekt angeeignet hatte. Die größten Fortschritte aber machte er, wenn er bei seinen geduldeten halbtägigen Ausflügen hinunter nach Gravedona auf Lorenzo traf, den alten entschleunigten Fischer, der immer an derselben Stelle seine Angel auswarf und keine Fragen stellte. Lorenzo nahm Friedrich manchmal mit auf seinen alten Fischkutter. Der Junge hatte ihm zu verstehen gegeben, dass er sehr gerne italienisch sprechen würde, was den vollbärtigen Lombarden sehr freute. Geduldig übte er mit Friedrich Worte, die sich aus der Umgebung anboten, und lehrte ihn, sie in Sätzen anzuwenden.

Eines Tages durfte Friedrich Rosanna bei einer Fährfahrt nach Bellano auf der anderen Seite des Comer Sees begleiten. Sie begutachtete dort ein Objekt, das sie für einen millionenschweren Russen verkaufen sollte.

Auf der Rückfahrt saßen sie auf dem Freideck am Heck der fast menschenleeren Fähre und genossen den Anblick auf die

vorbeigleitenden, malerisch gelegenen Häuser entlang des See-
ufers. Auf Höhe des traumhaften Dörfchens Santa Maria Rez-
zonico berührten sich wie zufällig ihre Hände und ließen sich
bis zurück nach Gravedona nicht mehr los. Es war nur ein
Händchenhalten, aber Friedrich hatte sich noch nie so gebor-
gen gefühlt. Er schwor, das gemeinsame Fährticket, das sie dabei
zwischen ihren Händen drückten, als bleibende Erinnerung an
diese friedvollen Minuten für immer aufzubewahren.

Das Ticket wurde aber auch zu einer schmerzenden Erinnerung an die schlimmen Ereignisse, die bei der Rückkehr von
der Fährfahrt ihren Lauf nahmen.

Sie ahnten es nicht, als sie in Gravedona von Bord gingen.
Noch immer händchenhaltend, aber sich zögerlich lösend, damit
niemand etwas von ihrer besonderen Beziehung mitbekommen sollte.

Kaum in der Villa angekommen, fanden sich ihre Hände wieder. Und nicht nur die Hände.

Es war keiner der beiden Tage, an denen Maria üblicherweise
nach dem Rechten sah und für Ordnung sorgte. Mit einem überraschenden Auftauchen von Matteo war ebenfalls nicht zu rechnen. Sie waren alleine.

Vom Flur aus zog Rosanna ihren jungenhaften Geliebten
ins Lesezimmer auf den hochwertigen mozartblauen Teppichboden. Dort ließen sie sich nieder. Nach und nach folgten ihre
Kleidungsstücke, ohne Hast, in geschmeidigen Bewegungen,
fast wie in einem einstudierten Tanz, nur begleitet vom Ticken
einer altertümlichen Standuhr und dem Rauschen einer mächtigen italienischen Steinkiefer, das durchs offene Fenster drang.

Sie waren mittlerweile so eingespielt, dass sie alles um sich
herum ausblendeten und zu spät mitbekamen, dass sich jemand
vom Flur her näherte. Als die angelehnte Tür des Lesezimmers
aufgeschoben wurde, dachte Friedrich für einen Moment, es
wäre Matteo oder doch vielleicht Maria. Aber es war ein Mann
mit vollen dunklen Haaren und weit aufgerissenen Augen. Sein

weißes Sommerhemd war zur Hälfte aufgeknöpft und sichtbar durchgeschwitzt. Es gab keinen Zweifel. Friedrich kannte ihn von den Fotos an der Wand, die zwar alle älter waren, aber eindeutig zu diesem Mann passten. Rosannas Mann.

»Treibst du es neuerdings mit Kindern?«, schrie Gregor Wegscheidt wütend und abfällig zugleich. Für die Situation, die sich ihm bot, gab es keine zwei Deutungen. Rosanna raffte, am Boden sitzend, ihre Kleider zusammen und hielt sie gebündelt vor sich. Sie schien trotz der Peinlichkeit gefasst und sprach in ruhigem Ton. »Wenn du glaubst, ich käme jetzt mit der alten Ausrede, dass es nicht so ist, wie du denkst, und ich dir alles erklären kann, dann hast du dich geschnitten.«

Auch Friedrich wollte nach seinen Kleidern greifen, sah sich jedoch einem ansatzlosen Fußtritt ausgesetzt, den er nicht kommen sah und der ihn rücklings zu Boden warf.

»Verschwinde, du missratener Bastard!«, herrschte Wegscheidt ihn feindselig an und drohte mit beiden Fäusten einen Nachschlag für den Fußtritt an. »Was hast du überhaupt in diesem Haus zu suchen?« Er erwartete nicht ernsthaft eine Antwort und ging auf Rosanna zu. Im Gegensatz zu Friedrich kam für sie die schallende Ohrfeige nicht überraschend. Es war nicht die erste in ihrer Ehe. Sie ging mit einem über alles erhabenen Blick in Friedrichs entsetzte Augen darüber hinweg, als hätte es sie gar nicht gegeben.

»Hast du nicht gehört, was er gesagt hat?«, fragte sie fast gleichmütig. »Du sollst verschwinden.«

Blut rann aus Friedrichs Nase. Er rappelte sich auf und schlüpfte hastig in seine Bermudas, während Rosanna begann, sich in scheinbarer Seelenruhe anzuziehen.

»Du verdammtes Miststück!« Gregor Wegscheidt machte Rosannas provokante und gleichgültige Reaktion noch wilder. »Merk dir eines: Du bist noch immer meine Frau!«

Sie behielt die Ruhe. »Ich wüsste nicht, welche Rechte du daraus ableitest.«

Eine weitere Backpfeife, heftiger als die erste, zeigte zumindest ein Recht, dass er offenbar für sich in Anspruch nahm. Rosannas Wange schwoll augenblicklich an, aber sie zeigte kaum Regung. Dagegen aber Friedrich. Mit einem Satz war er bei Gregor Wegscheidt und umklammerte mit beiden Armen dessen Oberkörper, um ihn von Rosanna wegzuziehen. Obwohl kräftig gebaut, hatte der junge Bursche keine Chance. Mit wenig Aufwand löste sich Wegscheidt und verpasste ihm einen Faustschlag, der ihn gegen den Türrahmen donnern und daran hinuntergleiten ließ. Für einen Moment war Friedrich benommen. Als er wieder zu sich kam, stand der Mann bedrohlich nahe vor ihm. »Du kleines Dreckschwein!«, schrie er und holte erneut zum Schlag aus.

Es kam nicht soweit. Hinter Gregor stand Rosanna. In der Hand hielt sie Justitia. Justitia, die Göttin der Gerechtigkeit. Die schwere Bronzefigur fuhr samt Waage und Richtschwert mit ungeheurer Wucht auf Gregors Hinterkopf hernieder, und die gute alte Dame musste dank ihrer verbundenen Augen nicht mitansehen, wie Rosannas Mann mit tief klaffender Wunde zu Boden sank.

Sekunden vergingen. Minuten. Gregor Wegscheidt blieb reglos liegen. Eine dunkelrote zähflüssige Blutlache breitete sich um seinen Kopf herum aus und begann, sich in den Teppichboden einzusaugen.

»Ist er tot?« Friedrich saß angelehnt an den Türrahmen und schockiert am Boden. Rosannas eben noch beeindruckende Contenance war dahin. Vor Entsetzen ließ sie die Bronzefigur fallen und hielt sich beide Hände vors Gesicht.

Es läutete an der Haustür.

Rosanna brauchte zwei tiefe Atemzüge. Dann knöpfte sie die noch teilweise geöffnete Bluse zu, verließ das Lesezimmer und schloss hinter sich die Tür.

Es war Matteo. Auf den ersten Blick erkannte er, dass etwas nicht stimmte. Sie sprachen italienisch. Rosanna erklärte in kurzen Worten, was vorgefallen war. Sie traten in den Flur. Die Tür des Lesezimmers ging auf. Es war aber nicht Friedrich, der sie geöffnet hatte. Blutüberströmt und mit rollenden Augen torkelte Gregor Wegscheidt auf Rosanna zu. Justitia hatte sich inzwischen auf seine Seite geschlagen, aber Gregors schwindende Kräfte hatten Mühe, die gewichtige Bronze-Statue über seinem Kopf in drohende Stellung zu bringen. Sein besorgniserregender Gesundheitszustand machte ihn auch unfähig, irgendetwas Verständliches von sich zu geben. Der Schlag, den sein Kopf abbekommen hatte, schien auch sein Sprachzentrum getroffen zu haben. Er brachte nur lallende, zusammenhanglose Laute hervor, die wohl als Drohungen und Beschimpfungen gedacht waren.

Matteos Schreien hingegen war deutlich verständlich. »Signor Gregore! Signor Gregore! Madonna mia!«

Mit einem allerletzten Kraftakt versuchte der Schwerstverletzte wie von Sinnen mit der Figur auf Rosanna einzuschlagen. Matteo sprang geistesgegenwärtig dazwischen und stieß ihn heftig zurück. Justitia, längst ohne Waage und Schwert, ging erneut zu Boden. Gregor Wegscheidt taumelte rückwärts durch den Flur, direkt auf den Treppenabgang zum Keller zu. Ein letztes, verzweifeltes »Signor Gregore!« von Matteo konnte nicht verhindern, dass Rosannas Gatte in ungebremstem Fall rücklings die lange Steintreppe hinunterpolterte.

Dann herrschte Stille. Friedrich kam hinzu. Alle drei sahen hinab. Gregor lag am Fuß der Treppe. Zu seiner durch Justitia hervorgerufenen schweren Kopfverletzung hatte sich eine dem allgemeinen Wohlbefinden abträgliche Fehlstellung von Armen und Beinen hinzugesellt.

Zu dritt saßen sie die ganze Nacht zusammen im Salon und beratschlagten, was zu tun sei. Auf keinen Fall kam infrage, die Polizei zu informieren. Jedenfalls nicht zu diesem Zeitpunkt. Friedrich beteiligte sich kaum. Er nickte nur, wenn Rosanna oder

Matteo ihre Gedanken vorbrachten. Natürlich lag am nächsten, den Vorfall als unglücklichen häuslichen Unfall darzustellen. Dagegen sprach allerdings die klaffende Kopfwunde, deren Herkunft man bei der polizeilichen Untersuchung womöglich nicht dem Treppensturz zuordnen würde. Auch die Schilderung der Wahrheit war keine Option. Rosanna, die erfolgreiche und hochgeschätzte Immobilienmaklerin, hätte ihr fragwürdiges Verhältnis zu einem fast minderjährigen, über 20 Jahre jüngeren Deutschen und damit auch dessen Identität preisgeben müssen, die sich bis dahin einfach nur auf den »jungen Tedesco Frederico« beschränkt hatte.

Dieser schlief gegen Morgen erschöpft auf einem der Polstersessel ein. Für den Moment ratlos, sich gedanklich im Kreise drehend, überkam auch Matteo und Rosanna irgendwann die Müdigkeit.

Dadurch versäumten sie, dass nun einer der beiden Tage angebrochen war, an denen Maria sich um die häusliche Ordnung kümmerte. Sie bekamen es allerdings schnell und lautstark mit, denn Maria wollte aus dem Keller ihre Putzmaterialien holen und stieß einen gellenden Schrei aus, als sie die Treppe hinuntersah.

Aus dem verschworenen Trio wurde ein Quartett. Alle vier verlagerten sich in die Küche. Maria kochte einen starken Kaffee und richtete ein paar belegte Brote. Die neue Verbündete hatte sich schnell gefangen und im Gegensatz zu den anderen bestens geschlafen. Ihr Kopf war klar. Die Leiche müsse verschwinden, schlug sie vor. Zu viert könne man es schaffen, sie die Kellertreppe hoch zu schleifen und mit einem Gewicht versehen im Comer See zu versenken. Die anderen starrten sie ob dieses mafiaverdächtigen Vorschlags ungläubig an, aber Maria zeigte sich verwundert, dass nicht wenigstens Matteo als gebürtiger Sizilianer mit traditionellen Entsorgungsmöglichkeiten vertraut war.

Um keine Zeit zu verlieren, gingen sie sofort ans Werk. Friedrich sollte den alten Pritschenwagen zum Transport bereitstellen, Maria die größten Wolldecken im Haus herbeischaffen und Matteo im Keller die zwei schweren Schraubstöcke als Ballast für die Leiche abmontieren.

Als er aber die Treppe hinunterschaute, gab es dort nur noch eine große Blutlache. Gregor Wegscheidt war nicht zu sehen. Matteos Herz schlug bis zum Hals und hätte gerne noch höher hinauf geschlagen. Erneut musste Justitia herhalten. Wieder zweckentfremdet als etwaige Verteidigungswaffe und nicht als Göttin der Gerechtigkeit. Matteo hob sie vom Boden auf und schritt langsam die vielen Treppenstufen hinunter.

Die schwere Bronzefigur brauchte er nicht. Jedenfalls nicht zur Abwehr. Wegscheidt lag direkt ums Eck auf dem gefliesten Kellerboden und sah übel aus. Aber offenbar lebte er noch. Er war von der Treppe weggekrochen, lag auf dem Bauch und röchelte kaum vernehmbar. Matteo trat vorsichtig zu ihm hin. Er betrachtete die Figur in seiner Hand und wertete die verbundenen Augen als gutes Zeichen. Justitia sah nichts. Langsam hob er sie zum Schlag an, aber genauso langsam sank sein Arm wieder nieder. Er brachte es nicht über sich. Stattdessen rannte er die Treppe hoch und berichtete den anderen, dass Gregor noch am Leben war.

Eine weitere Option war ins Spiel gekommen. Aber den Notarzt zu rufen, um Wegscheidts Leben zu retten, hätte die gleichen Folgen gehabt, wie seinen Tod anzuzeigen.

Die vier waren sich einig. Das Problem musste auf irgendeine Weise gelöst werden. Die Personenkonstellation ließ wenig Spielraum zu, wer sich dazu bereiterklären musste. Maria und Rosanna kamen nicht infrage. Frederico bestenfalls als Helfer.

»Sono cose per uomini«, sagte Matteo ehrenhaft und zog Friedrich zur Seite. »Männersache, il mio ragazzo.«

Justitia kam nicht in Betracht. Es musste eine sichere Methode sein. Eine todsichere. Matteo überlegte. Es bestätigte sich, dass er für alle Probleme eine Lösung hatte. Er befahl Friedrich, aus dem Framo-Pritschenwagen die lederne Werkzeugtasche zu holen, die er ihm vor längerer Zeit überlassen hatte.

Mit der Tasche ging Matteo die Treppe hinunter in den Keller. Friedrich folgte ihm mit Abstand und mit Angst. Gregor Wegscheidt hatte sich weiter bewegt, vermutlich Zentimeter um Zentimeter robbend, ohne Ziel. Er lag jetzt bäuchlings am Ende des Kellerflurs in einer Nische. Offenbar hatte er keinerlei Orientierung und auch keine anderen Sinne mehr. Aber sein Röcheln war noch da. Matteo kniete sich vor Gregor auf den Boden. Er kramte irgendwelche dunklen Kabel aus der Ledertasche heraus und nestelte an ihnen herum oder band sie zusammen. Friedrich konnte es nicht genau erkennen, weil Matteo ihm den Rücken zukehrte. Dann plötzlich machte Matteo eine heftige Ruckbewegung, die Gregors Körper synchron mitzumachen schien, und stand augenblicklich auf. Er kam auf Friedrich zu und schob ihn drängelnd vor sich her, zurück in Richtung Treppe.

»Ora è morto«, sagte er und zitterte am ganzen Körper. Jetzt ist er tot.

Auf das gelöste Problem folgte das nächste. Trotz aller Anstrengungen schafften sie es nicht, den schweren Leichnam die steile, enge Treppe hinaufzubringen. Mehrfach rutschte er ihnen ab und holperte die Stufen hinunter, und das verzweifelte Weinen der beiden Frauen lähmte ihrer aller Kräfte. Sie gaben es auf.

In das makabre Bild mit vier ratlosen Personen, die übereinander gereiht auf verschiedenen Treppenstufen auf die blutüberströmte und ramponierte Leiche eines Mannes blickten, blitzte eine Idee auf.

Sie schoss in den Kopf des gebürtigen Sizilianers Matteo di Stefano, der offenbar doch, entgegen Marias Dafürhalten, mit traditionellen Entsorgungsmöglichkeiten vertraut war.

*

Bereits auf das erste Klingeln an der Seitentür des kunstgeschmiedeten, zweiflügeligen Einfahrtstors der atemberaubenden Seerand-Villa meldete sich eine tiefe Frauenstimme an der Gegensprechanlage. »Wer ist da, bitte?«, lautete die knappe Frage.

Alfons Bücheler und Josef Werneth sahen sich erwartungsvoll an und schenkten sich ein gegenseitiges Daumen-hoch.

»Kriminalpolizei«, sagte Bücheler in das unsichtbare Mikrofon, und um ihrem Besuch einen gewissen Nachdruck zu verleihen, fügte er in getragenem Ton hinzu: »Wir sollten Sie dringend sprechen, Frau Wegscheidt.«

Kaum ausgesprochen, öffnete sich die schwere Tür automatisch und gab den Weg auf das Villenareal frei. Ein schmaler, unbefestigter Kiesweg führte entlang der gepflasterten Zufahrt zum pompösen Eingangsportal.

Eine bemerkenswert attraktive Dame im fortgeschrittenen Alter öffnete die Haustür. Sie war perfekt geschminkt, hatte kurze graue Haare und trug einen türkisfarbenen Hosenanzug. »Ich habe Sie längst erwartet«, begrüßte sie den über diesen Empfang erstaunten Besuch. Sie verlangte keine Ausweise und bat die beiden einzutreten. »Sie kommen doch aus Deutschland, nicht wahr?«

Vor Verwunderung brachten beide nur ein bestätigendes »Ja« hervor.

»Sie macht nichts«, gab die elegante Dame Entwarnung, als eine riesige gelb-gestromte Deutsche Dogge heranstürmte, um die Gäste zu begrüßen, »aber sie gibt einem Sicherheit, wenn man alleine in so einem Haus wohnt.«

Die Bezeichnung »Haus« kam Josef Werneth leicht untertrieben vor. »Schön wohnen Sie hier«, sagte er und traute sich, das freudig mit dem Schwanz wedelnde Ungetüm zu streicheln. »Und alles so groß.«

»Gehen wir ins Herrenzimmer.« Werneth fand auch diese Bezeichnung etwas unpassend aufgrund der Vorstellung, dass die Dame hier offenbar alleine wohnte. Rosanna Wegscheidt ging voraus.

Der holzgetäfelte Raum mit blauem Teppichboden beherbergte einen weißen *Steinway*-Flügel und einen antiken Sekretär. Sie nahmen an einem massiven Holztisch Platz.

Alfons Bücheler versuchte den direkten Einstieg. »Sie sagten, Sie hätten uns erwartet?«

»Ich nehme an, Sie kommen wegen Gregor.«

Bücheler hielt es für klug, diese Annahme zu bestätigen. »Ja, wegen Gregor Wegscheidt sind wir hier.«

Die Dame lächelte mit einem nervösen Zucken in einem Mundwinkel. »Klar, wegen Gregor. Es ist wirklich unglaublich, dass es 30 Jahre gedauert hat, bis man ihn gefunden hat.«

Ein alter Ermittlerinstinkt riet den Ruheständlern, an dieser Stelle einfach zu schweigen und das Gegenüber reden zu lassen.

»Lassen Sie mich raten«, spekulierte Rosanna Wegscheidt. »Ein Ausbau. Oder Umbau. Stimmt's?«

Der alte Ermittlerinstinkt riet an dieser Stelle zu einem sehr dezenten, aber durchaus wahrnehmbaren Nicken bei gänzlicher Unwissenheit.

»Es musste irgendwann so kommen. Das war bestimmt ein Schock für die Leute.«

Nun empfahl der Ermittlerinstinkt, einen entscheidenden Impuls zu geben. Zwar ins Ungewisse hinein, aber in gespannter Hoffnung, welches Geheimnis die alte Dame gleich preisgeben würde.

»Möchten Sie uns bitte die ganze Geschichte erzählen?«, stieß Bücheler in freundschaftlichem Ton den Impuls an. »Sie haben offenbar immerhin 30 Jahre darauf gewartet, sie sich von der Seele zu reden.« Werneth hielt den Atem an, denn Rosanna Wegscheidt zögerte mit einer Antwort. Sie stand auf und schickte den Riesenhund mit einem kurzen Befehl nach draußen, gerade so, als sollte er die Geschichte nicht mit anhören. Sie schloss die Tür und setzte sich wieder auf ihren Stuhl. Es dauerte eine ganze Weile. Aber dann begann sie tatsächlich, die Geschichte zu erzählen.

Vom Anfang, als sie den jungen Deutschen auf der Raststätte aufgegabelt hatte, bis zu den schlimmen Ereignissen drei Jahre später – ohne allerdings die wahre Todesursache ihres Mannes zu erwähnen. Ihre Erzählung endete an der Stelle, an der sie mit Maria, Matteo und Frederico auf der Kellertreppe saß und sie zusammen nach einer Lösung für den toten Gregor suchten.

»Den Rest kennen Sie ja offenbar«, schloss sie ihren Bericht, ohne zu wissen, dass niemand außer den damals Beteiligten den Rest kannte.

Der Ermittlerinstinkt versuchte, ihn ihr zu entlocken. »Wir möchten auch den Rest gerne von *Ihnen* hören«, sagte Bücheler, »es würde Ihre Ausgangslage in der Sache deutlich verbessern.«

»Meine Ausgangslage?«

»Nun, wir müssen es ja nicht gleich ein Geständnis nennen. Das klingt so sehr nach Schuld. Aber die Wahrheit frei heraus aus Ihrem Munde zu hören, und zwar die ganze Wahrheit, ohne polizeilichen Vorhalt, würde Ihre Situation vor Gericht sicher begünstigen.«

»Es war Notwehr.«

»Mag sein. Aber womöglich sprechen wir über Mord, Frau Wegscheidt. Also, was genau ist mit der Leiche geschehen?«

Rosanna Wegscheidt überlegte nicht lange. »Wir haben sie eingemauert.«

Bücheler und Werneth hätten eigentlich so tun müssen, als seien sie darüber nicht überrascht. Es fiel ihnen schwer, denn sie waren gerade im Begriff, einen 30 Jahre lang ungeklärten Vermisstenfall aufzudecken, der in allerletzter Konsequenz tatsächlich ein Tötungsverbrechen war.

»Eingemauert?«, rutschte es aus Josef Werneth heraus, der sich dafür einen Fußtritt unter dem Tisch einfing.

»Eingemauert«, wiederholte Rosanna Wegscheidt. »Alte italienische Tradition, meinte Matteo. Es war seine Idee. Aber weshalb fragen Sie? Sie sagten doch, dass man ihn gefunden hat. Sonst wären Sie doch gar nicht hier.«

Genau das hatten sie zwar nicht gesagt, aber es schien Alfons Bücheler an der Zeit, die Karten offen auf den Tisch zu legen. »Ich muss Ihnen etwas gestehen, Frau Wegscheidt. Wir haben ein wenig geflunkert. Wir sind nicht wegen Ihres verschwundenen Mannes hier.«

Sie war irritiert. »Das verstehe ich nicht.«

»Die Wahrheit ist, dass man Gregor Wegscheidt noch nicht gefunden hat. Und niemand bis vor einer Minute auch nicht wusste, wo er damals abgeblieben ist.«

»Sie haben mich reingelegt?« Sie formulierte es als Frage und blieb dabei völlig ruhig, mit Ausnahme des nervösen Mundwinkelzuckens.

»So würde ich es nicht bezeichnen. Sie sagten ja, dass Sie uns erwartet hätten.«

»Egal. Jetzt spielt es keine Rolle mehr. Sie kennen nun die Wahrheit. Wahrscheinlich ist es gut so.« Sie erhob sich und ging ein paar Schritte auf und ab. »Ja, es ist gut so. Und weshalb sind Sie wirklich hier, wenn nicht wegen Gregor?«

Bücheler antwortete spontan. »Wegen Fritz Gerster.« Er ließ den Namen einen Moment im Raum stehen. »Ihnen vermutlich besser bekannt als Friedrich Gerster. Oder Frederico.«

Rosanna schlenderte zum weißen Flügel und fuhr im Vorbeigehen mit den Fingern einer Hand über die geschlossene Klappe. »Gerster?« Sie blieb stehen, öffnete die Klappe und schlug mit zwei Fingern ein paar Tasten an, die sofort als Beethovens *Für Elise* erkennbar waren. »Er hieß Gerster? Ich hab ihn nie nach seinem Nachnamen gefragt.«

»Wann haben Sie ihn zuletzt gesehen oder getroffen?«

Sie klimperte weiter. »Damals. Frederico hatte die Idee, Gregors Auto an eine Raststätte nahe der Grenze zu stellen. Ich fand den Vorschlag gut und hab ihn zusammen mit Matteo umgesetzt. Als wir zurückkamen, war der Junge verschwunden. Ich hab ihn bis heute nicht wiedergesehen.«

»Ich fürchte, ich muss Ihnen etwas Unangenehmes über ihn sagen«, wagte Alfons Bücheler den nächsten Schritt. »Frederico, ich meine Friedrich Gerster, der sich heute Fritz nennt ... es könnte sein, dass er ein mehrfacher Frauenmörder ist.«

Das Geklimper brach abrupt ab. Rosanna schloss die Klappe und kam zurück an den Tisch. Sie setzte sich, stand aber gleich wieder auf und ging im Herrenzimmer hin und her. »Diese Freiburger Morde? Von denen überall berichtet wird?«

»Eine Spur von ihm hat nach Italien geführt.«

»Es ist unmöglich. Frederico kann keiner Fliege was zuleide tun.«

»Keiner Fliege vielleicht«, patzte Josef Werneth und handelte sich einen weiteren verdeckten Fußtritt ein.

»Frederico hatte mit der Sache damals nichts zu tun. Es war Matteo. Wir wussten uns nicht mehr zu helfen.« Sie entschloss sich, nun doch die ganze Wahrheit zu sagen. »Er hat Gregor ein paar Kabelbinder um den Hals gelegt und zugezogen.«

Alfons Bücheler kippte fast vom Stuhl. Sein ehrenamtlicher Ermittlungsassistent erfasste gleichsam die Dimension dieser nüchtern klingenden Mitteilung. »Was?«, schrie er laut heraus. »Nein!«

»Doch!«, widersprach Rosanna, der plötzlich gewisse Übereinstimmungen bewusst wurden, denn es war bekannt, dass der Serienmörder seine letzten Opfer mit Kabelbindern erdrosselt hatte. »Aber es war Matteo. Frederico hat Gregor kein Haar gekrümmt!«

Allein schon die Erwähnung der Kabelbinder hatte Bücheler einen Stich versetzt. Allerdings nicht vergleichbar mit dem Gedankenblitz, der ihm nach Rosannas Redewendung mit dem gekrümmten Haar in den Kopf schoss. In den folgenden Minuten, in denen sich Josef Werneth stichpunktnotierend noch einmal das ganze Geschehen von Rosanna Wegscheidt schildern ließ, hing Bücheler geistesabwesend einer Hypothese nach. Einer Vermutung dahingehend, welch unfassbarer Irrtum den erfolglosen Ermittlungen zu den Frauenmorden zugrunde liegen könnte.

13

Für Monika Gerster lief die Denunzierungsaktion wie geschmiert. Der örtliche Tierschutzverein leitete eine Kopie ihrer Anzeige an den zuständigen Polizeiposten weiter, dem bereits in anderer Sache eine anwaltschaftliche Strafanzeige gegen Friedrich Anton Gerster vorlag.

Ein Wohnungseinbruch mit Schmuck- und Bargelddiebstahl gepaart mit eklatanten Verstößen gegen das Tierschutzgesetz veranlasste zwei uniformierte Schutzpolizisten, dem amtsbekannten Gerster einen Besuch abzustatten. Zwar hatte es zu einem förmlichen Durchsuchungsbeschluss mangels tatsächlicher Anhaltspunkte nicht gereicht. Aber die beiden Beamten fanden, dass eine höfliche Vorsprache im Weingartener Hochhaus nicht schaden könnte.

Mit einem schönen Gruß des Kollegen Allgeier, der natürlich von den beiden Anzeigen mitbekommen hatte, wollten sie Fritz Gerster gleich zu Beginn über seine Rechte belehren, was allerdings zur Folge hatte, dass er ihnen riet, sich ihre Belehrung irgendwo hineinzuschieben. Die Begegnung verlief dennoch recht harmonisch, weil Gerster ihnen auch ohne Durchsuchungsbefehl erlaubte, sich überall nach dem angeblich gestohlenen Schmuckstück umzusehen. Und, weil Kater Tom – frisch gefüttert und einem Misshandlungsopfer nicht im Entferntesten ähnelnd – neugierig zwischen den Hosenbeinen der beiden Polizisten herumschlich in der Hoffnung, dass sie nach irgendwelchen versteckten Leckereien suchten, von denen auch für ihn etwas abfallen könnte.

Auf dem Küchentisch lag Gersters Post. Sie bestand aus einer unbedeutenden Hausmitteilung, Werbung und einem ungeöffneten Briefumschlag seiner Bank. Er schüttelte den Kopf, als einer der Beamten einen fragenden Blick darauf warf, und gab den Hinweis, dass sie sich dafür gefälligst einen ordentlichen Beschluss besorgen sollten.

Gerster unterschrieb das Belehrungsformular mit der Bemerkung, dass er in vorliegender Sache nichts zu sagen, sehr wohl aber etwas zu tun habe. Den letzten Teil der Bemerkung bekamen die ungebetenen Gäste nicht mit, weil sie schon am Gehen waren.

Ohne Entschuldigung, aber höflich, verabschiedeten sie sich und deuteten mit einem wohlwollenden Streicheln über Toms Fell an, dass die Sache mit dem Tierschutzverein wohl erledigt sei.

Als die Tür geschlossen war, trat Gerster mit aller Wucht gegen einen kleinen Hocker im Flur, der dröhnend gegen die Wand knallte. Wutschäumend passierte das Gleiche mit seinem Putzeimer, den die Polizisten bei ihrer Nachschau im Weg stehen gelassen hatten. In der Küche musste der Tisch dran glauben. Gerster stieß ihn grob mit beiden Händen und mit einem hasserfüllten Schrei um, und die Post wirbelte durch den Raum. Tom verkroch sich erschrocken ins Schlafzimmer und wartete, bis der Tobsuchtsanfall seines Herrchens vorüber war. Nach zwei Minuten war dies der Fall.

Noch immer fauchend über das »verteufelte Weibsstück«, kam Gerster etwas herunter und sammelte die verstreuten Sachen ein. Der Hocker kam zurück in den Flur, der Putzeimer in den Dielenschrank, die Post zurück auf den zurechtgerückten Küchentisch. Tom checkte vorsichtig die Lage und sah den Menschen sich bei einem Glas kühler Milch langsam beruhigen. Gerster nahm die Hausmitteilung und die Werbung und warf sie in den Müll. Den Bankumschlag öffnete er, noch immer schnaubend und schnalzend ob der Bösartigkeit von Monika. Es waren seine Kontoauszüge. Laufende Abbuchungen, Überweisungen, Bargeldabhebungen. Und eine Einzahlung. Von einem gewissen Henry Dosch. Verwendungszweck: »Bei dir besser aufgehoben!« Der überwiesene Betrag hatte vorne eine Eins. Und danach folgten sechs Nullen.

14

Bei der *Soko Schlinge* hatten sich inzwischen mehrere Lager gebildet, was die Aussichten auf einen baldigen Ermittlungserfolg weiter schwinden ließ.

Das Führungslager bestand im Grunde nur aus Soko-Leiter Gisbert Wäscher und seinen beiden Sonderermittlungs-Adjutanten, die allerdings bislang kaum Konstruktives zur Aufklärung der Mordserie beigesteuert hatten. Staatsanwalt Faber-Jung ließ sich zwar regelmäßig von Wäscher über den Stand der Ermittlungen informieren, seine Präsenz war jedoch mangels Bedarf an strafprozessualen Entscheidungen kaum erforderlich.

Zum zweiten Lager, dem insgeheim die ihres Führungsamtes enthobene Merle Trautmann vorstand, zählten Ermittlungsleiter Jakob Allgeier, Auswerter Jochen Haag, Fahnder Helge Michalek und die für die internen Abläufe verantwortliche Diana Schulz, die am meisten unter dem herablassenden Führungsstil von Gisbert Wäscher zu leiden hatte.

Innerhalb der Mannschaft, die sich in weitere Lager spaltete, herrschte große Unzufriedenheit, da es keine Transparenz hinsichtlich der Führungsentscheidungen gab. In den raren gemeinsamen Besprechungen ging es weniger um Inhalte als um Durchhalteparolen – immer verbunden mit dem Hinweis, dass Urlaubstage aktuell nicht genehmigt werden könnten.

Zwischen den Stühlen saß Kriminaltechniker Klaus Tränkle, dem es vorbehalten war, exklusiv im engsten Kreis an den Gedankengängen von Gisbert Wäscher teilzuhaben, da dieser die Krux zur Lösung der Fälle in der verworrenen Spurenlage sah. Allerdings fuhr ihm Wäscher immer dann über den Mund, wenn Tränkle von »gewissen Ungereimtheiten« im Zusammenhang mit den DNA-Spuren sprechen wollte. »Wir haben definitiv die DNA des Täters«, pflegte Wäscher gebetsmühlenartig seinen Standardsatz zu wiederholen, »wir müssen sie nur noch einer bestimmten Person zuordnen. Basta!«

Wäscher hatte es aus diesem Grunde auch abgelehnt, »unnötige Energie für törichte Hirngespinste zu verschwenden«. Merle Trautmann hatte in ihrer offiziellen Funktion als stellvertretende Soko-Leiterin auf Klaus Tränkles Anregung hin auf den sogenannten Wattestäbchen-Skandal hingewiesen, der sieben Jahre zuvor aufgedeckt worden war. Über mehrere Jahre hinweg hatten die Ermittlungsbehörden verschiedener Länder nach einem Phantom gesucht, dessen DNA an zahlreichen Tatorten zu unterschiedlichsten Straftaten gesichert worden war. Spektakuläres Ende der jahrelangen Suche war die ernüchternde Feststellung gewesen, dass die DNA aus verunreinigten Abstrich-Wattestäbchen stammte und einer Verpackungsmitarbeiterin eines Teströhrchen-Herstellers zugeordnet werden konnte.

»Dieser Irrtum kann sich nicht wiederholen«, hatte Wäscher den Vorschlag abgeschmettert, dahingehende Überprüfungen vorzunehmen. »Es werden längst Wattestäbchen verwendet, die mit Ethylenoxid gereinigt sind. Eine Verunreinigung ist gänzlich ausgeschlossen!«

Die Fraktion um Merle Trautmann hatte erhebliche Mühe mit Wäschers bevorzugter Täterhypothese, wonach es sich bei dem vierfachen Frauenmörder um einen bislang unbescholtenen Mann handeln sollte.

»Beim besten Willen kann ich mich damit nicht anfreunden«, sagte sie in der kleinen morgendlichen Kaffeerunde in der Cafeteria, die von Wäscher und seinen beiden Schatten stets gemieden wurde.

»Mir geht es genauso«, bestätigte Auswerter Jochen Haag, »es ist schwer vorstellbar. Aber in der Straftäterdatei ist seine DNA definitiv nicht erfasst.«

»Vielleicht sollten wir noch andere Datenbanken abschöpfen«, regte Diana Schulz an.

»Kein schlechter Gedanke«, pflichtete Merle Trautmann bei. »Was hätten wir da an Möglichkeiten?« Ihr Blick richtete sich an Klaus Tränkle.

»Die PRÜM wird nur von den EU-Mitgliedsstaaten gefüttert«, bemerkte Klaus Tränkle. »Realistisch haben wir keinen Zugriff auf andere Datenbanken, in denen Täter-Merkmale gespeichert werden.«

»Dennoch sollten wir die fremde Spur über alle möglichen Systeme fahren lassen, nicht nur über die Straftäterdateien«, schlug Merle Trautmann vor.

Diana Schulz musste nachfragen. »Nicht nur über die Täter-Datenbanken?«

»Über alle. Auch über unsere internen Systeme. Seit dem Wattestäbchen-Skandal sind wir da ja besser aufgestellt.«

»Das müsste aber unser werter Kollege Wäscher anordnen«, gab Tränkle zu bedenken.

Merle Trautmann sah das anders. »Wenn wir Lücken hinterlassen, die sich irgendwann als entscheidende Fehler entpuppen, reißt man auch uns die Köpfe ab.«

Alle stimmten zu. Auch Klaus Tränkle. »Jochen und ich werden uns daran machen.«

»Ein Chef muss ja auch nicht alles wissen«, meinte die Ex-Soko-Leiterin mit einem Augenzwinkern, und als alle auch dazu zustimmend nickten, ergänzte sie spitzbübisch: »Eine Chefin schon!«

15

Zurück in Deutschland vereinbarten Alfons Bücheler und Josef Werneth, mit aller Besonnenheit die nächsten Schritte anzugehen. Nach einem Wochenende, zu dem sie sich auferlegt hatten, die neue Situation – jeder für sich – in Ruhe zu analysieren, trafen sie sich in Werneths Bauernstübchen. Allerdings abweichend zu ihren üblichen Gepflogenheiten ohne Vesper und Most. Stattdessen bei einer Kanne Kaffee und Mineralwasser.

Für ihr weiteres Vorgehen waren sie sich darüber einig, dass ein erneuter Versuch, die Soko-Leitung zu informieren, ausgeschlossen war.

»Sie werden uns die Geschichte nicht glauben«, war Büchelers Überzeugung, »weil sie uns erst gar nicht zuhören werden.«

»Davon müssen wir wohl ausgehen«, bestätigte Werneth. »Aber was sollen wir tun? Wir haben keinerlei Beweise.«

»Wir haben die Kabelbinderteile. Aber du hast recht. Eine Materialübereinstimmung käme einem Lotto-Sechser gleich. Unsere Teile hingen 30 Jahre lang an einem alten Pritschenwagen. Und falls sie nicht zum Mordwerkzeug passen, würde man uns als senile Vollidioten hinstellen.«

»Also, ich für meinen Teil habe übers Wochenende mal die Fakten zusammengetragen.« Werneth schlug einen Schreibblock auf. »Verbessere mich, falls etwas falsch ist oder ich etwas vergessen habe. Ich hatte dir ja anfangs immer nur halbherzig zugehört.«

»Alles in Ordnung, mein Lieber. Also, lass mal hören!«

Werneth kommentierte seine notierten Stichpunkte. »Wir haben vier Frauenmorde in Freiburg in einem Zeitraum von ungefähr drei Monaten. Alle Opfer entsprechen in etwa dem gleichen Frauentyp: schlagfertig, unerschrocken, selbstbewusst, bisweilen wegen ihres autoritären Auftretens unbeliebt bis gehasst. Wir haben gleich zu Beginn einen Tatverdächtigen, der kein Alibi hat, wegen eines Gewaltangriffs auf eine Prostituierte vorbestraft ist und ganz in der Nähe des ersten Opfers wohnt.«

»Stimmt bislang alles.«

»Das erste Opfer wurde mit einem Schal erdrosselt. Die anderen drei mit Kabelbindern. Ein Stadtstreicher wird festgenommen, dessen DNA am zweiten Opfer ihn angeblich überführt. Während er im Gefängnis sitzt, wird Opfer Nummer drei getötet. Der Stadtstreicher scheidet als Täter aus. Eine neue DNA-Spur taucht auf, aber die Tatbegehung bleibt dieselbe. Dann tötet der gleiche Täter zum vierten Mal.«

»Zum fünften Mal«, verbesserte Bücheler, »du hast den Hund vergessen.«

»Ehrlich gesagt, Alfons: Ich verstehe die Verwirrung in der Soko. Ich steig da auch nicht mehr durch.«

Bücheler zog ebenfalls einen Block hervor, ließ ihn aber zugeschlagen. »Weil wir alle den gleichen Fehler machen«, begann er. Auch er hatte sich in den vergangenen Tagen intensive Gedanken gemacht. »Wir orientieren uns alle an den Taten und suchen auf der Basis der Tatbegehung den Täter. Das ist aber in diesem Fall der falsche Ansatz. Wir müssen das Ganze umdrehen.«

»Umdrehen? Dazu bräuchten wir dann allerdings den Täter, mein Bester.«

»Den haben wir, lieber Josef.«

»Ach ja?«

»Wie warst du in Mathe?«

»Oje! Frag nicht. Was hat das denn damit zu tun?«

»Man muss die Sache wie eine mathematische Gleichung angehen. Eine Gleichung mit Unbekannten. Unser Täter ist die Unbekannte X. Aber von ihr gehen wir aus, verstehst du?«

»Kein Wort.«

»X ist die Variable, die man ermitteln muss. Aber wir lösen die Gleichung nicht auf, sondern setzen für das X einen Wert ein, von dem wir glauben, dass er zur Gleichung passt.«

»Jetzt versteh ich es – nämlich Bahnhof.«

»Gerster ist unser X. Lass uns davon ausgehen, dass er der Mörder ist – egal, was die Tatortspuren aussagen. Vergessen wir einfach dieses ganze DNA-Wirrwarr und stellen uns vor, dass nicht irgendwer der Täter ist, sondern er. Fritz Gerster.«

Josef Werneth zuckte mit den Schultern. »Ich kann mir das gut vorstellen. Daran soll's nicht scheitern. Aber was bringt uns das weiter?«

»Ganz einfach. Es führt uns nicht in die immergleiche Sackgasse, an deren Ende auf einem Tablett die DNA-Spuren liegen, die nicht zu Gerster passen.« Bücheler stand auf und ging in der Stube auf und ab. »Es lässt tiefere Überlegungen zu. Zum Beispiel: die verwendeten Kabelbinder. In allen Fällen, in denen sie benutzt wurden, waren sie laut Untersuchung vom selben Material und fabrikationsgleich. In zwei Fällen haben wir das identische Fischgrätenmuster von Schuhabdrücken, und wir haben aus verschiedenen Fällen teils identische Faserspuren.«

»Worauf willst du hinaus?«, fragte Werneth interessiert.

»Zwischen den Taten, die offenbar mit den gleichen Tatwerkzeugen und der gleichen Tatkleidung begangen wurden, liegen zum Teil mehrere Wochen.«

»Und das bedeutet?«

»Das bedeutet, dass der Mörder diese Dinge irgendwo gelagert hat. Ein Versteck, das offensichtlich von allen polizeilichen Durchsuchungen verschont geblieben ist. Das aber für ihn ohne Mühe und vor allem ohne aufzufallen erreichbar ist.« Bücheler setzte sich wieder. Im Gegenzug erhob sich Werneth und fuhr sich nachdenklich übers Kinn. »Ein Lager. Klingt plausibel.« Nun flanierte er im Zimmer hin und her. »Dieses Versteck zu finden, wäre dann tatsächlich der Schlüssel.«

»Das X der Gleichung, sozusagen.«

»Mathe ist nicht mein Ding. Ich hab's eher mit Deutsch und Geschichte. Vielleicht kann ich mir eine ausdenken, die uns zu Gersters Versteck führt. Falls er tatsächlich eines haben sollte.«

16

In den vergangenen Wochen hatte Fritz Gerster meist schlecht geschlafen. Zu viel ging ihm durch den Kopf. Gelegentliche Ablenkungen gelangen ihm, wenn er an Heidi und ihre mitreißende Fröhlichkeit dachte. In der zurückliegenden Nacht hatte er aber aus einem völlig anderen Grund zunächst kein Auge zugemacht.

Um einen Irrtum auf seinen Kontoauszügen auszuschließen, hatte Gerster das Guthaben seines Bankkontos online abgerufen. Etwa zehnmal hintereinander. Es wurde immer die gleiche Summe angezeigt, die unter Berücksichtigung seines bisherigen Kontostandes bei etwas mehr als einer Million Euro lag. In Verbindung mit dem angegebenen Verwendungszweck der Überweisung konnte es keine Zweifel geben, zumal Gerster im Internet recherchiert und herausgefunden hatte, dass die Hamburger Reederei *Dosch-Transport* mit einem Kapital im mehrfachen Millionenbereich in der Branche florierte. Der alte Reeder war gestorben, seine Frau längst tot und Henry Dosch vermutlich einer der Haupterben.

Die meisten Menschen hätten sich schlaflose Stunden, hervorgerufen durch Gedanken über einen plötzlichen Reichtum, sehnlichst herbeigewünscht. Auf einen Schlag war er zum Millionär geworden. In den ersten ungläubigen Minuten, nachdem er den Umschlag mit den Kontoauszügen geöffnet hatte und sich seiner neuen Lage bewusst geworden war, hatte er sich noch mit der Frage beschäftigt, ob er das Geld von Henry überhaupt annehmen sollte. Rasch hatte er solche Zweifel verworfen und sich der Überlegung gewidmet, was er mit dem unerwarteten Geldsegen anfangen könnte. Da es ihm diesbezüglich an jeglicher Vorstellungskraft mangelte, hatten seine naiven unausgereiften Pläne ihn irgendwann in eine angenehme Müdigkeit, alsbald in sein Bett, aber letzten Endes ergebnislos in einen nie gekannten Schlaf geführt.

Am Morgen wachte er auf und stellte fest, dass ihm die Entscheidung im Schlaf zugeflogen war. Er rief bei Ritters an und meldete sich krank. Anschließend erreichte er Heidi auf ihrem Handy. Sie war bei der Arbeit.

»Du musst sofort nach Freiburg kommen!« Seine Anweisung klang entschlossen, ohne jegliche Panik, aber mit vernehmbar aufgeregter Stimme. Heidi erschrak, obwohl sie glaubte, auch einen leicht freudigen Unterton vernommen zu haben.

»Was ist denn passiert?«, fragte sie besorgt.

»Setz dich ins Auto und komm her! Bitte.«

Sie spürte, dass es wichtig sein musste und sie keine weiteren Fragen stellen sollte. »In Ordnung«, sagte sie nur und bat kurz darauf Frau Lembach, ihr den Rest des Tages freizugeben. Auf deren entrüstete Frage, ob sie von allen guten Geistern verlassen und völlig von Sinnen sei, zog Heidi ihre Schürze aus und stellte ihre perplexe Chefin vor die Tatsache, dass sie wegen einer dringenden familiären Angelegenheit auf der Stelle Feierabend mache.

Eine Stunde später saß sie in Gersters Küche, auf deren Tisch noch immer die Kontoauszüge lagen. Heidi, nach ihrem eiligen Aufbruch zwar ohne Schürze, aber noch in der dunkelblauen *Lembach*-Kleidung, beachtete sie nicht, sondern wartete gespannt, was Fritz ihr mitzuteilen hatte. In feierlicher Positur baute er sich vor ihr auf. Fast sah er aus wie der Festredner einer Jubiläumsveranstaltung. Mit einer Frage stieg er ein. »Wir haben doch das Buch verloren, erinnerst du dich?«

Heidi erinnerte sich nicht. »Welches Buch?«

»Auf der Kajo. Weißt du nicht mehr? Als wir Monika getroffen haben.«

Jetzt erinnerte sie sich. »Das Buch über Kolumbien? Meinst du das?« Sie wurde verlegen. »Es tut mir leid. Es ist mir runtergefallen. Aber du wolltest damals unbedingt weg. Ich konnte es nicht mehr aufheben.«

»Vergiss das Buch, Heidi!« Das erste Mal, seit sie sich kannten, nannte er sie beim Namen. Sein Ton wurde noch eine Spur feierlicher. »Das Buch interessiert nicht mehr. Hör zu: Möchtest du Kolumbien in echt kennenlernen? Mit mir zusammen. Würdest du mit mir nach Kolumbien gehen?«

Heidis Verlegenheit wuchs. »Aber Fritz, ich hab nicht so viel Geld. Und so viel Urlaub hab ich auch nicht.«

»Wer redet von Geld? Wer redet von Urlaub?«

Heidi sah ihn entgeistert an.

»Wir hatten doch davon geträumt, in Südamerika zu leben. Kolumbien ist das herrlichste Land der Welt!«

Kaum traute sie sich, gegen seine offenkundige Begeisterung anzugehen. Es stimmte zwar, dass sie gelegentlich mit ihm darüber gesponnen hatte, wie es wäre, alles hinter sich zu lassen und gemeinsam ein neues Leben zu beginnen. Aber die Ernsthaftigkeit, mit der er das Thema nun ansprach, irritierte sie.

»Geträumt, Fritz«, sagte sie zögerlich und dachte an ihre spaßigen Hirngespinste fern jeglicher Realität. »Wir haben doch nur so getan als ob. Wir haben nur davon geträumt. Träume sind erlaubt. Und schön. Aber eben nur Träume.«

»Noch schöner sind sie, wenn sie in Erfüllung gehen!« Gerster nahm die Kontoauszüge vom Tisch. Mit den Fingern einer Hand klopfte er dagegen. »Ich habe … wie soll ich es nennen? Sagen wir es so: Ich habe geerbt.«

Heidi kannte ihn mittlerweile als jemanden, der nicht zu scherzen pflegte. Er strahlte über das ganze Gesicht. »Ich habe so viel geerbt, dass es locker für Kolumbien reicht. Du musst nie mehr zu *Lembach*. Du musst überhaupt nie mehr arbeiten.«

Sie war sprachlos.

»Kommst du mit mir nach Kolumbien?«, wiederholte er seine Frage. Sie war nicht fähig, sie ernsthaft zu beantworten. Im Wechsel schüttelte sie den Kopf und nickte.

»Du meinst das wirklich?«, fragte sie nach einer Weile, ohne daran zu zweifeln und eine Antwort abzuwarten. »Was machen wir in Kolumbien? Was tun wir dort?«

»Du könntest dir zum Beispiel deinen Wunsch nach einem Pferd erfüllen. Oder mehrere haben. Wir könnten eine Pferdefarm kaufen und dort leben.«

Heidi war aufgewühlt. »Und was passiert mit Tine? Mit Tom und Tine?«

»Was soll mit ihnen passieren? Sie gehen natürlich mit!« Seine Entschlossenheit war entwaffnend.

»Und unsere Wohnungen? Unsere Arbeitsstellen? Unsere Freunde?«

»Welche Freunde? Sagtest du nicht neulich, dass du eigentlich niemanden hast außer mir? Niemanden, der dir wichtig ist?«

Nervös nestelte sie an ihren Haaren. Sie versuchte, sich ein Leben in einem fremden Land vorzustellen. Es gelang ihr nicht annähernd. »Hab ich Zeit, es mir zu überlegen?«

»Selbstverständlich«, antwortete er, »aber einen kleinen Gefallen musst du mir jetzt schon tun.« Er dachte an die fast identische Szene mit Henry Dosch und amüsierte sich darüber.

»Was für einen Gefallen?«, wollte Heidi wissen.

»Schreib mir bitte deine Bankverbindung auf. Ich möchte eine Überweisung tätigen.«

Sie wollte einhaken, aber er ließ es nicht zu. Er dachte an die Formulierung von Henrys Verwendungszweck und war davon überzeugt, dass das Geld bei Heidi noch besser aufgehoben wäre. »Tu mir bitte den Gefallen. Das andere kannst du dir noch überlegen. Ich bereite in der Zwischenzeit alles vor.«

Widerrede hat keinen Sinn, dachte sie, und nahm das Blatt Papier entgegen, das Fritz ihr hinhielt.

»Ach ja, eines noch«, ergänzte Gerster fast beiläufig, mit einem Schmunzeln in den Mundwinkeln, während sie ihre Kontodaten notierte. »Erschrick bitte nicht, wenn du die Summe siehst!«

17

Sehr zur Freude von Alfons Bücheler beschäftigte seinen Freund die Vermutung, wonach der Mörder irgendwo ein geheimes Depot haben musste, stärker als erwartet. Wieder saßen sie in Werneths Vesperstube.

»Hat dich jetzt doch das alte Jagdfieber gepackt?«, frotzelte er vergnügt, als sie erneut die Lage besprachen.

»Erwähntest du nicht, dass Gerster an seiner Arbeitsstelle einen Ruheraum hat?«

»Ja«, bestätigte Bücheler, »im alten Kesselhaus hat er sich wohl oben ein kleines Turmzimmer eingerichtet, um zwischen den Touren auszuruhen. Aber dort hat unser eifriger Kollege Allgeier bereits alles auf den Kopf gestellt.«

»Vielleicht nutzt Gerster ja noch andere Räume dort. Ein altes Kesselhaus stelle ich mir ziemlich groß vor. War das Ganze nicht früher mal eine Fabrik?«

»Ja, eine Spinnerei, aber die übrigen Gebäude dienen Ritters heute als Lager oder sind an andere Firmen vermietet. Es wäre riskant, da Mordwerkzeuge zu deponieren. Ich hab Allgeiers Fotos in den Akten gesehen. Das Kesselhaus ist tatsächlich groß. Aber Versteckmöglichkeiten gibt's da eher keine. Alles ist offen. Der junge Ritter plant, aus dem Kesselhaus eine Art Eventlocation zu machen.«

»Bleibt also nur diese Turmkammer«, stellte Werneth fest.

»Die von Allgeier offenbar akribisch durchsucht wurde. Das Foto mit dem alten Fährticket stammt übrigens auch aus dem Turmzimmer.«

Josef Werneth dachte nach. »Wenn unser Freund Renato das wüsste, würde er vermutlich aus lauter Sammelleidenschaft vor einem kleinen Einbruch nicht zurückschrecken.«

»Tatsächlich hat er mich gefragt, ob man ihm das Ticket überlassen könnte, sobald es für den Fall nicht mehr benötigt wird.«
»Nur so entstehen gut sortierte Sammlungen. Ich schlage vor, ich hole uns jetzt ein Krüglein Most.« Werneth stand auf und verließ die Stube. Derweil arbeitete es in Büchelers Kopf. Kurz darauf wurden zwei grünstielige Römergläser gefüllt und mit einem gegenseitigen »zum Wohle« zum Mund geführt.

»Ich bin der Meinung, wir sollten Renato unterstützen«, sagte Bücheler nach einem tiefen Schluck. »Du weißt, wie sehr er uns geholfen hat.«

»Ja, sie waren alle sehr hilfsbereit. Aber ein Beweis fehlt uns noch immer.« Werneth goss die Gläser gleich wieder voll.

Bücheler äußerte einen Gedanken. »Wir sollten uns dieses Turmzimmer ansehen. Nur so ein Gefühl. Bei der Gelegenheit könnten wir gleich noch das Original-Fährticket konfiszieren.«

Werneth war von der Idee eher wenig angetan. »Dein Gerster wird sich über den Besuch zweier Kripo-Zombies bestimmt freuen und uns Most und Speck anbieten.«

»Das wird nicht nötig sein«, entgegnete Bücheler trocken. »Er wird von unserem Besuch gar nichts erfahren. Niemand wird davon erfahren.«

»Du willst dort einbrechen?« Allzu entsetzt klang Werneths Frage allerdings nicht.

»Igitt! Was für eine schlimme Formulierung. ›Besuch‹ gefällt mir da viel besser. Was ist? Bist du dabei?«

»Das bringt uns in Teufels Küche, Alfons.«

Bücheler war guter Dinge. »In Teufels Küche nicht. Aber vielleicht in Teufels Turmkammer.«

18

Es blieb nicht bei einer zusätzlichen Nacht, in welcher der junge
Brandstifter in seiner Zelle über der Frage grübelte, ob er sein
Wissen über den unbekannten Frauenmörder preisgeben sollte.
Seine Unentschlossenheit quälte ihn auch tagsüber, und er kam
zu keiner Entscheidung. Inzwischen warf er sich selbst vor, dass
die Kioskfrau vermutlich noch am Leben wäre, wenn er rechtzeitig von seiner Begegnung mit dem Mörder in der Markthalle
berichtet hätte. Verschlimmert wurde seine Gefühlslage durch
das spürbar nachlassende Interesse der ermittelnden Kriminalbeamten. Anfangs hatten sie ihn noch stundenlang zu seinen
Taten verhört. Immer die gleichen Fragen gestellt, sich mehrfach seine Geständnisse angehört und sie mit Videokamera und
Mikrofon dokumentiert. Seit ein paar Tagen jedoch ließ sich kein
Polizist mehr bei ihm blicken. Sein Pflichtanwalt, dem gegenüber er seine beiden Begegnungen mit dem Mörder ebenfalls
verschwiegen hatte, erklärte es damit, dass alle Fakten auf dem
Tisch seien und demnächst über den Wegfall von Haftgründen
entschieden werden könne. Allerdings müsse er wegen seiner
Taten mit empfindlichen Folgen rechnen. Die zu erwartende
Gefängnisstrafe würde man zwar vermutlich zur Bewährung
aussetzen. Aber die Konsequenzen hinsichtlich zivilrechtlicher
Forderungen seien beträchtlich. Von großem Vorteil wäre, so
der Anwalt, wenn es irgendwelche strafmildernden Umstände
gäbe, die man in der Gesamtbewertung berücksichtigen könnte.
    Letztlich nahm ihm die Vorstellung, dass der Unbekannte
erneut zuschlagen könnte und er wieder eine Mitschuld daran
tragen würde, die Entscheidung ab.
    Zwei Wochen nach seiner Festnahme bat der junge Mann
um ein Gespräch mit einem Kripobeamten. Sein Hinweis, es sei

äußerst wichtig, sorgte dafür, dass ihm noch am gleichen Tag der Sachbearbeiter der Brandserie in einem kleinen Vernehmungszimmer der Haftanstalt gegenübersaß.

Der Brandstifter begann mit einem Satz, der ihm die ungeteilte Aufmerksamkeit des Polizisten bescherte. »Ich habe den Freiburger Frauenmörder gesehen.« Der unglaublichen Behauptung fügte er eine Ergänzung hinzu, die den zunächst sprachlosen Ermittler unvermittelt nach seinem Handy greifen ließ. »Ich habe ihn zweimal gesehen. Ich würde ihn wiedererkennen.«

Der Anruf erreichte die *Soko Schlinge*, von wo aus über Staatsanwalt Faber-Jung die kurzzeitige Ausführung des Untersuchungshäftlings erwirkt wurde.

Fahnder Helge Michalek und zwei seiner Leute brachten daraufhin den jungen Mann zur Kripo. Jakob Allgeier übernahm im Auftrag von Gisbert Wäscher die Befragung.

Zunächst berichtete der Brandstifter von seiner ersten Begegnung mit dem Unbekannten kurz vor Weihnachten in der Kleingartenanlage. Der Fremde habe ihm aus unerklärlichen Gründen zur Flucht verholfen. Es sei dunkel gewesen. Dennoch hätten sie sich für einen kurzen Augenblick angesehen.

Etwa vier Wochen später sei er dem Mann erneut begegnet. In der Freiburger Markthalle. Dieses Mal habe er ihn so deutlich gesehen, dass er ihn beschreiben könne.

»Würden Sie den Mann wiedererkennen, wenn wir Ihnen ein paar Bilder zeigen?« Da Jakob Allgeier aus dem Vorgespräch die Antwort schon kannte, rief er auf einem Computer schon einmal die Bild-Datenbank mit den erkennungsdienstlich erfassten dreiteiligen Straftäterfotos auf. Soko-Leiter Wäscher hatte zwar großes Interesse an der Personenbeschreibung des Unbekannten geäußert, hielt aber nichts von einer Durchsicht der Täterbilddatei. »Wenn Sie nichts Besseres zu tun haben, Kollege Allgeier, dann von mir aus. Aber Sie verschwenden Ihre Zeit. Der Mörder ist ein unbeschriebenes Blatt.«

Vermutlich hat er recht, dachte Allgeier, aber er glaubte tatsächlich, im Moment nichts Besseres zu tun zu haben. Immerhin klang die Aussage des jungen Häftlings glaubwürdig und war als Spur zumindest so heiß, dass sie aus Allgeiers Sicht vollständig abgeklärt werden musste. Den Brandstifter die Hunderte von Fotos durchsehen zu lassen, erschien ihm aktuell weniger aufwendig als die mühevolle Erstellung eines Phantombildes, das selbst bei gutem Gelingen letztlich doch nur einen Unbekannten darstellen würde.

»Rücken Sie Ihren Stuhl direkt vor den Bildschirm«, wies er den jungen Mann an. »Mit diesen Tasten hier können Sie vor- und zurückblättern.« Allgeier gab den Platz frei und rückte mit seinem Stuhl an die Seite. »Es sind eine Menge Bilder. Aber lassen Sie sich alle Zeit dieser Welt«, mahnte er. »Schauen Sie sich jede Person in aller Ruhe an.« Er lehnte sich zurück und begann in genau dieser Ruhe, sorgsam seine Brille zu putzen, während der Brandstifter – von seinen Zweifeln befreit – sich den ersten Täterlichtbildern widmete.

19

Losgelöst von allen Nöten, in der Hinterhand einen fetten Millionenbetrag, dazu Heidis frische Zusage, in Aussicht auf eine kleine Pferdefarm alles Bisherige hinter sich zu lassen und tatsächlich mit ihm nach Kolumbien auszuwandern, reduzierte Fritz Gerster alle noch zu erledigenden Aufgaben auf seine letzte Mission. Die Mission Monika. Sie sollte die Krönung werden. Monika war die letzte Rechnung, die noch offen war. Danach wäre er restlos von allen Altlasten befreit und könnte mit Heidi ein völlig neues Leben beginnen. Natürlich würde man ihn wieder ins Visier nehmen. Das nahm er in Kauf. Monika Gerster als fünftes Opfer des unbekannten Schlingenmörders würde selbst den schwachsinnigsten Polizisten an keinen Zufall glauben lassen. Aber erstens würde er in Erinnerung an Matteo die Leiche dieses Mal verschwinden lassen, zweitens vorsorglich wieder fremde DNA-Spuren positionieren, und drittens längst über alle Berge sein, wenn man ihn aufsuchen wollte. Über alle Berge und über den Atlantik. Mit falscher Identität, versteht sich.

Er war überrascht, wie einfach es war, an gefälschte Pässe zu gelangen. Das Wichtigste dazu besaß er. Geld. Mit mehreren dreistelligen Argumenten in Gestalt von Hunderteuroscheinen knüpfte er am Hauptbahnhof die entsprechenden Kontakte, die ihn gleich zu mehreren Mittelsmännern führten. Er entschied sich für einen Serben, der üblicherweise in der Schleuserbranche agierte. Den eigentlichen Fälscher, der für die beiden Pässe in bestechender Qualität einen hohen vierstelligen Betrag kassierte, bekam er nicht zu Gesicht.

Fritz Gerster hieß jetzt Raimund Becker, und aus Heidi Bäumel wurde Judith Lehmann. Er hatte sie davon überzeugt, dass ihnen diese »kleine Illegalität« den Rücken freihalten würde, weil – wie er Heidi eindringlich weismachte – »Monika uns bestimmt überall auf dieser Welt das Leben zur Hölle machen wird«. In Gedenken an die Szene auf der Kajo hatte sie zögerlich zugestimmt und ihm ein aktuelles Passfoto von sich überlassen.

Unter den falschen Namen buchte er zwei Flüge nach Bogotá.

»Wieso fliegen wir nicht zusammen?«, fragte Heidi, als sie miteinander telefonierten.

»Aus Sicherheitsgründen.« Seine Antwort klang viel- und zugleich nichtssagend, aber nach seinem Zusatz: »Du fliegst zuerst, ich komme zwei Tage später nach. Wir treffen uns in einem Hotel beim Flughafen«, willigte sie ein. Seiner beiläufigen Bemerkung, wonach er außerdem noch etwas Wichtiges zu erledigen hätte, schenkte sie keine große Beachtung.

»Wir haben noch gut eine Woche Zeit, liebe Judith«, flachste Gerster alias Raimund Becker. »Und vergiss das Handgepäck nicht!«

Seinen ungewöhnlichen Humor konnte Heidi nicht teilen. Zwar freute sie sich über seine neue Unbekümmertheit, auch über das bevorstehende Abenteuer in ihrem bis dahin recht ereignisarmen Leben. Die ganze Aktion machte ihr aber auch Angst. Vor allem das Tempo, mit dem Fritz die Sache anging.

Das Handgepäck, hatte er es genannt. Gemeint war damit der silberfarbene Hardcase-Sicherheits-Trolley, dessen Inhalt etwas mehr als zehn Kilo wog und aus 10.000 fein säuberlich gebündelten Einhunderteuroscheinen bestand. Heidi hatte das als Erbschaft deklarierte Geld nach vorheriger Ankündigung und Einhaltung einer Vorlaufzeit von zwei Tagen bei ihrer Bank abgehoben und anschließend bei dem verblüfften, aber an das Bankgeheimnis gebundenen Filialleiter das Konto aufgelöst.

Beim *Blumenhaus Lembach* meldete Heidi sich krank. Tatsächlich war sie völlig durch den Wind und konnte zwei Tage lang keinen vernünftigen Gedanken fassen. Am dritten Tag und nach einer einigermaßen guten Nacht war sie überraschend klar und bereit, sich der fundamentalen Umwälzung ihres Lebens zu stellen.

Auf Geheiß von Fritz kündigte sie mit sofortiger Wirkung ihre Mietwohnung und beauftragte eine Entrümpelungsfirma mit der sofortigen Auflösung ihres gesamten Haushalts. An Gerda Lembach schrieb sie einen Brief und teilte unter Verzicht auf noch ausstehenden Lohn die fristlose Kündigung ihres Jobs mit. Sie kündigte bei ihrem Stromanbieter, löste ihren Handyvertrag auf und informierte ihre Versicherungen, die Rentenstelle, das Finanzamt, die Post und das Meldeamt von einem bevorstehenden Wechsel ins Ausland und dass die neue Wohnanschrift zu gegebener Zeit mitgeteilt werde. Ihr Auto inserierte sie online und verkaufte es innerhalb einer Stunde für 500 Euro an einen überglücklichen Syrer.

Sie besorgte sich ein Prepaid-Handy, mit dem sie Kontakt zu Fritz halten konnte. Mit einem Koffer des Allernötigsten, dem millionenschweren Hardcase-Trolley und Tine an der Katzenleine fuhr sie mit dem Zug nach Frankfurt, mietete sich unter dem Namen Judith Lehmann in einem Hotel in Flughafennähe ein und fieberte in gänzlicher Ungewissheit ihrem Flug in ein neues Leben entgegen.

Einen derartigen Aufwand hatte Fritz Gerster nicht im Sinn. Einzig seine Zweizimmerwohnung wollte er kurzfristig kündigen. Das Namensschild an der Klingelleiste hatte er bereits entfernt. Ansonsten würde er alles laufen lassen und einfach von der Bildfläche verschwinden. Ritters würden es problemlos verkraften und einen neuen Auslieferungsfahrer einstellen. Seinen Golf wollte er einfach in der Nähe des Hochhauses stehen lassen – selbstverständlich ausgewiesen mit dem sichtbar im Fahrzeug hinterlegten Anwohnerberechtigungsausweis.

Allein über Tom machte er sich ernsthaft Gedanken. Schließlich entdeckte er einen Transportservice, der sich auf den Versand von Haustieren spezialisiert hatte. Er informierte Heidi, die bald darauf in Frankfurt die Transportbox mit dem leicht verstörten Kater entgegennahm. Sie steckte dem freundlichen Hotel-Chefportier ein Trinkgeld zu, mit dem dieser selbst der vorübergehenden Unterbringung eines Elefanten zugestimmt hätte. Toms Verstörung verwandelte sich alsbald in Verzückung. Die liebliche Katzendame, die ihm in der Hotelsuite beim Verlassen der Transportbox mit orange-blinzelnden Augen gegenüberstand, versprühte haargenau den bezaubernden Duft, den die nette Menschenfrau immer mit ins Hochhaus getragen hatte.

So einfach, wie damals Matteo das Problem mit Rosannas Ehemann gelöst hatte, würde es mit Monika nicht werden. Fritz Gerster konnte sie nicht so einfach irgendwo einmauern. Obwohl ihm der Gedanke daran eine gewisse reizvolle Freude bereitete.

Daher priorisierte er die andere, offensichtlich in bestimmten italienischen Kreisen gängige Entsorgungsmethode. Angeblich sollte sie der Verfahrensweise mit Kelle und Mörtel in nichts nachstehen, zumal auch sie ein gewisses maurerhandwerkliches Geschick voraussetzte.

Monika pflegte immer sonntags nach dem Frühstück eine Joggingrunde zu drehen, die sie meist an den Moosweiher im Freiburger Stadtteil Landwasser und in einer Schleife wieder zurück nach Hause führte. Seinerzeit hatte es Gerster ordentlich genervt. Nicht, weil sie joggen ging, sondern weil sie ihn permanent aufgefordert hatte, es ihr gleichzutun, und er nicht die geringste Lust auf unnötige körperliche Betätigung verspürt hatte.

Um diese Jahreszeit herrschte an dem kleinen Gewässer kein Betrieb. Für Gerster war es ohne Zweifel der geeignetste Platz, sich seines letzten Problems zu entledigen.

Um sich davon zu überzeugen, fuhr er am Sonntagmorgen mit öffentlichen Verkehrsmitteln nach Landwasser und spazierte entlang des Weihers, der im Sommer als idyllischer Badesee bei den Einheimischen beliebt war.

Es war kalt, aber trocken. Ein Entenpaar auf dem Wasser wurde auf ihn aufmerksam und erhoffte sich etwas Futter. Das Paar schwamm eine Weile parallel zu Gerster, gab dann aber die Hoffnung auf und drehte ab.

Nachdem er zwei Stunden am Weiher verbracht hatte, waren ihm außer den Enten gerade einmal ein grüßender jüngerer Mann mit Jogginganzug und Hund sowie ein grußloser Mountainbiker begegnet.

Es gab einen kleinen Steg, der bei heißem Wetter sicher zu einem Sprung ins kühle Nass eingeladen hätte. Viel Grün mit Bäumen und dichten Hecken hingegen luden Gerster zur Auswahl einer geeigneten Versteckmöglichkeit ein. Er fand sie gegenüber dem Steg hinter einem üppigen Busch, an dem der unbefestigte Weg haarscharf vorbeiführte.

Gerster bahnte sich einen kleinen Durchgang zwischen dem Gestrüpp und befand die Stelle als sehr geeignet. Gerade als er wieder aus dem Busch heraustreten wollte, näherte sich eine Joggerin. Rechtzeitig duckte er sich zurück und ging in die Knie. Die Enten schnatterten aus der Entfernung.

Den hellblauen Laufanzug erkannte er sofort. Auch die Körperhaltung, das rote Stirnband, der Laufstil – die gesamte Erscheinung ließen keinen Zweifel zu. Es war Monika. Tatsächlich hatte sie ihre Gewohnheit, sich sonntags joggend um den Moosweiher zu schleppen, beibehalten. Gerster hielt den Atem an. In wenigen Sekunden würde sie keine drei Meter entfernt an ihm vorbeilaufen. Es wäre genau die Situation, die er sich wünschte. Die Gelegenheit. Aber der Zeitpunkt passte nicht. Es war definitiv einen Sonntag zu früh. Er hatte weder die Kabelbinder noch die Perlendöschen bei sich, und auch das Beschwerungsmaterial in Gestalt eines Betonklotzes mit eingelassenem Seil war noch nicht vorbereitet und deponiert.

Mit pochendem Herzen, regungslos in seinem Versteck verharrend, ließ er sie an sich vorüberjoggen. Wie unästhetisch, dachte er. Sie keuchte weithin hörbar und hüstelte. Er hasste ihre Geräusche. Sogar solche, die von ihr verursacht wurden, wie das Scharren des Kieses auf dem Weg, wenn sie auftrat. Niemand außer ihr, empfand er, konnte beim Laufen so ein nervig trampelndes Geräusch erzeugen. Sie lief vorbei. Schweißgeruch drang in seine Nase. Er hasste ihn. Sie spuckte auf den Boden und hüstelte wieder. Für einen Moment musste er sich beherrschen, die günstige Gelegenheit nicht doch beim Schopfe zu packen. Er sah ihr nach. Als sie außer Sichtweite war, verließ er sein Versteck. Tief zufrieden beschloss er, gleich am nächsten Tag einen Baumarkt aufzusuchen. Ein Zehnkilosack fertige Schnellbetonmischung müsste genügen. Er passte noch in seinen Rucksack. Einen Tag vor der Aktion würde er ihn am Weiher mit Wasser in einer großen Plastiktüte anrühren und darin ein Seil so eintrocknen lassen, dass dessen anderes Ende an der Leiche befestigt werden konnte. Den Betonklotz würde er im Gebüsch beim Steg deponieren. Als gewichtige Entsorgungshilfe würde der Klotz die Vorarbeit der Kabelbinder vollenden und das letzte quälende Übel im trüben Wasser des Moosweihers versinken lassen. Monika würde für alle Zeiten abtauchen. Oder wenigstens so lange, bis es auch Fritz Gerster nicht mehr geben würde, der dann nämlich als Raimund Becker zusammen mit Judith Lehmann auf einer herrlichen Pferdefarm irgendwo im fernen Südamerika sein neues, sorgenfreies Leben genoss.

Seine Glückseligkeit reichte so weit, dass er sich im Geiste gleich in allen dreien seiner Idole verkörpert fühlte. Mit dem mutigen Tom Sawyer, weil er furchtlos all seine Probleme einfach beseitigte. Mit dem frechen Kobold Pumuckl, weil er sich ab sofort nichts mehr gefallen ließ. Und schließlich mit dem sorglosen Hans im Glück, nach dessen Vorbild er sein bisher ballastreiches Dasein einfach in einem tiefen Brunnen – respektive Weiher – versenken und gegen ein luftig leichtes Leben mit Heidi eintauschen würde.

20

Sie warteten die Dunkelheit ab, was aufgrund der Jahreszeit nicht allzu schwierig war. Jahrzehntelange Erfahrung als Ermittler machte es ihnen leicht, sich in die Lage von Einbrechern zu versetzen. Aus dem unauffällig zwischen anderen Fahrzeugen geparkten Auto beobachteten Alfons Bücheler und Josef Werneth aus geeigneter Entfernung, was sich auf dem Gelände des *Blumengroßhandels E. Ritter* so tat.

Viel war es nicht, denn kurz nach Feierabend brannte nur noch Licht im Erdgeschoss des ehemaligen Fabrikhaupthauses, in dem sich nun die Büroräume von Ritters befanden. Schon bald ging auch dieses Licht aus und wurde durch eine schwache Nachtbeleuchtung, die über das ganze Areal verteilt war, ersetzt.

Ein jüngerer Mann verließ zusammen mit einer Frau das Bürogebäude. Sie verabschiedeten sich per Handschlag und stiegen in zwei Autos. Die Frau fuhr vom Firmengelände und entfernte sich Richtung Stadtmitte. Der Mann hielt nach dem Tor noch einmal an, verschloss es und fuhr ebenfalls davon.

»Das müsste Ritter junior gewesen sein«, vermutete Bücheler, »und die Frau die Büroangestellte.«

»Wenn er sich an die Regel gehalten hat, dass ein braver Chef als Letzter das Haus verlässt, dann dürfte jetzt niemand mehr auf dem Areal sein.« Werneth lümmelte auf dem Beifahrersitz, hatte aber immer noch große Bedenken. »Willst du jetzt wirklich da rein? Nur wegen diesem alten Fetzen Papier?«

»Ich wusste nicht, was für ein Schisser du bist«, spöttelte Bücheler, »kannst ja hierbleiben. Dann geh ich alleine.«

»Das könnte dir so passen. Nein, ich komme mit. Aber was du dir davon versprichst, ist mir schon ein Rätsel.«

Wenig später schlichen sie am Zaun des Areals entlang und suchten eine günstige Stelle. Sie fanden sie an einer wenig ausgeleuchteten Ecke im Schutz einer großen Akazie.

»Komm! Wie früher!«, forderte Bücheler seinen Komplizen auf und faltete die Hände zu einer Baumleiter.

»Lass stecken«, sagte Werneth und war im nächsten Augenblick mit geschickten Kletterzügen auf der anderen Seite des Zauns. Bücheler tat es ihm nach, und beide grinsten sich im Dämmerlicht zu.

Das Kesselhaus war dominant und trotz funzeliger Beleuchtung nicht zu übersehen. Zu ihrer Überraschung war es nicht verschlossen.

»Ja sieh mal einer an!«, frohlockte Bücheler. »Wir brauchen gar nicht einzubrechen!«

Vorsichtig betraten sie die Halle. Als sie die Tür hinter sich zugezogen hatten, wagten sie, die Taschenlampen ihrer Handys einzuschalten. Sofort entdeckten sie die alte Stahltreppe, die hinauf zur Empore mit dem längst aus dem Betrieb genommenen Dampfkessel führte.

»Laut Beschreibung in den Akten muss das Zimmer da oben sein«, flüsterte Bücheler, »komm!«

Sie schlichen hoch. Die Tür war angelehnt. Der Fußboden knarrte beim Betreten der kleinen Turmkammer. Der Handylichtschein erfasste den ramponierten Sessel, die Kommode, das Beistelltischchen. Die alte Fabrikuhr tickte leise. Niemand war zu sehen.

»Lass uns das Licht einschalten«, schlug Bücheler vor. »Das ist weniger auffällig als das flimmernde Handylicht.«

Werneth war einverstanden. Die verstaubte Glühbirne, die lose in ihrer nostalgischen Keramikfassung von der Decke herunterbaumelte, brachte kaum mehr Licht, aber alles war gut zu erkennen.

»Da liegen sie.« Werneth zeigte auf das Beistelltischchen, auf dem mehrere Bücher übereinandergestapelt lagen. »Du sagtest doch, dass das Ticket irgendwo als Lesezeichen steckt.«

Sie mussten nicht suchen. Jakob Allgeier hatte Martin Suters Roman *Allmen und der rosa Diamant* oben auf den Stapel gelegt, nachdem er das Fährticket fotografiert und zurück an seine Lesestelle gesteckt hatte. Mit zwei Ecken lugte es an der Oberseite des Taschenbuches hervor. Alfons Bücheler schlug die Seite auf, nahm es heraus und drückte Werneth das Buch in die Hand. Während Bücheler das Ticket inspizierte, überflog Werneth mehr beiläufig die Zeilen der aufgeschlagenen Seiten. »Ich hab das Buch mit dem kleinen rosaroten Elefanten gelesen«, sagte er, »das stammt vom gleichen Autor, meine ich.«

»Ich bin nicht so die Leseratte«, räumte Bücheler ein und sah sich im Turmzimmer um. Er öffnete die Kommode, aus der ihm allerdings nur modriger Geruch entgegenkam. Ein paar verstaubte Zeitschriften, leere Getränkedosen und reichlich Mäusedreck weckten sein Interesse nicht sonderlich. Dafür eher schon Werneths Gesichtsausdruck, der vermuten ließ, dass er irgendetwas Außergewöhnliches in dem Buch entdeckt hatte. Geradezu vertieft schien er in das Buch zu sein. Aber er blätterte nicht um, stand da und las offenbar immer die gleiche Stelle.

»Alles in Ordnung mit dir?«, erkundigte sich Bücheler, aber sein Freund antwortete nicht, sondern ging mit dem aufgeschlagenen Buch in der Hand zum geschlossenen Fenster und ließ seinen Blick über das Kesselhausdach hinüber zum kopflosen Turm schweifen. »Das Lesezeichen steckte hier vielleicht nicht zufällig«, sagte er endlich und drehte vorsichtig am Fenstergriff.

»Lesezeichen stecken nie zufällig irgendwo«, bestätigte Bücheler, »sie stecken dort, wo jemand irgendwann weiterlesen möchte.«

»Oder dort, wo jemand plötzlich mit dem Lesen aufgehört hat.«

»Kommt das nicht auf dasselbe heraus?« Bücheler konnte Werneths Gedanken nicht folgen.

»Nicht unbedingt. Es kann ja sein, dass einem das, was man gerade liest, zu einer Idee verhilft, verstehst du? Zu einer guten Idee, nach der man vielleicht schon eine Weile gesucht hat und die

nicht länger warten kann. Und was macht man in dem Moment?«
Werneth hielt kurz inne, gab aber die Antwort sogleich selbst.
»Man unterbricht das Lesen, legt ein Zeichen ein und klappt
das Buch zu.«

»Ich kapier gerade gar nichts«, gestand Bücheler.

»Darf ich dir etwas vorlesen?«, fragte Werneth und trat mit
dem Buch direkt unter die Glühbirne.

»Ich weiß nicht, ob das der richtige Ort und Zeitpunkt dafür
ist.«

Werneth ignorierte ihn. »Hör zu! Hier, Seite 161: ›Carlos versah das Paket mit einer langen Schnur und ging damit in sein
Schlafzimmer, dessen Mansardenfenster der Villa abgewandt war.
Carlos stieg aufs Dach. Er kletterte an den Schneefangvorrich-
tungen bis zum Kamin hinauf, schob das Paket hinein und ließ
es ein paar Meter den Kamin hinunter. Er befestigte die Schnur
und kletterte zurück zu seinem Schlafzimmerfenster.‹«

Aufmerksam hatte Bücheler zugehört und sah jetzt zum Fenster. »Du meinst …?«

»Ja, das meine ich!«

»Sein Versteck?«

»Den Versuch wäre es zumindest wert. Nachsehen kostet
nichts.«

»Eine verwegene Theorie. Du willst übers Dach zum Kesselturm balancieren? Im Dunkeln?«

»Wer ist jetzt gerade der Schisser von uns beiden?«

»Einverstanden«, sagte Bücheler und wollte zum Fenster. Ein
Geräusch aus dem Kesselhaus ließ ihn verharren. Es kam von
der Stahltreppe, die immer leicht schwang, wenn jemand sie
benutzte. Erstarrt sahen beide sich an. Werneth legte das Buch
zurück auf das Beistelltischchen. Bücheler steckte das Fährticket
hastig in seine Tasche. In der kleinen Kammer gab es keine Möglichkeit, sich zu verstecken. Sie konnten nur abwarten. Schritte
kamen näher. Langsam wurde die Tür des ehemaligen Dampf-
kesselkontrollraumes aufgeschoben.

21

Mit großer Genugtuung beendete Monika das Telefonat. Der Polizeibeamte am anderen Ende der Leitung hatte sein Bedauern darüber zum Ausdruck gebracht, dass das gestohlene Schmuckstück bei einer Durchsuchung in der Wohnung ihres getrennt lebenden Ehemanns leider nicht hatte aufgefunden werden können. Auch für ihren angezeigten Verstoß gegen das Tierschutzgesetz hätten sich bei dem Ortstermin im Hochhaus keine erkennbaren Anhaltspunkte feststellen lassen. Man werde die Sache zwar weiter im Auge behalten und der Staatsanwaltschaft die entsprechenden Anzeigen vorlegen. Vermutlich jedoch würde das Verfahren gegen ihren Mann mangels hinreichendem Tatverdacht eingestellt werden.

Monika hatte Entrüstung vorgeheuchelt, aber sich insgeheim ins Fäustchen darüber gelacht, dass Fritz Gerster tatsächlich Besuch erhalten und offensichtlich ordentlich Schwierigkeiten bekommen hatte.

In ihrer Freude über ihren gelungenen Coup beschloss sie, sich am Wochenende eine ausgedehnte Shopping-Tour durch Freiburg zu gönnen und sich mal wieder neu einzukleiden. Von ihrem Katzen abgeneigten Partner, der in Bequemlichkeit seinem Vorgänger in nichts nachstand, hatte sie sich getrennt. Ziehe ich denn nur gottverdammte Langweiler an, hatte sie sich gefragt, und dem sportresistenten Fritz-Gerster-Nachfolger kurzerhand den Laufpass gegeben. Seither joggte sie auch sonntagmorgens wieder um den Moosweiher, anstatt nach einem zweistündigen wortlosen Frühstück für den Rest des Tages seine tatenlose Trägheit ertragen zu müssen.

Ja. Sie würde das anstehende Wochenende in vollen Zügen genießen!

22

Es war schwer zu sagen, wer über den Anblick des anderen mehr überrascht war. Im trüben Licht der Deckenfunzel standen sie sich in dem kleinen Turmzimmer gegenüber. Alfons Bücheler und ein Fremder. Für Josef Werneth war es ein Fremder. Bücheler hingegen schien ihn zu kennen. Noch verblüffter als die beiden, vernahm Werneth die einsilbige Konversation zwischen seinem Kumpel und der Person in der Tür.

»Du?«, fragte der eine.

»Du?«, antwortete der andere.

Zu der allerseits befürchteten Eskalation, wenn vermeintliche Einbrecher auf den vermeintlich nach Hause zurückkehrenden Wohnungsbesitzer treffen, kam es nicht, was in erster Linie daran lag, dass die beiden Einbrecher keine Einbrecher waren und der Fremde auch nicht der Bewohner der Kammer war.

»Bücheler?«

»Michalek?«

So erstaunt Alfons Bücheler über das Auftauchen des Soko-Fahnders war, umso erleichterter war er, dass nicht Fritz Gerster sie im Kesselhaus ertappt hatte.

Auch die nächste Frage teilten sich die beiden. »Was machst du denn hier?«

Bevor einer antworten konnte, schaltete der verdutzte Werneth sich ein. »Man kennt sich offenbar? Es wäre nett, wenn man mich auch mit dem jungen Herrn bekanntmachen würde.«

Bücheler klärte Werneth auf und stellte ihn als »absolut vertrauenswürdigen Kollegen« vor. Dieser drängte auf die Beantwortung seiner Frage.

In der angesichts der Situation gebotenen Kurzversion fasste Bücheler ihre Erkenntnisse aus der Italienreise zusammen, von der Michalek leicht erahnen konnte, dass das alte Fährticket der Anlass gewesen war. Büchelers Bericht enthielt allerdings bewusste Lücken. So verschwieg er den eingemauerten Gregor Wegscheidt genauso wie Josef Werneths abenteuerlich herbeikombinierte These, wonach Gersters Tatmittel jenseits des Daches im stillgelegten Kesselturm verborgen sein könnten.

»Und was treibt dich in die Illegalität«, fragte Bücheler in Anspielung auf die Tatsache, dass auch Michalek über Ritters Zaun gestiegen sein musste.

»Genau genommen: Wäschers Ignoranz. Angefangen von eurem offenbar dringenden Anruf aus Italien, von dem mir Diana Schulz erzählt hat, bis hin zur Missachtung der Aussage des Serienbrandstifters.«

»Was hat der Brandstifter mit den Morden zu tun?« Werneths Verwirrung wurde nicht besser.

»Eigentlich nichts. Abgesehen davon, dass er dem Mörder zweimal begegnet ist und ihn jetzt bei einer Lichtbildvorlage wiedererkannt hat.«

»Nein!« Dieses Mal teilten sich Bücheler und Werneth den Text. »Fritz Gerster?«

»Fritz Gerster.«

»Aber Wäscher ignoriert es?«

»Er sagt, bevor er einem lausigen Brandstifter glaubt, glaubt er lieber den DNA-Spuren an den Tatorten. Und die stammen definitiv nicht von Gerster.«

Plötzlich verriet das schwingende Geräusch der Stahltreppe erneut, dass sich jemand vom Kesselhaus her näherte. Die drei erschraken und sahen sich ratlos an. Jetzt konnte es eigentlich nur noch Gerster selbst sein, der auf dem Weg in sein Turmzimmer war. Es gab nur eine Möglichkeit, der Begegnung auszuweichen: durchs Fenster auf das direkt anschließende Dach.

Bücheler öffnete es und stieg hinaus. Bevor die beiden anderen folgen konnten, hallte es laut durch das Kesselhaus. »Polizei! Kommen Sie mit erhobenen Händen heraus! Das Gebäude ist umstellt!«

»Verfluchte Rotzgranatenscheiße!«, wetterte Michalek und fuhr sich mit beiden Händen durch die Haarmähne.

»Wäre dir Gerster lieber gewesen?«, fragte Bücheler.

»Ich bin für ergeben«, schlug Werneth trocken vor und bewegte sich Richtung Tür. Im nächsten Augenblick wurde sie aufgestoßen, und zwei blendende *Maglite*-Taschenlampen leuchteten ihnen entgegen. Instinktiv duckte sich Bücheler draußen auf dem Dach unter dem Fenster an die Wand. »Polizei! Hinlegen! Hände auf den Rücken! Sofort!« Es waren unmissverständliche Aufforderungen. Sie kamen von zwei uniformierten Polizisten. »Hinlegen!«, schrien sie noch einmal in voller Lautstärke.

Michalek und Werneth gehorchten notgedrungen. Bücheler nicht, was hinsichtlich des nach beiden Seiten steil abfallenden Daches eine kluge Entscheidung war. Regungslos verfolgte er aus seinem luftigen Versteck, was drinnen vor sich ging. Er hörte, wie Helge Michalek, am Boden liegend, den berühmten Satz bemühte, mit dem auf frischer Tat ertappte Seitenspringer ihre Partner besänftigen wollen. »Es ist nicht so, wie es aussieht, ich kann alles erklären!«

Die beiden uniformierten Polizisten hatten kein Interesse an einer Erklärung. »Schnauze! Liegen bleiben!«, befahl der eine mit gezückter Pistole und tief durchdringender Stimme, während Bücheler den anderen flüstern hörte und dem flehentlichen Ton entnahm, dass das Kesselhaus keineswegs umstellt war. »Wo bleibt denn die verdammte zweite Streife?«

Zwei Paar Handschellen wurden gezückt. Die reichen eh nicht für drei, dachte Bücheler und verharrte in seiner Deckung. Als Erstes fixierten die Polizisten den langhaarigen Michalek, dessen Beteuerung, dass er ein Kollege sei, unkommentiert ignoriert wurde. Mit dem zweiten Paar Handschließen bedachten sie Josef Werneth.

»Aufstehen! Keine Mätzchen!«, lautete der nächste Befehl. Das Warten auf Verstärkung dauerte ihnen offenbar zu lange.

»Langsam vor uns hergehen! Die Treppe hinunter! Keine Faxen!«

Der Boden knarrte. Vom Dach aus wagte Bücheler vorsichtig einen Blick über das Fensterbrett. Die Hände jeweils auf dem Rücken geschlossen, sah er Werneth und Michalek hinausschleichen, gefolgt von den zwei Polizisten. Der Flüsterer hielt kurz inne, drehte sich um und sah zum Fenster. Erschrocken duckte Bücheler sich nieder. Kurz darauf vernahm er das Schwingen der Stahltreppe und gleichzeitig rasch näherkommende Martinshörner. Blaulichter fackelten durch die Nacht heran. Ein kalter Wind pfiff über den First, der Kesselhaus und Kesselturm miteinander verband.

Eine Weile würde er hier schon noch durchhalten müssen. Vorsorglich zog er von außen das Fenster zu. Die Blaulichter hatten das Ritter-Areal erreicht. Die Martinshörner verstummten. Stimmen drangen herauf. Manches konnte er verstehen. Von einem Spaziergänger mit Hund war die Rede, der Licht gesehen und die Polizei verständigt hatte.

»Nein, da ist niemand mehr«, hörte er den Beamten mit der tiefen Stimme sagen. »Die waren nur zu zweit.«

23

»Wir haben einen Treffer in der Datenbank.« Klaus Tränkles gewichtiger Satz unter vier Augen ließ für wenige Momente das Gesicht Gisbert Wäschers passend zum Glanz seiner fett gegelten Haare aufleuchten. Ungläubig zwar, weil es seiner These vom bislang unbescholtenen Frauenmörder nicht entsprach. Aber dennoch voller Freude, weil die nun offenbar kurz bevorstehende Aufklärung der Mordserie unter seiner Verantwortung stand und ihm höchste Anerkennung verschaffen würde.

Allerdings schlief dem Leiter der *Soko Schlinge* bei Tränkles näheren Erläuterungen sein eben noch strahlendes Gesicht augenblicklich ein und erbleichte binnen Sekunden in einer beängstigend aschfahlen Blässe.

»Leider handelt es sich nicht um eine Straftäterdatei, sondern um eine Datenbank mit internen Datensätzen.«

»Mit internen Datensätzen?«, wiederholte der irritierte Wäscher.

»Die Datenbank, in der Bedienstete der Polizei mit ihrer DNA erfasst sind. Entweder auf freiwilliger Basis oder verpflichtend, wenn sie zum Beispiel im Bereich der Spurensicherung oder Spurenauswertung tätig sind. Aus den Lehren des Wattestäbchen-Skandals …«

»Jaja«, unterbrach ihn Wäscher barsch. »Ersparen Sie mir solche Belehrungen, Kollege! Ich kenne diese Datenbank!«

Klaus Tränkle blieb ruhig.

»Wer, verdammt nochmal, hat diese Maßnahme angeordnet?«

»Spielt das eine Rolle? Ich weiß jedenfalls, wer sie *nicht* angeordnet hat.« Der nüchterne Seitenhieb wirkte entwaffnend und ließ Klaus Tränkle in seinem Bericht fortfahren. »Die Treffermeldung betrifft tatsächlich keine unachtsame Verpackungsmitarbeiterin wie damals beim Wattestäbchen-Skandal.«

»Sondern?«

»Sondern einen Kollegen der Kriminaltechnik.«

Wäschers Gedanken fuhren Karussell. Nervös strich er über seine zusammengeklebten Haare.

»Es handelt sich genau genommen um einen Kollegen unserer Kriminaltechnik.«

»Der unsauber gearbeitet hat?«, ergänzte Wäscher mutmaßend.

»Wenn es so einfach wäre«, entgegnete Tränkle.

»Was soll das heißen, wenn es so einfach wäre? Ist er am Ende der Täter, oder was?«

»Nein, der Täter ist er natürlich nicht. Er hat auch ein ausgezeichnetes Alibi. Zumindest für die beiden letzten Morde.«

»Was soll das wieder heißen?«

Die eher unpassende Ironie nahm Tränkle zugunsten zusätzlicher Verwirrung seines ungeliebten Vorgesetzten in Kauf. »Er hat ein noch besseres Alibi als seinerzeit der inhaftierte Stadtstreicher Dosch. Er war zur Tatzeit nämlich bereits tot.«

Das Gastspiel des auf die Koordinierung von Sonderkommissionen spezialisierten Kriminaloberrats Gisbert Wäscher endete so abrupt, wie es begonnen hatte. Das zeitliche Versäumnis, interne Datenbanken parallel zu den laufenden Ermittlungen nicht abgeklopft zu haben, wurde ihm zur Last gelegt. Der Polizeipräsident und der Innenminister waren sich in diesem Punkt ausnahmsweise einig. Besonders schwer wog dabei die Spekulation, dass womöglich die beiden letzten Morde hätten verhindert werden können, wenn der Datenabgleich früher erfolgt wäre.

Freilich wusste man nicht, wie die DNA des verstorbenen Polizisten Hansjörg Schubert in Gestalt von Hautschuppen und Haaren an die beiden Frauenleichen gelangt war. Aber durch die Übereinstimmung der Tatortspuren mit der DNA eines Polizeibeamten, der an den Fällen überhaupt nicht mitgearbeitet hatte, stand fest, dass mit den Spuren etwas nicht stimmte.

»Ich muss Ihnen nachträglich meinen Respekt aussprechen, Kollege Allgeier«, sagte Merle Trautmann im Kreise der alten Soko-Spitze. »Sie hatten schon bei Doschs Festnahme gesagt, dass mit dem Haar etwas faul ist.«

Nach dem Abgang Wäschers, der seine beiden Sonderermittler gleich mit zurück nach Stuttgart nahm, hatte man ihr die Leitung der *Soko Schlinge* wieder übertragen.

»Definitiv führt uns der Mörder an der Nase herum«, sagte Allgeier und drückte passend dazu seine Brille zurecht.

»Somit sind wieder alle Spuren interessant, die wir bisher ausgeschlossen haben«, bestätigte Klaus Tränkle Allgeiers Feststellung.

»Zum Beispiel auch dieser Blumenauslieferer?«, warf Jochen Haag in die Runde.

Allgeier schüttelte den Kopf. »Gerster ist sauber. Er hat zwar eine ordentliche Vollmeise, aber auch ein lupenreines Alibi für den letzten Mord am Kiosk. Und es dürfte ja feststehen, dass alle Taten vom gleichen Täter begangen wurden.«

»Welche Möglichkeiten gibt es, bei denen der Mörder sich in den Besitz von fremden Schamhaaren bringen konnte?« Merle Trautmann verzog bei ihrer Frage das Gesicht, was darauf hindeutete, dass sie sich die eine oder andere Möglichkeit gerade vorstellte.

»Bei den Haaren hab ich schon meine Mühe«, räumte Jochen Haag ein und zupfte an seinem Rollkragenpulli, »aber was Schuberts Hautschuppen unter den Fingernägeln der toten Kioskfrau zu suchen haben – dazu fehlt mir jegliche Fantasie.«

»Vielleicht hat ja unser fantasievoller Kollege Michalek eine Idee«, sagte Merle Trautmann und schaute suchend in die Runde. »Wo steckt der eigentlich?«

Diana Schulz wusste es. In wenigen Worten schilderte sie den Vorfall, der zur vorläufigen Festnahme des Fahnders geführt hatte.

»Ist der noch bei Trost? Was hatte er auf dem Gelände von Gersters Arbeitgeber zu suchen?«

»Er war nicht alleine. Ein Polizeipensionär wurde mit ihm zusammen festgenommen.«

»Alfons Bücheler?«, rief Merle Trautmann entrüstet.

»Nein. Josef Werneth. Früher bei Rauschgift.«

»Ja sind jetzt eigentlich alle übergeschnappt?«

»Michalek sagt, sie seien rein zufällig dort vorbeigekommen und hätten Licht bemerkt und Einbrecher vermutet.«

»Der hat sie doch nicht mehr alle!«

»Sie sind beide wieder auf freiem Fuß. Ritters sagen, im alten Kesselhaus gäbe es ohnehin nichts zu stehlen. Sie meinen, dass es vielleicht ein Obdachloser war, der ein Dach über dem Kopf gesucht hat.«

Merle Trautmann war sichtlich zornig. »Solche eigenmächtigen Sperenzchen mag ich überhaupt nicht! Michalek soll sich unverzüglich bei mir melden! Dem werde ich etwas erzählen!«

Eine Stunde später stand Helge Michalek im Büro der Soko-Leiterin. Ohne ihm Platz anzubieten, fuhr sie ihn grußlos an. »Man müsste Sie auf der Stelle degradieren, Michalek! Was haben Sie sich bloß dabei gedacht?«

Zur Fortsetzung des dienstlichen Rüffels kam es allerdings nicht. Denn der eigenwillige Fahnder kam ihr mit einer Neuigkeit zuvor. »Ich weiß, dass Sie mich in den Senkel stellen müssen wegen der Kesselhaus-Sache. Doof gelaufen, gebe ich zu. Aber ich habe in anderer Sache etwas Interessantes herausgefunden.«

»Was für eine andere Sache? Sind Sie noch irgendwo anders unberechtigt eingedrungen?«

»Nein, keine Sorge. Aber wie Sie wissen, musste man unter Wäschers Führung ja zwangsläufig ein wenig auf eigene Faust ermitteln. Und da bin auf etwas gestoßen, was uns vielleicht weiterbringt.«

Merle Trautmann behielt ihren strengen Blick bei, bot ihm aber jetzt Platz an und setzte sich gleichfalls. »Ich höre.«

Michalek lümmelte sich in den Stuhl vor ihrem Schreibtisch. »Es geht um den Kollegen Schubert.«

»Was ist mit ihm?«

»Ein Kopfhaar neben der Leiche der Kioskfrau. Ein Schamhaar in ihrer Unterwäsche. Seine Hautschuppen unter ihren Fingernägeln. Dazu seine DNA am Hosenbund der Politesse und an einem abgerissenen Teil eines Tathandschuhs.«

»Das ist alles bereits bekannt, Michalek. Worauf wollen Sie hinaus?«

»Schubert war tot, als die beiden Frauen ermordet wurden.«

»Auch das wissen wir.«

»Jemand hat also zuvor seine DNA eingesammelt und an den Tatorten platziert, um uns zu verarschen.«

»Wenn man es so ausdrücken möchte. Weiter?«

»Zu Lebzeiten wird das schlecht möglich gewesen sein«, fuhr Michalek fort. »Man verliert vielleicht ein Kopfhaar, das ein anderer einsammelt. Vielleicht auch ein Schamhaar. Aber wenn mir jemand die Haut abkratzt, hätte ich da schon etwas dagegen. Es sei denn, ich bin schon tot. Aber auch dann könnte man es noch nachträglich feststellen. Spurentechnisch, meine ich.«

»Nachträglich? Um das nachzuweisen, bräuchten wir Schuberts Leiche«, sagte Merle Trautmann, noch unbeeindruckt von Michaleks Bericht, »aber bekanntlich wurde sie eingeäschert. Wir waren ja alle bei der Trauerfeier dabei.«

»Falsch.« Helge Michalek ließ das Wort wirken.

»Falsch? Was daran ist falsch?«

»Hansjörg Schubert wurde nicht eingeäschert. Er wurde beerdigt. Ganz traditionell in einem Holzsarg unter die Erde gebracht. Man könnte sagen: wie er leibt und lebte.«

»Lassen Sie doch Ihre Sprüche!« Merle Trautmann sah gespannt über den Schreibtisch. »Wie kommen Sie darauf, dass er nicht eingeäschert wurde?«

»Nun ja. Wie Sie wissen, war ich ja Gast bei den Kollegen auf dem Polizeirevier.«

»Gast? Man hat Sie festgenommen.«

»Ja schon. Aber das hat sich inzwischen geklärt. Die Kollegen waren sehr freundlich, und man ist miteinander ins Gespräch gekommen. Wir haben uns natürlich auch über die Frauenmorde unterhalten. Einer der Kollegen wusste sogar schon, dass wir Schuberts DNA an zwei Tatorten identifiziert haben. Und bei der Gelegenheit habe ich erfahren, dass er gar nicht verbrannt wurde.«

»Wie das?«

»Kurz nach der Trauerfeier hat seine Witwe wohl eine Art Testament von ihm gefunden. Von dem sie nichts wusste. Er muss es kurz vorher verfasst haben, weil er wegen seiner Herzgeschichte wohl irgendwie eine böse Vorahnung hatte.«

»Und daraufhin hat Frau Schubert die Feuerbestattung abgeblasen?«

»Richtig. Ihr Mann hatte verfügt, doch lieber konventionell beerdigt zu werden – entgegen den Gesprächen, die das Ehepaar bis dahin über das Thema geführt hatte.«

Merle Trautmann wurde ganz aufgeregt. »Das bedeutet, wir könnten theoretisch versuchen, an der Leiche nach Spuren zu suchen?«

Michalek lehnte sich genüsslich zurück und fuhr sich in seiner typischen Geste mit beiden Händen durch die gerade zopflose Mähne. »Ich würde es nicht theoretisch versuchen, sondern rate dringend zur praktischen Umsetzung!«

»Wir bräuchten einen Beschluss zur Exhumierung. Denken Sie auch an die Belastung für die Angehörigen. Das muss gut überlegt sein.«

»Eine Abwägung ist nicht erforderlich«, erklärte Michalek unbeirrt. »Sie verbietet sich sogar. Es gibt nämlich einen zusätzlichen Umstand, der die Exhumierung geradezu zwingend verlangt.«

»Welchen zusätzlichen Umstand?«

»Bei den Gesprächen mit den Kollegen des Reviers habe ich auch erfahren, dass es eine Strafanzeige gegen Unbekannt gibt. Eine Anzeige wegen eines etwas merkwürdigen Einbruchs. Das Verfahren wurde sofort zu den Akten gelegt, zumal nichts gestohlen wurde und nur geringer Sachschaden an einer Tür entstand.« Michalek genoss es, sein Wissen möglichst lange zurückzuhalten. »Und jetzt dürfen Sie raten, wann und wo der Einbruch stattgefunden hat.«

Merle Trautmann hielt es nicht mehr hinter ihrem Schreibtisch. Sie stand auf und stellte sich direkt vor ihren Kollegen. »Nun spucken Sie es schon aus, Michalek, und spannen Sie mich nicht auf die Folter!«

»Jemand hat die hintere Tür zum Krematorium aufgebrochen und sich darin aufgehalten. Sich womöglich an den Särgen zu schaffen gemacht. Zu klauen gibt es da ja eigentlich nichts. Es sei denn …«

Jetzt war es Merle Trautmann, die sich mit den Händen durchs Haar fuhr. »Unfassbar! Das ist unglaublich! Darf ich raten, wann der Einbruch begangen wurde?«

»So läuft das Spiel«, grinste Michalek. »Der gewissenhafte Friedhofsverwalter wusste es auf den Tag genau.«

»Der Tag von Schuberts Trauerfeier?«

»Bingo!«

Merle Trautmann stieß mit geballter Faust ein kurzes »Ja!« aus und klopfte ihrem Fahndungsleiter spontan auf die Schulter. »Man sollte Sie nicht degradieren, Michalek«, sagte sie augenzwinkernd, »man sollte Sie auf der Stelle befördern!«

24

Über eine Stunde hatte Alfons Bücheler auf dem schmalen Dachfirst zwischen Kesselhaus und Turm ausgeharrt. Erst als auf dem Gelände Ruhe eingekehrt war und vor Kälte die Finger steif und die Ohren rot zu werden drohten, hatte er sich zurück in die Turmkammer gewagt und war kurz darauf im Schutz der Dunkelheit über den Zaun hinausgeklettert.

Fünf Tage waren seither vergangen. Nur ein Mal hatte er in dieser Zeit kurz mit seinem Komplizen Josef telefoniert. Beide hatten sich gegenseitig versichert, dass alles in Ordnung sei. Doris Werneth hingegen war da anderer Meinung. Sie fand es überhaupt nicht in Ordnung, dass sie ihren Mann auf dem Freiburger Polizeirevier hatte abholen müssen. Eine außergewöhnliche Standpauke war die Folge gewesen und ein mehrtägiges Umgangsverbot mit dem »derzeit schlechten Einfluss« namens Alfons Bücheler, dessen illegales Engagement ihr jetzt doch entschieden zu weit ging.

Auch er, Alfons, hatte sich erklären müssen, weil Doris natürlich seine Kathy informierte. Weil er aber dem polizeilichen Zugriff entkommen war und er Kathy gegenüber den Einsatz als Teil seines Jobs als Ermittlungsassistent verharmloste, hatte die abgebrochene Aktion für ihn keine Konsequenzen. Allerdings lag auf der Hand, dass er sie nun alleine zu Ende bringen musste. Je länger er über Werneths Vermutung nachdachte, wonach Beweismittel im stillgelegten Kesselturm gebunkert sein könnten, desto überzeugter war er von dieser Möglichkeit.

Er wartete das Wochenende ab. Die naheliegendste Option, leuchtende Taschenlampen nicht auffallen zu lassen, war, die Aktion bei Tageslicht durchzuführen.

Als harmloser Spaziergänger mit schmalem grauem Opa-Hut getarnt, schlenderte er lässig an der Einfriedung der Firma *E. Ritter* entlang. Als die Luft rein war, schwang er sich an der gleichen Stelle wie beim letzten Mal über den Zaun und hastete zum Kesselhaus. Trotz des Vorfalls vor ein paar Tagen war es wieder nicht verschlossen.

Über die schwingende Eisentreppe begab er sich zur Empore und von dort ins Turmzimmer. Am Fenstersims fielen ihm relativ frische Ölspritzer auf. Sie bestärkten ihn in seinem Verdacht.

Er öffnete das Fenster, sah in den Hof hinunter und schätzte die Lage ein. Sie war optimal. Niemand käme auf die Idee, von dort unten hochzusehen. Unbeobachtet konnte man über das Dach zum Turm gelangen. Es wäre tatsächlich die ideale Stelle für ein Versteck.

Bücheler legte seinen Hut aufs Fenstersims, stieg hinaus und setzte sich einem Reiter gleich so auf den First, dass die Beine rechts und links herunterbaumelten und gleichzeitig guten Halt gaben. So robbte er, mit den Armen unterstützend, langsam hinüber zum kopflosen Kesselturm. Rasch hatte er ihn erreicht. Er zog sich am alten Gemäuer des Turms hoch und blickte in Brusthöhe ins Innere von Ritters *Hohlem Zahn.*

Das schmale Seil entdeckte er sofort. Es war an einem Ende mit einer übrig gebliebenen stählernen Steighilfe im Innern des Turms verknotet und hing nach unten. Das andere Ende war um ein rechteckiges Behältnis geschwungen, das einer großen verschließbaren Blechdose ähnelte. Genau konnte er es nicht erkennen, da es gut zwei Meter tief im dunklen Schacht hing.

Nun entdeckte er auch ein zweites Seil. Es war etwas weiter unten an der nächsten inneren Steighilfe befestigt und hielt eine zusammengebundene, offenbar prall gefüllte Tragetasche eines großen schwedischen Möbelhauses, die unterhalb des rechteckigen Behälters an der Kamininnenseite hing. An einem dritten Seil hing eine alte Ledertasche.

Büchelers Herz klopfte bis zum Hals. Werneths Vermutung schien sich zu bestätigen. Was sollte anderes in dem Behältnis und der Tragetasche sein als die erhofften Beweismittel? Gleich würde er Gewissheit haben. Er beugte sich kopfüber in den Kamin, um mit beiden Händen das erste Seil hochzuziehen. Wäre er noch im Turmzimmer gewesen, hätte er das schwingende Geräusch der Stahltreppe gehört. Ob es an seiner Situation etwas geändert hätte, war fraglich.

Mit vor Wut funkelnden Augen stand Fritz Gerster am Fenster und sah, wie der Fremde sich drüben am Turm an den Seilen zu schaffen machte.

Sein von einem Schnalzer begleitetes »Was tun Sie da?«, klang zwar so harmlos, als hätte jemand nach der Uhrzeit gefragt. Bei Bücheler jedoch ließ es das eben noch hüpfende Herz in die Hose rutschen. Er drehte sich um. Dem vierfachen Frauenmörder in schwindelerregender Höhe auf dem schmalen First eines uralten Kesselhausdaches Auge in Auge gegenüberzustehen, hatte etwas Beängstigendes, ja Auswegloses. Zumal es keine Fluchtmöglichkeit gab – mit Ausnahme eines vermutlich tödlich endenden Sprungs hinunter in den Hof des Areals.

Bücheler war nicht in der Lage, Gersters einfache Frage zu beantworten. Seine Hände von den Seilen zu nehmen, schien ihm allerdings ratsam. Es konnte jedoch nicht verhindern, dass Gerster über das Fenstersims stieg. Er hatte eine andere Technik als die Reitstellung. Mit scheinbar geübten Bewegungen krabbelte er auf allen vieren über den First, die Knie gegen die Dachziegel gedrückt, mit den Händen die Balance haltend. Das macht er nicht zum ersten Mal, fuhr es Bücheler durch den Kopf.

Ihre Blicke trafen sich wieder, als Gerster keine zwei Meter vor Bücheler stoppte und sich vor ihm aufrichtete. Wie konnte er auf dem schmalen Grat des Daches nur so sicher stehen, staunte Bücheler und dachte in seiner aufkommenden Panik aberwitzigerweise an die atemberaubend gewandten Zimmermänner, die einst leichtfüßig auf seinem Dach herumgeturnt waren.

Gersters Gesichtsausdruck war jetzt nicht mehr wütend. Er war irr, besessen, animalisch, angsteinflößend. Seine Fäuste waren geballt und zitterten. Die Fingerknöchel weiß vom gewaltvollen Zusammenpressen. Aus Büchelers Panik wurde Todesangst. Es war offenkundig, dass Fritz Gerster nicht zum belanglosen Plausch herübergekommen war. Würde er aber riskieren, bei einem Kampf Mann gegen Mann auf einem steil abfallenden Dach, selbst in die Tiefe zu stürzen?

Büchelers bange innerlich gestellte Frage erübrigte sich im nächsten Augenblick. Mit einem katzenhaften Sprung flog Gerster heran und drückte sein Gegenüber mit ungeheurer Kraft gegen das Gemäuer des Turms. Bevor Bücheler die Situation erfassen konnte, hoben seine Beine ab. Gerster umklammerte mit stahlhartem Griff seine Hüfte und stemmte ihn hoch. Die verzweifelten, aber untauglichen Abwehrversuche fielen brutaler Stärke und Entschlossenheit zum Opfer. Gerster warf den unterlegenen und überrumpelten Gegner mit einem kraftvollen Schwung kopfüber in den schwarzen Schlund des Kesselturms. Vorbei an dem stählernen Behältnis riss Bücheler in einem letzten Versuch, sich zu halten, die zusammengebundene Tragetasche samt Seil mit sich und stürzte ins Leere. Rasch leiser werdende Schreie verrieten, dass es ordentlich abwärts ging. Sie verhallten schnell.

Gerster sah sich um. Niemand hatte den Vorfall bemerkt. Er lauschte in die Tiefe des Turms. Nichts war zu hören. Sein Alltagsgesicht kehrte zurück. Zufrieden griff er nach den beiden verbliebenen Seilen und zog deren Last nach oben.

25

Das Aufgebot auf dem Freiburger Hauptfriedhof bestand aus einem Vertreter der Friedhofsleitung, einem Bestatter, einem Totengräber samt Kleinbagger, drei weiteren Friedhofsmitarbeitern, einem Gerichtsmediziner, einem Amtsarzt, dem ermittelnden Staatsanwalt Faber-Jung, mehreren Experten der Spurensicherung sowie den leitenden Personen der Sonderkommission Schlinge. Beamte des Stadtreviers sperrten den Ort des Geschehens weiträumig ab, um neugierige Blicke fernzuhalten.

Man hatte Karin Schubert über den ergangenen Gerichtsbeschluss zur Exhumierung ihres verstorbenen Mannes informiert und ihr versichert, die zu treffenden Maßnahmen mit höchstmöglicher Würde durchzuführen und das Grab hinterher in seinen ursprünglichen Zustand zu versetzen.

Mit dem wendigen Minibagger und Schaufeln war der Holzsarg schnell freigelegt. An zwei dicken Seilen, die normalerweise zum Ablassen dienen, wurde er von den Friedhofsangestellten nach oben gezogen. Auf ein Zeichen von Staatsanwalt Faber-Jung hoben sie den Deckel ab und traten zur Seite.

Außer dem Gerichtsmediziner und den in weiße Overalls geschlüpften Kriminaltechnikern machten alle instinktiv einen Schritt zurück.

Wonach in dem Sarg gesucht werden sollte, vermochte keiner so recht zu sagen. Im richterlichen Beschluss hieß es lediglich, dass »die Ausgrabung der beerdigten Leiche zum Zwecke des Auffindens von Beweismitteln zu den Mordfällen zum Nachteil Roswitha Österle und Hanna Schmidt« dienen sollte.

Zu aller Überraschung präsentierten sich schon beim ersten Blick in den Sarg Gegenstände, die dort nichts zu suchen hatten. Der fragende Blick von Staatsanwalt Faber-Jung, an den

Bestatter gerichtet, und dessen klare Antwort bestätigten dies. »Es ist völlig unüblich, dass getragene Einweghandschuhe oder gar Papiertaschentücher auf diese Weise entsorgt werden. So etwas verbietet die Würde und Achtung vor dem verstorbenen Menschen in höchstem Maße.«

Ohne überhaupt erst in die Untersuchungen eingestiegen zu sein, flüsterte Merle Trautmann dem neben ihr stehenden Jakob Allgeier mit vor Aufregung belegter Stimme ein frühes Fazit der Exhumierung zu. »Die Handschuhe und die Tücher stammen vom Mörder. Ich bete darum, dass wir daran endlich seine echte DNA finden!« Obgleich sie sich nicht für sonderlich gläubig hielt, sah sie beinahe flehentlich hinauf zum Himmel.

Dort glitzerte in der noch zaghaften Märzsonne der Rumpf eines großen Langstreckenflugzeugs, das einen langen Kondensstreifen hinter sich herzog und dem weit entfernten Flughafen der kolumbianischen Hauptstadt Bogotá entgegenflog.

26

Fritz Gerster hatte Heidi angerufen und ihr einen guten Flug gewünscht. »Ich bin so stolz auf dich«, hatte er in einem außergewöhnlichen Gefühlsausbruch verkündet, »ich komme nach und freue mich, mit dir ganz neu anzufangen.«

Mit dem entsprechenden Kleingeld hatte die offenbar gut betuchte Passagierin Judith Lehmann den Mitflug von zwei Britisch-Kurzhaar-Katzen und deren zusätzliche, fürsorgliche Betreuung in der First-Class-Passagierkabine organisiert. Sie machte erste Erfahrungen mit der Erkenntnis, dass für Geld nahezu alles möglich war.

Dennoch fühlte sie sich ausgesprochen unwohl. Sie bereute, Fritz nicht eindringlicher gebeten zu haben, die ungewisse Reise auf einen fremden Kontinent gemeinsam anzutreten. Sie hätte darauf bestehen sollen. Dieses getrennte Unternehmen machte aus ihrer Sicht alles noch komplizierter. Was konnte das denn so Wichtiges sein, das er noch zu erledigen hatte und mit dem er neben den vagen Sicherheitsbedenken den getrennten Flug begründete?

Das zufriedene Schnurren aus den beiden Transportboxen lenkte sie ab. Die Boxen waren so postiert, dass die Gitterfenster aneinander lagen. Judith Lehmann lächelte.

Tom und Tine schienen vor lauter gegenseitiger Katzenliebe die Welt um sich herum vergessen zu haben.

Auch Raimund Becker, der im Vorgriff auf die geplante Zukunft noch Fritz Gerster war, vergaß die Welt um sich und beschäftigte sich mit dem einzig noch Wichtigen, das es vor dem Start ins neue Leben zu erledigen galt.

Abgelenkt von seinen Plänen wurde er lediglich durch den unerwarteten Vorfall mit dem Fremden auf dem Dach. Gerster ärgerte sich darüber, dass er das Problem so schnell beseitigt hatte. Dadurch erfuhr er nicht, wer der Fremde war und wie er auf sein so bombensicher geglaubtes Versteck gekommen war. Er haderte damit, dass er nicht mit ihm gesprochen hatte. Er hätte ihn zum Reden zwingen und hinterher noch immer in den Schacht werfen können.

Immerhin glaubte Gerster sicher, dass der Mann kein Polizist war. Kleidung und Alter sprachen genauso dagegen wie die Tatsache, dass er alleine gewesen war. Aber wer war er dann? Schließlich sagte er sich, dass der Typ unauffindbar am Fuß des unten längst zugemauerten Kesselturms liegen würde und er dem Zwischenfall keine weitere Beachtung schenken sollte. Einziges kleines Manko war, dass er die alte Tatkleidung nicht mehr verwenden konnte. Sie hatte der Fremde bei seinem Sturz in den Turm mit sich gerissen. Ein wirkliches Problem stellte es aber nicht dar. Gerster entschied, dass ihm das ganze Ereignis letztlich völlig egal sein konnte.

Als er mit sich und dieser Erkenntnis im Reinen war, kam ihm Matteo und seine Entsorgungsmethode in den Sinn. Er schmunzelte. Man kann sogar jemanden einmauern, ohne handwerkliches Geschick zu haben, dachte er. Ein Blick auf die Uhr erinnerte ihn an seine letzte vor ihm liegende Mission.

Es war Zeit. Ein Radiosprecher verkündete das Wetter für den bevorstehenden Tag. Trocken, zwar noch frisch, aber sonnig. Ideal für eine Joggingrunde um den Moosweiher, fand Fritz Gerster.

Dem Wetterbericht folgte ein Geistlicher, der einen frühmorgendlichen Sonntagsgruß sprach. »Machen Sie das Beste aus diesem Tag!«, empfahl er zum Ende seiner Botschaft. Gerster nickte zustimmend und zog den Radiostecker ab.

Der Rucksack war gepackt. Im Gebüsch am Moosweiher wartete der Betonblock.

Er nahm den Aufzug. Vielleicht zum allerletzten Mal.

Beim Aussteigen im Erdgeschoss traf er auf Alexej.

»So früh schon auf?« Gerster bemühte sich um einen lockeren Tonfall.

»Nix früh schon auf. Spät komm heim.« Der Russe lachte, hielt sich aber mit einem Augenzwinkern sogleich mit schmerzverzerrtem Gesicht den Kopf und betrat unter Hinterlassung einer stattlichen Wodkafahne den Aufzug.

Auch die betagte Frau Stöcklin war zeitig auf den Beinen. Als Gerster das Hochhaus verließ, hatte sie gerade ihren Briefkasten kontrolliert und humpelte gemächlich über den Hof. Sie hatte ihm einmal erzählt, dass sie jeden Sonntagmorgen mit der Straßenbahn zur frühen Beichtmesse im Münster fuhr. Was die gute Frau dort jede Woche zu beichten hatte, war Gerster schleierhaft. Irgendwie hatte er das Bedürfnis, sich von ihr zu verabschieden. Mit raschen Schritten war er schnell hinter ihr, zögerte aber im letzten Moment, weil er nicht wusste, was er ihr sagen sollte.

Von den benachbarten Hochhäusern her näherten sich zu Fuß zwei uniformierte Polizeibeamte. Im Vorbeigehen grüßten sie die alte Frau Stöcklin, die es in dem riesigen Hochhaus seit Jahren gewohnt war, dass die Polizei hin und wieder dort aufkreuzte.

Gerster senkte den Kopf und ließ die Polizisten an sich vorbeigehen. Als sie ihn schon passiert hatten, sprach einer ihn von hinten an. »Ach, entschuldigen Sie bitte«.

Zwangsläufig blieb er stehen, während Frau Stöcklin weiter in Richtung Straßenbahnhaltestelle humpelte.

»Wohnen Sie hier im Hochhaus?«

Die Erfahrung hatte Fritz Gerster gelehrt, polizeilichen Fragen – seien sie noch so banal formuliert – mit höchstem Misstrauen und äußerster Defensive zu begegnen. Ein wortloses Nicken schien ihm daher angebracht.

»Kennen Sie einen Herrn Friedrich Gerster?«, fragte einer der Beamten höflich. »Der soll hier in einem der Hochhäuser wohnen, aber wir finden den Namen nicht auf den Klingelleisten.«

Gerster hatte in der Vergangenheit mehr Kontakte mit der Polizei gehabt, als ihm lieb gewesen war. Daher konnte er mit einiger Sicherheit einschätzen, dass diese beiden Beamten nicht vom örtlichen Polizeirevier waren. Zudem trugen sie weiße Mützen anstatt blaue. Die Bestätigung dafür lieferte einer von ihnen umgehend, noch bevor Gerster auch nur einen Ton von sich gegeben hatte. »Wir sind vom Verkehrsunfalldienst und sollten Herrn Gerster dringend sprechen.«

In seinem Kopf arbeitete es. Sein Puls erhöhte sich schlagartig. Zwei Polizisten standen ihm gegenüber, zwei Schritte entfernt von einer Kabelbinderkonstruktion und zwei Perlendöschen, die ihm das Genick brechen würden. Er zog die Riemen seines Rucksacks enger und zog es vor, sich nicht zu erkennen zu geben. »Ja, ich kenne den Mann«, sagte er, »weshalb suchen Sie ihn denn?«

»Sie kennen ihn?« Die Beamten waren erfreut, ohne auf Gersters Frage einzugehen. »Wohnt er bei Ihnen im Haus?«

»Ja ... das heißt, nein. Ich meine ... er wohnt schon hier ... aber ich glaube, er will wegziehen ... oder ist schon weggezogen ...«

»Ach, deshalb finden wir auch seine Klingel nicht.«

»Weshalb suchen Sie den Mann?«, wiederholte Gerster seine Frage. »Hat er etwas ausgefressen?«

»Nein, nein. Er hat nichts getan. Es geht eigentlich auch gar nicht um ihn. Also, nicht direkt. Wir müssen ihm etwas mitteilen.«

»Sie dürfen mir aber nicht sagen, was es ist?«

»Natürlich nicht. Das ist eine persönliche Sache für Herrn Gerster. Ist schon schlimm genug.«

Fritz Gersters Besorgnis über das Auftauchen der beiden Polizisten schlug in eine gehörige Portion Neugier um. Was hatten zwei normale Verkehrswachtmeister ihm Wichtiges mitzuteilen, das »schon schlimm genug« war?

»Es kann durchaus sein, dass Herr Gerster mir heute noch begegnet«, gab er vor, »dann könnte ich ihm sagen, dass er sich bei Ihnen melden soll.«

Die Beamten waren begeistert. »Das ist eine gute Idee!« Einer zog eine Visitenkarte aus der Jackentasche und übergab sie. »Hier. Die erste Nummer ist die Zentrale, die darunter die Durchwahl.«

»Wäre es nicht besser, wenn ich Herrn Gerster einen kleinen Wink geben könnte, worum es bei der Sache geht?«, schlug Gerster scheinheilig vor. »Damit er sich keine Sorgen macht oder gar glaubt, es sei etwas Schlimmes passiert.«

»Leider ist etwas Schlimmes passiert«, rutschte es einem der Polizisten heraus.

»Oh, nein! Ist etwas mit Heidi?«, rutschte es Gerster heraus.

»Heidi? Nein, nicht Heidi. Monika. Monika heißt seine Frau.«

»Was ist mit Monika?« Gersters Besorgnis in dieser Frage war dieses Mal echt.

»Sie kannten Frau Gerster?«

»Wieso *kannten*?«

Die beiden Polizisten sahen sich an. Einer zuckte mit den Schultern, als wolle er sich ergeben, und verkündete das für Fritz Gerster Unfassbare. »Na gut. Jetzt haben wir schon so viel geredet, da kommt es jetzt nicht mehr darauf an: Monika Gerster ist tot. Sie wurde gestern Abend auf der Kaiser-Joseph-Straße von einer Straßenbahn überfahren.«

.

27

Die Telefonnummer im Display erkannte er sofort. Josef Werneth war froh darüber, dass sein Pensionärskollege sich endlich bei ihm meldete – auch wenn Doris es mit missbilligender Miene zur Kenntnis nahm. Seit dem letzten kurzen Telefonat hatte es wegen Doris' Verbot keinen Kontakt mehr zwischen den beiden gegeben. Sehnlichst hatte Werneth auf den Anruf gewartet, denn es lag auf der Hand, dass man die unterbrochene Suche nach Gersters Versteck wieder aufnehmen musste. Etwas sonderbar kam ihm vor, dass sein Freund ihn am frühen Sonntagmorgen anrief. Werneth nahm das Gespräch entgegen.

Es war nicht Bücheler.

»Ist Alfons bei dir?«, fragte eine besorgte Frauenstimme.

»Kathy? Bist du das? Nein, er ist nicht bei uns.«

»Er war die ganze Nacht weg. Ich mache mir Sorgen! Ich erreiche ihn nicht. Sein Handy ist nicht auf Empfang.«

»Hat er nicht gesagt, wo er hingeht?«

»Zum Präsidium. Gestern Morgen schon. Gleich nach dem Frühstück ist er weg. Er hat gesagt, sie hätten einen kleinen Einsatz wegen der Mordfälle.«

Werneth beschlich eine Ahnung. »Hast du denn schon beim Präsidium angerufen?«

»Da bekomme ich nur die Zentrale. Die Dame hat mir versprochen, dass jemand von der Soko zurückruft. Ich dachte, er könnte vielleicht auch bei dir sein.«

»Nein, wie gesagt. Aber ich hab eine Handynummer von einem Soko-Beamten. Ich kümmere mich gleich darum, Kathy. Mach dir keine Sorgen. Es wird eine einfache Erklärung geben. Ich melde mich.«

Doris hatte das Gespräch mitverfolgt und sah ein, dass aus der vorgesehenen sonntäglichen Märzwanderung hinauf zum allseits beliebten Hünersedel nichts werden würde. Josefs klarem »Ich muss weg. Es geht um Alfons!« stimmte sie zu und gab ihm den Ratschlag mit auf den Weg, mit dem sie ihn 40 Jahre lang in den Dienst verabschiedet hatte. »Pass auf dich auf, Sepp!«

Noch bevor er in Richtung Freiburg losfuhr, wählte er Helge Michaleks Mobilnummer, die dieser ihm nach der Entlassung aus dem Polizeiarrest »für alle Fälle« gegeben hatte. Das Handy wurde sofort abgenommen. Sie vereinbarten, sich am Tor zur Firma *E. Ritter* zu treffen. Michalek sollte einstweilen versuchen, einen der Firmenchefs zu erreichen, um ein erneutes »Missverständnis« – wie es Michalek gegenüber den Kollegen des Polizeireviers bezeichnet hatte – zu vermeiden.

Eine halbe Stunde später schloss Erwin Ritter senior das Tor auf und begleitete Josef Werneth und Helge Michalek zum Kesselhaus. Unter Vorlage der Dienstmarke hatten sie dem Seniorchef erklärt, dass man zwecks einer dringlichen Überprüfung das Turmzimmer nochmals inspizieren müsse.

Schon beim Betreten erkannte Werneth den grauen Opa-Hut, den Bücheler bei seiner Verabschiedung in den Ruhestand als kleine Schalk-Einlage von seinen Kollegen geschenkt bekommen hatte. Die selten getragene Kopfbedeckung lag am Boden, direkt unter dem Fenster zum Dach. Von seinem Besitzer jedoch keine Spur.

»Hier ist er offensichtlich nicht«, stellte Michalek fest und erklärte die Überprüfung umgehend für beendet. »Den Versuch war's wert. Vielen Dank für Ihr Verständnis, Herr Ritter!« Er war schon wieder unterwegs zurück zur Stahltreppe, als er mitbekam, wie Werneth das Fenster öffnete und Anstalten machte hinauszusteigen.

»Was soll das werden?«, fragte Michalek und blieb auf der Empore stehen.

»Nur einen Moment. Ich muss kurz hinüber zum Turm.«

»Sind Sie verrückt geworden? Hier geht's 20 Meter in die Tiefe!«

»Ich pass schon auf. Ich will nur etwas nachsehen.« Werneth kletterte über die morsche Fensterbank. Michalek schüttelte den Kopf. »Kommt man nicht auf einfacherem Weg zu dem ollen Turm?«, fragte er Erwin Ritter, der nur lapidar mit den Schultern zuckte. »Früher schon. Heute ist der Zugang von unten zugemauert. Der Turm hat keine Funktion mehr. Er ist völlig ausgehöhlt und sollte eigentlich abgerissen werden. Aber mein Sohn möchte ihn als Wahrzeichen für seine Idee mit dem Kesselhaus bewahren.«

Werneth hatte sich mittlerweile auf den First gesetzt und wählte die gleiche Methode, die auch Bücheler angewandt hatte. Am Turm angekommen, stand er auf und beugte sich über die steinerne Brüstung, die beim Köpfen des Turms entstanden war. Auch ihm fielen die beiden dünnen Seile auf, an denen irgendetwas hing, und sie lösten die gleiche Reaktion aus, die auch Büchelers Puls hatte hochschlagen lassen. Langsam zog er eine stählerne Box aus dem Dunkeln nach oben und stellte sie vorsichtig auf die Brüstung. Danach beförderte er eine alte Werkzeugledertasche ans Tageslicht.

»Was haben Sie da?«, rief Michalek herüber. »Was ist das?«

Ohne zu antworten, entfernte Werneth das Seil der Stahlbox und löste die beiden Klappverschlüsse. Er öffnete den Deckel. Was er sah, ließ ihm den Atem stocken. Schwarze Kabelbinder mit doppelter Öse, einzeln zusammengehalten von einem Gummiband, unbenutzt, nicht miteinander kombiniert. Dazu verschiedene Ausführungen von Einmalhandschuhen – von einfachen, dünnen Klarsichtmodellen über normale Haushaltshandschuhe bis hin zu einer hochwertigen Auswahl von medizinischen Schutzüberzügen. Die kleinen teelichtgroßen Perlendöschen sah er erst auf den zweiten Blick. Er hielt eines hoch und betrachtete den Inhalt. Ein gekräuseltes Haar. In einem anderen einzelne glatte Haare. Danach öffnete er die Ledertasche. Neben verschiedenen Werkzeugen enthielt sie eine Fülle weiterer Kabelbinder verschiedenster Modelle. Plötzlich vernahm Werneth leise Geräusche, die von tief unten aus dem Dunkeln des Turmschachtes nach oben drangen.

»Was haben Sie denn da?«, drängte Michalek wieder, der sich inzwischen über das Fenstersims gebeugt hatte.

»Seien Sie still!«, zischte Werneth zurück. »Ruhe, verdammt noch mal!« Angestrengt lauschte er in die Tiefe. War es ein Röcheln, ein Stöhnen, ein Atmen, das er zu hören glaubte? »Alfons!«, rief er auf Verdacht hinunter. »Alfons! Bist du da unten?«

Es dauerte ein paar Sekunden. Dann kam tatsächlich die Antwort. Sehr schwach, im hohlen Turm leise hallend und kaum zu verstehen. Der zitternden Stimme war anzuhören, dass die ganze verbliebene Kraft dazu aufgebracht werden musste. »Ja. Ich bin hier.«

Von dem Moment an ging es schnell.

»Wir holen dich da raus, Alfons, halte durch!«, rief Josef Werneth in den Schlund hinab, verschloss die Stahlbox und robbte mit ihr über das Dach zurück. »Bücheler liegt unten im Turm!«, schrie er Michalek entgegen. »Rufen Sie die Kollegen! Und einen Rettungsdienst! Am besten über Notruf!« Er sprang über das Sims ins Turmzimmer. »Zeigen Sie mir den alten Eingang, der zugemauert wurde!«, forderte er Erwin Ritter senior auf, der zwar nicht verstand, was gerade vor sich ging, aber erkannte, dass Eile geboten war.

Während sie im Laufschritt aus dem Kesselhaus und über den Hof zum Fuß des Turms eilten, erklärte Ritter senior keuchend, dass er persönlich die alte Zugangstür vor Jahren mit Backsteinen zugemauert habe. »Wie kann da jemand reinkommen?«, fragte er, als sie die Stelle erreicht hatten. Josef Werneth interessierten im Augenblick andere Fragen. »Haben Sie einen Bagger? Eine Raupe? Einen Frontlader? Irgendetwas, mit dem man die Mauer einreißen kann?«

»Ich habe zwei Gabelstapler«, bot Ritter alternativ an.

»Von schwerem Gerät würde ich dringend abraten«, empfahl Helge Michalek, »mit Rücksicht auf den Kollegen Bücheler. Ein Vorschlaghammer und einen Pickel fände ich deutlich geeigneter.«

Beides hatte Ritter senior parat.

So behutsam man beim Einschlagen einer Mauer vorgehen kann, arbeiteten sich beide voran. Bald schon hatten sie in Brusthöhe ein Loch geschaffen und leuchteten mit ihren Handytaschenlampen hinein.

»Das wird ... auch langsam Zeit«, röchelte ihnen eine jämmerlich wirkende Gestalt entgegen. »Gebt mal ... ein bisschen Gas!« Mit kraftvollen Zügen hebelte Josef Werneth mehrere aneinanderhängende Backsteine heraus, wodurch die Öffnung rasch größer wurde und man das Ausmaß von Alfons Büchelers Sturz erkennen konnte. Er lag mit mehreren Kopfwunden, einem seltsam abgewinkelten Bein und einem noch seltsamer abgewinkelten Arm auf einer hellblauen vollbepackten Tragetasche.

»Seit wann versteckst du dich vor uns?«, versuchte Werneth die missliche Situation mit Galgenhumor zu entschärfen und gleichzeitig das Gespräch und somit auch seinen Freund am Leben zu halten, der offenbar kurz davor war, das Bewusstsein zu verlieren. Währenddessen brachen sie mit vereinten Kräften weiter Stein um Stein heraus, und auch Erwin Ritter half mit bloßen Händen mit.

»Warst du shoppen?«, fragte Werneth mit Blick auf die Tasche des schwedischen Möbelhauses und brach derweil ein weiteres Stück aus der Mauer.

Bücheler strengte sich an wachzubleiben. »Ohne das Ding ... wär ich ... nicht mehr ... da«, stammelte er.

Die Öffnung war jetzt so groß, dass Werneth hindurchsteigen konnte. Bücheler verdrehte die Augen, was ihm umgehend eine Serie kleiner Backpfeifen einbrachte. Aus der Ferne näherte sich das Martinshorn eines Streifenwagens.

»Hörst du, Alfons, lieber Freund!«, sagte Josef Werneth, die Wangen des Schwerverletzten tätschelnd, »sie spielen unser Lied!«

In die Polizeisirene mischte sich das Signalhorn eines Rettungswagens. Bücheler wurde ohnmächtig. Erwin Ritter rannte zum Tor, um die Rettungskräfte zu empfangen. Mit letzter Kraft schlugen und traten die beiden anderen gegen die letzten Backsteine.

Das Loch erlaubte es den herbeigeeilten Sanitätern und einem Notarzt, die Erstversorgung einzuleiten und den Verletzten aus dem Turm zu bergen. Sie legten ihn auf eine Tragbahre. Eine Infusion mit Schmerzmitteln beruhigte den angespannten Körper. Das offensichtlich gebrochene Bein und der gleichsam ramponierte Arm wurden sorgsam fixiert.

Kurz bevor Alfons Bücheler in den Rettungswagen geschoben wurde, schlug er die Augen auf. Werneth nahm seine Hand.

»Ein Behälter …«, hauchte Bücheler, »… an einem Seil … oben …«

»Ich hab ihn, Alfons«, sagte Werneth in ruhigem Ton. »Eine Stahlkassette. Mit Kabelbindern. Doppelösig. Und Haare in kleinen Döschen. Hat Gerster dich in den Turm geschmissen?«

»Das … war … unfair«, raunte Bücheler und schloss wieder die Augen, »… der Kerl … ist viel jünger als ich.«

28

Der dringende Rundruf Merle Trautmanns an alle Mitglieder der *Soko Schlinge*, sich unverzüglich in der Soko-Schaltzentrale zwecks einer äußerst wichtigen Besprechung einzufinden, kam Helge Michalek im wahrsten Sinne des Worts wie gerufen.

Mit leichter Verspätung, aber einer schweren Stahlbox – zur Vermeidung weiterer Spurenbeeinflussung eingewickelt in Ritters Geschenkpapier – betrat er den Raum. Dieser Auftritt, dachte er voller Stolz, sollte der Höhepunkt seiner bisherigen Polizistenlaufbahn werden. Unterm Arm trug er die Beweismittel, die Josef Werneth ihm zur weiteren Untersuchung überlassen hatte, und die den vierfachen Frauenmörder Fritz Gerster überführen würden. Zudem hatte er Matteos alte Ledertasche und die Tragetasche samt Kleidern und Schuhen im Asservatenraum deponiert. Ein neugieriger Blick vorab hatte ihm bestätigt, dass die Sohlen der Schuhe zumindest optisch das gleiche Fischgrätenmuster aufwiesen wie die gesicherten Schuhabdrücke bei den ersten beiden Morden.

Die gesamte Mannschaft, bestehend aus 40 Köpfen, hatte Platz genommen. Eine Gala-Vorstellung stand bevor, bei welcher er als Hauptdarsteller die Aufklärung der spektakulären Mordserie präsentieren würde. Bücheler und Werneth würde er zwar auch erwähnen. Aber nur am Rande. Der Erfolg sollte ihm gebühren.

Ohne sich im gut gefüllten Raum nach einem Platz umzusehen, steuerte Michalek direkt auf das Podium zu, wo Merle Trautmann, flankiert von Jakob Allgeier, Klaus Tränkle und überraschenderweise einem strahlenden Polizeipräsidenten, die Besprechung eben eröffnet hatte.

»Kollege Michalek, würden Sie die Freundlichkeit besitzen und sich einen Platz im Auditorium suchen!«

Auditorium? Michalek wusste, dass mit diesem Begriff die Zuhörerschaft gemeint war. Er hatte aber keinesfalls vor, ein Zuhörer zu sein.

»Ich habe etwas äußerst Wichtiges …«, versuchte er, sich zu Wort zu melden, wurde aber von seiner Chefin abgeschmettert. »Wichtiger als das, was *ich* jetzt gleich verkünden werde, ist aktuell nichts auf dieser Welt! Setzen Sie sich, Michalek, und seien Sie bitte still!«

Derart niedergefahren, drehte er sich leicht verdattert um und fand einen freien Stuhl in der hintersten Reihe – den eingewickelten Metallbehälter behutsam unter den Arm geklemmt, als sei er sein Lieblingsteddybär aus Kindertagen. »Wir haben den entscheidenden Durchbruch geschafft«, begann Merle Trautmann in euphorischer Stimmlage. Michalek vermutete nicht, dass sie damit den Durchbruch des zugemauerten Turmzugangs meinte, und war gespannt auf die Verkündung der Neuigkeit.

»An den Innenseiten der beiden Einweghandschuhe im Sarg unseres werten Kollegen Schubert sowie an den hinterlassenen Papiertaschentüchern wurden tatsächlich DNA-Spuren festgestellt. Bei den Handschuhen sind sie sogar von außergewöhnlich guter Qualität. Ein Sofortabgleich in der Straftäter-Datenbank brachte ein eindeutiges Ergebnis. Seit heute früh wissen wir, dass Friedrich Anton Gerster der Verursacher dieser Spuren ist. Die einzige Folgerung daraus lautet: Gerster ist unser gesuchter Frauenmörder!«

Ein wildes, freudiges Durcheinander von Stimmen brach los. Merle Trautmann ließ es zu. Sie teilte uneingeschränkt die Freude mit ihrer Mannschaft, die in den vergangenen Monaten ein Wechselbad der Gefühle durchlebt hatte.

Einzig Jakob Allgeiers Gefühle waren noch immer gemischt. Mit Unbehagen saß er neben seiner Chefin, suchte einmal mehr vergeblich den richtigen Sitz seiner Brille und dachte an das bombensichere Alibi, das ihm Fritz Gerster präsentiert hatte. Es beschäftigte ihn schmerzlich, dass er den unsympathischen, von ihm als nicht sonderlich schlau eingestuften Blumenauslieferer derart unterschätzt hatte. Vor allem beschäftigte ihn fast quälend die Frage, wer der Mann auf den Videoaufnahmen der Tankstelle war, den alle in Kombination mit dem Autokennzeichen und dem Tankbeleg für Fritz Gerster gehalten hatten, und wie sein Handy zur Tatzeit des Mordes an der Kioskfrau in einer Frankfurter Funkzelle eingeloggt sein konnte.

»Eine öffentliche Großfahndung ist eingeleitet«, fuhr Merle Trautmann fort, als sich das Stimmengewirr etwas gelegt hatte. »Gerster ist abgetaucht. Seine Wohnung scheint verlassen. Seine Katze fehlt auch. Im Moment wird seine Arbeitsstelle auf den Kopf gestellt. Da soll es heute Morgen auch einen seltsamen Zwischenfall gegeben haben.«

Michalek überlegte, ob sein Einsatz jetzt gekommen war. Wobei er insgeheim ein wenig enttäuscht darüber war, dass die parallel gelaufenen Spurenabgleiche ebenfalls zu Fritz Gerster geführt und ihm den ganz großen Auftritt vermasselt hatten.

»Was wir zur vollständigen Absicherung der Täterschaft noch bräuchten«, ergänzte die Soko-Leiterin, »wäre, das Depot von Gerster zu finden. Irgendwo muss er die falschen DNA-Träger und die Kabelbinder ja versteckt haben.«

Jetzt gab es für Helge Michalek nichts mehr zu überlegen. Die Zeit für seinen Auftritt war definitiv gekommen. Er erhob sich und schritt, fast staatsmännisch präsent, unter den Augen seiner Kollegen und mit seinem Paket unter dem Arm nach vorne.

»Kollege Michalek?« Gewohnheitsmäßig befürchtete Merle Trautmann Unerwünschtes, wenn ihr unkonventioneller Fahnder in Aktion trat. Dieses Mal trat er direkt vor das Podium und legte das Paket mit feierlicher Geste direkt vor Merle Trautmann auf den Tisch.

»Ein Geschenk?«, fragte sie leicht irritiert mit Blick auf das leuchtend gelbe, mit dem Aufdruck »Blumengroßhandel E. Ritter« versehene Geschenkpapier, das mit blauen Rittersporn-Pflanzen stimmig verziert war.

»Wenn Sie so wollen«, antwortete Michalek süffisant grinsend, »aber Sie dürfen es leider nicht auspacken.«

»Das ist aber schade«, machte sie das unbekannte Spiel mit, dessen Sinn sich ihr nicht erschloss und sie etwas hilflos dreinblicken ließ. »Und warum darf man das schöne Geschenk nicht öffnen?«

Michalek genoss den Moment unendlich. »Weil dann die Gefahr bestünde, dass wichtige Spuren an schwarzen, doppel-

köpfigen Kabelbindern und an äußerst interessanten Kunststoff-
döschen verloren gehen.« Er hielt kurz inne und weidete sich
geradezu an den sprachlosen Gesichtern der Podiumsbesetzung,
deren Münder offenstanden. »An Kabelbindern und Döschen,
die ein gewisser Fritz Gerster an sicher geglaubter Stelle gebunkert hatte.« Er schob eine weitere Pause ein, um seine fulminante
Mitteilung wirken zu lassen. »Das Auspacken sollten wir daher
unseren Experten der Spurensicherung überlassen.«

29

Den Weg zum Moosweiher trat Fritz Gerster trotz der zutiefst
aufwühlenden Nachricht über Monikas Tod dennoch an. Sicher-
heitshalber, um keine Spuren zu hinterlassen, versenkte er den
eigens hergestellten und beim Steg versteckten Betonklotz. Sein
Zorn darüber, dass sein angepeiltes Opfer sich einfach von einer
Straßenbahn hatte überfahren lassen, war maßlos. Typisch
Monika, ärgerte er sich voller abgrundtiefem Hass! Alles, aber
wirklich restlos alles konnte sie ihm mit ihrem Egoismus und
ihrer Rücksichtslosigkeit verderben! Seine Wut wurde so groß,
dass sein Kopf rot anschwoll und das Blut in seinen Schläfen
pulsierend zu kochen drohte.

Als der schwere Block samt einbetoniertem Seil im trüben Weiher verschwunden war, kniete er sich neben dem Steg auf den Boden und steckte seinen Kopf ins eiskalte Wasser. Er spürte die Kälte nicht. Eine Weile hielt er die Luft an. Dann tauchte er auf und wiederholte das Ganze, bis er ganz allmählich innerlich zu der Ruhe zurückfand, die ihm seit des erfolgreichen Schachzugs mit dem inszenierten Alibi eine gewisse Sicherheit und vor allem Zufriedenheit gewährte. Der letzte Akt zur Vervollkommnung seines Seelenfriedens wäre die Lösung des *Problems Monika* gewesen, verbunden mit der von ihm herbeigesehnten Genugtuung, am Ende stärker gewesen zu sein und die Lösung selbst herbeigeführt zu haben.

Sie war ihm zuvorgekommen. Noch einmal haderte er kurz damit, dass ihr – und somit auch ihm – diese verfluchte Straßenbahn in die Quere gekommen war. Dann aber sagte er sich, dass das Ergebnis letztlich das Gleiche sei, und beschloss, ab sofort nur noch an die Zukunft zu denken. An seine Zukunft mit Heidi, in einer völlig neuen Welt, in einem völlig neuen Leben!

Auf dem Rückweg zu Fuß fielen ihm ungewöhnlich viele Polizeiautos auf. Sie konnten ihm eigentlich völlig egal sein. Immerhin hatte er vor kaum zwei Stunden mit zwei Polizisten gesprochen, die ihn über Monikas Unfalltod informiert hatten. Zwar in Unkenntnis darüber, wer er wirklich war. Aber in keiner Weise so, dass er etwas zu befürchten haben musste. Frau Gerster, so hatte einer der Verkehrspolizisten mit großem Bedauern und im Vertrauen erklärt, habe Ohrstöpsel getragen und Musik gehört, als sie die Kajo überquerte. Dabei habe sie die herannahende Vierer nicht wahrgenommen. Obwohl die Bahn in der Stadtmitte besonders langsam fahre, sei Frau Gerster sofort tot gewesen.

Ein Streifenwagen fuhr aufreizend langsam an ihm vorbei. Obwohl sich Gerster seit der gelungenen Alibi-Geschichte in gänzlicher Sicherheit wähnte, bereitete ihm der Rucksack auf seinem Rücken großes Unbehagen. Er bog in einen schmalen Fußgängerweg ab. Der Streifenwagen fuhr weiter.

Als er sich seinem Hochhaus näherte, sah er schon von Weitem die blau gekleideten Elektriker, die am Verteilerkasten herumwerkelten. Am Sonntagmorgen. Gerster zog es vor, nicht nach Hause zu gehen. Aus einem Gefühl heraus hatte er das Verlangen, Nachrichten zu hören. Sein Turmzimmer kam dafür nicht infrage. War der Fremde auf dem Dach am Ende doch ein Polizist gewesen?

Er wählte die Promenade an der Dreisam. Mit steigender Nervosität wählte er sich auf seinem Handy in ein Online-Nachrichtenportal ein. Es dauerte keine zehn Sekunden, bis er auf die Schlagzeile stieß, die ihn wie gelähmt auf einer feuchten Uferbank niedersinken ließ.

»Dringend gesucht wird der 45-jährige Friedrich (genannt Fritz) Gerster. Der zuletzt in Freiburg gemeldete und wohnhafte Mann steht in dringendem Verdacht, an den vier Frauenmorden in Freiburg in den vergangenen Monaten beteiligt gewesen zu sein.«

Einer ausführlichen Personenbeschreibung und einem Lichtbild aus den Polizeiakten folgte der Hinweis, Anhaltspunkte über den derzeitigen Aufenthaltsort von Friedrich Gerster unverzüglich der Polizei zu melden und von einer direkten Kontaktaufnahme mit dem Gesuchten abzusehen.

Auf einen Schlag war sein Kartenhaus zusammengebrochen. Alle Mühe war vergebens gewesen. Wie nur waren sie jetzt auf ihn gekommen? Hatte der Aasgeier doch ein perfides Spiel mit ihm getrieben? Hatte womöglich Henry Dosch etwas verraten? Er forschte nach weiteren Nachrichten-Portalen, um nähere Infos zu erhalten. Dabei stieß er auch auf die Meldung über einen tödlichen Straßenbahnunfall am Vorabend.

Ein unheilvoller Geistesblitz schoss ihm heiß durch den Kopf. Voller Panik schaltete er sein Handy aus, warf es auf den Boden und trampelte mit den Füßen darauf herum. Er sah sich um. Mit einem größeren Stein zerschlug er das Gehäuse. Nach weiteren Fußtritten hob er das, was noch übrig war, auf und warf es in hohem Bogen in den Fluss.

Er brauchte einen Unterschlupf. Sein Zug an den Frankfurter Flughafen ging erst am anderen Tag.

Die Idee war so verrückt wie naheliegend. Nach logischen Überlegungen gab es aktuell eine Wohnung, die definitiv leer stand. Die von Monika. Vorausgesetzt, ein Lover hatte sich dort nicht einquartiert. Das wäre jedoch leicht herauszufinden.

Mit dem Bus, die Mütze ins Gesicht gezogen, das Gesicht von den ohnehin wenigen Fahrgästen abgewandt, fuhr er nach Hugstetten. Eine Weile beobachtete er ihre Wohnung. Nichts tat sich. Er beschloss, den bekannten Weg durchs Kellerschachtfenster zu nehmen und sich hauptsächlich dort in der Nähe aufzuhalten, um sofort flüchten zu können, falls sich oben etwas tun sollte. Außerdem, so befand er, musste er hier unten ihren Geruch nicht ertragen, der trotz ihrer Abwesenheit bestimmt die ganze Wohnung verpestete.

Am sicheren Ort im Keller, der einst auch ihm gehört hatte, überschlug er einmal mehr seine Lage. Die wichtigsten Dinge trug er in seinem Rucksack bei sich. Es war eine kluge Entscheidung gewesen, Zugfahrkarte, Flugticket und gefälschte Ausweisdokumente bei sich zu tragen. Die Wege nach Hause und ins Kesselhaus waren abgeschnitten. Notgedrungen würde er ohne weiteres Gepäck reisen. Mit falschem Namen, aber echter Freude. Freude auf die Zukunft. Er dachte an Heidi. Ein furchtbarer Schreck fuhr ihm in die Glieder und in den Magen. Man suchte mit seinem Namen und seinem Bild nach ihm. Wie hoch war die Wahrscheinlichkeit, dass Heidi im fernen Bogotá die Wahrheit erfahren würde? Er dachte darüber nach und beruhigte sich bald. Hatte er jemals in den Nachrichten von einem Mörder in Kolumbien gehört? Umgekehrt würde niemand in Kolumbien von einem deutschen Mörder erfahren. Ganz bestimmt nicht in Kolumbien! Da waren Morde doch an der Tagesordnung und nichts Außergewöhnliches! Heidi vorsichtshalber anzurufen, um die Lage zu checken, war zu riskant. Überdies war sein Handy zerstört, was gut war. Kurz stellte er sich die Frage, ob er den Mut aufbringen würde, den Flug mit den falschen Papieren unter dem Druck der vermutlich über die Grenzen hinausreichenden Fahndung überhaupt anzutreten. Aber er hatte keine andere Wahl. In Deutschland würde man ihn über kurz oder lang aufstöbern. Ab dem Flughafen jedoch würde er nicht mehr Fritz Gerster sein.

Am Ende kam er zu der Erkenntnis, dass der Plan, nach Südamerika auszuwandern, unter Berücksichtigung der neuen Situation im Grunde genommen geradezu genial war. Es gelang ihm, alle unangenehmen Gedanken zu verdrängen. Er schlich nach oben, hielt phasenweise die Luft an und schor sich im Bad mit Monikas Beinrasierer den Kopf kahl. Im Kühlschrank fand er einen Becher Joghurt, etwas Obst und zwei vegetarische Bratwürste. Er hasste auch ihren Kühlschrank. Zurück im Keller öffnete er ein Einmachglas mit Pfirsichen, verspeiste sie zusammen mit den Würsten und trank die Flüssigkeit aus. Weit nach Mitternacht schlief er auf dem Boden ein. Er träumte von einem südamerikanischen Büffelsteak und von der kleinen Pferdefarm, mit der er seine Judith-Heidi glücklich machen würde.

Er schlief bis in den Morgen hinein. Er schlief so fest, dass er nicht hörte, wie jemand von oben herunter in den Keller kam.

30

Die Öffentlichkeitsfahndung nach dem mutmaßlichen Frauenmörder Fritz Gerster lief über alle Kanäle. Im Radio bestimmte sie als Hauptmeldung die halbstündlichen Nachrichten. Fernsehsender unterbrachen ihre Programme und blendeten Bild und Namen des Gesuchten ein. Auf den speziellen Nachrichtenplattformen erhob man die »Jagd nach der Freiburger Bestie« zum spektakulären Dauerthema.

Niemand, auch Gojko Petrovic nicht, konnte der alles bestimmenden Schlagzeile aller Informationskanäle entgehen. Der stets umsichtig handelnde Serbe überlegte es sich sehr genau, ob und wie er auf die Angelegenheit Einfluss nehmen sollte. Menschenschicksalen begegnete er nahezu täglich. Er verdiente damit sein Geld. Leuten bei ihrer Flucht zu helfen und sie in ein neues Land einzuschleusen, war zwar illegal, aber bei Weitem etwas anderes als Mord. Frauen Gewalt anzutun, sie gar zu töten, war für Gojko Petrovic weit jenseits der Schwelle, an der man über Skrupel nachdenken sollte.

Die Lösung, ohne selbst dabei ein Risiko einzugehen, war einfach und die geringe Mühe wert, von einem öffentlichen Notruftelefon im Hauptbahnhof aus der Polizei einen anonymen Hinweis zu geben. Petrovic sprach mit verstellter Stimme. »Der Mann, den sie suchen, heißt nicht mehr Fritz Gerster. Er hat einen gefälschten Pass. Raimund Becker. Suchen Sie Raimund Becker!«

31

Die spurentechnische Untersuchung und Auswertung aller auf-
gefundenen Beweismittel fügte sich erdrückend beweiskräftig
in das neue Gesamtbild ein.

Die unbenutzten doppelköpfigen Kabelbinder wiesen die
gleichen Materialeigenschaften auf wie die Tatwerkzeuge bei
den Morden. Zudem fand man an den Kabeln DNA-Fragmente,
die man Fritz Gerster zuordnen konnte.

Seine DNA fand man auch an der Ledertasche, der Tragetasche, den Seilen und den Schnürsenkeln der Schuhe.

An der Stahlbox und an drei der insgesamt sechs verbliebenen
Perlendöschen hatte Gerster seine Fingerabdrücke hinterlassen.

In einem der Döschen konnten mehrere Kopfhaare von Hansjörg Schubert nachgewiesen werden. In einem anderen eine winzige Menge von Hautschuppen, die ebenfalls dem verstorbenen
Polizeibeamten zugeordnet werden konnten.

Zwei arg mitgenommen aussehende Wollhandschuhe wiesen
Fasern auf, die mit den Mikrospuren der ersten beiden Morde
identisch waren.

Und schließlich konnte man an der Sohle eines Schuhs die
individuellen Abnutzungsstellen innerhalb des Fischgrätenmus-
ters ausmachen, welche ebenfalls bei den ersten beiden Taten
aufgefallen waren.

Was noch fehlte, war Fritz Gerster.

Dennoch herrschte Euphorie innerhalb der *Soko Schlinge*.
Man war sehr optimistisch, dass es nur eine Frage der Zeit wäre,
bis man den Gesuchten aufspüren und festnehmen würde.

Einen kleinen Dämpfer erhielten Merlinde Trautmann und ihr
Team, als sich aus Hamburg Hildegard Behnke meldete und von
einer Million Euro erzählte, die ihr »noch nicht wieder im Voll-

besitz seiner geistigen Fähigkeiten« befindlicher Bruder einem gewissen Fritz Gerster überlassen habe.

Nachdem sich die vorübergehende Sprachlosigkeit der Soko ob dieser umwerfenden Mitteilung gelegt hatte, kamen Fragen auf.

»Woher, um alles in der Welt, kennen sich die zwei?«, hätte Auswerter Jochen Haag nur zu gerne gewusst. Später sollte er es erfahren. Vom schwitzenden Heimleiter des *Inselglücks*, der auch Jakob Allgeier zu der Erkenntnis verhelfen würde, was es mit Gersters angeblich todsicherem Alibi auf sich hatte.

Die Soko-Chefin warf eine andere Frage in die Runde, die aber mehr rhetorischen Charakter hatte. »Was machst du mit einer Million, wenn dir ganz Deutschland auf den Fersen ist?« Alle nickten, ohne zu antworten. »Du flüchtest ins Ausland«, bestätigte sie sich selbst.

»Alle Grenzstellen sind informiert«, merkte Fahnder Helge Michalek an. »Und davonfliegen kann er uns nicht. Die Flughäfen mit ihren Kontrollen sind dicht.«

»Falls er nicht schon weg ist«, gab Jochen Haag zu bedenken. »Zuletzt wurde er gestern früh gesehen. Da kann er inzwischen schon weiß Gott wohin geflogen sein.«

»Gestern früh?«, hakte Klaus Tränkle nach.

»Von zwei Kollegen der Verkehrspolizei. Im Hof vor dem Hochhaus haben sie wegen dem Straßenbahnunfall nichtsahnend mit ihm gesprochen. Dass es Gerster war, haben sie aber erst durch die Fahndung mitbekommen.«

»Schon irre, dass gerade jetzt seine Ex überfahren wird«, meldete Michalek Zweifel an. »Ob da nicht auch etwas faul ist?«

»Nein, das war ein Unfall«, wusste Merle Trautmann. »Mehr als 20 Passanten bezeugen das.«

»Ein Fritz Gerster ist in den letzten 24 Stunden in kein Flugzeug gestiegen«, fing Jakob Allgeier Haags Bedenken auf. »Wir haben die Passagierlisten aller Startflüge auf deutschen Flughäfen seit gestern Vormittag checken lassen.«

»Respekt!«, rief Helge Michalek spontan.

»Sein Name taucht auch nicht bei künftig gebuchten Flügen auf. Noch dürfte er im Lande sein.«

»Wirklich Respekt!« Auch Merle Trautmann staunte über diese Maßnahme, die allerdings im nächsten Moment ihren eben noch hoch angesiedelten Wert komplett verlor. Die Tür ging auf, und Diana Schulz berichtete von einem anonymen, aber als glaubwürdig erachteten Anruf. Demnach sei Fritz Gerster im Besitz eines gefälschten Passes. Diana Schulz nannte den Namen.

Jakob Allgeier schaltete sofort. »Dann müssen wir wohl oder übel die Passagierlisten-Aktion wiederholen. Gibt es auch ein Geburtsdatum zu dem Namen?«

»Leider nein«, bedauerte Diana Schulz.

»Na, dann hoffen wir, dass es nicht allzu viele reisefreudige Raimund Beckers in Deutschland gibt.«

Eine weitere Nachricht platzte in die Runde, die nicht minder spektakulär war. Ein Bruder von Monika Gerster hatte im Keller ihrer Wohnung einen schlafenden Einbrecher überrascht und war von diesem niedergeschlagen worden. Wegen der anstehenden Wohnungsauflösung nach dem Tod seiner Schwester hatte er sich dort umsehen wollen. Obwohl es ziemlich dunkel gewesen sei, war sich der mit einer Platzwunde und leichter Gehirnerschütterung Davongekommene ziemlich sicher, dass es sich bei dem Einbrecher um seinen Schwager gehandelt habe. Dieser sei jetzt kahlrasiert, habe eine Vollglatze.

Jakob Allgeier fühlte sich bestätigt. »Na also. Er ist noch im Lande!«

Die Suche nach dem glatzköpfigen Raimund Becker konzentrierte sich auf Bahnhöfe, Flughäfen und öffentliche Verkehrsmittel. Allein die Kombination aus falschem Pass und einer Million Euro ließ niemanden daran zweifeln, dass Gerster sich ins Ausland absetzen wollte.

Der Fahndungsapparat lief auf Hochtouren.

Am Münchner Flughafen wurde ein Raimund Becker vorläufig festgenommen, der behauptete, mit seiner Frau auf die Kanaren fliegen zu wollen. Da er keine Glatze hatte, zupften die Flughafenpolizisten an seinen Haaren, die sich als echt erwiesen.

Am Stuttgarter Flughafen hatte Raimund Becker zwar eine Glatze. Er war aber 80 Jahre alt und musste wegen seines fortgeschrittenen Alters von seiner Tochter gestützt werden.

Der Raimund Becker an der Leipziger Passkontrolle hatte ebenfalls eine Glatze, beschwerte sich aber in tiefstem sächsischem Landesdialekt über die »ungeheierliche Moßnohme« und hatte mit knapp zwei Metern Größe, bei weit über 100 Kilo Gewicht, keine Körpermaße, die zu Fritz Gerster passten.

Ganz Deutschland fieberte der Festnahme des vierfachen Frauenmörders entgegen. Zahlreiche Hinweise gingen bei den Polizeidienststellen ein.

Die Fahndung blieb jedoch ohne Erfolg. Gerster war wie vom Erdboden verschluckt.

32

Das vornehme Hotel *Felicidad Bogotá*, in dem Heidi Bäumel, alias Judith Lehmann, auf Fritz Gerster, alias Raimund Becker, wartete, verfügte über mehrere Suiten. Heidi hatte mit ihrem passablen Schulenglisch bewusst nicht die allerteuerste Kategorie gewählt. Niemand sollte ahnen, was sich in ihrem Trolley befand, den sie nur selten aus den Augen ließ. Dennoch verfügte ihr Hotel-Appartement hoch über der Stadt über drei luxuriös ausgestattete Zimmer mit Blick auf das Humedal de Jaboque, ein seenartiges Feuchtgebiet in der Nähe des Flughafens. Sie hatte vorab zehn der Einhunderteuroscheine in kolumbianische Peso umgetauscht. Für ein sehr stattliches Trinkgeld hatte ihr der Zimmer-Service ein Katzenklo und Trockenfutter organisiert. Tom und Tine liebten die Suite und jagten durch die Zimmer, als hätten sie immer schon hier gewohnt.

Die Zeit vertrieb sich Heidi mit einem Spanisch-Wörterbuch und einem Lehrbuch für Anfänger. Manchmal schloss sie den Trolley in den Schlafzimmerschrank und ging in die Lobby hinunter. Dort setzte sie sich in einen der bequemen Sessel, beobachtete die Leute und versuchte zu verstehen, was sie sagten.

Ein Mann mittleren Alters, gepflegt, frisch rasiert, mit schwarzem Haar, brauner Haut und dunklen Augen, hatte ihr schon zweimal zugezwinkert. Es war ihr unangenehm, und sie ging wieder in ihre Suite hinauf.

Im Bad betrachtete sie wieder verzückt das kleine Geschenk, das Fritz ihr mit auf den Flug gegeben hatte. Er war wirklich ein Romantiker. Verliebt öffnete sie das runde Perlendöschen. Sie steckte sich die beiden silbernen Ohrringe an, betrachtete sich zufrieden im Spiegel und beschloss, ein wenig fernzusehen.

Eher uninteressiert zappte sie sich durch die Programme. Deutsches Fernsehen gab es nicht. Sie verstand die Sprachen nicht. Auch das Englisch auf *CNN* war ihr zu schnell.

Sie beschloss, einen Spaziergang zu machen.

Es war bewölkt, hatte angenehme 20 Grad und eine unangenehme Anzahl von Menschen, Autos, Hunden und Häusern. Unter sieben Millionen, dachte sie, ist es völlig egal, ob du dich Heidi, Judith oder Fernanda-Valentina nennst. So hieß die nette Zimmerservice-Dame.

Nach einer Stunde kehrte sie zurück. Tom und Tine schliefen aneinander gekuschelt auf einem mächtigen Sofa. Der Fernseher lief noch. Heidi gönnte sich aus der Suite-Bar ein kleines Fläschchen *Isabella*, einen in Kolumbien beliebten Rotwein.

Während sie in ein bauchiges Glas einschenkte, schielte sie mit einem Auge hinüber zum großen Flachbildschirm. Es traf sie fast der Schlag. Der Rest des Weines landete samt Fläschchen, begleitet von Heidis spitzem Schrei, auf dem teuren Teppichboden. Tom erschrak und hob den Kopf. Gähnend registrierte er, dass nur eine Flasche zu Boden gegangen war, und schlief weiter. Heidi starrte entgeistert zum Fernseher. Dort nahm aber eine neue Meldung den Sendeplatz ein. *CNN* berichtete, dass ein Angriff libyscher Islamisten auf einen mit tunesischen Soldaten besetzten Militärstützpunkt nahe der Grenzstadt fast 50 Tote gefordert habe.

Hatte sie sich getäuscht? War das nicht eben Fritz gewesen, den sie auf einem Bild gezeigt hatten? Aber das war ja überhaupt nicht möglich! Fritz hatte doch keine Glatze. Aber sein Gesicht war es gewesen. Oder doch nicht? Es hatte unecht ausgesehen, das Bild. Als hätte man die Glatze gefaked. In welchem Zusammenhang hatte man das Bild überhaupt gezeigt? Zu was für einer Nachricht?

Heidi schnappte die Fernbedienung und zappte aufgeregt die Kanäle durch. Nichts. Sie musste sich getäuscht haben. Bin ich verrückt geworden, fragte sie sich, und schaltete verwirrt das Gerät aus. Tine gähnte jetzt auch. Im Schlaf.

Die rote *Isabella* hatte einen ordentlichen Flecken verursacht. Heidi würde Fernanda-Valentina wieder ein großzügiges Trinkgeld geben müssen. Sollte sie den Fernseher wieder einschalten? Nervös ging sie in der Suite auf und ab. Fritz würde ja bald kommen, und dann würde sich alles aufklären. Sie kippte den Inhalt des Weinglases in einem Zug hinunter und nahm ein neues Fläschchen aus der Bar.

Als sie auch dieses geleert hatte, war sie davon überzeugt, dass sie sich getäuscht hatte. Fritz musste einen kahlköpfigen Doppelgänger haben. Verrückt bin nicht ich, dachte sie, verrückt ist, was es alles gibt!

Sie ging hinunter in die Lobby. Es war ihr egal, dass der gut aussehende Zwinkerer ihr wieder schöne Augen machte. Eigentlich tat das ja gut. Leicht beschwipst lächelte sie zurück.

33

»Unterschenkelbruch, Oberarmbruch, Schürfungen, Prellungen, Platzwunden und eine Gehirnerschütterung.« Alfons Bücheler zählte auf dessen Nachfrage seinem Freund die Verletzungen auf, die er sich bei der Begegnung mit dem Frauenmörder zugezogen hatte.

»Gehirnerschütterung?«, spöttelte Josef Werneth spitzbübisch. »Gib doch nicht so an!«

Man hatte ihm in der Uniklinik einen kurzen Besuch gestattet, verbunden mit dem Hinweis, dass der Patient vor allem Ruhe brauche.

»So ein Unsinn«, scherzte Werneth weiter. »Hattest du in dem Turm nicht genug Ruhe?«

Bücheler lag in einem Doppelzimmer, das Nachbarbett war aber leer. Bein und Arm waren geschient. Aus der Infusionsflasche tropfte es regelmäßig in den dünnen Schlauch, der auf seinem Handrücken endete. Sein Gesicht sah ziemlich ramponiert aus. Nahtstellen auf der Stirn, an der Wange und am Kinn sowie eine dick geschwollene Nase zeugten vom tiefen Sturz in den Schacht des Kesselturms.

»Ach ja, hatte ich vergessen«, ergänzte Bücheler, als Werneth mit den Fingern auf seine eigene Nase tippte, »die ist auch gebrochen. Doppelt.«

»Schon irgendwie makaber, dass ausgerechnet seine Tatklamotten dir das Leben gerettet haben.« Werneth hatte es dieses Mal ernst gemeint. »Das Paket hat wohl einiges von dem Sturz abgefedert.«

»Wo ist er?«, fragte Bücheler.

»Gerster? Noch auf der Flucht. Aber überall wird nach ihm gefahndet. Was sagt deine Kathy?«

Büchelers Grinsen sah wegen des geschwollenen Gesichts ziemlich gequält aus. »Sie ist sehr gnädig. Und Doris?«

Werneth grinste ebenfalls. »Sie arbeitet noch daran.«

Eine Krankenschwester kam herein und kontrollierte die Infusion. Mit freundlichem Blick, aber einem an Werneth gerichteten Fingertippen auf ihre nicht vorhandene Armbanduhr, verließ sie das Zimmer.

»Hätte ich damals geahnt, dass mein erster Vermisster später ein mehrfacher Frauenmörder ist …«, sinnierte Bücheler. »Kommt als harmloser Blumenauslieferer daher und führt in Wirklichkeit ein Doppelleben.«

»Wenn du als unbekannter Serienmörder kein Doppelleben führst, wirst du bald kein unbekannter Serienmörder mehr sein.« Josef Werneth berichtete von der erdrückenden Beweislast, die dank ihrer Nachforschungen auf Fritz Gerster niederstürzen würde.

»Woher weißt du das alles?«, fragte Bücheler, »bist du jetzt zum Operativen Ermittlungsassistenten geworden?«

»Gott bewahre! Nein! Kollege Michalek war so freundlich. Er hat mir auch gesteckt, dass man dir einen Riesenbahnhof machen wird, wenn sie dich wieder zusammengeflickt haben.«

»Mir? Du hast genauso viel Anteil an der Sache.«

»Von wegen. Ich war nur der Harry, der den Wagen geholt hat.«

»Sei nicht so bescheiden. Du hattest den genialen Gedanken mit der Stelle in dem Buch.«

»Aber du bist auf das vergilbte Fährticket angesprungen.«

»Nennen wir es doch einfach Teamwork!«

»Von mir aus«, gab Werneth nach, »aber ermittlungstechnisch war es das letzte Mal, dass ich einen Finger gerührt habe. Ich bin im Ruhestand! Solltest du mich jemals wieder fragen, ob ich mit dir nach Italien fahre, dann schmeiß ich dich vom Hof!«

Alfons Bücheler schüttelte den Kopf heftiger, als es sein Gesundheitszustand eigentlich zuließ. »Keine Sorge, mein Lieber! Gerster war mein erster Fall, und – so wahr ich hier liege – er ist ganz bestimmt mein letzter!«

34

Mit einem strahlenden Gesicht balancierte der charmant wirkende Gast zwei Cocktails aus der Hotelbar in die Lobby und
kam direkt auf Heidi zu.

»Darf ich Sie zu einem Drink einladen?«, fragte er in einem
fast akzentfreien Deutsch, das aus Heidis Sicht nicht so recht
zu seinem südamerikanischen Aussehen passte. Sie war überrascht, als er plötzlich vor ihr stand, denn eben noch hatte er mit
einem weiteren Augenzwinkern, das sie als einen Verabschie-
dungsgruß gewertet hatte, die Lobby verlassen.

Nein, wollte sie auf die unerwartete Einladung sagen, ich habe
bereits eine Flasche *Isabella* in mich hinein- und den Rest der
anderen Flasche auf den Boden geschüttet. Aber sie schwieg und
hielt sich stattdessen eine Hand vor den Mund, um ihr Alko-
holfähnchen zu verbergen. Er setzte sich trotzdem neben sie in
den freien Sessel. »Gestatten, Juan Calderon. Sie dürfen mich
Juan nennen. Salud, auf Ihr Wohl!«

Sie fühlte sich leicht überrumpelt, nahm das Cocktailglas,
das er ihr entgegenhielt, und kippte rasch einen tiefen Schluck
hinunter. Dadurch war jetzt der Cocktail schuld, wenn sie nach
Alkohol roch. Zur Sicherheit nahm sie noch einen Schluck,
bekam ihn in den falschen Hals und musste husten. Er lächelte.
Wenigstens hatte er mit diesem dämlichen Zwinkern aufgehört.

»Sie kommen aus Deutschland, richtig?«, fragte er, nachdem
er nur leicht an seinem Glas genippt hatte.

Woher will er das wissen, dachte sie.

»Meine Mutter stammt auch aus Deutschland«, sagte er, als
hätte er ihre unausgesprochene Frage gehört. »Deutsche Frauen
erkennt man auf den ersten Blick – okay, sagen wir, spätestens
auf den zweiten.«

»Woran?« Es war Heidis erstes Wort. Und da kein S darin vorkam, lispelte sie auch nicht. Sie war neugierig darauf, woran man deutsche Frauen auf Anhieb erkennen sollte.

»Sie sind die schönsten. Schöner noch als die Südamerikanerinnen.«

Heidi wurde verlegen. »Ein Charmeur sind Sie.« Zwei S – und beide gelispelt. Juan kommentierte es galant mit einem Wort. »Bezaubernd.«

»Ihr Vater ist aber kein Deutscher?«, lenkte sie von ihrer kleinen Schwäche ab.

Er lachte. »Wenn Sie so wollen, dann bin ich ein Deutsch-Kolumbianer. Meine Eltern haben sich kennengelernt, als meine Mutter für ein Kinderhilfsprojekt in Medellin tätig war.«

»Sie sprechen sehr gut Deutsch.«

»Wir haben viele Jahre in der Nähe von Lübeck gewohnt. Auf dem Land. Das war sehr schön.«

»Und jetzt in Bogotá?«

»Mein Vater wollte wieder zurück ... nachdem meine Mutter gestorben war.«

»Oh, das tut mir leid!«

»Es ist schon über 20 Jahre her. Ich bin damals in Deutschland geblieben. Seit es meinem Vater aber nicht mehr so gut geht, bin ich vor drei Jahren hierher zurückgekommen.«

»Sie wohnen in diesem Hotel?«

Wieder lachte er, aber es klang nicht respektlos. »Das könnte ich mir auf Dauer nicht leisten. Nein, ich bin ... sagen wir, geschäftlich hier.«

Heidi hatte während des Gesprächs unbewusst ihr Glas leer getrunken. Juan bemerkte es, aber Heidi winkte ab, bevor er etwas sagen konnte.

»Ich trinke eigentlich keinen Alkohol«, versuchte sie eine Entschuldigung, und es war ihr peinlich, dass aus dem Glas des netten Mannes kaum etwas fehlte.

»Ich auch nicht«, meinte er vergnügt, »aber meine Mutter hat immer gesagt: Juanito, wenn du eine deutsche Frau kennenlernen willst, dann lade sie zu einem leckeren Cocktail ein!«

Jetzt musste auch Heidi lachen, denn Juan prostete ihr zu, kippte das Glas in einem Zug hinunter und kniff beide Augen zusammen, als hätte er bittere Medizin geschluckt.

»Darf ich fragen, wie Sie heißen, schöne deutsche Frau?«

»Hei ... Judith«, korrigierte sie sich schnell.

»Hajudit. Ein sehr schöner Name. Klingt aber auch nicht sooo typisch deutsch. Osteuropa?«

Sie verbesserte rasch. »Entschuldigung. Judith. Judith Lehmann.«

»Ah, Judith. Und Lehmann. Das klingt schon eher deutsch.« Er sah ihr in die Augen. »Sie warten auf jemanden?«

Die Frage und Juans Blick brachten Heidi schlagartig in ihre Situation zurück. Was mache ich hier eigentlich, dachte sie, mit diesem Fremden. Fritz hatte ihr ausdrücklich aufgetragen, vorsichtig zu sein und mit niemandem unnötig zu sprechen. Sie kannte diesen Mann doch gar nicht. War diese Monika so dreist, dass sie ihnen bis nach Kolumbien nachspionierte, um ihre Beziehung zu stören? Oder zu zerstören? Hatte dieser angebliche Juan etwas mit Monika zu tun? Heidi beschloss, das Gespräch schnellstmöglich zu einem Ende zu bringen.

»Ich warte auch auf jemanden«, kam Juan ihr zuvor, wieder ohne ihre Antwort abgewartet zu haben. »Scheinbar werden wir beide versetzt.« Seine Äußerung passte nicht zu Heidis vagem Verdacht.

»Auf wen warten Sie denn?«, fragte sie deshalb.

»Auf jemanden, der wahrscheinlich nicht kommen wird, wenn sich meine Befürchtung bestätigt.«

»Ich verstehe nicht. Sie sagten, Sie hätten einen geschäftlichen Termin?«

»Ja. Aber es gibt gerade eine Entwicklung, die mir Sorgen bereitet.«

Heidi täuschte Interesse vor, um sicherzugehen, dass Juans Auftauchen nichts mit Monika zu tun hatte. »Darf man fragen, um was für ein Geschäft es sich handelt?«, fragte sie deshalb und fand sich dabei mindestens so dreist wie Monika.

»Klar. Das ist kein Geheimnis. Ich möchte meine Pferdefarm verkaufen.«

»Oh! Weshalb das?«

»Mein kranker Vater hat sie mir überschrieben, vor drei Jahren. Gar nicht weit von hier, außerhalb der Stadt. Ich hätte sie gerne behalten. Aber ich kann mir die Farm nicht mehr leisten.«

Die Beruhigung bei Heidi, die sich bei dieser durchaus glaubwürdigen Antwort einstellte, schlug mit Juans nächster Bemerkung schlagartig in eine böse Ahnung über. »Aber wie sich die Sache darstellt, dürfte Herr Becker im Moment andere Sorgen haben.«

»Herr Becker?« Heidi erschrak.

»Mein Kaufinteressent. Aus Deutschland übrigens. Es gibt inzwischen internationale Online-Marktplätze für alles, was man sich vorstellen kann. Auch für Pferdefarmen.«

Heidi konnte sich gerade auch etwas vorstellen. »Wie heißt denn Ihr Interessent mit Vornamen?«, fragte sie vorsichtig.

»Genau darauf hoffe ich! Vielleicht ist es ja nur eine Namensgleichheit.«

»Eine Namensgleichheit? Ich verstehe nicht.«

»Ich hoffe, dass mein Herr Becker nicht der andere Herr Becker ist.

»Sie kennen den Vornamen?«

»Raimund. Raimund Becker. Aber das exakt ist das Problem. Die halbe Welt fahndet nach einem Raimund Becker. Läuft auf allen Kanälen. Der soll ein Frauenmörder sein. Heißt in Wirklichkeit aber anders. Gärtner oder so ähnlich. Das müssten Sie in Deutschland auch mitbekommen haben?«

Heidi dachte an das Bild auf *CNN*. Zu mehr war sie nicht

mehr in der Lage. Von einer Sekunde auf die andere brach sie innerlich zusammen.

»Oh, ist Ihnen nicht gut, Judith?«, fragte Juan besorgt. »Sie sind auf einmal so bleich.«

Heidi versuchte mit aller Kraft, sich zusammenzureißen. Ihr Herz raste, ihr Magen drehte sich, ihr Kopf weigerte sich, das zu denken, was gedacht werden musste. Augenblicklich war sie nüchtern, aber unfähig, die Dimension dessen zu erfassen, was sich soeben offenbart hatte. Sie war im Schockzustand.

»Ja, Entschuldigung«, murmelte sie benommen, »ich fühle mich nicht ganz wohl.« Taumelnd stand sie auf. Juan erhob sich ebenfalls, machte sich aber keine ernsthaften Sorgen. Er führte ihre plötzliche Unpässlichkeit auf den Alkohol zurück.

»Soll ich Sie nach oben begleiten?«, fragte er höflich.

Heidi antwortete nicht, sondern wankte, beide Hände vor Entsetzen vors Gesicht geschlagen, fassungslos in Richtung Fahrstuhl.

»Darf ich bitte später nach Ihnen sehen?«, rief Juan ihr hinterher. Heidi schüttelte den Kopf.

Aber es galt nicht ihm.

Mit weichen Knien und zittrigen Händen griff sie in ihrer Suite nach der Fernbedienung. Über eine Reihe arabischer Sender gelangte sie zu *BBC World News*. Eine Nachrichtensprecherin berichtete in englischer Sprache. Am unteren Bildschirmrand war die Headline zu lesen: »Serial killer wanted«. Seitlich im Hintergrund das Bild mit dem glatzköpfigen Mann. Heidis letzte Zweifel schwanden, als aus dem Nachrichtentext der Sprecherin zwei Namen herausstachen. »The one all investigative authorities are looking for is the German Fritz Görster, alias Raimund Baker.«

Vor dem Fernseher brach Heidi nun auch körperlich zusammen.

Wie lange sie ohnmächtig auf dem Boden gelegen hatte, wusste sie nicht. Im ersten Moment hoffte sie, dass alles nur ein böser Traum gewesen war. Das Bild des kahl geschorenen Mannes, über den noch immer im Fernseher berichtet wurde, zerstörte ihre Hoffnung.

Auf allen vieren kroch sie zur Couch. Tom und Tine empfanden das Spiel als eine gelungene Abwechslung und hüpften vergnügt auf ihren Rücken. Unfähig, auch nur halbwegs klar zu denken, weinte sie hemmungslos in eines der Couchkissen. Es klopfte an der Tür. Die Hausdame Fernanda-Valentina hatte wirklich ein Gespür dafür, wann jemand Hilfe brauchte. Heidi wollte öffnen, aber sie war kaum fähig aufzustehen. Und was wäre, wenn es nicht Fernanda-Valentina, sondern Juan Calderon war? Hatte er nicht angeboten, später nach ihr zu sehen? Keinesfalls wollte sie dem netten Deutsch-Kolumbianer in ihrem momentanen Zustand und mit ihrem Wissen die Tür öffnen. Sie ließ sich zurück auf die Couch fallen. Es klopfte erneut. Dieses Mal etwas heftiger. Juan hatte bei ihrer kurzen Begegnung nicht den Eindruck gemacht, ein aufdringlicher Mensch zu sein. Es musste also doch Fernanda-Valentina sein. Wieder klopfte es. Heidi wischte sich flüchtig die Tränen vom Gesicht und ging zur Tür. Tom stieß einen ungewöhnlich lauten Maunzer aus, der selbst Tine irritierte. Noch bevor Heidi die Tür öffnete, wusste der Kater, wer davorstand.

Was Heidi als Erstes auffiel war, dass die Glatze tatsächlich echt war.

Was Gerster als Erstes auffiel war, dass Heidi Bescheid wusste.

Innigst hatte er darauf gehofft, dass die alles zerstörende Kunde nicht bis Kolumbien dringen würde. Die Hoffnung war umsonst. Aber aufgeben wollte er nicht.

»Hallo, Heidi.« Er stand vor der Tür der Suite und hatte einen Strauß Blumen in der Hand. Keine halb verwelkten Tulpen aus dem Supermarkt wie damals, sondern leuchtend rote kolumbianische Rosen. Auf den ersten Blick erkannte er, dass die Rosen nicht dem Anlass entsprachen. Heidi zitterte am ganzen Körper. Ihre Augen waren gerötet, und die Tränen hatten den Kajal über beide Wangen verteilt.

Das Rot der Augen wäre nicht das Problem gewesen. Es war der Blick. So kannte er Heidi nicht. Sie wirkte wie eine Fremde. Ängstlich, verstört. Ein wenig so wie am Ende die Kassiererin. Oder die Frau im Schrebergarten. Die Politesse. Die Kioskfrau. Sein rechter Fuß verhinderte das Zuschlagen der Tür.

»Ich muss mit dir reden«, flehte er.

Woher sie plötzlich die Kraft nahm, wusste sie nicht. Eben noch hatte sie sich förmlich zur Tür geschleppt. Nun sprang sie wie eine Gazelle zurück, stieß dabei einen Stuhl um und rannte ins Bad. Sie schob die Tür zu und geriet in Panik. Wieso, um Himmels willen, konnte man Badezimmer in Hotels nicht verriegeln?

Gerster betrat die Suite und schloss hinter sich die Tür. Tom bekam sich fast nicht mehr ein vor Freude, sein Herrchen so unerwartet zu Gesicht bekommen. Freudig strich er zwischen Gersters Beinen umher und verstand nicht, wieso ihm keine Beachtung geschenkt wurde. Im Gegenteil. Ein Fuß schob ihn unsanft zur Seite. Tine bekam es mit und verkroch sich unter der Couch.

Gerster stellte sich vor die Badtür. Der Rosenstrauß baumelte kopfüber in seiner Hand.

»Ich muss mit dir reden!«, wiederholte er und klopfte vorsichtig an.

»Nein!«, schrie es aus dem Badezimmer. »Nein!«

»Heidi, bitte!«

»Geh weg!« Das Schreien wurde hysterisch. »Geh doch weg!« Krampfhaft durchsuchte sie den bestens sortierten Spiegelschrank. Unweigerlich sah sie sich dabei ihrem Spiegelbild gegenüber. »Nein!«, schrie sie plötzlich noch lauter und riss sich, jeweils mit einer Hand, die Ohrringe herunter, ohne deren Verschlüsse zu öffnen. Erst jetzt stellte sie den Zusammenhang mit den öffentlichen Zeugenaufrufen her und erkannte die schaurige Herkunft des kleinen Geschenks, über das sie sich so sehr gefreut hatte. Angewidert warf sie die beiden Schmuckteile ins Klo und spülte sie hinunter.

Gerster sah, dass die Tür nur zugeschoben war. Er ließ die Blumen achtlos auf den Boden fallen und nahm seinen Rucksack vom Rücken. »Ich setze mich hier auf die Couch und warte, bis du kommst«, sagte er mit ruhiger Stimme. Aber innerlich war er zerrissen, voller Adrenalin, voller Angst, voller Resignation. Es gab nur noch einen kleinen Funken, der seine Hoffnung am Leben hielt. Sein Blick auf die Badezimmertür. Sie sollte aufgehen, wünschte er sich, und Heidi sollte herauskommen und mit ihm sprechen.

Nach einer Weile war es soweit. Die Tür öffnete sich langsam. Heidi stand im Türrahmen, in der einen Hand eine Nagelfeile, in der anderen eine Schere. Beides hielt sie drohend vor sich, als seien es Waffen. Gerster erkannte sie kaum. Ihre Augen waren verschwollen vom Weinen, ihre Miene verriet Furcht und Abscheu zugleich. Blut rann von beiden Ohrläppchen herunter. Noch immer bebte ihr ganzer Körper und drückte ihre Halsadern sichtbar nach außen.

»Hast du die Frauen getötet?«, stellte sie schwer atmend die Frage, vor der Gerster sich gefürchtet hatte.

Noch nie hatte er Heidi angelogen. Dabei sollte es auch bleiben. Keine Beziehung auf Lügen aufbauen, erinnerte er sich an den Ratgeber über Partnerschaft.

»Es hat nichts mit uns beiden zu tun«, antwortete er.

Heidi blieb die Sprache weg. Hatte er das eben gesagt? Meinte er das wirklich im Ernst? Entgeistert sah sie ihn an. Seine Miene schien es zu bestätigen. War das gerade ein Lächeln gewesen in seinen Mundwinkeln, das sofort wieder verschwunden war?

»Es hat nichts mit uns beiden zu tun?«, wiederholte sie fassungslos und schüttelte den Kopf.

»Nein. Überhaupt nichts.« Er sprach ruhig.

»Du hast vier Frauen umgebracht.«

»Ich wollte das nicht.«

»Du wolltest das nicht?« Ihre Stimme zitterte.

»Beim ersten Mal wollte ich es nicht.«

»Beim ersten Mal?« Heidi fühlte sich für dieses Gespräch überfordert.

»Die hat mich provoziert. Ich musste mich wehren.« Heidi wollte sich die Ohren zuhalten. Nagelfeile und Schere verhinderten es.

»Und bei den anderen ... ich musste dauernd etwas korrigieren.« Entschuldigend hob er die Schultern.

Heidi dachte spontan an den Stadtstreicher, war aber unfähig, die Dimension dessen zu erfassen, was gerade über sie hereinbrach.

»Sei still!«, rief sie nur.

Sie spricht mit mir, freute sich Gerster, und Hoffnung keimte in ihm auf. »Wir wollen doch ein neues Leben beginnen«, sagte er, »und das alte hinter uns lassen.«

Wieder fragte sich Heidi, ob er das gerade wirklich gesagt hatte. Sie packte Nagelfeile und Schere noch fester. »Du musst gehen. Sofort. Oder ich rufe die Polizei.«

»Ich habe eine Farm für uns«, sagte er unbeirrt. »Eine Farm mit Pferden. Wie du es dir gewünscht hast.«

»Du musst jetzt gehen!«

»Mit viel Platz. Für uns. Und für Tom und Tine. Sie könnten Babys bekommen.«

»Sie sind beide kastriert.« Sie sagte es spontan und fürchtete, dass er jeglichen Bezug zur Realität verloren hatte.

»Trotzdem.« Den entrückten Blick, den er ihr jetzt zuwarf, hatte Heidi nie zuvor an ihm gesehen. Er bereitete ihr zusätzliche Angst. Todesangst. Der Mann hat vier Frauen getötet, kreiste es in ihrem Kopf. Auf keinen Fall darf ich ihn provozieren, sagte sie sich, sonst muss er sich wieder wehren und irgendetwas korrigieren.

»Wie hast du es überhaupt hierher geschafft?«, versuchte sie, Zeit zu gewinnen, und hoffte nun doch inständig, dass Juan endlich an ihre Tür klopfen würde.

»Ein Bauchgefühl. Ich hab dem Serben nicht getraut und mir von einem Deutschen einen zweiten Pass besorgt.«

Für den Bruchteil einer Sekunde dachte Heidi an die Eigenschaft, die ihr an Fritz Gerster am meisten imponiert hatte. Er verleitete seine Umwelt stets dazu, ihn zu unterschätzen.

»Das Geld?«, fragte sie.

»Ist sauber. Henry Dosch hat es mir geschenkt.«

»Und das Flugticket?«

»Ich hab zwei Flüge für mich gebucht. Darum bin ich auch etwas später dran. Ich heiße jetzt Reinhold. Reinhold Wagner.«

Er stand auf, weil er glaubte, Heidi tatsächlich besänftigen zu können. »Wir sind jetzt Judith Lehmann und Reinhold Wagner.«

»Bleib, wo du bist!«, schrie sie ihn an, kaum, dass er sich bewegt hatte. »Keinen Schritt weiter!« Sie vergaß ihren Vorsatz, beruhigend auf ihn einzuwirken. »Nein! Bleib nicht, wo du bist! Geh einfach! Geh doch weg! Wie konntest du das nur tun? Du Mörder! Du bist ein Mörder!«

»Du hast einmal gesagt, dass du mir niemals Vorwürfe wegen etwas machen würdest.«

Wieder glaubte Heidi, nicht recht gehört zu haben.

Er ging auf sie zu, wollte sie in den Arm nehmen, um sie zu beruhigen. Mit einem Satz, flink wie Tine oder Tom, sprang sie ihm entgegen, stieß ihm mit aller Wucht die Nagelfeile in den Bauch und machte sofort wieder zwei Schritte zurück. Konsterniert blieb er stehen und starrte auf die abgebrochene, blutige Nagelfeile in ihrer Hand. Schmerz spürte er keinen. Dafür aber die Gewissheit, dass der eben noch aufgeglühte Hoffnungsfunken für immer erloschen war. Es würde keine Zukunft mit Heidi geben. Würde es überhaupt eine Zukunft geben?

Resigniert drehte er sich um und nahm seinen Rucksack. Er öffnete ihn und kramte wahllos ein paar schwarze Kabelbinder hervor.

»Ein Leben ohne dich hat für mich keinen Sinn mehr«, sagte er deprimiert.

»Das ist gut so.« Heidi sprach jetzt sehr ruhig. Sie schaute zu, wie er an den Kabelbindern herumnestelte und sie irgendwie miteinander verband. Als er damit fertig war, sah er sie ein letztes Mal an. Sie ließ den Rest der Nagelfeile und die Schere auf den Boden fallen. Beides landete bei den zertrampelten roten Rosen. »Von mir aus kannst du dir deine Mühe sparen, Fritz Gerster«, sagte sie kühl. »Für mich bist du schon tot.«

Als Gerster das Hotel *Felicidad Bogotá* verließ, glaubte Juan Calderon für einen Moment, dass der Mann Ähnlichkeit mit dem gesuchten Serienmörder hatte. Aber er verwarf es rasch, weil der Täter ja international gesucht wurde und keinesfalls locker in einem Hotel herumspazieren konnte. Außerdem hatte Juan beschlossen, bei der reizenden Judith aus Deutschland an die Tür zu klopfen und sich nach ihrem Befinden zu erkundigen.

Fritz Gerster hatte kein Befinden mehr. Weder was die Nagelfeilenspitze in seinem Bauch noch seine Gefühle betraf. Ziellos spazierte er am Flughafengelände vorbei, nahm keine Notiz von startenden oder landenden Maschinen, Menschen, Hunden oder Autos – auch nicht von den kolumbianischen Polizeiautos, die an ihm vorbeifuhren.

Bald schlenderte er am Humedal de Jaboque entlang, dem lang gezogenen innerstädtischen Feuchtgebiet, das so viel Wasser speicherte, dass man es für einen richtigen See oder einen breiten Fluss halten konnte.

Es wurde allmählich dunkel. Gerster blieb stehen und schaute auf die ruhige Wasseroberfläche hinaus. Hier gab es keine Enten und keine Schwäne. Er nahm den Rucksack vom Rücken und warf ihn mit einem kräftigen Schwung weit hinaus ins Wasser. Eine Weile sah er ihm zu. Nur ganz langsam ging er unter. Als keine Luftblasen mehr aufstiegen, ging Gerster weiter. Nach einer Weile setzte er sich auf einen großen Stein und griff in seine Jackentasche. Ob die Konstruktion wohl auch an einem selbst funktioniert, fragte er sich. Ein paar junge Leute kamen vorbei. Sie lachten und hörten Musik aus einem Handy. Ein alter Mann saß in einiger Entfernung ebenfalls auf einem Stein. Er warf Brotstücke ins Wasser. Sah er nicht aus wie Lorenzo, der alte Fischer vom Comer See? Das kann doch gar nicht sein, dachte Gerster. Aber vielleicht besaß er ja auch einen Fischkutter und konnte ihn auf die andere Seite des Ufers bringen. Es wurde Nacht in Bogotá.

EPILOG

Die Morde an Erna Kretzdorn, Margarete Ziebold, Roswitha Österle und Hanna Schmidt galten als aufgeklärt. Die internationale Fahndung nach dem mehrfachen Frauenmörder Fritz Gerster, alias Raimund Becker, blieb hingegen ohne Erfolg.

Merle Trautmann lud ihre Soko-Spitze dennoch zu einer Abschluss- und Erfolgsfeier in ein Freiburger Lokal ein.

Jochen Haag verkündete bei dieser Gelegenheit, dass er ab sofort offiziell mit der leicht errötenden Diana Schulz zusammen sei.

Kriminaltechniker Klaus Tränkle teilte mit, dass er sich aus dem operativen Geschäft zurückziehen und bis zu seinem bevorstehenden Ruhestand in der Kriminalpolizeilichen Beratungsstelle tätig sein werde.

Jakob Allgeier verkündete nichts. Aber alle sahen, dass er eine neue, perfekt sitzende Brille trug, an der er zu keiner Gelegenheit an diesem Abend herumfummelte.

Helge Michalek bekam am Tage nach der Feier vom stolzen Polizeipräsidenten wegen seiner »außerordentlichen, das übliche Maß an Dienstpflichten weit übersteigenden Leistung« eine förmliche Anerkennung, die er mit einem zusätzlichen Eigenlob in Form eines berühmten Filmzitats kommentierte. »Tja. Gute Leute muss man haben!« *(Das Boot)*

Gisbert Wäscher leitete erfolgreich eine Mordkommission, bei der sich der tollpatschige Täter am zweiten Tag freiwillig gestellt und ein umfangreiches Geständnis abgelegt hatte, und wurde zum Kriminaldirektor befördert.

Alfons Bücheler trug keine bleibenden Schäden davon. Zusammen mit Josef Werneth erhielt er für ihren entscheidenden Hinweis eine Dankesurkunde, unterschrieben vom Innenminister persönlich, und zwei Kugelschreiber.

Im Sommer fragte er seinen Kollegen, ob er ihn noch einmal nach Italien begleiten würde. Werneth warf ihn – entgegen seiner Androhung – nicht vom Hof. Zusammen mit ihren Frauen fuhren sie für ein paar Urlaubstage an den Comer See. Bei dieser Gelegenheit besuchten sie den Sammler Renato Mancini und schenkten ihm das alte Original-Fährticket, das eigentlich als Beweismittel von der Soko hätte sichergestellt werden sollen, aus unbekannten Gründen jedoch nicht mehr auffindbar war.

Das Ehepaar Kuhnert legte sich einen Zwergpudelmischling zu und erzog ihn so, dass er nicht näher als zehn Meter an ihren Gartenzaun heranging.

Der junge Brandstifter erhielt eine zweijährige Haftstrafe, die zur Bewährung ausgesetzt wurde. Sein Hinweis auf Fritz Gerster wurde in der Urteilsbegründung zwar lobend erwähnt, schlug sich aber weder im Strafmaß noch im zivilrechtlichen Verfahren nieder. Er kündigte schriftlich seine Mitgliedschaft in der Feuerwehr – was er sich hätte sparen können – und zog in eine andere Stadt. Er arbeitete als Lagerist, abends als Aushilfskellner, und bekam jeden Monat 1.000 Euro von seinem Gehalt zur Wiedergutmachung des angerichteten Millionenschadens abgezogen.

Das deutsche Ehepaar, dass die feudale Villa Wegscheidt am Comer See zuletzt gekauft hatte, war geschockt. Die von

Deutschland aus in Kenntnis gesetzten italienischen Behörden veranlassten das Herausbrechen einer Kellerwand, wodurch die einstige Nische freigelegt wurde. Die skelettierte Leiche von Gregor Wegscheidt trug um den Hals eine herzförmige Kabelbinderkombination und war Anlass, die Villa erneut zu verkaufen. Die Nische wurde wieder geschlossen und die neuen Eigentümer vom Grund dafür verschont.

Rosanna Wegscheidt wurde von schweizerischen Ermittlern im Auftrag ihrer italienischen Kollegen als Zeugin vernommen. Konkrete Anhaltspunkte dafür, dass sie aktiv an der Tötung ihres damaligen Ehemannes beteiligt war, ergaben sich nicht. Alle anderen möglichen Tatbestände waren verjährt.

Das Verfahren gegen Matteo di Stefano wurde formell eröffnet und umgehend wieder eingestellt, da er seit 20 Jahren tot war.

Alexej Fedorow schüttelte den Kopf, als er erfuhr, dass der nette Hausbewohner mit der hübschen Devoschka der gesuchte Frauenmörder war. »Wenn er kommen zurück, ich ihm hauen aufs Maul«, sagte der einstige Boxer zu Hausmeister Paschke, der es nüchtern kommentierte. »Du siehst nicht in die Menschen rein.«

Die alte Frau Stöcklin wurde zunehmend dement und brachte die Dinge nicht mehr auf die Reihe. Auch nicht, dass ihr Zeitungs-Abo abgelaufen war. Der gutmütige Nachmieter von Gersters Wohnung legte ihr jeden Tag die Zeitung wieder zurück, die sie ihm vor die Tür gelegt hatte. Da sie jedes Mal glaubte, es sei die aktuelle Zeitung, las sie immer das Gleiche und kam zu der Erkenntnis, dass die Welt nicht besser wurde. Eher langweilig. Immerhin jedoch – und das stimmte sie versöhnlich – wurde die Welt auch nicht schlechter.

Die beiden Erwin Ritters hatten keine Zeit, sich allzu lange mit der unglaublichen Nachricht zu befassen. Gemeinsam gingen sie das *Projekt Kesselhaus* an und funktionierten das Gebäude in eine Eventhalle um, in der sie als zweites Standbein neben dem Blumengroßhandel Konzerte und sonstige kulturelle Veranstaltungen anboten und sie für Hochzeiten und andere Festivitäten vermieteten. Das Turmzimmer wurde renoviert und als Büroraum ausgestattet. Der Kesselturm blieb, wie er war, und wurde Wahrzeichen und Namensgeber der Event-Location *Ritters hohler Zahn.*

Henry Dosch bekam tatsächlich die Kurve und wurde trocken. Der Million, die er einem Mörder geschenkt hatte, trauerte er nicht nach. Zumal man ihm mitteilte, dass sie in den Besitz einer einfachen Floristin übergegangen war, die mit den Taten nichts zu tun hatte. Geld hatte ohnehin keine große Bedeutung für ihn.

Auf eigenen Wunsch verzichtete er auf einen Posten in der Leitung der Reederei und ließ sich stattdessen als einfacher Werftarbeiter einstellen. Dadurch war er immer an der frischen Luft, was ihm das Allerwichtigste war. Mit seiner Schwester vereinbarte er, dass bis auf Weiteres keine Erbauszahlungen mit größeren Beträgen mehr erfolgen sollten. Dafür liefen monatliche Überweisungen auf sein Konto, mit denen er stresslos seinen Lebensunterhalt bestreiten konnte.

Zu seinem Sohn entwickelte er ein freundschaftliches Verhältnis, ohne dabei jemals sein schlechtes Gewissen ihm gegenüber zu verlieren. Was er auch gegenüber Cora, seiner geschiedenen Frau, behielt und daher vollauf respektierte, dass sie mit ihm keinen Kontakt mehr haben wollte.

Der zahnlose Hermann Gerster schnallte noch weniger als Frau Stöcklin. Der große Vorteil daran war, dass er nicht mitbekommen musste, dass sein Sohn ein Mörder war. Anfangs wollten stichelnde Mitinsassen des *Inselglücks* ihn das spüren lassen. Da er aber eigentlich nichts mehr verstand, verpufften die Gemeinheiten, und man ließ ihn bald wieder in Ruhe.

Judith Lehmann wurde offiziell wieder zu Heidi Bäumel und investierte ihr Vermögen in den Erhalt von Juan Calderons Pferderanch. Sie zog in das große Farmhaus, das sie nach und nach zu einer kleinen Villa veredelte. Keine Woche verging, in der Juan ihr nicht einen Heiratsantrag machte. Aber Heidi sah sich für eine neue Beziehung nicht imstande. Für beste Freunde schon. Im Gegensatz zu Heidi war Tine sehr wohl für eine Beziehung imstande. Zusammen mit Tom erlebte sie ein völlig neues Dasein. Beide hatten auf der Farm freien Ausgang, wann und wohin immer sie wollten. Alles unternahmen sie gemeinsam. Einmal streiften sie sogar bis in die Nähe des Humedal de Jaboque. Tine wäre gerne noch weiter in Richtung der Feuchtlandschaft geschlichen, aber Tom hatte kein gutes Gefühl und mahnte miauend zur Rückkehr nach Hause.

Ein halbes Jahr nach der erfolglosen Fahndung nach Fritz Gerster meldeten sich über die deutsche Botschaft in Kolumbien Ermittler aus der Hauptstadt Bogotá.

In einem der typischen innerstädtischen Feuchtgebiete wurde in einem abgelegenen Sumpfbereich die halb verweste Leiche eines Mannes aufgefunden. Da der Tote Strangulationswerkzeug um den Hals und die Spitze einer Nagelfeile im Bauch hatte, wurden Mordermittlungen eingeleitet. Der geschätzt 50 Jahre alte Mann hatte einen Pass bei sich, ausgestellt auf den Namen Reinhold Wagner.

Die deutschen Behörden ermittelten. Im Pass war Frankfurt als Geburtsort angegeben. Mit dem Geburtsdatum wurden über die Meldeämter vier Personen namens Reinhold Wagner ausfindig gemacht. Alle konnten bei bester Gesundheit an ihren Wohnorten angetroffen werden.

Im nächsten Schritt zur Identifizierung wurde von den Südamerikanern die DNA-Formel der Leiche übermittelt.

Ein Abgleich mit den Datensystemen ergab, dass es sich bei dem Toten im Sumpf zweifelsfrei um Friedrich Anton Gerster handelte.

ENDE

Marcus Imbsweiler
Heidelbergtief
Kriminalroman
368 Seiten, 12,5 x 20,5 cm,
Broschur
ISBN 978-3-8392-0784-0

An einem stürmischen Abend fällt der Heidelberger
Start-up-Gründer Nicolas Greven aus dem fünften
Stock seines Bürogebäudes und stirbt. Obwohl es
keine Zeugen für ein Verbrechen gibt, gesteht die
Reinigungskraft Antonia Kumpe sofort, Greven
in die Tiefe gestoßen zu haben. Die Ermittlungen
werden bald eingestellt. Nur Kumpes Sohn Sebastian
ist von der Unschuld seiner Mutter überzeugt und
schaltet Privatdetektiv Max Koller ein. Doch gerade
als Koller erste Ergebnisse präsentieren kann, erhält
er einen anderen, viel lukrativeren Auftrag ...

GMEINER SPANNUNG

WWW.GMEINER-VERLAG.DE
Wir machen's spannend

Bernd Leix
Bachrauschen
Kriminalroman
272 Seiten, 13,5 x 21 cm,
Premiumklappenbroschur
ISBN 978-3-8392-0750-5

Die Gartenschau im Schwarzwald zwischen
Freudenstadt und Baiersbronn wirft lange, dunkle
Schatten voraus. Ein Jahr vor Beginn des Großevents
»Tal X« gibt es am Ufer des Forbachs mehrere rätsel-
hafte Todesfälle. Haben sie etwas mit der Garten-
schau zu tun? Soll die Veranstaltung in letzter Minute
verhindert werden? Nein, keinesfalls! Der Freuden-
städter Oberbürgermeister ist sich sicher, dass die
Bevölkerung voller Begeisterung hinter der Garten-
ausstellung steht. Kommissar Oskar Lindt nimmt die
Ermittlungen auf und taucht tief in die Historie des
Tals ein.

GMEINER SPANNUNG

WWW.GMEINER-VERLAG.DE
Wir machen's spannend